Buscando la perfección

SUSAN MALLERY

Casi perfecto

Editado por Harlequin Ibérica.
Una división de HarperCollins Ibérica, S.A.
Núñez de Balboa, 56
28001 Madrid

© 2016 Harlequin Ibérica, una división de HarperCollins Ibérica, S.A.
N°. 4 - 27.9.16

© 2010 Susan Macias Redmond
Buscando la perfección
Título original: Chasing Perfect

© 2010 Susan Macias Redmond
Casi perfecto
Título original: Almost Perfect
Publicadas originalmente por HQN™ Books
Estos títulos fueron publicados originalmente en español en 2011

Todos los derechos están reservados incluidos los de reproducción, total o parcial. Esta edición ha sido publicada con autorización de Harlequin Books S.A.
Esta es una obra de ficción. Nombres, caracteres, lugares, y situaciones son producto de la imaginación del autor o son utilizados ficticiamente, y cualquier parecido con personas, vivas o muertas, establecimientos de negocios (comerciales), hechos o situaciones son pura coincidencia.
® Harlequin, HQN y logotipo Harlequin son marcas registradas por Harlequin Enterprises Limited.
® y ™ son marcas registradas por Harlequin Enterprises Limited y sus filiales, utilizadas con licencia. Las marcas que lleven ® están registradas en la Oficina Española de Patentes y Marcas y en otros países.
Imagen de cubierta utilizada con permiso de Dreamstime.com.

I.S.B.N.: 978-84-687-9072-5
Depósito legal: M-27149-2016

INDICE

Buscando la perfección   7

Casi perfecto 305

BUSCANDO LA PERFECCIÓN

SUSAN MALLERY

*A Francisco de León, el primero
en el corazón de sus hijas.*

1

A Charity Jones le gustaba una buena película de desastres como al que más, pero eso sí, prefería que los desastres no tuvieran nada que ver con su vida.

El brusco sonido de un corte eléctrico seguido por un olor a quemado llenó la sala de juntas de la tercera planta del Ayuntamiento. Una fina nube de humo salía de su ordenador portátil acabando con toda esperanza de que su presentación en PowerPoint saliera bien; la misma presentación que se había pasado toda la noche perfeccionando.

Era su primer día de trabajo, pensó mientras tomaba aire para no dejar que la invadiera el pánico. Era la primera hora oficial de su primer día oficial. ¿Es que no se merecía al menos un mínimo respiro? ¿Alguna pequeña señal de piedad del universo?

Al parecer, no.

Levantó la mirada de su aún candente ordenador para dirigirla al consejo formado por diez miembros de la Universidad de California, campus de Fool's Gold, y no parecían muy contentos. Parte de la razón era que habían estado trabajando con el anterior urbanista durante casi un año y aún no se había cerrado un contrato para la construcción de las nuevas instalaciones de investigación; contrato que ahora ella tenía que conseguir. Supuso que el desagradable olor a chamusquina era la otra razón por la que estaban moviéndose incómodos en sus asientos.

—Tal vez deberíamos posponer la reunión —dijo el señor Berman. Era alto, con el cabello gris y gafas— para cuando esté usted... —señaló al humeante ordenador— más preparada.

Charity sonrió educadamente cuando lo que de verdad quería era ponerse a arrojar cosas. Ella estaba preparada. Llevaba haciendo la presentación... miró al reloj de la pared... ocho minutos, pero había estado preparándola desde que había aceptado el puesto de urbanista hacía casi dos semanas. Comprendía qué quería la universidad y qué tenía que ofrecer la ciudad. Tal vez era nueva, pero era buenísima en su trabajo.

Su jefa, la alcaldesa, la había advertido sobre ese grupo y le había ofrecido posponer la reunión, pero Charity había querido probarse a sí misma y se negaba a reconocer que había sido un error.

—Estamos todos —dijo aún sonriendo con tanta seguridad como pudo—. Podemos hacerlo a la antigua.

Desenchufó su ordenador y lo sacó al pasillo donde, sin duda, apestaría al resto del edificio, pero su prioridad tenía que ser la reunión. Estaba decidida a comenzar su nuevo empleo con un triunfo y eso significaba lograr que la Universidad de California en Fool's Gold firmara en la parte inferior de la hoja.

Cuando volvió a entrar en la sala de juntas, se acercó a la pizarra y agarró un grueso rotulador azul que había en una pequeña bandeja unida a ella.

—Según lo veo —comenzó a decir, escribiendo el número 1 y rodeándolo—, hay tres escollos. Primero, la larga duración del arrendamiento —escribió un número 2—. Segundo, la reversión de las mejoras de la tierra, concretamente, del edificio en sí mismo. Y 3, la señal de la vía de salida —se giró hacia las diez personas tan bien vestidas que estaban observándola—. ¿Están de acuerdo?

Todos miraron al señor Berman, que asintió lentamente.

—Bien.

Charity había revisado todas las notas de las reuniones anteriores y había hablado con la alcaldesa de Fool's Gold durante la semana. Lo que no podía entender era por qué el proceso de negociación estaba alargándose tanto. Al parecer, el anterior urbanista había querido llevar la razón más que querer un complejo de investigación en la pequeña ciudad, pero la alcaldesa Marsha Tilson había sido muy clara al ofrecerle el puesto a Charity: traer negocio a Fool's Gold y hacerlo enseguida.

—Esto es lo que estoy dispuesta a ofrecerles —dijo haciendo una segunda columna. Repasó los tres problemas y anotó soluciones, entre las que se incluían un tiempo extra de cinco segundos para girar a la izquierda en el semáforo de la vía de salida.

Los miembros del consejo escucharon y cuando terminó, volvieron a mirar al señor Berman.

—Suena bien —comenzó a decir él.

¿Suena bien? Estaba mucho mejor que bien. Era un trato de ésos que se dan solo una vez en la vida. Era todo lo que la universidad había pedido. Era como un brownie con helado con cero calorías.

—Pero sigue habiendo un problema —dijo el señor Berman.

—¿Cuál es? —preguntó ella.

—Cuatro acres en el límite del condado —dijo una voz desde la puerta.

Charity se giró y vio a un hombre entrar en la sala de juntas. Era alto y rubio, guapo hasta el punto de parecer de otra especie, y se movía con una elegancia atlética que le hizo sentir algo extraño en su interior inmediatamente. Le resultaba vagamente familiar, pero estaba segura de que no lo había visto en su vida.

Él le sonrió y el brillo de esos dientes, y esa milésima de segundo de atención que le había prestado, casi la lanzaron contra la pared. ¿Quién era ese tipo?

—Bernie —dijo el extraño dirigiendo su sonrisa de megavatios al líder del grupo—, me han dicho que estabas en la ciudad. No me has llamado para salir a cenar.

Al señor Berman pareció interesarle el comentario.

—Pensé que estarías ocupado con tu última conquista.

El chico rubio se encogió de hombros con modestia.

–Yo siempre tengo tiempo para la gente de la universidad. Sharon. Martin –saludó a todo el mundo, estrechó unas cuantas manos, le guiñó un ojo a la señora mayor que estaba al fondo y se giró hacia Charity.

–Lamento interrumpir. Estoy seguro de que bajo circunstancias normales podrías ocuparte de este problema sin el más mínimo esfuerzo, pero la razón por la que no tenemos un acuerdo no es ni la reversión del arrendamiento ni el semáforo –se acercó y le quitó el rotulador de la mano–. Son los cuatro acres que la familia muy adinerada de un ex alumno le ha ofrecido a la universidad. Quieren que el edificio lleve su nombre y están dispuestos a pagar por obtener ese privilegio.

Le lanzó otra sonrisa a Charity y después se giró hacia la pizarra.

–Voy a explicar por qué es una mala idea.

Y entonces comenzó a hablar. Ella desconocía quién era y tal vez debería haberle dicho que se marchara, pero no podía ni moverse ni hablar. Era como si él proyectara una especie de fuerza alienígena que la dejaba inmovilizada.

Tal vez eran sus ojos, pensó mientras miraba esas profundidades color verde avellana, o quizá sus rubias pestañas. Podría haber sido el modo en que se movía o el calor que sentía cada vez que él pasaba delante de ella. O quizá simplemente había inhalado algún gas extraño cuando su ordenador había empezado a echar chispas antes de morir.

A pesar de que disfrutaba de los encuentros entre hombre y mujer como la que más, nunca antes se había quedado tan cautivada por un hombre, y menos durante una reunión de trabajo que se suponía que ella tenía que dirigir.

Sin embargo, conocía a esa clase de hombre y había visto la desolación que dejaban allí por donde pasaban. Su instinto de protección le ordenaba que se mantuviera alejada, muy alejada. Y lo haría… en cuanto terminara la reunión.

Se puso derecha, decidida a recuperar el control de sí misma y de la reunión, pero entonces las palabras del misterioso invasor tuvieron sentido. A cualquier universidad le resultaría muy difícil rechazar un obsequio consistente en tierras y no le extrañaba que al señor Berman no le hubiera interesado su solución porque su solución no solventaba el problema.

–La investigación de la que estás hablando es importante para todos–concluyó el hombre rubio–. Y esa es la razón por la que la oferta de la ciudad es la mejor que tenemos sobre la mesa.

Charity se obligó a centrar su atención en el señor Berman, que estaba asintiendo lentamente.

–Buena observación, Josh.

–Simplemente os he mostrado algunas cosas que se os han podido pasar –dijo el rubio con modestia. Al parecer, el rubio se llamaba Josh–. Charity ha hecho todo el trabajo.

Ella frunció el ceño. Ese tipo estaba invadiendo su reunión y su sistema nervioso y además, ¿intentaba darle los méritos a ella?

–En absoluto –dijo ella, aliviada por haber recuperado el poder de la palabra–. ¿Quién podría competir con sus excelentes puntualizaciones?

Josh le guiñó un ojo y levantó la carpeta que había sobre la mesa.

–Esta es la declaración de intenciones. Creo que la firma se ha demorado demasiado, ¿no te parece, Bernie?

El señor Berman asintió lentamente y sacó una pluma del bolsillo de la chaqueta de su traje.

–Tienes razón, Josh –después, como si nada, firmó el papel dándole a Charity la victoria que tanto había deseado.

Aunque, por alguna razón, se había esperado que esa victoria fuera un poquito más dulce.

En cuestión de minutos, todo el mundo se había estrechado la mano, había murmurado sobre fijar la siguiente reunión para poner en marcha el plan y se había marchado. Charity estaba sola en la sala de juntas donde ya solo quedaban el olor a plástico quemado y un documento firmado demostrando que todo aquello había sucedido. Miró el reloj. Eran las nueve y diecisiete. Al ritmo que estaba sucediendo todo, podría haber curado varias enfermedades y haber solucionado el problema del hambre en el mundo para cuando llegara el mediodía. Bueno, ella no. Hasta el momento sus logros parecían limitados a la quema de inocentes aparatos electrónicos.

Recogió sus papeles y salió al pasillo a recoger a su ya frío y difunto ordenador. ¿De verdad había pasado todo eso? ¿Había entrado un tipo en su reunión, la había sacado del apuro y después había desaparecido? ¿Como un súper héroe local o algo así? Pero entonces, si lo era, ¿por qué no se había ocupado del problema hacía semanas?

Ella no hubiera podido descubrir de ningún modo que existía una donación privada, por mucho que hubiera investigado y preparado su trabajo. Aun así, se sentía ligeramente insatisfecha porque prefería alcanzar el éxito por sus propios medios y no gracias a un rescate.

Se dirigió a su nuevo despacho en la segunda planta. No había tenido mucho tiempo para instalarse entre la mudanza a Fool's Gold durante el fin de semana y preparar la presentación y por eso se había llevado una caja con objetos personales y la había soltado en el escritorio poco antes de las seis de esa misma mañana. A las seis y un minuto, ya se había presentado en la sala de juntas para repasar su presentación con la esperanza de que fuera perfecta. «Una absoluta pérdida de tiempo», se dijo mientras entraba en el segundo piso. Entre el fallecimiento de su ordenador y el chico misterioso, no tenía que haberse molestado.

Esa mañana a primera hora el espacio abierto del viejo edificio había estado vacío y tranquilo; ahora, media docena de mujeres trabajaban en sus escritorios, había puertas de despachos abiertas y el sonido de las conversaciones salía de ellos creando un sonido de fondo lleno de murmullos.

Se giró hacia su despacho. Su secretaria debería haber llegado para conocerse a pesar de que, técnicamente, llevaban trabajando juntas un par de semanas ya que Sheryl le había enviado información a Nevada.

Charity había visitado Fool's Gold durante el proceso de selección para ocupar el puesto y en aquel momento había conocido a la alcaldesa y a unos cuantos miembros del Ayuntamiento. Nunca antes había vivido en una ciudad tan pequeña. Lo único que conocía que se acercara a eso había sido Stars Hollow, el pueblo donde vivían las protagonistas de *Las chicas Gilmore* y que había visto en la serie mientras estaba en la universidad. Le había gustado todo lo que había visto en Fool's Gold y había podido imaginarse echando raíces en esa pequeña ciudad junto al lago. Incluso había estado en ese edificio y había echado un vistazo, aunque no se había fijado en el gigantesco póster que colgaba de la pared.

Ahora estaba frente a un enorme póster del chico misterioso, que le estaba sonriendo desde arriba con un casco de bici bajo un brazo, una camiseta ajustada y unos pantalones cortos que dejaban poco a la imaginación. Bajo la fotografía un breve texto decía que se trataba de Josh Golden, hijo predilecto de Fool's Gold.

Parpadeó una vez... parpadeó dos veces. ¿Josh Golden, el célebre ciclista Josh Golden? ¿El segundo ganador más joven del Tour de Francia y de cientos de carreras más? Ella nunca había sido seguidora del ciclismo, ni de ningún otro deporte, pero incluso así sabía quién era. Había estado casado con alguna famosa, aunque no podía recordar quién, y ahora estaba divorciado. Era la imagen de bebidas energéticas y de una importante marca de prendas y artículos de deporte. ¿Vivía allí? ¿Se había presentado en su reunión y la había sacado de ese apuro?

«No puede ser», se dijo. Tal vez se había caído, se había dado un golpe en la cabeza y ahora no podía recordar lo sucedido. Tal vez se encontraba en estado de coma en alguna parte y se lo estaba imaginando todo.

Pasó por delante del póster y fue hacia su despacho. Justo fuera de él vio a una mujer de treinta y tantos años hablando por teléfono. La mujer, muy guapa y morena, levantó la mirada y le sonrió.

–Está aquí, tengo que colgar. Te quiero –se levantó–. Soy

Sheryl, su secretaria. Usted es Charity Jones, ¿verdad? Encantada de conocerla oficialmente por fin, señorita Jones.

–Mucho gusto y, por favor, llámame Charity.

Sheryl sonrió.

–Acabo de oír que has logrado que la universidad firme. La alcaldesa Marsha estará bailando de alegría. Han sido unos imbéciles escurridizos, pero has podido con ellos.

Un veloz movimiento captó su atención; miró detrás de los hombros de Sheryl y vio que se había activado el salvapantallas de su ordenador con una diapositiva de imágenes.

La primera imagen que saltó fue la de Josh Golden subido a una bici de carreras. La segunda lo mostraba sonriendo y sin camiseta. La tercera era de un tipo muy desnudo en una ducha dándole la espalda a la cámara. Charity tenía los ojos abiertos de par en par.

Sheryl miró hacia atrás y sonrió.

–Lo sé, está buenísimo. Las he bajado de Internet. ¿Quieres que te las ponga en tu ordenador?

–Ah, no, gracias –vaciló–. No estoy segura de que las imágenes de desnudos sean apropiadas para un despacho.

–¿En serio? No había pensado en eso, pero supongo que tienes razón. Quitaré la de la ducha, aunque es mi favorita. ¿Has conocido ya a Josh? Es lo que mi abuela llamaría «un primor de hombre». Le he dicho a mi marido que si alguna vez Josh viene a buscarme, me largaré con él.

Así que todas las mujeres del planeta reaccionaban ante Josh del mismo modo que había reaccionado ella. ¡Fabuloso! No había nada más emocionante que formar parte de una multitud de fans, pensó al entrar en su despacho.

Pero eso no era un problema porque no tenía más que evitar a ese hombre hasta que descubriera cómo controlar sus reacciones ante él. Quería un hombre normal, simpático y que no le supusiera ningún riesgo. Su madre siempre se había sentido atraída por los Josh del mundo: hombres demasiado guapos y adorados por las mujeres allá donde fueran, que le habían roto el corazón con regularidad.

Charity se había mentalizado a aprender de los errores de su madre.

Después de dejar su portátil junto a la caja de objetos personales, miró a Sheryl a través de la puerta abierta.

—¿Puedes llamar a la alcaldesa y preguntarle si puedo ir a verla esta mañana?

Sheryl sacudió la cabeza.

—Esta no es la gran ciudad, Charity. Puedes presentarte en su despacho y ver a Marsha en cualquier momento.

—De acuerdo. Gracias.

Charity se llevó la carpeta que contenía el documento firmado y fue hasta el final del pasillo. El despacho de la alcaldesa Marsha Tilson se encontraba detrás de unas enormes puertas dobles talladas que estaban abiertas.

Había un gran escritorio, dos banderas; la de Estados Unidos y la de California, y una pequeña mesa de reuniones para seis junto a la ventana.

En una esquina había un pequeño grupo de personas charlando, entre los que se encontraban Marsha y Josh, recostado en un sofá, impresionantemente guapo y como si estuviera en su casa.

Marsha, una mujer atractiva, bien vestida y ya entrada en los sesenta, le sonrió y se levantó.

—Precisamente estábamos hablando de ti, Charity. Has tenido una mañana muy ocupada. Felicidades. Josh estaba contándome que has convencido a Bernie para que firme la declaración de intenciones.

Charity se acercó a ellos e hizo todo lo que pudo por resultar agradable sin mirar a Josh. Cuando cometió el error de encontrarse con sus ojos verde avellana, estuvo segura de haber oído de fondo el tema principal de *Lo que el viento se llevó*.

Josh se levantó y le lanzó una sonrisa que hizo que se le encogieran los dedos de los pies dentro de sus zapatos de salón.

—No nos han presentado formalmente —dijo él extendiendo la mano—. Soy Josh Golden.

Dados los síntomas que ya había experimentado, no quería estrecharle la mano, ya que el contacto físico podía provocarle un paro cardíaco o algo más embarazoso todavía. Tragó saliva, tomó aire y se preparó.

Pero cuando la gran mano de Josh rodeó la suya, unas chispas más grandes incluso que las que habían matado a su ordenador saltaron entre ellos. Le dio un vuelco el estómago, sus partes íntimas despertaron y casi se esperó ver fuegos artificiales.

—Señor Golden —murmuró mientras se dejaba caer en una silla evitando pensar que, gracias a Sheryl, había visto su trasero desnudo.

—Por favor, llámame Josh.

«¿Y cuántas mujeres gritan ese nombre regularmente?», se preguntó centrando su atención en la alcaldesa.

—Josh está exagerando el papel que he desempeñado en la reunión —dijo, complacida de ver que podía hablar y pronunciar una frase seguida—. Él sabía lo de la oferta de la tierra que era lo que impedía que la universidad firmara. Una vez se tratara ese aspecto, los demás problemas quedarían solucionados.

—Entiendo —Marsha miró a Josh, que se encogió de hombros con modestia.

Dado el hecho de que era un deportista famoso y que se sentía tan cómodo luciendo su trasero ante las cámaras, se habría esperado que aprovechara toda oportunidad de poder ser la estrella del momento, pero no fue así.

—Tenemos la declaración de intenciones —continuó Charity—. Le diré a Sheryl que convoque una reunión para seguir moviéndonos. Con las licencias de construcción preparadas, podemos acelerar el proceso y lograr que el complejo de investigación se construya rápidamente.

—Excelente —Marsha le sonrió—. ¿Por qué no vas a instalarte? Has estado muy ocupada tus primeras horas aquí. Mañana almorzaremos para que puedas contarme cómo te va.

—Gracias —Charity se levantó—. Encantada de conocerte,

Josh –dijo alejándose de él a la vez que caminaba hacia atrás para que él no pudiera volver a estrecharle la mano.

Una vez estuviera a salvo en su despacho, lo primero que haría sería hablar seriamente consigo misma. Ella jamás, ¡nunca en su vida!, había reaccionado así ante un hombre, y resultaba más que embarazoso porque esa sensación tenía el potencial de interferir con sus capacidades para desarrollar su trabajo. Podía aceptar que algún fallo genético le hiciera elegir siempre al chico equivocado, pero no se permitiría actuar como una *groupie* o una loca hambrienta de sexo cuando estuviera cerca de él. Fool's Gold era un lugar pequeño y lo más normal era que se encontraran por la calle, y precisamente por eso tenía que controlarse y controlar sus hormonas.

Tenía que haber una explicación razonable, se dijo con firmeza. No había estado durmiendo bien o tal vez tenía carencia de vitamina B o no comía suficiente brócoli. Fuera la causa que fuera, la descubriría y le pondría solución. Se negaba a vivir nerviosa y sintiéndose débil; era una chica fuerte y autosuficiente y no iba a permitir que un tío bueno con el trasero como el de un dios griego le estropeara el día.

–¿Y bien? –preguntó Marsha cuando Charity se había ido.

«Dos simples palabras con miles de significados», pensó Josh. ¿Qué les pasaba a las mujeres con el lenguaje? Podían hacer que a un hombre se le pusieran los pelos de punta sin esforzarse demasiado y esa era una habilidad que admiraba y temía a la vez.

–Es inteligente y simpática.

Marsha enarcó las cejas.

–¿No te parece que es guapa?

Él se recostó en el sofá y cerró los ojos.

–Ya empezamos otra vez. ¿Por qué estás tan obsesionada con emparejar a todo el que conoces? He estado casado, Marsha, ¿te acuerdas? Y no salió bien.

–Pero no fue culpa tuya. Era una zorra.

Él abrió un ojo.

—Creía que te caía bien Angelique.

—Me preocupaba que si se quedaba mucho tiempo bajo el sol el calor derritiera todo el plástico que se había metido en el cuerpo.

Él se rio.

—Era una posibilidad —su exmujer había tenido una belleza natural, pero no había descansado hasta tener un físico extraordinario.

—Bueno, ¿entonces te gusta? —preguntó Marsha.

Tenía la sensación de que ya no estaban hablando sobre su exmujer.

—¿Por qué importa mi opinión?

—Porque sí.

—Muy bien. Me gusta. ¿Contenta?

—No, pero es un comienzo.

Estaba acostumbrado a las casamenteras y suponía que si tenía que vivir bajo una maldición, esa no era tan mala. Demasiadas mujeres le ofrecían todo lo que él pidiera, pero era una pena que estar con ellas no solucionara su verdadero problema.

Se levantó.

—Te dije que cuidaría de ella y lo haré. No sé qué te preocupa. Esto es Fool's Gold, aquí no pasa nada —razón por la que él había regresado a casa. Era un lugar genial para escapar, o lo había sido, porque últimamente era como si el pasado estuviera acechándolo.

—Quiero que Charity sea feliz —dijo Marsha—. Quiero que encaje aquí.

—Cuanto más tardes en decirle la verdad, más se enfadará.

Marsha frunció los labios.

—Lo sé. Estoy esperando el momento adecuado.

Él se acercó, se agachó y le dio un beso en su arrugada mejilla.

—Nunca hay un buen momento. Tú misma me lo enseñaste.

Se puso derecho y fue hacia la puerta.

—Podrías llevarla a cenar —le dijo Marsha.

—Podría —respondió él al marcharse.

Podía pedirle salir a Charity, pero ¿después qué? En cuestión de días habría oído suficiente sobre él como para pensar que ya lo sabía todo. Después de eso, o estaría ansiosa por descubrir si era verdad lo que se decía o directamente pensaría que era la escoria de la sociedad. A juzgar por sus cómodos y funcionales zapatos y por su vestido conservador, suponía que lo vería como escoria.

Cruzó el vestíbulo ignorando la vitrina de cristal que guardaba la camiseta amarilla que había llevado durante su tercer Tour de Francia. Salió al sol de la mañana y, al ver a Ethan Hendrix saliendo de su coche, deseó no haberlo hecho. Ethan había sido su mejor amigo.

Se movía con soltura; después de todo este tiempo, la cojera ya casi había desaparecido y era prácticamente imperceptible para cualquiera. Pero Ethan no era un cualquiera. Él había sido uno de los mejores ciclistas de competición y Josh y él iban a participar en el Tour de Francia juntos mientras seguían en la facultad. Habían pasado horas entrenando y gritándose insultos entre bromas diciéndose quién sería el ganador. Después del accidente, solo Josh había logrado participar y se había convertido en el segundo ganador más joven en la historia de la carrera. Henri Cornet había sido veintiún días más joven que él cuando ganó en 1904.

Ethan miró al otro lado de la calle y sus ojos se encontraron. Josh quería acercarse a su antiguo amigo y decirle que ya había pasado mucho tiempo y que ambos tenían que superarlo, pero a pesar de los mensajes de texto que le había enviado, Ethan nunca le había respondido. Nunca lo había perdonado. Y no por el accidente, ya que había sido culpa de Ethan, sino por lo que había sucedido después.

En cierto modo, Josh no podía culparlo. Después de todo, él tampoco se había perdonado a sí mismo.

***

Al día siguiente, Charity desembaló su pequeña caja de objetos personales y después se metió de lleno en las tareas de la mañana. Había pensado en varias ideas para llevar negocios a Fool's Gold y quería presentárselas a la alcaldesa. Después de imprimir sus informes preliminares, se familiarizó con el raro sistema de e-mails de la ciudad y se quedó sorprendida cuando levantó la mirada y se encontró allí a la alcaldesa junto a la puerta.

—¿Ya son las once y media? —preguntó, incapaz de creer cómo había volado el tiempo.

—Pareces muy ocupada —dijo Marsha—. ¿Retrasamos nuestro almuerzo?

—No, claro que no —sacó su bolso del último cajón del escritorio, se levantó y se estiró la chaqueta del traje—. Estoy lista.

Bajaron la ancha escalera y salieron a la soleada calle.

El ayuntamiento estaba en el centro de la ciudad y unas antiguas farolas flanqueaban la amplia acera. Había árboles añejos, una barbería y una heladería que anunciaba batidos pasados de moda. Tulipanes y azafranes de primavera crecían en jardineras situadas delante de los distintos establecimientos.

—Esta ciudad es preciosa —dijo Charity mientras cruzaban la calle en dirección al restaurante de la esquina. Bordearon una boca de alcantarilla donde dos mujeres obreras estaban preparando su equipo de trabajo.

—Es tranquila —murmuró Marsha—. Demasiado tranquila.

—Y esa es una de las razones por las que me contrataste —Charity sonrió—. Para traer a la ciudad negocios y empleo.

—Exacto.

—He pensado en algunas ideas —le dijo Charity, sin estar segura de si se trataba de un almuerzo de trabajo o un almuerzo social para conocerse mejor.

—¿Cuántas de ellas serán dirigidas y desempeñadas principalmente por hombres?

Charity se detuvo delante del restaurante preguntándose si había entendido bien la pregunta de la alcaldesa.

–¿Cómo dices?

Los azules ojos de Marsha danzaron con diversión.

–Te he preguntado por los hombres. Oh, no te asustes. No es por mí, es por la ciudad. ¿No te habías fijado?

Charity sacudió la cabeza lentamente, preguntándose si la alcaldesa se había dado un golpe en la cabeza o estaba tomando una medicación de efectos cuestionables.

–¿Fijarme en qué?

–Mira a tu alrededor –le dijo la alcaldesa–. Muéstrame dónde están los hombres.

Charity no tenía la más mínima idea de qué estaba hablando.

–¿Hombres... hombres?

Detenidamente, examinó la calle que las rodeaba. Había dos obreras, una mujer con un uniforme de cartero repartiendo correo y una joven pintando un escaparate.

–No veo ninguno.

–Exacto. Fool's Gold tiene una grave escasez de hombres. Es parte de los motivos por los que te contraté. Para que traigas más hombres a nuestra ciudad.

2

El restaurante Fox and Hound era como una versión americana de un clásico pub inglés. Bancos, una larga barra de madera y grabados de caza ingleses en la pared. A Charity le pareció un lugar encantador y más tarde, cuando pudiera observarlo más detenidamente, no se le escaparía ningún detalle del local. Ahora lo único que podía hacer era seguir a la alcaldesa hasta una mesa tranquila junto a la ventana.

Se sentó enfrente de ella y apretó los labios. No diría una palabra hasta que Marsha se explicara.

–El problema comenzó hace años –dijo Marsha al instante–. Los hombres se marcharon para encontrar un trabajo mejor y no volvieron. Eso sucedió en mi época y, por alguna razón, no ha mejorado. Cuando se publique el censo del 2010 será un desastre, tanto a ojos de la prensa como en el modo en que la ciudad se ve a sí misma. Si no traemos aquí algunos hombres para que nuestras jóvenes se casen, entonces ellas también empezarán a marcharse y la ciudad morirá. Pero eso no pasará mientras yo esté al cargo.

La alcaldesa hablaba con intensidad y determinación.

Charity había agarrado su vaso de agua, más que nada para ganar tiempo. ¿Escasez de hombres? ¿Era una broma? ¿Formaba parte de un ritual de iniciación a la ciudad?

–Hay muchos negocios que tradicionalmente son llevados por hombres –comenzó a decir lentamente–. Si es que hablas en serio.

—Hablo en serio —Marsha se inclinó hacia ella—. Fool's Gold fue una ciudad fundada en la década de los setenta del siglo XIX durante la fiebre del oro. Creció y prosperó y cuando el oro se acabó, justo con la llegada del nuevo siglo, comenzaron los problemas.

Una camarera apareció allí con las cartas, tomó nota de la bebida y se marchó.

—Desde el punto de vista geográfico podemos sentirnos afortunados —siguió diciendo Martha— y gracias a eso no desaparecimos. El complejo hotelero de esquí se construyó en los años cincuenta y los viñedos situados al oeste de aquí tienen por lo menos sesenta años. Hasta el momento nos mantenemos, hay mucha industria y pequeños negocios. Ethan Hendrix, por ejemplo, tiene una empresa de construcción que se ha expandido y eso trae a algunos hombres, pero no es suficiente.

Marsha se encogió de hombros.

—No dejo de decirme que debería estar encantada por el gran número de mujeres que contrata, por el tema de la igualdad y todo eso, pero no puedo. Los hombres se marchan de aquí y no sabemos por qué. ¿Topografía? ¿Una maldición aborigen? El caso es que se nos está yendo de las manos. A las mujeres jóvenes les está resultando difícil encontrar marido y, lo que es peor, los pocos hombres que tenemos suelen encontrar a sus esposas en otra parte.

Charity hizo todo lo que pudo por parecer tanto inteligente como interesada en el tema a la vez.

—Entiendo que es una situación difícil —intelectualmente comprendía que una población en crecimiento era esencial para que toda ciudad sobreviviera, pero... ¿escasez de hombres? ¿En serio?—. ¿Habéis investigado lo del tema de la maldición aborigen? —preguntó cuando no se le ocurrió nada más.

Marsha se rio.

—Los únicos aborígenes que vivieron en las colinas no eran de los que lanzaban maldiciones. Lo que pienso es que si traemos negocios a la ciudad no creo que tuviera nada de malo limitarnos a ésos que tradicionalmente desempeñan los hombres, como ingeniería, tecnología, un segundo hospital. Es cierto que los hospitales también contratan a mujeres, pero eso nos daría una gran base de empleo.

Sí, claro, ¡como si Charity pudiera conectarse a Internet y encargar un hospital, así, sin más! Respiró hondo. Necesitaba procesar la información. ¿Escasez de hombres? Jamás en su vida había oído algo así, aunque tampoco podía culpar a la alcaldesa por no haberlo mencionado durante las entrevistas de trabajo. Eso sí que habría sido una buena forma de aterrorizar a los candidatos.

–Durante los próximos días, a medida que vayas conociéndolo todo por aquí, quiero que hagas un recuento mental y podrás ver por ti misma que hay una gravísima escasez de hombres. Mi gran temor es que corra la voz y que un periodista de alguna parte lo descubra y empiecen a inventarse historias sobre la ciudad.

–¿No os ayudaría recibir tanta atención?

–Esta ciudad es especial para todos nosotros. No nos interesa que se crean que somos unos bichos raros; lo único que necesitamos es equilibrar nuestra población.

Charity pensó en Josh Golden; era un hombre que perfectamente valía por tres. La alcaldesa Marsha debería casarlo con una de las solteras de allí.

–Pero hay algo bueno en todo esto –le dijo Marsha guiñándole un ojo–. Como eres la que va a reunirse con los propietarios de los negocios, podrás ser la primera en elegirlos.

–Qué suerte tengo –murmuró Charity, agradecida de que la camarera las interrumpiera. No estaba dispuesta a compartir los detalles de su vida social, o de la falta de la misma, con su nueva jefa. Y no había razón para explicarle que no tenía ningún éxito en el departamento de hombres.

Y aunque haber evitado la afición de su madre por hombres demasiado guapos ya había sido un buen comienzo, eso no le había garantizado nunca un final feliz. Hasta el momento era la embajadora de los desastres amorosos.

Cuando habían terminado de pedir sus platos, una mujer de pelo rizado y bien vestida se acercó a su mesa. Era un poco más alta que Charity y emanaba estilo y atractivo sexual por todas partes.

–¡Entonces, tú eres la nueva! –dijo alegremente la veinteañera–. Hola. Soy Pia O'Brian, la planificadora de fiestas de Fool's Gold.

–Suena mejor «organizadora de eventos» –dijo Marsha sacudiendo la cabeza.

–Tal vez suene mejor para ti, a mí me gusta el aspecto de fiesta de mi trabajo –Pia sonrió a Charity–. Un placer conocerte.

–Lo mismo digo.

–La verdad es que no planifico fiestas –admitió Pia–. Organizo el Festival de la Primavera, el Festival del Verano y los fuegos artificiales del 4 de Julio.

–¿Y el Festival del Otoño? –preguntó Charity.

Pia se rio.

–Sí, pero eso viene después del Festival de Fin de Verano y se centra en libros. Aquí somos gente muy fiestera.

–Eso veo –lo más cerca que Charity había estado de las fiestas de una ciudad había sido un mercadillo de artesanía en el instituto–. Estoy deseando asistir a una.

–¡Ojalá solo tuvieras que hacer eso! –dijo Pia exageradamente–. Tú y yo vamos a tener que hablar. Te llamaré para concertar una cita.

–¿Debería estar nerviosa? –preguntó Charity riéndose.

–No, no pasa nada. Que disfrutéis de vuestro almuerzo –les gritó por encima del hombro mientras se alejaba hacia la puerta.

–Es simpática –dijo Charity. Y, además, debían de ser más o menos de la misma edad. La consideraría una amiga potencial.

–Para que lo sepas, habla mucho y hace poco, por lo menos en lo que respecta a nuestro problema –Marsha sacudió la cabeza–. Oh, Charity, te he metido en una situación muy difícil. Espero que no te importe.

–Estaba buscando un desafío –le respondió ella. Y además de un desafío, había estado buscando un trabajo totalmente distinto al anterior. Había querido empezar de nuevo y el empleo en Fool's Gold le había ofrecido exactamente eso.

–Bien. No quiero asustarte el primer día. Tal vez el segundo...

Charity se rio.

–No me asusto con facilidad. Es más, este fin de semana voy a subirme al coche y voy a ir a ver los distintos barrios que hay en la ciudad.

–¿Estás pensando en comprarte una casa?

–Ahora mismo no, pero puede que sí en un par de meses. Quiero echar raíces.

Tener una dirección permanente y establecer lazos con una comunidad siempre había sido su fantasía.

–Hay algunas casas preciosas, aunque con todos los hombres que se mudarán aquí, puede que quieras esperar un poco. Has dicho que estabas soltera, así que puede que conozcas al hombre de tu vida.

–No, no –dijo Charity antes de dar un sorbo de café. La alcaldesa Marsha era muy simpática, pero no era la persona más sutil que había conocido.

En cuanto a lo del hombre de su vida... no estaba buscando a un hombre perfecto. Simplemente quería un tipo simpático que la amara tanto como ella lo amaría a él. ¡Ah! Y un hombre que fuera soltero, sincero y fiel, algo terriblemente difícil de encontrar, por lo menos dadas las experiencias que había tenido.

–Si alguien de por aquí te hace gracia –dijo Marsha mientras les servían la comida–, pregúntame por él. Conozco a todo el mundo.

De nuevo el cerebro de Charity se centró en Josh, en lo increíblemente atractivo que era y en los miles de problemas que podía ocasionarle. Tal vez no fuera capaz de ignorar las reacciones de su cuerpo cuando él estaba delante, pero sí que podía hacer todo lo posible por ignorarlo a él. Y lo haría. Incluso en una ciudad tan pequeña como Fool's Gold, no podría ser tan difícil.

—Me vuelves loco, lo sabes, ¿verdad?

Josh seguía observando la pantalla de su ordenador e ignorando a su secretaria; eso era algo que se le daba bien después de años de práctica.

Por desgracia, Eddie no era de esas personas que captaban las indirectas.

—Estoy hablando contigo, Josh.

—Lo sabía —dejó de mirar el e-mail para centrar su atención en su setentona secretaria que estaba de pie con las manos en las caderas.

Eddie Carberry tenía el pelo corto, ondulado y canoso. Le gustaba llevar mucho maquillaje y chándales de terciopelo. Tenía uno para cada día de la semana. Si era lunes, se pondría el violeta.

—Están poniéndome de los nervios —le dijo ella—. ¿En qué demonios estabas pensando? Sé que no estás acostándote con ellas, así que no se trata de sexo. Y tampoco me digas que es por ser simpático. Ya sabes cómo lo odio —Eddie lo miraba mientras hablaba.

Josh sabía muy bien que tenía que tomarse en serio su mal genio, al igual que sabía que «ellas» en cuestión eran las tres chicas en edad universitaria que se suponía que tenían que estar ayudándola en la oficina.

—Dijiste que querías liberarte de responsabilidades, dijiste que querías que hubiera más empleados —le dijo él.

Eddie puso los ojos en blanco.

—Y también dije que quería parecerme a Demi Moore y no veo que estés haciendo nada para solucionarlo. Esas chicas no son empleadas, son unas rubias con todos los clichés que se le pueda asociar a ese color de pelo. Solo quieren hablar de ti —alzó la voz—. ¡Josh es guapísimo! —dijo con una voz aguda y burlona—. ¿Crees que me pedirá salir?

Bajó la voz hasta su tono normal y añadió:
—Pensé que se lo explicarías todo cuando las contrataste.
—Y lo hice. Detalladamente.
—Pues entonces tendrás que volver a hacerlo.
Eso parecía...
Había jovencitas que habían hecho de todo con tal de captar su atención, incluso meterse en su cama desnudas diciéndole que esperaban un hijo suyo. Y él comprendía esa teoría: si estaban junto a una persona que el público veía especial, entonces ellas pasaban a ser especiales también y decirles que no merecía la pena que perdieran su tiempo con él no parecía funcionar. Ese verano había probado a ofrecer empleos pensando que, si trabajaban a su lado, verían al hombre que se ocultaba detrás del mito. Sin embargo, hasta el momento el plan no había funcionado.
—Un par de gatos podrían ayudarme más —gruñó Eddie—. Y eso que ya sabes lo que pienso de los gatos.
Lo sabía. Ella odiaba a toda criatura que se atreviera a soltar pelo sobre uno de sus chándales.
—Hablaré con ellas.
—Más te vale —la mujer bajó los brazos y se acercó a su mesa—. La tienda de la Tercera está alquilada.
Él se recostó en su silla mientras ella se sentaba.
—Bien.
Llevaba vacía casi tres meses.
—El contrato de arrendamiento está en el despacho del abogado. Lo recogeré después para que lo leas —se aclaró la voz—. Te solicitan que participes en una carrera de bicis para un acto benéfico.
—No.
—Es por el bien de los niños.
—Suele ser por eso.
—Deberías participar en esta.
Intentaba provocarlo; por alguna razón, Eddie pensaba que si lograba hacerlo gritar, él acabaría cediendo.
—Es en Florida. Podrías ir a Disney World.

—Ya he estado en Disney World.
—Tienes que salir, Josh. Vuelve a montar. No puedes...
—¿Algo más? —le preguntó interrumpiéndola.
Ella se quedó mirándolo con los ojos entrecerrados. Él la miró a ella, que fue la primera en parpadear.
—Bien. Sigue así —Eddie dejó escapar un gran suspiro, como si en su vida no hubiera más que dolor—. No dejan de llamarme para un torneo de golf benéfico. El patrocinador tiene contactos con la estación de esquí y están pensando en celebrar el torneo aquí.

Lo del golf sí que podría hacerlo. No era su deporte, de modo que no se le exigiría perfección. Podía derrochar encanto ante las cámaras, recaudar algo de dinero y pasar así el día.

—Me apunto a lo del golf.
—Por lo menos es algo —gruñó ella—. Más tarde te daré las cifras de ventas de la tienda de deportes; los datos preliminares son bastante buenos. Los folletos han impulsado el negocio y las ventas por Internet también han subido. Aunque si pudiéramos incorporar una fotografía tuya a las bicicletas que vendemos

Miró hacia otro lado, lo cual significaba que estaba ignorándola. Una de las rubias pasó por delante justo en ese momento y creyó que él estaba mirándola. La joven sonrió y se detuvo.

¡Maldita sea!

Eddie se giró y vio a la chica.

—¡Vuelve al trabajo! —le dijo bruscamente—. Esta conversación no te incumbe.

La chica hizo un puchero, pero se fue.

—¿Te he dicho ya que me ponen de los nervios? —preguntó Eddie.

—Más de una vez.

—Necesitas una novia. Si piensan que estás saliendo con alguien, se echarán atrás.

—No, no lo harán.

—Puede que no —asintió ella—. Te juro, Josh, que algo les pasa contigo. Todas las mujeres se mueren por meterse en tu cama.

Él se estremeció, no quería mantener esa conversación con su secretaria septuagenaria.

—Supongo que la buena noticia es que si lo hubieras hecho tantas veces como dicen, ahora estarías muerto.

—Un pensamiento de lo más positivo —dijo él secamente.

Eddie se levantó.

—Volveré luego para traerte las cifras de ventas.

—Estaré contando las horas.

Ella soltó una carcajada mientras se marchaba y Josh centró la mirada en el ordenador, aunque no su atención.

Las chicas de su oficina eran el menor de sus problemas. Lo que lo mantenía noches despierto no eran esas jóvenes convencidísimas de que él era la respuesta a sus plegarias, sino la realidad de saber que era un absoluto fraude y que nadie lo había descubierto.

Durante los siguientes días, Charity siguió familiarizándose con su nuevo trabajo y conoció al resto de los empleados. Se fijó en que todos eran mujeres, con la excepción de Robert Anderson, el tesorero.

—Robert lleva con nosotras cinco años —dijo Marsha después de una reunión un miércoles y antes de excusarse para ir a hacer una llamada al comisionado del condado.

Robert era un guapo treintañero con unos ojos oscuros que resplandecieron de diversión al estrecharle la mano a Charity.

—Pareces un poco sorprendida de verme. ¿Es porque soy un chico? ¿Ya te ha contado la alcaldesa nuestro pequeño problema?

—Sí, y eso debe de hacerte muy popular.

Él sonrió y le indicó que lo siguiera hasta su despacho, donde se sentaron a ambos lados del escritorio.

—No me va mal.

—¿Lo sabías cuando aceptaste el trabajo?

Él se rio.

—No, y en ningún momento me fijé durante el proceso de selección. Estaba centrado en el trabajo, no en el entorno. Supongo que no soy muy observador. A la segunda semana de mudarme, aproximadamente, me di cuenta de que estaba viniendo demasiadas mujeres a darme la bienvenida.

Charity aún tenía dificultades para asimilar el concepto «escasez de hombres».

—¿Entonces es real eso del tema demográfico?

—Sí, es real, aunque lo expones de un modo muy delicado. No me he parado a pensar el por qué, pero el caso es que los hombres ni se quedan aquí ni se mudan aquí. Estadísticamente nacen más bebés varones que mujeres; es un porcentaje de unos ciento diez hombres por cada cien mujeres, pero la mayoría de los varones mueren antes de cumplir los dieciocho y cuando llegan a la mediana edad hay más mujeres. Excepto aquí. Aquí hay más mujeres en todos los grupos de edad.

¡Y eso que Charity había pensado que el caso de su ordenador frito y el hecho de ver el trasero de Josh Golden en el ordenador de su secretaria sería lo más extraño de toda la semana!

—Me he quedado sin habla —admitió—. Y no es algo que pueda decir con frecuencia.

Robert se rio.

—No es para tanto.

—Para ti no. Además de ser un bien preciado por aquí, a ti no te han pedido que le traigas a la ciudad negocios que puedan desarrollar hombres.

La carcajada del joven se transformó en una mueca.

—¿Marsha ha dicho eso?

—Fue una orden bien clara —miró la mano izquierda de Robert—. Hmm, no veo un anillo de boda ahí. ¿Por qué no estás haciendo algo por la ciudad y te casas?

Él alzó las manos con las palmas hacia ella.

—Lo he intentado. Me comprometí, pero rompimos cuando me di cuenta de que teníamos ideas distintas sobre la familia. Yo quería hijos y ella no. Se mudó a Sacramento.

—Una mujer menos de la que preocuparse —murmuró Charity preguntándose si algún famoso de la tele iba a salir de un armario y decirle que era un programa de cámara oculta. Aunque no le haría ninguna gracia la humillación, estaría bien descubrir que la alcaldesa había estado bromeando con el tema de los hombres. Pero no, no pensaba que tuviera esa suerte.

Entonces se dio cuenta de que su respuesta ante Robert no había sido nada delicada.

–Oh, espera, no he querido decir eso. Siento que tu compromiso no siguiera adelante.

Él se encogió de hombros.

–Sucedió hace un tiempo. Ahora estoy saliendo con otra chica.

–¿Y no lo están celebrando por las calles?

–La semana pasada hicieron un desfile.

–Qué pena habérmelo perdido. Hace unos días conocí a Pia O'Brian. Parece que en Fool's Gold celebráis muchos desfiles y fiestas.

–Festivales –la corrigió él–. Es lo nuestro. Tenemos uno prácticamente cada mes. Atrae a turistas y a los lugareños les encantan. ¿Es la primera vez que vives en una ciudad pequeña?

Ella asintió.

–Y estoy deseando vivir este cambio.

–Pero ten en cuenta que aquí todos lo saben todo de todos, no hay secretos. Sin embargo, yo crecí en un lugar parecido y no querría estar en una gran ciudad –se inclinó hacia ella–. Deberíamos almorzar juntos algún día, así te contaré todas las excentricidades de una pequeña ciudad como esta.

Robert era simpático, pensó mientras miraba sus ojos oscuros; además, era inteligente y con un gran sentido del humor.

–Me gustaría.

Se detuvo esperando que la recorriera algún cosquilleo, algo que le indicara algún tipo de atracción hacia él. Pero nada.

«Nada», pensó con un suspiro a la vez que se negaba a recordar cómo había reaccionado ante Josh Golden. Habría sido una subida de azúcar, o el resultado de tomar demasiado café y dormir poco, porque Robert era una mejor elección, con diferencia.

Estaba a punto de disculparse cuando su mirada se posó en un muñequito de plástico que Robert tenía sobre el escritorio y que le resultaba vagamente familiar.

—¿Es ése?

—Josh Golden —respondió él—. ¿Lo has conocido ya?

—Eh sí.

¿Había hasta muñecos de él?

—¿Y qué te ha parecido? —le preguntó con un tono natural y despreocupado, aunque a ella le pareció ver un intenso brillo en su mirada.

—No he tenido tiempo de pensarlo —respondió diciéndose a sí misma que era casi verdad. No ser capaz der respirar era un síntoma de un escaso funcionamiento de las neuronas.

—Es un ciclista muy famoso. Ganó el Tour de Francia y todo.

—No soy muy aficionada a los deportes —admitió—. ¿Por qué está aquí en lugar de estar compitiendo?

—Se retiró hace un tiempo. Todas las mujeres de por aquí están locas por él y tiene reputación de ser un ligón. Seguro que tú también caerás rendida a sus pies.

Charity miró a Robert.

—¿Cómo dices?

—Es inevitable. Ninguna mujer es capaz de resistirse.

¿No quería desafíos? Pues ahí tenía uno, se dijo un poco furiosa.

—Por lo menos debe de haber una que le haya dicho que no.

—No, que yo sepa. Pero Josh no va en serio con ninguna, él disfruta únicamente con el ligoteo.

Al oír eso, la conversación dejó de gustarle.

—¿Es eso una advertencia?

—No. Es solo que eh —la miró—. Me gustaría que fueras diferente, Charity.

La mirada de Robert era cálida y afectuosa. Charity le sonrió.

—Haré lo que pueda. No soy ninguna groupie.

—Bien.

Ella se levantó.

—Tengo que volver al trabajo. Ha sido un placer conocerte.

Él también se levantó.

—El placer es todo mío.

¡Qué tipo tan simpático!, pensó al marcharse. Por fuera, era todo lo que ella buscaba aunque, claro, el resto de hombres que habían pasado por su vida también podrían haber encajado en esa descripción y habían terminado siendo un desastre.

No había ido a Fool's Gold a enamorarse, se recordó. Había ido a desempeñar un trabajo y a echar raíces. Sin embargo, enamorarse del hombre adecuado y casarse sería genial ya que formar una familia siempre había sido uno de sus sueños.

Pero para eso había tiempo, pensó de camino a su despacho, y si su corazón no había sufrido ninguna arritmia ante la presencia de Robert, tal vez había sido mejor así. Ya había aprendido la lección. Sería totalmente sensata en lo que respectaba a su vida personal. Sensata y racional. De lo contrario, todo saldría mal. De eso estaba segura.

El resto de la semana laboral pasó rápidamente. Conoció a más miembros del Ayuntamiento, todos ellos mujeres, y se familiarizó con los proyectos que estaban desarrollando. Sheryl se marchaba a las cuatro y media casi cada día, pero Charity se quedaba a trabajar hasta más tarde. El jueves se quedó casi hasta las siete, momento en el que el estómago le rugió con tanta fuerza como para hacerle perder la concentración. Miró por la ventana y se sorprendió al ver que ya había anochecido.

Después de bajar la tapa de su nuevo y flamante portátil, recogió su bolso y un maletín lleno de los documentos que revisaría después de cenar y se marchó.

El edificio estaba en silencio y daba un poco de miedo. Rápidamente, salió a la calle donde una fresca brisa le hizo desear llevar encima un abrigo algo más grueso. El día más frío de Henderson, un barrio residencial de Las Vegas, había sido más cálido que esa tarde de comienzos de primavera en las colinas de Sierra Nevada.

Por suerte, el hotel solo se encontraba a un par de manzanas. Charity corrió por la acera y cuando llegó a la esquina, vio a un anciano barriendo los escalones de la librería que había visitado durante la hora del almuerzo. Él la saludó y ella se detuvo.

—No te conozco –dijo entrecerrando los ojos ante el resplandor de la farola–, ¿verdad?

Su tono era cordial. Ella le sonrió.

—Soy Charity Jones, la nueva urbanista.

—¿Ah, sí? Eres muy guapa, aunque bueno, todas las señoritas son guapas, incluso las que no lo son –se rio y tosió–. Soy Morgan. Morgan, a secas, y esta es mi librería.

—Oh, es maravillosa. Ya he comprado aquí en dos ocasiones.

—Pues no he debido de fijarme en ti. La próxima vez te diré algo. Dime qué te gusta leer y me aseguraré de tenerlo en la tienda.

Eso sí que era un buen servicio, pensó ella encantada.

—Gracias, es usted muy amable.

—Un placer. ¿Sabes cómo ir a casa?

—Estoy alojándome en el Ronan's Lodge.

—Pues está solo a dos manzanas. Me quedaré aquí y me aseguraré de que llegas bien. Date la vuelta y salúdame con la mano cuando llegues a las escaleras.

Su ofrecimiento fue inesperado. No le preocupaba que fuera a pasarle nada durante el recorrido entre la librería y el hotel, pero era agradable saber que alguien estaba ahí si eso sucedía.

—Gracias. Es usted muy amable.

Él le guiñó un ojo.

—Me han llamado muchas cosas, Charity, pero me gusta que me llamen «amable». Que pases una buena noche.

—Gracias.

Caminó el resto del camino hasta el hotel y cuando llegó a los escalones que conducían al vestíbulo, se giró. Morgan estaba observando. Lo saludó y él le respondió alzando la mano. Después, siguió barriendo.

En ese momento tuvo claro que le gustaría vivir allí porque, aunque cada sitio tenía sus rarezas, en Fool's Gold había muchas cosas que apreciar.

Se detuvo antes de empujar las puertas dobles que conducían al interior del hotel; eran grandes y estaban profusamente talladas, parecían artesanía de otra época.

Ronan's Lodge, también conocido como Ronan's Folly, era un hotel enorme situado junto al lago. Se había construido cuando el oro fluía como los ríos de donde los hombres lo cribaban. Ronan McGee, un inmigrante irlandés, había llegado al oeste para hacer fortuna y después había gastado su mayor parte en la construcción del hotel.

Charity había leído su historia la última vez que había estado en la ciudad cuando, al ser incapaz de dormir la noche antes a su entrevista de trabajo, había hojeado todos los folletos turísticos que había encontrado en la habitación.

Ahora, mientras entraba en el inmenso vestíbulo con sus paredes paneladas con madera tallada y la enorme lámpara de araña importada hecha de cristal irlandés, se sintió como en casa. Con el tiempo compraría una casa y se adaptaría a la vida en Fool's Gold, pero Ronan's Lodge era el mejor alojamiento temporal que podía tener.

Pasó por delante del mostrador de recepción en dirección a la escalera curvada que la llevaría a la segunda planta desde donde una pequeña escalera de caracol llegaría a la tercera, donde tenía una pequeña suite.

Apenas había puesto la mano sobre la barandilla, sin subir aún el primer escalón, cuando alguien le habló. La voz venía de detrás y dijo una única palabra.

–Hola.

No tuvo que mirar para saber de quién se trataba. Lo único que tenía que hacer era quedarse allí de pie sintiendo cómo el corazón se le descontrolaba dentro del pecho y cómo iba invadiéndola un intenso calor.

Su semana había comenzado con una invasión de Josh Golden y parecía que terminaría del mismo modo. La única pregunta que le surgió antes de girarse hacia él fue por qué, de todos los hombres del mundo, tenía que ser él.

3

Charity se giró y se encontró a Josh de pie a su lado en el vestíbulo. Era tan alto como recordaba, aunque su alborotado pelo ahora parecía más dorado que rubio. Los rabillos de sus ojos verde avellana se arrugaron ligeramente a la vez que su boca se curvaba en una sonrisa. Posiblemente era el hombre más guapo que había visto en persona y, por si eso fuera poco, hacía escasas horas que había vuelto a ver su trasero desnudo. ¡Cómo no iba a resultarle difícil concentrarse!

–Soy Josh –le dijo–. Nos conocimos en el despacho de la alcaldesa.

Ella casi se atragantó de la risa. ¡Cómo si se le hubiera olvidado!

–Sí –dijo esperando sonar calmada y como si su presencia no la afectara–. A principios de semana. Te hiciste con las riendas de mi reunión y cerraste el trato. Lo recuerdo.

–No estarás enfadada por eso, ¿verdad?

Estaba muchas cosas. Estaba confundida por el modo en que su cuerpo reaccionaba ante su presencia; estaba furiosa porque él hubiera tenido acceso a una información que ella no había logrado y que, por ello, hubiera hecho un mejor trabajo que el suyo en la presentación. Estaba hambrienta y cansada. Pero no, no estaba enfadada.

–Estoy bien –le aseguró–. Necesitábamos que la universidad firmara y eso es lo que pasó. Probablemente debería darte las gracias.

Se detuvo, esperando que él se disculpara para ir a atender a quien fuera o lo que fuera que lo había llevado hasta el hotel. Sin embargo, siguió mirándola.

Ella intentó no dejarse afectar por su mirada ni tener ninguna clase de reacción ante ella, una tarea que le requirió demasiado esfuerzo.

Después de unos segundos mirándolo, le dijo:

–No quiero entretenerte.

–No lo haces –señaló a las escaleras–. ¿Vamos?

–¿Cómo dices?

–Que si subimos. Somos vecinos. Tú estás en la 301 y yo en la 303.

Le puso la mano en la parte baja de la espalda, como guiándola hacia las escaleras. Instintivamente, ella se movió y se negó a prestarle atención a las sacudidas eléctricas que la recorrían por todas partes. Un calor emanaba de cada uno de sus dedos, un calor que le hizo a Charity desear un contacto entre dos pieles desnudas y quince minutos a solas con Josh.

Nivel de azúcar en sangre, se dijo. Tenía un nivel bajo de azúcar.

–¿Por qué vives en un hotel? –le preguntó casi para distraerse.

–¿Por qué no? Es céntrico, tiene servicio de habitaciones y me hacen la cama todas las mañanas.

–¿Lo mejor para no tener ninguna responsabilidad en la vida? –preguntó ella, aunque al instante deseó no haberlo hecho. Eso sí que había sido una respuesta burlona.

Pero en lugar de molestarse, Josh se rio; fue un grave y excitante sonido que hizo que a Charity se le pusiera la piel de gallina.

–¿Lo dices porque ser responsable es el sumun de la perfección? –preguntó él.

–Es una señal de madurez.

–Una cualidad que está demasiado sobrevalorada.

Lo estaría para él, pensó ella. Ella había sido responsable de cuidar de sí misma desde que tenía nueve años y siempre había envidiado a las personas despreocupadas, esas que sabían que otros cuidarían de ellas. Ella no había tenido esa opción; su madre había sido el espíritu libre de la familia y le había dejado la tarea de asegurarse de que la vida de las dos marchara bien.

Siempre había querido a su madre y había deseado que fuera distinta. Sí, claro que había sido divertido tener una madre que nunca te decía que tenías que ir al cole ni hacer los deberes, pero también había momentos en los que un niño necesitaba unas reglas y algo de orden. Por ello, Charity había tenido que aprender a proporcionarse a sí misma ambas cosas.

Cuando llegaron a la tercera planta se adelantó para llegar a su habitación lo antes posible y escapar en su interior. Sin embargo, él llegó antes y se apoyó contra su puerta.

–Deberíamos quedar para tomar una copa algún día –le dijo mirándola fijamente con esos brillantes ojos verde avellana y haciendo que todo su cuerpo suspirara.

–No estoy segura de que sea buena idea pasar tiempo con un hombre que se declara alegremente un inmaduro y un irresponsable.

Él volvió a reírse.

–No soy tan malo.

–¿No?

Mira. Soy absolutamente normal. Prácticamente aburrido.

Era muchas cosas, pero aburrido no.

Antes de que ella pudiera señalar ese detalle, la puerta de él se abrió y una preciosa rubia, que no llevaba encima más que una de sus camisas, salió.

–Hola, Josh. Me había parecido oír tu voz.

Josh se puso derecho. Charity aprovechó la distracción para meterse en su habitación y cerró la puerta. Se apoyó contra la pared unos segundos antes de agacharse a encender una lamparita.

Cuando la luz invadió el pequeño, pero elegantemente amueblado salón, ignoró la sensación de vacío que le hizo un nudo en el estómago y se dijo que ni siquiera se había sorprendido por lo que había visto. Estaba claro que un tipo como Josh tendría a una mujer en su habitación; seguro que hasta entraban allí en turnos. Por lo que había oído, le encantaban las mujeres y a las mujeres les encantaba él.

Puso los hombros rectos. Aunque no pudiera controlar sus reacciones físicas, sí que podía controlar sus acciones y no haría nada.

Cuando llegó el viernes, Charity se sentía más cómoda en el viejo edificio del ayuntamiento y se había aprendido el nombre de casi todos los que trabajaban allí.

Su reunión de las once era con Pia O'Brian, algo que había estado esperando desde que Sheryl la había anotado en su agenda.

Pia llegó justo a tiempo con su rizada melena castaña ondeando sobre sus hombros y ese traje que ensalzaba sus largas piernas.

—¿Cómo estás? —le preguntó Pia mientras Charity le indicaba que se sentaran en la mesa de reuniones que había junto a la ventana—. ¿A punto de volver corriendo y gritando a la gran ciudad?

—Me gusta estar aquí. La vida en una pequeña ciudad va conmigo.

—Eso lo dices ahora —le dijo Pia con cierta voz burlona mientras dejaba sobre la mesa unas carpetas—, pero espera que pasen unos meses y te des cuenta de que todo el mundo lo sabe todo sobre ti y que no les da miedo hablar de ello.

Charity se rio.

—Mi vida no es tan interesante. ¿Por qué iba a interesarle a alguien?

—Eres nueva, supones cotilleos frescos para las mujeres de por aquí. Recuerda que no hay secretos. No durante mucho tiempo.

—Gracias por la advertencia —miró las carpetas—. ¡Vaya! Una lectura ligerita, ¿eh?

—Me gustaría pensar que tanta información no te va a dormir, pero no puedo asegurártelo —le dio una palmadita a la pila de carpetas—. Son resúmenes de los festivales y celebraciones de los últimos dos años. El desfile del 4 de Julio, la Noche Fantástica de las Luces de Navidad, y ese tipo de cosas, además de los siempre populares Días de la Fiebre del Oro. Si algo importante sucede en Fool's Gold, lo más probable es que yo esté metida en ello. O, por lo menos, dando asesoramiento. Así que si alguna vez necesitas dos mil sillas plegables a un gran precio, ven a verme a mí la primera.

—Espero que nunca vaya a necesitarlas —murmuró Charity.

—¿No tienes pensado celebrar una gran boda?
—No salgo con nadie.
—Yo tampoco.
—Soy nueva aquí. Tú, ¿qué excusa tienes?

No podía imaginar a Pia sin un hombre. Era guapísima y muy extrovertida.

—Una escasez absoluta de hombres —le respondió con tono alegre—. Estoy segura de que Marsha te ha explicado que tienes que centrarte en trabajos desempeñados básicamente por hombres. Lo último que necesitamos por aquí es una escuela de belleza. Se me dan genial los eventos orientados a los hombres, como torneos de golf o muestras de coches —dijo ahora con seriedad.

Charity no pudo evitar reírse.

—Sé que para vosotros este asunto es muy importante, pero tengo que admitir que me resulta muy extraño.

—¿Qué me vas a decir a mí? Cuando me gradué en el instituto, había un diez por ciento más de chicas en mi clase y gracias a eso el baile de graduación fue horrible.

—Pero no creo que tú fueras sin un acompañante.

Pia se encogió de hombros.

—No, pero algunas amigas mías tuvieron que traer chicos importados para el baile. Fue muy humillante.

—¿Creciste aquí?

Pia vaciló y después asintió.

—Nací y crecí aquí. Tercera generación ¿o es la cuarta? Nunca puedo recordarlo. Mis padres se marcharon hace unos años, pero yo me quedé. Soy la última O'Brian en Fool's Gold —sonrió—. Es mucha responsabilidad.

—Supongo que sí —Charity se inclinó hacia ella—. Haber vivido aquí toda tu vida ha debido de ser genial. Yo no dejaba de mudarme cuando era pequeña. A mi madre no le gustaba residir en un mismo sitio, pero yo soñaba con hacerlo. Conocerlo todo sobre un lugar y echar raíces. Tienes suerte.

Algo se iluminó en los ojos de Pia.

—La desventaja es eso de que no se puede tener secretos. Todo el mundo lo sabe todo sobre ti y a veces pienso que sería genial poder pasear por la calle sin que nadie supiera quién soy.

—Eso puede hacerte sentir muy sola.

—También puede hacerte sentir así la vida en una pequeña ciudad —sacudió la cabeza—. Bueno, dejémonos de filosofar y volvamos al trabajo. Quiero que le eches un vistazo a la programación para el festival de este año. Dependiendo de la clase de negocio que estés buscando, puede que quieras invitar a algunos ejecutivos y a sus familias para experimentar la vida en una pequeña ciudad. O mejor aún, invita a ejecutivos solteros. Durante los festivales estamos de un humor fantástico, nos arreglamos mucho y nos mostramos muy simpáticos.

Charity miró la lista.

—¿Y cuándo no os arregláis, entonces? Porque celebráis algo prácticamente cada mes.

—Pues eso no es todo —continuó Pia—. También hay varios eventos benéficos. Íbamos a celebrar una carrera de bicis, pero sigue posponiéndose.

¿Carrera de bicis? ¿Eso no era territorio de Josh Golden? Charity pensó en preguntar, pero temió que Pia pensara que la pregunta implicaba un interés en él por su parte.

—Hay torneos de golf benéficos. Tenemos un fantástico campo de golf. Varios, en realidad, pero el profesional es muy conocido. No me preguntes por qué porque yo no me ocupo de lo del golf, ni tampoco de los eventos con famosos. Demasiado exigentes.

–Es bueno saberlo –murmuró Charity–. Entonces no creo que busques marido en esa clase de eventos.

Pia se rio.

–No estoy segura de ser de las que se casan. Ni siquiera sé si quiero tener hijos. Todavía estoy en esa fase de mi vida en la que me conformo con lograr que no se me muera una planta. Después, pensaré en tener una mascota.

–Por lo menos tienes un plan.

–Ya te contaré cómo me funciona.

Revisaron el resto de la programación del festival y Charity prometió estudiarlo detenidamente y preguntarle a Pia si le surgía alguna duda.

Pia recogió su bolso y su maletín y se levantó.

–Me alegra que aceptaras el trabajo, Charity. Sé que eras la candidata número uno para Marsha y eso es decir mucho porque los candidatos segundo y tercero eran dos hombres solteros.

–Estoy agradecidísima.

–¡Como tiene que ser! –dijo Pia riéndose–. Por cierto, hay un grupo de mujeres que se reúnen un par de veces al mes para celebrar una noche de chicas. ¿Quieres que te llame la próxima vez que nos reunamos?

–Sí, gracias, me gustaría mucho.

–Entonces estaremos en contacto –dijo antes de despedirse y marcharse.

Charity volvió a su mesa, donde podía ver las pilas de carpetas que tendría que llevarse a casa esa noche para revisar. Había estado tan ocupada con el trabajo que no había tenido tiempo ni de encender la televisión de su habitación, aunque probablemente no fuera algo tan malo, porque tampoco le vendría mal algo de vida social.

En lugar de pensar en Robert, un tipo soltero absolutamente normal y agradable, su cerebro inmediatamente se centró en Josh, el hombre que le había estado tirando los tejos mientras su entretenimiento nocturno lo esperaba en su habitación. ¡Eso sí que era de mal gusto!

Por lo menos, una noche de chicas sería divertido y le daría una oportunidad de hacer amigas en la ciudad. Durante el fin de semana podría empezar a explorar la zona e incluso investigar si la facultad tenía clases interesantes sobre cosas como cocina o costura. Tenía que salir más.

Se anotó en la agenda que tenía que conseguir un folleto informativo y después se giró hacia el ordenador. Pero antes de poder leer el e-mail, alguien llamó a su puerta abierta.

Charity alzó la mirada y vio a una mujer de unos cuarenta años con uniforme de policía entrando en su despacho.

–Alice Barns –dijo al acercarse al escritorio y estrecharle la mano con firmeza–. La Jefa de Policía de Fool's Gold. Pensé que debía venir a presentarme.

Charity señaló la silla que había al otro lado del escritorio.

–Me alegra que lo haya hecho. Mucho gusto en conocerla.

Ella ladeó la cabeza y sonrió.

–¿Cómo debería llamarla?

–Jefa Barns delante de la prensa o de mis hombres. Alice cuando no estemos trabajando.

–Es bueno saberlo.

–¿Cómo estás adaptándote? –le preguntó Alice.

–Ha sido una semana muy ocupada. He aprendido mucho. Hasta el momento, adoro este lugar.

–Es un buen lugar para vivir –le dijo Alice–. No hay mucha actividad criminal. Unos cuantos adolescentes que se creen más listos de lo que son, alguna que otra persona que se cuela en los complejos vacacionales y turistas sobrepasando los límites de velocidad. Nada con lo que no puedan mis fuerzas de seguridad. Puede que haya un nuevo sin techo en la ciudad.

–¿Por qué dices eso?

–Alguien está robando en los supermercados, sobre todo snacks y comida rápida y artículos de tocador. No es nada de lo que haya que preocuparse. Descubriremos quién está haciéndolo y detendremos los robos.

Mientras que Charity odiaba pensar que alguien pudiera pasar hambre, comprendía que los negocios locales no tenían que pagar las consecuencias de los robos.

–¿Tienes pensado salir a visitar la ciudad? –preguntó Alice.
–Sí. Quiero conocerlo todo bien.
–Buena idea, pero te haré una pequeña advertencia. Las minas abandonadas son peligrosas. No pases junto a la valla y si sales a hacer senderismo, hazlo por la zona baja.
–No soy mucho de hacer senderismo –admitió Charity.
–Te sorprendería saber cuánta gente intenta entrar en las viejas minas pensando que es muy romántico. Si estuviera en mis manos, dejaría que la selección natural hiciera el trabajo por nosotros, pero la alcaldesa Marsha cree que tenemos que mostrárselo a los turistas por muy estúpidos que sean.

Charity no pudo evitar reírse y Alice apretó los labios.
–Aunque eso no se lo diría a la alcaldesa –murmuró.
–Sería lo mejor.
La jefa de policía se levantó.
–Bueno, eso es todo. Tenemos tolerancia cero con la conducción en estado ebrio, pero no tienes pinta de hacerlo, así que no te aleccionaré en ese sentido.

Charity se levantó y se situó al lado de Alice al otro lado del escritorio.
–¿Cómo puedes saber que no lo haría?
–¿Es que me equivoco?
–No, pero lo has dicho muy segura.
–Soy muy buena juzgando a la gente.
Salieron juntas.
En el piso principal del edificio, la Jefa Barns volvió a estrecharle la mano.
–Si tienes algún problema, ponte en contacto conmigo o con alguien de mi oficina –le dijo Alice–. La alcaldesa Marsha está impresionada contigo y con tu trabajo y a mí con eso me basta.

Charity se sonrojó ante el cumplido.

—Gracias. Haré todo lo que pueda por mantenerme alejada de los problemas.

—Lo sé.

La jefa se puso su gorra azul y salió a la acera. Charity la vio marcharse. Había pretendido hacer un chiste con lo de mantenerse alejada de los problemas, pero Alice se lo había tomado en serio, como si supiera que Charity siempre hacía lo correcto. Ella era esa clase de persona.

Y eso era bueno, ¿no? Nunca había pensado que las chicas malas se divirtieran más.

—¿Alice está intentando asustarte?

Se giró y vio a Robert bajando las escaleras.

—Me ha caído bien.

—Espera a que te multe por conducir deprisa, puede resultar muy intimidante. Tiene tres hijos. Juegan al fútbol en el instituto y son mucho más altos que ella, pero seguro que tiemblan en su presencia.

Charity se rio.

—Eso podría ser más cosa de madre que de policía.

—Puede que tengas razón —se detuvo—. Me marcho a San Francisco este fin de semana para reunirme con unos amigos, pero quería saber si estarás disponible el próximo para salir a cenar.

Cenar con Robert. Sonaba... muy bien.

—Me gustaría.

—Genial. Fijaremos la hora y el día durante la semana —miró su reloj—. Tengo que irme si quiero llegar a tiempo a San Francisco.

—Claro. Que lo pases bien con tus amigos.

—Eso haré.

Se marchó por una puerta lateral que conducía al aparcamiento de empleados.

La cena con Robert sería un agradable modo de pasar una noche, se dijo antes de estremecerse. ¿Agradable? ¿Es que no podía ocurrírsele nada mejor? ¿Y qué si no sentía chispas cuando estaba con él? Las chispas eran peligrosas, eso sin mencionar que estaban sobrevaloradas. Mejor la sustancia que una chispa.

Volvió al segundo piso, pero antes de llegar a su despacho, Sheryl salió corriendo para buscarla.

—Vas a llegar tarde —le dijo su secretaria—. Será mejor que te des prisa.

—¿Para qué? Hoy no tengo ninguna reunión.

—Ahora tienes una —parecía encantada—. Marsha ha llamado hace un momento y lo ha añadido a tu agenda. Estoy celosísima. No es que necesite hacer ninguna excursión, pero ojalá fuera yo.

A Charity no le gustó cómo sonaba todo eso.

—¿En qué consiste la reunión?

—¡Josh viene hacia aquí para enseñarte la ciudad! —los ojos de Sheryl se iluminaron de emoción—. Solos los dos. Con eso se harían realidad todas mis fantasías. Bueno, no todas, claro, pero por lo menos sí esas de las que puedo hablar.

¿Pasar tiempo con Josh?

—¿Y por qué iba Marsha a preparar algo así? Puedo conocer la ciudad yo solita.

—¡Es con Josh! Tienes mucha suerte. Marsha te está haciendo un gran favor.

Charity pensó que no necesitaba esa clase de favores, pero eso no se lo diría a Sheryl. Marsha no solo era la alcaldesa y su jefa, sino que simplemente intentaba ser amable. El problema era que Charity no podía confesar la falta absoluta de control que tenía cada vez que Josh estaba a escasos metros de ella.

La reacción que había tenido ante él ya había sido lo suficientemente exagerada, pero ser un cliché hacía que la cosa empeorara. Al parecer, todas las mujeres del pueblo reaccionaban del mismo modo. ¡Pobrecillo, tan abrumado por el interés femenino! Seguro que era increíble que pudiera terminar algo en un día aunque, tal vez no hacía nada que tuviera que terminar. Por lo que ella sabía, se pasaba la vida sentado y viviendo de lo recaudado en las carreras y de los derechos de propiedad de sus fotografías con el trasero desnudo.

Pero nada de eso importaba, se recordó. Tenía una reunión a la que asistir.

—¿Cuándo se supone que tengo que quedar con él? —le preguntó a Sheryl.

—Ahora —respondió una grave voz de hombre a su lado.

La repentina explosión de su ritmo cardíaco le robó el aliento. Sus muslos temblaron y vio cómo el mundo se iba estrechando hasta limitarse a una sola persona iluminada por una luz casi sobrenatural.

¿Qué tenía él que lograba que todo su cuerpo conspirara para traicionarla? Tenía que ser la química o alguna clase de deficiencia por su parte, nutricional, o posiblemente mental. Tal vez debería ir más al gimnasio. O mejor dicho, debería ir al gimnasio.

—Hola —dijo ella intentando calmarse—. Me alegro de volver a verte. Tengo entendido que tenemos una reunión programada.

—Marsha ha pensado que debía enseñarte la ciudad.

—¿No es ella la persona más indicada para hacerlo? —preguntó Charity intentando no apretar los dientes—. Y aunque se lo agradezco, se me da bastante bien moverme sola por Fool's Gold, así que si tienes otra cosa que hacer

Él no captó la indirecta y sonrió.

—Tú eres mi única prioridad.

«Está de broma», se dijo ella. Tenía que estarlo. Aun así, había algo en la forma con que hablaba que la hizo querer gemir o ronronear.

—Oh, Dios mío —dijo Sheryl entre suspiros.

Charity se tiró del bajo de su clásica chaqueta de tweed.

—Bien. Entonces iremos a dar esa vuelta —vaciló—. No iremos en bici, ¿verdad?

La boca perfecta de Josh se curvó en una sonrisa de complicidad.

—Habéis estado hablando de mí.

A Charity no le gustó cómo sonó eso, ya que implicaba un interés que ella se negaba a admitir.

—Es difícil evitarte con tantos pósters, salvapantallas y muñecos.

—¿Cuál es tu favorito?

Ella inmediatamente pensó en la fotografía del salvapantallas de Sheryl esa en la que se lo veía en la ducha Desnudo y dándole la espalda a la cámara.

—No lo he pensado –mintió–. ¿Puedo decírtelo en otro momento?

—No puedo esperar a oír la respuesta.

—Seguro que sí. ¿No te cuesta a veces cargar con ese ego tan grande que tienes?

Él sonrió más ampliamente.

—Claro. Por eso tengo fans. Para que me ayuden a llevar el peso.

«Es un hombre imposible», pensó ella intentando no reírse. Señaló la puerta.

—Acabemos con esto.

—No finjas que no es lo que te ha alegrado el día.

—¿Siempre estás tan seguro de ti mismo?

Él le sujetó la puerta.

—Es parte de mi encanto.

Seguro que sí y eso significaba que estaba metida en un gran problema.

4

Josh dirigió el camino hasta un resplandeciente todoterreno negro, uno muy grande al que casi costaba subirse. Charity agradeció que su sencillo traje azul marino tapara sus rodillas y no fuera demasiado ajustado, porque ese estilo le permitió subir sin darle un espectáculo exhibicionista a los buenos ciudadanos que pudieran estar observándolos.

Josh subió a su lado con la agilidad de un atleta. Apoyó un brazo sobre la consola situada entre los dos y se acercó. Se acercó demasiado. Cuando ella tomó aire captó el aroma de su cuerpo, un cálido y masculino olor.

Era exactamente como los hombres que habían entrado y salido de la vida de su madre, pensó decidida a no dejarse hundir en el mismo dolor y tristeza que tantas veces había visto. Los hombres llamativos eran agradables de mirar, pero una apuesta horrible en lo que respectaba a las relaciones. ¿Cuántas veces le habían roto el corazón a su madre? ¿Diez? ¿Veinte? Era como si cada ciertos meses encontrara a alguien nuevo, alguien perfecto que le prometía todo para después dejarla destrozada.

Charity quería una pareja con la que poder ser feliz para siempre, alguien normal, y eso era algo que Josh jamás podría ser.

—¿Qué te gustaría ver? —preguntó él con una voz baja y ligeramente sugerente.

Charity se obligó a mirar por el parabrisas del todoterreno

y se dijo que estaba totalmente aburrida. Había miles de cosas en la oficina que requerían su atención, llamadas que hacer, planes que poner en marcha, listas que revisar y no había nada interesante en estar al lado de Josh.

Suspiró. Por lo menos cuando se mentía a sí misma, nadie le llevaba la contraria.

–Tú eres de aquí. Tú eliges la ruta.

–Bien, pero tendrás que ponerte el cinturón.

–Porque lo dicta la ley, ¿verdad? No vamos a subir una montaña ni nada.

Él se rio.

–No en la primera cita. Me gusta reservar lo más intenso para después para asegurarme de que puedes resistirlo.

Ella quería dejar claro que no era una cita, pero para eso tendría que hablar y las palabras de Josh le habían dejado la garganta seca.

Ese hombre era el encanto personificado, pensó mientras se preguntaba si sería un don divino o algo en lo que él tenía que trabajar. Seguro que era algo natural, seguro que ni siquiera sabía lo que provocaba entre las mujeres que lo rodeaban y ella tampoco se lo diría.

Josh se incorporó al tráfico y se detuvo en un semáforo en una esquina.

–¿Tomas la interestatal para entrar en la ciudad? –le preguntó él.

–Sí.

–¿Has visto muchos lugares de la zona desde tu llegada?

–Solo llevo aquí un par de semanas, no he tenido mucho tiempo.

–¿No tienes los fines de semana libres?

–Mi primer fin de semana lo pasé preparándome para la reunión con la universidad –se estremeció al pensar en lo desastrosa que había sido aquella mañana hasta que Josh había entrado en la reunión, había pronunciado las palabras mágicas y la había sacado del aprieto. No es que estuviera disgustada por el hecho de que se hubiera firmado el contrato, pero la actuación de Josh la había hecho sentirse mal con su trabajo aunque tal vez eso era culpa suya.

–El fin de semana pasado estuve preparando mis reuniones de esta semana.

–Veo que se repite el mismo patrón. Tienes que salir más.

¿Estaba ofreciéndole salir con él? Porque lo deseaba desesperadamente, aunque era una estupidez porque tendría que negarse a cualquier clase de oferta que él le hiciera. Ese hombre no era beneficioso para su salud mental. Además, no podía olvidar que la otra noche había una mujer esperándolo en su habitación. Una mujer prácticamente desnuda que claramente guardaba la esperanza de que su noche tuviera un giro de lo más erótico. A Josh le gustaba jugar y Charity jamás había comprendido las reglas de esa clase de juegos.

Escribió una nota mental para recordarse que tenía que buscar información sobre Josh en Internet cuando volviera a su habitación esa misma noche y así el más mínimo encaprichamiento que tuviera con él quedaría destruido al conocer la realidad de su vida personal.

–Tengo pensado estar en Fool's Gold mucho tiempo –dijo–. Lo iré viendo todo con el tiempo.

Él giró dos manzanas antes del cartel que señalaba la interestatal y después se dirigió al oeste.

–Hay tres bodegas distintas que cultivan uvas en el valle –dijo él señalando los acres de viñedos que se extendían hacia el horizonte–. En su mayoría son cabernet sauvignon, merlot y cab franc. Hay otras uvas para mezclas –le sonrió–. Y ahí terminan mis conocimientos sobre vinos. Si quieres saber más, hacen excursiones todos los fines de semana y empiezan en un par de semanas.

Mientras corrían por la autopista, Charity podía ver diminutos brotes en las ramas desnudas: la promesa de las futuras uvas.

–La mayoría de las bodegas abrieron hace unos años –continuó él–. Todo este valle cultivaba desde maíz hasta manzanas y con el tiempo los viñedos fueron ocupándolo. Tiene que ver con el suelo y el clima.

—Y con el dinero —apuntó ella—. Para muchos granjeros hay más beneficios en las uvas. El vino está en alza últimamente.

Él la miró.

—Impresionante.

Charity hizo todo lo que pudo por no sonrojarse.

—He hecho mis deberes antes de mudarme —se aclaró la voz—. Las bodegas están más cerca de la ciudad de lo que pensaba —dijo mirando hacia atrás para ver las montañas alzarse contra el cielo azul. Metió la mano en su bolso y sacó una pequeña libreta—. Es un gran recurso. Cualquier empresa que tenga pensado instalarse aquí tiene que hacer una de esas visitas por la zona —dijo más para sí que para él—. Ofrecen un gran atractivo para el comprador.

La ciudad tenía que tener alguna especie de folleto para promocionarse. Escribió otra nota mental para revisar ese punto cuando volviera y asegurarse de que las bodegas y los viñedos se mencionaban como era debido. Tal vez podría revisar el calendario de Pia. Tenía que haber algún festival de la uva o del vino.

—Las bodegas son solo una parte —le dijo Josh—. También hay actividades de acampada y senderismo en verano y esquí en invierno. El hotel de la estación tiene un restaurante de cinco estrellas y una escuela de cocina. Vienen muchos turistas.

—Sabes mucho sobre la zona. ¿Cuánto tiempo llevas aquí?

—Crecí aquí. Me mudé cuando tenía diez años.

—Debió de ser muy agradable —dijo ella con cierta envidia—. Cuando yo era pequeña soñaba con quedarme en un mismo sitio, pero a mi madre le gustaba viajar.

Josh la miró con un brillo en sus ojos.

—¿Te dijo por qué?

—Tenía muchas razones. Le gustaba la emoción de verse en un nuevo lugar, las posibilidades que podía ofrecerle. Solía decir que había nacido queriendo moverse, seguir adelante.

Y parte de los motivos que había tenido era que siempre había querido escapar de todo lo malo que le había sucedido antes y que, por lo general, se reducía a un hombre y al final de una relación.

Charity había querido a su madre, pero las constantes mudanzas no habían sido fáciles. Sobre todo porque Sandra se trasladaba según su humor sin importarle si a Charity le quedaban solo unas semanas para terminar un trimestre o el año escolar.

—Crecí siendo siempre la chica nueva.

—¿Eso te supuso un problema?

—No era nada extrovertida. Cuando había hecho amigos y empezaba a sentirme integrada, volvíamos a mudarnos.

—Te gustará Fool's Gold.

—Ya me gusta. Todos son muy simpáticos y abiertos.

Él hizo un par de giros y después se situaron de nuevo en dirección a las montañas.

Charity se sintió un poco más relajada. Estar cerca de Josh no la asustaba tanto, no si recordaba que tenía que respirar e ignorar la conexión que estaba surgiendo entre ellos.

Una camioneta venía en la otra dirección. Estaba llena de chicas en edad universitaria que bajaron las ventanillas y comenzaron a gritar y a saludar a Josh. Él les devolvió el saludo.

—¿Son fans? —le preguntó ella al ver el coche pasar.

—Seguramente.

Charity se arriesgó y lo miró.

—¿Es por lo de la bici, verdad?

La boca de Josh se encogió como si estuviera intentando no sonreír.

—Sí, por lo de la bici.

—¿Porque eres un ciclista famoso?

—Lance Armstrong y yo.

—¿Así que has participado en el Tour de Francia?

Él la miró.

—¿Sabes qué es?

—Es una famosa competición de bicis. En Francia. Se desarrolla en partes o niveles o mangas o como se diga. Y hay un jersey amarillo.

—Es un buen comienzo —le dijo con tono algo burlón—. Y se dice «etapas», por cierto.

—No estoy tan puesta en deportes, pero por lo que he oído, eres digno de admiración.

Él enarcó las cejas, aunque no dijo nada.

—¿Se puede vivir bien de ello? ¿De montar en bici?

—Se puede. El dinero del premio puede ser muy cuantioso. Un gran ciclista puede ganar hasta un millón.

—¿De dólares?

—El Tour de Francia paga en euros.

—Es verdad —estaba sintiéndose algo mareada.

—Los patrocinadores ponen las sumas más importantes. Contratos multimillonarios —la miró—. Ellos sí que pagan en dólares. O en yenes.

Un millón por aquí, un millón por allá. ¿De verdad importaba la moneda?

—Entonces, ¿tuviste mucho éxito?

—Podría decirse que sí.

—¿Y vales millones?

—En un buen día, sí.

Como si el atractivo sexual, ese cuerpo increíble y su hermoso rostro ya no fueran suficientes.

—¿Qué estás haciendo aquí? —le preguntó ella.

—¿En el todoterreno o en Fool's Gold?

—En los dos sitios.

—Estoy enseñándote la zona porque Marsha me lo ha pedido y estoy en Fool's Gold porque vivo aquí. Me he retirado del ciclismo.

Ella se giró para mirarlo.

—¿Retirado? Pero si apenas tienes treinta años.

—Es deporte para un hombre joven.

¿Cómo de joven? ¿Retirado? No parecía posible. Pensó si se habría lesionado, aunque no se lo preguntaría. Era algo demasiado personal.

—¿A qué te dedicas ahora?

—Hago un poco de todo y me mantengo ocupado. Tengo unos cuantos negocios en la zona.

Ya estaban de vuelta en la ciudad y Josh conducía alrededor del lago donde había pequeños hoteles, unos cuantos hostales, restaurantes y casas de vacaciones. Al otro lado de la calle estaban las boutiques, una panadería y un parque.

–Angelo's tiene una comida italiana fantástica –dijo él señalando a la entrada de un gran restaurante–. Margaritaville tiene la mejor comida mejicana.

–¿Se llama así por la canción de Jimmy Buffet?

–Por desgracia, sí. Evita pasarte con los margaritas a menos que seas una profesional. Acabarías cayéndote de espaldas.

–Gracias por el consejo, aunque yo soy más de tomarme una sola copa de vino.

Josh mencionó otros cuantos restaurantes, un par de bares y el restaurante para recoger la comida con el coche donde hacían las mejores patatas fritas y los mejores batidos. Todo ello la hizo alegrarse de haber aceptado el trabajo en Fool's Gold. Ojalá hubiera crecido en un lugar así, pensó con melancolía. Pero su madre habría odiado la ciudad, sobre todo el hecho de establecer vínculos y lazos.

A su madre le gustaba entrar y salir según le placía y siempre buscaba nuevas aventuras, sobre todo en lo que a hombres se refería.

Charity se había jurado que su vida sería diferente, que encontraría alguien especial, se casaría y estaría con esa persona para siempre. Hasta el momento, no había tenido mucho éxito en ese aspecto, pero estaba decidida a seguir intentándolo.

En lugar de pararse a pensar demasiado en su asquerosa vida amorosa, preguntó:

–¿Alguna vez habéis celebrado alguna carrera de bicis aquí?

–No. Se habló en una ocasión, pero no se llegó a hacer nada –miró por la ventanilla.

–¿Y un acto benéfico para recaudar dinero para los niños?

–Ya no monto.

–¿Nada?

Él negó con la cabeza.

Charity pensó que seguiría dando vueltas alrededor del lago, pero por el contrario Josh dio unos cuantos giros y antes de que ella pudiera darse cuenta de dónde se encontraba, ya estaban frente al ayuntamiento. El tiempo que habían pasado juntos había terminado bruscamente, como si ella hubiera hecho algo malo.

Y cuando él no apagó el motor, captó la indirecta.

—Gracias por el paseo —le dijo sintiéndose algo incómoda—. Muchas gracias por las molestias que te has tomado.

—De nada.

Ella vaciló, quería decir algo más, pero bajó del todoterreno y él se marchó sin pronunciar ni una palabra.

Charity se quedó en la acera mirándolo. ¿Qué había pasado? ¿Qué había dicho? Se sentía culpable aunque no estaba segura de por qué.

—Porque las hormonas no eran ya bastante complicación —murmuró con un suspiro.

La noche era fría y el cielo claro. No había luna que iluminara la carretera, pero eso no le importó a Josh. Se conocía cada bache, cada curva y no había peligro por parte de otros ciclistas porque él montaba solo. Tenía que hacerlo. Era el único modo de solucionar sus problemas.

A medida que subía la pendiente, pedaleaba con más fuerza, más deprisa, con la intención de acelerar su ritmo cardíaco y sentir la sangre bombear por su cuerpo, de quedar extenuado para poder dormir.

La oscuridad lo envolvía. A esa velocidad que llevaba lo único que oía era el sonido del viento y de los neumáticos sobre el pavimento. Tenía la piel fría y la camiseta mojada de sudor. Unas gafas le protegían los ojos y llevaba un casco. Aceleró hasta llegar a lo alto de la colina y al tramo de ocho kilómetros que lo llevaría de vuelta a la ciudad.

Esa era la única parte del camino que no le gustaba porque no había nada que lo entretuviera, nada que le mantuviera la mente ocupada y no le diera tiempo para pensar. Para recordar.

Sin querer, se vio de vuelta en Italia en la Milán-San Remo, o como los italianos la llaman, la *Classica di Primavera*, la Clásica de Primavera.

La carrera soñada para todo velocista, pero mortal para el velocista que no estuviera preparado para subir colinas. Era una de las carreras de un día más largas. Doscientos noventa y ocho kilómetros. Aquel año Josh se encontraba en la mejor forma de toda su vida y no podía perder.

Tal vez eso era lo que había salido mal, pensó mientras conducía más y más deprisa. Los dioses habían decidido que tanta arrogancia tenía que ser castigada, pero resultó que él no fue el único perjudicado.

Una carrera de bicis se basaba en las sensaciones: el sonido de la multitud, el del pelotón y el de la bici. Sentir la carretera, cómo ardían los músculos, el dolor del pecho al tomar aire. Un corredor o estaba preparado o no lo estaba y todo se reducía al talento, a la determinación y a la suerte.

Él siempre había tenido suerte, tanto en la vida como en el amor o mejor dicho en la pasión y el deseo y en las carreras. Y aquel día había sido el más afortunado de todos.

Eso es lo que mostraron las fotografías. El destino había querido que alguien hubiera estado tomando imágenes de la carrera justo cuando sucedió el choque. Allí estaba la secuencia con total claridad. La primera bicicleta en caer y después la segunda.

Josh no iba en cabeza, había estado quedándose atrás deliberadamente para dejar que los demás se cansaran. Frank era joven, tenía veintipocos años, y ése era su primer año como velocista profesional. Josh se había esforzado al máximo para enseñar al joven, para ayudarlo. El entrenador de ambos le había dicho a Frank que hiciera lo que hiciera Josh y que así no se metería en problemas.

Su entrenador se había equivocado.

Las fotografías no captaron el sonido de aquellos momentos, pensó mientras iba cada vez más deprisa. El primero en caer había sido el chico situado a la derecha de Josh y él, más que oír lo que había sucedido, lo había sentido. Había sentido la intranquilidad en el pelotón y había reaccionado instintivamente, yendo primero a la izquierda y después a la derecha en un intento de separarse. Solo había pensado en él; en aquel segundo se había olvidado de Frank, del chico inexperto que haría lo que él hiciera O moriría intentándolo.

Iban a una velocidad de sesenta y ocho kilómetros por hora y en esas condiciones cualquier error supondría un desastre. Las imágenes mostraban la bicicleta situada junto a la de Frank chocándose contra él. Frank había perdido el control y había salido volando por los aires. Había caído sobre el pavimento a sesenta y cuatro kilómetros por hora. Se le partió la columna, se le desgarraron arterias y murió en cuestión de segundos.

Josh no recordaba qué le había hecho mirar atrás y romper una de las reglas más estrictas del ciclismo. Nunca hay que mirar atrás. Había visto a Frank salir volando con una inesperada elegancia de movimientos y durante un segundo había visto el miedo en sus ojos. Después, el cuerpo de su amigo había caído contra el suelo.

En ese momento se hizo un silencio. Josh estaba seguro de que la multitud había gritado, que los otros ciclistas habían hecho algún ruido, pero lo único que oyó él fue el sonido de su propio corazón latiendo en sus oídos. Se había dado la vuelta rompiendo la segunda regla del ciclismo. Había bajado de su bici y había corrido hasta el chico tendido en el suelo tan quieto. Pero ya era demasiado tarde.

Desde entonces, no había vuelto a participar en carreras. No podía. Había sido incapaz de entrenar con los miembros de su equipo. No por lo que ellos habían dicho, sino porque estar en el pelotón prácticamente lo hacía explotar de miedo.

Cada vez que se subía a su bici, veía el cuerpo de Frank tendido en el suelo. Cada vez que comenzaba a pedalear, sabía que él sería el siguiente, que la caída se produciría en cualquier momento. Se había visto obligado a tomarse un permiso de ausencia y a retirarse después dando la excusa de que estaba abriéndoles camino a los miembros más jóvenes del equipo, pero sospechaba que todo el mundo sabía la verdad: que ya no tenía agallas para seguir con su carrera.

Incluso ahora, únicamente montaba solo, en la oscuridad, donde nadie pudiera verlo. Donde nadie más que él pudiera resultar herido. Se enfrentaba a sus demonios en privado como los cobardes.

Ahora, según las luces de la ciudad se aproximaban y brillaban más, fue aminorando la marcha. Poco a poco, los fantasmas del pasado se disiparon hasta que fue capaz de volver a respirar. El entrenamiento había llegado a su fin.

Al día siguiente por la noche volvería a hacerlo: montaría en la penumbra, esperaría al último tramo y entonces reviviría lo sucedido. Al día siguiente por la noche volvería a odiarse a sí mismo sabiendo que si aquel día hubiera ido delante, Frank seguiría vivo.

Se salió de la carretera principal para dirigirse a un cobertizo situado detrás de la tienda de deportes que tenía. Entró y le dio un buen trago a la botella de agua que se había llevado. Después se quitó el casco, se puso los vaqueros y una camiseta y se cambió sus zapatillas por unas botas.

Estaba sudoroso y sonrojado cuando volvió al hotel. Si alguien lo veía pensaría que volvía de alguna cita nocturna y le parecía bien que lo imaginaran.

En cuanto al hecho de estar con una mujer no había estado. No en casi un año. Después de su divorcio, se había acostado con algunas mujeres, pero no había encontrado placer en ello. Era como si no se le permitiera experimentar nada bueno; era como una penitencia por lo que le había sucedido a Frank.

Volvió al hotel caminando. Le pediría la cena al servicio de habitaciones, se daría una ducha y esperaría poder dormir.

Una vez en el vestíbulo evitó mirar a nadie de camino a las escaleras.

—¡Ey, Josh! ¿Alguien que yo conozca?

Josh miró al hombre que le había hablado y lo saludó, pero siguió caminando. En ese momento no quería hablar con nadie.

Mientras subía notó que alguien bajaba las escaleras. Miró a su izquierda y vio a Charity que, por una vez, no llevaba uno de esos vestidos de señora mayor y chaquetas rectas, sino unos vaqueros y un jersey rosa. Con ello, pudo apreciar por encima unas largas piernas, una cintura fina y unos impresionantes pechos antes de alzar la mirada para encontrarse con unos fríos ojos.

Le gustaba Charity, la encontraba atractiva, inteligente y divertida. Bajo otras circunstancias, si fuera otra persona, la desearía.

No, eso no era así. Ya la deseaba. Si las cosas fueran diferentes, haría algo al respecto, pero no podía. Ella se merecía algo mejor.

Sabía lo que estaba pensando, lo que todo el mundo pensaba y eso era mejor que la verdad, se dijo cuando le lanzó una sonrisa y siguió caminando.

Charity odiaba sentirse como una estúpida, sobre todo cuando la única culpable era ella. Se había pasado el fin de semana trabajando porque era el único modo de dejar de pensar en Josh. Si no estaba distraída, se enfrentaba a un puñado de preguntas, todas ellas diseñadas para volverla loca.

Estaba cautivada por él de un modo que jamás habría esperado, de una forma que no le resultaba nada propio en ella y con una cierta obsesión. Pero no pasaba nada, con el tiempo lo superaría y se olvidaría de él. Durante el paseo que habían dado por la ciudad el viernes anterior, lo había pasado bien a su lado y se había mostrado divertido y encantador, lo cual era positivo. Pero algo había sucedido durante el paseo en coche. Él había cambiado y ella se había sentido frustrada al pensar que había hecho algo mal. Porque no lo había hecho. Eso lo sabía, aunque le costara hacérselo creer a sus hormonas que se habían pasado todo el fin de semana suspirando con dramatismo, deseando ver a ese hombre en cuestión. El viernes por la noche él había vuelto al hotel acalorado, cubierto de sudor y con un aspecto muy sexy que implicaba que había estado con alguien. Ni siquiera meterse en Internet y ver decenas de fotografías de él con otras mujeres la habían ayudado.

Podía entender estar coladita por un chico si hubiera estado en el instituto, pero tenía veintiocho años y esa era una edad en la que se podría esperar un poco de madurez. Después de todo, en el pasado había tenido muchos desastres amorosos con hombres normales y simpáticos; hombres en los que había pensado que podía confiar. Si se había equivocado tanto con ellos, enamorarse de Josh no podía calificarse más que como una estupidez.

Poco antes de las diez del lunes por la mañana, Charity llenaba su taza de café y volvía a la gran sala de juntas de la tercera planta para celebrar su primera reunión en el ayuntamiento.

Ya había como una decena de personas sentadas alrededor de la mesa, todas ellas mujeres a excepción de Robert. Saludó a la alcaldesa, sonrió a Robert, y después tomó asiento.

Marsha le guiñó un ojo.

—Somos un poco menos formales que la mayoría de reuniones del consejo a las que habrás asistido, Charity. No seas dura con nosotros.

—No lo haré. Lo prometo.

—Bien. Bueno, ¿a quién no conoces? —le preguntó Marsha mientras se paseaba alrededor de la mesa presentando a todo el mundo.

Charity prestó atención mientras hacía todo lo posible por recordar los nombres. Pia entró corriendo cuando faltaba un minuto para que dieran las diez.

—Lo sé, lo sé —dijo con un gruñido—. Llego tarde. Buscad a otro para que os prepare las fiestas —se sentó al lado de Charity—. Hola. ¿Qué tal te ha ido el fin de semana? —le susurró.

—Bien. Tranquilo. ¿Y a ti?

Pia comenzó a pasar finas carpetas con una fotografía de la bandera estadounidense en la portada.

—He trabajado en las celebraciones para el Cuatro de Julio. Estaba pensando que podríamos mezclarlo este año y tener el desfile y la fiesta el día ocho.

Alice, la jefa de policía, volteó los ojos, pero la mujer que tenía a su lado, y que Charity pensó que podría llamarse Gladys, dejó escapar un grito ahogado.

—Pia, no puedes hacer eso. Es una fiesta nacional con una tradición que se remonta más de doscientos años atrás.

—Está bromeando, Gladys —dijo Marsha antes de suspirar—. Pia, no intentes hacerte la graciosa.

—No lo hago. Me sale de manera espontánea, igual que un estornudo.

—Pues saca un pañuelo de papel y contenlo —le dijo Marsha con firmeza.

—Sí, señora —Pia se inclinó hacia Charity—. Últimamente está de lo más mandona. Incluso Robert tiene miedo.

La mirada de Charity se posó en Robert, que parecía más animado que asustado. Él la miró y sonrió. Ella le devolvió la sonrisa esperando alguna clase de reacción, un destello en la mirada, un susurro, una ligera presión que pudiera interpretarse como un cosquilleo.

Pero no hubo nada.

—Esta mañana tenemos mucho trabajo —dijo Marsha—. Y un visitante.

—Visitantes —dijo otra mujer—. Eso siempre me hace pensar en las viejas series de ciencia ficción. *Los visitantes*. ¿No eran serpientes o lagartos debajo de su piel humana?

—Hasta donde yo sé, nuestro visitante es humano —dijo Marsha.

No había duda de que la alcaldesa era una mujer de paciencia infinita, pensó Charity mientras la reunión se desarrollaba y pasaban de un tema a otro.

—Ahora hablemos de la carretera que está volviéndose a

pavimentar junto al lago –dijo Marsha–. Creo que alguien tiene preparado ese informe.

Trataron distintos temas. Charity hizo un breve resumen de la reunión con la universidad y el hecho de que la carta de intenciones hubiera sido firmada. Pia habló sobre la celebración del Cuatro de Julio que, en efecto, tendría lugar en la fecha apropiada y después tuvieron un descanso de cinco minutos.

Robert se levantó y se marchó. La puerta apenas se había cerrado tras él cuando Gladys se apoyó sobre la mesa para dirigirse a Charity.

–Saliste con Josh el otro día.

Charity no sabía si esas palabras eran una afirmación o una acusación.

–Nosotros eh Me llevó a dar una vuelta por la ciudad. La alcaldesa propuso la idea.

Marsha sonrió serenamente.

–Solo intentaba hacer que te sintieras bienvenida.

–Pues no enviaste a Josh a que viniera a verme a mí –se quejó Gladys.

–Tú ya te sientes cómoda en la ciudad.

–¿Cómo fue? –preguntó otra mujer. Era pequeñita, guapa y tendría unos cuarenta y tantos. ¿Renee, tal vez? ¿O se llamaba Michelle? Sonaba a francés, pensó Charity, deseando haber anotado los nombres a medida que iban diciéndolos.

–Lo pasé muy bien viendo toda la zona –dijo Charity–. Los viñedos son preciosos.

–No me refiero al paseo –dijo Renee/Michelle–, sino a Josh. Eres soltera, ¿verdad? ¡Oh! ¡Cuánto me gustaría pasar un rato dedicado exclusivamente a él!

–Algunas veces por la noche lo veo caminando por la ciudad todo acalorado y sudoroso –dijo Gladys con un ligero gemido.

–Lo sé –añadió alguien más.

Renee/Michelle miró hacia la puerta, como comprobando si Robert podía oírlas.

–Una vez vino al spa –se giró hacia Charity–. Regento un

spa en la ciudad. Deberías venir a que te diera un masaje algún día.

—Um, claro —no podía creer que estuvieran hablando así de Josh.

—Quería que le hiciera la cera —continuó Renee/Michelle dirigiéndose a Charity—. Todos se depilan con cera para evitar la fricción del aire —volvió a centrar su atención en el grupo—. Estaba sobre la camilla con esos diminutos calzoncillos. Oh, ¡madre mía!, lo único que puedo decir es que esos rumores sobre su equipamiento no exageran.

Renee/Michelle se echó atrás en su silla y respiró hondo.

—Esa noche mi marido tuvo el mejor sexo de su vida y nunca supo por qué —se abanicó con la mano.

Robert volvió a entrar en la sala con una lata de refresco en la mano. Miró alrededor de la mesa y suspiró.

—Estáis hablando de Josh, ¿verdad?

Charity resistió la tentación de retorcerse de vergüenza en su silla.

—Claro —dijo Pia—. No podemos evitarlo.

Charity quería decir que era un chico más, pero temía que pudieran pensar que tenía algo que ocultar.

—Es el hombre —dijo Robert sacudiendo la cabeza.

—Un gran inversor del este vino queriendo abrir una escuela o un campamento de ciclismo —dijo Gladys—, pero Josh no accedió. Dijo que no explotaría su fama de ese modo.

La mayoría de las mujeres en la sala suspiraron.

Charity pensó que probablemente no había accedido porque eso implicaría que no tendría tantas horas libres para holgazanear. Si había alguien especial, ése era Robert, no Josh. Robert era un tipo normal que trabajaba honestamente aunque su labor pasaba desapercibida. Claro que Josh era famoso y un gran atleta, pero no era un dios por mucho que sus hormonas intentaran decirle lo contrario.

Marsha se puso sus gafas de leer.

—¿Podríamos volver al tema que teníamos entre manos? —dijo ella con una calmada voz que inmediatamente acalló el resto de voces–. Tiffany vendrá en cualquier momento y preferiría estar discutiendo algo importante cuando llegue.

–¿Tiffany? –preguntó Alice, la jefa de policía–. ¿En serio?

–Tiffany Hatcher –dijo Marsha mientras leía el papel que tenía delante–. Tiene veintitrés años y está sacándose el doctorado en Geografía Humana. Y antes de que me lo preguntéis, sí, he buscado información en Internet. Estudia por qué la gente se instala donde lo hace. En otras palabras, está estudiando por qué no tenemos suficientes hombres en Fool's Gold.

Todas las mujeres se miraron y Robert se rio.

–Me tenéis a mí.

–Y por eso te estaremos eternamente agradecidas –le dijo Gladys–, pero eres un solo hombre.

–Hago lo que puedo.

Charity intentó no reírse. Él la miró y sonrió.

Marsha sonrió.

–Por mucho que me gustaría no airear nuestro problema, eso no va a pasar. Tiffany está muy emocionada con la oportunidad de publicar su tesis cuando esté terminada, así que todo el mundo lo sabrá.

–A menos que nadie lo lea –dijo Alice.

–No creo que vayamos a tener tanta suerte –respondió Pia–. Los hombres, o una escasez de ellos, es un tema sexy y a los medios les encantan esos temas.

–¿Cómo puede ser sexy una escasez de hombres? –preguntó Gladys.

Justo en ese momento alguien llamó a la puerta tímidamente. Charity se giró y vio a una diminuta joven de pie en la entrada de la sala. Marsha había dicho que era una veinteañera, pero perfectamente podía haber pasado por una niña de trece. Tenía unos ojos grandes, el cabello largo y oscuro y una expresión seria y concienzuda que le dijo a Charity que sería un gran fastidio con sus preguntas.

–Su secretaria me ha dicho que pasara directamente –dijo Tiffany con tono de disculpa.

–Por supuesto, querida –respondió Marsha levantándose–.

Estábamos esperándote. Es Tiffany y va a escribir una tesis sobre por qué los hombres se marchan de Fool's Gold.

–En realidad sois solo un capítulo –dijo Tiffany con una voz tan diminuta como ella.

–Qué suerte tenemos –le susurró Charity a Pia.

5

Charity entró en Angelo's exactamente a las siete de la noche del miércoles. El restaurante italiano estaba a escasos minutos a pie desde el hotel, como la mayoría de las cosas en la ciudad. La fachada estaba encalada y tenía una gran zona de terraza. Dentro, las mesas estaban cubiertas con manteles blancos y la tenue iluminación le daba al intimista lugar un aire elegante. Una docena de distintos aromas deliciosos competían por su atención y consiguieron que se le hiciera la boca agua y que le rugiera el estómago. La ensalada de su almuerzo de pronto parecía algo muy lejano.

Antes de poder atacar a un camarero que pasaba por allí y hacerse con un par de rebanadas de pan de romero de la bandeja que llevaba, vio a Robert sentado en una mesa cerca de la pared que había enfrente.

—Pase —le dijo la encargada—. Disfrute de su cena.

—Gracias.

Robert se levantó mientras ella se acercaba.

Ya había otros clientes en el restaurante. Tal vez estaba imaginándose cosas, pero tuvo la sensación de que todos ellos estaban observándola.

—¿Están observándome a mí o a ti? —le preguntó Robert en voz baja mientras le retiraba la silla.

Ella se rio.

—Yo también me he fijado.

Se sentó.

–No puedo decidir si es porque soy la nueva o porque tú tienes una cita siendo un hombre soltero y un ser muy preciado y poco común por aquí.

Él se sentó enfrente.

–La escasez de hombres en esta ciudad te parece algo muy divertido.

–No creo que suponga una penuria para ti. ¡Pobre Robert! Hay demasiadas mujeres que quieren estar contigo.

–La fama puede ser difícil, te genera mucha responsabilidad.

Ella deseó que no hubiera pronunciado la palabra «fama» porque, por alguna razón, le hizo pensar en Josh y se había decidido a no dejarle entrometerse en su noche.

–Puedes sobrellevarlo –dijo ella mientras se colocaba la servilleta sobre su regazo.

Su camarera, una mujer mayor con cabello oscuro recogido en un moño, les llevó la carta.

–He pensado que podríamos charlar un poco antes de pedir –dijo Robert–. ¿Te apetece una copa de vino?

–Sí, gracias –sonrió ella–. Esta noche no conduzco, así que incluso puedo tomarme dos.

–Qué salvaje eres.

–Tengo mis momentos.

Los dos pidieron una copa del chianti de la casa. Unos minutos después el ayudante de la camarera les llevó una cesta de pan y un cuenco con aceite de oliva para mojarlo.

–El pan es excelente –dijo Robert ofreciéndole la cesta.

–Eso me temía. Esperaré y lo probaré después –cuando estuvieran a punto de cenar para no tener oportunidad de inhalar cada rebanada–. ¿Qué tal el fin de semana con tus amigos?

–Bien. Fuimos a un partido de los Giants y ganaron. Mi amigo Dan se casa el próximo mes, así que el viaje fue más como una despedida de soltero.

–Me impresiona que fuerais al béisbol y no a ver un striptease.

Él se rio.

—Estamos demasiado viejos para eso, aunque si aún estuviéramos en la universidad

—¿Asientos en primera fila?

—Y tanto.

La camarera apareció con el vino y cuando se marchó, Robert levantó su copa.

—Por una gran noche.

Ella alzó su copa también.

—Dan y su novia ya tienen un hijo —siguió Robert—. Una niña pequeña. Tiene dieciocho meses y parece que mucha gente está haciendo lo mismo. Tienen un bebé y después deciden si quieren estar juntos. Supongo que estoy un poco anticuado, pero yo pensaba que debería suceder al revés.

—Estoy de acuerdo, pero los embarazos suceden. Supongo que hace una generación la gente se casaba cuando se enteraba y ahora no tiene tanta prisa.

Él se inclinó hacia ella.

—Ya han pasado un par de semanas. ¿Cómo estás adaptándote? ¿Disfrutas de la vida en una pequeña ciudad?

—Me encanta. Estoy conociendo a mucha gente y me gusta poder ir caminando a casi todas partes. Tienes razón. No hay ningún secreto, pero yo tampoco tengo nada que ocultar.

—Entonces estarás bien. ¿Has empezado a buscar casa?

—En realidad no. Aún estoy conociendo las distintas zonas.

—Yo vivo en la zona del campo de golf. Hay unas vistas fantásticas. Las casas están bien construidas y tienen muy buen tamaño. Deberías venir a verla algún día.

—Claro.

Se preguntó cómo podía permitirse una de esas casas. Ella las había visto al conducir por la ciudad e incluso había consultado un folleto, pero a menos que la alcaldesa tuviera un plan secreto para doblarle el salario durante la próxima semana, Charity no podría empezar a pagar algo así. Los precios estaban muy bien en Fool's Gold, pero incluso allí una casa en el campo de golf era muy cara.

—Has dicho que creciste en pequeñas ciudades —dijo ella—. ¿En California?

—Oregón. Fui a la escuela en Eugene que es una ciudad de un tamaño considerable. Me licencié en Contabilidad y empecé a trabajar en una empresa de contabilidad de tamaño medio. Después me metí en el área gubernamental del negocio y al cabo de unos cinco años, me pasé al sector privado. Uno de mis primeros trabajos fue una auditoría de las empresas de Josh Golden y eso es lo que me trajo aquí.

—¿Josh tiene empresas?

Robert enarcó las cejas.

—¿No lo sabías?

—No. No es que hayamos pasado mucho tiempo charlando —el recorrido por la ciudad apenas había durado una hora—. Lo que sí sé es que era famoso por montar en bici.

Robert se rio.

—Esa descripción sí que lo haría sentirse orgulloso.

—Ya me entiendes, no estoy muy metida en deportes. Había oído algo sobre él, pero nada concreto.

—Tiene varias empresas, la tienda de deportes y es socio de la estación de esquí y del hotel.

Ella agarró su vino y casi se le cayó.

—¿Es el dueño del hotel donde estoy alojada?

Robert asintió.

No le extrañaba que hubiera decidido vivir allí, pensó avergonzada por haber creído que era un irresponsable.

—No tenía ni idea.

—Contrató a la empresa para la que yo trabajaba y vine a hacer una auditoría. Me gustó la ciudad y cuando se lo dije a Josh, él dijo que estaban buscando un tesorero. Me presenté como candidato al puesto y lo conseguí.

—Está lejos de Oregón —dijo ella mientras intentaba asimilar el hecho de que Josh era un magnate de los negocios.

—No tengo mucha familia. Soy hijo único y mis padres eran muy mayores cuando me tuvieron —sonrió tímidamente—. Mi madre siempre dijo que fui un milagro —la sonrisa se desvaneció–. Murieron hace unos años. Tengo un primo, pero nada más. Pensé que crearía mi propia familia.

–Conozco esa sensación –dijo ella, sorprendida de que tuvieran tanto en común–. Me crio mi madre y nunca conocí a mi padre. Mi madre se marchó cuando se quedó embarazada y nunca me dijo de dónde era. Siempre me pregunté si tendría parientes en alguna parte, si alguien nos conocía, y cuando la perdí, me sentí verdaderamente sola y deseaba tener un lugar al que pertenecer.

–¿Y por eso viniste a Fool's Gold?

Ella asintió.

–Un responsable de recursos humanos se puso en contacto conmigo y yo estaba deseando hacer un cambio –en especial debido a una mala ruptura sentimental, pero ¿por qué mencionarlo?

–Me alegra que te hayas mudado –dijo Robert mirándola fijamente con sus oscuros ojos.

Era un tipo agradable, pensó ella mientras le sonreía. Era amable, parecía comprensivo y compartían muchas ilusiones. Era el tipo de hombre que buscaba, por lo menos por fuera. Ojalá existiera alguna clase de conexión física entre los dos, algo que

Se le erizó el vello de la nuca y una inesperada calidez la invadió. Durante un breve momento pensó que por fin había estallado la química y ese segundo de alivio fue seguido por un gemido mental cuando vio a Josh pasando por delante de su mesa y sentándose al otro lado del salón. Estaba con la alcaldesa Marsha y, al parecer, habían quedado para cenar.

–Hablando del rey de Roma –dijo Robert asintiendo hacia los recién llegados. Marsha los saludó con la mano.

–¿Son estos los inconvenientes de la vida en una pequeña ciudad? –preguntó ella.

–Te lo dije. Ningún secreto. Ahora todo el mundo sabe que hemos salido juntos.

Vio a Josh sentarse y necesitó hasta la última gota de autocontrol para no mirarlo.

–No me importa que todo el mundo lo sepa –dijo ella forzándose a mirar a Robert como si fuera el hombre más interesante del mundo. Lo cierto era que quería correr a la mesa de Marsha, apartar a la mujer de un empujón y acurrucarse contra Josh. El hecho de que él tuviera un torrente de mujeres preparadas y dispuestas a estar con él cuando quisiera era lo único que evitó que se levantara de su silla.

–Bien –dijo Robert complacido–. ¿Estás lista para pedir?

–Em, claro.

Miró la carta mientras se preguntaba cómo iba a poder comer. Actuar con normalidad requeriría toda su energía y su atención. Sinceramente, cuando volviera al hotel, tendría que idear un modo de superar su encaprichamiento por Josh.

Eligió al azar un plato de pollo y pasta y después cerró la carta y agarró su copa de vino. Sin querer, su mirada se deslizó un poco a la derecha. Josh estaba mirándola con unos ojos brillantes y cargados de humor y ella quiso reírse.

A regañadientes volvió a centrar su atención en Robert, que era un hombre muy agradable y mucho mejor que Josh. Al parecer, tendría que seguir recordándose eso una y otra vez hasta que empezara a sentir algo por él. Tenía que hacerlo.

Josh se recostó en su silla.

–Lo has hecho a propósito.

Marsha no levantó la mirada de la carta.

–No sé de qué estás hablando.

–Claro que sí. Eres una de las personas más inteligentes que conozco.

Ella dejó la carta sobre la mesa.

–Y deja que te diga cuánto te agradezco que digas «personas» y no «mujeres».

–De nada, pero esa no es la cuestión. Sabías que Robert y Charity vendrían a cenar.

–¿Ah, sí? –Marsha logró parecer inocente y petulante al mismo tiempo–. ¿Es que están aquí? No me había fijado.

–Tú has pedido esta mesa. Querías que estuviera frente a ella.

Marsha se atusó su melena blanca.

–Soy una mujer muy ocupada, Josh. No tengo tiempo para preocuparme por tu última conquista, por muy interesante que pueda ser.

–No juegues a hacer de celestina.

–¿Tienes miedo de que funcione?

El verdadero problema era que no quería hacerle daño a su amiga. Marsha había sido buena con él y él se lo debía.

–Intentar juntar a dos personas nunca funciona. ¿Es que no ves los programas de testimonios?

–No –respondió ella–. Y tú tampoco. ¿Por qué no te gusta Charity?

Josh observó a la mujer en cuestión. A pesar del hecho de que había quedado para cenar, iba vestida como una maestra conservadora, con un vestido sencillo abotonado hasta el cuello con una chaqueta suelta y de corte cuadrado que no revelaba nada. ¿Es que tenía falta de confianza en sí misma o sentía que tenía algo que ocultar?

Se vio deseando descubrirlo tanto como deseaba desabrocharle lentamente cada botón y dejar al descubierto la suave y cálida piel que se ocultaría debajo. Por otro lado, deseaba hablar con ella. Hablar únicamente.

Pero eso no sucedería, se recordó. Sexo, de acuerdo, pero ¿tener una relación sentimental? No, de ninguna manera.

–Me gusta –dijo él.

–¿Pero?

–No es mi tipo.

–Tú no tienes un tipo preferido. Para eso tendrías que ser quisquilloso.

Él enarcó las cejas.

Marsha suspiró.

–Lo único que quiero decir es que no has salido en serio con nadie desde Angelique. Os divorciasteis hace dos años, ya es hora de que sigas adelante.

Su falta de citas con mujeres o la falta de interés en ellas no tenía nada que ver con Angelique, pero eso no se lo diría a Marsha.

–Agradezco tu preocupación, pero estoy bien.

–No, no lo estás. Estás solo. Y no finjas lo contrario. Soy mayor y tienes que respetarme.

–¿Incluso aunque estés equivocada?

Ella le lanzó una implacable mirada.

–Entonces dime que me equivoco. Miénteme, si puedes.

Pero no podía y ella lo sabía.

–Charity está buscando algo que no puedo darle.

–¿Como por ejemplo?

Él se encogió de hombros.

–Ella no es para mí.

–Eso no puedes saberlo hasta que hayas pasado algo de tiempo con ella.

–¿Se te puede sobornar?

–¿Cuánto dinero me ofreces? –Marsha sacudió la cabeza–. Dejaré de presionarte, al menos por ahora. Sabes que me importas, ¿verdad?

–Sí –él alargó la mano por encima de la mesa y le apretó la mano–. Tú siempre me has apoyado.

–Solo quiero que seas feliz. A los hombres no les va bien solos. Necesitas tener a alguien en tu vida y creo que Charity también necesita a alguien. No ha dicho nada, pero si tuviera que adivinarlo, diría que está saliendo de una mala ruptura. Por eso lo entendería.

–¿Lo del divorcio?

Marsha asintió.

Lo que su amiga no captaba era que el problema no era su divorcio, ya que este no era más que un síntoma de algo que había salido mal.

Lo cierto era que no había disfrutado mucho del matrimonio. Él era básicamente un chico hogareño. Angelique había querido salir la mayoría de las noches, pero los mejores momentos que él había pasado con ella habían sido aquéllos en los que habían estado solos. Quería volver a tener eso una conexión, complicidad, la sensación de saberlo todo de alguien. Siempre había pensado que sería igual que todo el mundo, con una esposa y un par de hijos.

Pero mientras no solucionara lo que estaba mal dentro de él, mientras no volviera a estar completo, no podría estar con nadie. No estaba pidiendo dirigir el mundo, sino simplemente volver a ser el hombre que había sido antes.

–Ahora me callaré –le dijo Marsha.
–Ojalá fuera verdad.
Ella se rio.

Josh sintió cómo su mirada pasaba a Marsha por alto y se centraba en Charity, que hablaba intensamente con Robert.

Parecían estar bien juntos, como si fueran una pareja. A Charity le iría mucho mejor estando con alguien como Robert, un tipo normal sin mucho bagaje, sin los fantasmas que siempre lo tenían a él buscando una respuesta que jamás podría encontrar.

El resto de la semana de Charity pasó entre reuniones y planificaciones. Había logrado ponerse en contacto con un gran hospital que estaba pensando en expandirse y estaba decidida a convencerlos de que Fool's Gold era la mejor ubicación posible para ellos.

A última hora del viernes se encontraba cansada y extrañamente inquieta. Intentó ver la televisión y cuando eso no funcionó, bajó a la sala donde el hotel albergaba una pequeña librería de DVDs. Ninguno le llamó la atención, así que volvió a su habitación, se puso una sudadera de capucha verde y salió a la calle.

Eran poco más de las nueve, ya estaba oscuro y hacía algo de fresco, pero no tanto como los días anteriores. Por fin había llegado la primavera apartando a un lado las bajas temperaturas. Las farolas inundaban las aceras y la hacían sentirse segura, como las mujeres que veía saliendo y entrando.

No había muchas, pero las conocía de vista y a algunas incluso de nombre.

Fue hasta la librería, pero Morgan ya se había marchado hacía tiempo. Solía verlo barrer los escalones delanteros y se detenía para charlar con él al menos un par de veces a la semana. Saber que ese hombre formaba parte del paisaje de Fool's Gold le hacía sentir que había tomado la decisión correcta al mudarse allí.

Cruzó la calle para caminar junto al parque e, incluso en la oscuridad, pudo distinguir las formas de las flores de primavera agitándose ligeramente con la suave brisa.

Al día siguiente por la noche tenía una cita con Robert. Irían a Margaritaville y, aunque agradecía la invitación, cuando él había mencionado el restaurante lo único que había podido pensar era que Josh le había advertido que no se pasara con los margaritas.

No era culpa de Robert, se recordó. Josh era un hombre que excedía la realidad, era como una fuerza de la naturaleza. Alguien normal y simpático podría pasar desapercibido fácilmente, pero estaba decidida a no permitir que eso sucediera con Robert.

Siguió caminando junto al parque. Al otro lado de la calle se encontraba la tienda de deportes. Captó un rápido movimiento y se detuvo al ver a alguien montando en bici delante de la tienda y desapareciendo por la parte trasera. El ciclista guardaba un parecido increíble con Josh, pero él le había dicho que nunca montaba en bici.

Charity cruzó la calle. Tenía que haberse confundido. ¿Por qué iba a decirle que ya no montaba en bici si en realidad lo hacía? ¿Acaso era para tanto? Tenía que ser otra persona, pero quería asegurarse.

Cuando rodeó la parte trasera del edificio, vio un pequeño cobertizo entre unos árboles. La puerta estaba abierta y pudo ver a un hombre terminando de ponerse unos vaqueros. Se metió una sudadera por la cabeza y se puso unas botas.

La bombilla que colgaba del techo no daba mucha luz,

pero sí la suficiente para poder identificar al hombre. Josh alzó la mirada y la vio.

Charity le dijo lo primero que se le ocurrió:

—Me dijiste que ya no montabas en bici.

—No sabía que ibas a espiarme —él salió del cobertizo, cerró la puerta con llave y caminó hacia ella.

Estaba sonrojado y cubierto de sudor y tenía la respiración acelerada, como si acabara de terminar de hacer un esfuerzo físico extenuante. Nada tenía sentido, pero el hecho más interesante era que su curiosidad parecía ser suficiente distracción como para poder controlar la reacción que tenía ante él. El cosquilleo seguía allí, pero quería saber qué estaba pasando casi tanto como quería ronronear y frotarse contra él cual gatita mimosa.

Tal vez con el tiempo podría mantener una conversación completa con él sin tener que oír a sus hormonas canturrear.

—No estaba espiando —dijo ella aún confundida por lo que Josh estaba haciendo—. Te he visto pasar y me ha parecido que eras tú —ahora todas las piezas encajaban—. ¿Es esto lo que haces todas las noches? ¿Montas en bici? ¿Vuelves al hotel cansado y sudoroso por el ejercicio? Bueno, es que todos piensan que vienes de practicar sexo.

—¿Y tú también lo piensas?

—No soy yo la que tenía una chica esperándome en mi habitación.

Él le lanzó una impresionante sonrisa y ella sintió cómo le temblaban las rodillas.

—La gente hablaría si lo hicieras, aunque de un modo distinto a como hablan de mí.

—Seguro que es verdad —lo observó bajo la farola. Estaba muy guapo, aunque siempre lo estaba—. Todo el mundo me dijo que en Fool's Gold no existían los secretos.

—Pues entonces este es el único.

—¿Por qué sales a montar por la noche?

Josh se quedó mirándola como si estuviera juzgándola no, no estaba juzgándola. Estaba como tanteando, valorando pero

¿qué? ¿Si podía confiar en ella? ¿Si de verdad estaba interesada en saberlo? Charity sintió la necesidad de decirle que creyera en ella, que jamás le daría la espalda. Pero eso lo pensaban sus hormonas, se dijo, mientras seguía esperando que él se explicara.

—Monto por la noche porque hacerlo durante el día no es una opción.

Josh no había estado seguro de si decírselo o no, pero ahora que había empezado ya no había vuelta atrás.

Tal vez quería que alguien conociera su secreto, o tal vez era por el modo en que a Charity le sentaban los vaqueros, la sudadera de capucha y el pelo recogido hacia atrás en una coleta, porque todo ello la hacía parecer menos correcta y más cercana. Y no es que se hubiera visto intimidado por ella, jamás lo había intimidado una mujer, pero tal vez era por esa forma de mirarlo como si de verdad quisiera comprenderlo.

De todos modos, ella no debía de tener muy buena opinión de él, así que contárselo no cambiaría nada.

—¿Cuánto sabes de mí? —le preguntó él.

Charity resopló.

—Por favor, no me digas que esto trata de tu ego porque si es así...

—No me refiero a eso. ¿Cuánto sabes sobre mi carrera como ciclista y por qué la dejé?

—Te retiraste, tú me lo dijiste. Es un deporte para los jóvenes.

—¿Nada más?

—¿Es que hay algo más?

—Siempre hay algo más.

Josh fue hacia la acera y ella lo siguió.

—Monto por las noches porque no quiero que nadie sepa que sigo haciéndolo. Si la gente me ve, hará preguntas. Querrán que participe en carreras benéficas o que me plantee volver y no puedo hacerlo.

—¿Por qué no? ¿Estás lesionado?

—Un chico se cayó durante mi última carrera. Era un compañero de equipo. Se suponía que yo tenía que cuidar de él, pero se golpeó y murió.

—¿Y te culpas por eso?

—En parte.

—¿Fue culpa tuya?

Él dejó de caminar y se metió las manos en los bolsillos delanteros de los vaqueros.

—¿Alguna vez has visto a un pelotón caer? Un tipo se tambalea, se choca contra otro y ahí acaba todo para todos. Lo único que puedes hacer es salvarte. Yo me salvé y Frank no.

Una vez más vio a su amigo volando por el aire y oyó el desagradable sonido del cuerpo del chico chocando contra la carretera.

Ella lo miró con sus ojos marrones cargados de preguntas.

—Pero tú no tuviste nada que ver con la caída, ¿verdad?

—No.

—Y no fuiste tú el que provocó su caída.

Él negó con la cabeza.

—Entonces no se puede decir que lo mataras tú.

Estaba afirmando más que preguntando.

«Impresionante», pensó, sorprendido de que ella ya hubiera dado en el clavo. Algunos amigos habían ido a hablar con él para intentar que volviera a reunirse con ellos; le habían dicho que no era culpa suya, que nadie lo culpaba y todos pensaban que se trataba de una cuestión de culpabilidad.

En cierto modo tenían razón, la culpabilidad estaba ahí. Fuerte. Poderosa. Lo perseguía y hacía todo lo posible por consumirlo, pero ése no era el verdadero problema.

—No puedo montar con nadie más —dijo en voz baja mirando por encima de la cabeza de Charity al negro cielo—. No puedo estar junto a otro ciclista sin perder el control. Me entra el pánico y no puedo respirar. Me pongo a temblar.

—¿No es eso solo ansiedad? ¿No puedes hablar con alguien o tomarte algo?

–Probablemente sí, pero no puedes ser ciclista profesional si estás débil o te medicas.

–Pero esto no se trata de estar débil.

–Claro que sí –se trataba de estar débil, roto y humillado. Se trataba del más absoluto fracaso–. Por lo que tú ves y sabes, es un deporte individual, ¿verdad? Pero no es así del todo. Hay equipos. Corremos en grupo, formamos un pelotón, y ya no puedo hacerlo. No podría montar a tu lado sin apartarme. El deseo, el fuego, sigue dentro de mí, pero no puedo llegar a él ni tocarlo. Lo que fuera que había está enterrado en un pila de porquería muy dentro de mí y jamás podré desenterrarlo.

Pensó que en ese momento ella daría un paso atrás y que se daría la vuelta disgustada. Eso era lo que había hecho Angelique. Había arrugado sus perfectos labios, le había dicho que no le interesaba tener un marido tan cobarde porque quería un hombre de verdad y, con eso, se marchó.

Él le había mostrado su defecto más hondo, había expuesto su alma y ella se había marchado. Era lo que la gente hacía, se marchaban cuando estabas roto, y eso era algo que le había enseñado su madre.

Charity lo sorprendió al seguir mirándolo y después sacudió la cabeza.

–No te creo. Si ese fuego está aquí, encontrará un camino para salir.

«Ojalá», pensó él.

–¿Quieres decirme cuándo? Tengo una vida que quiero recuperar.

–¿Quieres decir que no estás satisfecho con tu vida como dios de una pequeña ciudad?

–Dejando a un lado el estatus de deidad, no quiero terminar así mi carrera –como un perdedor. Con miedo.

–No quiero ponerme demasiado metafísica contigo, pero tal vez haya una razón para lo que pasó.

–Si eso es verdad, entonces también lo es ese viejo refrán: la venganza es un arma de doble filo –se encogió de hombros–. No pasa nada, Charity. Este no es tu problema. Vamos, venga, dime que todo se arreglará y que estaré bien.

–Eso no resolverá nada.

–Pero te sentirás mejor.

–Ya me sentí bien antes.

Ella comenzó a avanzar hacia el hotel y él caminó con ella.

–Te gusta que piensen que sales para tener relaciones sexuales con cincuenta mujeres distintas cada noche.

–Eso oculta la verdad –giró la cabeza hacia los edificios que tenía al lado–. Crecí aquí y la buena gente de Fool's Gold ha invertido mucho en mí. No quiero que sepan la verdad.

–No ha pasado nada malo. Tuviste una reacción natural ante una circunstancia horrible.

–Me asusté durante una carrera; no se puede decir que me enfrentara al fuego de un francotirador en una guerra.

–Eres demasiado duro contigo mismo.

–Eso no es posible.

–Oh, por favor. No seas tan hombre.

–Si no lo fuera, mi reputación sería más interesante.

Charity se rio y el dulce sonido se dejó arrastrar por el aire de la noche. Era una persona de trato muy agradable, resultaba fácil estar con ella. Y no había salido corriendo, cosa que él agradecía, y por eso Josh creía que no le contaría a nadie lo que le había dicho.

Cuando estaban muy cerca del hotel, él se detuvo.

–Tú ve delante.

–¿Por qué?

–¿Quieres que la gente piense que hemos estado juntos?

–Solo estábamos paseando.

–Vamos, Charity. Llevas aquí ¿cuánto? ¿Tres semanas? ¿De verdad crees que dirán que solo estábamos paseando?

–Probablemente no.

Él enarcó las cejas.

Ella sonrió.

–Definitivamente no. De acuerdo. Entendido. Yo iré primero.

Dio un paso al frente y se dio la vuelta.
-Te quieren. Lo entenderían.
-Quieren al tipo de los pósters.
-Tal vez te sorprenderían.
-No en un buen sentido.
-No sabía que eras un cínico.
-Soy realista –le dijo–. Y tú también.
-Creo que estás subestimando su afecto.
-No es un riesgo que esté dispuesto a correr.

Comenzó a decir algo y después sacudió la cabeza y cruzó la calle.

Él la vio irse. El contoneo de sus caderas lo obligó a posar la mirada en sus nalgas. Era bella de un modo discreto y sutil; la suya era una belleza de esas que envejecían bien. En otra época, cuando él había sido de verdad Josh Golden, podría haberla tenido en un santiamén, aunque lo más irónico era que ni siquiera se habría detenido a fijarse en ella.

¡Qué gran sentido del humor tenía la vida!

6

Charity hizo todo lo que se le ocurrió para prepararse para la reunión con el comité del hospital. Era su primera oportunidad real de probarse a sí misma y quería que todo saliera a la perfección.

Había cargado la presentación en su nuevo portátil y después la había descargado en el de Robert, por si acaso. Había reunido información sobre los emplazamientos que se barajaban y había comprobado las recientes y grandes donaciones; se sentía segura con la información recopilada y preparada para actuar.

A las nueve y media exactamente del martes por la mañana, ocho personas entraron en la sala de juntas y Charity estuvo preparada para recibirlos.

La alcaldesa Marsha fue la primera en hablar, les dio la bienvenida a Fool's Gold y le aseguró a todo el mundo lo mucho que la ciudad deseaba recibir el nuevo recinto del hospital. Marsha repasó una serie de aspectos importantes, las amnistías fiscales, el increíblemente razonable precio de la tierra y las subvenciones que ya habían empezado a solicitar.

Marsha y Charity habían pasado la mayor parte del día repasando lo que dirían, así que Charity estaba preparada para cada uno de los aspectos mencionados por Marsha. La alcaldesa terminó con un chiste sobre los campos de golf de la zona, que era la señal para que Charity supiera que había llegado su turno.

Gracias a su investigación sabía que de los ocho miembros del comité, el verdadero puntal del equipo era el doctor Daniels. Como médico acostumbrado a tratar situaciones imposibles, le gustaba ir al grano, tomar una decisión y seguir adelante. Había accedido a entregarle al comité parte de su tan importante tiempo y por ello quería que la situación se solucionara rápidamente. Charity tenía planeado utilizar eso en su provecho.

Pasó unas carpetas y abrió su ordenador.

–Sé que están todos muy ocupados –comenzó a decir–, así que primero quiero darles las gracias por haberse tomado la molestia de venir a Fool's Gold. Mi objetivo es darles la información que necesitan para tomar la decisión correcta en lo que concierne a la expansión de su hospital –se detuvo para sonreír–. Y quiero explicarles por qué Fool's Gold es el lugar correcto en el momento correcto. Además de ofrecerles viviendas excelentes para sus trabajadores, escuelas de calidad superior para sus hijos y una cálida y simpática comunidad llena de trabajadores cualificados, queremos que estén aquí. Estamos decididos a hacer lo que sea necesario para convencerles de que este lugar es donde tiene que estar su hospital.

Comenzó con su presentación en PowerPoint y cliqueó sobre varias fotografías espléndidas de la zona. El punto clave de la reunión llegó después, con muchas estadísticas sobre empleos cualificados, pacientes potenciales y temas sobre calidad de vida. Además, dirigiéndose al doctor Daniels, soltó un pequeño rollo publicitario.

–Necesitamos desesperadamente una unidad especial de atención de traumatismos –dijo mientras cliqueaba para mostrar otra fotografía–. Puede que no tengamos las heridas de bala de una ciudad infestada de bandas, pero tenemos accidentes de esquí y de excursionismo por la montaña y accidentes de coche sobre todo durante el invierno y las temporadas de turistas. El año pasado hubo tres caídas de escaladores. Dos murieron antes de poder llegar a la unidad de traumatismos de San Francisco. Si hubiéramos tenido una propia, esos dos jóvenes hoy seguirían vivos.

A continuación, pasó a comentar el número de nacimientos que se producían al año para ilustrar la necesidad de un nuevo centro de maternidad y para cuando llegó el mediodía, ya había repasado todos los detalles que Marsha y ella habían visto necesarios.

–Por favor, acompáñenme, nos servirán el almuerzo abajo –dijo señalando la puerta–. A la una en punto les ofreceremos una visita por la zona y a las dos ya podrán ponerse en camino para volver a casa, tal y como les prometimos.

Todo el mundo se levantó y fue hacia la puerta. El doctor Daniels, un guapo cuarentón, se detuvo.

–Ustedes sí que nos han escuchado. Les dijimos al resto de ciudades que hemos visitado que queríamos terminar a las dos y en uno de los sitios nos entretuvieron hasta las cinco y en el otro hasta las cuatro y media.

Charity se encogió de hombros.

–Por supuesto que hay más cosas que me gustaría que vieran, pero respetamos su tiempo. Tenemos mucho que ofrecer, doctor Daniels, y espero que nos den la oportunidad de mostrárselo.

–Ya lo veo, ha sido una presentación excelente. Estoy impresionado.

–En ese caso, he hecho mi trabajo.

Josh abandonó el hotel un poco después de las siete de la tarde. Era pronto para que saliera a montar en bici porque los días estaban haciéndose más largos, pero estaba inquieto. Por lo general le gustaba estar en el hotel, pero últimamente se había sentido encerrado. Siempre podía mudarse a una de las casas que tenía en propiedad ya que, por lo general, siempre quedaba alguna de alquiler disponible, pero ¿qué haría en una casa propia?

Caminó por el centro de la ciudad y se detuvo enfrente del Bar de Jo, un lugar que llevaba años allí. Durante la última década había habido una docena de propietarios, la ubicación era buena, pero los dueños nunca habían parecido sacarle partido. Pero entonces, tres años antes, había aparecido Josephine Torrelli y lo había comprado. Había contratado unos obreros, había tirado abajo el local y lo había reconstruido hasta transformarlo en un bar tranquilo y agradable que solía servir principalmente a mujeres. Había un par de grandes pantallas de televisión que mostraban reality shows y teletiendas para el gran público femenino. Por su parte, los chicos tenían un par de televisiones situadas junto a la larga barra y cerveza a buen precio.

Corrían muchos rumores sobre Jo. Algunos decían que era hija de una antigua estrella con dinero que gastar y, ciertamente, sí que había tenido que gastarse mucho en la remodelación. Otros decían que estaba huyendo de un marido maltratador y utilizando un nombre falso. Otros cuantos creían que era una princesa de la mafia decidida a alejarse de su familia de la Costa Este.

Josh sospechaba que la historia más probable era esa última. Jo, una mujer bella de treinta y tantos años, parecía saber demasiado sobre la vida como para haber crecido en un barrio residencial. Él sabía que guardaba una pistola cargada detrás de la barra y cuando se inició una pelea en el bar el año anterior, se había mostrado más que preparada para usarla, lo cual también le daba credibilidad a la historia del marido maltratador, pensó él mientras cruzaba la calle y entraba en el bar.

El lugar estaba bien iluminado sin romper el ambiente sutil y tenue del lugar. En las televisiones pequeñas se podía ver béisbol: los Giants en una y los Oakland en otra. Unos cuantos fans intransigentes de los Dodger se arremolinaban alrededor de una de las pequeñas pantallas. La pantalla más grande mostraba unas modelos delgadísimas caminando sobre una pasarela. Había varios grupos de mujeres entre mesas redondas y globos celebrando el cumpleaños de alguien y unos cuantos chicos jugaban al billar en una mesa situada al fondo.

Varios de los clientes lo saludaron; él les devolvió el saludo y fue hacia la barra.

—Una cerveza —le dijo a Jo antes de girarse para ver a los Giants. En ese momento, un anuncio ocupaba la pantalla. Miró a otro lado, hacia las mujeres de las mesas, y cuando estaba a punto de volver a girarse hacia la barra, vio a alguien que conocía en una esquina.

Ethan Hendrix estaba sentado con uno de sus hermanos y otro hombre más. Josh se puso tenso. Parecía que era la semana de enfrentarse al pasado.

En un mundo perfecto se acercaría a Ethan y charlarían. Ya habían pasado años y había llegado el momento de superarlo. Había llamado a Ethan unas cuantas veces durante los últimos años, pero su viejo amigo nunca se las había devuelto. Ahora parecía que no podía moverse y su amigo no miró en su dirección en ningún momento.

Jo le puso una cerveza enfrente. Él dio un sorbo.

—Bien —dijo—. ¿De dónde es?

—De una destilería de cerveza artesanal en Oregón, al sur de Portland. Un chico vino con muestras y eso hay que respetarlo. Al parecer, viaja por la Costa Oeste intentando que le compren su cerveza.

—¿Es que tienes debilidad por las historias tristes?

Ella sonrió.

—Puede que sí. ¿Qué? ¿Estás preparado para enfrentarte a mí, Golden?

—¿Y que me gane una chica? No, gracias.

—Ya lo sabes, soy muy dura. Ethan está aquí —añadió en voz baja.

—Ya lo he visto.

—Podrías hablar con él.

—Podría.

No preguntó cómo Jo, que solo llevaba tres años en la ciudad, sabía lo de su pasado con Ethan. Jo sabía cómo descubrir cosas.

—Sois los dos unos idiotas —dijo—, y a él se le da igual de mal que a ti actuar como un crío.

Josh se rio.

—Te apuesto diez dólares a que eso no se lo dices a la cara.

—No necesito el dinero. Tú estás regodeándote en la culpabilidad y él está haciéndose el mártir. Es como vivir dentro de *Hamlet*.

Él frunció el ceño.

—¿Por qué has dicho eso?

—No lo sé, es la única obra de Shakespeare que se me ha ocurrido. Bueno, siempre está *Romeo y Julieta*, pero aquí no encaja. Ya sabes a qué me refiero. Anda, ve a hablar con él.

Tenía razón, se dijo Josh mientras dejaba la cerveza sobre la barra. Se acercaría y

Se giró sobre el taburete, pero Ethan y sus amigos ya se habían ido y la mesa estaba vacía.

—La próxima vez —dijo Jo cuando él volvió a mirarla.

—Claro. La próxima vez.

Ella se marchó para atender a otro cliente y Josh se tomó su cerveza mientras pensaba en Ethan y en cómo habrían cambiado las cosas si él hubiera resultado herido en lugar de su amigo. Tenía la sensación de que Ethan habría tenido agallas y que seguiría montando.

La partida de billar terminó y uno de los tipos se acercó a Josh y se sentó a su lado junto a la barra.

—Hola, Josh.

—Hola, Mark.

—¿Aún estás pensando en ir a Francia este verano? Nos vendría muy bien otro triunfo.

¡Claro! ¡Como si una persona se levantara un día y pensara «Voy a participar en el Tour de Francia»!

—Este año no. Sigo retirado.

Mark, un fontanero de la ciudad, le dio un suave puñetazo en el brazo.

—Eres demasiado joven para retirarte, pero no demasiado rico. ¿Estoy en lo cierto?

Josh asintió y sonrió y después se preguntó por qué se había molestado en entrar en el bar.

No le interesaba ganar otra carrera; en ese momento, lo único que quería era la capacidad de competir, de hacer lo que hacía antes.

—Mi hijo es muy bueno —dijo Mark cuando Jo le dio una cerveza—. Corre mucho en la bici y quiere participar en carreras, igual que hacías tú. Estamos pensando en enviarlo a una de esas escuelas. Me lo suplica cada día.

—Hay unos cuantos sitios buenos. ¿Cuántos años tiene?

—Catorce.

—Es muy joven.

—Eso es lo que le decimos su madre y yo. Es demasiado joven para estar solo, pero no hay manera de quitarle la idea. ¿No ibas a abrir una escuela de ciclismo aquí en la ciudad?

Ése había sido el plan antes del accidente. Josh tenía gran parte del dinero necesario y una propiedad donde construirla, además de los permisos pertinentes, pero hacerlo, comprometerse a formar parte de la escuela, suponía volver a montar y esa era una humillación que no estaba dispuesto a sufrir.

—He pensado en ello —admitió y después deseó no haber dicho nada.

—Deberías hacerlo y así solucionarías nuestro problema. Eres famoso, hombre, y mucha gente vendría a aprender contigo. Seguro que hasta te dedicaban un programa en la CNN.

«Eso es lo que me temo», pensó Josh.

—Pensaré en ello —le dijo al hombre antes de terminarse la cerveza. Dejó unos billetes sobre el mostrador y se levantó—. Hasta luego, Mark.

—Sí. Piensa en ello. La escuela de ciclismo podría ser genial.

«Podría», pensó Josh al salir del bar y dirigirse de vuelta al hotel. Podría ser un milagro, porque eso era lo que haría falta para que sucediera.

El miércoles por la noche, Charity siguió las direcciones que Pia le había dado y fue caminando hacia la parte oeste de la ciudad donde las casas eran más viejas y más grandes y descansaban majestuosamente sobre enormes parcelas con árboles añejos. Vio la bien iluminada casa de dos plantas de la esquina y se acercó a la puerta principal que Pia abrió antes de que pudiera llamar.

–¡Has venido! Bienvenida –dijo riéndose–. He traído una mezcla de tequila y margarita y he servido un poco para que lo probéis, aunque, ¡qué demonios! Ninguna vamos a conducir, así que a divertirnos.

¿Tequila?

–Yo solo he traído un par de botellas de vino –dijo Charity preguntándose en qué se había metido al ir allí. Una noche de chicas sonaba divertido, pero no podía permitirse emborracharse de verdad, tenía reuniones a la mañana siguiente.

–El vino está genial –respondió Pia tambaleándose ligeramente y agarrándose al marco de la puerta–. Puede que tome un poco.

Una alta y guapa morena apareció detrás de Pia y la rodeó por la cintura.

–Deberías tumbarte un poco.

–Estoy bien –dijo Pia–. ¿Es que no crees que estoy bien? Me siento bien.

La mujer sonrió a Charity.

–No te asustes. De vez en cuando Pia siente la necesidad de ponerse a la altura de la fiesta, pero no es para tanto.

–Lo respeto –dijo Charity.

–Yo también. Soy Jo, tu anfitriona en esta noche de chicas. Vamos, pasa.

–Soy Charity.

–Me lo imaginaba. Nos alegramos de que hayas venido –Jo apartó a Pia de la puerta y Charity las siguió a las dos hasta dentro de la casa.

Era una de esas casas gigantescas y antiguas con suelos de madera maciza. Sospechaba que lo que una vez habían sido un montón de pequeñas habitaciones ahora se habían remodelado para quedar en varias habitaciones más grandes. Una chimenea lo suficientemente grande como para que cupiera una vaca entera dominaba la pared del fondo. Había varios sofás, sillones con aspecto muy cómodo y un grupo de mujeres que la miraban con curiosidad.

Una rubia delgada se levantó y se digirió hacia Pia.

–Siéntate a mi lado. Yo cuidaré de ti.

–Solo esta noche –dijo Pia dejándose caer sobre un sofá–. Mañana yo cuidaré de ti.

–Mañana estarás echando hasta la primera papilla –la mujer sonrió a Charity–. Hola, soy Crystal.

–Encantada de conocerte.

Le presentaron al resto de mujeres e hizo todo lo que pudo por recordar sus nombres. Renee/Michelle estaba allí y Charity se sorprendió al enterarse de que su nombre era en realidad Desiree. Cuando terminaron las presentaciones, Jo llevó a Charity a la cocina.

–Aquí tienes lo que está abierto, lo que está en la licuadora y lo que puedes crear tú misma.

La cocina estaba parcialmente actualizada. La encimera y la pila parecían nuevas, pero los fuegos eran como de los años cuarenta y los armarios parecían ser originales de la época.

–Es una casa fantástica –dijo Charity.

–A mí me gusta. Sé que es grande para mí sola, pero me gusta disfrutar de tanto espacio –señaló el despliegue de botellas sobre la encimera–. Vino, de los dos colores, y margaritas en la licuadora, a menos que Pia se lo haya bebido todo. Combinados, vodka, Bailey's. Lo que quieras, lo tienes.

–Me vale con un vaso de vino –dijo Charity.

–No quieres arriesgar en tu primera noche, ¿eh? Probablemente sea lo más sensato. Elige un color.

–Blanco.

Jo sacó una copa y se lo sirvió. Después de dárselo, Charity se apoyó contra la encimera.

–Bueno, ¿así que eres nuestra nueva urbanista? ¿Te gusta Fool's Gold?

–Me encanta estar aquí. Todas mis fantasías de vivir en una ciudad pequeña se están haciendo realidad.

Jo se rio.

–Me mudé aquí hace unos tres años desde la Costa Este. Fue un gran cambio, pero uno bueno. La gente es muy simpática. Pia me invitó a unirme a su grupo de amigas y me hicieron sentirme muy a gusto y bien recibida.

Charity miró hacia el salón.

–Agradezco la invitación. Quiero conocer a gente.

–Lo harás.

Una guapa rubia entró en la cocina y suspiró.

–Necesito más. Pia bebe más que yo y se suponía que yo iba a ser la borracha de la fiesta –sonrió a Charity–. Hola, soy Katie y, por favor, no pienses mal de mí.

–No lo haré.

–No suelo beber mucho.

–O nada –murmuró Jo–. Tratándose de alguien que tiene un bar, resultas muy decepcionante en ese aspecto.

–Lo sé –Katie se apoyó contra el mostrador–. Pero esta noche es diferente. Mi hermana va a casarse.

Charity se sintió confundida.

–¿Y eso es malo?

–El novio y yo estábamos saliendo cuando se conocieron. Llevábamos juntos casi un año. Me había comprado un anillo de compromiso, pero antes de dármelo, conoció a mi hermana y me dieron esa puñalada trapera.

–¡Uy! –exclamó Charity–. Lo siento.

–No lo sientas. Es un cretino –le respondió Katie.

Charity tenía la sensación de que el que hablaba era el alcohol más que su corazón.

–Lo peor es que la boda es una fiesta de cuatro días en el Lodge –añadió Jo.

–Necesito ir acompañada de una pareja, pero no tengo ninguna –dijo la chica en voz baja y entre hipos.

–Siempre está Josh –le dijo Jo.

Katie puso los ojos en blanco.

–Necesito salir con un tipo que la gente crea de verdad que es mi pareja. No hay nadie. Y ahora mi madre está ofreciéndose a prepararme una cita con el hijo de su mejor amiga. Howie.

Charity intentó contener la risa.

–Bueno, no es un nombre muy romántico, pero podría ser un chico genial.

–Lo conocí cuando éramos pequeños. Es un cerebrito, pero no en el buen sentido. Nos odiábamos y eso que solo estuve cuatro días con él. Por favor, que alguien me dé un tiro.

–¿Y por qué no mejor te damos otro margarita?

–Eso también me vale –Katie miró a Charity–. ¿Estás felizmente casada o saliendo con alguien? Porque te advierto serías la única de todas nosotras.

–Lo siento, pero no. Yo también tengo una larga lista de malas rupturas.

–Es una situación muy desagradable –farfulló Katie–. Pero, ¿qué nos pasa?

–Nada –dijo Jo firmemente–. No necesitas a un hombre para ser felices.

–Intenta decirle eso a mi cuerpo. No ha entrado en acción en casi un año.

Ahora Charity sí que se rio a carcajadas. Por suerte, Katie no pareció darse cuenta.

–Está Crystal –dijo ella–. Por lo menos ella sí que fue feliz antes.

Jo se sirvió otra copa.

–Al marido de Crystal lo mataron en Irak –miró hacia la puerta y después bajó la voz–. Está enferma. Cáncer. Por eso no bebe, así que no le ofrezcas nada.

Charity pensó en la amiga de Pia.

–Pues tiene buen aspecto.

–Ahora mismo las cosas están bien. Esperamos que el tratamiento pueda matar al cáncer sin matarla a ella también.

–Es terrible. ¿Tiene hijos?

Qué horroroso sería para ellos haber perdido a su padre y ahora tener que vivir la enfermedad de su madre.

–No exactamente.

De no ser porque aún no había dado ni un sorbo, Charity habría culpado lo confusa que estaba al vino.

—¿Qué quieres decir?

—Congelaron unos embriones antes de que su marido se marchara a Irak, por si acaso. Estaba pensando en implantárselos, pero le descubrieron el linfoma durante el examen físico. Quiere recuperarse para poder tener a sus hijos —Jo se sirvió una copa de vino tinto—. A veces la vida es una mierda.

Charity no sabía qué decir.

—Lo siento.

—Todas lo sentimos y no hay nada que podamos hacer. Eso es lo peor. Bueno, no para Crystal, obviamente —Jo sacudió la cabeza—. Creo que he bebido demasiado, no suelo soltarme tanto. Vamos, volvamos con las chicas.

Charity siguió a Jo y a Katie hasta el salón donde hizo todo lo posible por no mirar a Crystal. ¿Podía haber algo más triste que lo que acababa de oír?

—¿Te gusta estar en Fool's Gold? —le preguntó una mujer.

—A nadie le importa eso —dijo Desiree con una carcajada—. Yo lo que quiero saber es qué piensa de Josh.

La habitación se quedó en silencio y varios pares de ojos se posaron en Charity, que se quedó paralizada con la copa de vino a medio camino de sus labios.

—¿Cómo dices?

—Estás viviendo en ese hotel con él —dijo Desiree con otra risa—. Cuéntanoslo todo.

Charity dejó la copa de vino.

—Yo no vivo con él, tengo una habitación en el hotel —de ningún modo mencionaría que sus habitaciones estaban la una pegada a la otra. Si lo decía, tendría muchos problemas—. Lo he visto unas cuantas veces y es muy agradable.

—¿Habéis tenido alguna cita? —le preguntó una mujer.

—No, claro que no.

Jo volteó los ojos.

—Charity es nueva y aún no conoce nuestras maldades. No la asustéis la primera noche. Últimamente no han tenido muchas noticias de Josh y están hambrientas de cotilleos sobre su tema favorito.

Casi todas se rieron, incluso Crystal.

–¡Está buenísimo! –dijo Desiree con un suspiro–. Esa cara, ese cuerpo...

–Ese trasero –murmuró Pia desde el sofá.

–¡Sigue viva! –gritó Jo–. Quédate ahí, cielo. Te encontrarás cada vez peor, pero sobrevivirás.

–Hay otros hombres guapos en la ciudad –dijo Charity.

–Puede, pero ninguno como Josh –le respondió Desiree–. Parece que hace tiempo que no tiene una buena aventura.

–Estuvo con aquella instructora de esquí –apuntó Crystal.

–Eso fue el año pasado. No se me ocurre nadie más –y mirando a Charity esperanzada, Desiree añadió–: A menos que tú quieras confesar algo.

–Siento decepcionaros, pero apenas hemos tenido contacto –de ninguna manera les contaría lo que sabía de él, parecían un público muy duro–. Además, no creo que sea su tipo.

–Si eres mujer, entonces eres su tipo –dijo una mujer desde el otro lado de la sala.

Todas se rieron.

Eso no es verdad, pensó Charity al recordar el dolor que había visto en su mirada.

Él tenía razón, la ciudad tenía altas expectativas puestas en él que podrían ser totalmente surrealistas. No le extrañaba que Josh no quisiera exponer sus debilidades.

–No lo es tanto –dijo Pia incorporándose en el sillón–. Podrías serlo, pero no lo eres.

Charity no sabía cómo tomárselo.

–¿Y eso qué quiere decir?

–Vistes de un modo muy soso. Esos vestidos y esas chaquetas tan rectos Sé que en el trabajo tienes que dar aspecto de toda una profesional, pero ¡por Dios! ¡Enseña un poco de carne!

Crystal rodeó a Pia con su brazo y le susurró algo al oído antes de sonreír a Charity con gesto de disculpa.

–No es ella misma.

Charity le devolvió la sonrisa, pero por dentro estaba gritando. ¿Qué le pasaba a su ropa? Claro que vestía de un modo muy conservador porque estaba representando a la ciudad.

Se dijo que Pia estaba borracha y que sus comentarios no significaban nada, pero eso no evitó que se sonrojara y deseara poder salir corriendo de allí. Nadie estaba mirándola, pero la falta de atención era tan obvia e intencionada que parecía como si todas estuvieran observándola.

Jo comentó algo sobre una película que se estrenaba el viernes y la conversación cambió. Al cabo de unos minutos, Charity se disculpó para ir al lavabo.

Una vez dentro, se apoyó contra la puerta y respiró hondo. Después, fue hacia el espejo y analizó su reflejo.

Solo podía verse de cintura para arriba. Aunque había pasado por el hotel antes de ir allí, no se había molestado en cambiarse y por eso llevaba el mismo vestido de manga larga de todo el día.

La tela era una mezcla de algodón en un tono azul marino. Podría decirse que le quedaba un poco grande, pero le gustaba llevar ropa suelta. La chaqueta que llevaba era algo recta, aunque con una buena hechura.

Como siempre, se había alisado su ondulada melena castaña para recogérsela en una trenza. Llevaba unos pequeños pendientes de aro de oro, maquillaje mínimo y un sencillo reloj barato. Mientras seguía observándose, se dio cuenta de que lo mejor que podía sacar de su aspecto era que estaba limpia.

—¿Cuándo he empezado a vestirme como una ochentona? —se preguntó hasta que cayó en la cuenta de que incluso las ancianas vestían mejor.

Se sentó en el borde de la bañera y se frotó las sienes. Después de licenciarse en la universidad, había encontrado un gran trabajo en Seattle. Había sido la persona más joven en la plantilla del alcalde y la habían ignorado cada vez que había hecho una propuesta, pero cuando había vestido con un estilo más adulto o conservador, le habían prestado más atención.

Al mudarse a Henderson, una zona residencial a las afueras de Las Vegas, había seguido llevando ropa apropiada para alguien de unos veinte años más y también le había funcionado. Sin embargo, en algún punto se había perdido a sí misma en ese aspecto y había dejado de prestarse atención. Tal vez había dejado de importarle.

Alguien llamó a la puerta del baño. Charity se levantó y se estiró el vestido. Cuando abrió la puerta se sorprendió al ver allí de pie a Crystal.

—No quiero fisgonear —dijo la mujer—, pero ¿estás bien?

—Estoy bien.

—Pia es muy simpática, seguro que no lo ha dicho con mala intención.

Charity salió al pasillo e intentó sonreír.

—Lo sé. Lo que ha dicho es obra de los margaritas y de su estado de ánimo, aunque no puede decirse que no haya dicho la verdad. Visto de un modo muy descuidado y no sé cómo he dejado que eso llegue a suceder. ¡Ni cuándo!

—Dicen que reconocer un problema es el primer paso para solucionarlo —los azules ojos de Crystal reflejaban diversión—. Eres guapísima y tienes que aprender a sacarte partido.

—Necesito ropa nueva —volvió a estirarse el vestido, avergonzada de lo anticuado que era.

—Eso es fácil. Por eso todas tenemos tarjetas de crédito.

—Yo he dejado que la mía se llene de polvo demasiado tiempo.

—Entonces este fin de semana tendrías que ir de compras.

—Créeme, lo haré.

—¡Bien por ti! —le dijo Crystal—. Las compras son la mejor terapia.

Fueron hasta la cocina y Charity pensó que no quería volver a reunirse con el grupo. La necesidad de salir corriendo y esconderse era extremadamente poderosa y nada agradable, pero antes de poder pensar en una excusa, Crystal habló.

—¿Puedo preguntarte algo?

—Claro.

—Todos los años celebramos un evento para recaudar fondos llamado Carrera hacia la Cura. Apoyamos a niños enfermos, sobre todo de cáncer. Pertenezco al comité y se avecina una época de mucho trabajo. No puedo –miró a un lado y se aclaró la voz–. Yo estoy muy ocupada y no tengo todo el tiempo que necesito. Bueno, el caso es que me preguntaba si podrías ocupar mi lugar.

Charity agradeció que Jo le hubiera contado lo de la enfermedad de Crystal porque, gracias a esa información, supo cómo evitar dar un paso en falso.

–Me encantaría formar parte –dijo.

Crystal parecía sorprendida.

–Ya me había preparado para retorcerte el brazo y todo.

–Quiero implicarme en la comunidad y esto me da la oportunidad perfecta de hacer algo bueno a la vez que conozco a gente.

–En ese caso las dos salimos ganando –dijo Crystal–. Gracias.

Un estallido de carcajadas se oyó desde el salón.

–Parece que estamos perdiéndonos la fiesta. ¿Vamos?

Charity asintió y la siguió de vuelta a la abarrotada sala. Estaba decidida a ignorar lo avergonzada que se sentía por su desaliñado aspecto porque sabía que eso podría solucionarlo fácilmente. Era mejor que aprovechara el tiempo para conocer a las mujeres que había allí. Quería encajar en el grupo y tener amigas haría que la transición resultara más sencilla.

Jo le entregó la copa de vino blanco.

–Te sacamos mucha ventaja en la bebida, jovencita.

–En ese caso será mejor que me ponga al día.

Tres horas después, Charity se puso en camino para volver al hotel. Se encontraba mucho más relajada como resultado de muchas risas y demasiado vino. Las mujeres habían sido muy divertidas. Jo era genial, igual que Crystal. Katie las había hecho reír con historias sobre el desastre potencial que sería Howie y Charity había logrado olvidarse de su anticuada forma de vestir. Iría de compras durante el fin de semana y vería qué llevaban las mujeres de su edad cuando no intentaban ingresar en una orden religiosa.

Llegó al hotel y se planteó subir en ascensor hasta la tercera planta, pero estaba decidida a quemar las calorías de los nachos que había comido en casa de Jo.

Una vez estuvo en la segunda planta, caminó hasta la escalera más pequeña que la llevaría a la tercera. Apenas había dado dos pasos cuando se apagaron las luces.

La oscuridad fue tan absoluta como inesperada. Oyó las puertas abrirse en el piso de abajo y el de encima y a gente hablando. En sus voces había más risas que pánico.

Se sujetó a la barandilla y siguió subiendo hasta el tercer piso. Una vez allí, podría encontrar el camino hasta su habitación, aunque no estaba segura de si podría llegar a entrar. ¿Los cerrojos de tarjeta funcionaban a pilas o con electricidad?

Cuando se acercó a lo que pensaba que era la parte superior de las escaleras, aminoró el paso. Tanteó con el pie, dio otro paso y se chocó contra algo cálido, macizo y masculino.

Su cerebro tardó menos de un segundo en captar el calor, la talla y el aroma del hombre. Le dio un vuelco el estómago y empezaron a temblarle los muslos mientras sus dedos se aferraban con más fuerza a la barandilla.

–¿Estás bien, Charity? –preguntó Josh.

La sorpresa se sumó al resto de sensaciones que la invadían.

–¿Cómo has sabido que era yo?

–Por tu perfume.

En realidad era su acondicionador de pelo, pero decirlo la haría parecer tan conservadora como su ropa, así que se quedó callada.

–No te preocupes. La luz volverá en unos minutos –dijo él poniendo la mano sobre la suya–. Estás justo arriba, solo un escalón más.

Y lo subió, aunque impulsada por el deseo más que por sus músculos. Estando allí, al lado de Josh, incluso le parecía posible flotar y eso significaba que estaba en peor estado del que creía.

Era el vino, se dijo. No era ella, aunque tal vez ser ella era el problema. Al fin y al cabo, todos los hombres que había conocido la habían tratado mal. La habían engañado o le habían robado y Ted incluso la había pegado. Una vez. Después, se había alejado de él en cuanto pudo levantarse del suelo; había agarrado su bolso y se había marchado sin pensar ni una sola vez en volver.

—¿Charity? —preguntó Josh que parecía atónito—. ¿Estás bien?

—Sí. Lo siento. Solo estaba pensando. He estado en casa de Joy...

Él se rio.

—Noche de chicas. Ya sé lo que ha pasado. ¿Margaritas?

—Vino blanco, aunque Pia ha estado dándole al tequila.

Él la rodeó con su brazo mientras se dirigían al pasillo.

—¿Puedes caminar?

—No estoy borracha.

—¿Solo contentilla?

Estando tan cerca de él podía sentir la fuerza de su cuerpo; era la clase de hombre que podría levantar en brazos a una mujer sin sudar ni una gota.

—Estoy feliz —le susurró.

Sintió movimiento. En la oscuridad era difícil saberlo, pero parecía como si Josh ya no estuviera a su lado, sino delante de ella y muy, muy, cerca.

Unos dedos le tocaron la mejilla suavemente y el contacto fue tan delicioso que no pudo evitar el suspiro que escapó de sus labios.

—No tienes ni idea —murmuró él.

—¿Sobre qué?

En lugar de responder, él la besó. El contacto fue cálido, firme y suave. La besó con una destreza que le parecía imposible y que dejaba claro que a Josh le gustaba besar y que no lo veía como un paso obligatorio hacia el camino que lo conduciría a lo que de verdad quería.

Probablemente debería haberse quedado impactada, pero no lo estaba. Tal vez era por el vino, o simplemente que había llegado el momento de dejar que las hormonas actuaran. Ya habían estado molestándola lo suficiente. Por eso se relajó contra Josh, lo rodeó por el cuello y se entregó a todas las sensaciones eróticas que la invadían.

Él dejó caer las manos hasta su cintura y la acercó más a sí. Ella separó los labios y Josh se coló entre ellos acariciándola con la lengua.

Un deseo la recorrió y tuvo que contenerse para no suplicar. Josh sabía a chocolatinas de menta de esas que le dejaban cada noche sobre la almohada mezcladas con algo un poco más fuerte, algo parecido a whisky.

Ardía por dentro y el deseo crecía más y más. Sentía escozor en los pechos y ese punto que se ocultaba entre sus muslos se había inflamado de deseo. Mientras lo besaba, se entregaba y lo acariciaba, quería llevarlo a su habitación. Lo quería desnudo, dentro de ella y tomándola con fuerza.

La imagen estaba muy clara, era como si ya estuvieran juntos. Músculos tensos preparándose para el placer. Su reacción fue poderosa, tanto que la asustó y tuvo que apartarse. Al instante, volvió la luz.

Estaban en el pasillo del tercer piso. Había unas cuantas personas en sus puertas y aplaudieron cuando pudieron regresar a la era moderna. Charity solo podía mirar a los ojos verde avellana de Josh mientras se preguntaba si los de ella se verían tan brillantes y llenos de pasión.

Sabía lo que él iba a decirle o preguntarle. Sus habitaciones estaban a escasos metros de distancia, pero por mucho que lo deseaba, sabía que no podía ser una más entre millones. No podía serlo y seguir teniendo un poco de orgullo a la mañana siguiente. Rechazarlo parecía imposible, así que hizo lo único que le pareció que tenía sentido. Corrió a su habitación y entró sin detenerse. Después se quedó con la espalda pegada a la puerta y esperó a que su corazón latiera con normalidad.

7

Marsha entró en el despacho de Charity sacudiendo la cabeza.

—Lo sé, lo sé, llego tarde. Estaba reunida con Tiffany —se dejó caer en la silla situada frente al escritorio de Charity y gruñó—. ¡Qué chica! —agitó una hoja de papel—. ¡Con toda la gente que quiere conocer y encima le encantaría que yo se los presentara!

Charity hizo lo que pudo por no reírse.

—Sé que es difícil.

—Es más que difícil. Es humillante ver los problemas de nuestra ciudad en su tesis.

—Por lo menos solo somos un capítulo.

—Lo sé y sé que debería dar gracias por ello, pero una parte de mí quiere preguntarle por qué no somos lo suficientemente buenos como para ocupar un libro entero. Lo cual es una locura. Debo de necesitar medicación —respiró hondo—. Está bien, ya basta de Tiffany. ¿Cómo estás?

—Mejor que tú. Iba a ir a por una botella de agua a la máquina. ¿Te apetece algo?

—Un martini, aunque sé que no los tenemos en las expendedoras. Así que tomaré un té helado —levantó la mano y la posó sobre su regazo—. No me he traído el bolso.

—Yo invito. Ahora mismo vuelvo.

—Gracias. Me quedaré aquí sentada practicando la respiración para que me baje la tensión.

Charity salió del despacho y fue hacia la máquina expendedora. No había estado con Tiffany, pero había oído que las preguntas de la estudiante podían resultar inquisitivas en el mejor de los casos y algo irritantes en el peor.

Metió el dinero en la máquina y sacó las bebidas. Después, volvió al despacho.

–Gracias –dijo Marsha al aceptar la botella–. ¿Ese traje es nuevo? Me gusta mucho la falda.

Charity se dijo que aceptara el cumplido sin más, sin dar ninguna explicación o, por lo menos, no una detallada. Su jefa no tenía por qué saber que por fin se había dado cuenta de que se había pasado los últimos años descuidando totalmente su aspecto.

–He ido a Sacramento este fin de semana y he hecho algunas compras.

La falda negra de corte lápiz seguía dándole un toque profesional, pero terminaba unos centímetros por encima de las rodillas en lugar de varios por debajo. Los zapatos tenían un tacón más fino y eran algo más altos que los que había estado llevando. La blusa la tenía desde hacía como un año, pero era bastante clásica. Colgando del respaldo de su silla estaba su nueva chaqueta, un bolero con raya diplomática negra y blanca. El estilo resaltaba su cintura y la hacía sentirse femenina y poderosa.

–Estás genial. Siempre he tenido debilidad por la ropa. Hace años me dio por el cuero, pero ahora soy demasiado vieja. Aterrorizaría a la gente si me presentara con unos pantalones de cuero o con flecos.

Charity se rio mientras se sentaba.

–Podrías marcar tendencia.

–Eso os lo dejo a las que tenéis menos de treinta. Bueno, venga, dime qué tal van las cosas. ¿Tenemos algún negocio nuevo por aquí para que pueda decirle a Tiffany que ya no somos dignos de aparecer en la tesis?

–Aún no, pero estoy trabajando en ello. He estado en contacto con el comité del hospital y quedaron muy impresionados.

Han descartado por completo un emplazamiento, así que ahora la cosa está entre otro competidor y nosotros. Querrán enviar a algunas personas para explorar la ciudad y ver qué tenemos para ofrecerles. Ya estoy preparando posibles recorridos.

–Un hospital. Eso sería increíble.

–Estaba en tu lista de cosas que hacer.

Marsha le dio un sorbo a su té.

–Me encanta cuando la gente me escucha.

–Estoy segura de que todo el mundo te escucha. Por lo que sé, la mayor preocupación del consejo del hospital se basa en el apoyo de la comunidad, así que me pondré con ello directamente.

–Excelente.

Charity le dio una carpeta.

–He estado reuniéndome con una empresa de software. Están en San José y aunque mantendrían allí sus oficinas centrales, necesitan expandirse. Muchos empleados han expresado su deseo de vivir en una pequeña ciudad. Quieren quedarse en California y seguir relativamente cerca de las oficinas centrales, así que tengo muchas esperanzas puestas y creo que puedo convencerlos para que vengan aquí.

–¿Software, eh?

–La mayoría de los informáticos son chicos.

–Es verdad y siempre me ha gustado esa clase de hombre, los ingenieros informáticos. Suelen ser estables y responsables, importantes cualidades cuando se habla de matrimonio.

Charity miró la mano izquierda de la mujer. No había ningún anillo. Hizo intención de preguntarle, pero después pensó que podría ser un tema demasiado personal. Sin embargo, Marsha debió de darse cuenta y ella misma sacó el tema.

–Como muchas mujeres de mi generación, me casé joven. John era un hombre dulce, probablemente demasiado bueno para mí, y me amaba incondicionalmente. Fuimos muy felices juntos y tuvimos una hija –se detuvo–. ¡Cuánto quería a su niña! Teníamos planes de formar una gran familia, pero murió en un accidente de coche cuando nuestra hija solo tenía tres años. Estaba embarazada en ese momento y el impacto de perderlo me provocó un aborto –Marsha apretó los labios–. Fue un momento difícil.

Charity se quedó impactada al oír esa tragedia.

–Lo siento mucho.

–Fue hace mucho tiempo. Ahora guardo buenos recuerdos, pero durante un tiempo no pensé que pudiera sobrevivir a su pérdida. Mi niña me ayudó a superarlo y, además, tuve a la ciudad.

Marsha le sonrió.

–John y yo nacimos aquí, así que cuando lo perdí, también lo perdió la comunidad entera. Se reunieron y aproximadamente un año después alguien me propuso candidata para alcaldesa. Pensé que lo hacían para hacerme salir de la depresión. Nunca hice campaña, pero de algún modo gané. Fui a mi primer mitin con idea de dimitir, pero por alguna razón no lo hice y aquí estoy, unos cuarenta años después, aún trabajando en la alcaldía.

–Me alegra que sigas aquí. Haces un trabajo magnífico.

–Eres muy amable al decirlo.

Charity quería preguntarle por su hija, pero como nunca había oído hablar de ella, prefirió no hacerlo. Se temía que a ella le hubiera pasado algo también.

–Tengo muchos amigos –continuó Marsha–. Esta siempre ha sido mi casa, así que aunque John se fue, yo seguía perteneciendo a este lugar. Espero que tú también termines sintiéndote así aquí.

–Estoy disfrutando mucho conociendo a gente.

–¿Estás haciendo amigos?

–Sí. La otra noche fui a casa de Jo para pasar un rato con Pia y sus amigas. Conocí a Crystal.

Marsha sacudió la cabeza.

–Es una chica encantadora. Es tristísimo. Cuando perdió a su marido, la comprendí perfectamente. Todos nos ilusionamos mucho cuando decidió que le implantaran sus embriones, pero después descubrió que estaba enferma. No es justo.

—Lo sé. Eso mismo pensé cuando Jo me contó la situación en la que se encontraba; pensé que la ayudaría tener un hijo, pero si está enferma

—Sé lo que quieres decir. Perder a ambos padres sería muy difícil. A veces me pregunto en qué estaba pensando Dios cuando puso en marcha todo esto. Esperamos que se recupere, pero los médicos no lo ven muy probable.

Marsha le sonrió.

—Y esta es la parte más difícil de la vida en una ciudad pequeña, que conocemos las alegrías de todos, pero también las penas —sacudió la cabeza—. Y ahora hablemos de algo más alegre. No pude evitar fijarme la otra noche en que estabas cenando con Robert. ¿Fue divertido?

Charity no estaba acostumbrada a hablar sobre su vida personal con su jefa. Sabía que Marsha solo estaba siendo simpática, pero sinceramente no sabía qué decir teniendo en cuenta que Robert era el tesorero del Ayuntamiento.

—Es un tipo fantástico.

—Es un buen partido.

—Es un poco pronto para que empieces a hacer de casamentera conmigo.

—Es verdad, pero no puedo evitarlo. Tengo corazón de celestina. Me encanta ver a la gente enamorarse. Robert parece muy estable —se rio—. Suena terrible, pero sabes lo que quiero decir. Me refiero a que es responsable y formal.

«No como Josh», pensó Charity haciendo todo lo posible por no recordar el breve pero increíble beso que habían compartido. De nada servía pensar en lo imposible y, mucho menos, en lo improbable.

Marsha dio otro trago de té.

—Aunque también podríamos decir algo sobre un hombre que siempre te sorprenderá.

Charity parpadeó sorprendida.

—¿Cómo dices? ¿Qué ha pasado con lo de un hombre estable y formal?

—Supongo que hablo con cierta predisposición, no soy objetiva. Hace mucho tiempo que conozco a Josh y para mí es como un hijo. Me gustaría verlo formar una relación con alguien especial.

Y a Charity le gustaría verlo desnudo, pero eso no lo mencionaría.

—¿No estuvo casado antes?

—Sí, pero no fue buena con él. Era una mujer con un físico impresionante y muy superficial. Intenté decírselo, pero no me escuchó. Pensaba con la parte equivocada de su anatomía, no sé si me entiendes

Charity sonrió.

—Te entiendo.

—Vale mucho más de lo que la gente cree. Aún recuerdo la primera vez que lo vi. Su madre y él se habían mudado desde Arizona. Josh había tenido un accidente terrible mientras hacía montañismo con su madre y cayó por la ladera de una montaña. Estaba lesionado y seguía recuperándose. Apenas podía caminar y sus pobres piernas estaban torcidas.

Charity intentó comparar esa imagen con la del hombre que conocía. Era imposible.

—Es perfecto.

—Oh, es muchas cosas, pero «perfecto» no. Aunque sé a qué te refieres. Tiene cara y cuerpo, pero cuando era pequeño la historia era distinta. Ella lo abandonó.

—¿Su madre?

—Sí. Lo abandonó cuatro meses después de que se mudaran aquí. Se marchó una tarde; se subió en su coche y se largó. Me encontré a Josh fuera de su habitación de motel, esperándola. Al principio todos dábamos por hecho que volvería, pero no lo hizo. La buscamos, claro, pero si una persona no quiere que la encuentren, esconderse no es tan difícil.

Charity había crecido mudándose de un lado a otro. Había odiado tener que ser siempre la chica nueva, pero a ella nunca la abandonaron. Sandra había sido egoísta, pero jamás había pensado en abandonar a Charity. Una cosa era perder a un padre por un accidente o por una enfermedad y otra muy distinta que te abandonaran. ¿Cómo podía alguien recuperarse después de eso?

—¿Qué pasó? —preguntó ella.

—Nadie sabía qué hacer. Estaba la posibilidad de la casa de adopciones, pero esa idea no nos entusiasmaba a ninguno, aunque, por otro lado, la ciudad no podía adoptar a un niño. Necesitaba estabilidad. El concejo municipal se reunió para tomar una decisión y entonces entró Denise Hendrix. Ella ya tenía seis hijos, incluidas unas trillizas, ¡imagínate! Su hijo mayor, Ethan, era de la edad de Josh. Dijo que un niño más no le supondría nada, así que Josh se fue a vivir con ellos. Ethan y él se hicieron muy buenos amigos y solían montar en bicicleta juntos.

—He oído ese nombre. ¿No tiene Ethan una empresa de molinos? Está en mi lista de gente que tengo que visitar.

—Sí, es él. Además tiene una constructora que heredó de su padre. Te caerá bien Ethan —los ojos de Marsha se iluminaron—. También está soltero. Es viudo.

Charity se rio.

—Tienes que dejar de intentar emparejarme, ya me ocuparé yo de hacerlo. Mi primer propósito es terminar de instalarme y traer nuevos negocios a Fool's Gold. Mi vida amorosa puede esperar.

—Me parece que podrías hacer las dos cosas. ¿Sigues pensando en comprarte una casa?

—Sí. Este fin de semana voy a ir a ver unas cuantas.

—Lo pasarás bien. Hay mucho donde elegir en la ciudad. Deberías hablar con Josh. Él siempre sabe cuándo una nueva propiedad ha salido al mercado.

Charity enarcó las cejas.

Marsha sacudió la cabeza.

—Me refiero al tema inmobiliario, no intento emparejarte.

—Me parece que no te creo.

Marsha le guiñó un ojo.

—Probablemente no deberías. Puedo ser muy astuta.

Una vez más, Charity se sintió encantada de haber aceptado el trabajo. Trabajar para Marsha era un placer y esperaba que la alcaldesa y ella se hicieran buenas amigas. Marsha era una persona de trato fácil y agradable.

Alguien llamó a la puerta abierta. Ella alzó la mirada y se encontró a Robert caminando hacia ellas.

–Lamento interrumpir –dijo él dándole a Marsha una carta que parecía de carácter legal–. No podía esperar.

Marsha observó la carta.

–Es del Estado de California.

–Quieren que les confirmemos si el dinero que enviaron para la reparación de carreteras se empleó debidamente.

–Reparación de carreteras. No sé nada de eso.

–Ninguno lo sabemos –respondió Robert–. Nunca hemos recibido ese dinero. Ha desaparecido.

Charity miró a Marsha, que parecía impactada.

–¿De cuánto estamos hablando? –preguntó la alcaldesa.

–Setecientos cincuenta mil dólares.

–Gracias por ocupar el puesto de Crystal en el comité –dijo Pia mientras Charity y ella caminaban hacia el centro de recreo situado junto al parque.

–Estoy deseándolo –respondió Charity–. Quiero involucrarme en las actividades de la ciudad.

–Ajá. Eso lo dices ahora, pero deja que te deje algo claro, ya has aceptado, así que no hay vuelta atrás. Después no vengas lloriqueando y quejándote.

Charity se rio.

–¿Tan malo puede ser?

–Vuelve a preguntármelo dentro de tres meses cuando estés inscribiendo a mil quinientos corredores.

–¿De verdad hay una carrera? –preguntó Charity fingiendo sorpresa.

–Es muy divertida.

–Lo haré bien.

–Más te vale. Eres nueva y tienes energía. Tengo decidido utilizarte sin ningún recato –Pia se cambió el bolso de brazo–. Por cierto, me encanta esa chaqueta. El color rojo te sienta genial.

–Gracias. He ido de compras.

Los pantalones negros también eran nuevos, de corte recto y largos sobre sus botas de tacón alto. El jersey negro de manga corta contrastaba con el rojo intenso de la chaqueta inspirada en Caperucita Roja.

Pia se detuvo.

–¡Oh, Dios! La otra noche, en casa de Jo ¿dije algo sobre tu ropa?

–Dijiste que estaba un poco anticuada.

Pia se estremeció.

–Estaba borrachísima. Lo siento. En casa de Jo estuve odiosa, ¿verdad? ¿Podrás perdonarme?

Charity le tocó un brazo.

–No hay nada que perdonar. No te equivocabas. Vestía de un modo demasiado conservador. Era como si me ocultara con ello y no es que necesite terapia ni nada de eso. Fuiste una buena llamada de atención.

–Lo siento.

–No, deja de disculparte. Tenía que oír la verdad sobre mi ropa. Tenías razón, vestía como alguien mucho mayor.

Pia se estremeció.

–Tengo que recordarme algo: no vuelvas a beber.

–¿Cuánto tiempo durará ese propósito?

Pia sonrió.

–Por lo menos una semana.

Entraron en el centro de recreo donde había una pequeña cafetería con unas cuantas mesas y un largo pasillo con clases a cada lado. Según caminaban, Charity vio un grupo de señoras mayores con álbumes de recortes mientras, al otro lado, unos niños pequeños hacían artes marciales.

–Aquí puedes aprenderlo casi todo –dijo Pia–. El año pasado alguien vino desde Los Ángeles y dio una clase de Feng Shui. Fue interesante. Cambié toda mi habitación para atraer al amor y al poder. No funcionó. Tal vez debería haberme centrado en atraer al dinero.

–Um, pero probablemente no en tu dormitorio –le dijo Charity.

Pia sonrió.

–Tienes razón. Eso sería ilegal.

Entraron en el gran auditorio situado al fondo del edificio donde ya había unas veinte personas.

–Sé que ahora no necesitamos un espacio tan grande, pero lo necesitaremos luego, y he aprendido a quedarme primero con el espacio grande antes de que otro lo reclame. ¿Conoces a todo el mundo?

–Creo que sí.

Charity vio varios rostros familiares, incluido Morgan, que la saludó. También estaba una de las mujeres del Ayuntamiento y

Se le erizó el pelo de la nuca, sintió un cosquilleo recorriéndola de arriba abajo y, sin necesidad de darse la vuelta, supo que Josh estaba allí.

Desde el beso, había hecho todo lo posible por evitarlo y hasta el momento había funcionado, aunque ahora parecía que se le había acabado la suerte.

Se giró lentamente y lo vio hablando con varias personas. Incluso bajo una mala iluminación, tenía un aspecto impresionante. A su cabello rubio dorado le hacía falta un buen corte, pero eso no hacía más que sumarse a su atractivo. Era alto, fuerte y tenía un rostro que haría que un ángel quisiera pecar. Peor incluso, besaba con una pasión tal que la había dejado sin fuerzas y a punto de suplicarle. ¿Era justa esa situación?

Justo en ese momento, él alzó la mirada y la vio. Aunque no la saludó, ella vio algo en sus ojos muy parecido a un intenso brillo, como si estuvieran compartiendo un chiste privado. Se dio la vuelta.

Pia los miró.

–Vaya. Está claro que lo odias.

–¿Qué? ¿Por qué dices eso?

—Lo mirabas y te salían chispas por los ojos. No puedo creerme que el viejo encanto no esté funcionando contigo.

¡Vaya! Lo último que necesitaba era que Pia empezara a hacerle preguntas.

—No. No es eso. Apenas lo conozco. Estaba pensando en otra persona. Hay... hay un problema en el trabajo.

—Oh —Pia bajó la voz—. Los tres cuartos perdidos del millón de dólares. Marsha me lo ha contado. No te preocupes. No se lo he dicho a nadie. Lo siento. No debería haber dado por hecho que estabas enfadada con Josh. Es que estoy tan acostumbrada a ver que todo el mundo lo adora que me ha parecido muy extraño.

—No pasa nada.

—¿Estás buscando diversión? Porque Josh está disponible o, por lo menos, eso creo. Tiene tantas mujeres que es difícil saberlo.

—No voy a ponerme a hacer un control de masas.

—Pues merecería la pena. Confía en mí. Fui al instituto con él, yo iba unos años por debajo, pero todas lo adorábamos. Incluso por entonces ya era especial.

—¿Alguna vez ? —Charity se detuvo, sin estar muy segura de cómo hacerle la pregunta—. ¿Habéis tenido alguna relación?

—No, pero yo quería. Él es como un dios y no lo conocía tan bien —miró su reloj—. Creo que debería dar por inaugurada esta reunión.

Alzó la voz.

—A ver, todos. Sentémonos y vamos a empezar. Cuanto antes lo hagamos, antes podemos volver a casa a ver Operación Triunfo.

Charity fue hacia la mesa. En un intento de evitar que alguien pensara que había algún problema, hizo todo lo posible por no mirar a Josh, cosa que resultó ser un error ya que terminó quedándose de pie junto a una silla vacía que había al lado de él.

—¿Quieres sentarte? —le preguntó él retirándole la silla.

Sin saber qué más hacer, se sentó, aunque después deseó no haberlo hecho cuando él se sentó a su lado.

No es que no le gustaran las vistas, porque Josh siempre estaba guapísimo, pero estaba cansada y, por ello, se sentía menos capaz de luchar contra su atracción. Tal vez debería probar a tomarse una bebida energética antes de volver a encontrarse con él.

–¿Cómo has acabado metida en esto? –le preguntó Josh, inclinándose hacia ella.

La mirada de Charity pareció posarse en su boca, esa boca que había besado la suya hacía unos días. Era un beso que estaba intentado olvidar, pero se dio cuenta de que pasar todo su tiempo evitando pensar en él era lo mismo que pasar todo el tiempo pensando en él.

–Crystal me pidió que ocupara su lugar.

La expresión de Josh se volvió tensa.

–Pobre. Lo está pasando mal.

–No la conozco muy bien, pero parecía muy dulce. Dijo que no se sentía lo suficientemente bien como para seguir.

Charity volvió a centrar la atención en Pia e intentó no fijarse en Josh cuando él se recostó en su silla. El movimiento acercó su brazo peligrosamente a ella y eso la hizo preguntarse si podía dejar las cosas como estaban, sin más, o debía apartarse de él.

–La carrera es un evento de un día –estaba diciendo Pia–, lo cual significa que habrá pocas reservas en los hoteles y ya sabéis cómo odio eso. Necesitamos que la gente llene los hoteles.

–Podríamos alargar la carrera –gritó un hombre.

–No nos sirve –respondió Pia.

Cuando terminó de revisar su lista de cosas que hacer, Charity accedió a participar en el comité de propaganda.

–Yo también me apunto –le dijo Josh cuando la reunión llegó a su fin–. Es fácil. Solo hay que conseguir el sponsor de algunos negocios.

–¿No tienes varios negocios en la ciudad? –le preguntó ella.

–Ajá, y prometo ser generoso.

–Qué suerte tengo.

—Eso creo. ¿Ya has empezado a buscar casa?

—Este fin de semana voy a ir a ver unas cuantas para ver cómo está el mercado inmobiliario, aunque no estoy segura de qué estoy buscando.

—¿Eres de esos compradores que dicen «lo sabré cuando lo encuentre»?

—Algo parecido. Nunca he tenido una casa propia —admitió—. Cuando salí de la universidad, me centré en pagar los créditos para los estudios y en ahorrar dinero. Me mudé a Henderson justo cuando estalló la burbuja inmobiliaria y no pude permitirme lo que quería. Después el mercado comenzó a bajar y quise esperar hasta que casi tocara fondo, pero entonces

¿Por qué había iniciado esa detallada conversación sobre el mercado inmobiliario?

Josh estaba esperando, mirándola. Ella podía sentir la intensidad de su mirada y, aunque estaba segura de que no pretendía ser ardiente, ella la captó así.

—Para entonces empecé una relación con alguien —admitió esperando no sonrojarse.

—Y quisiste esperar a ver si los dos acabaríais comprando una casa juntos. Tiene sentido. Supongo que el hecho de que estés aquí significa que no hicisteis un mate.

A pesar del cálido rubor en sus mejillas, se echó a reír.

—¡Cómo os gustan a los hombres las buenas metáforas de deportes!

—Lo llevamos en la sangre.

—No, no hicimos un mate. Rompimos hace unos meses. Me enteré de este trabajo y di el paso, así que esta será la primera casa que me compre.

—Naciste para tener una casa.

—¿Por qué dices eso?

—Eres responsable, quieres establecerte, echar raíces y estarías genial sentada en la mecedora de un porche —la miró de arriba abajo antes de volver a detenerse en sus ojos—. Y en pantalones cortos.

La calidez de sus mejillas se intensificó.
—Si eso ha sido un cumplido, gracias.
—De nada. Y esta noche estás genial. Me gusta el rojo.

Él le puso la mano en la parte baja de la espalda y la sacó de la sala mientras ella intentaba no percatarse de ese contacto físico, ni siquiera cuando le abrasaba la espalda.

—Por cierto, sé de una casa que va a salir al mercado. Está en una parte fantástica de la ciudad. Se construyó alrededor de 1910, pero está completamente remodelada. La instalación eléctrica y las tuberías se han reformado para ajustarse a las nuevas normativas. No es enorme, pero creo que te gustaría. Yo eh.. conozco al dueño y podría pedirle la llave. ¿Quieres que te la enseñe?

—¡Claro!

Charity se dijo que solo estaba interesada en la casa, pero sabía que se estaba mintiendo. Lo que de verdad esperaba era que en la tranquilidad de una casa vacía, Josh intentara algo con ella. No es que fuera a ceder, pero sin duda estaba deseando que se produjera la situación.

El sábado por la mañana, Charity se reunió con Josh en el Starbucks de la esquina donde pidió su café con leche desnatada y se echó un poco de sabor a moca. Josh estaba de pie hablando con un par de mujeres que, obviamente, intentaban convencerlo de algo. Ella esperó hasta que las otras mujeres se marcharon antes de reunirse con él.

—Ha sido intenso —dijo ella mientras lo seguía hasta afuera.

—Quieren que abra una escuela de ciclismo aquí en la ciudad para que los niños entrenen de manera profesional. Hay unas cuantas en el país.

Ella pensó en lo que conocía sobre su pasado.

—¿Y?

—Es una idea.

—¿Una que no quieres llevar a la práctica?

—Hoy no.

Comenzaron a caminar por la acera.

—¿Vamos a ir caminando?

—Es como un kilómetro y medio. ¿Quieres que vayamos en coche?

—No. Me gusta caminar. Vivir aquí hará que se me desgasten menos los neumáticos.

Se cruzaron con una pareja de mujeres que iban haciendo jogging y que los saludaron amablemente. Charity vio a la mujer de la izquierda susurrarle algo a su amiga y señalar. Hizo una mueca.

—Somos una pareja, ¿verdad? —preguntó ella con un suspiro—. Había olvidado por completo las consecuencias de que la gente nos vea juntos.

—¿Te importan los cotilleos?

—No, si nadie pregunta los detalles.

—Esperarán que les digas que soy un dios en la cama.

«Probablemente lo seas», pensó ella sonriendo.

—¿Lo eres?

Él enarcó las cejas.

—¿Quieres referencias?

—¿Es que las tienes?

—Podría conseguir unas cuantas si las necesitas —dijo Josh.

—Gracias, pero lo contaría sin darme cuenta si alguien me pregunta.

—No me importa.

—Seguro que no —murmuró Charity antes de dar un sorbo de café.

Un dios en la cama. Si alguien podía encajar en esa descripción, ése era Josh. Era una absoluta tentación, pero una que tenía decidido resistir. Era prácticamente venerado allá donde iba y ella era una persona normal. Había estudiado Mitología en la facultad y sabía lo que les sucedía a los meros mortales que osaban entrar en el reino de los dioses.

A pesar de ello, unos días antes había esperado que él se le insinuara. Cuando se trataba de Josh, no podía decidir si era mejor ser buena o ser mala, aunque sí que sabía qué opción sería la más divertida.

Cruzaron la calle y entraron en un barrio residencial lleno de casas preciosas. Unas cuantas se habían reformado por completo perdiendo así su encanto, pero la mayoría mantenía elementos de la arquitectura original. Había grandes árboles que se extendían por la calle y daban sombra. Unas vallas profusamente talladas rodeaban los exuberantes jardines. Él señaló una casa blanca con adornos en un tono gris azulado.

–Es esa.

Charity se quedó mirando la construcción de dos plantas, el amplio porche delantero y las grandes ventanas. Todo le gustaba de esa casa.

–Ya me encanta –dijo.

–Pues espera a verla por dentro.

Él se sacó una llave de los vaqueros y abrió la puerta delantera. Juntos, entraron en la quietud de la casa.

La luz se colaba por los ventanales iluminando los suelos de madera pulida. El salón era grande con una chimenea y armarios empotrados de estilo artesano. Había un comedor, también con armarios empotrados y una pequeña biblioteca con estanterías que llegaban hasta el techo.

Allá donde miraba veía unos detalles impresionantes. Los rodapié tenían por lo menos veinte centímetros de alto y unas molduras destacaban contra el techo. En la cocina los electrodomésticos eran de estilo años cincuenta, pero renovados, y encajaban a la perfección con los nuevos armarios y el suelo de pizarra. Había un rincón para comer y unas puertas de cristal dobles que daban al jardín.

Se parecía mucho a la casa de Jo, pensó con un suspiro de felicidad. Pero mejor.

–Me encanta –dijo con aire melancólico–. Ni siquiera tengo que mirar la parte de arriba. Es preciosa, pero me da la sensación de que se sale de mi presupuesto.

–Conozco al dueño y negociará.

–¿Hay alguien aquí a quien no conozcas?

—Puede que haya un par de bebés que aún no he ido a visitar.

—La vida en una pequeña ciudad —dijo ella.

—Funciona.

Charity dio vueltas en el centro de la cocina mientras admiraba los apliques de la luz, las puertas originales y se imbuía de la sensación de estar en un hogar.

—¿No te ves tentado a comprarte algo así? —le preguntó ella.

—Me gusta donde vivo.

—Pero es un hotel.

—Exacto. No requiere mantenimiento, el servicio de limpieza va incluido y la televisión es gratis.

«Porque eres el dueño del hotel», pensó ella mientras intentaba centrar su atención en la casa y no en él. Estaba sola con Josh en un espacio tranquilo y vacío. Si no centraba la mente, corría el peligro de abalanzarse sobre él y decirle que quería descubrir si de verdad era un dios en la cama.

—¿No te cansas del menú del servicio de habitaciones?

—Aceptan peticiones.

—De ti. Eres como una estrella del rock en un pueblo pequeño.

—Tiene sus ventajas.

—¿Y las desventajas?

La miró fijamente a los ojos.

—También las hay, sí.

Algo se removió en su interior y, decidida a mantenerse firme, cambió de tema.

—¿Sigues montando solo por la noche?

Él asintió.

—¿Has hablado con alguien sobre lo que pasó? ¿Con un psicólogo deportivo?

Josh miró a otro lado.

—Cuando pasó. He visto varias veces las imágenes, la televisión. Sé que no se pudo hacer nada, pero saberlo y creerlo no es lo mismo.

Había algo en su voz, desesperanza Como si algo importante hubiera quedado perdido.

–Quieres volver atrás–dijo ella en voz baja.

–Todos los malditos días. Echo de menos ser quien era. No la fama ni la competición, ni ganar, ni el entrenamiento. Monto aquí, pero no es lo mismo. Echo de menos a mis compañeros, la emoción de la carrera.

Ella sospechaba que también echaba de menos la fama. ¿Quién no lo haría?

–¿Has intentado salir a montar con otra gente?

Él se puso tenso.

–Más de una vez –miró su reloj –. Deberíamos subir.

Sin pensarlo, Charity fue hacia él y le tocó un brazo suavemente.

–Lo siento. No debería haber sacado el tema. No es asunto mío.

Su boca se torció en una sonrisa.

–No soy tan sensible, Charity. Puedes decir lo que quieras.

Ella parecía incapaz de apartar la mirada de su boca, de la forma esculpida de su labio superior, del volumen del inferior. Recordaba cómo se había sentido al ser besada por ellos, cómo había querido entregarse. Era un hombre con demasiado poder.

–Estoy saliendo con alguien.

Las palabras cayeron sin previo aviso.

Josh parecía más animado que decepcionado.

–¿Robert?

–Ajá. Hemos salido a cenar.

–Recuerdo haber oído algo. Es un buen tipo.

Ahora se sentía estúpida. ¿Qué se había esperado? ¿Que Josh se pusiera celoso y le dijera que dejara de ver a Robert? ¿Había esperado que se le insinuara?

–Sí, lo es. Es un hombre muy agradable.

–Espero que los dos seáis muy felices juntos. Por ahí subimos.

Ella se movió hacia las escaleras cuando en realidad lo que quería era llorar y ponerse a patalear. Sin embargo, no hizo ninguna de las dos cosas. Lo siguió hasta el segundo piso e intentó decirse que era para bien. Desear a Josh era como un billete de ida al país del desastre, un lugar donde ya había pasado demasiado tiempo.

8

Charity estaba deseando reunirse con Ethan Hendrix, un joven alto y guapo. Josh y él habían sido grandes amigos y habían salido a montar en bici juntos hasta que Ethan se había lesionado hacía unos diez o doce años. Los detalles eran imprecisos como poco y ella no había encontrado un modo de preguntar sin parecer demasiado interesada en ninguno de los dos hombres.

Ethan era el dueño de una empresa constructora de la ciudad y de una fábrica de molinos situada a unos dieciséis kilómetros. Ya que iban a reunirse en esta última, tendría la oportunidad de conducir su coche por una vez. Al menos últimamente ya apenas gastaba gasolina ni perdía el tiempo parada en un atasco.

Siguió las indicaciones de Ethan y llegó hasta el gran camino de entrada que conducía a Molinos Hendrix. El lugar era impresionante con unos grandes edificios que parecían almacenes y unos enormes aerogeneradores que estaban cargando en largos camiones.

Siguió unas flechas que conducían hasta la oficina y después aparcó y entró caminando. Un vestíbulo más pequeño daba a un área de recepción. Al otro lado había despachos, mesas y ordenadores con muchas fotografías de molinos de viento.

Había investigado un poco antes de la reunión y sabía que Molinos Hendrix era una empresa de crecimiento rápido. La energía eólica era popular, como lo eran los molinos. Después de los costes iniciales, los gastos eran mínimos. La energía eólica era una gran fuente de poder verde, sobre todo en zonas rurales.

Una atractiva veinteañera alzó la mirada. Llevaba unos vaqueros y una camiseta de manga larga y tenía el pelo corto y rubio.

–Hola –dijo con una sonrisa–. Debes de ser Charity Jones. Has quedado con Ethan a las once. Volverá en un segundo. Ha tenido que ir a hacer una entrega –arrugó la nariz mientras caminaba hacia Charity–. Siempre hay que hacer alguna entrega.

Cuando Charity le estrechó la mano, la mujer siguió hablando:

–Nevada Hendrix, la hermana de Ethan. Soy uno de los ingenieros.

–Un placer conocerte. Una ingeniera. La alcaldesa debe de estar decepcionada.

Nevada se rio.

–Cuando me licencié, Marsha me dijo que trajera a la ciudad todos los compañeros de clase que pudiera. Hasta el momento ninguno me ha seguido hasta aquí, pero sigo pidiéndoselo.

–Seguro que te agradecerá el esfuerzo.

Una puerta se cerró de golpe.

–Es Ethan –Nevada bajó la voz–. Está soltero, por cierto. Es uno de los pocos de la ciudad, por si te interesa.

–Ah, gracias –dijo ella no muy segura de cuál sería una respuesta correcta y educada. Tal vez en Fool's Gold no sobraran hombres, pero a Charity le habían puesto más solteros en su camino en el último mes que en los tres últimos años. Bueno, de acuerdo, solo habían sido tres hombres, pero eran bastantes.

–¿Llego tarde? –preguntó Ethan.

–Justo a tiempo –le respondió Charity.

Ethan era alto, con ojos y cabello oscuros y muy guapo. No podía compararse a Josh, pero pocos mortales podían hacerlo.

Nevada los presentó y después volvió a su ordenador. Cuando estuvo detrás de Ethan, le levantó un pulgar a Charity.

—Tienes a tu hermana trabajando para ti. ¿Es esto un negocio familiar?

—Tres de seis —le dijo él indicándole que pasara a su despacho—. Mi hermano se ocupa de las ventas y yo superviso la fabricación, Nevada es nuestra ingeniera en prácticas.

—¿Sois seis? —preguntó ella pensando que habría sido genial tener un hermano o una hermana y no sentirse tan sola.

—A veces me parecía que éramos veinte, pero estaba bien. Somos una familia muy unida.

—¿Todos siguen en Fool's Gold?

—Uno de mis hermanos se mudó, pero las chicas están aquí —señaló uno de los grandes almacenes—. Ahí es donde almacenamos los componentes. No se quedan aquí mucho tiempo. Tenemos mucha más demanda de la que podemos satisfacer, ya que los molinos de viento se han hecho muy populares.

—Eso es lo que he oído —le dijo Charity—. Como te he dicho por teléfono, soy la nueva urbanista y estoy reuniéndome con todos los propietarios de negocios de la zona —además estaba interesada en su relación con Josh, pero dudaba encontrar el modo de sacarle el tema.

—¿Qué sabes de molinos?

Ella pensó durante un segundo.

—¿Que son muy altos?

Ethan sonrió.

—Es un buen comienzo. Vamos. Te llevaré a las oficinas de ventas y te mostraré qué hacemos aquí.

La oficina de ventas era otro edificio. Dentro había una maqueta de un molino de viento en funcionamiento, imágenes de distintas clases de molinos, maquinaria y varias pantallas de televisión apagadas.

—No te enseñaré la colección completa de DVDs. No, hasta que tengas un millón de dólares que quieras invertir.

—Esta semana no. Estoy pensando en comprarme una casa.

—¿Tal vez cuando no tengas un presupuesto tan ajustado?

Ella se rio.

—Serás el primero en mi lista.

Ethan señaló las maquetas de los molinos.

—Esto es lo que construimos. Vienen en varios tamaños, el más grande genera seis megavatios de energía. Teniendo en cuenta que funciona a máxima velocidad las veinticuatro horas del día, siete días a la semana, estamos hablando de suficiente electricidad generada para abastecer mil quinientas casas al año.

—¿Estás de broma? ¿De uno de ésos? Todos deberíamos tener uno en nuestro patio.

—No te emociones tanto, eso se da bajo unas condiciones extremadamente óptimas. La realidad es un poco menos fácil de calcular. El viento no siempre sopla y los molinos hacen mucho ruido.

Encendió un interruptor y en una de las pantallas de televisión apareció una imagen de una aislada porción de desierto y un sonido de fondo que fue aumentando hasta volverse incómodamente fuerte.

—Esto se acerca a lo que es estar a unos quince metros.

Charity quería taparse los oídos.

—Bueno, vale, tal vez no es para tenerlo en el patio de casa.

Él pulsó otro botón y la imagen cambió para mostrar una gran variedad de molinos.

—Hay otras consideraciones —dijo—. En algunas zonas hace más viento que en otras y por eso utilizamos algo llamado «Densidad de Energía Eólica» para determinar el mejor emplazamiento para los molinos. También hay problemas con el reparto. Las torres suelen estar entre sesenta y noventa metros de alto. Las aspas tiene entre diecinueve y cuarenta metros de largo.

Intentó imaginárselo, pero no pudo. Ethan debía de estar acostumbrado a tratar con gente que no estaba relacionada con su negocio porque inmediatamente pulsó un botón y en la pantalla apareció el dibujo de un aspa junto a un hombre de un metro ochenta.

–El aspa gana –murmuró ella.

–Se mueve a unos doscientos sesenta kilómetros por hora. Siempre gana. Así que queremos un lugar relativamente aislado en el que podamos instalarlos y ofrecer el servicio. No demasiado cerca de la comunidad, aunque tampoco demasiado lejos. Mucho viento, pero no mucha fauna silvestre.

–Claro, los pájaros se golpean contra las aspas y mueren.

–Tenemos más problemas con los murciélagos.

Ella se quedó atónita.

–¿Murciélagos? ¿No tienen un sonar que los permite ver cualquier cosa que se mueva en el cielo?

–Sí, pero las aspas en rotación producen un cambio en la presión –se detuvo–. No querrás saberlo. Digamos que las turbinas pueden tener un impacto negativo en la migración de murciélagos. Para cambiar eso, recomendamos a los propietarios que apaguen las turbinas durante las noches en las que el viento sopla lentamente.

–¿Un ordenador hace eso, verdad?

–Puede hacerlo. Las mayores preocupaciones se dan durante el final del verano y a comienzos del otoño, cuando los murciélagos migran.

Tuvo la extraña sensación de que tenía algo en el pelo.

–Em, ¿los murciélagos migran?

Él asintió.

–Podría haberme pasado la vida sin saber eso.

–Quieren estar a tu lado tanto como tú quieres estar a su lado.

–Ajá. Eso suena bien, pero no me lo creo. Creo que los murciélagos se echan muchas risas haciendo gritar a las chicas.

–Puede que sí. No había pensado en ello, pero podrías tener razón.

Él le enseñó un fragmento de un DVD y unas cuantas fotografías más antes de darle un mapa de la zona.

–Aquí está la granja de molinos más cercana –dijo él señalando el mapa–. Puedes ir conduciendo hasta allí si quieres verlos en persona. La zona está vallada, pero puedes acercarte bastante con el coche para hacerte una idea del tamaño y del ruido –sonrió–. Ve durante el día y así evitarás a los murciélagos.

–Tomo nota –dijo ella mientras agarraba el mapa–. Gracias. Aprecio toda la información.

Comenzaron a caminar hacia el edificio principal.

–¿Te gusta la vida en una pequeña ciudad?

–Es genial, aunque sigo aprendiéndome el nombre de todo el mundo.

–Llevará un tiempo. Os he visto a Josh Golden y a ti juntos algunas veces.

Habló con un tono natural, desinteresado, pero ella pensaba que el comentario no lo era.

–No estamos juntos –se apresuró a decir–. Me ha enseñado una casa que sale al mercado y estamos juntos en un comité. Nada más.

Ethan se rio.

–Las mujeres no suelen hacer nada por evitar que las relacionen con él.

Ella se estremeció.

–No pretendo decir que no me cae bien –se detuvo–. No de esa forma...

Era casi verdad, se recordó. Querer tener sexo con alguien no era lo mismo que el hecho de que te gustara la persona. Las erráticas hormonas funcionaban a su antojo, mientras que su mente estaba más preocupada por las cualidades internas de un hombre.

–Ya... –dijo Ethan con unos ojos cargados de humor.

Ella suspiró.

–La celebridad local es todo un desafío. No sé qué decir.

Ethan la miró.

–No es un mal tipo.

–Pensé que no os llevabais bien –dijo ella antes de llevarse las manos a la boca–. Lo siento –farfulló dejando caer la mano–. La gente habla y a veces escucho.

–Lo comprendo. No te preocupes por ello –siguió caminando–. Lo que fuera que pasara entre Josh y yo sucedió hace mucho tiempo. ¿Alguna vez has ido a una carrera?

Ella negó con la cabeza.

–Siempre hay una multitud. Los ciclistas van en pelotones, tan juntos que el error más leve puede hacer que caigan prácticamente todos. Las velocidades son increíbles. En el tramo de la pendiente abajo, decir ochenta o cien kilómetros por hora no es imposible. Lo que me pasó no fue culpa de Josh. En realidad fui yo el que se chocó contra él, pero fui yo el que cayó.

–Entonces, ¿por qué no os habláis?

Ethan le sonrió.

–Eso tendrás que preguntárselo a Josh.

Llegaron al coche.

–Gracias por el tiempo –le dijo ella–. Gracias por el recorrido y por la lección sobre murciélagos.

–Cuando quieras.

Se despidió de ella y volvió al despacho.

Ethan caminaba con largas zancadas y solo una leve cojera. Estaba soltero, era guapo y encantador Y ella no sentía absolutamente nada en su presencia.

Josh alzó la mirada cuando Marsha y Pia entraron en su despacho. Eddie le hizo una señal con la mano desde su mesa y después le dio la espalda, como si estuviera diciendo en silencio que eso no era asunto suyo.

–¿Lo has oído? –le preguntó Pia dejándose caer en una de las sillas delante de su escritorio–. Se ha cancelado un gran carrera de bicis y quieren encontrar una nueva ubicación. Acaban de llamarme. Es fantástico.

–Sí. Que una empresa tenga que cancelar un evento porque está perdiendo dinero es motivo de celebración –dijo Marsha con sequedad–. Tal vez el año que viene descubriremos que hay cierres de empresas y podamos celebrar fiestas.

Pia puso los ojos en blanco.

–Ya sabes lo que quiero decir. Está claro que no quiero que

nadie pierda su trabajo, pero eso no tiene por qué ser malo para la caridad. No si alguien tiene que hacerse cargo, cosa que vamos a hacer nosotros –le dio a Josh una hoja de papel–. Sé qué estás pensando. Ya vamos a celebrar la Carrera hacia la Cura, pero esa es para corredores. Y solo dura un día. Esto es mucho más. Un gran evento, decenas de atractivos ciclistas y hoteles llenos. Están desesperados y ahí es donde entramos nosotros.

–¿Nosotros quién? –preguntó él, haciéndose una buena idea de hacia donde iba la conversación.

–¡La ciudad! –le dijo Pia con aire triunfante–. He estudiado los costes y las expectativas y sé que podemos lograrlo. Trasladaremos la carrera de bicis al completo a Fool's Gold. Es un fin de semana tranquilo, así que hay muchas habitaciones de hotel. Ya he tanteado y casi he reservado todas las habitaciones vacías desde Sacramento hasta aquí. Hoteles llenos. Ya sabes cómo nos encanta esto.

Marsha lo observó y él vio la preocupación en su mirada.

–La ciudad no puede cubrir todos los gastos –comenzó a decir él.

–Lo sé, pero ya estoy hablando con algunas empresas –le dijo Pia dejando una carpeta sobre la mesa–. Si sueltan el dinero del premio, vamos bien. El resto del trabajo pueden hacerlo voluntarios, ya sabes cómo le gusta a esta ciudad un nuevo proyecto. Sobre todo cuando ese proyecto te apoya.

«Otra vez con lo mismo», pensó él.

–¿En qué sentido me apoya?

–Son carreras de bici, Josh –le dijo Pia–. Es lo tuyo. Estaba pensando en que tuviéramos un pequeño desfile y que tú fueras el gran mariscal. Después puedes entregar los premios en la meta. Ya sabes, la vieja guardia, la nueva guardia.

Bien. Porque el punto de interés sería entregar dinero en metálico a tipos con los que solía correr, tipos que seguían compitiendo.

–O incluso podrías competir –añadió ella guiñándole un ojo–. Podrías anunciar tu regreso, sería una gran inyección de publicidad. Es para los niños enfermos, Josh.

—Siempre lo es.

Marsha se inclinó hacia Pia.

—Creo que lo has asustado. ¿Por qué no le das un par de días para que piense en ello?

—De acuerdo, pero no tenemos mucho tiempo. Odiaría ver que alguna otra ciudad nos arrebata esta oportunidad.

—Eso sería muy malo —dijo Josh cuando Pia se levantó y se marchó. Centró su atención en Marsha—. ¿Qué crees?

—Pia es una chica lista.

—Quieres que se celebre la carrera.

Marsha lo observó.

—Quiero que te sientas cómodo con la decisión que tomes. Es una gran oportunidad, pero habrá otras.

Cuando había sido un niño y su madre lo había abandonado en la ciudad, había estado más solo y asustado de lo que estaría cualquier otro niño de diez años. Denise Hendrix lo había adoptado. Ethan se había convertido en su mejor amigo, había sido uno de siete niños en una familia feliz, ruidosa y cariñosa. Pero había habido momentos en los que no se había sentido como si de verdad encajara.

Cada vez que la vida en la casa Hendrix lo había sobrepasado, Marsha pareció saberlo. Se pasaba a verlo a última hora de la tarde y lo llevaba a cenar. En la tranquilidad de un restaurante local, él se sentía cómodo hablando de lo que fuera que lo inquietaba mientras ella escuchaba, en lugar de darle consejos, y la mayoría de las veces con eso bastaba.

Nunca habían hablado sobre lo sucedido durante la última carrera. Cuando había vuelto a Fool's Gold, ella le había dicho que se sentía mayor y frágil y había insistido en que él pasara la primera semana en su habitación de invitados. Pero no había logrado engañarlo. En Marsha no había ninguna fragilidad. Lo cierto era que no había querido que estuviera solo y él le había seguido la corriente.

Nunca habían hablado ni de la muerte de Frank ni del miedo de Josh, pero sospechaba que ella se lo había imaginado todo, y esa teoría quedó confirmada cuando ella dijo:

—Tienes una elección. Enfréntate a los demonios o sigue huyendo de ellos.

—No es tan sencillo.

—¿Por qué no? Ethan resultó lesionado y tú seguiste adelante.

—Me sentí culpable —pero Marsha tenía razón. Él había salido adelante, aunque aquello había sido distinto. La muerte de Frank le parecía más culpa suya—. No hay modo de enfrentarse a ellos sin que la gente lo sepa.

—¿Qué crees que sucederá si todo el mundo descubre la verdad sobre ti?

Mil cosas en las que no quería pensar.

—Deberías confiar más en nosotros —dijo ella levantándose—. Confía en quienes te queremos. Eres más que un famoso, Josh. Siempre lo has sido.

Tal vez, pero ¿era suficiente?

—Huir no ha funcionado hasta el momento —dijo Marsha mientras caminaba hacia la puerta— y puede que haya llegado el momento de que elabores un nuevo plan.

Robert invitó a Charity a su casa para cenar. Le prometió carne a la brasa y las mejores ensaladas que la cafetería de la esquina podía ofrecer. Charity esperaba que si salía con Robert y podían charlar sin presiones y sin la posibilidad de que ella viera a Josh al fondo de un restaurante, pudiera acabar sintiendo algo de interés por él.

Se podía ir caminando desde el hotel hasta su casa situada, ¡cómo no!, en un campo de golf. Las casas eran en su mayoría de dos plantas con ventanales y jardines delanteros bien cuidados. La de Robert no era una excepción, aunque parecía un poco más nueva y mejor conservada que las del resto de la manzana.

—Hola —dijo ella cuando Robert abrió la puerta—. He traído vino.

—Eso es algo que me encanta en una mujer —respondió Robert tomándole la mano y haciéndola entrar antes de besarla en la mejilla–. Estás guapísima.

–Gracias.

Llevaba una falda vaquera corta con sandalias de tacón alto y una camisola de seda en color melocotón. Comprar ropa había generado un interesante efecto dominó y así, cuando había empezado a prestarle atención a su aspecto, se había visto pensando en cosas como reflejos en el pelo y pedicuras. Pediría cita en la peluquería y ya de paso averiguaría si allí también podían arreglarle las uñas.

Había visitado un gran almacén de descuentos y había comprado un montón de maquillajes y cosméticos nuevos para probar, incluyendo un exfoliante de jazmín que había estado usando en la ducha. «¡Qué divertido es ser chica!», pensó mientras se preguntaba cómo podía haberse permitido olvidarlo.

–¿Te la enseño? –le preguntó él.

–Me gustaría.

El piso principal tenía altos techos. El salón comunicaba con un comedor muy formal y ambos tenían muebles bonitos que parecían muy caros. La gran televisión y el equipo de sonido no habrían desentonado en una sala de cines. Había una pequeña barra de bar empotrada en un hueco junto al pasillo, y la cocina estaba en la parte trasera. El patio estaba lleno de macetas y tenía una gran barbacoa.

Él la abrió y sirvió dos copas. Una vez habían brindado y bebido, salieron al patio.

–Tienes un jardín impresionante –dijo ella–, aunque no sé mucho sobre plantas.

–A mi madre le gustaba escarbar en la tierra y comencé a ayudarla cuando era un niño. Puedo hacer que crezca prácticamente cualquier cosa, y eso es tanto una bendición como una maldición –señaló una docena de pequeños tiestos colgando de la valla; de cada uno asomaba una clase de planta distinta–. Hierbas aromáticas.

–¿Las cultivas tú?

–Mi ex prometida y yo lo hacíamos juntos. Plantábamos

las semillas y después, cuando las cosas no funcionaron, no pude dejarlo. Seguían creciendo. No cocino mucho, así que no puedo darles uso y por eso cada unas pocas semanas, llevo bolsas a la oficina. Cuando tengas tu casa, podrás llevártelas y usarlas cuando quieras.

—Eso suponiendo que sepa cuáles son y qué puedo hacer con ellas.

—Hay libros para eso.

—Al parecer, tendré que encontrar pareja.

¿Lo pensaba solo ella o era extraño mantener un huerto de hierbas nacido de una relación anterior? Sobre todo cuando Robert no las utilizaba

Tal vez no fuera tan extraño, se dijo ella. Estaba claro que era un gran jardinero y eso estaba muy bien. No podía ser crítica si quería conocer mejor a ese hombre.

—¿Tu madre tenía un jardín grande? —preguntó ella.

—Como un cuarto de acre. Mis padres eran mayores cuando nací y habían renunciado a tener un hijo. Al vivir en una ciudad pequeña no tuvieron acceso a un especialista en fertilidad. No sé por qué no adoptaron nunca.

Él le indicó que se sentara en una de las sillas de mimbre del patio y después se sentó a su lado.

—Estaban emocionados con la idea de tenerme, pero estaban un poco chapados a la antigua. No querían que me marchara de donde vivía para ir a la universidad, así que estudié allí. Después de graduarme y conseguir mi primer trabajo, viví en casa un tiempo. Para entonces papá ya se había ido y mi madre estaba teniendo problemas para desenvolverse sola.

—Fue muy amable por tu parte.

Él se encogió de hombros.

—Eran mis padres. Tenía que cuidar de ellos. Cuando mamá murió, decidí marcharme de la ciudad.

—¿No tenías a nadie especial que te retuviera allí?

—No. No salía mucho con chicas. Mi madre prefería que pasara con ella el poco tiempo libre que me quedaba.

Al oír eso, una música de película de terror sonó dentro de

su cabeza. Charity se dijo que Robert era simplemente uno de esos pocos chicos buenos que quedaban, pero no estaba segura de creerlo del todo. Ya había tenido bastantes desastres en el pasado como para no buscar señales de aviso. ¿De verdad estaba recibiendo algún aviso o simplemente estaba comparando a Robert con Josh?

Descubrir la verdad era todo un desafío dada su reacción física cada vez que veía a Josh. Ningún hombre podía competir con eso, pensó con tristeza. ¿Los Robert del mundo estaban destinados a quedar eclipsados por los que eran especiales?

—Me gusta vivir aquí —dijo él—. Sin complicaciones. Por lo menos no las había hasta que descubrimos que había desaparecido dinero.

Cierto. Los setecientos cincuenta mil dólares desaparecidos.

—Supongo que se llevará a cabo una investigación en profundidad —dijo ella.

—Ya ha empezado. El Ayuntamiento va a traer a alguien para haga una auditoría de los libros contables. Es mucho dinero.

—¿Tienes idea de qué pudo pasar?

—Ni idea. Normalmente sé exactamente cuándo recibimos dinero del estado. Pero esta vez —le dio un trago a su vino—. Pasa algo.

—La jefa de policía mencionó algo sobre un robo. Será que tenemos una oleada de crímenes en la ciudad.

—Dudo que estén relacionados —la miró—. Esos robos fueron de cantidades pequeñas, cosas de la tienda. El otro es importante y alguien irá a la cárcel —sonrió—. ¿Empiezo a hacer los bistecs?

—Claro. ¿Puedo ayudarte?

—Tú tan solo mira y finge que admiras mi destreza con la barbacoa.

Ella se rio.

—Eso puedo hacerlo.

***

Tres horas después, Charity volvió caminando al hotel luchando contra la sensación de haber escapado por fin de una larga cena por obligación. Por mucho que intentaba pasarlo bien y conectar con Robert, no existía ninguna química entre los dos y tenían muy poco en común Tan poco que el jardín de hierbas había resultado ser el tema central de la noche.

Robert era un hombre con muchas aficiones. Tenía una habitación llena dedicada a la Guerra Civil con maquetas a escala, diminutos árboles y casas que moteaban el paisaje cubierto de musgo. Le había mostrado los errores que se cometieron en la Batalla de Bull Run con efectos de sonido y hombres cayendo. Supuso que tenía mucho dinero invertido en esa afición.

Además tenía una gran colección de figuras de acción, todas ellas en sus cajas originales. Era como una versión de bajo presupuesto de la película *Virgen a los 40*, pero sin risas enlatadas. Había puesto muchas esperanzas en Robert que no iban a cumplirse. Incluso sin pensar en Josh, no habría podido enamorarse de un tipo que parecía más interesado en soldaditos de juguete que en la mujer que tenía al lado.

Entró en el hotel y se dijo que no tenía por qué sentirse hundida. Encontraría al hombre perfecto algún día. Si seguía saliendo, al final acabaría conociéndolo, ¿verdad? Al menos estadísticamente, aunque tal vez no en la vida real.

Subió por las escaleras hasta su planta y giró para dirigirse a su habitación. Su chico misterioso estaba allí, en alguna parte. Solo tenía que tener paciencia.

Josh salió al pasillo y casi se chocó con Charity.

Los dos se detuvieron es seco y quedaron demasiado cerca. Él pudo sentir su cálido aliento en su rostro y posó la mirada en su boca, que le hizo recordar cómo había sido el beso que habían compartido.

–¿Qué tal te ha ido la noche?

–Bien. Genial. He cenado con Robert.

Josh no reaccionó de ningún modo.

—Es un buen tipo.

—Sí que lo es.

Ella hablaba en tono desafiante, alzando la barbilla como retándolo a llevarle la contraria. Sin embargo, Josh no lo haría, ya que, por lo que sabía de Robert, era un hombre íntegro, si bien algo extraño. Aunque, ¿quién era él para juzgar a nadie? Si Charity había encontrado a alguien, le parecía genial.

Pero no, no era genial, y saber que había salido con Robert lo enojó bastante.

No era solo por Robert, admitió, sino por todo lo demás, por la carrera y por su incapacidad de hacer lo que de verdad quería. Sabía que debía subirse a la maldita bici y que al final acabaría superando el miedo, pero cada vez que lo intentaba, empezaba a sudar y le parecía que iba a desmayarse. Después tenía que parar y vomitar, y no era una imagen muy bonita ni una de la que sentirse orgulloso.

—No he salido con él por ti —le dijo ella.

—En ningún momento he pensado que fuera así.

—Bueno, yo te lo digo por si acaso.

—Vale —ahora sí que estaba enfadado—. ¿Has besado a Robert? Porque a mí sí que me besaste.

Ella se puso tensa y después miró a su alrededor como si no quisiera que nadie los oyera.

—Eso fue un accidente —le dijo en voz baja.

—Es verdad. Caíste en mis brazos y nuestras bocas chocaron.

Los ojos marrones de Charity se iluminaron de irritación.

—No eres para tanto.

Josh nunca había oído nada que pudiera ser más verdad, pensó mientras la agarraba de los brazos y la acercaba unos centímetros.

—¿Quieres apostar? —le preguntó, justo antes de posar la boca sobre la de ella.

Durante un segundo, no pasó nada. Charity no reaccionó, y eso lo hizo sentir como un completo cretino. ¿En qué estaba pensando? Ése no era su estilo porque implicaba que le importaba lo que ella pensara y eso él ya no lo hacía, ya no se preocupaba por las relaciones.

Estaba a punto de echarse atrás y disculparse cuando ella lo rodeó por el cuello, separó la boca y lo besó como si él fuera su última esperanza de sobrevivir.

Donde antes había habido irritación y un vago deseo de demostrar algo, ahora había deseo nada más. La sangre le hervía. Puso las manos sobre su cara y la besó con intensidad, queriendo que se perdiera en el beso.

Ella se entregó al beso tanto como él y sus lenguas parecían estar retándose en duelo. Charity se acercó más y la excitación de él aumentó. Tal vez hacía mucho tiempo que no mantenía relaciones sexuales, pero estaba claro que no había olvidado las reacciones de su cuerpo. Deseaba a Charity y la deseaba ¡ya!

9

Charity no había pretendido devolverle el beso a Josh. Estaba claro que estaba molesto por algo y por mucho que le hubiera gustado pensar que tenía que ver con el hecho de que hubiera salido con Robert, tampoco quería engañarse a sí misma. Así que resistirse a su beso fue la reacción más inteligente

Para luego acabar acercándose y besarlo con más intensidad aún. La pasión emanaba con una furia que la dejó temblando y débil en todos los sentidos de la palabra. Ese hombre tenía algo y solo con que le hiciera la promesa de una caricia, ella perdía el control. Necesitaba su cuerpo con una intensidad que la asustaba y ahora, con la boca abierta y las manos de él deslizándose sobre sus caderas, se vio peligrosamente al borde de la súplica. Más. Necesitaba más.

Ladeó la cabeza mientras la lengua de Josh encendía más el deseo. Su piel parecía ultrasensible ante cada caricia, los pechos le ardían y ese punto entre sus piernas ya estaba húmedo e inflamado de pasión. Preparado. Desesperadamente preparado.

Por si él no se lo había imaginado, ella acercó su cuerpo los escasos centímetros que los separaban y lo presionó contra el suyo. Josh era fuerte, pero lo que más le interesaba en ese momento era la gruesa rigidez que notaba bajo su vientre. La muestra física de que él también la deseaba.

Josh se retiró lo suficiente para besarle la barbilla antes de posarse en su cuello y esos besos hicieron que la recorrieran escalofríos de placer.

Tal vez había estado con tantas mujeres como decía la gente, y tal vez ella estaba cometiendo un tremendo error, pero fuera como fuera, sabía que nunca antes había sentido tanto calor, tanto deseo. Y para asegurarse de que él recibía el mensaje, le agarró las manos y las puso sobre sus pechos.

Cuando sus palmas se curvaron sobre sus senos y sus habilidosos dedos acariciaron sus sensibles y tersos pezones, se miraron. Ella vio fuego en su mirada y un deseo que acababa con la posibilidad de que él simplemente estuviera siendo agradable por compromiso.

Como respondiendo a una muda pregunta, Josh le agarró la mano y la llevó hasta la puerta de su habitación. Sacó la llave y entraron antes de que Charity tuviera tiempo para pensar, lo cual fue positivo. ¡Eso de pensar estaba demasiado sobrevalorado!

En cuanto la puerta se cerró tras Josh, él la llevó contra la pared. Se acercó y volvió a reclamar sus labios mientras tiraba del nudo que sujetaba su falda y la apartaba a un lado. Después, fue a desabrocharle el sujetador y tardó escasos segundos en desnudar sus pechos.

Al momento sus manos estaban por toda su piel, acariciando, rozando sus pezones. A ella la invadió el placer e intensificó el beso haciéndolo gemir a él. Cuando se apartó, él le mordisqueó el labio inferior antes de bajar la boca hasta sus pechos y cubrir con ella su pezón izquierdo.

Charity sintió un cosquilleo que le llegó al vientre y cada centímetro de su cuerpo ardió. Sus músculos se tensaron y ella comenzó a tocar todo lo que pudo: su amplia espalda, sus brazos y su erección, a lo que él respondió colando una mano entre sus muslos. Ahora fue ella la que gimió cuando los dedos de Josh apartaron la tela de su ropa interior y se movieron sobre ese punto tan íntimo y sensible. Estaba preparada, inflamada de deseo, y solo hicieron falta unas cuantas caricias para que se le entrecortara la respiración y se aferrara a él con fuerza mientras Josh hundía sus dedos en ella y seguía acariciándola con el pulgar.

A Charity le costaba respirar, y se sentía dividida entre la sensación de su boca sobre sus pechos y el modo en que sus dedos se movían entre sus piernas. No podía pensar, no podía hacer nada más que sentir las oleadas de placer que se acumulaban dentro de ella.

Tuvo que sujetarse a él con fuerza para mantenerse derecha, para no perder el equilibrio, y después Josh se puso derecho y la besó en la boca, reclamándola con una pasión que la llevó al límite.

Después ella lo sintió. La reveladora sensación de que su orgasmo estaba cerca, que era algo prácticamente seguro. Y justo cuando se preparó para algo que sabía que sería increíble, Josh se detuvo.

Se quedó mirándolo, incapaz de creer lo que estaba sucediendo, pero entonces notó que estaba desabrochándose los pantalones. Antes de poder ayudarlo, él ya había liberado su abultada erección. Deprisa, ella se quitó las braguitas y al instante él la agarró de las caderas y la alzó contra la pared.

Era imposible, pensó ella. Nunca había hecho nada igual. No podía tocar el suelo, dependía completamente de que él la sujetara. No podía relajarse lo suficiente para

Josh se movió dentro de ella, llenándola y rozando su cuerpo contra el suyo, acariciando sus partes inflamadas a la vez que la llenaba de placer y ella lo rodeaba por la cintura con las piernas y por el cuello con los brazos.

No duró mucho. Había estado tan al límite antes que después de unos cuantos movimientos de cadera de Josh ya no pudo pensar más y se entregó a la promesa de que en cualquier momento podría explotar. Llegó al clímax con un gemido mientras su cuerpo se estremecía y se perdía en el placer. Él se movió dentro de ella más rápido, más hondo, tomando todo lo que podía ofrecerle, hasta que Charity quedó demasiado débil como para hacer mucho más que apoyarse contra él. Después, Josh comenzó a estremecerse también hasta quedarse quieto y con la respiración entrecortada rozando su mejilla.

Se quedaron así mucho más tiempo del que ella pensaba posible y cuando estuvo segura de que él la soltaría de golpe por estar agotado, Josh se apartó lentamente y con delicadeza la bajó. Cuando ella posó los pies en el suelo, hizo lo posible por ponerse derecha, pero vio que se tambaleaba un poco. Josh la agarró por la cintura.

–¿Estás bien?

¿Bien? ¿Cómo podía estar bien? Acababa de hacerlo contra la pared con un hombre al que apenas conocía. ¡Y eso ella nunca lo hacía! Prácticamente había elaborado un informe de investigación sobre el último tipo con el que se había acostado, a pesar de que lo habían hecho después de tres meses de salir en serio. ¿Qué sabía en realidad de Josh excepto que probablemente le rompería el corazón?

–La pregunta no tendría que ser tan difícil.

–Lo siento –lo miró a los ojos y después apartó la mirada–. Estaba pensando.

–Pues eso es peligroso, sobre todo ahora.

Ella intentó sujetarse sola y lo logró, pero como los zapatos no ayudaban mucho, se los quitó y quedó unos cuantos centímetros más por debajo de él. Su sandalia derecha aterrizó sobre sus braguitas.

El equilibrio físico no era el único problema; además, la cabeza le daba vueltas. ¿Qué demonios había pasado? Aunque, no necesitaba que le respondieran a esa pregunta. Tal vez lo mejor era preguntar por qué. ¿Por qué no se había parado a pensar?

Josh le acarició la mejilla con delicadeza.

–¿Estás bien? –volvió a preguntarle.

Ella asintió imaginando que él no querría saber la verdad. Que estaba arrepintiéndose era decir poco, pero por otro lado, había tenido sexo con Josh, lo había hecho por voluntad propia y mientras había estado en sus brazos se había sentido otra persona.

O la persona que siempre había pretendido ser, le susurró una vocecita dentro de la cabeza.

No, de ninguna manera. Eso no era así.

Sacudió la cabeza para aclararse las ideas. Tenía la camisa aún metida por dentro de la falda, aunque le colgaba por encima del trasero y su sujetador estaba en el suelo. Josh tardó solo unos segundos en volver a tener un aspecto decente, pero ella lo tenía más difícil. Se subió la camisa y la abrochó pensando que dejaría para más tarde la ropa interior, para cuando se marchara.

A menos que tuviera que marcharse ya.

Nunca había tenido una relación sexual casual y, sinceramente, no conocía las reglas.

—Sé lo que estás pensando —le dijo él mirándola fijamente con esos ojos verde avellana.

—Lo dudo —tendría que ser parapsicólogo para lograr descifrar lo que pasaba por su mente.

—Yo no hago esto todos los días. Los rumores, lo que dice la gente, no es verdad.

—Casi todo es verdad. La primera semana que estuve aquí, vi una mujer esperando en tu habitación. No la he visto por aquí, así que me imagino que la importaste.

—No. Yo no le pedí que se metiera allí. ¡Pero si ni siquiera la conocía! Convenció a alguna de las camareras del hotel para que la dejaran entrar.

Seguro que él se pensaba que con esa información ella se sentiría más reconfortada.

—Y ahora me dirás que le dijiste que se vistiera y que se fuera.

—Eso hice —cuando ella miró a otro lado, Josh le agarró la barbilla—. Lo digo en serio, Charity.

Lo gracioso era que quería creerlo. ¡Qué difícil y confuso era todo!

Él le tomó la mano y la llevó hasta dentro de la habitación, donde una única lámpara situada en una esquina les daba un poco de luz. Encendió unas cuantas más.

—¿Te sirvo algo? ¿Vino? ¿Café? ¿Postre?

Ella vaciló. Lo del vino sonaba bien, pero no podía soportar que alguien del servicio de habitaciones la viera en la habitación de Josh y después se lo contara a todo el mundo.

—Tengo un alijo privado.

Lo que tenía era una mini nevera y un pequeño refrigerador de vinos.

—¿Tinto?

—El rojo es mi color favorito —dijo él.

Mientras elegía un vino, ella recogió su ropa interior y se metió en el baño. Cuando estuvo lista y volvió al salón de la suite, Josh había servido dos copas y había encendido la chimenea.

—¿Ahora te vas a poner romántico? —le preguntó ella—. ¿No es un poco tarde?

—¿Lo dices porque ya me he llevado a la chica? —se sentaron en el sofá.

—Te has llevado a la chica de un modo muy nuevo para ella. Tienes mucha fuerza en los brazos.

—Debería aceptar el cumplido con una sonrisa de engreído —le dijo mientras la rodeaba con un brazo—, pero te diré la verdad, y la verdad es que la clave está en hacer un efecto palanca.

Ella hizo una mueca de disgusto.

—Creo que eso no quería saberlo.

—¿Por qué?

Charity miró al fuego, intentando no disfrutar demasiado del momento.

—Porque implica que tienes demasiada experiencia y eso asusta un poco.

Él se giró hacia ella y apoyó la mano sobre su hombro.

—No te mentiré. Lo pasé muy bien cuando era un veinteañero. Era un atleta famoso y había mujeres por todas partes. Me aproveché de ello —esbozó una sexy sonrisa—. Fue divertido.

¿Y por qué le contaba eso? Porque, obviamente, no estaba haciéndola sentirse mejor.

—Pero ya no soy ese hombre. Crecí hace mucho tiempo, aunque la gente no lo crea. Les gusta la leyenda y las historias asociadas a ella porque, si sigo siendo el chico del póster, ellos también son partícipes un poco de mi fama por asociación.

Charity podía comprenderlo.

–¿Es lo contrario a eso que dicen de que no puedes ser un héroe en tu pueblo?

–Sí. Yo no puedo dejar de ser un héroe, aunque suena arrogante. No intento ser ningún cretino, solo digo que así ha sido durante años. Esta ciudad me cuidó y sienten que se han ganado una parte de mí. Les gusta pensar que tengo una mujer distinta en mi habitación cada noche porque eso alimenta la leyenda.

Charity recordó el hecho de que cuando él volvía de montar en bici cubierto de sudor todos creían que era porque esa noche había tenido suerte con una mujer.

–Pues no parece que quieras corregir el malentendido. No les dices que eso no es así.

–No quiero que sepan la verdad.

La verdad de que no podía montar en bici, pensó ella. No quería arruinar la fantasía.

–Me divorcié hace unos dos años y después salí con algunas mujeres, pero nada importante. Volví aquí y desde entonces –ahora fue él el que miró a otro lado–. Digamos que he atravesado una época de sequía.

–Gracias. Eso me hace sentir mejor. Nunca se me ha dado bien ser una más entre el montón.

–A mí tampoco.

–¿Qué? Por mi parte, no hay ningún montón.

Él enarcó las cejas.

–Oh, vamos. No creerás que estoy acostándome con Robert. Hemos salido tres veces y, además, no es mi tipo.

–Pues eso no es lo que decías antes.

–Me has enfadado. ¡Y a propósito! ¿Qué iba a decir?

–Tú también me has enfadado a mí.

–¿Cómo?

–Has salido con él.

Oh.

Esa sí que había sido una respuesta inesperada. Charity después desvió la mirada y le dio un sorbo al vino, más por hacer algo que porque tuviera sed. Pero entonces su confusión se disipó y se sintió contenta por dentro. Tal vez lo del sexo salvaje contra la pared no había sido la decisión más sensata de su vida, pero quizá tampoco había sido un error absoluto.

—No volveré a salir con él —murmuró.

—Bien.

—Tiene debilidad por la Guerra Civil y una habitación dedicada a las recreaciones en miniatura de varias batallas. Hasta tiene edificios, carreteras y árboles diminutos.

—Seguro que eso requiere de mucha documentación.

—Seguro que sí.

Ella se giró para mirarlo a la cara.

—No me malinterpretes porque no estoy puesta en deportes —se detuvo—. Pero, ¿cómo de bueno eras?

Él se rio.

—Era el mejor y durante un par de años fui el número uno contra Lance Armstrong. Di una carrera y probablemente la habré ganado. Tenía contratos multimillonarios y aún tengo alguno. Aparecía en las portadas de todas las revistas de carreras y en la mayoría de publicaciones relacionadas con el deporte. También he aparecido varias veces en la revista *People*.

—Yo leo *People* —murmuró ella sabiendo que seguro que había visto su foto y había pensado que era una de esas personas guapas que no eran reales—. Ahora me estoy asustando otra vez.

—¿Por qué?

—Por eso de que seas como una estrella del rock. Yo nunca he tenido esa fantasía.

—No sé tocar la guitarra.

—Ya sabes a lo que me refiero. A la fama. Nunca he deseado estar relacionada con alguien famoso. Mi vida es tranquila y prefiero que sea así.

—Yo ahora no soy famoso.

–Lo eres, pero aquí es distinto. Ya te conté que mi madre y yo nos mudamos mucho cuando era pequeña y siempre quise poder pertenecer a un lugar. Raíces. Conexión. Familia. Sobre todo quería tener una familia. No necesito ser importante para el mundo. Es más, no lo quiero, es demasiada responsabilidad. Pero sí que quiero tener alguien que se preocupe por mí, no sé si tiene sentido.
–Claro que sí.

La lámpara que tenían detrás resaltaba los tonos más claros del cabello castaño de Charity y hacía que sus ojos parecieran más grandes y misteriosos. Tenía una expresión a caballo entre la satisfacción y un «¿en qué estaría pensando?».

Y no podía decirse que Josh no tuviera preguntas. No había sido una relación sexual planeada, pero sí que había sido buena. Primero había estado furioso porque hubiera salido con Robert y por lo guapa que la veía y al segundo estaba deseando tomar todo lo que ella pudiera ofrecerle. La deseaba de nuevo, pero más despacio esa vez. La quería en su cama, desnuda, con todo el tiempo del mundo para explorar su cuerpo y tocar su suave piel. Quería saborearla, hacerla llegar al clímax de mil formas distintas. Quería perderse en ella una y otra vez. ¡Y eso que era un tipo que no se implicaba en las relaciones!

–Tienes a los Hendrix –le dijo ella–. Son tu familia.

Él necesitó un segundo para recordar de qué estaban hablando.

–Siempre han sido buenos conmigo. Denise quería una hija y después de tres hijos estaba desesperada por intentarlo una vez más. Deseaba una niña y tuvo tres.

Charity abrió los ojos de par en par.

–Debió de ser un fuerte impacto.

–Ajá. Cuando me mudé con ellos, las niñas tenían unos tres años. Eran muchos, y lo siguen siendo. Denise estuvo muy enferma después de que nacieran y los médicos temieron que no fuera a superarlo. Los niños estaban asustados y había además tres bebés de las que preocuparse, así que para que se sintieran mejor, su padre les dijo que podían ponerle el nombre a las trillizas –sonrió.

–Pues pudo haber sido un problema.

–No le salió tan mal. Se llaman Nevada, Montana y Dakota.

–Podría haber sido peor.

–Oí que Oceanía era una de las posibilidades.

–Si lo miramos así, Montana es mucho más convencional –lo miró–. Fuiste feliz con ellos.

–Sí.

–Aquí todo el mundo tiene lazos, vínculos –dijo ella con tono melancólico–. Una historia.

Josh maldijo en silencio. En momentos como ése odiaba la posición en la que lo había puesto Marsha. El secreto era suyo, ella decidía si lo contaba o seguía guardándolo, pero cuanto más tiempo guardara silencio, peor acabaría siendo.

–Creo que será mejor que nadie sepa lo que ha pasado esta noche –dijo él rápidamente para distraerla y cambiar de tema.

Charity alzó la cabeza bruscamente.

–¿Qué?

–La gente hablará y no quiero que nadie sepa que estás utilizándome.

Ella se quedó boquiabierta.

–¿Utilizándote?

–Te has aprovechado de mí. Me has provocado con tus encantos femeninos para tener un encuentro sexual conmigo.

Ella dejó la copa de vino sobre la mesa y se abalanzó sobre él. Por suerte, Josh había dejado la copa sobre la mesa y por eso pudo agarrarla. Charity se sacudía, no pegándolo del todo, pero casi. Josh la sujetó por los brazos.

–¿Qué estás haciendo?

–No estoy segura.

–Porque si pretendías hacerme daño, no lo has logrado.

—Lo sé —se giró para mirarlo—. No estoy utilizándote para tener sexo.

—Ni siquiera me has invitado a cenar primero.

—¡Tú eres el chico!

—Genial. Así que además de aprovecharte de mí, eres sexista.

—¡Maldita sea, Josh! —lo golpeó en el pecho y después dejó caer la cabeza sobre su hombro—. Me vuelves loca.

—Hago lo que puedo.

Ella se rio.

—Nunca he conocido a nadie como tú.

—Eso me suele pasar.

—No lo decía como un cumplido —volvió a mirarlo con expresión seria—. Respecto a lo que hemos hecho lo mejor sería que no habláramos sobre ello. Tienes razón. Soy nueva y aunque creo que no eres el hombre salvaje que todos creen, nadie más lo piensa.

—Lo sé —él le rodeó la cara con las manos y la besó—. No tienes pinta de que te agrade ser otra muesca en mi bici.

—Jamás lo había visto planteado de ese modo, pero así es.

Mientras lo miraba con preocupación y esperanzada a la vez, él supo que en su mundo la privacidad importaba y que su reputación lo era todo. Una reputación que él podía destruir con un comentario o dos.

Había vivido expuesto al ojo público tanto tiempo que había olvidado cómo era todo lo demás.

Ella sonrió.

—¿Tienes algún club de fans? Porque seguro que me apuntaría.

—Te conseguiré una solicitud. Las cuotas son razonables y te dan una fotografía autografiada para que puedas enmarcarla.

Ella se rio.

—¿En serio? ¿Es esa la foto en la que sales en la ducha enseñando el trasero?

—¿Cómo sabes lo de esa foto?

—Sheryl, mi secretaria, la tiene de salvapantallas. Tuve que pedirle que la quitara —bajó la voz—. No es muy apropiada para tenerla en el trabajo.

—Probablemente no. No tienes que preocuparte. El club de fans no envía la foto del trasero al aire.

—Qué pena. Era impresionante.

—¿Sí?

—Ajá.

—Bien.

Charity se estiró sobre él y a pesar de su reciente clímax, él sintió un intenso deseo volviendo a tomar forma en su interior. Una vez más, la imagen de hacerlo tomándose las cosas con calma, de conocer cada centímetro de su cuerpo, llenó su mente.

Pero no era el momento. Lo que había sucedido antes había sido espontáneo y llevarla a su cama implicaría más de lo que él estaba dispuesto a ofrecer ahora mismo. Tal vez no lo sabía todo sobre Charity, pero sí que sabía que era una chica que entregaba su corazón a la vez que su cuerpo y a él no podía confiársele el corazón de ninguna mujer.

Así que, por mucho que quería besarla de nuevo, se movió para salir de debajo de ella. Se levantó y tiró de ella.

—Voy a acompañarte a casa.

—Me sé el camino.

—Puede, pero las calles son peligrosas y no quiero que te pase nada.

—Mi puerta está a escasos metros. ¿Qué podría pasarme?

—Nunca se sabe.

Ella sonrió, recogió sus sandalias y su bolso y él la siguió hasta la puerta.

Cuando Charity agarró el pomo, se giró hacia él.

—No eres como pensaba.

—No se lo digas a la gente. Si alguien te pregunta, recuerda que soy un dios en la cama.

—Oh, y lo eres. Pero... —le acarició la mejilla— alguien tan famoso como tú, con tanto éxito y tan guapo, podría ser todo un cretino. Y tú no lo eres. Te importa la gente, eres comprensivo. Sé que mi opinión no cuenta nada, pero tu exmujer fue una estúpida al dejarte escapar.

Le habían hecho miles de cumplidos a lo largo de los años, las mujeres habían alabado todo de él y la mayoría de las veces había sabido que simplemente querían sacarle algo.

Ahora, mientras miraba los preciosos ojos de Charity y veía la verdad en ellos, supo que hablaba en serio.

–Gracias –le dijo.

Ella le sonrió y abrió la puerta. Unos segundos más tarde, estaba a salvo en su habitación y él solo en el pasillo. Mientras recorría los pocos metros hasta su habitación, se dio cuenta de que hacía mucho tiempo que nadie creía en él. No, eso no era verdad. Siempre había tenido apoyos. La única persona que importaba y que no creía en él era él mismo.

Josh durmió como un tronco, se despertó temprano y llegó a su oficina antes de las siete. Eddie llegó a las siete y media, vestida con un chándal de terciopelo amarillo y lo miró.

–Este es mi rato de tranquilidad –le dijo–. ¿Qué estás haciendo aquí?

–Trabajando.

No se molestó en mencionar que era su oficina y que ella era su empleada. De todos modos, a Eddie le daría igual.

–Nunca has llegado antes de las ocho y más te vale no convertir esto de llegar pronto en un hábito.

Él le guiñó un ojo.

–Haré lo que pueda.

–¿Por lo menos has hecho café?

Él señaló la cafetera.

Ella suspiró.

–A veces no eres tan malo.

Se sirvió una taza y volvió a su mesa. Él podía oírla refunfuñar, pero ignoró el sonido. Tenía que centrarse en la propuesta que le había enviado su abogado, una posible inversión en un centro comercial de Las Vegas. Cuando el mercado inmobiliario tocó fondo, muchas propiedades comerciales salieron a subasta y ahora se podían adquirir por mucho menos dinero, sobre todo si se trataba de un inversor dispuesto a pagar en mano.

Él revisó los estudios demográficos del vecindario que se construiría allí, la lista de los actuales arrendatarios y la competencia que podrían suponer los pequeños comercios de la zona.

–Es Steve –gritó Eddie.

Josh alzó la mirada. Ella estaba sacudiendo el teléfono.

–Steve, tu antiguo entrenador. Un tipo alto y calvo.

–Gracias. Ya sé quién es.

Steve y él llevaban meses sin hablar, tal vez un año, porque Josh no había necesitado un entrenador después de retirarse.

–Buenos días –dijo él al contestar–. Hoy te has levantado temprano.

–Estoy en Florida, aquí es prácticamente mediodía. ¿Qué tal te va?

–Bien. ¿Y a ti?

–Estoy trabajando con un grupo de chavales, hay mucho potencial, pero poca disciplina. Son como cachorritos, se distraen con demasiada facilidad. Una chica en bikini pasa por delante y se chocan unos contra otros. Me agotan.

Josh se recostó en su silla.

–¿Hay alguien especial? –se refería a los corredores, no a la chica, pero sabía que Steve se lo imaginaría.

–Hay un chico, Jorge, es de familia pobre y no empezó a montar en serio hasta que entró en el instituto. Tiene que trabajar mucho, pero creo que puede lograrlo.

–¿Buscas sponsor? –ya se lo habían propuesto a Josh antes, pero hasta el momento no había estado dispuesto a hacerlo. Por otro lado, si Steve pensaba que el chico valía, podría pensarse invertir en él.

–No, pero deja que piense en ello. Podrías venir a verlo antes de decidirte.

Su antiguo entrenador tenía razón. Tendría que viajar a Florida antes de tomar una decisión y eso significaba volver al mundo donde una vez había sido el rey, algo que llevaba dos años evitando.

–Pero no te he llamado por lo de Jorge, sino por la carrera benéfica. Habrás oído que hemos perdido a nuestro sponsor.

–Eso es lo que pasa cuando el gerente roba el fondo de pensiones y huye con su secretaria.

–Eso parece –Steve parecía frustrado–. Sabes que estas carreras se celebran por todo el país y en condiciones normales no te habría molestado, pero esto es distinto. Lo recaudado irá destinado a la investigación de la diabetes infantil y el hijo de mi hermana la tiene, así que es algo personal. Vi que tu ciudad estaba pidiendo información y pensé que tú estarías detrás. Quería hablar contigo en persona para que intentaras convencerlos. Todo está preparado. Tenemos un montón de ciclistas fantásticos apuntados. Podrías ver a muchos amigos y Jorge participará, así que así te ahorrarías un viaje. Incluso te dejaríamos participar si quisieras volver. Siempre fuiste el mejor, Josh, y no hay razón para pensar que eso haya cambiado.

Josh sintió una patada en el estómago.

–Eh... no he estado entrenando –dijo sabiendo que el ejercicio que hacía cada noche lo había mantenido en buena forma, aunque no lo suficiente para competir suponiendo que pudiera llegar a hacerlo. ¡Pero si solo con pensarlo se ponía a temblar como una niña pequeña!

–Hay tiempo –le dijo Steve–. Ya sabes lo que hay que hacer, si estás interesado. Te retiraste demasiado pronto, Josh. Sé que estabas afectado por lo que le pasó a Frank, pero marcharte no sirvió para traerlo de vuelta.

–Siempre hablas como el entrenador.

–Lo intento. ¿Puedes ayudarnos con la carrera?

Josh había estado batallando con sus demonios internos durante dos años y hasta el momento ellos siempre habían salido ganando. Tal vez había llegado el momento de una pequeña venganza.

Antes de poder pensar en una lista de por qué sería un gran error aceptar, dijo:

—Conozco a gente en la ciudad y puedo hacer que la carrera se celebre.

—Es genial. Te debo una. Lo que sea, Josh. Lo digo en serio —Steve se detuvo—. ¿Vas a montar?

No. No podría competir ni contra un niño de cinco años subido en una bici de ruedines. No estaba preparado. Si aceptaba, no haría más que humillarse a sí mismo delante de los mejores ciclistas; se correría la voz y todo el mundo sabría que tenía miedo y que era un perdedor.

—¿Josh?

«¡Al infierno con todo!», pensó agarrando con fuerza el teléfono.

—Claro —dijo esperando sonar natural y no aterrorizado—. Participaré en la carrera.

10

–Está claro que el dinero desaparecido es nuestra principal preocupación –dijo Marsha desde su puesto en la cabecera de la mesa–. Esta mañana he recibido una llamada muy desagradable del gobernador y no es una experiencia que quiera repetir –suspiró–. No te culpo, Robert, es solo que estoy frustrada.

–Yo también –dijo él–. Has contratado a un auditor y estará aquí la semana que viene. Mientras tanto, ya hemos empezado con nuestra propia investigación. Setecientos cincuenta mil dólares es mucho dinero como para que se pierda.

Charity oyó la preocupación en su voz y comprendió el motivo. Él era el tesorero y el dinero había desaparecido bajo su supervisión. Tenía que estar desesperado. Ella deseaba poder ayudar, pero su pericia en el tema se limitaba a una única clase que había dado en la universidad y que había aprobado por los pelos. Las Matemáticas no eran lo suyo.

La reunión de la mañana había empezado a tiempo, con varios temas que tratar en el orden del día. Charity disfrutó con el repaso de todo lo que sucedía en el mundo de Fool's Gold.

Por lo general, los temas se discutían en orden, pero durante la última media hora Pia había estado moviéndose en su silla, impacientada.

Marsha tomó unas notas en una libreta y miró a Pia.

–¿Supongo que no estarás intentando decirme que necesitas ir al baño?

–No.

—Entonces, ¿por qué no nos cuentas la que, obviamente, debe de ser la noticia más emocionante de la historia?

Pia sonrió.

—Puedo esperar mi turno.

—Tal vez, pero entonces enfadarás tanto a una de las miembros del Ayuntamiento que acabará matándote. ¿Qué pasa, Pia?

Pia se aclaró la voz.

—¿Recordáis que la carrera de bicis que perdió el sponsor y no tenía donde celebrarse? ¡Es nuestra! He hablado con los jefes del comité y están muy emocionados con la oportunidad de celebrar el evento en nuestra ciudad. La carrera de bicis es solo un día, pero hay también un torneo de golf con famosos. Estamos hablando de tres, o tal vez cuatro, noches de alojamiento en la ciudad.

Se detuvo mientras los miembros del consejo se miraban unos a otros y murmuraban.

—Es impresionante —dijo Gladys—. ¿Cuatro noches? Estamos hablando de muchos ingresos.

—Va a ser una pesadilla logística —dijo Alice—. Necesitaré permisos y dinero para contratar empleados temporales que ayuden a controlar las masas.

—Dame una cantidad aproximada —le dijo Marsha—. Pia, ¿tienes preparado un informe completo?

—Me acabo de enterar esta mañana. Te lo daré mañana, aunque gran parte del trabajo preliminar ya está hecho. Celebramos el torneo de golf el año pasado, así que nos basaremos en esa planificación. Luego llamaré a Josh para tantear un poco cómo será la carrera.

Gladys entrecerró los ojos.

—¿Es eso lo único que vas a tantear?

—No todo el mundo está enamorado de Josh —le dijo Pia a la mujer.

—Dime una mujer que no sienta nada por él.

La mayoría de las mujeres se rieron y Charity hizo todo lo que pudo por fingir que le hacía gracia el comentario sin llamar la atención.

Las imágenes de la noche anterior aún ardían en su memoria. No podía creer lo que había pasado, lo que había hecho. Ella nunca en su vida se había mostrado tan salvaje, tan desinhibida, y, sin duda, nunca había hecho el amor con un hombre al que apenas conocía.

Y aun así no podía lamentarlo. No solo porque la experiencia física había sido increíble, sino porque cuanto más tiempo pasaba con Josh, más le gustaba.

Ahora, mientras Pia entraba en más detalles de la carrera, Charity se preguntaba cómo se tomaría él la noticia. Seguro que se disgustaría. Se hablaría de su pasado y la prensa incluso querría entrevistarlo. Además, ver a todos esos ciclistas en la ciudad le recordaría todo lo que se había visto obligado a abandonar.

Si fuera otra persona, le sugeriría que se marchara de la ciudad ese fin de semana y evitara todo ese circo. Pero Josh no lo haría. Él se quedaría, se mostraría accesible y no dejaría que nadie viera cuánto estaba sufriendo por dentro.

—Hay más —dijo Pia con los ojos llenos de emoción—. Me he guardado lo mejor para el final.

—No estoy seguro de que pueda haber algo mejor —le dijo Marsha.

—Pues lo hay. Josh correrá en la carrera. Regresará al ciclismo aquí, ¡en Fool's Gold!

La conversación estalló. Todo el mundo hablaba con todo el mundo e incluso Alice parecía feliz con la noticia. Charity hizo lo que pudo por participar del momento, pero le resultaba difícil asimilar la información. ¿Josh iba a competir? ¿Cómo podría hacerlo?

Había oído el dolor en su voz cuando le había hablado del accidente y de su incapacidad de montar con nadie. ¿La carrera no implicaría un entrenamiento y una exposición? ¿No vería toda la ciudad lo que estaba haciendo?

Mientras se formulaba esas preguntas, se preguntaba si esa era la cuestión. Si había decidido enfrentarse al problema de lleno y tenía éxito, sería un momento impresionante. Pero si fracasaba, el mundo lo sabría. No sabía si debería admirarlo por ello o decirle que pensara en ir a una terapia.

Marsha hizo una llamada al orden y se reanudó la reunión. Cuando terminó, Charity se aseguró de salir de la sala con Robert. Tenían un asunto a medias.

–Anoche lo pasé genial –dijo él mientras recorrían el pasillo–. ¿Qué vas a hacer este fin de semana?

Ella se estremeció por dentro y esperó a haber entrado en su despacho antes de hablar.

–Gracias por invitarme, tienes una casa preciosa. Sobre todo el jardín. Pero la cuestión es que, aunque me encantaría que fuéramos amigos, no nos veo teniendo una relación sentimental.

–No lo comprendo. Creía que anoche lo pasaste bien.

–Y lo pasé bien –fue una mentira piadosa.

–¿Hay alguien más?

–No.

Eso no era una mentira. Sí, cierto, Josh y ella habían tenido una noche salvaje, pero eso no suponía una relación porque después de todo, no estaba enamorada de él.

–La primera vez que salimos, pensé que estaba preparada para tener una relación –dijo ella–. Pero no lo estoy. Estoy ocupada con el trabajo y con instalarme. Eres genial, Robert, y sé que encontrarás a alguien.

–En esta ciudad encontrar a alguien es muy fácil –dijo más confundido que enfadado–. Supongo que lo entiendo. Creía que eras especial, Charity, y por eso quería conocerte más.

–Te lo agradezco.

–¿Estás segura?

–Lo estoy.

–De acuerdo.

Y se marchó. Ella volvió a su mesa aliviada por que no hubiera sido una situación tan desagradable y aprendiendo una lección: las relaciones amorosas con alguien del trabajo son difíciles por naturaleza y debería evitarlas.

«Josh no trabaja en el Ayuntamiento», le dijo una vocecita. Un punto interesante, pero no importante, se dijo. Josh era una fantasía y ella buscaba alguien real Aunque el modo en que se había sentido en sus brazos la noche anterior le había resultado de lo más real.

–Mi vida es una locura –dijo Pia dos días después sentada enfrente de Charity en el Fox and Hound–. Me encanta la idea de la carrera de bicis, pero será mucho trabajo. Puede que tenga que pedirte ayuda cuando se acerque la fecha.

–Claro, sin problema –le respondió Charity.

–Estoy formando un equipo y decidiendo qué pueden hacer los voluntarios. Crystal está emocionada, sobre todo con el hecho de que Josh regrese al ciclismo–sonrió–. Igual que todas nosotras, estuvo coladita por él antes de conocer a su marido.

–Parece ser una condición universal –dijo Charity esperando sonar neutral.

–Crystal es genial organizando, pero al estar enferma, no siempre puede estar disponible. Aun así haré lo que pueda –miró la carta–. Lo de Josh es la mejor parte porque nos dará mucha cobertura mediática. Jamás entendí por qué se retiró, estaba en lo más alto. Era increíble verlo.

«Hasta la carrera en la que murió Frank», pensó Charity, sabiendo que la pérdida había hundido a Josh y le había robado una parte de su ser.

El camarero llegó a atenderlas y pidieron. Cuando se marchó, Pia le dijo a Charity:

–Estás guapísima, la chaqueta es preciosa. ¿Te importa que te lo diga?

Charity se rio.

–No, Pia, claro que no me importa. Ya te dije que valoro mucho tu descarada honestidad de borrachera sobre mi aspecto. Estoy divirtiéndome recordando cómo se hacen las cosas de chicas. Incluso voy a darme reflejos.

–Te quedarán bien –Pia le dio un trago a su refresco light–. El problema es dónde ir a hacértelos. Los dos mejores lugares de la ciudad son propiedad de dos hermanas que tienen una seria rivalidad. No solo en cuestión de clientes, sino de cotilleos. Cada una tiene que ser la primera en saberlo todo. Si eres fiel a una, eres enemiga de la otra. Yo evito el problema, alternándolas. Intentan arrinconarme, pero no las dejo.

–Parece mucho trabajo.

–Lo es, pero merece la pena mantener la paz. Aún vives en el hotel, ¿verdad? Allí antes tenían una peluquería, pero la cerraron. ¿Cómo es eso de vivir como los ricos y famosos?

–No soy tan rica y mucho menos famosa. Está bien hasta que pueda encontrar una casa. Me hacen un precio especial en la ciudad –gracias a Josh, pensó ella. Marsha le había hablado de los descuentos al contratarla.

–He empezado a buscar una casa para comprar –siguió diciendo–. Vi una casa impresionante, está restaurada. Me encantó todo excepto el precio. He oído que el propietario podría estar dispuesto a negociar, pero creo que ni aun así podría permitírmela.

Pia frunció el ceño.

–¿Qué casa?

Charity le dijo la calle.

–Tiene un gran porche y un jardín precioso. Me encantan los viejos árboles de la calle.

–¿Quién te dijo que el propietario estaría dispuesto a negociar?

Charity intentó no verse atrapada.

–Eh Josh lo mencionó.

–¿Ah, sí? –preguntó Pia esbozando una sonrisa–. Pues debes de gustarle mucho porque invirtió mucho dinero en esa propiedad y estaba esperando sacarle el máximo beneficio.

–¿Qué quieres decir?

–Que es el dueño de la casa. La compró hace años y la restauró cuando todavía competía. Primero la alquiló y luego decidió venderla. Sé que hay varias personas interesadas y a ninguna le ha bajado el precio. Siempre ha antepuesto el negocio a las mujeres, pero parece que eso está cambiando.

Charity hizo lo que pudo por no sonrojarse.

—No tengo ni idea de lo que estás hablando. No sabía que Josh era el dueño.

—Pues ahora ya lo sabes.

—Pero él no me lo dijo.

Ni siquiera lo había insinuado cuando le había enseñado la casa. Aunque ahora que lo pensaba, sí que debería haberse imaginado algo por el hecho de que tuviera una llave.

—¿Por qué lo haría?

Pia enarcó las cejas.

—Dímelo tú.

—No estamos juntos.

—Tal vez él quiera que lo estéis.

—No. Los chicos como él —sacudió la cabeza—. Es demasiado...

—¿Rico, triunfador, guapísimo?

—No soy su tipo.

—¿Cómo lo sabes?

—Te haré una pregunta: ¿soy su tipo?

—Hasta hoy, habría dicho que no, pero puede que los tiempos estén cambiando.

Charity se marchó del almuerzo con Pia casi con el mismo hambre con el que había llegado. Solo había sido capaz de darle unas pinchadas a la ensalada, sobre todo porque estaba pensando en Josh, en la casa y en lo que había dicho Pia.

No tenía sentido que le redujera el precio cuando otra gente le ofrecería más dinero porque eso implicaba una relación que no tenían. El hecho de que lo hubiera hecho antes del «incidente», como ella ahora lo llamaba, debería haber ayudado, pero solo hacía que la situación fuera más confusa.

Al igual que lo era el hecho de que Josh pudiera estar interesado en ella. Porque no lo estaba. Su exmujer había sido una actriz guapísima, que por cierto tendría que buscar en Internet para saber más de ella, pero el caso era que él no era alguien que orbitara en su universo. ¿Que estaba interesado? ¿Y en qué planeta?

Sí, habían tenido sexo, pero solo porque se habían dejado llevar por el momento. Sobre todo ella. Se negaba a ver más en una simple noche, porque así era como los corazones acababan rotos.

Hizo todo lo que pudo por apartar esos pensamientos de su cabeza, pero no sirvió de nada cuando enfrente vio sus oficinas. Tal vez debería preguntárselo directamente, ¿por qué estaba haciéndole una oferta para la casa cuando no tenía por qué? Decidió que preguntárselo era lo más correcto, lo más adulto y así, se puso recta y entró en el edificio.

—Alguien ha venido a verte —le dijo Eddie a Josh—. No tiene cita, aunque he de reconocer que no es como el resto de chicas que vienen a buscarte. Ha pasado de la adolescencia y viste como una persona normal.

Josh no estaba de humor para levantar las esperanzas de nadie esa tarde. Tenía mucho de lo que ocuparse, como por ejemplo, de cómo iba a empezar a entrenar mientras se enfrentaba a una irritante incapacidad de montar con otras personas; un problema con una solución no muy sencilla.

—Puedes ocuparte de ella —le dijo Josh a Eddie.

—Puedo, pero no quiero. Dice que te conoce. Se llama Charity Jones.

Se levantó de la silla antes de que Eddie hubiera terminado de hablar.

—¿Por qué no lo has dicho?

—Acabo de hacerlo. Y a mí no me hables así.

Josh ignoró su enfado y salió a la recepción. Charity estaba en mitad de la salita, con gesto nervioso y decidido a la vez. Esbozó una pequeña sonrisa que hizo que Josh se prometiera resolverle cualquier problema que pudiera tener.

—No tenía cita. ¿Tienes un minuto?

—Claro. Tú no necesitas una cita para venir a verme.

—Estaría bien que alguien las pidiera alguna vez —dijo Eddie resoplando.

Josh señaló la mesa de Eddie y la mujer suspiró antes de volver a ella. Él posó la mano en la parte baja de la espalda de Charity y la llevó hasta su despacho. Después, cerró la puerta.

—Tu secretaria tiene mucha personalidad —le dijo Charity.

—Es muy eficiente y me cuida.

—Me gusta.

—A mí también, aunque no quiero que lo sepa.

Charity sonrió.

—Lo utilizaría en tu contra para siempre.

—¡Y que lo digas!

Josh le indicó que tomara asiento.

—¿Te apetece tomar algo? ¿Café, té helado?

—No, gracias. Acabo de almorzar con Pia.

Él se sentó en el centro del sofá.

—¿Qué pasa?

Ella juntó las manos.

—No estoy segura de por dónde empezar.

No parecía preocupada y eso era bueno; como Josh no sabía de qué quería hablar, se limitó a esperar y a observarla mientras tanto. Llevaba una chaqueta corta sobre una camisa de encaje y unos pantalones negros. Era un estilo muy de «mujer al mando» que le gustó y le hizo pensar en reducir ese poder y hacer que la señorita en cuestión se debilitara de deseo.

—La casa que fuimos a ver... —comenzó a decir forzándolo a ignorar la fantasía de una Charity desnuda contoneándose bajo su cuerpo.

—¿Quieres hacer una oferta?

—No exactamente. Tú eres el dueño de la casa.

No estaba seguro de cómo lo había descubierto, pero tampoco estaba sorprendido.

—¿Importa de quién sea?

Ella respiró hondo.

—Has tenido otras ofertas y hay gente que puede pagar más que yo.

—Invertí mucho en esa casa y quiero que la compre la persona adecuada.

—Estás dándome una reducción de precio que no les has dado a ellos.

Por lo general, Josh se habría alegrado de atribuirse el mérito de ser un buen tipo, pero ni el tono ni la mirada de Charity parecían estar implicando eso exactamente.

—¿Y por qué es malo?

—¿Cuánta parte de la ciudad es tuya? Sé lo del hotel, ¿este edificio también es tuyo? ¿Más casas?

—¿Quieres ver un informe de beneficios y pérdidas? Mi contable los prepara continuamente.

—No, claro que no. Pero eres rico.

—Según como lo mires.

Ella sacudió la cabeza.

—¡Déjate de jueguecitos! Eres rico, un triunfador, guapísimo y genial en la cama —tomó aire—. Bueno, no sé cómo serás exactamente en la cama, pero está claro que sabes lo que haces y que lo haces bien. Y eres simpático.

Sin embargo, su tono dejaba claro que no pretendía halagarlo; es más, la última frase había sonado casi como una acusación.

—De acuerdo —dijo él.

Los dos se levantaron. Charity lo miró.

—No es justo. ¿Por qué no puede ser más fácil?

Josh se metió las manos en los bolsillos. Responder la pregunta sería más sencillo si sabía de qué estaban hablando.

—Yo, eh...

—Claro, para ti es fácil. Consigues a quien quieres y prácticamente te traen mujeres como si fuera un servicio de habitaciones.

—Yo no hago eso.

—Lo sé, no quería decir eso exactamente. Es solo que podrías hacerlo si quisieras y no quieres, lo que te da más puntos.

—¿Charity? ¿De qué estamos hablando?

Ella lo miró.

—De mi vida. De mi asquerosa vida amorosa. No lo entiendo. ¿Será una cuestión de genética? ¿Algo del karma? ¿Hice algo malo en mi otra vida?

Él estaba allí de pie, sin saber qué hacer.

—No hay nada malo en ti.

Era guapa, inteligente y divertida y, cuando sonreía, él tenía la sensación de que podía hacer casi cualquier cosa.

—¿No? Fíjate en Robert. ¿No es simpático? Es un tipo tranquilo, agradable y quiere tener una relación formal, pero no hay ni una chispa de química. No pude hacerlo. Lo intenté, pero no pude. Habría sido una más de mis penosas relaciones. Mi primer novio me pegó, solo una vez, pero me pegó.

Josh apretó los puños.

—¿Dónde está ahora? —preguntó con voz furiosa.

—Pasó hace diez años. Me marché y no he vuelto a verlo, pero eso me hizo preguntarme muchas cosas. Mi segundo novio formal me limpió mi cuenta de ahorros. ¡Qué estúpida me sentí! Y el último —suspiró—. Ni siquiera voy a hablar de ello. Es demasiado humillante. Y ahora estás tú. Me gustas. Me gustas mucho y eso significa que solo puedo pensar en si yo también te gusto y que en ese caso no estás bien de la cabeza.

Y con eso, se giró y se marchó.

Josh se quedó en el centro de su despacho intentando no sonreír como un tonto. ¿Le gustaba a Charity? ¡Genial!

Charity salió de las oficinas de Josh sintiéndose como una estúpida y mil cosas más que no eran muy agradables. Le daba vueltas la cabeza y sentía una presión en el pecho, como si fuera a darle un ataque de llanto allí mismo, en la acera.

Pero por el contrario, siguió caminando con la cabeza bien alta y sonriendo a todo el mundo. Vio a Morgan en su librería y lo saludó. Él le sonrió.

Eso sí que era una relación sencilla, pensó, porque comprendía todos los elementos que la conformaban. Morgan y ella eran amigos, se saludaban, hablaban del tiempo y seguían adelante con sus vidas. Sin complicaciones, sin tener a un tío bueno confundiéndole la cabeza.

¿En qué había estado pensando al decirle a Josh que le gustaba? ¿Es que estaban en el instituto? «Dile a Bobby que me gusta, pero solo si te dice primero que yo le gusto a él».

Estaba confundida, turbada e inquieta.

A pesar del hecho de que su madre no había sido la mujer más maternal del mundo, Charity se vio deseando que siguiera viva para poder pedirle consejo. Por estúpido que pareciera, ahora mismo podría querer un abrazo de su madre. O de una tía. ¡Incluso de una prima lejana!

Entró en el ayuntamiento y subió las escaleras. Una vez arriba se cruzó con Marsha, que salía de la sala de descanso de tomar un café.

–¿Qué tal el almuerzo? –le preguntó la alcaldesa.

–Bien. Pia siempre es muy divertida.

–Lo es, aunque cuando era más joven fue una niña difícil ¿Qué digo difícil? Era malísima, un terror.

–¿Pia? –Charity no podía creerlo.

–Era guapa y popular y siempre quería salirse con la suya. No es una buena combinación en una adolescente, pero al final cambió para bien –Marsha dio un trago de café–. ¿Va todo bien? No quiero entrometerme, pero pareces No estoy segura, pero diría que estás triste.

Charity forzó una sonrisa.

–Estoy bien. Es que echo un poco de menos a mi madre. Murió hace unos años y supongo que es algo que nunca terminas de superar.

Marsha se puso tensa y se quedó lívida. Charity se acercó a ella.

–¿Estás bien?

–Sí, claro. La pérdida de una madre siempre es trágica. Yo sigo echando de menos a la mía y hace más de treinta años que murió. Charity, ¿podrías entrar en mi despacho?

–Claro.

Charity la siguió. Algo iba mal, podía sentirlo, pero no tenía ni idea de lo que era. ¿Había hecho algo malo? ¿Había cruzado la línea hablando de un tema personal?

Cuando llegaron al despacho de Marsha, la alcaldesa hizo algo que Charity no había visto antes en Fool's Gold: cerró las puertas.

—Quiero decirte algo —empezó diciendo cuando las dos estaban sentadas—. He estado esperando el momento adecuado, que es la forma cobarde de decir que no sé cómo decírtelo. Supongo que la mejor forma es soltar las palabras sin más.

Charity hizo lo posible por no ponerse en lo peor y muchas posibilidades abarrotaron su cabeza: Marsha estaba enferma e iba a morir. Estaban a punto de despedirla. La ciudad iba a desaparecer en un gigantesco pozo negro. Sin embargo, ningún escenario la preparó para lo que vino a continuación.

La alcaldesa se inclinó hacia delante, tocó el brazo de Charity y con una delicada sonrisa le dijo:

—Soy tu abuela.

11

Charity se alegró de estar sentada porque no podría haberse mantenido en pie después de oír las palabras de Marsha.
–Mi...
–Abuela. Sandra Tilson, o como tú la conocías, Sandra Jones era mi hija. ¿Quieres un poco de agua?
Charity negó con la cabeza. Las palabras tenían sentido, pero no podía aceptar su significado. ¿Su abuela, su familia? Sandra siempre le había dicho que estaban solas en el mundo, que solo se tenían la una a la otra, pero Charity siempre imaginó que cabía la posibilidad de que su madre no le estuviera contando toda la verdad, que estuviera guardándose algo. No era una mala persona, simplemente había decidido vivir siguiendo sus propias reglas.
Ahora, en el tranquilo despacho de la alcaldesa de Fool's Gold, Charity miraba a la mujer de sesenta y tantos años sentada delante de ella y buscaba una verdad en sus ojos.
Supuso que esa verdad podría encontrarla en la forma de la mandíbula, en la forma de los ojos, que eran como los de su madre, pero ¿su abuela?
–No lo comprendo –susurró.
Marsha se levantó y fue a su mesa. Abrió un cajón y sacó un fino álbum de fotos que le entregó.
Charity deslizó los dedos sobre la cubierta de piel roja, casi temerosa de abrirlo.
–Mi marido murió cuando yo era muy joven y nuestra hija

era aún una niña pequeña –comenzó a decir la mujer–. Tenerla me ayudó a superar mi pena, estábamos muy unidas. Era una niña encantadora y muy simpática, además de muy inteligente y aplicada. Pero cuando llegó a la adolescencia, todo se desmoronó y comenzó a actuar como una rebelde.

Marsha entrelazó las manos sobre su regazo.

–No sabía qué hacer. Intenté quererla más, negocié con ella, pero entonces las cosas empeoraron y la castigué. Endurecí las normas de la casa y me convertí en una madre controladora y dictatorial.

Charity seguía sujetando el álbum.

–Seguro que no le hizo gracia tener muchas reglas.

–Tienes razón. Cuanto más intentaba controlarla, más intentaba ella alejarse de mí. Siempre había sido estricta, pero me volví insoportable. Ella respondía saltándose las clases, yendo a fiestas, bebiendo y consumiendo drogas. La arrestaron junto a otros amigos por robar un coche y yo me sentí muy humillada. No sabía cómo hacerle comprender la situación. Y entonces me dijo que estaba embarazada. Apenas tenía diecisiete años.

Marsha respiró hondo.

–Fue demasiado. Perdí los nervios por completo y le grité como una madre no debería hacer nunca. La acusé de haberme arruinado la vida y de planear cosas para avergonzarme, y creo que en ese momento la odiaba.

Bajó la cabeza.

–Ahora estoy avergonzadísima. Daría lo que fuera por volver a ese momento y retirar esas palabras. Sandra me miraba con todo el odio que es capaz de expresar una persona de diecisiete años y me dijo que me haría la vida más fácil. Que se iría. Recuerdo que me reí y le dije que no tendría tanta suerte.

Tragó saliva y miró a Charity.

–A la mañana siguiente se marchó. No podía creerlo. Estaba convencida de que le gustaban demasiado las comodidades de su vida como para renunciar a ellas, pero me equivoqué –los ojos se le llenaron de lágrimas.

Charity se inclinó hacia ella.

–No hiciste nada malo. Discutisteis. Las madres y las hijas discuten. Mi madre y yo... –se detuvo. Cabía la posibilidad de que su madre fuera la hija de Marsha; ¿de verdad podía tratarse de la misma persona?

–Te agradezco que te pongas de mi lado, pero sé lo que hice y sé que la culpa fue mía –una única lágrima se deslizó por su mejilla y ella la apartó–. Desapareció. No sé cómo lo hizo, pero se fue. Desapareció por completo. No podía encontrarla. Miré y miré, contraté a profesionales, le supliqué a Dios, envié folletos sobre ella por todo el país. Ni rastro. Por fin, unos tres años después, uno de los detectives que había contratado me envió una dirección de Georgia y tomé el primer vuelo hacia allí.

Oír la historia fue como escuchar un resumen de un telefilme, pensó Charity. Era como si no tuviera nada que ver con ella aunque en teoría sí que formaba parte de ello.

–Eras preciosa –dijo Marsha con una temblorosa sonrisa–. La primera vez que te vi estabas jugando en el jardín y empujando un carrito de bebé de plástico. Tendrías unos dos años y medio. Sandra estaba sentada en los escalones mirándote. La casa era pequeña y estaba situada en un barrio terrible. Lo único que quería era traeros a casa, aquí, conmigo.

«Cosa que no pasó», pensó Charity, sin atreverse a imaginar cómo habría sido su vida si hubiera crecido en un lugar como Fool's Gold, esa pequeña ciudad donde todos se preocupaban de todos. Un lugar donde por fin podría echar raíces.

–Seguía furiosa –susurró Marsha y su sonrisa se desvaneció–. Muy enfadada. No me dejó decir nada ni escuchó mis disculpas. ¡Había tanta rabia en su voz y en su mirada! Me dijo que me fuera, que no quería volver a verme y que si intentaba veros, se aseguraría de desaparecer de nuevo y de que yo jamás te encontrara. Me quedé hundida.

Marsha respiró hondo.

–Disculpa. Ha pasado mucho tiempo, pero lo siento como

algo muy reciente. Le expliqué que había cambiado, que había aprendido de mis errores. Le dije que quería tenerla de vuelta en mi vida, a las dos, pero no le importó. Dijo que había terminado conmigo, con mis reglas y con las expectativas. Dijo que estaba bien sola y me repitió que si volvía a verme, desaparecería y yo jamás os encontraría.

A Charity se le encogió el pecho al ver el dolor de Marsha.

–Lo siento –susurró. Una parte de ella se decía que Sandra no habría sido capaz de hacer eso, pero en el fondo sabía que era posible porque cuando Sandra tomaba una decisión, no había forma de disuadirla. No había vuelta atrás.

–Volví a casa rota por dentro y sabiendo que todo era culpa mía.

–Pero no es así –le dijo Charity con firmeza–. Cometiste un error, pero quisiste enmendarlo. Nadie es perfecto. Todos cometemos errores. Fue Sandra la que decidió no escuchar y no darte una segunda oportunidad.

–Tal vez. Intenté decirme eso, pero lo cierto es que intentaba controlar todos los aspectos de la vida de Sandra y eso ella no podía soportarlo. Lo hacía porque había perdido a mi marido y me aterrorizaba pensar que si no lo tenía todo controlado, sucedería otra tragedia que invadiría mi vida.

Apretó los labios y siguió diciendo:

–Os dejé a las dos. No sabía qué más hacer. Pensé en tenerla vigilada, pero me daba miedo que lo descubriera. Pasaron los años y los recuerdos se desvanecieron, pero no el anhelo, ni las preguntas. Pensaba en las dos todo el tiempo. Diez años después contraté a otro detective para ver si podía encontrarla y la localizó sin problemas. El chico que era tu padre –se le apagó la voz un instante–. Estoy hablando demasiado.

Charity le tocó el brazo.

–Sé que murió. Ella me lo dijo después de que le hubiera estado haciendo muchas preguntas. Aunque podía creer que mi madre no tenía familia, sabía que tenía un padre y cuando murió, dejé de preguntar.

Tenía doce años. Sandra había entrado en su habitación de

la caravana que tenían alquilada en un parque a las afueras de Phoenix. Charity lo recordaba todo, las vistas desde la diminuta ventana y el sonido del grifo que goteaba mientras su madre le decía que el chico que la había dejado embarazada se había alistado en el ejército y había muerto en un accidente de helicóptero.

Marsha le apretó la mano.

–Lo siento. Pensé que eso cambiaría las cosas, pero no fue así. Nunca respondió a mi carta y cuando envié al detective para que comprobara como os encontrabais, ella ya se había marchado. Tal como me había prometido. Había vuelto a perderla.

Se encogió de hombros.

–Así que me rendí. Dejé de buscar. Dejé de tener esperanzas. Acepté que había ahuyentado a mi única hija y seguí con mi vida. Pero hace unos meses decidí intentarlo de nuevo.

A Charity se le encogió el pecho.

–¿Contrataste a otro detective?

Marsha asintió y los ojos se le llenaron de lágrimas.

–No le costó descubrir que mi niña había muerto de cáncer y que todo fue muy rápido.

Charity asintió. Ella había tenido tiempo de acostumbrarse a la muerte de su madre, pero para Marsha la noticia aún estaba muy reciente y seguía siendo dolorosa.

–Lo siento –susurró al darse cuenta de que todo el mundo había lamentado cosas menos la propia Sandra.

–Fue un gran impacto –admitió Marsha–. Era mi única hija. ¿No debería haberlo sabido? ¿No debería haberlo presentido? ¿Haberlo sentido en mi corazón? Pero nada. La lloré, lloré por todo lo que podríamos haber tenido y por todo lo que había echado por la borda.

–¡No! –dijo Charity con rotundidad–. Tú no eres la única responsable. Sí, cometiste errores, pero ella también. Yo siempre estuve suplicándole que me hablara sobre mi familia y nunca lo hizo. Se negaba porque lo que ella sentía era más importante que lo que yo quería. Murió dejándome sola en el mundo y nunca se molestó en contarme la verdad. Te he tenido todo este tiempo y nunca me lo dijo.

Ahora Charity era la que contenía las lágrimas.

–Odiaba tener que mudarnos, siempre le suplicaba que nos quedáramos en un sitio, pero ella no aceptaba. Cuando entré en el instituto, le dije que quería graduarme en él y me prometió que nos quedaríamos todo lo que ella pudiera, pero solo aguantó seis meses. Yo me quedé. Me enviaba dinero cuando podía y yo trabajaba a tiempo parcial. El alquiler era bastante barato, pero ella ni siquiera se preocupó por mí. Dijo que estaría bien y no vino a mi graduación.

Se giró para mirar a Marsha.

–Dime que tú sí habrías estado allí.

–Sí, pero esa no es

–¿La cuestión? Es exactamente la cuestión.

Charity estaba sintiendo algo dentro que no permitía salir porque había aprendido que era mejor no pensar demasiado en ciertas cosas, que era mejor mantener siempre el control y no dejarse llevar por las emociones. Sin embargo, ahora estaba viendo cómo ese control se le escapaba de las manos.

–Lo siento –susurró–. Tengo que irme. Ya... ya hablaremos luego.

Agarró su bolso y salió por la puerta. Después de bajar corriendo por las escaleras y salir del edificio, miró en ambas direcciones, sin saber adónde ir. En la distancia, a la izquierda, vio uno de los tres parques de la ciudad y se dirigió hacia allí.

No pensaría en ello, se dijo, y tampoco lloraría. Ella nunca lloraba porque no servía para nada más que para hacerla sentirse débil.

Caminó deprisa por la acera sin olvidar sonreír a la gente con la que se cruzaba. Llegó al exuberante parque en pocos minutos y avanzó por uno de los caminos flanqueados por árboles hasta que encontró un banco vacío. Una vez allí, se desmoronó e intentó aclarar todo lo que daba vueltas en su cabeza.

Su reacción ante el hecho de que su madre le hubiera ocultado la existencia de Marsha no había sido la correcta. Lo mejor era estar furiosa con Sandra en lugar de pensar en lo mucho que había perdido.

¡Tenía una familia, una abuela, y de no haber sido por la terquedad de su madre, podría haber pasado los últimos veintiocho años a su lado!

Marsha Tilson eso significaba que probablemente su apellido era «Tilson» y no «Jones». ¿Habría sido Sandra capaz de cambiarle el apellido en su certificado de nacimiento?

Oyó pisadas por el camino. ¡Menos mal que no estaba llorando! Se preparó para mantener una charla educada con alguien y casi se cayó del banco al ver a Josh dirigiéndose hacia ella.

Parecía preocupado e inquieto, eso sin mencionar que estaba tan guapísimo como siempre.

–Hola –dijo él.

–Hola.

Se detuvo delante de ella.

–He venido a asegurarme de que estás bien.

¿Cómo podía saber lo que estaba pasando? No habría tenido tiempo de que Marsha se lo contara todo, a menos que ya lo supiera.

–¿Cuándo te contó que era mi abuela? –preguntó sin saber si estaba o no furiosa.

–El día antes de tu primera entrevista.

La entrevista. El trabajo.

–¡Oh, Dios! –susurró–. Marsha me contrató solo porque soy su nieta.

Él se sentó a su lado y la rodeó con el brazo.

–Te contrató porque eras la mejor para el puesto. No tomó la decisión sola y no fuiste la única candidata. Fue una decisión tomada en grupo. ¿Es que no tienes ya bastante como para castigarte además pensando eso?

–Puede que sí –admitió apoyándose contra Josh. No quería. Quería ser fuerte sin ayuda, pero era muy agradable relajarse contra su fuerte cuerpo como si él pudiera mantenerla a salvo de todos los problemas.

—¿Quién más lo sabe?

—Solo yo. Necesitaba contárselo a alguien y cuando llegaste me pidió que cuidara de ti.

Charity se apartó y se puso derecha.

—¿Qué? ¿Por eso has sido tan simpático conmigo? ¿Te acostaste conmigo porque mi abuela te lo dijo?

Él sonrió.

—¿Por qué no le dices a tu sentido común que oiga esa frase? ¿Qué abuela le dice a un tipo que se acueste con su única nieta?

—Ah, ya, puede que tengas razón.

—¿Puede?

Parte de su furia se disipó y volvió a recostarse sobre él.

—Me duele la cabeza.

—Te pondrás bien. Necesitas tiempo para asumirlo todo, pero si tienes que tener una familia sorpresa, Marsha es la mejor que podrías tener. Es de los buenos.

—Lo sé, ¡pero me resulta tan extraño pensar en ello! Me conoce desde siempre, quería formar parte de nuestras vidas, quería que estuviéramos juntas —comenzaron a escocerle los ojos y tuvo que contener las lágrimas—. Mi madre era la persona más terca del mundo —susurró—. No era nada convencional. No le importaba si comía tarta para desayunar, ni a qué hora me iba a la cama. Me decía que ella había crecido con demasiadas reglas y que no creía en ellas.

Lo miró.

—En la teoría suena genial, pero lo cierto es que yo habría preferido tener unas cuantas reglas. Tenía que responsabilizarme de todo sola porque ella no lo haría. Tenía que asegurarme de que había comida en la nevera cuando tenía nueve años y ocuparme de pagar las facturas a tiempo cuando tenía doce. Quería ser una niña, pero me asustaba demasiado pensar lo que pasaría si nadie tomaba las riendas.

—Lo siento —dijo él acariciándole el pelo—. Deberías haber tenido una vida mejor.

—Tuve una vida mejor que mucha gente. Nunca pasé hambre, tenía ropa y un techo bajo el que vivir.

Josh estaba furioso, pero decidido a no demostrarlo. Era lo último que Charity necesitaba.

—No era una mala persona. Sandra me quería.

Otro punto en el que él no estaba de acuerdo, porque no le parecía que Sandra fuera tan buena persona. Dudaba que Marsha hubiera sido una madre perfecta, ninguna lo era, pero ella siempre había actuado siguiendo a su corazón. Era dura, pero justa. La mujer que conocía desde que tenía diez años era generosa y cariñosa, y si había sido estricta, habría sido con razón. Y Josh lo sabía bien porque había cuidado de él, le había ofrecido consejos y apoyo.

Sabía que había financiado decenas de colegios, que había donado dinero y su tiempo para distintas actividades benéficas y que anhelaba la única cosa que había perdido: su familia.

Para él, la culpa era de Sandra. No por haberse escapado de casa, sino por insistir en que Charity no pudiera relacionarse con su abuela. Ella no tenía derecho a imponerle esas reglas a su hija.

—No sé qué pensar —admitió Charity.

—Dale tiempo. Las cosas acabarán aclarándose.

—Me he ido corriendo. Tengo que hablar con Marsha y darle alguna explicación.

—Sabe que te has visto abrumada y por eso me ha llamado.

—¿Eres la parte neutral?

—Soy el brillante tío bueno que te hará distraerte.

Charity logró esbozar una sonrisa.

—Oh, de acuerdo. Qué tonta soy —se puso derecha—. Tienes razón. Tengo que darle tiempo. Ha sido un gran impacto para mí y ahora mismo no tengo que hacer nada al respecto. Puedo asimilar la información y decidir qué significa para mí.

—Es un plan excelente.

La sonrisa se desvaneció.

—Lo peor es que no puedo hacerlo del todo. Sandra ha muerto y no puedo ir y preguntarle por qué nunca me contó lo de mi abuela.

–Tendría sus motivos –dijo él con cautela, sin querer meterse en nada que pudiera resultar desagradable.
–Motivos estúpidos.
Charity se puso de pie.
–Bueno Tengo que volver al trabajo, eso me distraerá –le dio un suave beso–. Gracias.
–De nada.
–No tenías por qué haber venido a buscarme. Habría estado bien de todos modos.
–Me encanta hacer un buen rescate.
Ella lo miró a los ojos.
–Eres un tipo encantador.
Él posó el dedo índice sobre su boca.
–Es un secreto. No se lo digas a nadie.
Charity no pudo más que esbozar otra sonrisa.
–Creo que ya ha corrido la voz.

Los demonios se presentaban en todas las formas y tamaños. Los de Josh tenían la forma de doce chicos del instituto local de entre quince y dieciocho años, la mayoría muy delgados y con aspecto debilucho sobre el terreno, pero que podían volar como el viento subidos a sus bicis.

El entrenador Green, un tipo alto y delgado de la edad de Josh, prácticamente bailaba de alegría.

–¡Esto es genial! –dijo sonriendo–. Competí en la universidad, aunque nada parecido a lo que hiciste tú, claro. No tenía una habilidad innata, pero tío, quería ser como tú. No puedo decirte lo emocionados que estamos de tenerte trabajando con nosotros.

Josh tragó saliva para intentar aliviar el nudo que tenía en el pecho, pero eso no lo ayudó. Tanta veneración en la voz del entrenador Green no hacía más que convertir una situación pésima para él en algo más potencialmente desastroso. ¿En qué demonios había estado pensando cuando había accedido a participar en la carrera? No era solo que fueran a patearle el trasero, sino que iba a humillarse delante de todo el mundo y todos sabrían que era un cobarde.

–Ha pasado mucho tiempo desde que no me subo a una bici –dijo Josh mintiendo, ya que la última vez que había montado había sido la noche anterior. Pero aun así era como si hubieran pasado quince vidas desde que había montado con otros ciclistas, desde que había estado junto a otros y había intercambiado conversación antes de centrarse en la carrera.

Incluso mirando a los niños que seguían observándolo, sintió que no podía respirar, pero eso era lo de menos. Lo que lo mató fue ese terror que le entumecía la mente. Preferiría estar en cualquier parte menos allí, se decía. Preferiría verse rodeado de fuego antes que tener que pasar por aquello.

–Los chicos te lo pondrán fácil –dijo el entrenador bromeando.

Sin embargo, para Josh en realidad no era un chiste, aunque nadie lo supiera.

Green llamó a los chicos que avanzaron con sus bicis hasta él con sus jóvenes rostros llenos de emoción y ganas. Se presentaron y un par de ellos le estrecharon la mano.

Los había visto a la mayoría por allí y reconocía sus caras. Ahora tendría que montar con ellos.

–Josh va a dejar su retiro para participar en una carrera benéfica dentro de unas semanas –dijo el entrenador Green– y hasta entonces estará entrenando con nosotros.

–¡Genial! –gritó uno de los chicos.

–Estoy mayor y he perdido forma –dijo Josh–. No seáis muy duros.

Los chavales se rieron.

El entrenador Green les ordenó que se pusieran en fila y que comenzaran a calentar.

Josh se colocó detrás de ellos, era mejor ir detrás para poder ver al resto de corredores. Unos cuantos kilómetros a una marcha suave estaría bien.

Sonó un silbato y los ciclistas arrancaron. Josh esperó a salir hasta que se encontraron al menos a cien metros. Se concentró en mover la bici, en calentar sus músculos y en la familiar sensación de lo que estaba haciendo.

Habían pasado dos años desde la última vez que había montado durante el día y ya había olvidado los colores de los árboles y de los edificios al pasar por delante de ellos. Soplaba un ligero viento y la temperatura era perfecta.

Los chicos que llevaba delante habían acelerado el ritmo y él hizo lo mismo. Por dentro, algo despertó queriendo volver a la vida: un ardiente deseo de alcanzarlos, de sobrepasarlos. El deseo de ganar.

La sensación lo sorprendió. Habría pensado que la humillación habría acabado con cualquier espíritu competitivo que le quedara, pero estaba claro que no.

Sin tenerlo planeado, comenzó a pedalear con más fuerza y más deprisa, cerrando la distancia entre los estudiantes y él. Uno de los chicos se fijó y gritó algo. El pelotón aceleró. Josh siguió mientras sentía cómo la sangre se movía por su cuerpo y cómo se activó al darse cuenta de lo que era capaz, al darse cuenta de que no lo había perdido todo.

—¡Ni hablar, Golden! —gritó uno de los chicos mientras los alcanzaba—. No nos vencerás.

Se apelotonaron a su alrededor y se acercaron para atraparlo entre ellos.

Su táctica era obvia y no especialmente diestra; él conocía maniobras para rebasarlos y los movimientos le salieron de manera instintiva.

«Pero no pudo hacerlo». Las instrucciones manaban de su cerebro, pero por alguna razón sus músculos nunca llegaban a ejecutarlas . Tal vez era por la frialdad que se calaba en su cuerpo, el escalofrío que le dijo que tenía miedo. Tal vez eran los recuerdos pasando tan rápidamente ante sus ojos que solo le dejaban ver a Frank volando por el aire antes de caer y morir. De pronto no pudo respirar y un frío sudor brotó por todas partes. Se le agarrotaron los músculos y se vio obligado a detenerse.

No recordaba haberse movido, pero de pronto estaba junto a su bici, agachado sobre ella y esperando a que su ritmo cardíaco volviera a la normalidad. Sintió náuseas y comenzó a temblar como un perro empapado y asustado.

Cuando los chicos empezaron a girarse para volver hacia él les indicó con la mano que siguieran adelante. Después de señalar su bici, ellos asintieron y lo saludaron con la mano. Darían por hecho que había pinchado o que había sufrido algún problema mecánico. Con suerte, jamás adivinarían la verdad.

Por mucho que quería competir, por muy fuerte y poderoso que era ese deseo en su interior, no pudo hacerlo. Esa parte de él, esas piezas que lo hacían estar completo, no podían repararse. Ya no importaban ninguno de los trofeos ni todo el dinero del mundo, nada podía hacerlo sentir mejor. Era un perdedor y un cobarde y lo peor de todo era que no sabía qué hacer para cambiarlo.

El sábado por la tarde, Charity recorrió la breve distancia que separaba al hotel de la casa de Marsha. A pesar de que llevaba semanas en la ciudad, nunca había estado en casa de su jefa y ahora iba a visitarla, pero no como empleada, sino como una nieta que va a visitar a su abuela por primera vez en su vida.

Abuela. Qué extraña le resultaba la palabra. No podía entender todo lo que le había contado y durante los últimos días había estado meciéndose entre la felicidad y la confusión. Había querido formar parte de una familia desde hacía mucho tiempo y no podía creer que por fin eso hubiera pasado.

Pero además estaba luchando contra la furia, una furia enfocada principalmente hacia su madre. Tal vez Sandra no había querido tener ninguna relación con Marsha, pero no había tenido derecho a impedírselo a Charity, y menos aún después de su muerte. ¿Por qué no le había dicho a su hija que tenía otra familia? Sandra había sabido lo mucho que había querido tener un lugar al que pertenecer y aun así no se había molestado ni en dejarle una nota ni darle una pista, alguna indirecta.

Mientras se acercaba a la casa, hizo lo que pudo por evitar la rabia que sentía porque no quería empezar la tarde con Marsha de mal humor.

Dobló la esquina y vio la casa blanca que su abuela había descrito. Era de dos plantas, con el típico estilo artesano de la zona, y probablemente dataría de los años veinte. Había elementos parecidos a los de la casa de la que ella se había enamorado, la casa que Josh quería venderle con un descuento. ¡Por cierto!, tendría que aclarar ese tema, pensó animada. ¿Quién iba a pensar que su vida pasaría de ser algo bastante aburrido a algo tan confuso en cuestión de días?

Subió los tres escalones del amplio porche y llamó a la puerta, que Marsha abrió inmediatamente.

—Cuánto me alegro de que estés aquí —le dijo la mujer—. Pasa.

Charity entró en un luminoso y espacioso salón y algo que vio en la decoración, en los muebles, y en las ventanas le despertó ganas de sentarse en los mullidos sillones y no marcharse de allí jamás.

—Gracias por invitarme —dijo sintiéndose algo extraña.

Marsha había sustituido sus habituales trajes sastre por unos vaqueros y una blusa de manga larga, y su cabello blanco no estaba recogido en un moño, sino que caía suelto y en ondas.

Agarró a Charity del brazo.

—En lugar de dar rodeos, he pensado que deberíamos tratar el tema directamente —dijo marcando el paso hacia las escaleras—. Vamos a ver la habitación de Sandra. Espero que puedas hacerte una idea de cómo era su vida antes de que tú nacieras.

—Me gustaría —le respondió Charity.

Subieron por las anchas escaleras y giraron a la izquierda al llegar al rellano.

—Es la última puerta a la derecha —dijo Marsha soltándola—. No he cambiado nada, me temo. A pesar de mis mejores intenciones, convertí la habitación de mi hija en un santuario y estoy segura de que unos cuantos psicólogos tendrían mucho que decir al respecto.

Hablaba con tranquilidad, pero Charity pudo ver dolor en su mirada.

Sin saber qué decir, fue hacia la puerta abierta y cuando llegó, se giró y miró la habitación que había pertenecido a su madre.

Estaba decorada en tonos lavanda, el color favorito de Sandra, y había una gran cama cubierta con una colcha morada y lavanda. Unas estanterías empotradas en la pared flanqueaban la cama y estaban abarrotadas de libros, adornitos y fotografías. Había pósters en la pared, uno de un Michael Jackson muy joven y otro de un grupo que Charity no habría reconocido de no ser porque en él vio escrita la palabra *Blondie*.

Entró y fue hasta el escritorio donde había apilados unos libros de texto junto a los que había una redacción a medio terminar sobre Julio Cesar. Encima del papel había una flor de oro colgando de una fina cadena.

Fue hacia las estanterías y observó las fotografías. Sandra aparecía en casi todas junto a su madre, sus amigas, en una escuela de danza La familiar sonrisa le encogió el corazón, pero aparte de eso no sintió ninguna conexión ni con la habitación ni con su antigua ocupante.

–Lo único que se llevó fue dinero y ropa –dijo Marsha desde la puerta–. Nada más. No dejó ni una nota. Nunca se despidió.

–Lo siento –respondió Charity sin estar segura de cómo aliviar el dolor de Marsha–. Si sirve de algo, no creo que el hecho de mudarnos constantemente fuera por ti. Le encantaba conocer sitios nuevos. Nos instalábamos en un lugar unos meses y después empezaba a hablar de otro sitio y así siempre. El lugar al que íbamos a ir siempre era más emocionante que ése en el que ya estábamos.

Charity miró a su alrededor: bonitas cortinas y una pequeña colección de animales de peluche tirados sin mimo en una esquina. Algo así era exactamente con lo que había soñado cuando era pequeña. Un lugar que poder reclamar como suyo. Nada lujoso, solo una casa normal. Sin embargo, su madre había huido de ella y nunca había mirado atrás.

–Ojalá me hubiera hablado de ti.

–Pienso lo mismo –dijo Marsha con una mirada triste–. Ojalá la hubiera comprendido mejor. Quería irse a la universidad, pero yo siempre le dije que tenía que quedarse aquí. Fui una tonta, una controladora inflexible. Yo tenía que llevar la razón y al final eso me salió caro y me hizo perder a mi única hija. Si

–No –dijo Charity interrumpiéndola–. Se habría marchado de todos modos. Era lo que quería. No creo que hubieras podido hacer nada para cambiarla.

–No puedes saberlo con seguridad.

–Sí, puedo –dijo Charity intentando no sonar muy hundida–. La conocía.

–Puede que sí –dijo Marsha–. Aún tengo ese álbum para ti. Está abajo.

Charity asintió y la siguió de vuelta al salón donde juntas miraron las fotos de Sandra. En ellas encontró imágenes de una niña muy pequeña riéndose y más gestos y sonrisas familiares a medida que crecía.

Marsha miraba cada foto con cariño y contaba historias del momento en que se tomaron y de qué pasó justo después.

–¿Me contrataste por esto? –preguntó Charity de pronto–. ¿Porque soy tu nieta?

Marsha le sonrió.

–Además de querer tener la oportunidad de llegar a conocerte, he entregado gran parte de mi vida a esta ciudad. No habría arriesgado el futuro de tantas personas solo para tenerte a mi lado. Le di tu nombre al técnico de recursos humanos y le dije que había oído cosas buenas sobre ti, pero nada más. No te habría seleccionado si no hubieras sido una candidata excelente.

Eso hizo que Charity se sintiera mejor.

–¿Se molestará la gente cuando lo descubra? ¿No pensarán que convenciste al Ayuntamiento para que me contrataran?

–Has estado en las reuniones, ya sabes lo testarudos que pueden llegar a ser. ¿De verdad crees que podría haberlos convencido para contratar a un candidato que no estuviera preparado?

–No –admitió–. Se habrían levantado en tu contra.

–Exacto –Marsha le tocó un brazo–. Eres muy buena en lo que haces. Eres sincera, atenta y tienes un punto de vista muy fresco, además de la experiencia necesaria y la energía de desempeñar este trabajo. Eres lo que buscábamos y te habría contratado aunque no hubieras sido mi nieta. Espero que me creas –vaciló–. Sé que ir a buscarte directamente habría sido lo mejor, pero estaba aterrorizada y pensé que trayéndote aquí podríamos conocernos.

Charity asintió.

–No pasa nada. Comprendo que fueras cauta. Quiero conocerte, quiero que seamos familia.

–Ya lo somos –le dijo Marsha con una sonrisa, aunque la tristeza había vuelto a su mirada–. Seguro que sigues intentando encontrarle sentido a todo esto, ¿quieres que sigamos hablando de ello en otra ocasión?

–Sí, si no te importa –dijo Charity agradecida de que Marsha lo entendiera–. Hay mucho que asimilar.

–Tenemos tiempo –le dijo Marsha mientras se levantaba–. No me iré a ninguna parte.

Charity se levantó y fue hacia la puerta. Cuando llegó a ella, se giró y abrazó a Marsha, que le devolvió el abrazo. El gesto las hizo sentirse mejor aunque Charity no pudo evitar que la invadiera la desagradable sensación de haber perdido veintiocho años.

Al salir de nuevo a la tarde, se preguntó qué podría haber hecho para que las cosas no hubiesen sucedido así, pero supo que no podría haber hecho nada. Había sido una niña que dependía de lo que su madre dijera y, aunque hubiera querido ir a buscar a su familia, no habría sabido el verdadero apellido de

Sandra porque después de su muerte había revisado sus cosas y no había encontrado nada sobre su vida antes de que ella naciera.

«¡Ojalá!», pensó con tristeza, pero no había modo de cambiar el pasado.

Solo estaba el futuro y lo que ella eligiera hacer con su vida.

12

Charity volvió al hotel y subió las escaleras hacia su habitación batallando con docenas de emociones, la mayoría de las cuales no podía identificar. Sin pensarlo, se detuvo frente a la puerta de Josh y llamó.

Era sábado por la tarde, se recordó, y probablemente no estaría allí, pero unos segundos después, él abrió la puerta tan guapo como siempre con unos vaqueros y una camiseta. Le pareció que le hacía falta un corte de pelo y un afeitado, aunque tuvo que admitir que ese aspecto tan desaliñado le sentaba muy bien.

–¡Ey! –dijo él indicándole que entrara–. ¿Qué pasa?

–Nada malo. He ido a ver a Marsha.

Él cerró la puerta, le tomó la mano y la llevó hasta el sofá, pero cuando llegaron allí, Charity no pudo sentarse. Se sentía inquieta.

–¿Por qué? –preguntó mirándolo–. Era mi madre y sabía que quería formar parte de una familia. Sabía que eso me importaba más que nada en el mundo. Pero no me lo contó, ni siquiera cuando estaba muriéndose. Ni siquiera después de morir. Habría bastado con una pequeña nota con un nombre y una dirección, pero no se molestó.

Charity no podía comprenderlo.

–Así que, ¿en qué situación me deja eso a mí? ¿Es que era increíblemente egoísta o estoy engañándome al pensar que yo le importaba?

Josh hizo intención de abrazarla, pero ella sacudió la cabeza.

—No. Tengo que decir esto.

—Entonces me quedaré aquí y te escucharé —le respondió metiéndose las manos en los bolsillos.

Ella respiró hondo.

—Cuando estaba en el primer año de instituto, volvimos a trasladarnos. Le dije que esa sería la última vez, que quería graduarme en una escuela a la que hubiera asistido durante al menos un año. Le hice prometérmelo —se resistió a ese recuerdo, pero estaba ahí, rodeándola por todas partes.

—¿Mantuvo la promesa?

—No. Se marchó y yo me quedé. Tenía un trabajo y el alquiler de nuestra caravana era barato. Me enviaba dinero de vez en cuando y logré graduarme con mi clase, con mis amigos, y enviar solicitudes para las universidades sabiendo que seguiría en la misma dirección cuando me enviaran respuestas. Pero ella no...

Charity sintió un ardor en los ojos, pero contuvo las lágrimas. No lloró. Ceder ante el llanto no serviría de nada.

—No vino a mi graduación. Estaba demasiado lejos y no tenía dinero. Me dije que no pasaba nada, pero no era así. Quería que alguien estuviera allí, alguien que pudiera verme dar ese paso tan trascendental en mi vida. Ni se molestó ni me dijo que había alguien a quien sí le habría importado, alguien que habría querido estar conmigo en ese momento. Me arrebató esa oportunidad sin ningún motivo. ¿Cómo puedo decirle lo furiosa que estoy con ella si está muerta?

Josh volvió a hacer un intento de abrazarla y en esa ocasión, Charity se dejó rodear por sus brazos. Tal vez él no tuviera las respuestas, pero era cálido y fuerte y por unos minutos ella pudo fingir que todo saldría bien.

Josh le acarició el pelo y deslizó la mano sobre su espalda. Ella apoyó la cabeza sobre su hombro e inhaló su aroma.

—Mi madre también se marchó de casa cuando yo tenía diez años.

Charity recordaba que Marsha le había contado la historia. Se retiró lo suficiente para poder mirarlo a los ojos.

–Lo siento. No debería estar lloriqueando y quejándome.

–No lo haces –le rodeó la cara con las manos–. Lo que digo es que comprendo lo que es que te abandone la persona que más debería amarte del mundo. Para cuando fui lo suficientemente mayor como para ir a buscarla, ya era demasiado tarde. Había muerto. Estaba furioso, más que furioso. Quería verla castigada, quería que pagara por lo que me hizo, pero sobre todo quería que me dijera por qué. ¿Por qué las otras madres renunciaban a todo por sus hijos y ella ni siquiera pudo quedarse a mi lado? ¿Era por mí? ¿O era ella?

Charity vio dolor en sus ojos y unas preguntas que jamás tendrían respuesta.

–Con el tiempo acabas haciendo las paces con esa sensación y sigues adelante.

Tal vez, pensó ella, pero esa herida dejaba una cicatriz y esa cicatriz a veces dolía.

Se puso de puntillas y lo besó con delicadeza y suavidad. Él respondió del mismo modo. Ella cerró los ojos y se perdió en el calor que invadió su cuerpo. ¡Eso sí que era una reacción química!

Josh bajó las manos hasta su cintura y de ahí pasó a sus caderas. La acercó más a sí y ella se dejó llevar. Separó los labios y el beso se hizo más intenso, se entregó a la agradable sensación de sus lenguas acariciándose y al modo en que la sangre le recorría el cuerpo.

El deseo comenzó a acumularse en su vientre y de ahí se movió en espiral en todas las direcciones. Sus pechos se resintieron y entre las piernas pudo sentir una mezcla de tensión y humedad. De excitación.

Josh cubrió sus nalgas con sus manos y la hizo arquearse hacia él. Charity sintió su excitación contra su vientre y el recuerdo de cómo había sido tenerlo dentro, de lo que le había hecho a su cuerpo, la hizo gemir. Él coló las manos bajo su jersey de manga corta y sus dedos tocaron su cálida piel desnuda moviéndose deliberadamente sobre sus costillas para después cubrir sus pechos por debajo del sujetador.

Sus caricias eran perfectas, pensó Charity mientras él rozaba sus tersos y sensibles pezones. Charity cerró los labios alrededor de su lengua y succionó. Y entonces fue él quien gimió, pero en lugar de empezar a despojarse de sus ropas, se apartó, la agarró de la mano y la llevó al dormitorio.

La enorme cama dominaba el espacio del dormitorio compuesto por un armario, un escritorio y unas vistas magníficas de los exuberantes jardines. Pero a ella no le interesaba nada de eso; no mientras Josh la despojaba del jersey, seguido del sujetador, dejándola desnuda de cintura para arriba. Después se quedó delante de ella, contemplando sus pechos.

–Eres preciosa –le susurró antes de agacharse, tomar su pezón en la boca y acariciarlo con la lengua provocando en ella varias oleadas de placer. Charity sintió una sacudida de calor y humedad entre las piernas al mismo tiempo que él mordisqueaba la cúspide de su pecho y le producía un cosquilleo con el roce de su barba.

Charity tuvo que aferrarse a él para evitar caer sobre la moqueta y cuando Josh pasó al otro pecho y repitió el proceso, vio que le costaba respirar.

«Más», pensó. Quería que estuvieran desnudos y tendidos en la cama. Había llegado el momento de tener más.

Tiró de su camiseta lanzándole una indirecta no demasiado sutil y él se la quitó con un fluido movimiento. Charity se quitó las sandalias mientras él se desabrochaba los pantalones y ella acariciaba su torso desnudo formado por unos definidos músculos que parecían roca. Josh era una belleza masculina finamente esculpida, pensó al inclinarse para besar su torso y antes de comenzar a besar sus pezones.

Los acarició con la lengua hasta que él tomó su cara entre las manos, la alzó y la besó en la boca. Al instante, ya estaban desprendiéndose de la poca ropa que les quedaba encima. Cuando estuvieron desnudos, la agarró por la cintura y se dejaron caer sobre la cama.

Ella cayó de espaldas y él a su lado. Josh se agachó para volver a besar sus pechos, pero en esa ocasión, mientras tomaba sus pezones en la boca, posó una mano sobre su vientre.

Charity movía las piernas, impacientada, y su atención estaba dividida entre lo que Josh estaba haciéndole con la boca y el camino que estaban trazando sus dedos hacia abajo

Cuando se situaron entre sus piernas, ella separó los muslos para entregarse a él y contuvo el aliento al sentir cómo esos dedos se deslizaban sobre los pliegues de su piel y encontraban su centro húmedo e inflamado.

Ese hombre tenía un fabuloso sentido de la orientación, pensó Charity mientras Josh exploraba ese terso y sensible punto. Primero lo acarició haciendo círculos sin llegar a tocarlo directamente; alrededor y despacio para impacientarla. Después lo rozó levemente con un dedo y ella se estremeció. Y cuando volvió a hacerlo, Charity supo que le daría un placer que podría llegar a hacer que el mundo se sacudiera.

Pero en lugar de seguir, Josh se situó entre sus piernas y la besó; el roce de sus labios y el tacto de su lengua unidos a la ligera sensación de escozor provocada por su incipiente barba, conspiraron contra el poco autocontrol que le quedaba.

La recorrió una descarga eléctrica en ese primer segundo de contacto y una deliciosa sensación acabó con cualquier atisbo de timidez. Charity separó más las piernas y arqueó las caderas en una clara invitación. Una invitación que él aceptó.

Josh deslizó la lengua sobre cada centímetro de su piel, la hundió en su inflamado centro y regresó a ese exquisito punto de placer cerrando los labios a su alrededor.

Charity podía sentir cómo iba acumulándose la tensión dentro de ella, una tensión que aumentó hasta que no le quedó más opción que dejarse llevar y sumirse en un intenso clímax. Se agarró a las sábanas, sacudió la cabeza de un lado a otro y apretó los dientes para evitar gritar.

Josh siguió con sus caricias hasta dejarla sin aliento y, cuando la última sacudida de placer había amainado, se puso de rodillas, abrió un cajón y se colocó un preservativo. Después, se adentró en ella, llenándola, tomándola con intensidad, completamente, mientras Charity se aferraba a su cuerpo.

Más tarde, cuando los dos volvían a respirar con normalidad y estaban tumbados el uno al lado del otro, los ojos verde avellana de Josh se iluminaron de satisfacción mientras ella trazaba la forma de sus labios con su dedo.

—No tenías por qué hacerlo —le dijo ella.

—Sí, claro que sí.

Charity sonrió.

—Ya sabes lo que quiero decir. Gracias por... —¿qué? ¿Por distraerla? ¿Por hacerle darse cuenta de que hasta ese momento no había sabido lo bueno que podía ser el sexo?

—Charity —dijo él mirándola a los ojos—, te deseo. Soy un hombre. Es así de sencillo.

Las palabras resultaron ser extrañamente reconfortantes.

—¿Consigues a todas las mujeres que quieres?

—No. Contigo es distinto. Es mejor.

—Pretendo complacer.

—Pues haces un buen trabajo.

Ella se rio.

—Tú también. Toda esa práctica te ha servido de mucho.

—Saber qué hacer es la parte fácil. Encontrar a la persona adecuada con quien hacerlo es mucho más difícil.

Fueron unas palabras dulces que le encogieron el corazón, pero tuvo que recordarse que no podía sentir nada por él. Él entraba en la categoría de «demasiado», demasiado guapo, demasiado encantador, demasiado famoso. Y ella quería a alguien normal. Ya había visto lo que pasaba cuando una mujer se enamoraba del hombre equivocado. A su madre le había pasado varias veces.

Pensar en Sandra destruyó su buen humor, así que decidió centrarse en otra cosa.

—No te había visto por ahí en los últimos días. ¿Cómo van las cosas?

Él se tendió boca arriba y ella se acurrucó deleitándose

con la encantadora sensación de sentir su cuerpo desnudo junto al suyo.

—Ayer salí a montar en bici con el equipo del instituto.

Ella se incorporó.

—¿En serio? ¿Qué tal fue?

Suavemente, Josh acarició su pezón y la llevó hacia él.

—Mal. No pude hacerlo. Fingí que le había pasado algo a mi bici —maldijo—. ¡Menudo perdedor!

No, no lo era, pero decírselo tampoco cambiaría nada, pensó Charity con tristeza. Necesitaba creer en sí mismo, pero ¿era eso posible?

—¿Has pensado en hablar con alguien? ¿Un profesional?

—¿Un psicólogo? No. Sentarme con alguien a contarle mis problemas no me ayudará.

—Eso no lo sabes.

—Sí, claro que lo sé. Lo intenté después del accidente y no me ayudó.

Ella suspiró.

—¿Cuánto lo intentaste? ¿Una vez y después lo dejaste? Eres muy hombre.

—Eso hace que el sexo conmigo resulte una situación menos incómoda —la miró—. ¿Quieres quedarte? Podríamos pedir la cena, ver pelis porno por el canal de pago y darnos un baño. Tengo un jacuzzi.

«Y hacer el amor», pensó ella perdiéndose en su hipnótica mirada.

—Sabes cómo tentar a una chica.

Josh se tendió sobre ella y Charity le rodeó el cuello con los brazos.

—¿Es eso un «sí»? —preguntó con una sonrisa.

—Es un «sí» y un «por favor, vamos a hacerlo otra vez».

El domingo, Charity se levantó a regañadientes de la cama de Josh. Había quedado con Pia para almorzar y él tenía que ir a entrenar. Mientras se duchaba y se vestía, le resultó difícil dejar de sonreír todo el tiempo. Cada parte de su cuerpo parecía estar satisfecha y los diminutos dolores que la invadían eran deliciosos recordatorios de cómo habían pasado la noche.

Cuando llegó el mediodía ya se dirigía a la casa de Pia, que ocupaba la planta superior de una gran casa unifamiliar dividida en tres pisos. Charity subió las escaleras y llamó a la puerta de su amiga.

–Hola –dijo Pia con una sonrisa–. ¿Te has quedado sin respiración por subir las escaleras?

–Estoy en el tercer piso del hotel y subo andando.

–Es buen ejercicio –dijo Pia cerrando la puerta–, yo no soy de ir al gimnasio. ¿Sabes? Tengo una terraza fantástica y he pensado que podríamos comer allí.

–Genial.

La casa de Pia era luminosa, con muchas ventanas y grandes habitaciones. El techo abuhardillado le añadía carácter y allá donde Charity miraba había una gota de color. El sofá era del color de un pintalabios rojo y tenía cojines estampados. Había una manta morada y amarilla sobre el respaldo de una vieja mecedora de madera y pegatinas de viaje cubriendo un viejo baúl de camarote que servía como mesa auxiliar.

–Este lugar es genial –dijo Charity siguiendo a Pia hasta una cocina color verde intenso–. Me encantan los colores.

–No soy una chica de beis. Casi todos los adornos los he encontrado en rastrillos de objetos usados y en mercadillos. Me encanta eso de encontrar una ganga –señaló los platos de flores que había sobre un estante–. Ocho platos por dos dólares. Fue un momento de orgullo para mí.

–Impresionante.

–Gracias.

Pia agarró una bandeja de sándwiches y ensaladas y le indicó que se ocupara de la otra bandeja que contenía té helado y dos vasos. Salieron a la gran terraza.

El día era soleado y la temperatura cálida. Desde allí se podía ver casi toda la ciudad, un poco del lago y las montañas.

—Vistas del reino —dijo Charity en broma.

—Exacto. Veo a la gente pequeñita y me preguntó cómo serán sus vidas.

Se sentaron a almorzar y charlaron sobre lo que estaba sucediendo en Fool's Gold.

—¿Tiene Alice información sobre los robos? —preguntó Charity—. No he oído si han atrapado al ladrón.

—La última vez que hablamos, seguía buscando al culpable. Espero que el que sea que lo haya hecho pare antes de que Alice lo encuentre, porque puede dar mucho miedo. Aunque, claro, la pérdida de unos paquetes de macarrones precocinados puede ser mucho menos interesante que el dinero desaparecido del estado —dio un trago de té—. Tres cuartos de un millón de dólares. ¿No sería genial?

—Eso te cambia la vida —respondió Charity—, pero no comprendo cómo esa cantidad de dinero puede desaparecer.

—Yo tampoco, aunque las cuentas no son lo mío. Por eso van a traer a un auditor. Pobre Robert. No querría tener esa responsabilidad ni que nadie pensara que he sido yo.

—No es Robert. ¿Alguien piensa que lo es?

—No, eso requeriría un nivel de creatividad que él no tiene —Pia se cubrió la boca—. Lo siento. Qué mala soy. Quería decir que

—No es esa clase de chico —dijo Charity con una sonrisa.

—Exacto —Pia agarró la mitad de un sándwich—. Bueno, ¿qué hiciste ayer?

Charity se quedó en blanco sin saber cuál de sus muchas actividades del día anterior elegir. Recordar la tarde y la noche que había pasado con Josh la sonrojaría, así que soltó lo único que se le ocurrió.

—Estuve un rato con Marsha. Acabo de descubrir que es mi abuela.

A Pia casi se le salieron los ojos de las órbitas.

—¿Qué? ¿Eres la hija de Sandra?

—Sí —Charity le explicó brevemente todo lo que había descubierto en las últimas horas.

—¡Es increíble! —exclamó Pia, aún impactada—. Qué suerte tienes. Me encantaría tener a Marsha como abuela. Siempre está cuidando de todo el mundo. Si alguien necesita ayuda, ahí está ella. Sandra fue una idiota al escaparse de casa —hizo una mueca de vergüenza—. Vaya, hoy estoy siendo más bocazas que de costumbre. Lo siento.

Charity dio por hecho que Pia pensaría que le habría molestado el comentario sobre su madre, aunque no era así.

—Estoy de acuerdo. No sé por qué siempre estaba huyendo. En parte era por los hombres que pasaban por su vida. Iba detrás de los más guapos, que por cierto luego resultaban ser unos cerdos. Cuando se trasladaban, ella los seguía. Te juro que yo nunca seré como ella.

—Entonces no estás interesada en Josh.

La frase fue inesperada. Charity no quiso reaccionar, pero acababa de darle un sorbo al té y casi se atragantó. Mientras tosía, Pia la miraba con gesto de complicidad.

—Justo lo que pensaba. Te muestras demasiado fría cuando está delante. Pasa algo. Vamos, cuéntaselo todo a la tía Pia.

—No hay nada que contar.

—¿Tengo pinta de creerme eso? Porque no me lo creo.

Charity empezó a sentirse incómoda.

—Sé muy bien que sería una estupidez. Los hombres como Josh son un desastre.

—Pero sientes algo por él.

Charity se cubrió la cara con las manos.

—Más o menos. Es un tipo encantador.

—No le digas que has dicho eso.

—No lo haré. Se sentiría herido.

—Josh y tú. De acuerdo, vamos, tengo que saberlo. ¿Es el dios que todos dicen que es?

Charity suspiró.

—Los rumores no son falsos.

—Es justo lo que necesito en mi vida. Sexo ardiente con un tío bueno. ¡Como si eso fuera a pasarme a mí! —miró a Charity—. Josh es un encanto y lo adoro, pero tienes que tener cuidado. Es famoso, con todo lo que eso conlleva. Su exmujer es actriz, muy guapa, y ha estado relacionado con mujeres impresionantes.

—¿Quieres decir que no es para nosotras, unas simples mortales?

—Lo que digo es que tengas cuidado de que no te rompan el corazón.

—¿Habla la voz de la experiencia?

—Mi corazón ha sufrido roturas, pero hasta el momento nada grave.

—Agradezco tu preocupación, aunque no tienes que preocuparte. No estoy enamorada de él.

—Bien. Porque amar a Josh sería muy difícil para cualquiera.

—¿Intentas emborracharme? —preguntó Charity cuando el camarero se alejó de la mesa.

Josh se recostó en su silla.

—No sé de qué estás hablando.

—Oh, por favor. Fuiste tú el que me advirtió de los margaritas que sirven aquí. No hace falta el alcohol para que te aproveches de mí.

—Lo sé. Es una de tus mejores cualidades.

Estaban cenando en Margaritaville. El lugar no estaba muy lleno para ser domingo por la noche, así que habían encontrado un banco en el fondo, donde nadie los molestaría.

La suave luz del lugar le daba un brillo dorado al cabello castaño de Charity, que llevaba suelto y ligeramente ondulado; un aspecto muy sexy que a él le encantó. Su boca se curvaba en una sonrisa y en sus ojos tenía una mirada de completa satisfacción, de la que Josh se enorgullecía por ser la causa de la misma.

—¿Qué tal ha ido la tarde? —preguntó ella—. ¿Has salido a montar en bici?

—Sí. Los vecinos me han apoyado mucho.

—Saben lo de la carrera y quieren que te vaya bien.

Llegados a ese punto él se conformaba con llegar hasta el final sin humillarse más. ¿Por qué no le podía pasar algo normal como una lesión en la espalda o alguna clase de enfermedad? ¿Algo que pudiera arreglarse con una pastilla o con un poco de descanso y una bolsa de hielo?

–¿Cómo está Pia?

–Bien. Nos hemos divertido –moviendo la cabeza–. Sabe que... que estamos... que hemos... –carraspeó–. Bueno, ya me entiendes.

–¿Que nos estamos viendo? –Josh no entendía qué tenía de difícil decirlo.

Ella pareció ligeramente aliviada.

–Eso. No estaba segura de Entonces, ¿es eso lo que estamos haciendo?

–¿No lo es?

–No lo sabía. No te pareces a nadie con quien haya salido. Eres famoso.

–¡Oh, por favor!

–Tu exmujer es una gran estrella.

–Como mucho se puede decir que es una estrella de películas de serie B.

–Pero es preciosa y famosa. Yo soy una persona normal y corriente.

Él le agarró la mano por encima de la mesa.

–Eso de la fama está demasiado sobrevalorado y tú eres increíblemente bella.

Ella puso los ojos en blanco.

–¿No me crees? –le preguntó Josh.

–No, pero gracias por el cumplido.

–No soy ese tipo que ves en los pósters. Ya no. Ni siquiera aunque pudiera volver atrás querría ser él.

Pero Charity no parecía creerlo.

–Tenía que haber cosas en esa vida que te gustaran.

–Claro, pero son cosas que ya he vivido, ya lo he visto todo –le apretó la mano–. Me gustas, Charity, y quiero seguir viéndote.

—Yo también lo quiero.

—Entonces tenemos un plan —fingió preocupación cuando añadió—: Pero incluirá sexo, ¿verdad?

Ella sonrió.

—Si tienes suerte...

—Yo siempre tengo suerte. ¿No te lo han dicho?

13

—Os presento a Bernice Jackson —dijo Robert en la siguiente reunión del concejo municipal.

La alta y guapa pelirroja se levantó.

—Llamadme Bernie, por favor. Ya es bastante malo ser auditora como para además ser una auditora llamada «Bernice».

Charity sonrió y Gladys se inclinó hacia ella para susurrarle:

—A ver, ¿cuántos auditores hombres habrá en el mundo? Diría que la mayoría lo son. ¿Y nosotros contratamos a uno guapo? ¡Claro que no!

—Así no tendrás que preocuparte de que haya otro hombre mudándose a la ciudad —dijo Charity intentando no reírse—. Por muy temporal que sea.

—Eres muy lista —admitió Gladys.

—Gracias.

Bernie sacó una carpeta y la abrió.

—Según mi investigación preliminar y comparándola con la información proporcionada por el estado, hay muchos cheques desaparecidos —alzó la mirada—. El total de que estamos hablando asciende a cerca de un millón y medio de dólares.

Charity se puso derecha en la silla.

—¿Tanto? —preguntó con la respiración algo entrecortada.

Marsha palideció.

—¿Cómo ha podido pasar? ¿Cómo puede haber tanto dinero desaparecido?

—Eso es lo que voy a descubrir —prometió Bernie—. Pero primero tengo algunas cosas que discutir. Querréis ver mi acuerdo de confidencialidad que dice que no hablaré de este caso a menos que sea en auto de comparecencia. Mi objetivo es proteger a mis clientes y sugiero que el abogado de la ciudad le eche un vistazo antes de que alguien lo firme.

Charity vio a Marsha asentir, como aprobando lo que Bernie decía. Le caía bien la atractiva auditora, a pesar de que Gladys la había regañado por no haber elegido a un hombre.

Cuando la reunión llegó a su fin, Charity se quedó para comprobar la hoja de reservas de la sala. Tenía varias reuniones que celebrar y prefería hacerlo en esa sala de juntas. Cuando confirmó que tenía las fechas disponibles, se giró y se quedó sorprendida al ver a Robert esperándola.

—Bernie parece genial —dijo ella—. Muy eficiente.

—Tiene buena reputación y descubrirá lo que está pasando. Cuanto antes lo haga, mejor para mí.

Había algo en su tono que alertó a Charity.

—¿No creerás que la gente está dando por hecho que has sido tú, verdad?

—Soy el tesorero. Tengo acceso a todo el dinero que entra y mi oficina genera los cheques. Si no soy yo, entonces es alguien de mi plantilla. No me gusta la pinta que tiene esto. Yo jamás haría algo así, pero no todo el mundo va a creerlo.

—La gente que de verdad importa te creerá —le dijo.

Robert se encogió de hombros y la miró.

—Es Josh, ¿verdad?

La inesperada pregunta la puso tensa y esperó no estar sonrojándose.

—Os vi cenando. Parecíais muy cariñosos.

—Somos, eh, amigos.

—No me sorprende tratándose de quien es. A los demás ni siquiera se nos da una oportunidad.

Hablaba como si pensara que era inevitable que Charity se enamorara de Josh.

—¡No es porque sea famoso! —dijo ella bruscamente—. Josh

es un tipo encantador y se preocupa por la gente. Está muy por encima de esa reputación que tiene.

Robert arrugó la boca.

–Claro. Sigue creyéndote eso.

–Es verdad.

–De acuerdo. Me sigue pareciendo genial, Charity. Cuando te deje, si quieres, podemos volver a intentarlo.

Y salió de la sala dejándola con la boca abierta.

No sabía cuál de las opiniones de Robert la había impactado más. Si el hecho de que pensara que iba a dejarla con tanta seguridad, o que hubiera dicho que la única razón por la que no estaba saliendo con él era porque la fama de Josh la había cegado.

Ella ya había tomado una decisión respecto a Robert antes de empezar una relación con Josh, a pesar de haber intentado por todos los medios preferir al tesorero.

–Tonto –murmuró–. Estúpido y egocéntrico tonto.

Era curioso cómo Josh tenía una fama equivocada y resultaba que era Robert el hombre que carecía de sustancia.

Sin embargo, al salir de la sala de juntas no pudo evitar preguntarse si verdaderamente la habría cegado el hecho de que Josh fuera una celebridad. Después de todo era hija de su madre y Sandra siempre había estado interesada por hombres guapos y superficiales.

Charity se dijo que sabía lo que estaba haciendo, que Josh era mucho más de lo que aparentaba. Aun así, dependería de ella asegurarse de que de verdad estaba sintiendo algo por el hombre y no por la persona.

–Hacía mucho que no te veíamos por aquí –dijo Bella mientras cepillaba el pelo de Josh.

–Sí –respondió él ignorando la no tan sutil queja implícita en sus palabras.

–El último corte de pelo que te han hecho es terrible.

Él sonrió.

—Eso es lo que dices siempre.

Bella, una mujer de mediana edad con unos ojos preciosos y una voluntad de hierro, lo miraba a través del espejo.

—Supongo que ella dice lo mismo cuando vas allí.

—No pienso hablar de eso contigo.

Bella refunfuñó.

—Sabes que soy mejor.

—¿Son nuevos esos pendientes? —preguntó él—. Son muy bonitos.

Ella tocó los aros de oro que llevaba en las orejas.

—Intentas distraerme.

—Sí, y vas a tener que fingir que lo he logrado.

La mujer arrugó la boca, como si intentara sonreír.

Bella Gionni y su hermana Julia eran las dos mejores peluqueras de la ciudad, pero, por desgracia, hacía veinticinco años que no se hablaban. Tenían dos locales que competían a ambos lados de la ciudad. Elegir a una o a otra era meterse en la discusión y el problema era que nadie más que las hermanas sabía la causa de la pelea.

La mejor forma de mantener la paz, y esa por la que había optado Josh, era alternar las visitas a las peluquerías y así las dos se quejaban de que iba a cortarse el pelo con la otra.

No ir a ninguna de las dos sería más fácil, lo sabía, pero esa no era una opción. Estaba en deuda con las hermanas. Mientras que la universidad se la habían pagado las becas en su mayoría, no había tenido bastante para cubrirlo todo. La ciudad los había patrocinado a Ethan y a él y sabía que Marsha había sido la que más había contribuido, seguida de las hermanas Gionni.

—He oído que sales con Charity —dijo Bella cuando empezó a cortarle el pelo.

—No pienso hablar de eso —respondió él poniéndole mala cara.

—Claro que sí. Es simpática. He oído que está pensando en darse reflejos —sonrió—. Creo que son para ti. Sé cuándo una mujer quiere estar guapa para un hombre —le guiñó un ojo.

Él se movía incómodo en el acolchado sillón.

—Charity y yo estamos... saliendo.

—Más que saliendo, ¿verdad? Oigo cosas, Joshua. Oigo lo que cuentan las señoras.

De ninguna manera le apetecía estar teniendo esa charla con una mujer que por edad podía ser su madre.

—La gente habla mucho, pero la mayoría de las veces no son más que eso, habladurías.

—Puede que sí, puede que no —Bella seguía cortando—. Hacía mucho tiempo que no tenías una cita.

—Un par de años —admitió él.

—Pues entonces ya va siendo hora.

Pia entró en el despacho de Charity y se dejó caer en una silla.

—¿Tienes un minuto? —le preguntó.

—Claro —Charity observó la expresión de tristeza de su amiga—. ¿Qué pasa?

—Es Crystal. Las últimas sesiones de quimioterapia no han servido para nada y ya se les han agotado las opciones de tratamientos —Pia tomó aliento y contuvo las lágrimas—. Está decidiendo si quiere quedarse en casa o ir a algún centro de cuidados paliativos —añadió—. Dice que el médico le ha dado dos meses. Tal vez tres.

Charity tragó saliva.

—Lo siento, ¡es terrible! —no conocía bien a Crystal, pero se sentía fatal por todo lo que esa mujer había pasado.

—Ha sido horrible. Esperábamos que esta última tanda de quimioterapia funcionara, que hiciera algo, pero está muy débil. No creo que pueda estar en casa sola y dice que le gusta la idea del centro de cuidados paliativos. Dice que ahora son lugares muy agradables.

—¿Está en la ciudad? —preguntó Charity.

—Sí. Iré a verla y todo eso, pero no quiero que muera —se secó las lágrimas de la mejilla—. Odio esto. No hay nada que pueda hacer para cambiar las cosas. Me voy a quedar con su gato, que es lo único que se me ocurre que puedo hacer.

–La gente se preocupa mucho por sus mascotas, así que el hecho de que te lo quedes será de gran ayuda para ella.

–No soy muy de animales –admitió Pia–, y no sé nada sobre gatos. Crystal dice que es muy tranquilo y limpio. Supongo que compraré un libro. ¡Es tan injusto!

Charity asintió. No tenía palabras.

–Ya ha perdido a su marido –continuó Pia–. Lo único que quería era casarse y ser madre y ahora eso jamás sucederá. Y sé que le preocupa el tema de los embriones. Se niega a donarlos para la investigación, pero no pueden estar congelados siempre. ¿Te imaginas estar en su posición? ¿Muriéndote y tener que decidir el destino de unos hijos que nunca tendrás?

–No –dijo Charity sinceramente. Era una decisión imposible, una que ninguna mujer debería tener que tomar nunca–. ¿Tiene familia? ¿Una hermana o una prima que quisieran los embriones?

–No. Está solo ella –Pia la miró–. Lo siento. Seguro que estabas teniendo un buen día hasta que me he presentado aquí.

–Te escucho encantada.

–Gracias –respiró hondo–. Será mejor que vuelva al trabajo. Esta noche voy a ir a ver a Crystal para conocer un poco mejor a su gato.

–Serás una buena mamá para la mascota –le dijo Charity–. Te preocuparás por él y eso es lo que importa.

–Eso espero –se levantó–. Gracias otra vez por haberme dejado desahogarme.

–Cuando quieras, de verdad.

Pia asintió y se marchó y Charity se quedó mirando en la dirección por la que se había ido. ¡La situación de Crystal era tan injusta! El dilema de los embriones era desgarrador. ¡Perderlo todo así!

Pensó en su propia vida, en la segunda oportunidad que le habían dado de formar parte de una familia, y admitió que era más que un golpe de suerte, era como un regalo del cielo.

Se levantó y recorrió el pasillo hasta el despacho de Marsha. Su abuela, sentada junto a su escritorio, sonrió al verla.

–¿Qué tal?

Charity intentó sonreír, pero no pudo y las lágrimas que solía contener con facilidad se acumularon en sus ojos.

Marsha se levantó.

–¿Qué pasa?

–Nada –respondió acercándose y abrazándola con fuerza–. Estoy muy agradecida de que seas mi abuela. Creo que no te lo había dicho y quería que lo supieras.

Marsha le devolvió el abrazo, uno lleno de amor y de promesas.

–Yo también estoy muy feliz. He tenido que esperar mucho tiempo.

Charity se puso recta.

–Yo no me marcharé. No soy como mi madre.

Marsha le acarició la mejilla y sonrió.

–Lo sé. Las dos nos quedaremos aquí. Juntas.

14

El anuncio de la sesión especial del concejo municipal llegó sin previo aviso, algo que a Charity le resultó muy extraño. Por lo general había una larga lista de temas que tratar y le molestó no haber podido preparar ni preguntar nada dado que había recibido el anuncio en un correo electrónico apenas media hora antes de que se celebrara la reunión. Por eso se quedó impactada al entrar en la sala de juntas y encontrarse a Josh sentado en la mesa. ¿Qué hacía él en una reunión del concejo municipal?

Gladys estaba sentada a su lado batiendo sus pestañas postizas. Charity se sentó enfrente, dos sillas más allá, evitando estar demasiado cerca y dejar al descubierto la predecible reacción de su cuerpo cada vez que él estaba delante. Josh le sonrió cuando tomó asiento y ella le devolvió la sonrisa intentando no dejar que nadie viera que estaba desconcertada y algo furiosa. Tenían una relación, así que, ¿no debería él haberle dicho algo?

Cuando todo el mundo había llegado, Marsha declaró constituida la sesión especial. Después, le dio paso a Josh.

—Gracias por venir —comenzó a decir él mientras les repartía a todos una carpeta azul—. Quiero hablar sobre la posibilidad de abrir una escuela de ciclismo en la ciudad.

Charity lo miró. ¿Desde cuándo quería hacer eso?

—Varias personas se me han acercado a lo largo de estos años para proponérmelo y nunca me había parado a pensar en ello hasta hace unas semanas. Después empecé a investigar un poco y no solo hay necesidad de una escuela en la zona, sino que además una escuela de éxito traería dinero a la comunidad. No solo por los impuestos abonados por el negocio en sí, sino por los visitantes que atraeríamos y las carreras.

–Tengo que llenar los hoteles –dijo Pia–, y necesitamos los ingresos tributarios.

–También he estado hablando con algunos sponsors potenciales y están muy interesados.

Marsha no parecía sorprendida y Charity tuvo la sensación de que Josh ya había tratado el tema con ella.

–¿Qué necesitarías? –preguntó Gladys.

–Terreno. Ya he seleccionado algunas tierras. Tengo un par de acres que podría donar y Marsha tiene dos más junto a los míos. El último solar es propiedad de la ciudad.

Se levantó y apagó las luces antes de encender el proyector que iluminó la pantalla del fondo.

Una vista aérea de la ciudad mostraba la tierra en cuestión que, a excepción del terreno propiedad de la ciudad, se situaba justo fuera de los límites de Fool's Gold.

–Querríamos estar anexionados. Los impuestos serían más altos para nosotros, pero eso se vería contrarrestado por servicios a la ciudad.

Pulsó un botón y apareció otra imagen, la representación de un gran edificio.

–Estamos pensando en tener pistas de interior y de exterior, salas de pesas y simuladores. Habría dos o tres casas pequeñas donde los estudiantes podrían vivir durante el entrenamiento. Los chavales que aún estuvieran en el instituto serían un problema y podría ser una opción tener tutores, pero entonces tendrían una falta de integración. Si trabajáramos e ideáramos algo con el consejo de educación, podrían asistir a las clases de los centros locales mientras estuvieran entrenando.

Siguió hablando y explicando su bien ideado plan mientras Charity escuchaba, impresionada, pero aún un poco dolida por el hecho de que no se lo hubiera consultado. Al parecer, ella pensaba que tenían una relación y él no, pero no dejó que eso influyera en su votación. Le dio un «sí» a la idea, como hizo todo el mundo.

Cuando la reunión terminó, volvió a su despacho. Josh entró unos minutos después sonriendo y obviamente satisfecho por cómo habían salido las cosas.

—¿Qué te ha parecido?

—Me he quedado sorprendida. ¿Cómo vas a tener una escuela de entrenamiento aquí y no montar?

—No podré hacerlo —admitió—. Tendré que involucrarme. De un modo u otro, superaré esto.

—¿Golpeándote contra una esquina?

—Haré lo que haga falta —fue hacia su mesa—. ¿Te ha gustado la presentación?

Ella no comprendía la pregunta. Si él fuera otra persona, asumiría que su opinión le interesaba, que quería oír que se había quedado impresionada, pero se trataba de Josh. Todo el mundo lo adoraba, ¿por qué iba a importarle que ella lo alabara o no?

—No quería decirte nada. O bueno, la verdad es que sí que quería contártelo. Me habría venido muy bien tu ayuda, pero no quería aprovecharme de nuestra relación y situarte en una posición incómoda. Si no te gustaba la idea, no quería que te vieras obligada a apoyarla.

¿Había pensado en ella? ¿La había tomado en cuenta y había sido considerado?

Su irritación se desvaneció y quedó reemplazada por un recordatorio de que siempre era mejor conocer todos los detalles antes de sacar conclusiones.

—Has hecho un gran trabajo —le dijo, agradecida de no haber criticado su actuación movida por su previo enfado—. Es una gran idea. Y, oye, eso traería a muchos hombres, ¿verdad? Gladys estará encantada.

—Vivo para complacerla.

Charity se rio.

—Estará encantada de saberlo —pero su sonrisa se desvaneció–. Aunque no estoy segura de que vaya a solucionar el problema el hecho de que te impliques tanto.

–Ninguna otra cosa ha funcionado. Yo soy así. Soy el tipo que compite para ganar. No pretendo hacerlo durante el resto de mi vida, pero quiero dejar mi carrera bajo mis propios términos. Si me hubiera lesionado, entonces podría aceptarlo, pero no me sucede nada al menos, no por fuera.

Ella pudo ver su determinación.

–Está bien. Al parecer, Fool's Gold va a tener una escuela de ciclismo. ¿Vamos a ponerle tu nombre?

Él sonrió.

–Claro. Estaba pensando en algo como «Instituto Golden».

–Suena como un local de rayos UVA.

–Muestra un poco de respeto o le diré a Gladys que no estás tratándome bien.

–¿Estás amenazándome con una mujer que ya ha cumplido los sesenta?

–Podría contigo.

–Me temo que sí que podría.

Él rodeó su escritorio, le dio un fugaz beso en la boca y retrocedió.

–Tienes que trabajar. ¿Te apetece salir a cenar esta noche?

–Mucho.

–¿A las siete?

–Iré a tu habitación –dijo ella deseando que llegara ya el momento de estar juntos.

–Seré el chico guapo, te lo digo por si hay alguien más allí y dudas.

–Gracias por la información.

Charity lo vio marcharse y se sentó detrás de su mesa. Mientras valoraba que Josh pensara que tenía que solucionar el problema, le preocupaba que hubiera más en juego. ¿Actuaba para tener la opción de dejar el deporte bajo sus propios términos o lo hacía para volver a ser aquel tipo famoso? La estrella.

Porque un atleta de fama mundial no se quedaría en Fool's Gold, sino que estaría por el mundo, muy, muy lejos de ella.

***

Charity se vistió para cenar y salió de su habitación para recorrer los escasos metros que la separaban de la de Josh. Pero mientras cerraba su puerta, vio a una guapa adolescente llamando a la de él. La chica debía de tener unos dieciocho o diecinueve años, llevaba un vestido plisado y su actitud era más desafiante que animada.

Él abrió la puerta.

–Llegas justo a... –su mirada de placer se desvaneció. Miró a Charity, que enarcó las cejas.

–No tengo ni idea –dijo y volvió a centrar la atención en la chica–. ¿Sí?

La chica hizo intentona de sonreír.

–Soy yo. Emily.

–Vale.

–Emily. Nos conocimos hace un par de meses en el bar de Jo. Me invitaste a una copa. Bueno, a más de una. Después vinimos aquí y –Emily miró a Charity–. ¿Quién eres tú?

–Su pareja.

La chica pareció quedarse impactada un segundo y después se puso derecha.

–Bueno, da igual. Esto es privado. A lo mejor podrías volver más tarde.

–¡Ni hablar! –dijo Josh con firmeza.

Charity hizo lo que pudo por evitar precipitarse y sacar la peor conclusión posible.

–¿Por qué no pasáis las dos? –les preguntó.

Emily entró en la suite y Charity vaciló.

Él le tendió la mano mirándola fijamente.

–No es lo que crees.

Ella recordó que Josh le había contado que había estado mucho tiempo sin tener relaciones íntimas con nadie y en aquel momento lo creyó. Pero, ¿lo creía ahora? ¿Se fiaba de la evidencia o confiaba en su instinto? Porque ahora mismo lo que su instinto le decía era que Josh era alguien especial, alguien a quien quería conocer mejor.

Le agarró la mano y él la llevó hacia sí.

—Gracias —le susurró al oído y entró con ella en la suite.

Emily estaba de pie detrás del sofá; parecía mucho menos segura de sí misma y más pequeña. El cabello le caía en unos oscuros rizos, tenía los ojos grandes y un cuidado maquillaje.

—¿Estás seguro de que quieres que esté? —preguntó Emily mirando a Josh.

—Sí.

—Pues te arrepentirás.

—Es un riesgo que estoy dispuesto a correr.

Emily respiró hondo y sacudió la cabeza.

—Estoy embarazada.

Charity retiró la mano, aunque no la soltó. Le daba vueltas la cabeza. ¿Embarazada? ¿Quería decir eso que se había acostado con Josh de verdad?

—Jamás me he acostado contigo —le dijo Josh con voz calmada.

—Estabas borracho, pero no creía que lo estuvieras tanto.

Los grandes ojos de Emily se llenaron de lágrimas.

—No puedo creer que no te acuerdes de mí. Lo haces con todo el mundo, lo sé, pero aquella noche significó algo para mí y ahora estoy embarazada.

Sus lágrimas comenzaron a caer sin cesar.

—Iba a ir a la universidad en otoño, ¿cómo voy a hacerlo ahora? Este bebé es tuyo. Tienes que responsabilizarte de él.

Charity sintió náuseas y apartó la mano de Josh bruscamente, agradecida de que Emily se hubiera presentado allí antes de que hubieran cenado. Si hubiera comido algo, ahora mismo estaría vomitando.

—¿De cuánto tiempo estás? —preguntó él.

—Sie... siete semanas.

—¿Recuerdas la fecha de aquella noche tan especial que tuvimos?

Había cierta furia en su voz, no preocupación. Estaba claro que no creía a Emily. Josh era muchas cosas, pero no era un irresponsable. Eso sí que lo sabía. Así que si estaba seguro de que el bebé no era suyo, entonces ella debía suponer que jamás había estado con Emily.

Respiró hondo y se recordó que tendría que darle el beneficio de la duda.

–Fue un martes –dijo Emily sin dejar de llorar.

Josh se cruzó de brazos.

–Mira, esto es lo que vamos a hacer. Los tres vamos a bajar a la tienda a comprar un test de embarazo. Después, Charity y tú volveréis aquí y harás pis en el palito –estrechó la mirada– en presencia de Charity.

–¿Qué? –preguntó Emily.

–Quiero saber con seguridad que eres tú la que hará pis en el palito –miró a Charity–. Para asegurarme de que es ella la que está embarazada. Hace unos años una mujer me hizo esto. Me enseñó un test de embarazo positivo, pero resultó que se había traído la orina de su amiga en un recipiente. La amiga estaba embarazada.

–¿Ya has pasado por esto antes?

–¡Ni te imaginas! –dijo él exasperado.

Cualquier atisbo de duda se desvaneció en aquel momento y ella se acercó para ponerle una mano en la espalda en señal de apoyo.

–Vamos a comprar la prueba.

–No pienso hacer pis delante de ella –dijo Emily.

–¿Preferirías hacer pis delante de mí? –preguntó Josh.

–Está bien –Emily fue hacia la puerta y todos bajaron en el ascensor. Entraron en la tienda donde la dependienta, una treintañera, miró a Emily y volteó los ojos.

–Hola, Josh.

–Lisa, necesitamos una prueba de embarazo. Por favor, ponla en mi cuenta.

–Claro.

Lisa se giró y vio la variedad de modelos. Agarró una caja y se la dio a él.

Volvieron a la tercera planta y entraron en la suite de Josh, que le dio la caja a Charity.

–No me dirás que no es divertido estar conmigo, ¿eh?

Ella agarró la caja y Emily los miró a los dos.

–No pienso hacer esto.

Él se encogió de hombros.

–Entonces no tengo nada que decirte. Vuelve cuando nazca el bebé y haremos una prueba de ADN.

La expresión de determinación de Emily se vino abajo; las lágrimas volvieron a llenar sus ojos y se deslizaron sobre sus mejillas. Se dejó caer en el sofá y se cubrió la cara con las manos.

–Lo siento –dijo con un sollozo–. Lo siento –alzó la mirada; el maquillaje manchaba su piel haciéndola parecer una niña pequeña–. Tú ganas. No me he acostado contigo. No estoy embarazada.

Aunque Charity no estaba exactamente sorprendida, todo le parecía muy surrealista.

–¿Para qué necesitas el dinero? –preguntó Josh.

Emily sollozaba.

–Para la universidad. Mi padre se marchó de casa hace años y tengo dos hermanos pequeños. Mi madre hace todo lo que puede, pero no tenemos nada. Tengo una beca parcial, lo suficiente para pagar la matrícula, pero necesito dinero para vivir.

–¿Pensabas que sería un blanco fácil? –preguntó Josh más locuaz que enfadado.

–Todo el mundo dice que que has estado con muchas chicas. Pensé que podía fingir y que me darías dinero –se miró las manos–. Ha sido una estupidez, ¿verdad?

–No es un momento que vayas a recordar con orgullo –dijo él–. ¿Cuál es tu especialidad?

Emily lo miró extrañada.

–¿Qué quieres decir?

–¿Que qué ibas a estudiar en la universidad?

–Ah, Pediatría –sonrió–. Me gustan los niños.

–¿Has mirado más becas?

–Unas cuantas. Es confuso. No quiero tener un montón de prestamos si no es necesario.

–¿Ya has hecho el examen de admisión?

–Sí –dijo ella sonriendo–. 625 en Lengua y 630 en Matemáticas.

–Impresionante –Josh se quedó en silencio un minuto–. Después de ir a clase el lunes, quiero que vengas a mi oficina. ¿Sabes dónde está?

–Claro.

–Hablarás con una señora llamada Eddie. Es mi secretaria –vaciló–. Parece mucho más mala de lo que es, así que no dejes que te asuste. Te ayudará con las becas. En cuanto al resto, puedes trabajar para mí este verano a tiempo parcial. Te pagaré el salario mínimo, si quieres, o no te pagaré nada, pero guardaré veinte dólares por cada hora que trabajes y al final del verano enviaré ese dinero a la universidad que hayas elegido. Pero si empiezas y lo dejas, no te daré nada.

Emily abrió los ojos de par en par.

–¿De verdad vas a ayudarme después de haberte mentido?

–Tienes que hacer el trabajo. Si te quedas hasta el final, sabré que has aprendido la lección.

Charity se quedó tan sorprendida como Emily. Había pensado que Josh aleccionaría a la chica y que después la dejaría irse, pero por el contrario le había ofrecido un modo de conseguir lo que quería a la vez que asumía una responsabilidad.

Emily se levantó, corrió hacia Josh y lo abrazó. Después dio un paso atrás.

–Allí estaré –prometió–. Haré lo que me digas. Lo juro. Lo siento mucho –se giró hacia Charity–. Lo siento. Estaba desesperada y sé que no es una excusa. Por favor, no te enfades conmigo.

–No lo estoy –le dijo Charity.

–Gracias –repitió la chica antes de correr hacia la puerta y marcharse.

Josh se acercó a un pequeño mueble que había junto a la pared y sacó una botella de whisky.

—¿Te apetece un poco?

—Esperaré y tomaré vino para cenar.

Él se sirvió una copa, soltó la botella y le dio un gran trago.

—Bienvenida a mi mundo.

—¿Esto sucede mucho?

—De vez en cuando y de formas distintas. La gente se desespera y soy un blanco fácil –la miró por encima del vaso–. Sabes que no me acosté con ella, ¿verdad?

—Claro. Lo sabía antes de que lo confesara todo.

Él dejó el vaso.

—¿Cómo?

—Me dijiste que hacía tiempo que no habías estado con nadie y te creí. Además, no es tu tipo.

Josh se acercó a ella y la agarró de la cintura.

—¿Y cuál es mi tipo?

—No estoy segura del todo, pero lo que sé seguro es que no te gustan las chicas de instituto.

—Me conoces bien.

La besó. Y mientras sus bocas se rozaban, ella se dio cuenta de que esa noche lo había conocido un poco mejor. Podría haber echado a Emily de la habitación sin más después de su confesión porque no había motivos para que ayudara a una chica que no conocía y que había intentado chantajearlo. Sin embargo, no lo había hecho.

Josh era un hombre complicado, pero además era un hombre que le gustaba. Le gustaba mucho.

Y esa idea la aterrorizó, no solo por tener que preocuparse por la estupidez de sentir algo por un hombre así, sino porque tenía unos vergonzosos antecedentes. Aun así, ya era demasiado tarde para salir corriendo y ponerse a cubierto.

Él se apartó y le sonrió.

—¿Cuánta hambre tienes?

Charity lo rodeó por el cuello y se apoyó sobre él.

—La cena puede esperar.

—Esa es mi chica.

***

Josh estaba calentando con el equipo del instituto. Recorrieron unos kilómetros a poca velocidad mientras charlaban y se reían antes de que comenzara el verdadero entrenamiento.

Pero Josh no escuchaba la conversación. No podía. Toda su atención y su autocontrol estaban centrados en no dejarse llevar por el pánico como si fuera un niño viendo una película de monstruos.

Los estudiantes montaban en pelotón, algo común, pero lo que hacía que la situación fuera increíblemente distinta era que Josh formaba parte de ese pelotón. Bueno, no estaba en él exactamente sino fuera, pero seguía corriendo con los demás. Por lo menos estaba haciéndolo.

Tal vez ayudaba el hecho de ir despacio porque así no tenía la sensación de haber perdido el control. Sabía que no pasaría nada malo. A esa velocidad, lo peor que podía resultar de una caída sería un rodilla o un codo despellejados.

Uno de los estudiantes acercó su bici a la de Josh. El chico, con ese larguirucho aspecto de adolescente que no sabe qué hacer con su nuevo cuerpo, le sonrió tímidamente.

Josh le devolvió la sonrisa.

—¿Eres Brandon, verdad?

El chico asintió.

—No puedo creer que estés montando con nosotros. Hablo por Internet con otros chicos de todo el país que también practican ciclismo y creen que miento.

—Pues entonces la próxima vez tráete la cámara de fotos y sacaremos unas cuantas para demostrárselo.

—¿Harías eso?

—Claro. Por cien pavos cada una.

El chico se quedó boquiabierto.

Josh se rio.

—Estoy bromeando. Sí, me sacaré fotos contigo y con los otros chicos. Puedes descargarlas en tu página del Facebook.

—¡Guai! —Brandon lo miró, pero al instante apartó la mirada.

Josh pensó que tal vez querría decirle algo más. En ese momento el ritmo se aceleró un poco y Josh lo mantuvo sin problema.

—Tú entrenas, ¿verdad? —le preguntó Brandon.

—Claro.

—El entrenador me dice que tengo que hacer pesas, pero no... —miró a su alrededor cómo para calcular cuántos de los chicos podrían oírlo—. Tengo que hacer más músculo.

—¿Cuántos años tienes?

—Cumpliré diecisiete dentro de tres meses —el chico parecía emocionado ante ese hecho.

Josh intentó recordar la última vez que él había estado deseando cumplir años y de eso hacía mucho tiempo.

—Dentro de un par de años empezarás a hacer músculo de verdad. No entrenes demasiado con pesas hasta que no hayas terminado de crecer. Muchos chicos lo hacen, pero lo que no saben es que tanto músculo evita que los huesos crezcan como deberían y pueden perder unos cuantos centímetros.

—Yo ya mido más de metro ochenta —le dijo Brandon—. Pero mi padre dice que los hombres de nuestra familia dejan de crecer pronto.

—Cuando tu altura se haya estabilizado, empezarás a sacar músculo. No olvides que hay más formas de ponerse fuerte que levantando pesas únicamente. Este invierno deberías correr en interior unas cuantas veces a la semana y alternar entre entrenamientos a muchas revoluciones por minuto y pocas. Los entrenamientos de alta cadencia te ayudan a aprender a contraer y relajar los músculos rápidamente. Te moverás mejor en el pelotón y podrás esprintar. Los entrenamientos de baja cadencia hacen músculo.

Josh agarró su botella de agua y dio un trago.

—Además, necesitas trabajar todo tu cuerpo. Utiliza los meses de invierno para hacer otras clases de deporte, como el esquí, que es genial. Ve a clases de yoga una vez a la semana.

Estirarás los músculos, mejorarás tu equilibrio y es fantástico para conocer chicas.

Brandon se rio.

—¿Yoga?

—Lo digo en serio. Te ayudará con la bici y a las chicas les encantan los traseros de los ciclistas.

Brandon se sonrojó.

—Es bueno saberlo —murmuró.

Josh contuvo una risita.

Uno de los otros chicos se unió a Brandon y le preguntó a Josh su opinión sobre una bici que estaba pensando comprarse. Hablaron hasta que el entrenador Green se acercó y tocó el silbato.

La conversación se detuvo de inmediato y los chicos avanzaron más deprisa. El pelotón se extendió un poco cuando se incorporaron a una carretera de montaña. Josh se mantuvo en la retaguardia izquierda viendo a los otros corredores, pero en esa ocasión, en lugar de sentir pánico, se fijó en su técnica. Un chico iba hacia delante y hacia atrás, desperdiciando energía y sumando distancia. Brandon era un gran corredor, pero cambiaba las marchas demasiado despacio y se cansaba más de lo necesario. La mayoría hacía lo mismo.

Sin pensarlo gritó:

—¡Parad todos! Parad donde estéis.

Los chicos se miraron antes de reducir la marcha y detenerse. Él los señaló e hizo una valoración de cada uno, resaltando lo bueno y lo malo, cuando era necesario.

—Ahora subiremos juntos la colina —dijo. Explicó la secuencia de marchas y por qué elegir cada una. Después comenzaron a pedalear juntos.

Josh estaba en el centro del pelotón gritando instrucciones y rodeado por los demás. Un chico estuvo a punto de chocar contra él.

En ese momento, el corazón pareció detenérsele en el pecho y comenzó a tensarse. Le resultaba imposible respirar.

«Ahora no», pensó maldiciendo en silencio. «Así no».

—¡Ardilla! —gritó uno de los chicos al ver una ardilla cruzar la carretera delante de ellos.

—¡Cuidado! —gritó Josh instintivamente—. No queréis atropellar a la ardilla, pero tampoco queréis caer. Sed conscientes de la posición en la que estáis.

Estaban casi en lo alto de la carretera y sabía que en un kilómetro y medio comenzaría a descender hacia la ciudad.

—Cuando empecemos a bajar, quiero que mantengáis la velocidad por debajo de los cincuenta kilómetros por hora.

—¿Qué?

—¡Ni hablar!

—Ir deprisa es la mejor parte.

Josh los ignoró.

—Vais a practicar a salir del pelotón. Gritad números.

Brandon gritó el uno, otro chico gritó el dos y así hasta contar todo el equipo.

—Ése es el orden —dijo Josh—. Empezad en el centro del pelotón y salid hacia la parte delantera. Tenéis vuestro minuto de gloria y volvéis atrás. ¿Está claro?

Todos asintieron.

Llegaron a la cresta y, cuando la carretera comenzó a descender, Brandon se movió al centro del pelotón.

Josh era consciente de la posición de cada uno; sería un buen entrenamiento para ellos. Cuando Brandon

Un momento Su mente dejó de pensar en eso.

Había estado en mitad de un ataque de pánico y a punto de perder el control por completo, ¿qué demonios le había pasado?

Repasó lo sucedido y se dio cuenta de que lo de la ardilla lo había distraído tanto que había olvidado esos síntomas que lo invadían. Al parecer, se desvanecieron ante la falta de tensión.

Era el primer atisbo de esperanza que había tenido en dos años y significaba que tenía una oportunidad de lograrlo. Significaba que podía volver y ser todo lo que había sido antes. No tenía que tener miedo.

Se sentó en su bici y comenzó a reírse. El sonido resonó por las montañas que los rodeaban y uno de los chicos miró a su amigo.

–La gente mayor es muy rara –murmuró.

Josh sonrió.

–Y tanto.

15

Charity pasó a otra imagen en el ordenador.

–Ahora pasamos a la parte de «estilo de vida» de la presentación –dijo–. He subido un listado de propiedades, todo desde estudios a amplios pisos de precios elevados en el lago o el campo de golf. Aquí hay unas imágenes de las bodegas. También del complejo hotelero de la pista de esquí y del restaurante ganador de varios premios. Para empaparse del sabor local tenemos el mercado del granjero, el desfile del Cuatro de Julio y las obligatorias fotos de la puesta de sol.

Esa última imagen mostraba una familia paseando junto al lago. El padre llevaba en brazos a una niña pequeña, la madre llevaba de la mano a un niño pequeño y las figuras estaban perfiladas contra una bella puesta de sol roja y naranja.

–Muy bonito –dijo Marsha, sentada al lado de Charity. Estaban en el despacho de la alcaldesa revisando la presentación de Charity–. ¿Y qué me dices del paquete financiero?

Charity pasó a darle información sobre el hospital: reducción de impuestos, posibles subvenciones y las aportaciones del estado, del condado y de la ciudad.

Marsha sonrió.

–Has hecho tus deberes –le dijo con gesto de aprobación.

–Lo tengo claro. Fool's Gold es, con mucho, el mejor lugar para el nuevo hospital. Y se lo haré ver –sonrió–. Aunque de un modo muy educado y profesional, claro.

–No tengo ninguna duda.

—La buena noticia es que solo hay otro lugar que compite con nosotros, así que tenemos muchas opciones. Por lo menos esta vez no hay ninguna familia rica que quiera poner su nombre en la puerta. Sigo enfadada por no haberlo sabido.

—No llevabas aquí ni cinco minutos. ¿Cómo ibas a saberlo?

—Tienes razón —dijo Charity, pero no podía evitar pensar que debería haber sido capaz de descubrirlo. Era su trabajo, después de todo—. Esta vez es distinto. No habrá ninguna sorpresa.

—Pareces muy decidida.

—Soy una fuerza inamovible.

—Entonces tengo plena confianza en que lo lograrás —Marsha agarró su taza de café y dio un sorbo—. Me he fijado en que Josh está entrenando con el equipo del instituto.

Hablaba casi con indiferencia, pero a Charity no la engañaba. Aunque su abuela y ella estaban conociéndose, no habían pasado mucho tiempo hablando de la vida privada de Charity. Como todo el mundo sabía, estaba saliendo con Josh, y estaba claro que Marsha también lo sabía, aunque no había sacado el tema antes.

—Va a participar en una carrera —dijo Charity esperando que la sesión de ese día fuese mejor que la última.

—Él también es una persona muy decidida. Incluso cuando era más joven, estaba increíblemente centrado. El talento nunca es suficiente y la motivación siempre es importante. Es un buen hombre.

Charity se recostó en el sofá.

—¿Hay algún «pero» en esa frase?

—No. Creo que Josh es muy especial. Necesita a alguien en su vida y voy a poner en peligro nuestra nueva relación diciendo que tú también.

—Yo quiero eso —admitió—, pero no estoy segura de que Josh quiera lo mismo.

—¿Porque los rumores sobre sus talentos son exagerados? —los labios de Marsha se arrugaron cuando terminó de formular la pregunta.

—¿Intentas descubrir algo sobre mi vida amorosa?

—Solo en el sentido más amplio. Creo que demasiados detalles nos harían sentir incómodas.

Charity se rio.

—Tienes razón. No, los rumores no exageran. Josh es genial y me gusta mucho estar con él. Es divertido y cariñoso e inteligente. Eso sin mencionar que es guapísimo.

—Ahora me parece que viene un «pero» en la conversación.

—Pero es peligroso. Todo eso de la fama me hace sentir incómoda. Quiero que mi vida esté anclada aquí, quiero una vida normal.

—Josh es muy normal y este es su hogar.

—Por ahora. Pero, ¿qué pasará cuando vuelva a competir? ¿Qué pasará si regresa al ciclismo? Que volverá a ser un tipo de éxito. No estoy diciendo que no quiera que eso le suceda porque si le hace feliz, si le hace sentir mejor, entonces debería intentarlo. Pero no me interesa alguien que necesite la aprobación del mundo para sentirse bien consigo mismo.

—¿Es eso lo que crees que quiere?

—No estoy segura —admitió Charity—. Pero me preocupa. Quiero tener una relación en la que sea la persona más importante para mi pareja, quiero sentir lo mismo por él. Pero no puedo competir contra una multitud de fans.

—Tal vez no tendrías que hacerlo.

—Tal vez —aunque no estaba tan segura—. Por ahora eso no importa porque solo estamos conociéndonos.

Marsha sonrió.

—Ten cuidado. Así es como empiezan las grandes historias de amor.

Después de que Josh terminara de entrenar con el equipo, volvió al hotel y se duchó. Cuando estuvo vestido, miró el reloj. Charity aún estaría en el trabajo unas dos horas más, así que podría ir a su oficina, aunque no estaba de humor. La inquietud lo hizo salir del hotel. Caminó por la calle sin rumbo fijo hasta que giró en una calle y vio el cartel de un negocio familiar.

Construcciones Hendrix llevaba allí unos cuarenta años. El abuelo de Ethan había creado la empresa y su padre se había hecho cargo de ella una década después. Cuando eran pequeños, Ethan había jurado que él no seguiría en el negocio familiar, pero unas semanas después de que Ethan se hubiera licenciado en la universidad, su padre murió de manera inesperada y, como hijo mayor, recayó sobre él la responsabilidad de hacerse cargo de la empresa.

Tal vez Ethan había planeado que uno de sus hermanos se uniera a él o le comprara su parte, pero eso no había sucedido. Casi diez años después, Ethan dirigía la empresa de construcción y el negocio de los molinos.

Josh se quedó mirando el edificio. Podía ver a varias personas dentro y se preguntó si Ethan sería uno de ellos. Por lo que él sabía, su antiguo amigo podía estar allí o en las instalaciones donde fabricaban los molinos. Podía acercarse y averiguarlo.

Dio un paso y se detuvo. Sin contar los mensajes que le había dejado en el teléfono, había pasado mucho tiempo desde la última vez que había hablado con Ethan, unos diez años, y no estaba seguro de qué decir. Lo cierto era que no había hecho nada malo, la lesión de Ethan no fue ni responsabilidad ni culpa suya, pero entonces, ¿por qué se sentía tan mal por ello?

Sabiendo que solo había un modo de obtener la respuesta, cruzó la calle y entró en la oficina.

Nevada Hendrix, una de las hermanas de Ethan, estaba sentada en la mesa de recepción con los pies colgando. Tenía los vaqueros y la camiseta manchados de polvo de yeso, las botas desgastadas y no se podía decir que su estilo en ese momento fuera una declaración de moda. Gesticulaba profusamente mientras hablaba.

–No podrías estar más equivocado –decía–. En todo. Si no te callas y... –alzó la cabeza y vio a Josh–. ¡Dios mío!

Se levantó y lo miró.

–Estás aquí.

–En carne y hueso. ¿Está aquí?

No tuvo que explicarle a Nevada a quién se refería.

–Eh, claro, está en su despacho –le indicó que fuera hacia la parte trasera del edificio.

–Sé dónde está –le dijo y señaló al teléfono–. Estabas con una llamada.

–¿Qué? Oh –la chica volvió a centrar la atención en el teléfono.

Caminó entre las mesas que estaban en su mayoría vacías; los ingenieros y los empleados de ventas estarían fuera visitando clientes.

En la parte trasera del edificio había un gran comedor, un cuarto con material de oficina y varias impresoras grandes, además de una única puerta con el nombre de Ethan en ella. Josh llamó una vez y abrió.

Ethan estaba sentado detrás de su escritorio trabajando con el ordenador. Su expresión era intensa mientras movía el ratón.

–No es problema mío –dijo aún mirando a la pantalla–. No me importa tu título de Ingeniería. Te has equivocado con lo del puente y voy a demostrártelo.

–Vaya, y yo que pensaba que tenía un título en Empresariales.

Ethan alzó la vista y enarcó las cejas.

–Creía que eras Nevada.

–Eso parece.

Ethan le indicó que se sentara, guardó el documento en el que estaba trabajando y miró a Josh.

–Qué sorpresa.

–Para mí también –admitió Josh antes de sentarse–. He venido a hablar contigo.

Ethan se quedó mirándolo con una expresión difícil de interpretar.

–Pues entonces habla.

Ahora que estaba ahí, Josh no sabía qué decir. Había tenido diez años para planear esa conversación y no podía recordar la mitad de lo que había sucedido entre ellos.

—Te he dejado mensajes en el teléfono, primero todos los meses y después uno al año. He intentado ponerme en contacto contigo.

Ethan enarcó la ceja izquierda.

—Has hecho un gran esfuerzo —le dijo con ironía.

—No me devolviste las llamadas.

—Estaba esperando a que vinieras a verme en persona.

—Aquí estoy.

—Ya lo veo —Ethan sacudió la cabeza—. Te marchaste, Josh. Habías sido parte de mi vida, parte de la vida de mi familia, y desapareciste sin más. ¿Sabes cómo se sintió mi madre por eso?

—No, pero sé que estuvo mal.

—Peor que mal. Mamá te quería como si fueras hijo suyo. Hasta tenía un maldito álbum con recortes de tus carreras.

Josh deseó tener una gran roca a su lado, porque incluso metiéndose debajo se sentiría mejor de lo que se sentía ahora.

—Lo estropeé todo —admitió.

—Y tanto.

Se quedaron mirando.

—El accidente no fue culpa mía —dijo Josh finalmente—. Te chocaste contra mí y tuve suerte de no caer también.

Ethan se recostó en su silla, pero no habló.

—Te lesionaste —continuó Josh—. Eso sucede, pero seguiste adelante y ahora tienes una vida fantástica. Fíjate en este lugar. ¿Cómo es? ¿El doble de grande de cuando lo dirigía tu padre? Y también está la empresa de molinos. Eres un triunfador.

—Lo sé.

Ethan no le decía nada y eso estaba irritándolo. Se levantó.

—Ya no pienso seguir sintiéndome culpable. No es culpa mía que tuvieras que dejar de competir. Ya no pienso seguir pagando por ello. Me equivoqué al irme y me he disculpado por eso.

Ethan esperó un par de segundos.

—¿Has terminado ya?

—Sí —Josh volvió a sentarse.

Ethan se inclinó hacia él.

–Yo nunca te culpé por lo que pasó –esbozó una leve sonrisa–. Me perdí aquella carrera –la sonrisa se desvaneció y su expresión se endureció–. Después del accidente, ni siquiera viniste a verme al hospital. Eras como un hermano para mí y no quisiste acercarte por si acaso mi lesión era contagiosa.

Josh se movía incómodo en su silla, sintiéndose avergonzado y como un estúpido.

–No fue así –comenzó a decir sacudiendo la cabeza–. No. Sí que fue así. Eras genial, Ethan, y sabía que sí pudo pasarte a ti podía pasarme a mí, podía pasarle a cualquiera. Así que me mantuve alejado. Lo siento.

–Éramos como hermanos.

Josh asintió.

–Y seguiste alejándote.

–No sabía qué decir –admitió Josh.

–Me lo imaginé.

–¿Qué? ¿Entonces por qué no viniste tú a hablar conmigo?

–Sabía que algún día volverías, aunque no pensé que fueran a pasar diez años. Claro que yo siempre he sido el inteligente y el guapo.

–Ni en tus sueños.

Había más que decir, más que explicar, más de lo que disculparse, pero eso ya vendría más adelante. Ahora mismo ya se había dado el primer paso y lo único en lo que podía pensar era en todo el tiempo que había malgastado que habían malgastado los dos. Gladys tenía razón; los hombres eran idiotas.

Josh se levantó.

–¿Quieres ir al bar de Jo a tomar algo?

–Claro.

Cuando salieron del despacho, Nevada seguía al teléfono. Dejó de hablar y los vio irse.

–Dentro de un rato empezarás a recibir llamadas –dijo Josh mientras caminaban.

–De las chicas y de mamá. Seguro que va a ser un día muy interesante.

Entraron en el bar y se sentaron en una mesa situada contra la pared. Algunas de las mujeres que había allí los miraron dos veces y siguieron viendo el programa de citas que emitían por la tele. Jo se acercó.

–¿Lo de siempre?

Josh asintió y Ethan hizo lo mismo.

–¿Os habéis dado un besito y habéis hecho las paces?

–No ha habido besos –dijo Ethan–. A menos que te estés ofreciendo tú.

Ella elevó los ojos al techo.

–No podrías conmigo.

Volvió a la barra y Josh miró a su amigo.

–¿Jo?

–No. Flirteamos, pero eso no significa nada. No es mi tipo.

–¿Desde cuándo tienes un tipo? –preguntó Josh aunque deseó no haberlo hecho. Ethan había estado casado; había amado y había perdido el amor de la peor manera posible–. Lo siento.

–No pasa nada. Bueno, he oído que vas a volver a competir.

–Es solo una carrera.

–Bueno, es lo que hace falta para volver a entrar de lleno en el juego.

Josh no estaba seguro de querer entrar de nuevo en el juego, ahora mismo le interesaba más demostrarse algo a sí mismo.

–Ha pasado mucho tiempo. Sí, he estado montando, pero no en serio.

–Pues eso tiene que cambiar.

–Lo sé.

–Todo se basa en los fundamentos. Vuelve a lo básico, entrena y céntrate. Hay un elemento de suerte cuando ganas y estar preparado es la mejor suerte que puedes aportar.

Ethan agarró un par de servilletas y juntos trazaron una rutina de entrenamiento. «Es penoso», pensó Josh, «pero merece la pena». No le dijo a Ethan que ganar era lo menos importante, pero ahora mismo competir sería para él tanto como ganar.

Josh se terminó su cerveza, la última después de esa noche. A partir de ahora su dieta sería tan estricta como cuando entrenaba en serio porque no tenía mucho tiempo para ponerse en forma.

Volvió a centrar la atención en su amigo.

—Si no estabas cabreado conmigo, ¿por qué has estado todo este tiempo de tan mal humor?

Ethan se encogió de hombros.

—¡Pues por qué va a ser! Por una mujer.

—Nadie me quiere allí—dijo Charity al sentarse en el asiento del copiloto del coche de Josh.

—Yo quiero que estés allí.

Estaban en el aparcamiento de un estudio de televisión donde una periodista del canal de deportes iba a entrevistar a Josh.

Aunque ella agradecía la invitación, no estaba segura de cómo decirle que esa situación la hacía sentirse incómoda. Sabía que Josh y ella tenían una relación, pero se sentía casi como la novia de un famoso, como si estuviera con él para recibir atención mediática. Cosa que, por cierto, le recordó que una vez que Josh empezara a competir de nuevo, su mundo sería totalmente distinto al suyo.

Se giró hacia él para intentar explicárselo, pero antes de poder hablar, Josh dijo:

—Tuve una aventura con ella, hace años. Justo después del divorcio.

Charity tardó un segundo en encajar todas las piezas.

—¿La periodista?

—Sí.

—¿Te acostaste con ella?

Él asintió abochornado.

—Algo así.

Charity no sabía si sentirse dolida o furiosa.

—¿Y por qué accediste a hacer la entrevista?

—La ha organizado el comité de la carrera. Me enviaron un e-mail pidiéndomelo y acepté. Necesitamos publicidad. Esperaba que no fuera Melrose la que me entrevistara, pero será ella –miró a Charity–. No estoy interesado en ella. Lo que pasó fue un error, un error estúpido.

Charity podía aceptarlo, aunque seguía confusa.

–Tenías que saber que esto podía generarte muchos problemas conmigo, así que, ¿por qué te has arriesgado y me has traído?

Él se aclaró la voz y miró hacia la ventana.

–Me llamó para hablar conmigo hace un par de días y parecía muy contenta con el hecho de que fuéramos a pasar un rato juntos. Demasiado contenta.

Charity habría jurado que vio miedo en la mirada de Josh.

–¿Y?

–Sabía que sería incómodo, pero tenerte a mi lado hace que las cosas estén más claras.

El dolor y el enfado se disiparon.

–Le tienes miedo.

–No tengo miedo.

–Estás aterrorizado.

–No es eso.

Ella sonrió.

–Esperas que yo te proteja.

–Pensé que estaría bien que la gente supiera que estamos juntos.

¿De verdad esperaba que ella iba a creerse eso?

–Josh, has sido muy famoso durante años. Debes de tener mucha experiencia para decirle «no» a las mujeres.

–Sí, pero ahora es distinto. No voy a fiestas ni salgo con chicas tipo Hollywood.

–Con Emily actuaste genial.

–Pero eso era distinto –miró por la ventanilla–. Si prefieres esperar en el coche, lo entenderé.

Charity casi pudo escuchar un puchero en su voz.

–Iré contigo –dijo mientras abría la puerta–. Y haré todo lo que pueda por protegerte de la gran periodista malvada.

Entraron en el estudio, donde los recibió una ayudante de

producción que se presentó como Brittany. Tenía aspecto de adolescente, pero no mostró el más mínimo interés por Josh. «Curioso», pensó Charity.

Pasaron delante de los platós empleados para los informativos y los distintos programas de la televisión por cable y Brittany señaló la pequeña zona con una pantalla verde y dos sillas altas situadas una enfrente de la otra.

–Haréis la entrevista aquí. Melrose me ha pedido la pantalla verde para poder cargar gráficos –miró a Josh–. ¿Has hecho esto antes, verdad?

Él asintió.

–Genial. La maquilladora quiere ponerte un poco de polvos, pero vamos a hacer una entrevista de deportes. Nadie espera que salgas guapo.

–Oh, pero ya lo eres –susurró Charity.

Josh la miró y ella hizo todo lo que pudo por no reír.

–Está ahí –dijo la ayudante señalando una puerta–. Grita si me necesitas.

Josh se detuvo delante de la puerta cerrada, que se abrió bruscamente antes de que él pudiera llamar.

–¡Por fin! –susurró una voz bronca pero femenina–. He estado contando las horas.

Josh posó la mano sobre la cintura de Charity y la pasó a la habitación. Charity se sentía como el chivo expiatorio en una ceremonia pagana. Entró en una sencilla habitación con un gran y bien iluminado espejo, unas sillas, un sofá y una larga encimera, pero lo que de verdad captó su atención fue la mujer situada junto al espejo.

Era alta, probablemente medía casi metro ochenta, y tenía un resplandeciente cabello rojo que caía en suaves ondas sobre su cintura. Su cuerpo era esbelto, pero curvilíneo en los sitios justos, y sus pechos eran del tamaño de unos melones que sobresalían de su camisa escotada.

Melrose no solo era hermosa, pensó Charity, sino que generaba la sensación de que no hubiera aire en la habitación. Era perfecta. Sus pechos no parecían de verdad, pero le sentaban bien. Era una fantasía masculina andante y Charity pasó de ser el chivo expiatorio a ser directamente invisible.

—Josh —dijo Melrose con la respiración entrecortada mientras cruzaba la habitación dando largas zancadas antes de rodearlo por el cuello y besarlo en la boca.

Charity se quedó anonadada y se pellizcó el brazo para asegurarse de que de verdad estaba ahí.

—Melrose —dijo Josh agarrándola de las muñecas y apartándose—. Te presento a Charity Jones. Es mi novia.

Novia. Charity no se había esperado eso y desconocía si Josh lo había dicho porque de verdad lo sentía así o como una forma de protegerse de la mujer.

—Hola —dijo Melrose sin apartar los ojos de Josh—. Vuelves a competir. Eso es bueno. El deporte necesita a alguien como tú, y yo también. Esta noche me alojo aquí en la ciudad. Tengo una preciosa habitación en un hostal junto al lago. Una bañera grande, una cama grande y una chimenea grande. La entrevista se emitirá esta noche, así que podríamos verla juntos. Desnudos. Vamos, dí que sí.

Charity pasó de sentirse menos que nada a sentirse furiosa en un segundo. Se situó entre Josh y la piraña, extendió la mano derecha y forzó una sonrisa.

—Hola —dijo en voz alta—. Soy Charity.

—Ya nos han presentado —respondió la mujer con frialdad sin dejar de mirar a Josh con ojos hambrientos.

—Al parecer no —le dijo Charity con firmeza—. Ey —le dio un golpecito a Melrose en el pecho con su dedo índice, justo encima de su pecho izquierdo—. Mírame.

Lentamente, Melrose bajó su fría mirada verde hacia ella.

—No me habrás tocado.

—Te he tocado y volveré a hacerlo si es necesario. Sí, es normal quedarse prendada de Josh y, como seguro que recordarás, el sexo con él es fantástico, pero existe una línea entre el deseo y ser un absoluto cliché. No te ofendas, Melrose, pero no estás en un culebrón. Esto es la vida real y Josh está conmigo.

***

Josh había sabido que había un riesgo cuando le había pedido a Charity que lo acompañara, pero se había preparado para verla molesta, sobre todo porque Melrose no era la clase de mujer que aceptaba fácilmente un rechazo. Había pensado que tener a Charity a su lado facilitaría las cosas y que así tendría un testigo de cualquier cosa que pasara o no pasara. Pero no había esperado que sacara fuera la tigresa que llevaba dentro.

Estaba mirando a Melrose, sin ningún miedo, preciosa, y con gesto de determinación. No muchas mujeres estaban dispuestas a enfrentarse a una periodista tan importante. ¡Charity era genial!

Melrose los miró a los dos y dijo:

—No he oído que Josh me haya dicho que no.

—Josh, ¿podrías, por favor, darle una respuesta a la gráfica invitación de Melrose?

No se molestó ni en mirarlo y a él le gustó que no lo hiciera porque fue como decirle que no quería influir en su respuesta.

—No, gracias —respondió él—. Estoy con Charity.

—Bien —respondió Melrose con brusquedad—. Da igual —miró el reloj—. Terminemos con esto. Si nos damos prisa, aún puedo tomar el avión de Sacramento y largarme de esta ciudad de mierda.

Diez minutos después a Josh ya le habían aplicado polvos y le habían puesto el micrófono y estaba sentado al lado de una Melrose aún enfadada. Pero en cuanto el piloto rojo se encendió sobre la cámara, el rostro de la mujer se relajó y sonrió.

—Estoy aquí con Josh Golden, que nos dejó maravillados durante años ganando todas las carreras importantes incluidas un par de victorias seguidas en el Tour de Francia —se giró hacia él—. Los rumores dicen que vas a volver.

—Voy a participar en una carrera que se va a celebrar aquí, en Fool's Gold. Ya veremos cómo me va.

–¿No estás listo para anunciar oficialmente tu regreso al deporte que tanto amas?

–No –no estaba listo para hacer casi nada, más que para superar otro entrenamiento sin que le entrara el pánico.

–Eras el mejor –le recordó Melrose–. ¿No quieres volver a disfrutar de esos momentos de gloria?

–En la competición no todo es ganar.

–Sí, pero nada de eso importa en el fondo, ¿verdad? –la mujer sonrió–. Sé que te gusta estar arriba.

Josh pensó en Charity, que observaba desde detrás de las cámaras, y contuvo un gruñido. Melrose era demasiado persistente, cosa que en su momento le había atraído, pero ya no. Ahora lo que quería era algo distinto, alguien distinto. Y en cuanto la entrevista terminara, tenía pensado decírselo.

16

–¿Te he dado las gracias por acompañarme hoy? –le preguntó Josh.

Charity apoyó la cabeza sobre su hombro.

–Unas quince veces.

–¿Quieres que sean dieciséis?

Estaban en su cama viendo el programa de deportes; la entrevista de Josh vendría a continuación.

–Si eso te hace feliz –dijo ella–. Comprendo que sintieras que necesitabas protección.

–No necesitaba protección.

Ella sonrió y lo besó en el hombro.

–Claro que sí. Melrose daba miedo. ¿En qué pensabas?

«¡Qué pregunta tan estúpida!», se dijo ella. No había duda de que había estado pensando que Melrose era preciosa y sexualmente agresiva, justo lo que él necesitaba después del divorcio. Si pensaba en la ridícula conversación que habían tenido en el estudio no pasaba nada, pero si se paraba a pensar en Melrose y Josh en la cama, le entraba el pánico. No necesitaba más pruebas de que pertenecían a mundos distintos y que posiblemente llevaban direcciones distintas.

Ella no quería eso, pero si Josh lo quería, eso era exactamente lo que él debía hacer.

La presentadora del programa anunció la entrevista haciendo una breve introducción y al instante apareció la imagen de Melrose con Josh.

—Estoy aquí con Josh Golden, que nos dejó maravillados durante años ganando todas las carreras importantes incluidas un par de victorias seguidas en el Tour de Francia.

Charity lo había visto todo en directo, pero era peor verlo en la pantalla plana de televisión.

—¡Oh, Dios mío! Quiere acostarse contigo. Lo sabía antes, pero mira sus ojos, fíjate cómo te mira.

Josh agarró el mando a distancia.

—No puedo ver esto.

Y apagó la televisión.

—Ya me lo contarán mañana. Steve, mi antiguo entrenador, me contará cómo ha ido.

—Seguro que lo que querrá saber es si tienes todas las vacunas puestas.

Josh se giró hacia ella y sonrió.

—Me parece que alguien se ha puesto a la defensiva.

—Al parecer alguien necesita interponerse entre todas las solteras del planeta y tú. No estoy segura de si esto debería parecerme gracioso o estar aterrorizada.

—¿Puedo votar?

Ella miró sus ojos verde avellana y le acarició la mejilla.

—Me rio por dentro. ¿Estas cosas te pasaban siempre antes?

Él vaciló.

—Algunas. Antes de estar casado. Era joven y ellas también.

Charity se preguntó si podría darle una cifra aproximada del «ellas». ¿Cien? ¿Mil? ¿De verdad quería saberlo?

—Pero una vez que tenía una relación, las reglas cambiaban. Yo siempre soy fiel.

Ella enarcó las cejas.

—¿En serio?

—Jamás he engañado a ninguna mujer, ni me he sentido tentado a hacerlo. Siempre he pensado que si me interesaba mucho acostarme con otra persona entonces había algún problema en mi relación. Por eso, o las solucionaba o les ponía fin. Fui fiel durante mi matrimonio e incluso durante el divorcio. Esperé hasta que todos los papeles estuvieran firmados. Angelique no hizo lo mismo.

—Metió la pata hasta el fondo dejándote escapar.

Él sonrió.

—Gracias por decirlo, pero no te creería. Fue para mejor, jamás habríamos durado. Ella quería lo que yo era, el chico que aparecía en la caja de cereales, quería ver nuestros nombres en las revistas, que nos siguieran los fotógrafos. Yo quería algo distinto.

—¿Os seguían los fotógrafos?

—A veces —admitió poniéndole la mano en la cintura. Ella sintió la calidez de sus dedos a través de la camiseta extra grande que llevaba—. Pero eso siempre se puede evitar; si vives una vida normal, acaban ignorándote.

—Entonces, ¿qué era lo mejor de tu antigua vida?

Josh se quedó pensativo un segundo.

—Formar parte de un equipo. Trabajar duro y dejarte la piel en una carrera. Esperar al ranking, querer ser el número uno y saber que, si no lo era, tendría que trabajar más. A veces echo de menos los gritos de las fans, pero no tanto como todo lo demás. Sobre todo echo de menos ser aquel tipo.

—Sigues siendo él. ¿Y qué me dices de los viajes? ¿De no tener un hogar?

—Fool's Gold es mi hogar.

—Pero no pasabas mucho tiempo aquí.

—No tenía que estar aquí para saber que era mi sitio.

Probablemente lo decía porque había crecido allí y podía darlo por hecho, pero para ella no era igual. Ella quería tener unas raíces permanentes, unas que pudiera ver. Quería despertarse en la misma cama todos los días sabiendo que seguiría haciéndolo año tras año. Los únicos cambios que quería ver eran los colores de la pintura y de la moqueta.

—¿Volverás a competir? —preguntó ella—. Después de la carrera, si todo va bien.

—No lo sé —le sonrió—. Pero pase lo que pase, este será mi hogar, Charity. No pienso alejarme de ti.

–No pensaba que fueras a hacerlo. Eres la clase de persona que se aleja para alcanzar algo, no de algo. ¿Piensas en cómo será ahora?

–Un poco. Yo seré diferente, y no daré las cosas por sentado. La sensatez y el sentido común juegan un papel importante, pero no estoy seguro de que puedan suplir el hecho de que ahora soy más viejo. Un regreso supondría un gran compromiso.

Siguió hablando sobre los «¿Y si?» del mundo de la competición, pero no mencionó la palabra «ganar» porque eso era desafiar a los dioses.

Charity escuchó e hizo lo mejor por apoyarlo, aunque en su corazón sintió un escalofrío y esa frialdad la sorprendió. ¿Es que no le importaba Josh tanto como para querer que fuera feliz?

Ya sabía la respuesta y se preguntó si habría algo más, algo mucho más aterrador que ser egoísta. Mientras barajaba las posibilidades, una de ellas se hizo más clara que las demás. Una verdad que no podía evitar.

Estaba enamorada de Josh.

¡La vida era tan irónica! Estaba enamorada de un hombre que se ganaba la vida moviéndose a gran velocidad cuando ella lo único que quería era permanecer en un mismo sitio. Había hecho todo lo posible por evitar la trampa en la que siempre había caído su madre, y sin embargo ahí estaba, completamente atrapada.

–¿Estás bien? –le preguntó él.

–Estoy bien, pensando en el futuro.

–No es un tema muy interesante.

–Podría serlo. Imagina que te sale bien la carrera. Lo tendrás todo.

Él se encogió de hombros como si eso no le importara, pero ella sabía que no era así. Josh nunca sería feliz siendo simplemente un tipo más, un tipo normal. Él era alguien que necesitaba sentir el rugido de la multitud aclamándolo y ella era una sola persona.

***

Bernie Jackson celebró una reunión un lunes para informar a todo el mundo sobre la investigación. Charity pasó los primeros minutos disimulando todo lo que pudo su recién adquirida aversión por las pelirrojas atractivas y se recordó que no era culpa de Bernie tener un gran parecido con una periodista barracuda.

–Hemos seguido la pista del dinero hasta aquí. Tenemos copias de los cheques y muestran el sello de la ciudad y al parecer han pasado por el concejo municipal. Sin embargo, no hay recibos de un ingreso y lo que es más inquietante, tampoco de que se haya retirado de una cuenta.

–¿Crees que alguien borró los movimientos del ordenador? –preguntó Marsha–. ¿Los movimientos del ingreso y de la retirada del dinero?

–Posiblemente –respondió Bernie–, pero ¿qué pasa con el banco? El dinero ni entró ni salió y eso significa que fue a otra cuenta.

–¿Sabemos si llegó aquí? –preguntó Charity–. El cheque podría haber sido interceptado en Sacramento o antes de que llegara aquí físicamente. Era un cheque en papel, ¿verdad?

–Sí –respondió Bernie–. Si nunca llegó aquí, entonces quien sea que esté perpetrando el fraude será más difícil de localizar. Pero basándonos en lo que sé hasta el momento, esa explicación es la más probable. He contactado con otras comunidades para descubrir si alguien está teniendo el mismo problema.

–Esto no me gusta –dijo la Jefa de Policía–. Me gustan los criminales que hacen su trabajo sucio donde se les puede ver.

–Eso facilitaría mucho las cosas –dijo Bernie.

Habló del resto de la investigación, respondió unas preguntas más, y ahí terminó la reunión.

Después, Charity volvió junto a Robert a la planta donde estaba su despacho.

—¿Cómo lo llevas?

—Bien. Aunque la gente sigue mirándome de un modo extraño. Bernie me ha dicho que en un par de semanas podrá descartarme completamente como sospechoso —se estremeció—. Le he dado acceso completo a mis cuentas bancarias, incluida la de ahorros y la de jubilación. Todo.

—Siento que tengas que estar pasando por esto.

—Ya pasará y las cosas volverán a la normalidad —se detuvo junto al despacho de Charity—. Lo único que quiero es que descubra al desgraciado que está haciendo esto.

—Lo mismo quiere la Jefa de Policía.

—Creo que es más feliz cuando está arrestando a alguien.

—Todo el mundo necesita sus momentos de felicidad en la vida.

Robert estaba algo inquieto.

—¿Estás Cómo te van las cosas con Josh?

No era una pregunta que Charity quisiera responder.

—Bien.

—Te gusta muchísimo ¿eh?

Y como estaba segura de que estar enamorada se acercaba mucho al «te gusta muchísimo», no tuvo problemas en asentir.

—¡Qué pena! —exclamó Josh antes de girarse y marcharse.

Otra desventaja más de la vida en una pequeña ciudad. No había manera de evitar ver a Robert y trabajar con él no le ponía las cosas fáciles. Lo único que podía hacer era esperar que él encontrara a alguien que pudiera valorar su simpatía y sus pequeñas rarezas.

El miércoles después del trabajo, Charity salió a hacer algo que llevaba tiempo posponiendo. Le gustaba su nuevo fondo de armario y eso era genial, pero ahora tenía que ocuparse de su pelo.

Lo había llevado exactamente igual desde que se graduó en el instituto: alisado a secador, para que no asomara ninguna de sus ondas naturales, con la raya en medio y por debajo de los hombros. Algunos días se lo recogía en una trenza y otros en una coleta alta, pero por lo general lo llevaba suelto. Sin embargo, no tenía nada de estilo y el color era un aburrido castaño medio. Había llegado el momento de un cambio.

Había pedido recomendaciones y le habían dado dos nombres, los de las hermanas que competían entre sí. Pia le había advertido que alternara las visitas entre las dos a menos que quisiera que la gente pensara que se había posicionado a favor de una o de otra. Cuando Charity había preguntado a qué se debía la disputa, Pia no había sabido responderle con seguridad y ése era parte del problema. Nadie sabía nada en realidad y eso hacía que mantenerse al margen del problema fuera mucho más difícil.

Pero eran las mejores peluqueras de la ciudad, así que Charity había elegido al azar el salón de Julia, o Chez Julia, que no debía confundirse con el local de su hermana, llamado La Casa de Bella.

—Eras tú la que quería vivir en una pequeña ciudad —se recordó Charity en voz alta mientras caminaba hacia el local pintado en un intenso azul. Había pósters de peinados en el escaparate, un exuberante jardín en la parte delantera y un porche con una mecedora.

Entró en el sorprendentemente grande salón donde había diez puestos de peinado a lo largo de dos muros. Las ventanas dejaban pasar una luz natural y los colores principales eran el marrón intenso de la madera y el turquesa. Las paredes lucían un tono verde azulado hasta la mitad y a partir de ahí el tono crema se extendía hasta el techo. El suelo de baldosas tenía una docena de tonalidades turquesa y una suave música sonaba de fondo; el lugar estaba impoluto y rezumaba un aire de relajada elegancia. Bajo cualquier otra circunstancia, Charity habría estado encantada con su descubrimiento.

Por el contrario, se sintió atrapada cuando todo el mundo en el salón se giró para mirarla. Era como si supieran quién era y seguro que lo sabían.

Una atractiva mujer de unos cuarenta años corrió hacia ella.

–Charity, mi cita de las cuatro y media, ¿verdad? Soy Julia. Encantada de conocerte.

–Hola.

Julia miró hacia atrás y volvió a centrar su atención en Charity.

–Ignóralas. Yo lo hago.

Charity esbozó una sonrisa.

–Es como ser la chica nueva de la escuela.

–Lo sé, pero te prometo que todo mejorará –Julia sonrió–. Bueno, te tengo apuntada para darte unos reflejos y un corte. Ven a sentarte y cuéntame en qué estabas pensando.

Charity la siguió hasta una silla situada al fondo en la que se sentó de cara al espejo. Julia estaba detrás, esperando.

–Quiero algo distinto –le dijo–. Llevo años llevando el pelo del mismo largo y prácticamente con la misma forma. Y también necesito ayuda con el color.

Julia deslizó las manos sobre su pelo.

–Es denso. ¿Lo tienes ondulado?

–Más o menos, pero lo controlo alisándolo.

–¿Cuánto tiempo quieres emplear en peinarte por las mañanas?

–No más de quince minutos. No tengo paciencia.

–Es bueno saberlo –Julia ladeó la cabeza–. ¿Damos unos reflejos suaves? Nada demasiado obvio, lo suficiente para darte un poco de profundidad.

–Suena genial.

–Y para el corte, estoy pensando en uno estilo Bob largo con flequillo.

Charity parpadeó.

–¿Flequillo?

Julia puso las manos sobre los hombros de Charity.

–Confía en mí.

Charity decidió dejarse llevar, al fin y al cabo el pelo crecía. Y si no le gustaba su nuevo estilo, con el tiempo podría volver a como lo llevaba antes.

Julia la dejó con unas revistas y se fue a preparar la mezcla para el color. Unos minutos después, Charity estaba cubierta con una capa de plástico mientras Julia le aplicaba el color con pericia a unos mechones de su cabello y después se lo envolvía cuidadosamente con papel de aluminio.

–¿Cómo estás adaptándote a vivir aquí? –le preguntó Julia–. Ya llevas unos cuantos meses.

–Me gusta mucho. Nunca antes había vivido en una ciudad pequeña, pero es divertido.

–¿Qué tal es Josh en la cama? –gritó una mujer con unos rulos puestos desde el otro lado del salón.

La conversación se detuvo y durante un segundo se oyó solo el sonido de la música. Una vez más, todas miraban a Charity.

Julia suspiró.

–No tienes que responder a eso, aunque nos interese –le guiñó un ojo.

Se giró.

–Es nueva, recordad. Dejadla tranquila.

–Pero quiero saberlo –insistió otra mujer–. Tengo sesenta y dos años y las probabilidades de que pueda descubrirlo por mí misma son escasas.

Charity se rio.

–Es todo lo que podéis imaginaros y más.

La mujer de los rulos suspiró.

–Lo sabía –dijo con tono de ensoñación.

–El otro día lo vi montando en bici –dijo otra clienta–. ¡Qué bien le sientan a ese hombre los pantalones cortos! Me alegró el día –miró a Charity–. No te ofendas.

–No me ofendo.

–Lleváis saliendo un tiempo –dijo Julia–. ¿Qué tal os va?

No eran unas preguntas muy sutiles, pensó Charity más divertida que ofendida.

–Es un tipo genial y me gusta estar con él.

–Josh es uno de los buenos. Esa primera mujer que tuvo era una zorra.

–La recuerdo –dijo otra clienta resoplando–. Vino dos veces aquí. Se paseaba como si le diera miedo mancharse los zapatos con cacas de perro. Era preciosa, pero una zorra.

Se oyó un murmullo de afirmación.

A Charity le habría encantado hacerles preguntas sobre Angelique, pero no sabía cómo. Después de todo, estaba segura de que cualquier cosa que dijera se sabría por toda la ciudad y Josh acabaría enterándose.

–Eres de Henderson, ¿verdad? –le preguntó Julia–. Me había parecido oírlo.

–Sí.

–¿Has dejado allí a alguien especial?

Charity miró a Julia a través del espejo.

–No.

–Me sorprende tratándose de una chica tan guapa. Tenía que haber alguien.

No era un tema del que Charity quisiera hablar, y menos, con tanto público.

–En realidad no.

–Mi primer marido era un fracasado –dijo Julia–. Me engañaba, y eso podía soportarlo, pero después mentía y eso no lo soportaba. Lo seguí hasta la calle con una sartén en la mano y jamás volvió. ¡Qué alivio!

–Todos los hombres engañan –dijo una clienta.

–No todos –protestó otra–. Algunos no.

–Dime uno.

–Mi Arnie. Es un buen hombre.

Julia se acercó a Charity.

–Y feísimo. Un encanto, pero tendrían que tener las luces apagadas todo el tiempo.

Charity hizo lo que pudo por meterse en la conversación.

–¿Josh ha engañado a una mujer alguna vez? –preguntó alguien.

–No, que yo sepa. Fue fiel a su mujer, aunque no se lo mereciera. ¡Vaca estúpida!

Josh había dicho ser fiel y Charity lo había creído, aunque pudiera parecer tonta por ello. Después de sus dos desastrosas relaciones, no había querido correr riesgos con la tercera y le había pedido a un amigo policía que le consiguiera un informe de antecedentes. Estaba limpio. Comprometido con alguien que vivía en Los Ángeles, pero limpio.

Dolida pero decidida a aprender de otro error más, Charity había aceptado un empleo en Fool's Gold como una forma de volver a empezar. Tal vez tener una historia tan pública formaba parte del atractivo de Josh, pensó. Así no tenía que preocuparse por los secretos. Todo el mundo en la ciudad sabía lo más importante de él.

Estuvo unos veinte minutos bajo el secador y después disfrutó de un maravilloso masaje mientras le lavaban el pelo. Cuando volvió a la silla de Julia, la peluquera la giró apartándola del espejo.

–No quiero que veas nada hasta que haya terminado.

Charity sintió un nudo de pavor en el estómago.

–Supongo que eso significa que tendré que confiar en ti.

–Te alegrarás, te lo prometo.

–Esa es una gran promesa.

Una de las señoras más mayores había terminado. Con su pelo canoso bien peinado y cubierto de laca, se puso la chaqueta y en lugar de marcharse, se acercó a Charity.

–Recuerdo cuando Josh llegó aquí. Su madre era terrible. Él había tenido una caída muy grave y caminaba con muletas. Nunca había visto algo que me diera tanta lástima. Tardaba casi quince minutos en recorrer una manzana y le costaba mucho llegar al colegio todos los días. Pobre chico. Llevaba la ropa rota y estaba más flaco que un gato callejero. Me rompía el corazón. Y entonces un día ella se marchó.

Charity conocía la historia, pero nunca la había oído contada con tanta claridad.

–Ninguno sabíamos qué hacer –añadió otra mujer–. No queríamos mandarlo a un orfanato, pero no había mucha elección. Entonces Denise Hendrix se ofreció a acogerlo en su casa y los demás ayudamos a la familia y a pagar los gastos médicos de Josh.

La primera mujer asintió.

—Necesitó una operación para reparar la lesión de sus piernas y después rehabilitación. Por eso empezó a montar en bici, para fortalecerlas. Ethan también montaba —le dio una palmadita a Charity en el brazo—. Por eso Josh es muy especial para nosotros. Siempre lo ha sido. Te has llevado a un gran hombre.

—Gracias.

La mujer hizo ademán de marcharse, pero se detuvo y con expresión astuta le preguntó:

—¿Ya te ha pedido matrimonio?

Charity sintió un rubor tiñendo sus mejillas. Querría estar en cualquier parte menos ahí.

—Estamos saliendo, conociéndonos.

—Yo no me preocuparía por si me pide matrimonio o no. Hay un peligro mayor.

Varias mujeres se rieron, pero Charity no lo captó hasta que una de ellas añadió:

—¿Tienes antojos, cielo?

—No, estoy bien. Pero gracias por preguntar.

—Dejadla tranquila —dijo Julia con firmeza—. ¡Todas! Vais a asustarla y no volveremos a verla.

La mujer se despidió y se marchó y la conversación pasó a centrarse en temas más soportables para Charity. Julia sacó el secador y una vez que lo encendió, ella ya no pudo oír nada. Mejor así.

Se prometió que jamás, nunca, volvería a ir a la peluquería. A quien sí que iría a ver era a Morgan, seguro que él no le hacía tantas preguntas personales.

Preguntar por Josh era una cosa, pero sugerir que podía estar embarazada era demasiado descarado. E irritante. Que todos conocieran a Josh no significaba que tuvieran el derecho de meterse en su vida privada. Había unas reglas en la sociedad educada y

—Vamos allá —dijo Julia mientras giraba la silla.

Charity, un poco harta de las bromitas, estaba preparada

para pagar y salir corriendo, pero cuando se vio en el espejo, no pudo moverse. Solo podía mirar.

Su antes aburrido color castaño ahora era más vivo y brillante con unos toques de dorado y una pizca de rojo en los mechones. Pero lo más impresionante era el corte.

Julia se lo había dejado justo por debajo de la barbilla y el flequillo despuntado hacía que sus ojos parecieran enormes. Cuando movió la cabeza, su cabello se sacudió y volvió a quedar en su sitio a la perfección. Era el mejor corte que le habían hecho en la vida.

–¡Es perfecto! Me encanta.

–Bien. ¿Tienes un cepillo redondo grande?

Charity asintió con la cabeza, sobre todo para ver cómo se movía su pelo.

Julia le enseñó cómo darle forma y le explicó qué productos funcionaban mejor y cómo emplearlos. Charity escuchó con atención, pagó y le dejó una propina. El hecho de que todo el mundo hablara de ella una vez que se hubiera marchado no le importó en absoluto. No, cuando su pelo estaba tan genial.

Volvió caminando al hotel mirando su reflejo ahí donde podía y sonriendo al ver cómo se movía su pelo. Cuando pasó por delante de la librería de Morgan, el anciano asomó la cabeza por la puerta abierta.

–Estás guapísima, señorita.

Ella se rio.

–Gracias.

–Espero que Josh sepa que es un hombre con suerte.

–Se lo diré por si no lo sabe.

–Hazlo.

Ahora que se sentía de maravilla podía pensar en la conversación de la peluquería y decirse que nadie había pretendido molestarla. Josh era importante para ellos y ahora que salía con él, ella también formaba parte del juego. Sin embargo, las cosas se les habían ido de las manos con el tema del embarazo, no era un asunto con el que bromear. Eso sí que sería un desastre. Un embarazo no planeado

Se detuvo delante del hotel y miró el bello y viejo edificio, pero en lugar de contemplar la impresionante arquitectura o las resplandecientes ventanas, se quedó mirando el calendario mental que tenía en la cabeza e intentó echar cuentas. Exactamente, ¿cuántos días habían pasado desde su último periodo?

Corrió adentro saludando distraídamente a los empleados del hotel cuando le dieron la bienvenida y, al llegar a la tercera planta, fue a su habitación, entró y cerró la puerta. Su agenda estaba en la mesa que había junto a la pared. Retrocedió hasta encontrar el día marcado con una pequeña margarita junto a la fecha, su anotación privada de la llegada de su periodo, y después contó hacia delante.

A medida que los días se acumulaban, iba invadiéndola el pánico. Contó una segunda vez y le salió el mismo número. Llevaba dos semanas de retraso. ¡Dos semanas!

Lo primero que pensó fue correr a la farmacia más cercana, comprar un test y descubrirlo, pero entonces pensó en toda la gente que la vería y en cómo se extendería la noticia por toda la ciudad en cuestión de minutos. Lo cual significaba que tendría que salir de la ciudad para comprarlo.

Se puso a buscar las llaves del coche cuando recordó la prueba de embarazo que Josh había comprado para Emily. Se la había dado a ella, que la había llevado a su habitación y la había dejado ¿dónde?

Fueron dos minutos de frenética búsqueda por cajones, otros segundos más para entrar en el baño y hacer pis, y tres minutos de intranquilos paseos de un lado a otro de la habitación mientras esperaba.

Miró las dos rayitas y comparó con las instrucciones.

¡Estaba embarazada!

17

Charity se quedó mirando el palito un largo rato y después lo envolvió en un pañuelo de papel y se lo guardó en el bolsillo. Tendría que librarse de él en alguna parte que no fuera su habitación porque la doncella se lo contaría a todo el mundo si lo veía.

Después de pasearse por la habitación varias veces, comprendió que no podía quedarse allí, no cuando la cabeza estaba dándole vueltas, el estómago estaba dando saltos y le temblaban las manos. Tal vez la ayudaría salir a caminar; no tenía ningún sitio a donde ir, pero no le importaba.

Una vez salió a la calle y comenzó a caminar con aire decidido empezó a sentirse mejor. Se dirigió hacia su oficina sin saber muy bien qué haría allí, pero después de girar en un par de calles, se vio delante de la casa de Marsha. Tal vez era el mejor lugar por donde empezar.

Caminó hasta el porche y la puerta delantera se abrió antes de que pudiera llamar.

–Me encanta tu pelo –dijo Marsha sonriéndole.

Charity casi se había olvidado de su nuevo y desenfadado look.

–Me lo ha hecho Julia.

–Te sienta genial y los reflejos son preciosos. Estás incluso más guapa que antes.

–Gracias.

Marsha cerró la puerta cuando Charity entró.

—Qué sorpresa. Justo ahora estaba pensando en lo que me apetecía cenar. ¿Te apetece acompañarme? Podemos salir fuera, a Angelo's. Me encanta el pan que hacen —se dio unas palmaditas en las caderas—. Aunque no debería.

Charity respiró hondo.

—Estoy embarazada.

No había querido decirlo así, pero ya no había vuelta atrás.

Los ojos de Marsha se abrieron de par en par y se quedó boquiabierta.

—¿Embarazada? —susurró.

—Eso parece. He hecho pis en el palito y todo. Es de Josh, por si te lo preguntas. Es el único con el que Ya sabes

Aunque no tenía mucha experiencia como nieta, suponía que a su abuela no le interesaría saber más detalles sobre sus relaciones íntimas.

—No sé cómo ha pasado —continuó dejándose llevar por la frustración—. Bueno, sí que sé cómo ha pasado, pero no sé cómo he dejado que pase. ¿Por qué ahora? Acabo de llegar, estoy encontrando mi sitio aquí y me encanta este lugar. Estar embarazada lo cambiará todo y encima tenía que ser de Josh, el rey del ensimismamiento. No quiero parecer dura, pero ya sabes lo que quiero decir. Él también tiene su vida y lo único que le interesa es volver a las carreras. Volverá a ser un atleta famoso y me alegro por él, pero ¿un bebé? No le va a hacer gracia.

Se preguntó si pensaría que ella era como todas las demás mujeres que hacían todo lo posible por atraparlo. Pensó en Emily y quién sabía cuántas más se habrían presentado en su habitación diciendo lo mismo. Seguro que pensaría lo peor de ella. ¿Qué otra opción le quedaría? ¡Qué desastre!

Abrió la boca para seguir relatando y entonces se fijó en que Marsha estaba mirándola con una expresión casi de dicha absoluta.

—Vas a tener un bebé —dijo la mujer antes de abrazarla.

Y ese cálido abrazo de apoyo derritió el estado de ansiedad de Charity y al instante empezó a respirar mejor.

—Supongo que sí —dijo comprendiendo que la única opción que veía era tener el bebé. Estuviera o no lista, iba a ser mamá–. Voy a tener un bebé. Yo.

Marsha se apartó ligeramente.

–Voy a ser bisabuela. Es impresionante. Qué vieja soy.

–No eres vieja, sino una mujer experimentada.

Marsha se rio.

–Creo que eso de experimentada hace que parezca una prostituta entradita en años –agarró a Charity del brazo y la llevó al salón–. ¿Sigues impactada?

–Sí y no creo que eso vaya a cambiar en mucho tiempo. No me parece real. Acabo de enterarme hace cinco minutos.

Marsha se sentó a su lado y le tomó la mano.

–Entonces, ¿no se lo has dicho a Josh?

–No, he venido aquí directamente.

Un millón de pensamientos abarrotaban su cabeza, intentó centrarse en uno, pero le fue imposible.

–¿Vas a quedarte?

Al principio Charity no comprendió la pregunta y al instante estaba abrazando a Marsha otra vez, sintiendo el miedo de la mujer de volver a perder a su familia por segunda vez.

–Voy a quedarme –le dijo Charity con firmeza–. Estar embarazada y soltera no es como quería que me conocieran por aquí, pero si a ti no te importa, a mí tampoco.

–Claro que no me importa. Estoy encantada.

Charity se puso recta y después volvió a recostarse en el sillón posando una mano sobre su vientre.

–Embarazada. Vaya forma de empezar una conversación. No te preocupes, sé que tengo que contárselo y teniendo en cuenta donde vivo, tengo que hacerlo pronto. No es un buen lugar para guardar secretos.

–¿Habíais hablado de tener un futuro juntos? –le preguntó Marsha con delicadeza.

–No hacemos muchos planes más allá del fin de semana. Josh está centrado en la carrera y lo que significa para él. Quiere recuperar su antigua vida, eso lo sé. Sé que echa de menos la emoción de la competición.

La emoción de ser famoso
—Y esto no va a gustarle —terminó Charity.
—Puede que te sorprenda, pero Josh siempre ha querido formar una familia.
—Pues a mí me parece que es hombre de relaciones de un solo día —miró a Marsha—. No espero ningún milagro. No va a ponerse de rodillas y suplicarme que me case con él.
—¿Te gustaría que lo hiciera?
Charity miró a otro lado.
Amaba a Josh, esa era la parte fácil. Pero ¿tener un futuro con él? No era posible.
—Queremos cosas distintas. Tenemos distintas visiones de la vida.
—El matrimonio se basa en el compromiso.
—Él quiere ser el centro de atención y yo quiero una vida normal en el amplio sentido de la palabra. Quiero un hombre normal.
—Pero no estás embarazada de un hombre normal. Estás embarazada de Josh.
—Y lo quiero.
Marsha le dio una palmadita en el brazo.
—Eres una chica lista. Ya sabrás qué hacer. Josh necesitará un poco de tiempo para acostumbrarse al hecho de que estás embarazada, pero creo que todo saldrá bien. Ya lo verás.
Charity esperaba que tuviera razón.
—Si no quiere formar parte de nuestras vidas, estaremos bien. Me crio una madre soltera y sé lo bueno y lo malo de la situación —agarró la mano de Marsha—. Además, sé que no estaré sola.
—No, no lo estarás. Me tendrás a mí, pase lo que pase.
Esas palabras la reconfortaron.
—Y a la ciudad —añadió Marsha.
Charity gruñó.
—Todo el mundo se pondrá como loco cuando se enteren de que estoy embarazada de Josh. ¿Qué voy a hacer?
—¿Sinceramente? Mantenlo en secreto todo lo que puedas.

Charity se rio.
—Eso no me es de mucha ayuda.
—Es lo mejor que puedo decirte.

Dos noches después, Charity estaba sentada en su cama mientras Josh y ella veían una película juntos. Durante las últimas cuarenta y ocho horas, había tenido docenas de oportunidades de decirle que estaba embarazada y se había echado atrás cada una de ellas diciéndose que estaba buscando el momento perfecto, algo que era una absoluta mentira. Simplemente no quería que lo supiera. Porque una vez que lo supiera, todo cambiaría y ella no estaba preparada para perderlo. Aun así, cada día que pasaba había creado un problema. Guardarse la información la hacía sentirse incómoda consigo misma, así que tendría que soltarlo y decirlo.

Estaban viendo una película de espionaje internacional en la que el destino del mundo recaía sobre el guapo protagonista. Una especie de James Bond, pero sin ese acento tan delicioso. La protagonista era supuestamente rusa y el malo era de un país europeo sin nombre.

Cuando la novia del malo apareció en pantalla, Josh dijo:

—Esa es Angelique. Hizo esta película justo antes de que rompiéramos. Fui a visitarla al rodaje en varias ocasiones.

Hablaba con naturalidad, como si fuera un dato interesante y nada más. Pero para ella no era así.

Sabía que había estado casado con Angelique y se había imaginado una preciosa morena con los ojos grandes y unos pechos enormes, pero esa imagen no se acercaba en nada a la belleza que estaba viendo en la televisión.

Angelique llevaba poco más que un camisón corto. Sus piernas eran infinitamente largas y perfectas, sus pechos parecían dar en la cámara y sus tersos pezones se veían claramente bajo la fina capa de seda.

Había algo en ella, algo no definido, que te hacía mirarla. «Carisma», pensó Charity. «Igual que Josh».

Nunca había visto una fotografía de los dos juntos, pero tenía la sensación de que darían la impresión de estar hechos el uno para el otro.

—¿Estuviste casado con ella? —preguntó aunque ya conocía la respuesta.

—Ya te he hablado de ella.

Oh, sí, claro. Pero había una gran diferencia entre mencionar a una exmujer y admitir que uno había estado casado con una diosa.

Aunque eso no se lo diría.

—Es guapísima.

—Supongo que sí —Josh miraba a la cámara y se encogió de hombros—. La operación de nariz no salió bien y tuvieron que operarla otra vez para arreglárselo.

Charity enarcó las cejas.

—Creo que no deberías estar diciéndome eso.

Él se giró hacia ella preocupado.

—Sé lo que piensas cuando la miras.

—Lo dudo.

—Sé lo que yo pienso. Pasó hace tiempo y no lamento que se terminara.

¿No? Después de todo, Angelique lo había dejado a él. Él quería volver a las carreras, recuperar sus momentos de gloria, pero ¿lo haría para demostrarle a su exmujer lo que se había perdido? Una vez que volviera a estar arriba, sería él quien rechazara a los demás. O tal vez tenía planeado volver con ella y tener unos bebés perfectos.

¡No! Lo que estaba pensando era totalmente irracional, algo provocado sin duda por la preocupación y unas hormonas revolucionadas.

—No vayas ahí.

—¿Ir adónde? —preguntó ella.

—Adonde sea que estás ahora mismo. No estoy interesado en ella.

Charity lo miró como si estuviera viéndolo por primera vez, viendo esos rasgos perfectos, la natural sonrisa, el ego gigantesco y ese corazón cálido y noble. Era un buen tipo y en otras circunstancias se habría sentido cómoda enamorándose de él. Por desgracia, las circunstancias no eran las mejores.

–¿Charity? –le preguntó él preocupado–. ¿Qué pasa?

Ella respiró hondo y soltó la verdad.

–Estoy embarazada.

Josh se había preparado para oírla decir que algo le preocupaba, que le resultaba intimidante ver a Angelique o que había decidido que odiaba la vida en una ciudad pequeña y que quería mudarse a Los Ángeles.

Pero, por el contrario, dos palabras zumbaban en su cabeza. Sintió como si la habitación se hubiera quedado sin aire, no podía respirar, pero lo peor de todo era que no podía pensar. No lograba entender qué había querido decir.

Ella lo miraba expectante, esperando que dijera algo.

¿Embarazada? Embarazada.

Había un bebé. Su bebé.

Se levantó de la cama y miró a Charity. Lo invadió el nerviosismo. Ahora no, no podía tener un hijo, no estaba preparado. Podía estropearlo todo.

Tiempo, se dijo. Tenía unos meses para prepararse, para aprender a ser el padre que un niño se merecía.

Charity se giró.

–No espero nada –dijo secamente–. No tienes que asustarte. Te lo he dicho por cortesía, nada más.

A él no le gustó cómo sonó eso.

–¿Qué quieres decir?

–Que soy yo la que está embarazada, no tú. El bebé es mi responsabilidad.

–Y la mía también –dijo aún sin entender qué estaba pasando.

Un niño, iban a traer un niño al mundo y la expresión «estés listo o no» nunca había tenido mayor sentido.

–Lo solucionaré –dijo para sí.

—No tienes que hacerlo.

—Yo también formo parte de esto. Estaré a tu lado y al lado del bebé.

Pero ella no parecía creerlo y teniendo en cuenta que Charity lo sabía todo sobre su pasado, cómo había fracasado, comprendía que tuviera dudas.

—Dame un poco de tiempo, solo te pido eso —le dijo mientras iba hacia la puerta—. Ya veremos.

Y con eso se marchó.

Charity se tendió sobre la almohada y deslizó la mano sobre la calidez que aún permanecía en el lado que había ocupado Josh.

Lo que ella sí que vería sería la rapidez con la que Josh se marcharía, pensó con tristeza. No la había sorprendido su reacción, pero aun así era decepcionante.

—¡Oh, Dios mío!

Pia estaba en la puerta de su piso mirando a Charity con los ojos como platos.

—Estás increíble. Me encanta el color y el corte. Has ido a Julia, ¿verdad? Nadie da los reflejos como ella, pero no le digas a Bella que te he dicho esto. ¡Vaya! Estás preciosa, genial.

Charity sonrió a su amiga.

—Pues yo no me siento genial.

—Entonces pasa y arreglaremos eso.

Charity entró en el alegre piso.

—Siento haberme presentado así. Debería haber llamado porque es tarde.

Pia sacudió la cabeza.

—No seas tonta. No es que tenga una cita ni nada.

Entraron en el salón donde en la pantalla de televisión se veía la imagen congelada de una película. Sandra Bullock estaba junto a una casa hecha casi enteramente de cristal.

—*La casa del lago* —dijo Pia—. Me encanta, no lo puedo evitar. La esperó dos años. ¿Qué chico hace eso?

Charity no había tenido intención de ir allí. Después de que Josh se hubiera marchado, ella se había dicho que estaría bien, que lo superaría, igual que cientos y miles de mujeres solteras que descubrían cada día que estaban embarazadas y salían adelante. Pero no era la idea de ser madre soltera lo que estaba desgarrándola por dentro, sino saber que Josh no la amaba. No había esperado que lo hiciera, pero ahora ni siquiera podía esperarse tener un final feliz.

–Todos los hombres son unos cerdos –dijo y señalando a la pantalla añadió–: Menos Keanu Reeves.

–Exacto –Pia la acompañó al sofá–. Aunque debería decirte que hay un nuevo hombre en mi vida –señaló al gato de pelo corto acurrucado en un sillón–. Es Jake –dijo bajando la voz–. El gato de Crystal.

–Oh, es precioso.

El gato alzó la mirada y la dirigió a Charity. Tenía los ojos grandes y de color esmeralda. La miró con altanería antes de agachar la cabeza y cerrar los ojos.

–Vamos a pasar el fin de semana juntos para ver si nos llevamos bien –Pia arrugó la nariz–. No me gustan mucho las mascotas, pero es una forma de ayudar a Crystal y puede que tener un gato me venga bien –dijo no muy segura.

–¿Es simpático?

–No lo sé. Es muy reservado, pero respeto su necesidad de tomarse las cosas con calma.

Charity miró a su amiga.

–Es un gato.

–Lo sé, pero ¿no deberían ser altaneros y esquivos? He pensado que si le dejo dar el primer paso, las cosas irán mejor. No quiero que piense que quiero esta relación más de lo que la quiere él.

–Me parece que estás dándole demasiada importancia. No creo que tenga un plan magistral.

Pia miró a la mascota.

–Pues yo creo que sí. Ya veremos lo que pasa. Hasta ahora ha estado muy tranquilo y es muy limpio. Pensé que me aterrorizaría la idea de tener una caja para el pis, pero no. Apunta mucho mejor que muchos hombres que conozco.

—Puede que él sea la respuesta.

—Puede —Pia se giró hacia ella—. ¿Te traigo algo? Tengo una amplia selección de helados. Ahora estoy pasando por una fase láctea. Seguro que no tengo ni una galleta, pero es probable que tenga cinco clases de helados.

—No, gracias —Charity se tocó el vientre. Hasta el momento no había tenido ni antojos ni malestar, pero no quería provocar las cosas.

—¿Qué está pasando? Ha sucedido algo y supongo que ha sido con Josh.

Charity asintió.

—No sé por qué me he dejado creer que sería distinto. ¡Con la de chicos de los que podría haberme enamorado! ¿En qué estaba pensando?

—No estabas pensando. Ése es el problema. No pensamos cuando se trata de hombres. Sinceramente, no sé por qué Marsha está tan empeñada en traer a más hombres a la ciudad. No dan más que problemas.

Agarró la mano de Charity y la apretó con fuerza.

—Cuéntamelo desde el principio y dime qué es eso tan horrible que te ha hecho. Después, nos emborracharemos y lo insultaremos.

—No puedo.

Pia sonrió.

—No te preocupes. Encontraremos tu rabia, está justo debajo del dolor. Confía en mí, tengo muchísima experiencia en esto. Te haré maldecir y despotricar de formas que jamás creíste posibles.

Charity miró a su amiga.

—No, quiero decir que no puedo beber. Estoy embarazada.

Tenía que admitir que Pia reaccionó muy bien; su expresión no cambió ni un ápice y le habló con calma.

—¿Estás segura?

—He hecho pis en un palito.

–¿Y solo has estado con Josh?

Eso hizo sonreír a Charity.

–¿Te parezco alguien que se acostaría con más de un hombre?

–Podría pasar.

–Pues no. Estoy embarazada –repitió, más que para Pia para ella misma, para ir haciéndose más a la idea.

–¿Y cómo te sientes? ¿Siempre habías querido tener hijos?

–Claro, ¿tú no?

Pia se encogió de hombros.

–Algunos días. Pero es mucha responsabilidad y los padres pueden estropear a un hijo. No estoy segura de querer arriesgarme a pasar por la tradición familiar de una devastación emocional. Pero no estamos hablando de mí. ¿Cómo te sientes?

–No lo sé. Emocionada, asustada –respiró hondo y buscó en su interior–. Feliz –dijo lentamente hasta que supo que era verdad–. Estoy feliz.

–¡Pues no se hable más! –Pia volvió a apretarle la mano–. Serás una mamá genial.

–¿Cómo lo sabes?

–Tienes personalidad, te preocupas de las cosas, te preocupas de la gente y tu abuela es Marsha y es increíble.

–Esta no es la forma que habría elegido para hacer las cosas –admitió–, pero no me lamento.

Pia le soltó la mano y arrugó la nariz.

–Aun a riesgo de acabar con tu buen humor, supongo que Josh no se lo habrá tomado muy bien porque, de lo contrario, no estarías aquí.

–Le ha entrado el pánico –dijo Charity con un suspiro–. Farfullaba algo sobre solucionarlo y ha jurado que estaría a nuestro lado, pero después ha salido corriendo casi dejando marcas en el suelo como en los dibujos animados. No creo que pueda asumirlo.

Odiaba pensarlo y más todavía decirlo.

–No me había dado cuenta de que había creado una fantasía alrededor de Josh y que esa fantasía se ha desmoronado. Esperaba que estuviera emocionado con la noticia o por lo menos abierto ante la idea.

—Aun a riesgo de violar el código de chicas, tienes que darle un respiro. Le has dicho algo increíble y seguro que necesitaba un momento para asumirlo. Puede que te sorprenda.

—No en el buen sentido.

Pia sacudió la cabeza.

—Josh es un buen tipo y cuando las cosas se le han puesto difíciles, lo ha superado. Dale un voto de confianza.

—¿Aunque haya salido corriendo?

—Vale, pues dale la oportunidad de hacer lo correcto. Ha dicho que estaría a vuestro lado.

—¿Y qué significa eso? —empezó a mostrarse irritada—. Tal vez hará anuncios con el bebé para fabricantes de artículos de deporte infantiles. Eso es lo único que le interesa. Va a volver a competir y le importa volver a ser el hombre que era. Me lo ha dicho. Quiere volver a ese mundo, recuperarlo todo. Lo que le importa es ser famoso, quiere volver a ser el chico del póster.

Pia se quedó mirándola un buen rato.

—¿Qué quieres tú? —le preguntó en voz baja.

—Quiero todo lo que él no quiere. Una vida tradicional, un marido, hijos, una casa y un perro —miró a Jake, que dormía—. O tal vez un gato. Quiero estabilidad, echar raíces y tener vecinos con los que ver pasar las estaciones. Quiero pasión y lealtad.

—¿Se lo has dicho?

—No he tenido la oportunidad. Le he dicho que estaba embarazada y se ha ido.

—Volverá.

—Eso no cambiará nada —Charity se inclinó hacia su amiga—. Hace años que conoces a Josh. ¿Alguna vez te ha parecido ser un hombre casero?

—Tiene sus momentos.

—Vive en un hotel. Sabes que el ciclismo lo es todo para él. No, no el ciclismo ni la competición, lo que quiere es ganar.

Quiere volver a ser un dios y en ese lugar donde quiere estar no hay sitio para la normalidad.

–Entonces, ¿vas a pensar lo peor de él sin pedirle lo que quieres ni darle una pista de qué puede hacer para hacerte feliz?

–¿Qué? No. Eso no es justo.

–¿No le has dicho lo que quieres?

–Ya te lo he dicho. No he tenido tiempo.

–¿Y cuando vuelva a hablar contigo de esto se lo dirás? Sabes que lo hará. ¿Qué pasará entonces? ¿Se supone que tiene que leerte la mente?

–Si se preocupara por mí, ya sabría lo que quiero.

Las palabras carecían de peso y Pia se limitó a enarcar las cejas.

–Está bien, más o menos veo lo que quieres decir. Probablemente debería decirle a Josh lo que estoy pensando, es la postura más madura.

–Sé que no quieres que te hagan daño –dijo Pia.

Charity asintió.

–Lo amo. Estoy enamorada de él, pero el problema es que no creo que él esté interesado en amarme a mí.

–No lo sabrás hasta que hables con él.

–¿Y cuando me aplaste como a un bicho?

Pia le sonrió afectuosamente.

–No sabes si lo hará.

–¿De verdad te lo imaginas diciéndome que me quiere y que quiere estar conmigo el resto de su vida?

–Sí.

Ahora fue Charity la que sonrió, aunque sus sentimientos estaban más llenos de tristeza que de esperanza.

–No eres buena mintiendo.

–Creo que hay una posibilidad.

«Siempre había una posibilidad», pensó Charity con tristeza. Pero tal vez no era muy buena.

18

Josh siempre disfrutaba estando en Los Ángeles. Era una gran ciudad con un crecimiento desmedido y cierto aire de grandeza. Tal vez Nueva York era la que más despuntaba de todo el país y la zona central era la zona con corazón, pero Los Ángeles era un lugar molón, chulo, y todo el mundo lo sabía.

Subió en el ascensor del aeropuerto hasta el piso donde recogería el equipaje y se acercó hasta una diminuta joven vestida con traje que sujetaba un cartel con su apellido.

–Aunque podría reconocerte en cualquier parte sin ayuda del cartel. ¿Cómo ha ido tu vuelo?

–Bien –respondió él–. Rápido.

–Yo prefiero que los míos duren –dijo de camino al coche.

Era bastante guapa, tendría entre veinte y treinta años, con una agradable sonrisa y un cuerpo que ningún traje conservador podía disimular. Hubo una época en la que Josh habría pensado lanzarle una invitación no muy sutil, pero hoy no era el día.

El vuelo desde Sacramento había tardado menos de una hora, casi lo mismo que duró el recorrido en coche hasta Century City.

Una vez allí, Josh tomó el ascensor hasta el piso treinta y dos donde un hombre alto y delgado estaba esperándolo. Las oficinas eran muy elegantes, algo típico en un bufete de abogados de esa categoría. Las moquetas eran lujosas, las vistas impresionantes y la sala de reuniones gigante.

Josh entró y saludó a la gente que estaba esperándolo. Había dos abogados, un asesor, tres antiguos entrenadores, un representante de una fábrica de bicis y un diseñador de calzado deportivo.

Después de las presentaciones y de que se sirviera café, se sentaron. Uno de los abogados, Pete Gray, fue el primero en hablar.

—Su propuesta ha sido interesante —dijo asintiendo hacia la carpeta que tenía delante—. Nuestros clientes están intrigados; ha reunido a unos sponsors excelentes y tiene el apoyo local. La ciudad quiere que esto llegue a término.

—Han ofrecido tierra y recorte de impuestos —dijo Josh—. No creo que pueda haber algo mucho mejor.

Todo el mundo asintió.

Pete continuó.

—Tenemos ofertas preliminares para la construcción y una de ellas es de Construcciones Hendrix. El propietario, Ethan Hendrix, nos propuso reducir en un cinco por ciento la oferta más baja que nos hayan hecho.

Josh no sabía nada.

—Su empresa trabaja muy bien. Serían mi elección preferida.

—Estamos elaborando un folleto informativo para nuestros clientes —continuó Pete—. Recomendamos que inviertan con una condición.

Josh había tenido una idea desde que supo que lo habían invitado a asistir a la reunión, pero no sabía qué pensar de ella.

—Queremos que dirijas la escuela.

Abrió la carpeta que tenía delante y, ya que él había reunido gran parte de la información que contenía, sabía lo que había dentro. Las imágenes de los niños montando en bici le eran familiares, como también lo era el plano del complejo. Habría espacio para entrenar, una pista interior, clases y salones de conferencias. Su idea siempre había sido integrar la escuela en la comunidad y con el tiempo empezaría a llevar expertos para que les dieran charlas a los vecinos sobre nutrición, cómo envejecer con salud y los distintos deportes que podían practicar según las estaciones.

—Yo nunca he dirigido algo así.

—Tienes varios negocios de éxito —dijo una mujer que él pensó que sería la asesora ejecutiva—. Sabes cómo sacarles provecho.

—No soy entrenador.

—No. Contratarás entrenadores —le dijo Pete—. Tienes la destreza y el nombre que buscamos. Ser Josh Golden ayuda a que los inversores muestren interés. Apuesto por ti, a menos que tengas pensado volver al ciclismo de manera profesional. He oído rumores.

—Voy a participar en una carrera y ya veré cómo sale.

Dos de los entrenadores parecían interesados. El tercero se mostró escéptico.

Sabía que el ciclismo profesional era un deporte duro y que estaría enfrentándose a un gran desafío si tenía pensado competir profesionalmente. El entrenamiento le robaría toda su vida y no podría comprometerse con nada más. No habría espacio para nada más, ni siquiera para el miedo.

Pero la gloria y la fama no eran lo que lo motivaban. Por el contrario, él quería encontrar esa parte de sí mismo que había perdido y una vez que la tuviera, ya no tendría que demostrar nada más. Si podía recuperarlo en una sola carrera, con eso le bastaría y ahí acabaría todo.

—Si fueras a volver al ciclismo profesional, ¿sabes durante cuánto tiempo sería?

—No más de un año o dos —dijo esperando que fuera mucho menos tiempo que eso.

Pete miró a los demás.

—Si se comprometiera a dirigir la escuela al retirarse, podríamos contratar mientras tanto a un administrador temporal —se giró hacia Josh—. ¿Estarías interesado?

—Puede.

Aunque lo atraía la idea de la escuela, lo que más le interesaba era que estar al mando de algo como la escuela de ciclismo significaba que tendría algo estable que ofrecerles a Charity y al bebé. Algo que la haría sentirse orgullosa de él.

No había hablado con ella desde que había descubierto que estaba embarazada, lo cual probablemente había sido un error, se dijo. Tenían que hablar sobre lo que estaba sucediendo y diseñar un plan de acción. Si podía explicarle que intentaría ser merecedor de estar a su lado, tal vez ella le daría una oportunidad.

Un hijo, pensó sin haberlo asumido aún. Iba a tener un hijo.

—¿Nos lo comunicarás? —le preguntó Pete.

Josh asintió.

—Después de la carrera. Os diré si voy a dirigir la escuela y cuándo empezaría.

—Excelente. Queremos que estés en el consejo, eres una parte integral de este plan.

Se estrecharon la mano y después Josh volvió al garaje donde le esperaban el coche y el conductor.

Si no accedía a dirigir la escuela, perdería la financiación que necesitaba y, aunque probablemente podría encontrarla en otra parte, le llevaría tiempo. La ciudad necesitaba la escuela y eso significaba que todo dependía de él.

¿Era esa la clase de trabajo que quería? ¿Podía y quería hacerlo?

Pensó en los chavales del instituto con los que montaba varias veces a la semana y cómo había pasado de estar aterrorizado a estar cerca de ellos subido a la bici, a ayudarlos a entrenar. Disfrutaba viéndolos mejorar y sabiendo que él era el responsable de ese cambio. Le gustaba la idea de que Brandon pudiera llegar a ser un ciclista internacional.

La escuela sería un medio para que Brandon y otros chicos como él pasaran al siguiente nivel. Quería formar parte de eso, pero primero tenía que volver a ser el hombre que había sido. Tenía que competir y ganar.

Cuando aterrizó en Sacramento, condujo directamente hasta Fool's Gold, pero en lugar de ir a su casa o a ver a Charity a su despacho, fue a las instalaciones que albergaban la gran empresa constructora de Ethan. Se cruzó con varios tipos cargando la base de un molino en una gran máquina y se dirigió a la oficina.

La camioneta de Ethan estaba fuera. Entró y encontró a su amigo en su despacho.

—¿Tienes un minuto? —le preguntó.

Ethan le indicó que se sentara.

—Claro. ¿Qué pasa?

—Acabo de volver de Los Ángeles.

—¿Y qué hay de nuevo por allí?

—Me he reunido con gente que puede financiar la escuela de ciclismo. La escuela que has ofertado para construir.

—Interesante.

—Quieren que la dirija.

Ethan se recostó en su silla.

—Los rechacé la semana pasada, por si te lo preguntas.

Josh se rio.

—¡Sí, claro!

—Pero estoy ocupado con mi propio imperio, igual que tú. ¿Estás pensando en ello?

—Puede que sí. Los otros negocios, la tienda de deportes, el hotel y la agencia inmobiliaria, podrían ser llevados por cualquier buen gerente. Pero lo de la escuela es distinto.

—Quieren tu nombre.

No fue una pregunta, aunque Josh asintió de todos modos.

—Así les resultaría más fácil conseguir sponsors y alumnos.

—Entonces, ¿por qué no aprovechas la oportunidad?

—No sé si puedo hacerlo.

—Tendrías entrenadores, empleados en general. Podrías estar allí parado sin hacer nada, luciéndote, y ellos estarían contentos.

Josh ignoró el comentario.

—No sé si puedo montar.

Ethan juntó las cejas.

—Pues lo descubrirás en unas semanas.

Era cierto. La carrera se acercaba. En ocasiones, Josh pensaba que lo tenía controlado, que había vencido a sus demonios, pero otras veces sabía que estaba engañándose y que perdería el control en mitad de una carrera, que lo emitirían por la televisión internacional y que todo el mundo sabría que era un cobarde inútil. Si eso sucedía, le costaría encontrar trabajo en un puesto de perritos calientes, así que más todavía entrar en el círculo de los grandes ciclistas.

—Puedes hacerlo —le dijo Ethan.

—¿Quieres apostar?

—Claro. Tú jamás has huido de nada en tu vida.

—Huí de ti —le recordó Josh—. Estaba asustado. Eras mi amigo, me necesitabas y me he escondido de ti durante años.

—Eso fue diferente.

—No. Fue exactamente lo mismo. Después de que Frank muriera —se frotó las sienes—. Aún veo su cuerpo volando y cayendo contra el suelo. No es como en las películas. La muerte no viene con banda sonora.

—Fustigarte no hace nada por Frank —le dijo Ethan—. Era profesional, sabía lo que hacía.

—Era un crío y se suponía que yo tenía que cuidarlo.

Ethan se quedó mirándolo un rato.

—¿Hay algo que pudieras haber hecho para cambiar las cosas?

—No lo sé. Tal vez debería haberle indicado cómo salir del pelotón.

—¿De verdad lo crees?

Josh no tenía respuesta.

—Charity está embarazada —dijo por el contrario.

Ethan lo miró y sonrió.

—¿En serio? ¿Se ha acostado contigo? ¿Por qué?

Josh se rio.

—Soy el mejor.

—Sigue diciéndote eso —la sonrisa de Ethan se desvaneció un poco—. ¿Estás contento?

—Aún sigo impactado, hemos estado viéndonos un tiempo, pero nunca habíamos hablado del futuro ni de tener algo más serio.

−Un bebé lo cambia todo.

−Y qué lo digas. Me ha dicho que no esperaba nada de mí, que me lo ha contado por cortesía, nada más.

−Qué frialdad.

−Puede, pero dada mi reputación, ¿la culpas?

−No −Ethan se inclinó hacia él−. ¿Qué quieres? ¿Casarte con ella? ¿Sentar cabeza?

¿Matrimonio? ¿Otra vez? Con Charity no habría punto medio. Si se permitía amarla, se metería de lleno en la relación. Angelique le había hecho daño al marcharse, pero Charity tendría la capacidad de destrozarle el corazón y dejarlo prácticamente muerto. ¿Por qué iba a darle ese poder a propósito?

Pero iban a tener un hijo juntos, un pedacito de cada uno de ellos, y era algo bastante espectacular e importante.

−Siempre he querido tener hijos −dijo lentamente−. Pero esto es distinto. ¿Y si no puedo hacerlo? −observó a su amigo−. Jamás conocí a mi padre, ¿y si soy como él? ¿Y si lo estropeo todo? No sé si estoy en el lugar correcto.

−Todo nuevo padre se asusta −le dijo Ethan−. Mi padre tuvo seis hijos y se aterrorizó cada vez, pero lo haces de todos modos. Vives con el miedo y te juras hacer lo mejor. Eso es lo que yo hice.

Seis simples palabras. Josh quería golpearse la cabeza contra la mesa.

−Lo siento.

−No te preocupes.

−No debería haber sacado el tema.

Ethan sacudió la cabeza.

−¿Crees que eres la primera persona que habla de un embarazo delante de mí? Sucedió hace mucho tiempo −miró a Josh−. Lo que recuerdo es querer a ese bebé más que a nada. Acabábamos de enterarnos de que Rayanne iba a tener un niño. Mi hijo. Qué bien me sentía −se aclaró la voz−. Confía en mí. Quieres tenerlo.

Josh asintió porque no supo qué decir. Intentó recordar cuánto tiempo había pasado desde que Rayanne murió llevándose con ella a su hijo aún no nacido. Dejando solo a Ethan.

¿Y si le sucedía algo a Charity? Si ella decidía que él no era suficiente, con el tiempo acabaría recuperándose, pero ¿podría levantar cabeza si ella no estuviera?

–¿Has hablado con ella desde que te contó que está embarazada?

–No.

–Pues ése sería el primer paso. Ya ha tenido ¿cuánto? ¿Dos o tres días para imaginarse lo peor? Y créeme, a las mujeres se les da bien imaginarse lo peor. Ve a verla, descubre lo que quiere, dile lo que quieres tú y soluciónalo. Siempre se te han dado bien las mujeres, aunque nunca haya podido comprender qué ven en ti.

Josh sonrió.

–Están cegadas por mi perfección.

–Me impresiona tu habilidad para engañarte a ti mismo.

Los dos se levantaron.

–¿Estás bien? –le preguntó Ethan.

–Sí –o lo estaría, una vez que supiera cómo volver a sentirse completo. Porque ser quien había sido antes significaba ser merecedor, no solo del bebé, sino también de Charity.

–Hola.

Charity alzó la mirada y vio a Josh de pie en la puerta de su despacho.

Hacía tres días que no lo veía ni hablaba con él. Después de que le contara que estaba esperando un hijo suyo, no había habido más que un increíblemente doloroso silencio y cada hora que había pasado se había sentido más y más triste por saber que él ni siquiera se había molestado en fingir que quería al bebé. Se alejaría de ella. Seguro que le pagaría una pensión de manutención o tal vez se ofrecería a llevárselo algún que otro día, pero ahí acabaría todo.

La muerte de sus sueños, unos sueños que no había estado dispuesta a admitir, estaba resultando muy dolorosa. Y todavía peor era mirarlo y saber que ella jamás podría estar en la misma habitación que él sin desearlo, sin amarlo. Todo ello le hacía imposible imaginar que pudiera superar ese dolor.

–¿Charity?
–Pasa.

Él entró y cerró la puerta antes de acercarse a la mesa. Se sentó y le sonrió.

–¿Cómo estás?
–Bien.
–¿No tienes náuseas por las mañanas?
–Aún no.

La miró a los ojos.

–Dime lo que quieres.
–¿Cómo dices?
–Estás embarazada. Vamos a tener un hijo juntos. Dime lo que quieres. ¿Quieres que me quede? ¿Quieres que me implique? ¿Crees que deberíamos casarnos? ¿Qué piensas que sería lo mejor para ti?

Lo mejor para ella sería tener un hombre que la amara de verdad, uno que no pudiera concebir la vida sin ella; un hombre que deseara formar una familia y envejecer a su lado. Quería declaraciones de amor llenas de pasión, no racionales listas de posibilidades.

Lo que más le dolió fue esa pseudo proposición de matrimonio. Casarse por el bebé aplastó todos sus sueños cargados de romanticismo.

Mientras lo miraba, vio afecto en sus ojos y tal vez un poco de preocupación por ella o por sí mismo. Pero seguía siendo Josh Golden, perfecto y no accesible para meras mortales como ella.

A la vez que pensaba que podía decirle la verdad, que podía decirle que estaba completamente enamorada de él, desechó la idea. ¿Por qué hacerlo sentir mal? De todos modos, él no la amaría.

—Seguro que podemos llegar a alguna clase de acuerdo —le dijo Charity.

—¿Qué quiere decir eso?

—Justo lo que he dicho. ¿Quieres formar parte de la vida del bebé? Estoy abierta a esa idea, voy a quedarme aquí en Fool's Gold porque aunque lo más probable es que estés compitiendo por todo el mundo, tu casa está aquí. Así que cuando estés en la ciudad, estableceremos algún calendario y horarios.

—¿Y eso es lo que quieres?

—Me parece el enfoque más racional.

—¿Nada más?

¿Qué esperaba que le dijera?

—¿Qué más tenías en mente? —preguntó ella.

—No lo sé. Algo.

—Cuando lo tengas claro, dímelo y hablaremos de ello.

Él la observó.

—¿Qué no estás diciéndome?

—No tengo ni idea.

—Hay algo.

Ella lo miró intentando que su expresión no reflejara lo que sentía porque entonces se compadecería de ella. O peor todavía, intentaría solucionar las cosas ofreciéndole unas migajas de atención y ése no era exactamente el camino a la felicidad.

Finalmente, él se levantó.

—Supongo que tenemos tiempo para pensarlo.

Ella asintió.

Josh vaciló un segundo y después se marchó.

Cuando Charity se quedó sola, dejó escapar un suspiro de alivio. Ya habían tenido una conversación, ¿quién sabía cuántas más tendría que soportar? Se dijo que cada vez le resultaría más sencillo y esperó que fuera verdad.

Pero antes de poder volver a centrarse en el ordenador, Bernie entró corriendo. Su expresión, que por lo general era calmada, reflejaba tensión.

—No te lo vas a creer —comenzó a decir—. ¡Yo no me lo creo!

—¿De qué estás hablando?

—El dinero. El dinero desaparecido —apoyó las manos en las caderas—. Lo he encontrado.

Charity la miró anonadada.

—Estás de broma.

—No. Bueno, lo he encontrado casi todo. Parte ya se ha gastado, pero la mayoría está en una cuenta fuera del país. No ha sido fácil rastrearla, pero soy buena en lo que hago. Aunque estoy enfadadísima.

Charity ni se atrevía a preguntar.

—¿Quién se lo quedó?

—Siempre es la persona que menos te esperas, ya debería saberlo a estas alturas. Pero una vez más me he dejado engañar por una simpática sonrisa y por un ofrecimiento de ayuda.

—¿Quién?

—Robert.

Charity se levantó y miró a Bernie.

—No. No me lo creo. ¿Robert? ¿Ese tranquilo Robert que vive solo y al que le gusta demasiado todo lo que tiene que ver con la Guerra Civil? Fue él el que informó de que el dinero había desaparecido.

—Lo sé. Y también se mostró muy enfadado, siempre hablaba de que quien fuera que se lo había quedado le había robado a la buena gente de Fool's Gold. Me lo tragué. ¡Pero si hasta salí a cenar con él!

—Yo también —murmuró Charity incapaz de asimilarlo—. ¿Robert? No es posible. ¿Estás segura?

—El rastreo de documentos me ha llevado hasta él. Lo he encontrado de pura casualidad y eso me enfada mucho. Hay transferencias, retiradas de dinero. Es bueno, eso tengo que reconocerlo. Pero no lo suficientemente bueno.

—¿Y qué pasará ahora?

Bernie puso los ojos en blanco.

—Ya he llamado a la Jefa de Policía para que lo detengan mientras lo notifico a las autoridades estatales. Llegará en cualquier momento. ¡Estoy tan furiosa! Me engañó por completo.

—Nos engañó a todos —dijo Charity, aún incapaz de creerlo—. ¿Irá a la cárcel?

—Por mucho tiempo. Tengo que ir a hacer esas llamadas.

—¿Necesitas que haga algo? —preguntó Charity.

—No le digas a nadie que me parecía un tipo simpático.

—Nos lo parecía a las dos.

Cuando Bernie se marchó, Charity intentó volver al trabajo, pero no podía pensar. ¿Robert era el ladrón? La información demostraba que una vez más se había equivocado al juzgar a alguien. Estaba convencida de que sus únicos defectos eran que era un poco aburrido y una especie de niño de mamá. Por el contrario, había robado millones de dólares, había encabezado la investigación para desviar la atención y había engañado a toda la ciudad.

Estaba furiosa. ¡Más que furiosa! ¡Y ella sintiéndose mal por no querer salir con él! ¡Qué nivel de estupidez!

Se levantó y fue hasta la ventana, por donde vio varios coches de policía llegar. En un minuto o dos, Robert estaría detenido.

Aún furiosa, salió al pasillo y fue al despacho de Robert. Al verla, él alzó la mirada y sonrió.

—Hola, Charity. ¿Qué tal?

—Para ti, no muy bien. ¿De verdad robaste el dinero?

Hubo un momento de confusión seguido de una expresión de sorpresa y de una insoportable arrogancia.

—Vaya pregunta. Me siento insultado.

—¿Ah, sí? Pues no lo creo —lo observó buscando la verdad—. ¿Cómo? No, espera. Eso no importa. ¿Por qué? Esa es la pregunta más importante. ¿Por qué le quitaste el dinero a la ciudad? ¿De verdad pensabas que éramos tan estúpidos que no te descubriríamos?

—Yo no he hecho nada, pero si lo hubiera hecho, nadie lo descubriría.

—¿Es eso lo que crees? ¿Que eres más listo que todos nosotros? —se apoyó contra el marco de la puerta—. Lo siento, Robert. Resulta que Bernie es incluso más lista que tú.

El gesto de arrogancia desapareció.

−¿De qué estás hablando?

−Ya ha llamado a la policía. Al parecer ha descubierto tus cuentas secretas y tiene todo lo que necesita para meterte en la cárcel durante mucho tiempo.

Él se levantó y fue hacia la puerta. Ella se apartó y lo vio correr hacia las escaleras para, unos segundos después, tropezar con el pie de Bernie y caer boca abajo sobre el suelo de mármol. La sheriff Burns subió las escaleras y plantó el pie sobre su espalda.

−Estaba a medio camino de casa cuando he recibido esta llamada −le dijo no muy contenta−. No me gusta que nadie se interponga en mis planes.

19

–¡Me siento tan utilizada! –dijo Marsha la mañana siguiente cuando Charity y ella estaban en su despacho–. Me caía bien Robert. Creía en él.

–Salí con él –dijo Charity sacudiendo la cabeza–. Me sentía mal por el hecho de que no me gustara más. ¿Cómo ha pasado todo esto?

–Fuimos demasiado confiadas –le dijo Marsha–. Tenía unas recomendaciones excelentes.

–¿Es ahora cuando empezamos a hablar de lo tranquilo y amable que era?

La noticia había corrido como la pólvora. Robert no solo le había robado dinero a la ciudad, sino que además había estado utilizando un nombre falso. Al parecer, las circunstancias de la muerte de su anciana madre resultaban sospechosas y estaba esperando a que lo extraditaran a Oregón donde lo acusarían de asesinato.

–He heredado el mal gusto con los hombres de mi madre –dijo Charity con gesto taciturno–. Aquí tenemos un ejemplo más.

–Robert no cuenta. Apenas saliste con él.

–Pero tampoco me pareció que tuviera nada malo y eso son unos cuantos puntos en mi contra.

–Medio punto –le dijo Marsha–. ¿Cómo te sientes?

–Bien. Aún no tengo síntomas muy claros. Ni antojos ni náuseas.

—¿Has hablado con Josh recientemente?

—¿Desde el anuncio? Vino a preguntarme qué quería de él y cuando no le respondí, dijo que lo solucionaríamos. Fue un momento muy tenso para mí.

—Estás dolida.

—Un poco. Y furiosa.

—¿Porque no ha podido leerte la mente?

En parte sí, pero eso Charity no lo admitiría.

—¿Por qué tengo yo que pedirle nada? ¿No debería ofrecerse él? Este hijo es tanto suyo como mío.

—Entonces quieres que haga lo correcto. ¿Estás esperando que te pida matrimonio?

—No —intentó darle fuerza a esa palabra—. Quiero que... —quería mucho y era difícil elegir—. Quiero que esté conmigo y con el bebé. No me interesa hacer nada solo porque él crea que tiene que hacerlo.

—¿Sabe que quieres estar con él?

Charity tampoco quería responder a eso.

—Te cuesta pedir lo que quieres —le dijo Marsha—. ¿Se debe a que tu madre nunca estuvo a tu lado?

—Probablemente. No confío en la gente con facilidad.

—¿Y qué ha hecho Josh para que no confíes en él?

—Nada —admitió a regañadientes—. Pero fíjate en su pasado. Quiere volver a las carreras y quiere todo lo que eso implica.

—O tal vez lo único que quiere es saber que no ha fracasado.

«Interesante observación», admitió Charity a regañadientes. Pero antes de poder saber qué decir, Sheryl asomó la cabeza por la puerta.

—Charity, siento molestarte, pero es el doctor Daniels del comité del hospital. Dice que es importante.

—Gracias —Charity se levantó.

—Puedes responder la llamada aquí —le dijo Marsha—. Yo iré a por un café.

—Gracias —Charity esperó a quedarse sola en el despacho de la alcaldesa y levantó el teléfono—. Hola, doctor Daniels.

—¿Señorita Jones, cómo está?

Había algo en su voz vacilación, tal vez. A ella se le cayó el alma a los pies.

–Estoy bien. ¿Sucede algo?

–Sabrá que disfrutamos mucho con su presentación y que todos los miembros del comité creen que su ciudad es fantástica.

Ahora venía el «pero»

–Pero tenemos algunas preocupaciones. Aunque Fool's Gold es una ciudad espléndida, es pequeña y ustedes ya tienen un hospital. Nos preocupa no tener suficiente población activa para sostener el nuevo hospital y no vimos mucho apoyo por parte de la comunidad.

Sintió un fuerte deseo de gritar, pero se forzó a tomar aire y calmarse.

–Doctor Daniels, tenemos una población activa muy bien formada y una comunidad que está más que ansiosa por recibir al nuevo hospital.

–Seguro que cree que es así, Charity

–No lo creo, lo sé –dijo interrumpiéndolo–. Y puedo demostrárselo. Por favor, deme una oportunidad más con el comité.

Hubo una larga pausa.

–Se la daré porque me ha impresionado para bien desde el principio. Sin embargo, he de advertirle que ya hemos celebrado la votación para la otra ubicación.

–Entonces tendré que ponerle empeño, ¿verdad? –dijo decidida a sonar positiva a pesar de estar derrumbada por dentro.

–El viernes –dijo el doctor Daniels–. A las nueve en punto.

–Estaré preparada.

Colgaron. Charity fue arrastrando los pies hasta el sofá y se dejó caer sobre él para después cubrirse la cara con las manos.

Tres días. Tenía tres días para encontrar un milagro. Tres días para hallar el modo de convencer al comité del hospital de que sí, había mucho apoyo vecinal y trabajadores cualificados. Ya había proporcionado muchas estadísticas, les había enseñado Fool's Gold, les había ofrecido incentivos en cuestión de impuestos y viviendas. ¿Qué faltaba?

—¿No hay buenas noticias? —preguntó Marsha cuando volvió a su despacho.

Charity le resumió lo sucedido.

—No sé qué hacer —admitió—. Estábamos tan cerca. Sé que les gustó la ciudad más que las otras, así que ¿por qué dudan tanto?

—¿La otra ciudad es más grande?

—Sí. Es como el doble que esta, pero no tiene nuestro encanto. La ubicación no es tan buena como la nuestra, no tienen trabajadores más cualificados y sé que nosotros somos mucho más entusiastas que ellos. ¿Por qué no me creen?

—Supongo que tendrás que demostrárselo.

—¿Cómo? ¿Cómo demuestro algo que ellos ya han visto y que no creen?

—Dales pruebas que no puedan ignorar —Marsha le dio una palmadita en el brazo—. Pide, Charity. Pide lo que quieras.

Para alguien acostumbrada a tenerlo todo bajo control, esa idea parecía imposible de imaginar y, mucho menos, de llevar a cabo.

—¿Cómo?

Marsha le lanzó una enigmática sonrisa.

—Tendrás que confiar en mí. Y en la ciudad.

¿Confiarle su futuro a alguien? ¿Confiarle su trabajo?

—¿Y si no puedo?

—Ten un poco de fe y deja que te sorprendamos.

«Gerald Saterlee es un cretino insoportable», pensó Josh mientras se impulsaba para avanzar más deprisa. El sudor le cubría la espalda, le dolían las piernas, pero no estaba dispuesto a dejar que un ciclista francés de segunda lo venciera durante un entrenamiento.

Saterlee se había presentado en Fool's Gold el día antes, una semana antes de que llegaran el resto de participantes a la carrera. Decía que quería aclimatarse al lugar, pero Josh sabía que no era así. A ese bastardo lo habían enviado para que lo vigilara y diera información sobre él. El mundo del ciclismo quería saber si Josh Golden aún tenía lo que hacía falta.

Una estrategia inteligente sería dejar que Saterlee lo venciera sin problemas y así nadie tendría expectativas puestas en él. Ése había sido su plan. Pero en cuanto habían empezado a correr, había sentido su naturaleza competitiva salir a la superficie y había visto que no podía hacerlo que no podía permitir que Saterlee pensara que era mejor.

Hicieron el ascenso por la colina dejando atrás a la mayoría de los ciclistas del instituto. Brandon mantenía el ritmo, pero estaba perdiendo fuerza. Josh miró los pocos kilómetros de colina que quedaban y supo que en cuestión de minutos ya solo quedarían Saterlee y él.

En efecto, a kilómetro y medio de la cima, Brandon aminoró el ritmo.

–¡Lo siento, tío! –gritó.

Josh le hizo un gesto con la mano y siguió pedaleando. Su cuerpo estaba preparado para ello, se dijo. Había estado montando cada día durante dos años, había entrenado en el gimnasio y se había fortalecido. Su cuerpo había estado preparándose para el regreso mientras su cerebro había estado ocupado recuperándose y ahora descubriría si lo había logrado.

Al acercarse al punto más alto de la carretera, Josh sintió esa mágica fuente de energía, la sensación de que tenía cantidad de reservas, que podía estar pedaleando para siempre. Miró a Saterlee, vio agotamiento en su mirada y fue entonces cuando supo que iba a ganar.

Se detuvo bruscamente y se agachó para rascarse el gemelo como si le doliera algo. Bajó la cabeza para ocultar su sonrisa de satisfacción. Saterlee miró atrás, sonrió como un idiota y siguió pedaleando. Josh lo vio alejarse.

La noticia se extendería enseguida. Dirían que no era lo que había sido una vez, que su regreso había sido más una cuestión de ego que de habilidad. Hablarían de él con respeto, pero con lástima, aunque por dentro estarían encantados.

«Puedo soportarlo», se dijo, porque el día de la carrera les daría una buena patada en el trasero a todos y después, cuando lo hubiera ganado todo, se marcharía. Sería un gran día.

El estudio de televisión era exactamente tal cual Charity lo recordaba, aunque esa vez ella sería la entrevistada, no Josh, y no habría nadie babeando por acostarse con ella. Algo que, probablemente, fuera lo mejor; ya estaba demasiado asustada con la idea de perder el hospital y tener que vérselas con un descarado pretendiente la habría llevado hasta el límite.

A menos que ese tipo en cuestión fuera Josh, pensó con tristeza. A él sí que le gustaría verlo, pero los últimos días había estado muy ajetreada mientras preparaba una nueva presentación. Josh le había dejado un par de mensajes, ella le había devuelto las llamadas y había notado cómo lo echaba de menos. Lo había visto por la ciudad, entrenando para la carrera, pero no había logrado hacer más que saludarlo.

En algún momento tendrían que tener una conversación, tomar decisiones, actuar como adultos, pero al parecer ése no sería el día.

La periodista, una guapa mujer de aproximadamente la misma edad que ella, esperó hasta que la vio cómodamente sentada. La chica de sonido ya le había puesto el micrófono y alguien había colocado un fotómetro delante de su cara.

—¿Cuánto tiempo crees que necesitas? —le preguntó la periodista—. No nos gusta que los segmentos pasen de dos minutos.

—No hay problema —le dijo Charity—. Tengo pensado ser rápida.

—¿Se trata del asunto del hospital? Creía que estaban encantados con nosotros.

—Yo también. Tienen ciertas preocupaciones y esa es la razón por la que estoy aquí.

—Maldita sea. Mi madre quiere que me case con un médico —la periodista esbozó una sonrisa—. Sería más fácil si construyeran aquí el hospital.

Charity se rio y se puso derecha en la silla cuando la joven le indicó que estaban listas para empezar. Unos segundos más tarde, las luces se encendieron.

—Estoy aquí con Charity Jones, la nueva urbanista de Fool's Gold. Uno de los proyectos de Charity es convencer al hospital de California para que abran aquí sus nuevas instalaciones. ¿Cómo va tu plan, Charity?

Charity miró a la cámara, respiró hondo y se dijo que tenía que confiar en sí misma.

—Las negociaciones han sido excelentes, pero por desgracia parece que nos hemos topado con un pequeño bache en el camino.

—¿Y eso?

—El comité de planificación tiene ciertas preocupaciones —Charity explicó la necesidad de muestras de apoyo local y de un programa de prácticas y formación de enfermeras y técnicos—. Me vuelvo a reunir con el comité dentro de dos días, así que si a alguien se le ocurre alguna idea, por favor escribidme un e-mail —dio su dirección—. O podéis llamar al Ayuntamiento y dejarme un mensaje —también dio el número—. Un hospital de semejante tamaño le reportaría grandes beneficios a nuestra comunidad y, aunque nuestro actual hospital ya es excelente, este nuevo ofrecería una unidad especial de atención de traumatismos y nuestra ciudad se lo merece. Estoy decidida a que lo logremos, pero necesito vuestra ayuda. Gracias.

El viernes por la mañana, Charity no pudo desayunar. Había pasado despierta la mayor parte de la noche revisando su presentación, añadiendo y eliminando puntos hasta que apenas podía recordar de qué tenía que hablar.

Pero cuando se puso los zapatos y se miró una vez en el espejo, sintió cierta calma porque, pasara lo que pasara, la ciudad se había volcado con ella.

Después de su aparición en televisión, su bandeja de correo se había visto inundada de mensajes y el sistema informático de la ciudad había quedado colapsado durante tres horas. El jueves había recibido llamadas, notas entregadas en mano y docenas de ideas, muchas de las cuales eran excelentes y habían bordado su presentación. Ahora solo le quedaba esperar que un pequeño porcentaje de gente hiciera acto de presencia para demostrarle al comité que Fool's Gold era el lugar perfecto para la construcción del hospital.

Salió del hotel poco después de las ocho y se dirigió hacia el ayuntamiento. La reunión era a las nueve. Había reservado el paraninfo situado en el sótano y esperaba no haber sido demasiado optimista al respecto. Podía albergar cerca de doscientas personas y con que lograran reunirse cincuenta o sesenta personas, se alegraría Aunque mejor si eran cien.

—Es un día laborable —se dijo al entrar en el edificio—. Y eso reducirá la asistencia.

Pero era por una causa importante. Ojalá pudieran sacar algo de tiempo y

Bajó al sótano por las escaleras.

La noche anterior había repasado dos veces la presentación y se había asegurado de que la pantalla y el equipo de sonido estuvieran en perfecto estado. Además, había preparado un ordenador de reserva por si acaso. Sheryl había pedido grandes jarras de café, el Fox and Hound había cedido tazas y servilletas y la hija de Morgan, que regentaba una pastelería, sería la encargada de llevar los donuts.

Charity bajó las escaleras y entró en el tranquilo salón. No había nadie allí.

Se quedó de pie entre las sombras luchando contra la decepción. Ni un solo miembro de la comunidad había acudido. No había nadie. Solo silencio.

Le dio un vuelco el estómago a medida que se veía invadida por el pánico. ¿Qué había pasado? ¿Se había perdido la reunión? ¿Se había equivocado de día? ¿Se había despertado en un universo alternativo?

—¿Charity?

La cálida y familiar voz la hizo darse la vuelta. Allí estaba Josh, esperándola y sonriéndole.

—Tienes el teléfono apagado.

—¿Qué?

—Todo el mundo ha estado intentado ponerse en contacto contigo. Vamos —la agarró de la mano y la llevó hacia las escaleras.

—¿Qué estás haciendo? Tengo que hacer una presentación.

—No hace falta que me lo digas. ¿Es que no se te ha ocurrido que en uno de los días más importantes de tu vida debías dejar el teléfono encendido?

Subieron las escaleras.

—No lo entiendo. Lo tengo encendido —lo sacó del bolso y vio que la pantalla estaba en blanco. Parecía que la batería se le había acabado durante la noche—. Oh, Dios. ¿Qué me he perdido?

—Ha venido tanta gente que hemos tenido que trasladar la presentación.

—¿Trasladarla? ¿Dónde es ahora?

—En el gimnasio del instituto —miró su reloj—. Tenemos cuarenta minutos. No te preocupes.

El corazón de Charity comenzó a palpitar con fuerza.

—No puedo llegar tarde.

—No lo harás.

Salieron corriendo del ayuntamiento en dirección al todoterreno que estaba aparcado enfrente. Charity apenas se había subido cuando Josh ya había arrancado el motor.

—¡Mi presentación! —dijo al recordar todo lo que se había dejado en su despacho.

—Sheryl se ha ocupado de eso. Se ha llevado todo al gimnasio. Ha intentado llamarte esta mañana, pero Mary la recepcionista sabía que te habías quedado despierta hasta las tres y por eso no te han pasado las llamadas. Yo estaba entrenando y tampoco han podido contactar conmigo.

Josh conducía a toda velocidad por las extrañamente desiertas calles de Fool's Gold hasta que estuvieron a menos de un kilómetro del instituto y allí se toparon con mucho tráfico. Sacó la cabeza por la ventanilla y empezó a gritar que Charity iba con él. Al instante, los coches empezaron a apartarse.

Siguieron avanzando hacia el instituto. No había sitio para aparcar, así que se detuvo a un lado de la acera.

–¡Vamos! –dijo señalando al gimnasio–. Las puertas están abiertas. Marsha ya está dentro. Volveré en cuanto pueda –sonrió–. Lo harás genial.

Charity quería decirle algo, acariciarlo, besarlo y tal vez hablar del futuro, pero no había tiempo porque ya estaba abriendo la puerta. Bajó del coche y echó a correr.

Una vez dentro del gimnasio, se detuvo para mirar a su alrededor. El enorme espacio estaba desbordante de gente. Las gradas estaban llenas, al igual que todas las sillas colocadas sobre el suelo del gimnasio. Había un escenario en un extremo con una mesa donde estaba sentado el comité, impresionado. Las paredes estaban forradas de pancartas clamando que Fool's Gold quería el hospital y las animadoras dirigían a la multitud en varios y extraños, pero interesantes, vítores sobre la sanidad y la profesión de enfermera.

Marsha vio a Charity y la saludó con la mano. Fue hacia el escenario.

–Me he quedado sin batería –le murmuró a su abuela–. No sabía que lo habíamos trasladado.

–Hemos tenido que hacerlo. La gente ha empezado a llegar sobre las siete de la mañana, jamás había visto semejante concurrencia de público –sonrió a Charity–. Escucharon tu petición y han respondido de este modo. No te vas a creer las ofertas que nos están lloviendo –señaló las carpetas que había sobre la mesa–. Lo has hecho muy bien.

–Aún no sabemos si el hospital se va a construir aquí o no.

–Sea como sea, estoy orgullosa de ti.

–Gracias –Charity se concedió un momento para disfrutar de esa sensación de bienestar, de la sensación de por fin haber encontrado su lugar, y respiró hondo antes de dirigirse a la mesa de conferencias–. Buenos días.

–¡Impresionante! –dijo el doctor Daniels señalando a la multitud–. Me gustan las pancartas.

–Pues más le gustará la información que he recopilado –agarró el micrófono y lo encendió–. ¿Empezamos?

Al instante, el enorme gimnasio quedó en silencio.

Charity ya había hecho muchas presentaciones antes, formaba parte de su trabajo, pero no recordaba haber tenido tanto público ni uno tan entusiasta. Aunque todo el mundo estaba callado, podía sentir su apoyo y eso le dio confianza.

Fue al estrado y abrió la carpeta que tenía allí.

–Doctor Daniels, me gustaría darles de nuevo la bienvenida a usted y a su comité y agradecerles esta nueva oportunidad de convencerlos de que este es el lugar donde deberían construir su hospital. La última vez que hablamos mencionaron dos preocupaciones en concreto: trabajadores con formación y apoyo de la comunidad –alzó la mirada y sonrió–. Dejen que les muestre por qué no tienen nada de qué preocuparse.

Durante la siguiente hora, desarrolló una detallada presentación en la que explicó cómo el campus de la Universidad de California situado en Fool's Gold había desarrollado un programa de estudios de Enfermería, incluyendo distintas especialidades de titulación superior, y que el hospital universitario, el Wilson Memorial, enviaría internos y residentes al nuevo hospital.

Les mostró los planos para un nuevo campo de golf, proyectos de viviendas y revisó los excelentes expedientes académicos de las escuelas locales. Después, les enseñó una lista de eventos benéficos que ayudarían a desarrollar proyectos especiales para el hospital.

–En cuanto al apoyo de la comunidad, creo que los ciudadanos de Fool's Gold ya han hablado por sí solos.

La multitud se puso en pie y aplaudió entre gritos y silbidos.

El doctor Daniels parecía atónito.

—¿Puede darnos unos minutos para consultarlo? —le preguntó el hombre con los ojos ligeramente empañados.

Charity asintió y apagó el micrófono. La gente comenzó a charlar y vio a Josh corriendo hacia ella entre las hileras de sillas. Después de bajar las escaleras, Charity se encontró con él delante del estrado. Él la agarró de la mano y la sacó por una puerta hacia un tranquilo pasillo.

—Lo has hecho genial.

—Todos lo hemos hecho. Ha venido todo el mundo. La información que tenía preparada era fabulosa, pero tener a tanta gente expresando su apoyo tiene un valor incalculable —sintió una agradable calidez por dentro, la sensación de estar en casa. Si el hospital se construía allí, no lo habría hecho sola y eso hacía que la victoria resultara más dulce todavía.

Esa ciudad, esa gente, era lo que había estado buscando toda su vida. Un lugar al que llamar hogar. Un lugar al que pertenecer.

Había estado perdida mucho tiempo, pensó mientras miraba los preciosos ojos de Josh. Había estado haciendo lo posible por tomar la elección correcta para no resultar herida, para que no la abandonaran. Pero vivir así había significado perderse muchas cosas, perderse lo mejor.

—Pase lo que pase con la carrera, con el bebé, con el futuro, quiero que sepas que no me arrepiento de nada. Te quiero.

Josh puso las manos sobre sus hombros y la besó.

—Yo también te quiero.

—¿Qué qué? —preguntó ella sintiendo como si el suelo se hubiera movido bajo sus pies.

Él sonrió.

—Te quiero, Charity. Eres todo lo que siempre he querido. Adoro estar contigo y cómo me siento cuando estoy a tu lado. Quiero ser el hombre de tu vida, la persona en la que puedas apoyarte. Quiero que formemos una familia. Para siempre. Y quiero que te cases conmigo.

Las palabras resonaron en su cabeza con fuerza; por separado tenían sentido, pero juntas le resultaban imposibles de creer.

–¿Me quieres?

–Sí –volvió a besarla–. En cuanto pase la carrera, hablaremos de los detalles, de dónde viviremos y dónde celebraremos la boda.

Los labios de Josh seguían moviéndose y por eso Charity supuso que seguía hablando, aunque lo cierto era que no estaba escuchando.

La carrera. ¿Cómo podía haberlo olvidado? Todo giraba en torno a la carrera, a ser famoso e importante, a ser el chico del póster.

–No he dicho que vaya a casarme contigo.

–Lo sé. Cuando gane

–Eso es lo más importante, ¿verdad? Ganar. No quiero estar con alguien que necesita ser venerado por millones de personas, Josh. Quiero estar con un hombre que me quiera y que se conforme conmigo, con sus hijos y tal vez con un perro.

–Pero yo te quiero. No voy a dedicarme al ciclismo de manera profesional. Solo quiero demostrarme a mí mismo que aún valgo.

–A mí no me importa que ganes la carrera.

–Pero a mí sí –le respondió él con determinación–. Mi madre me abandonó porque estaba enfermo y no servía para nada y Angelique se marchó cuando ya no pude competir.

–Pero yo no soy ellas.

–Quiero que estés orgulloso de mí.

–Ya lo estoy.

–Necesito estar orgulloso de mí.

Y era verdad. Lo que importaba era él y cómo se sintiera, pero ¿terminaría todo con una carrera? ¿Sería suficiente? ¿Podría oír a la multitud aclamándolo y alejarse de ello sin más? No.

–Ganaré y después estaremos juntos.

Josh era todo lo que había querido, el hombre que amaba, el padre de su hijo aún no nacido. Pero pedía lo imposible.

–No estaré contigo si participas en la carrera. No quiero estar con alguien que necesite ganar para sentirse lleno.

La puerta que había junto a ellos se abrió de golpe y Pia asomó la cabeza.

—¡Dios mío! ¡Han aceptado! Traerán el hospital. ¿No es genial?

—Genial —susurró Charity sabiendo que esa mañana había ganado y perdido a partes iguales.

20

Josh estaba sentado en la barra dando un trago a su vaso de agua. Faltaban tres días para la carrera y nunca en su vida se había sentido en tan buena forma. Sus cuidadosamente diseñadas rutinas de entrenamiento habían tonificado sus músculos y afilado sus reflejos. Había hecho el trabajo y ahora lo único que necesitaba era tener un poco de suerte.

—Para ser un tipo considerado casi como un héroe, no se te ve muy feliz —le dijo Jo—. ¿Quieres hablar de ello?

Él sacudió la cabeza y siguió mirando la barra.

Jo miró a su alrededor como para asegurarse de que nadie podía oírlos y se inclinó hacia él.

—Lo harás, Josh. Te he visto entrenar. Has estado en el medio del pelotón y no has tenido ningún problema. Eres bueno, tienes que creer en eso.

Él alzó la cabeza lentamente para mirar a la mujer que tenía delante y que lo miraba con afecto y comprensión.

—¿Qué has dicho?

—Sé que has estado un tiempo asustado, pero lo lograste, venciste a tu miedo. No creo que yo pudiera haberlo hecho y pasar por lo que tú has pasado. Yo no, pero tú sí.

La verdad lo golpeó con fuerza y se le secó la boca.

—¿Lo sabías?

—¿Que ya no podías competir? Me parecía muy peligroso que salieras a montar a última hora de la noche, pero supongo que era el único modo que tenías para superarlo, ¿verdad?

Se sintió expuesto y un poco estúpido.
—¿Lo sabías? —repitió.
—Eh, sí.
Él tragó saliva y se puso derecho.
—Deja que adivine, todo el mundo lo sabía. Toda la ciudad.
—No todo el mundo, pero sí la mayoría. No queríamos hablar de ello porque necesitabas tener tu espacio y asumirlo.

Revivió en su mente los dos últimos años y recordó las precauciones que había tomado para esconder su bici, cómo había montado en la oscuridad por vergüenza a hacerlo a la luz del día. Recordó cómo habían bromeado todos con eso de que volvía de estar con alguna chica cuando habían sabido perfectamente lo que había estado haciendo.

No sabía si meterse bajo tierra o sentirse agradecido.
—Estabas confuso —dijo Jo.
—Es una forma de decirlo.
Ella sonrió.
—Eres uno de los nuestros. Te queremos —su sonrisa se hizo más amplia—. Hablo en general, claro. No quiero que Charity venga y me dé una paliza.
—¿Crees que podría contigo?
—El amor provoca reacciones muy interesantes en las mujeres. Les da fuerza.

Tal vez, pero él no estaba seguro de que Charity lo amara tanto como decía y es que estaba claro que no lo comprendía. Él no quería ser el chico del póster, solo quería ser él mismo y tenía que competir en esa carrera para demostrarse que podía hacerlo. Después, seguiría con su vida.

Un par de chicos terminaron su partida de billar y, antes de marcharse, le gritaron:
—¡Buena suerte el sábado, Josh!
—Gracias.
—¿Estás bien? —le preguntó Jo.
Él asintió.

Cuando era pequeño, Fool's Gold lo había acogido y esa ciudad seguía estando a su lado de una forma que ni siquiera él había sabido. Quería saber cuánto les debía a todos, quería decirles que eran su familia.

Quería quedarse allí, estar allí con Charity. Quería casarse con ella. Cuando la carrera terminara, volvería a explicárselo y se lo haría entender. Por fin había encontrado a la mujer con la que estaba destinado a estar y no pensaba dejarla escapar.

La mañana de la carrera amaneció cálida y brillante. Charity se mantuvo ocupada en su habitación hasta que llegó la hora de reunirse con Marsha y después bajó al vestíbulo.

Mary, la recepcionista, la saludó.

—¿Aún estás saltando de alegría por la construcción del hospital?

—Es una noticia fantástica —dijo Charity haciendo todo lo posible por sonar animada—. Para todos.

—Mi hermana pequeña quiere ser enfermera y está emocionada.

—Me alegro.

—¿Vas a ir a ver la carrera? Josh ganará.

Charity sonrió y siguió caminando. No, no vería la carrera. Estaría presente cuando empezara, como parte de las autoridades de la ciudad, pero después se marcharía. ¿De qué le serviría quedarse?

Josh dijo que necesitaba ganar y Charity sabía que si perdía, seguiría intentándolo y que si ganaba se dejaría arrastrar de nuevo por ese mundo. Ella, por el contrario, era una persona corriente, así que, ¿cómo podría competir contra la inmortalidad de la fama?

Aceleró el paso queriendo llegar a casa de Marsha antes de que alguien se parara a hablar con ella. Casi todo el mundo se dirigía a la zona donde comenzaría la carrera y miles de visitantes abarrotaban las calles, así que no tuvo mucho que hacer aparte de sonreír y colarse entre los grupos de gente que se arremolinaban.

—¡Qué cantidad de gente! —le dijo Marsha cuando llegó—.

Todos los hoteles están completos y los restaurantes están llenos. Va a ser un buen fin de semana.

—Me alegro —respondió Charity siguiendo a su abuela hasta el salón.

Habían quedado en ir juntas, pero en lugar de agarrar el bolso y las llaves, Marsha fue hacia el sofá. Charity vio varios álbumes de fotos sobre la mesita de café.

—¿Qué son?

—Solo viejas fotografías. Tardaremos un segundo.

Charity se sentó.

—¿Son de mi madre? —preguntó no segura de querer pasar la mañana viendo a Sandra.

—No exactamente —Marsha se sentó a su lado y abrió el primero, donde había varias fotos de un niño con muletas.

Charity reconoció a Josh de inmediato porque su sonrisa seguía siendo la misma. Absolutamente atrayente. ¿Tendría su hijo la misma sonrisa?

—Recuerdo la primera vez que lo vi al otro lado de la calle. Se movía muy despacio. Estoy segura de que le dolía dar cada paso, pero no se quejaba. No recordaba mucho de la caída y su madre no le hablaba de ello.

Pasó la página y en las siguientes fotos Josh aparecía solo o acompañado de un niño.

—Cómo ha cambiado —dijo Charity consciente del paso del tiempo.

¿Cómo estaría sintiéndose Josh en las horas previas a la carrera? ¿Estaría cansado? ¿Tenso? ¿Seguro de sí mismo? Había logrado vencer sus miedos y aunque eso significara que la abandonaría, ella esperaba que ganara porque era lo que él quería y ella lo amaba.

—Su madre alquiló una habitación en un motel lleno de bichos y donde se alquilaban camas por horas. Hace tiempo que lo derribaron —pasó de página—. Nunca llevaba almuerzo al colegio ni tenía dinero para comprarlo y el director me contó que se sentaba en una esquina de la cafetería sin mirar a los demás alumnos. Debía de estar hambriento.

A Charity se le encogió el estómago.

—¿No le daba de comer?

—No lo suficiente. Lo arreglamos todo para que pudiera tomar una comida caliente al día y eso lo ayudó mucho. Se le veía alegre y se mostraba simpático. Le gustaba ir a la escuela y todos los niños lo apreciaban. Concerté una cita con su madre para decirle que quería ayudar, pero cuando me presenté en el motel, ella se había ido. Josh estaba en el aparcamiento. Dijo que su madre había ido a comprar, pero que volvería. Llevaba tres días esperándola.

A Charity empezaron a arderle los ojos y en esa ocasión no hizo nada por contener las lágrimas, sobre todo porque aquel Josh de diez años bien las merecía.

—¿Cómo pudo hacer eso?

Marsha se encogió de hombros.

—No puedo entenderlo. Lo que pasó después, ya lo sabes. Él se fue a vivir con la familia Hendrix y comenzó a montar en bici como parte de su rehabilitación —cerró el álbum y miró a su nieta—. No ha olvidado lo que pasó ni el hecho de que su madre lo abandonara sin más. Cree que lo hizo porque él no era un niño sano, porque no era perfecto.

Al contrario de todo el mundo, Josh pensaba que no valía nada y por eso sentía la necesidad de demostrar algo.

Charity se levantó y se llevó las manos al pecho.

—¡Oh, no! Tiene que participar en la carrera, ¿verdad? No se trata de ganar, aunque eso sería genial. Se trata de curarse, de aliviar tanto sufrimiento.

Charity se secó las lágrimas.

—Le dije que si competía, no estaría con él. Le dije —se cubrió la cara—. ¿Por qué he sido tan estúpida?

—Esa es una pregunta que los enamorados llevan haciéndose miles de años.

A pesar de cómo se sentía, Charity se rio.

—¿Así pretendes ayudarme?

—¿Te sientes mejor?

—No lo sé. ¿Es demasiado tarde?

—¿De verdad crees que una discusión va a hacer que Josh se desenamore de ti?

—No, pero he hecho que se sienta mal. Tiene que competir, ¡claro que sí! No va a irse a ninguna parte, ¿por qué no he podido verlo?

—A lo mejor antes no habías tenido nadie en quien creer.

Y era verdad, no lo había tenido. Hasta ahora.

—Creo en ti —le dijo a su abuela—. Te quiero.

Marsha sonrió.

—Yo también te quiero. Y ahora, ¡vamos!, me parece que tenemos que ir a ver una carrera.

Charity asintió y salieron corriendo de la casa. Había hordas de personas incluso en esa tranquila calle del barrio residencial. Marsha marcó el camino abriéndose paso entre la multitud y atajando por limpios callejones.

—No te preocupes —le dijo su abuela—. Tenemos mucho tiempo. No pueden empezar la carrera sin mí.

Cuando salieron a la calle principal, se vieron entre una masa de entusiastas ciclistas.

Marsha se giró y señaló.

—La carrera empieza allí. Ponte la identificación del Ayuntamiento y así podrás situarte en el punto de salida —miró su reloj—. Tienes cinco minutos antes de que pronuncie un pequeño discurso y Pia dé comienzo a la carrera.

Charity la abrazó.

—Muchas gracias.

—Te adoro, cariño. Ahora, ¡corre!

Charity se abrió paso entre familias y parejas colándose por los huecos más diminutos y disculpándose cada vez que se chocaba con alguien. Brillaba un sol radiante y hacía calor. ¿Cómo podía alguien montar en bici con un tiempo así?

A base de empujones y movimientos rápidos llegó al punto de salida, donde la multitud era aún mayor y había barricadas para contener a la gente.

Se acercó a una ayudante de la sheriff y le sonrió mientras le mostraba su identificación.

—Hola, soy Charity Jones. Soy…

La joven sonrió.

—Sé quién eres. Has logrado que traigan el hospital y tendrá un ala especial de pediatría. Mi primo tiene cáncer y será genial no tener que conducir hasta tan lejos para que lo atiendan.

—Es fantástico. Eh, ¿puedes ayudarme a pasar?

—Claro.

La chica apartó la barricada y Charity corrió hacia el punto de salida.

Habían trazado una línea en el suelo de la calle y allí se congregaban las cámaras de televisión, periodistas, fotógrafos y los ciclistas.

Charity vio a Josh. Gritó su nombre, pero el sonido de su voz se perdió entre la multitud. Miró a los demás ciclistas y supo que no podía ponerse en medio de todos y mantener una conversación privada.

Los altavoces chirriaron y entonces se oyó la voz de Marsha. No había mucho tiempo.

Se subió a la acera y en ese momento Josh se giró y la vio.

Llevaba gafas de sol, así que no pudo ver su expresión, pero antes de que Charity llegara a decidir qué hacer, él estaba desplazándose sobre su bici entre el resto de competidores y dirigiéndose hacia ella.

—No tenemos mucho tiempo —le dijo Charity después de echar a correr hacia él—. Sé que estoy distrayéndote, pero tenía que venir y decirte que estaba equivocada. Me equivoqué al decirte que no compitieras, al decirte que no estaría contigo si lo hacías. Te quiero, Josh. Este eres tú y si de verdad me quieres y quieres estar conmigo, entonces me siento la mujer más feliz y afortunada del mundo.

Él se quitó las gafas y ella vio el amor ardiendo en sus ojos.

—¿Lo dices en serio?

—¡Claro! Iré a donde sea, con tal de que estemos juntos siempre —miró hacia la línea de salida—. Será mejor que te prepares para la carrera.

—¿Y si no gano?

–Entonces seguirás intentándolo hasta que lo hagas.
Él se agachó y la besó.
–Te quiero, Charity.
–Yo también te quiero.
Josh volvió junto al pelotón, ella dio un paso atrás y segundos más tarde se oyó el pistoletazo de salida que dio comienzo a la carrera.

Pia acompañaba a Charity mientras veían la carrera lo mejor que podían. El sol estaba alto en el cielo, cada vez hacía más calor y Charity empezó a preocuparse.
–¿Crees que estará bebiendo lo suficiente? Hace mucho calor.
–Está bien. Es un atleta profesional. Toma, un taco. Te sentirás mejor.
–No puedo comer mientras Josh está compitiendo.
–¿Crees que pasar hambre lo ayudará?
–Tal vez.
Pia suspiró.
–Espero no enamorarme nunca. La gente se vuelve idiota.
Charity sonrió.
–Pero merece la pena.
–¡Como que voy a creérmelo!
Cuando el recorrido llevó a los ciclistas hasta la montaña, Charity y Pia fueron hacia el parque para esperar allí a que terminara la última etapa de la carrera. Su identificación permitió que pudieran estar cerca de la meta donde Charity esperó intranquila, deseando que Josh estuviera bien y que fuera pateando traseros a su paso.

Ahora comprendía que él necesitaba esa victoria y no para tener otro trofeo, sino porque tenía algo que demostrarse.

Un grito ahogado de la multitud le dijo que ya se habían visto a los ciclistas que iban en cabeza. Fue hasta el borde de la calle y se inclinó hacia delante todo lo que pudo para ver mejor.

Un solo hombre dobló una esquina. Iba rápido como el viento, pedaleando con facilidad, como si no le supusiera ningún esfuerzo. Como si hubiera nacido para eso.

E incluso con casco y gafas oscuras, lo reconoció y gritó su nombre.

Él alzó la cabeza.

Ella lo saludó con la mano, riendo, esperando a que pasara por delante de ella como una flecha. Pero él aminoró la marcha y se detuvo enfrente.

–¿Qué estás haciendo? –le preguntó cuando él plantó el pie en el suelo. Charity señaló la línea de meta–. ¡Vamos!

La gente comenzó a gritar, pero Josh los ignoró.

Se quitó las gafas.

–¿Qué tal?

–¡Josh! Esto no tiene gracia. Vamos, muévete –miró atrás sabiendo que el resto de ciclistas aparecerían en cualquier momento–. Termina. Puedes ganar. Ya hablaremos después.

–Podemos hablar ahora.

–¡No! Te he dicho que estaba equivocada. Te he dicho que te quiero. ¿Qué más quieres?

–A ti. Para siempre.

–Sí, sí. Me tienes. Y ahora vete. Cruza la línea de meta. Está justo ahí. ¿Es que no la ves? Date prisa.

–¿Te casarás conmigo?

El hombre situado al lado de Charity se giró y le dijo:

–Por el amor de Dios, jovencita. Cásate con él.

–Me casaré contigo. Y ya hablaremos de tu carrera de ciclista.

–No quiero seguir en esto, Charity. Lo decía en serio. Lo único que necesitaba era enterrar unos cuantos fantasmas.

Ella vio a dos ciclistas doblando la esquina.

–¡Vamos! Márchate ya.

Josh se puso las gafas.

–Me dijiste que no te importaba que ganara.

–¡Me equivoqué! Te lo he dicho billones de veces. Y ahora, ¡por favor!, ¿podrías moverte y ganar esta carrera para que podamos seguir con nuestras vidas?

—¡Claro!

Y con eso, se puso en marcha.

Charity contuvo el aliento mientras él tomaba velocidad y cruzaba la línea de meta con varios segundos de ventaja.

La multitud estalló en vítores y risas y Charity intentó llegar hasta Josh, pero había demasiada gente entre ellos y era imposible. Por eso esperó mientras alguien abría botellas de champán, los periodistas hacían preguntas y Josh era el centro del universo.

Pero entonces oyó algo extraño. A unos metros de distancia, una mujer se giró y gritó:

—¿Dónde está Charity?

El hombre que tenía detrás preguntó lo mismo y así fue corriéndose la voz hasta que un señor que tenía delante le preguntó:

—¿Eres Charity?

Ella asintió.

—¡La he encontrado! —gritó—. Vamos, cielo, ve con Josh. Está esperándote.

La multitud fue pasándola en volandas hasta que se vio de pie delante de Josh. Él sujetaba un enorme trofeo en una mano y con la otra la rodeó por la cintura.

—¡Por fin! —se giró hacia los periodistas—. Bueno, chicos, preguntad lo que queráis.

—¡Qué gran regreso, Josh! ¿Entrenarás para el Tour de Francia?

—No. Aquí lo dejo.

Besó a Charity en la frente y la acercó más a sí.

—Mi vida está aquí.

Ella lo rodeó por la cintura y sintió su amor por él crecer hasta desbordarse.

—Puedes competir, si quieres. Ya encontraremos alguna solución.

Él la miró a los ojos y sonrió.

—No. Quiero dirigir la escuela de ciclismo y estar a tu lado. Tú eres mi hogar, Charity. Eres el lugar al que pertenezco.

–Yo también te pertenezco –le dijo.
–Pues entonces genial, porque no pienso dejarte marchar.

Ethan Hendrix vio a su mejor amigo besar a la chica. A Josh le había costado, pero por fin había encontrado lo que siempre había estado buscando. Feliz, se giró para volver a su oficina.

«¡Qué interesante era la vida!», pensó al echar a andar, pero entonces algo rojo y luminoso captó su mirada. Un color de pelo que hacía mucho tiempo que no veía.

Se giró para mirar una vez más. Para estar seguro. Y después maldijo en silencio.

Liz había vuelto.

CASI PERFECTO

SUSAN MALLERY

*A Rhinda, ¡la «otra» mamá de Nikki!
Este es para ti.*

1

Liz Sutton siempre había sabido que el pasado regresaría y le daría un buen mordisco en el trasero... lo que no había sabido era que sucedería ese mismo día.

Su mañana había comenzado de un modo bastante normal, llevando a su hijo al autobús del colegio y después recorriendo el pasillo hasta el despacho que tenía en su casa, donde escribió cinco páginas bastante decentes antes de parar para caminar un rato de un lado para otro, y borrar después tres de las últimas cinco páginas. Estaba pensando a quién asesinar en el primer capítulo de su nuevo libro, y aún no sabía cómo él o ella sería asesinado. ¿La decapitación era algo demasiado predecible? Por suerte, su ayudante llamó a la puerta y la libró de tener que tomar una decisión.

—Siento interrumpir —dijo Peggy frunciendo el ceño ligeramente mientras le entregaba un papel—, pero pensé que querrías leer esto.

Liz agarró la hoja. Era un e-mail enviado a su Web, en la que había un link para que los fans se pusieran en contacto con ella. Peggy se ocupaba de la mayoría de los e-mails, pero de vez en cuando encontraba algo con lo que no sabía qué hacer.

—¿Alguna especie de acosador? —preguntó Liz, agradecida por la interrupción. Cuando no se le ocurría qué escribir, incluso una amenaza de muerte era más emocionante que el trabajo que tenía entre manos.

—No exactamente. Dice que es tu sobrina.

¿Sobrina?
Liz miró la hoja.

Querida tía Liz,

Me llamo Melissa Sutton. Mi padre es tu hermano Roy. Tengo catorce años y mi hermana Abby tiene once. Hace unos meses nuestro padre entró en prisión. Su nueva mujer, nuestra madrastra, dijo que nos cuidaría, pero cambió de opinión y se marchó. Pensé que Abby y yo estaríamos bien. Soy muy madura para mi edad. Mis profesores me lo dicen todo el tiempo.

Pero ya hace un tiempo que se marchó y estoy muy asustada. No se lo he dicho a Abby porque aún es pequeña, pero no sé si podremos lograrlo las dos solas. No quiero contarle a papá lo que ha pasado porque quería mucho a Bettina y se pondrá triste al saber que no lo ha esperado.

Así que he pensado que tal vez tú podrías ayudarnos. Sé que aún no nos conocemos, pero he leído todos tus libros y me gustan mucho.

Espero saber de ti pronto. Tu sobrina, Melissa.

P.D. estoy utilizando el ordenador de la biblioteca, así que no puedes responderme al e-mail. Pero aquí te dejo nuestro número de teléfono. Aunque no tengamos luz, el teléfono sigue funcionando.

P.D. Estamos viviendo en tu vieja casa de Fool's Gold.

Liz leyó el e-mail una segunda vez, intentando que esas palabras tuvieran sentido. Roy había vuelto a Fool's Gold, o por lo menos, lo había hecho antes de entrar en prisión.

Hacía casi dieciocho años que no veía a su hermano. Él era mucho mayor y se había marchado el verano que ella cumplió doce. Desde entonces, no había vuelto a saber de él. Al parecer, se había casado un par de veces y tenía hijos. Hijas. Unas niñas que estaban viviendo solas en una casa que, doce años antes, ya tenía un aspecto desagradable y de abandono. Dudaba que se le hubieran hecho muchas mejoras desde entonces.

Las preguntas se precipitaban en su cabeza. Preguntas

sobre su hermano y sobre por qué había regresado a Fool's Gold después de estar fuera tanto tiempo. ¿Por qué estaba en la cárcel y qué demonios iba a hacer ella con dos sobrinas a las que no había visto en su vida?

Miró su reloj. Apenas eran las once.

Ya que era el último día de clase de Tyler antes de las vacaciones de verano, saldría del colegio a las doce y media. Si podía cargar el coche a tiempo, podrían ponerse en camino directamente desde el colegio y estar en Fool's Gold en unas cuatro horas.

—Tengo que ocuparme de esto —le dijo Liz a su ayudante mientras escribía una dirección en un pedazo de papel—. Llama a la compañía eléctrica de Fool's Gold y haz que vuelvan a conectarles la luz. Deberían aceptar una tarjeta de crédito para el pago. Haz lo mismo con el resto de servicios para la casa. Llamaré a las niñas para que sepan que voy para allá.

—¿De verdad son tus sobrinas? —le preguntó Peggy.

—Supongo. No veo a mi hermano desde que tenía la edad que ellas tienen ahora, pero no puedo permitir que estén allí solas.

Sacudió la cabeza mientras pensaba qué más tenía que hacer. Su próximo libro no sería publicado hasta el otoño, así que no tenía que preocuparse por su promoción por ahora. Podía trabajar en su nueva historia en cualquier lugar donde tuviera su portátil. Por lo menos, así era en la teoría.

—No sé cuánto tiempo estaremos fuera —continuó—. Supongo que harán falta un par de semanas para ponerlo todo en orden.

Peggy la miró.

—¿Así, sin más?

—¿Qué quieres decir?

—¿No vas a pensar en ello? La mayoría de la gente vacilaría. Ni siquiera conoces a esas niñas.

Era verdad, pensó Liz, pero, ¿qué opción tenía?

–Son pequeñas, están solas y soy su familia. Tengo que hacer algo.

–Tú eres así; saltas a hacer lo que crees que está bien y eso es admirable, pero no siempre es lo más inteligente.

–Alguien tiene que ocuparse de esto –además, ella había crecido teniendo que ocuparse de cosas. Su madre nunca se había molestado en hacer nada–. Con suerte, no estaré fuera mucho tiempo.

–No te preocupes por eso, yo me encargo de todo por aquí.

Liz forzó una sonrisa.

–Sé que puedes hacerlo. Voy a preparar las maletas y después iré a buscar a Tyler. Hoy mismo iremos a Fool's Gold.

–Puede que sea agradable volver a casa.

Liz hizo lo posible por actuar con normalidad.

–Claro, seguro. Bueno, llamaré a las niñas.

Esperó a que Peggy se marchara antes de levantar el teléfono. Marcó el número de la casa familiar y escuchó ocho tonos antes de colgar. No hubo respuesta. Seguro que las niñas seguían en el colegio. Volvería a intentarlo más tarde, desde su móvil.

Tenía que hacer las maletas, llamar a unos amigos y decirles que estaría fuera un par de semanas, mandarle un e-mail a su editor y a su agente para decirles lo mismo. «Logística», pensó mientras reunía las notas que había hecho sobre su última novela. Se le daba bien la logística. La habilidad de planear y ocuparse de los problemas era una de las razones por las que disfrutaba escribiendo sus novelas de misterio y detectives. Siempre había sido buena en el trabajo; era el resto de su vida lo que la hacía tropezar una y otra vez.

–Dejaré la introspección para más tarde –murmuró–. Ahora, acción.

Desconectó su portátil y después de guardar sus notas, unos cuantos bolígrafos, unas libretas y la agenda, fue hasta su dormitorio.

Alrededor de una hora después, ya había guardado en las maletas lo que esperaba que fuera necesario, había cargado el coche y lo había repasado todo con Peggy. Su ayudante se ocuparía de la casa y se aseguraría de que se pagaran las facturas.

—¿Estás bien? —le preguntó Peggy.

—Claro. Genial. ¿Por qué?

Peggy, una antigua ayudante ejecutiva que pasaba de los cuarenta, frunció el ceño.

—Solo quería asegurarme. Debe de ser difícil asumir todo esto —vaciló antes de añadir—: Si no hay nadie más que se ocupe de las niñas...

—Lo sé. Pensaré en ello cuando tenga más información.

—Mac y yo fuimos a Fool's Gold en nuestra luna de miel, por aquel entonces, cuando pensaba que el matrimonio era algo bueno. No sabía que fueras de allí.

Nadie lo sabía, pensó Liz. La vida le resultaba más sencilla cuando no hablaba de su pasado.

—Me marché justo al terminar el instituto y me mudé aquí. Ahora San Francisco es mi hogar.

Peggy le sonrió.

—Si necesitas algo, llámame.

—Lo haré.

Liz bajó las escaleras hasta el garaje y se metió en su Lexus. Había hecho cuatro maletas y además llevaba unas cajas con las películas favoritas de Tyler, su consola Xbox y un montón de libros. Repasó el inventario porque eso era más sencillo que pensar en lo que iba a hacer: volver al único lugar en el que no quería estar. El pueblo donde había crecido.

Durante un segundo se preguntó si de verdad tenía que hacerlo, si de verdad tenía que ir a rescatar a esas niñas a las que no había visto nunca. Al momento, desechó esa idea. No podía dejarlas solas. Se ocuparía del problema, lo resolvería y volvería a su vida. Quedarse de brazos cruzados no era una opción.

El tráfico de mediodía era relativamente ligero y llegó al colegio de Tyler en unos veinte minutos. El niño estaba hablando con sus amigos, probablemente haciendo planes para quedar, y cuando vio su pequeño todoterreno, saludó a su madre y corrió hacia el coche.

—Jason dice que su familia irá a Disneylandia en agosto y que sus padres van a llamarte para que me vaya con ellos —le dijo mientras subía.

—Hola a ti también —le saludó con una sonrisa.

Él sonrió.

—Hola, mamá. ¿Qué tal te ha ido el día?

—Interesante.

—Genial. Ahora, ¿podemos hablar de Disneylandia?

Su hijo era lo mejor de su vida, pensó mientras miraba sus oscuros ojos marrones. Tenía su sonrisa, pero todo lo demás era de su padre; como si su ADN no hubiera tenido suficiente poder contra el de él.

Tyler era inteligente, divertido, cálido y cariñoso. Tenía montones de amigos, buena disposición y quería ser arquitecto. Liz sabía que todo el mundo decía que la adolescencia era terrible en el caso de los chicos, que a la edad de trece y catorce estaría haciéndole la vida imposible, pero por ahora eso no era un problema. En ese momento, Tyler era su mundo.

Un mundo que acababa de dar un giro y que estaba tambaleándose.

—Disneylandia suena divertido. Hablaré con la madre de Jason. Si quieren llevarte y tú quieres ir, lo arreglaremos.

La sonrisa del chico se intensificó. Después, miró hacia la parte trasera del coche.

—¡Vaya! ¿Vamos a alguna parte?

Ella se incorporó al tráfico en dirección a la Interestatal 80.

—Más o menos —dijo aferrándose al volante.

A lo largo de los años, había hecho lo posible por no mentir a su hijo, no sobre su padre ni sobre su pasado, y la mayoría de las veces le había dicho simplemente que había preguntas que no le respondería. Cuando él tenía cuatro y cinco años había logrado distraerlo. Con ocho, el niño se había decidido a descubrir la verdad. Ahora, sin embargo, preguntaba menos, probablemente porque sabía que no podría con ella.

—Hoy he recibido un e-mail. ¿Recuerdas que te dije que tenía un hermano?

—Ajá. Roy. No lo hemos visto nunca.

—Lo sé. Es mucho mayor que yo y se marchó cuando yo tenía doce años. Me desperté una mañana y se había ido. No volví a verlo.

Aún recordaba los sollozos de su madre intensificados por el alcohol. Desde ese momento, su madre se había pasado la vida esperando que Roy volviera sin que le importara ninguna otra cosa, y mucho menos ella.

Liz se había marchado poco después de graduarse en el instituto y había llamado a casa unas semanas después para decirle a su madre dónde estaba.

«No te molestes en volver a llamar» había sido la única respuesta de la mujer antes de colgar.

—Entonces, ¿el tío Roy te ha escrito?

—No exactamente —Liz no sabía cuánto revelar. Contar la verdad era una cosa, pero compartir detalles era otra—. Él... eh... está metido en un problema y tengo que ayudarlo. Tiene dos hijas. Tus primas. Melissa tiene catorce años y Abby tiene tu edad.

—¿Tengo primas? No me lo habías dicho nunca.

—No lo he sabido hasta hoy.

—Pero son tu familia.

Era verdad, pensó. Y la palabra «familia» implicaba cariño y relación tal vez en la mayoría de las casas, pero no en la familia Sutton. Por lo menos, no hasta que ella había tenido a Tyler, ya que desde entonces se había decidido a ser una madre cariñosa y entregada para ofrecerle a su hijo un hogar seguro.

—No sabía dónde estaba Roy. Después de eso nunca se puso en contacto conmigo —durante seis años había esperado que él volviera y se la llevara con él, que la cuidara como había hecho siempre. Había sido un parapeto entre su madre y ella, la había protegido.

—¿Saben que vamos? —le preguntó Tyler—. ¿Saben algo de mí?

—Aún no, pero lo sabrán. Vamos a quedarnos con ellas unas semanas —no mencionó el hecho de que Roy estaba en prisión. Ya habría tiempo para eso. Tampoco habló sobre la posibilidad de que las chicas tuvieran que vivir con ellos para siempre porque tal vez ningún otro familiar pudiera ocuparse de ellas.

—Crecí en un pueblecito llamado Fool's Gold. Está en la ladera de las montañas de Sierra Nevada.

—¿Tienen nieve? —le preguntó él emocionado porque a la edad de once años, ver la nieve era lo mejor del mundo.

Ella se rio.

—Probablemente no la tendrán en junio, pero sí que nieva. Ahora hay muchas cosas que se pueden hacer allí, senderismo, nadar, hay un río y un lago.

—Podríamos ir de acampada.

Liz prefirió no pensar en ello; para ella, ir de acampada podía igualarse a estar despierta durante una operación a corazón abierto. Pero claro, ella no era un niño de once años, ni le fascinaban los gusanos, el barro, jugar a los coches, y a las pistolas de plástico.

Todo ello eran más rasgos que había heredado de su padre y eso era un problema. No había muchas probabilidades de que Ethan siguiera en Fool's Gold, el único lugar al que él le había pedido que no fuera cuando le había dejado bien claro que no quería que su hijo y ella estuvieran cerca.

Bueno, pues tendría que aguantarse, porque era una emergencia. Por otro lado, no le diría nada a su hijo, no cuando Ethan lo había rechazado por completo.

Se ocuparía de las niñas y saldría de allí lo antes posible. Si se topaba con Ethan, se mostraría agradable y distante, nada más, porque después de todo ese tiempo y de todas las formas con que ese hombre había intentado hacerle daño, no había forma de que volviera a mostrarse vulnerable ante él. Había aprendido la lección. La habían engañado una vez y con una vez era suficiente.

Se agarró con fuerza al volante y miró el navegador. Mostraba el camino a su destino y confiaba en que ese dispositivo la llevara de vuelta a casa una vez hubiera terminado.

Ethan Hendrix estaba junto a las barricadas entre la multitud y los ciclistas. El sol ardía y los espectadores estaban eufóricos. El ruido de la carrera era algo que no olvidaría. Había habido un momento en su vida en el que había planeado ver el mundo desde el circuito de carreras, pero de eso hacía mucho tiempo, pensó mientras recordaba la sensación del viento contra su cara, la sensación de los músculos ardiendo mientras se esforzaba por ganar.

Ganar había sido fácil, tal vez demasiado, y durante una carrera se había descuidado. A ochenta kilómetros por hora, equilibrándose sobre unas finas ruedas y una ligera estructura, los errores podían resultar mortales. En su caso, había quedado con unos cuantos huesos rotos y una cojera permanente. Para el resto, había sido un golpe de suerte. Para él, la lesión le había impedido volver a competir.

Ahora, diez años después, veía a los ciclistas pasando a toda velocidad por delante de él. Vio a su amigo Josh y se preguntó «¿Y si…?», pero no tenía demasiada energía para tratar el tema. Ahora todo había cambiado.

Se marchaba de la carrera decidido a volver a su oficina cuando vio a una mujer entre la multitud. Durante un segundo pensó que se lo había imaginado, que estaba poniendo unos bellos rasgos que jamás olvidaría en el rostro de otra persona porque no, Liz Sutton no podría haber vuelto a Fool's Gold.

Instintivamente se acercó, pero los separaba la carretera con las barricadas. La pelirroja alzó la mirada de nuevo y en esa ocasión lo miró. Se quitó las gafas de sol y él pudo ver sus grandes ojos verdes y esa carnosa boca. Desde la distancia no podía ver las pecas de su nariz, pero sabía que estaban ahí. Incluso sabía cuántas tenía.

Maldijo en voz baja. Liz había vuelto. Hacía diez años que no la veía, excepto en la contraportada de sus libros. Cinco segundos antes, si se lo hubieran preguntado, le habría dicho a cualquiera que la había olvidado, que lo había superado. Que Liz era su pasado.

En ese momento, ella miró a otro lado, como si estuviera buscando a alguien. No a él, obviamente. Liz había vuelto a Fool's Gold. ¿Quién se lo iba a imaginar?

Se abrió paso entre la multitud. Tal vez ahora ya no pudiera encontrarla, pero tenía la sensación de que sabía dónde estaría. Iría allí y le daría la bienvenida a casa. Era lo mínimo que podía hacer.

Liz agarraba con fuerza la mano de Tyler de camino a la tienda de ultramarinos. La multitud congregada por la carrera de bicis parecía ir en aumento. Había sido una tonta al pensar que podría encontrar a dos niñas a las que no había visto en su vida entre tanta gente. Ni siquiera sabía qué aspecto tenían.

Señaló hacia un vendedor ambulante que vendía granizados y le compró a Tyler su sabor favorito: arándano.

A su alrededor, grupos de gente se reían y hablaban sobre la carrera. Oyó algo sobre una nueva escuela de ciclismo y un nuevo hospital que se iban a construir. «Cambios», pensó. Fool's Gold había cambiado en los últimos diez años aunque no lo suficiente como para que ella olvidara. A pesar de tener que desviarse por calles cortadas, encontró fácilmente el camino hacia la casa donde había crecido.

–¿Viviste aquí antes de ir a San Francisco? –le preguntó Tyler.

–Ajá. Crecí aquí.

–¿Con mi abuela Sutton?

–Sí.

–Ahora está muerta.

El niño pronunció esas palabras como parte de una mera información porque eso era lo único que significaban para él. Nunca había llegado a conocer a su abuela.

Cuando Liz se había marchado del pueblo a los dieciocho

años, huyendo de allí con un corazón roto, había encontrado el camino hasta la ciudad junto a la bahía, había encontrado un trabajo y un lugar donde alojarse... y después había descubierto que estaba embarazada.

Su primer instinto había sido volver a casa, pero esa inicial llamada de teléfono la había hecho actuar con cautela. Durante el siguiente año, había llamado a casa en dos ocasiones y ambas veces su madre le había dejado claro que ya no era parte de la familia. Ese rechazo le había hecho daño, pero no le había supuesto ninguna sorpresa. Su madre, además, se había regocijado diciéndole que no, que Ethan Hendrix nunca había llamado ni había preguntado por ella.

Después de que la mujer hubiera muerto cuatro años atrás, Liz no había llorado, aunque sí que lamentó no haber tenido nunca una relación con ella.

Ahora, mientras cruzaba una tranquila calle, se vio en su viejo barrio. Las casas eran modestas, de dos y tres dormitorios con pequeños porches y una pintura estropeada, aunque unas cuantas resplandecían como brillantes flores en un jardín abandonado, como si el vecindario estuviera intentando volver a ser agradable.

La peor casa de la calle estaba en el medio. Era una construcción que hacía daño a la vista, con la pintura despellejada y a la que le faltaban tejas. El jardín tenía más hierbajos que plantas o césped, y las ventanas estaban cubiertas de porquería. Había madera contrachapada cubriendo agujeros.

Utilizó la llave que había encontrado bajo el felpudo de la puerta delantera y revisó rápidamente la casa para ver si las niñas estaban allí. A juzgar por los libros de colegio apilados sobre la mesa de la sucia cocina y las ropas de las niñas en el suelo de las habitaciones, supuso que sus vacaciones de verano aún no habían dado comienzo.

Ahora iba hacia la cocina con la cena de la noche. Faltaban la mitad de los muebles, como si alguien hubiera empezado a remodelarla y luego hubiera cambiado de opinión. La nevera funcionaba, pero estaba vacía, y tampoco había comida en la despensa. Había unas cuantas bolsas de patatas fritas en la basura y una pequeña manzana sobre la encimera.

No sabía qué pensar. Basándose en la carta de su sobrina, las niñas llevaban solas semanas, desde que su madrastra se había marchado. Con su padre en prisión y sin más familia, ¿no debería haberse hecho cargo el estado? ¿Dónde estaban los servicios sociales?

Tenía más preguntas, pero se imaginaba que ya se ocuparía de eso más tarde. Eran más de las cuatro. Las niñas pronto volverían a casa. Una vez que todos se hubieran conocido, averiguaría qué estaba pasando.

—¿Mamá? —le gritó Tyler desde el salón—. ¿Puedo ver la tele?
—Hasta que lleguen tus primas.

Peggy ya había llamado para confirmarle que había pagado todas las facturas pendientes de la casa y que todo debería funcionar. Liz pudo ver que había electricidad. Giró el grifo y de él salió agua, lo cual era un extra. Unos segundos después, oyó el sonido de unos dibujos animados, lo que indicó que también había televisión por cable. La vida moderna que conocía había quedado restablecida.

Volvió a la parte delantera de la casa y subió las escaleras hasta el segundo piso, donde fue directamente al dormitorio principal. Era la única habitación de la casa que tenía fotos de la familia. Una fotografía de boda de un Roy mucho mayor de lo que recordaba junto a una rubia estaba colocada sobre una destartalada cómoda. Además, había un par de fotografías de colegio de las niñas. Liz se acercó y las observó en busca de rasgos que le resultaran familiares.

Melissa parecía tener la sonrisa de Roy. Abby tenía sus ojos y sus mismas pecas. Las dos eran pelirrojas: Melissa tenía un suave tono cobrizo mientras que el de Abby era auténticamente zanahoria, absolutamente adorable. Sin embargo, estaba segura de que a la niña de once años pronto empezaría a dejar de gustarle su singular color de pelo.

Se giró para mirar la habitación. La cama no estaba hecha, los cajones de la cómoda estaban abiertos y vacíos y en el sorprendentemente grande armario solo había ropa de hombre. Había un par de cajas llenas de calcetines y ropa interior... que seguramente había puesto allí la mujer de Roy.

Imágenes del pasado la invadieron cuando salió al pasillo y entró en el dormitorio que había sido suyo, recuperando recuerdos de cosas que había intentado olvidar por todos los medios.

Oyó ecos de los gritos de su madre, inhaló el aroma a alcohol y recordó los susurros de los hombres que habían entrado y salido. La mayoría de los «amigos» de su madre se habían mantenido alejados de ella, pero unos cuantos la habían mirado con una intensidad que la había hecho sentirse incómoda.

Entró en la que había sido su habitación. El color de las paredes era distinto, el amarillo desgastado había sido sustituido por un lavanda claro. Las paredes estaban recién pintadas, y habían lijado el rodapié, aunque no estaba terminado. En el cuarto de baño que había al otro lado del pasillo, el suelo estaba levantado exponiendo hojas de contrachapado por debajo. Había visto que en la casa había muchos proyectos medio empezados que le daban a la ya de por sí vieja y destartalada casa un aspecto de abandono y ruina.

Un buen contratista podría solucionarlo todo en unas semanas, aunque tal vez lo mejor sería derribar la casa y darla por muerta.

Dejó de pensar en ello. Llevaba allí como una hora y ese lugar ya estaba afectándola. Tenía que recordar que en San Francisco tenía una gran vida, un trabajo que adoraba, una casa preciosa y un hijo increíble. Se había marchado de Fool's Gold hacía diez años y ahora era una persona distinta. Mayor, más fuerte, capaz de enfrentarse a unos cuantos recuerdos. Además, no es que fuera a quedarse allí permanentemente. Descubriría qué estaba pasando y después llevaría a las niñas al lugar donde fueran a vivir o se las llevaría a su casa. Un par de semanas, se dijo. Tres como mucho.

Bajó las escaleras y oyó unas voces, pisadas correteando por el porche y después el sonido de la puerta principal al abrirse.

Había dos niñas; la más alta parecía asustada y aliviada a la vez, mientras que la más pequeña se había quedado atrás, tímidamente.

—¿Tía Liz? —preguntó vacilante Melissa, la niña de catorce años.

Liz les sonrió y asintió.

—Hola. Espero que no os importe que haya entrado. La llave estaba ahí mismo...

El resto de lo que iba a decir quedó en el aire cuando las dos niñas corrieron hacia ella y la abrazaron con fuerza, como si no quisieran separarse de ella jamás.

2

Liz les devolvió el abrazo, un abrazo en el que pudo captar desesperación y alivio. Eran demasiado pequeñas como para estar solas. ¿En qué había estado pensando la mujer de Roy?

Añadió esa pregunta a la lista de dudas que tenía y que iba en aumento, pero ya les buscaría respuesta más tarde. Por el momento quería que las niñas se sintieran a salvo y que comieran bien.

—¿De verdad estás aquí? —le preguntó Melissa.

—Sí. He recibido tu e-mail esta mañana y he venido directamente.

Melissa, delgada y casi tan alta como ella, respiró hondo.

—Me alegro mucho. Me he esforzado mucho por hacerlo bien, pero no he podido. El dinero que nos dejó Bettina se nos acabó enseguida.

Abby, un poco más baja y también muy delgada, se mordía el labio inferior.

—¿Eres nuestra tía?

—Sí. Vuestro padre es mi hermano.

—Eres famosa.

Liz se rio.

—No mucho.

—Pero tienes libros en la biblioteca. Los he visto —Abby miró a su hermana—. No los leo porque Melissa dice que me darán pesadillas.

Liz alargó la mano y tocó la mejilla de la niña.

–Creo que tiene razón, pero podrás leerlos cuando seas un poco mayor.

–O podrías escribir un libro para niñas de mi edad.

–Pensaré en ello –desvió la mirada y vio a Tyler de pie junto al vestíbulo–. Chicas, tenéis un primo. Mi hijo Tyler ha venido conmigo. Tyler, son tus primas, Melissa y Abby.

Las niñas se dieron la vuelta y Tyler les sonrió.

–Hola –dijo más con curiosidad que vergüenza.

–Hola –respondieron las niñas al unísono.

–Tyler tiene once años –les dijo Liz–. Hoy ha terminado las clases.

Melissa arrugó la nariz.

–Nosotras tenemos que ir hasta el viernes y después nos dan las vacaciones de verano.

Un hecho que lo haría todo mucho más fácil, pensó Liz. Si terminaba llevándose a las niñas a San Francisco, no tendría que preocuparse por tener que sacarlas del colegio a mitad de curso.

Abby se giró hacia ella.

–¿Dónde está el padre de Tyler, tía Liz?

No era una pregunta que Liz quisiera responder en ese mismo momento. Vio la expresión de su hijo endurecerse, como si esperara que fuera a darles algo de información, pero ella no lo veía muy probable, pensó mientras deseaba que las cosas hubieran sido distintas y que Ethan por lo menos hubiera querido formar parte de la vida de su hijo.

–No está con nosotros –dijo Liz intentando quitarle importancia al tema–. ¿Por qué no vamos a la cocina y os preparo algo para comer? He comprado un pollo asado y unas ensaladas de camino. Después, podremos conocernos un poco más y me contaréis qué está pasando.

Tenía más que decir, pero las niñas salieron corriendo hacia la cocina, como desesperadas por comer.

Les sirvió a cada una unos buenos trozos de pollo junto con ensalada de col y patata.

Las niñas prácticamente engulleron la comida. Liz les puso unos vasos de la leche que había comprado y se bebieron dos cada una. Mientras las veía devorar la comida, se sintió furiosa. ¿Cómo podía haberlas abandonado sin más la mujer de Roy? ¿Qué clase de mujer dejaba a dos niñas solas? Lo mínimo que podía haber hecho era llamar a los servicios sociales mientras se marchaba del pueblo.

Decidió que lo descubriría todo sobre Bettina y que crearía un personaje como ella en su próximo libro al que mataría. Sería una muerte espantosa, se prometió. Lenta y dolorosa.

Tyler miraba a las niñas con los ojos como platos, pero no dijo nada. Parecía que estaba dándose cuenta de que llevaban tiempo sin comer, lo cual era muy triste, pero probablemente una buena lección para él. No todo el mundo tenía la suerte de tener tres comidas al día.

Liz se fijó en sus camisetas, desgastadas y no muy limpias. Sus vaqueros también habían visto mejores días y hacía falta tirar esas sandalias que llevaban. Sabía que la mayoría de niñas de catorce años se sentirían humilladas por no llevar ropa de última moda y un suave toque de maquillaje. ¿Había Melissa elegido prescindir de ambas cosas?

Cuando dejaron de comer con tanta ansia, Liz se situó en frente de Melissa. Tyler estaba a su lado y ella lo rodeó por la cintura.

–¿Cuánto tiempo hace que se fue Bettina?

–Un poco. Casi tres meses. Nos dejó cien dólares y cuando se nos acabó –bajó la mirada al plato y lo apartó.

Liz pensó en las bolsas vacías de patatas fritas que había en la basura y en la pequeña manzana de la encimera. Si no tenían dinero ni nadie que las cuidara, la única posibilidad era que Melissa hubiera estado robando comida para poder sobrevivir.

–Hablaremos de eso más tarde. En privado. Podemos ir a hablar con los dueños de las tiendas y explicárselo todo. Yo les devolveré el dinero.

Melissa se sonrojó y tragó saliva.

—Yo eh gracias, tía Liz.

—¿Y si me llamas «Liz»? Tía Liz es demasiado largo.

—De acuerdo. Gracias, Liz.

—¿Sabían vuestros amigos que Bettina se había ido?

Abby sacudió la cabeza.

—Melissa dijo que no se lo contáramos a nadie porque entonces se nos llevarían, viviríamos en casas distintas y jamás volveríamos a vernos.

—No iba a permitir que me quitaran a Abby —dijo Melissa con fiereza y con su verde mirada brillante y cargada de determinación.

Se trataba de un sentimiento admirable, aunque muy poco práctico cuando la alternativa era morirse de hambre. Claro que Liz no era la persona adecuada para hacer una crítica al respecto; ella había adorado a su hermano mayor y él se había marchado sin decirle ni una palabra y dejándola sola.

—Algunos de mis amigos se lo han imaginado —admitió Melissa—, y a veces nos han traído comida. Ha sido duro. De verdad creí que podría ocuparme de las dos.

—Es una gran responsabilidad —dijo Liz—. Lo has hecho lo mejor que has podido, pero la situación era imposible. Me alegra que me hayas escrito.

Abby sonrió.

—Ha leído todos tus libros, igual que papá. Los tiene todos arriba. ¿Podemos ir a verlo?

—Primero dejad que me entere de lo que está pasando —les explicó Liz. Ni siquiera sabía dónde estaba Roy, y mucho menos por qué razón estaba encarcelado.

—Papá está orgullosísimo de ti —le dijo Melissa—. Habla de ti todo el tiempo.

Liz no estaba segura de cómo se sentía por ello ya que, por muy orgulloso que estuviera, no parecía estarlo tanto, porque de lo contrario se habría puesto en contacto con ella. Como sus hijas acababan de demostrar, localizarla no era tan difícil.

Abby levantó la mirada al techo.

—Han conectado la luz —sonrió—. Ya no volveremos a estar a oscuras.

—Os lo han conectado todo, incluso la televisión por cable.

A las niñas se les iluminaron los ojos.

—¿Podemos ver la tele? —preguntó Abby.

Tyler miró a Liz y sonrió como recordándole que él no era el único niño que quería estar viendo la televisión todo el día.

—No, hasta que hayáis hecho los deberes —les informó Tyler—. Y no todas las noches.

Liz se rio.

—Es verdad. Insisto en que todas las semanas dediquemos una noche a la lectura, y nos sentamos tranquilamente a leer.

—Me gusta leer —dijo Melissa—, pero papá y Bettina nos dejaban ver la tele todo el rato.

Ya se ocuparía de ese asunto más tarde, pensó Liz.

—Si habéis terminado, ¿por qué no lleváis los platos a la pila y los aclaráis? Después haremos una lista de la compra e iremos a la tienda.

Una vez hubieron lavado los platos, Liz mandó a Tyler al baño de arriba para que comprobara si había papel del baño y a Abby a comprobar si tenían detergente de la ropa junto a la vieja lavadora que había en el garaje. Melissa y ella se sentaron en la mesa y empezaron a hacer la lista.

—Compraremos lo básico, pero no demasiado. No estoy segura de cuánto tiempo estaremos aquí.

Melissa frunció el ceño mientras se echaba su larga melena sobre el hombro.

—No vamos a marcharnos. No voy a dejar que nadie me separe de Abby.

Liz le acarició el brazo.

—No estoy sugiriendo nada parecido, pero no podéis quedaros aquí solas. Tenéis que vivir con un adulto. Hablaré con vuestro padre sobre la situación. Si tenéis más familia habrá opciones que podremos barajar. Si no, Abby y tú vendréis con nosotros a San Francisco.

La niña se puso de pie.

—No, no iremos. Vivimos aquí. En Fool's Gold —los ojos se le llenaron de lágrimas.

Liz se levantó.

—Lo siento. No debería haber dicho eso. Toda esta situación es nueva para mí y ni siquiera nos conocemos. No te preocupes por eso de momento.

—No iré. Y Abby tampoco irá —su mirada era desafiante, a pesar de las lágrimas—. Lo digo en serio, Liz. No puedes obligarnos.

Liz sabía que si le daban la custodia de las niñas, podría hacerlo y lo haría, pero ahora mismo no había necesidad de insistir en el tema.

—Lo comprendo. Como te he dicho, deja que hable con tu padre y que veamos cómo está la situación. No haré nada sin hablar primero contigo. ¿Podemos dejar el tema de lado por el momento?

Melissa parecía querer discutir, pero asintió lentamente.

Liz se sentó y retomó la lista.

—¿Champú y acondicionador?

Melissa se dejó caer en la silla.

—También se nos ha acabado.

—Tendréis que decirme cuál os gusta. ¿Y maquillaje?

Era un soborno, claramente.

—Ah, no llevo mucho, pero me gustaría.

Liz sonrió.

—Compraremos máscara de pestañas y brillo de labios por el momento, pero dentro de unos días iremos a la perfumería y nos entretendremos comprando muchas más cosas.

Melissa se inclinó hacia ella.

—¿Llevas mechas?

Liz se pasó los dedos por su ondulada melena cortada a capas. Le caía justo por debajo de los hombros y era un largo que le permitía recogérselo en una coleta, en un moño o ponerse rulos para hacerse unos preciosos y marcados rizos.

—Unas pocas. Tenemos el pelo prácticamente del mismo color y si le echas un poco de dorado rojizo le añades volumen.

Ahora mismo estás preciosa sin más, pero dentro de unos años querrás mejorar.

Melissa se sonrojó.

—Abby odia su pelo.

—Acabará gustándole. Cuando eres pequeña, cuesta ser diferente.

—Eso era lo que decía mi madre —apretó los labios—. Murió.

—Lo siento.

—Fue hace mucho tiempo. Abby no la recuerda.

—Pero tú sí.

Melissa asintió.

Liz se preguntó por la mujer con la que se había casado su hermano y dónde había estado él todo ese tiempo. ¿Cuándo había vuelto a Fool's Gold? ¿Había sido al morir su madre? Liz sospechaba que le había dejado la casa a él, pero ¿cómo lo habrían localizado? La única posibilidad era que él hubiera estado en contacto con su madre todo ese tiempo.

Más preguntas que dejarían para más adelante, pensó.

Tyler bajó las escaleras.

—No hay papel del baño y tampoco hay gel.

Abby volvió a la cocina para decir que tampoco había detergente de la ropa.

—No sé si mi coche es lo suficientemente grande para todo lo que tenemos que comprar —dijo Liz bromeando—. Puede que tengamos que ataros a alguno en el techo del coche para dejar espacio dentro.

Abby se quedó un poco impactada, pero Tyler se rio.

—¡A mí! ¡Átame al techo del coche, mamá!

—Gracias por presentarte voluntario.

Abby los miró a los dos y sonrió, como si ahora estuviera captando el chiste.

—A mí también podrías atarme.

—Vaya, gracias —dijo Liz, acariciándole la mejilla—. Eres muy considerada. Bueno, ¿estamos listos? Estaba pensando que podríamos cenar spaghetti. ¿Qué os parece?

—Es mi comida favorita —dijo Tyler.
—Y la mía también —añadió Abby.
—¿Con pan de ajo? —preguntó Melissa.
—No serían spaghetti de verdad si no llevaran pan de ajo —le dijo Liz.
Melissa sonrió.

Una jornada de compras, una cena y una limpieza de cocina compartida más tarde, Melissa estaba haciendo un último trabajo para el colegio mientras Abby y Tyler se sentaron en el sofá para ver una película.

Liz se sirvió una copa de vino y salió al porche para tomársela. Aunque sus sobrinas eran fantásticas, la situación era muy intensa y sentía la necesidad de estar a solas unos minutos.

Se sentó en los escalones del porche. La noche era clara y las estrellas se veían mucho más grandes y más cercanas que en San Francisco. Ahí no había luces de la gran ciudad que enralecieran el cielo. Podía distinguir las montañas al este alzándose en el cielo y las cumbres casi parecían rozar las destellantes estrellas.

El sonido de la película que los niños estaban viendo dentro la hizo sentirse bien, segura.

Abby y Melissa eran unas buenas chicas que se enfrentaban a una imposible situación y por eso su furia ante el hecho de que Bettina las hubiera abandonado iba en aumento a cada segundo. ¿Cómo podía un adulto alejarse de unas niñas así, sin más? Aunque no las quisiera, podría haber hecho algo para asegurarse de que alguien se ocupaba de ellas.

Una parte de Liz quería llamar a la policía y denunciar a esa mujer, pero no lo haría. No, hasta que todo estuviera aclarado. Involucrar a los asuntos sociales era una complicación que no necesitaban. Además, primero quería hablar con Roy.

En la cena, Melissa había mencionado que su padre estaba en Folsom. A pesar de que Johnny Cash había hecho famosa esa cárcel con una canción, era un lugar viejo y una prisión como otra cualquiera. Liz se había documentado al respecto para uno de sus libros y aún tenía contactos allí, por lo que le sería relativamente fácil entrar para ver a su hermano.

Sin embargo, saber eso no hacía que la idea de verlo después de tantos años fuera más agradable. ¿Qué iba a decirle?

Decidió no pensar en ello y volvió a centrar su atención en la preciosa noche. Eso era más sencillo que pensar en el pasado, o incluso en el presente. Después de tanto tiempo, había vuelto a Fool's Gold. ¿Quién se lo habría imaginado?

El momento de las compras se había sucedido sin incidentes; solo una dependienta la había reconocido lo suficiente como para llamarla por su nombre. La mujer, ya mayor, no le había resultado familiar, pero sabía muy bien cómo era la vida en los pueblos y por eso había fingido estar encantada ante el encuentro. La mujer le había comentado que era maravilloso que hubiera vuelto para estar con las hijas de Roy.

Un comentario inocente, pensó Liz mientras daba un sorbo de vino. No había habido razón para contestar a la mujer, para decirle bruscamente cómo era posible que un pueblo entero no se hubiera dado cuenta de que había dos niñas viviendo solas. Claro que ése era el mismo pueblo que años atrás había visto muchos golpes en sus brazos y piernas y nadie le había preguntado nada tampoco.

—No vuelvas a pensar en ello —se dijo. Estaba allí para ayudar a las hijas de Roy y marcharse lo antes posible. Nada más.

Oyó a alguien caminando por la acera e instintivamente se puso tensa antes de recordar que estaba en Fool's Gold y que allí nadie asaltaba a nadie. Alzó la mirada y vio a un hombre que se detuvo en el portón de su casa y entró. Casi se le cayó la copa de entre los dedos cuando vio que ese hombre que se dirigía hacia ella era Ethan Hendrix.

—Hola, Liz.

Era tan alto y guapo como recordaba. Más ancho de constitución y un poco mayor, pero había envejecido muy bien. Estaba demasiado oscuro como para que pudiera distinguir sus rasgos, pero creía poder decir que se alegraba de verla. Por lo menos, estaba sonriendo.

No podía creerse que fuera real. ¿Por qué iba a estar Ethan alegre de verla de vuelta allí?

Aferró la copa de vino con las dos manos. Levantarse sería lo más apropiado y educado, pero dudaba que pudiera mantenerse en pie. Le temblaban las piernas mientras miraba al primer hombre que había amado. Si se hubiera tomado otra copa de vino, probablemente habría admitido que era el único hombre al que había amado, pero ¿por qué pararse a pensar en eso ahora?

—Ethan —dijo sorprendida de volver a pronunciar ese nombre después de tanto tiempo.

Le había gritado, lo había maldecido, había llorado por él, le había suplicado pero solo en su mente. En los últimos doce años, no había vuelto a pronunciar su nombre. Excepto una vez ante su esposa.

—Me había parecido verte antes —dijo él, acercándose y metiéndose las manos en los bolsillos con una leve sonrisa—. En la carrera. He intentado alcanzarte, pero había demasiada gente. Has vuelto. Estás muy bien.

¿Qué estaba qué?

Haciendo acopio de todas sus fuerzas, dejó la copa sobre el suelo del porche y se puso de pie. Se cruzó de brazos y tuvo que alzar la cabeza para mirarlo a los ojos. Estaba claro que el paso del tiempo no lo había hecho encogerse.

—No es lo que piensas. No he venido a crear problemas.

—¿Por qué ibas a hacer eso? —le preguntó él confuso.

—He venido por mi hermano y mis sobrinas. No se trata de nada entre nosotros.

La sonrisa de Ethan se difuminó hasta convertirse en una fina línea.

—En cuanto a eso... —se encogió de hombros—. Fui un crío y un cretino. Lo siento.

No era una disculpa que estuviera a la altura de lo que la había hecho sufrir al rechazarlos a su hijo y a ella, pero a Ethan nunca se le había dado bien eso de aceptar la responsabilidad en sus relaciones.

Después de todo, él era un Hendrix, miembro de una buena familia; una chica de la zona pobre era lo suficientemente buena como para acostarse con él, pero un tipo como Ethan nunca querría nada más con alguien así.

—Bueno, el caso es que no sabía que mi hermano había vuelto y no sabía que tenía dos hijas hasta que Melissa me ha escrito. Por eso estoy aquí. Estaré dos semanas, tres como mucho, y me mantendré alejada de tu camino, como me pediste —o, mejor dicho, como le «ordenó», pero estaba muy cansada y no le apetecía entrar en el tema. Una pelea con Ethan complicaría aún más la situación.

Sacudió la cabeza e intentó mantener la calma.

—Pero tengo que señalar que no eres dueño de este pueblo y que no tienes ningún derecho a decirme dónde puedo o no puedo estar.

—Lo sé —dijo Ethan dando un paso más hacia ella—. ¿Te ayudaría saber que no tengo la más mínima idea de lo que me estás diciendo?

Y esa sonrisa volvió, la misma que siempre había tenido la capacidad de hacerla sentir como si tuviera mariposas en el estómago.

—Quería darte la bienvenida y decirte que creo que es genial que hayas triunfado tanto con tus libros, aunque no estoy seguro de que me guste esa parte en la que me matas una y otra vez.

Ahora él no era el único que estaba confundido. ¿Quería hablar de sus libros?

—Te lo mereces y, técnicamente, no te he matado.

—Entonces, ¿por qué todas tus víctimas tienen más que un mero parecido conmigo?

—No sé de qué me hablas —lo cual era mentira.

—De acuerdo.

La sonrisa volvió a desvanecerse cuando dio otro paso hacia ella. Un paso que lo acercó demasiado.

–Hace once años fui un cretino. Lo admito y lo siento. Eso es lo que he venido a decirte.

–¿Qué? –bajó las manos hasta las caderas y lo miró–. ¿Eso es todo? ¿Después de todo lo que pasó la última vez que vine aquí?

–¿Qué última vez?

–Hace cinco años volví para hablar contigo, pero tuve una conversación bastante incómoda con tu mujer. Estabas fuera y unos días después recibí tu carta.

–¿Qué? –preguntó él extrañado.

Ella quería gritar.

–Vine a hablar contigo, a contarte lo de Tyler. Vi a Rayanne y me dijo que no estabas en el pueblo. Unos diez días después, recibí una carta de tu parte diciéndome que no querías saber nada de nosotros, que me mantuviera alejada de Fool's Gold y que si volvía, te asegurarías de que lo lamentara.

–Acepto que lo que te hice hace tantos años fue estúpido y mezquino y lo siento, pero no metas a mi mujer en tus historias.

–¿Historias? ¿Crees que estoy mintiendo? Hablé con tu mujer hace cinco años y tú me escribiste una carta. Aún la tengo.

Él sacudió la cabeza.

–Yo no te escribí ninguna carta –vaciló–. No sé si viste a Rayanne o no, tal vez yo estaba de viaje. Hoy te he visto aquí y he venido a saludarte y a pedirte disculpas. Eso es todo –la miró fijamente–. Y por cierto, ¿quién es Tyler? ¿Tu marido? ¿Estás casada?

¡Oh, Dios! Liz volvió a sentarse en el escalón. La invadieron los recuerdos y se le hizo imposible elegir solo uno. El pasado más reciente fue lo primero que se coló en su mente recordándole cuánto había amado a Ethan, cómo la había convencido para que confiara en él, cómo le había dicho que la amaba. Ella se había entregado a él una noche llena de estrellas junto al algo; una desesperada emoción no había sido suficiente para evitar que su primera vez le doliera, pero Ethan la había abrazado mientras lloró.

Habían planeado que ella fuera a reunirse con él en la universidad porque estar juntos en Fool's Gold era imposible. Y no porque su familia fuera especialmente rica, sino porque eran una familia muy respetable y eso Liz Sutton jamás podría serlo.

Lo recordó a él y a sus amigos en la cafetería donde Liz trabajaba después de clase, cómo su amigo Josh había mencionado haberlos visto juntos y cómo Ethan había dicho que ella no era nadie. La había negado, los había negado a los dos y Liz lo había oído todo.

Tal vez si ella hubiera sido mayor habría entendido por qué Ethan había dicho lo que dijo, o si él hubiera sido más maduro o fuerte, podría haberse enfrentado a sus amigos. Por el contrario, le había hecho daño y ella había reaccionado ante ese ataque. Se había acercado a la mesa, había agarrado el batido de chocolate que le había llevado hacía escasos minutos y se lo había tirado a la cara. Después, se había marchado; había dejado su trabajo, había metido sus cosas en una bolsa y había huido a San Francisco.

Tres semanas después, se había enterado de que estaba embarazada.

Había regresado al pueblo para contárselo a Ethan, pero entonces lo había encontrado en la cama con otra. Había huido de nuevo y en esa ocasión se había decidido a estar sola. Pero cinco años atrás, cuando Tyler iba a empezar el primer grado en el colegio, había decidido probar de nuevo con Ethan y así había terminado hablando con su esposa y recibiendo la carta en la que él decía que no quería saber nada de los dos.

Pero nada tenía sentido. Ethan era muchas cosas, pero no estúpido. No se olvidaría de su propio hijo a menos que no lo supiera, que su mujer no le hubiera hablado de la visita de Liz.

—¿Liz? ¿Qué está pasando?

—No lo sé —se levantó—. Aun corriendo el riesgo de repetirme, ¿Rayanne nunca te dijo que vine a verte?

—Así es.

—Tú nunca me escribiste una carta.

—No.

—Entonces, ¿no sabes nada de esto?

—¿De qué?

Ella respiró hondo. Había sabido que existían muchas posibilidades de volver a encontrarse con él, con su mujer, o con los dos, pero jamás se habría imaginado algo parecido.

—Hace cinco años volví para verte. Bueno, no, en realidad volví semanas después de marcharme, pero estabas en la cama con Pia.

—¿Qué? Yo no —dio media vuelta y volvió a girarse hacia ella—. No es lo que crees.

—Me pareció que los dos estabais desnudos en la cama —dijo intentando que su voz no se viera afectada—. No importa. Que te acostaras con Pia no es la cuestión.

—Yo no me acosté con ella.

—¿No? Entonces, vuestra intensa relación tampoco es la cuestión. Volví para decirte que estaba embarazada y, cuando te vi en la cama con Pia, me marché. Estaba demasiado herida, demasiado furiosa. Me habías negado en público y después te habías acostado con una de las chicas que encontraban una gran satisfacción atormentándome. Bueno, el caso es que siempre quise que lo supieras y por eso vine hace cinco años para contarte lo de Tyler. Hablé con Rayanne y se lo conté y entonces recibí una carta tuya diciendo que no querías tener nada que ver conmigo ni con Tyler y que nos mantuviéramos alejados de aquí —una carta que, al parecer, había escrito Rayanne.

Ethan la miró como si nunca antes lo hubiera hecho y en su rostro se vieron reflejadas muchas emociones, entre ellas incredulidad, confusión y rabia.

—¿Tyler no es tu marido?

—Es mi hijo. Tu hijo. Tiene once años. Y está aquí.

3

Ethan oyó las palabras, pero no les encontraba ningún sentido. ¿Hijo? ¿Un niño de once años que era suyo?

—Nunca me lo habías dicho.

A pesar de pronunciar esas palabras, sentía que no podía hablar. ¿Un bebé? No. No un bebé. Un niño. Su hijo.

—Sí que te lo dije —repitió Liz poniendo las manos sobre las caderas, como si estuviera preparada para enfrentarse a él—. Acabo de explicarlo. Admitiré que no hice mucho esfuerzo cuando volví la primera vez, pero veros desnudos a los dos en la cama fue demasiado para mí. Por eso volví una segunda vez.

—Para ya —la miraba cada vez más furioso—. Estás mintiendo.

—Te lo dije... aún tengo la carta. Puedo decirle a mi ayudante que me la envíe, llegará aquí pasado mañana.

Él sabía que no había ninguna carta, sobre todo porque nunca había escrito una. Se dio la vuelta y fue hacia el portón antes de volver a girarse hacia la casa. La silueta de Liz se dibujaba contra la tenue luz del porche. Le había alegrado mucho verla, había querido ir a hablar con ella y se había encontrado con eso.

—¿Cómo demonios puedes quedarte ahí y decirme que tengo un hijo de once años? —echó a andar hacia ella con el ceño fruncido—. ¿No te molestaste en decirme que estabas embarazada? ¿Qué te da ese derecho?

—Intenté decírtelo, pero estabas demasiado ocupado tirándote a Pia.

Él la agarró de un brazo.

—No me importa, como si hubiera estado acostándome con todo el pueblo. Estabas embarazada de mi hijo y yo tenía el derecho a saberlo.

Ella se sacudió y él la soltó porque así lo habían educado, porque soltarla era lo correcto.

—Claro que me molesté en hacerlo. Se suponía que me querías, me convenciste de que era seguro amarte. Me quitaste la virginidad y después permitiste que alguien me llamara «puta» delante de todos tus amigos.

—Eso no importa.

—Claro que importa, porque dice mucho de quién eres como persona. Es la razón por la que no me molesté en seguir intentándolo.

La injusticia de esa acusación era demasiado dolorosa.

—Era muy joven.

—Y yo. Dieciocho años, sola y embarazada.

—Es mi hijo y deliberadamente lo has tenido alejado de mí estos años.

Liz respiró hondo y asintió lentamente.

—Lo sé. Por eso volví para contártelo hace cinco años.

Él no se creía la historia de que hubiera hablado con Rayanne y tampoco le importaba. Lo único que le importaba era que tenía un hijo. La apartó a un lado y fue hacia la puerta.

—Quiero verlo.

—¡No! —Liz lo agarró del brazo—. Ethan, espera. Así no. No puedes entrar ahí dentro y decírselo todo. Solo tiene once años. Lo asustarás.

Podría haber seguido caminando, ya que ella no tenía fuerza para sujetarlo, pero entre la rabia y el resentimiento, Ethan comprendió que había algo, alguien, que era más importante que ellos dos.

Tyler.

Se detuvo.

Ella lo soltó y se situó frente a él.

—Yo también estoy sorprendida y lamento todo esto. Juro que creía que lo sabías.

—Quiero conocerlo.

—Estoy de acuerdo, pero necesitamos un plan. Tiene que estar preparado.

Él estrechó la mirada.

—Perdiste tu derecho a decidir el día que elegiste apartarlo de mí.

Ella alzó la barbilla.

—Ahí te equivocas. Esto no es un juego. Estamos hablando de la vida de un niño. En cuanto a los derechos, soy su madre y tú no apareces en su certificado de nacimiento. No estoy diciendo que no quiera que tengas una relación con él, porque sí que quiero. Por eso vine hace cinco años. Claro que lo quiero. También estoy enfadada. Dijiste que me querías y aun así jamás te molestaste en ir a buscarme cuando me marché. Después de verte con Pia, ¿llegaste a echarme de menos?

—¿Qué importa eso? —él volvió a maldecir y dio un paso atrás—. Me has robado once años de mi vida, Liz. Me has robado tiempo y recuerdos que nunca podré recuperar. ¿De verdad crees que unos sentimientos de instituto pueden igualarse a esto?

—Aceptaré la responsabilidad por los primeros años, pero no por los últimos cinco. ¿Por qué te niegas a creerme? Estuve aquí, hablé con Rayanne. Te enseñaré la carta en cuanto llegue y mientras tanto, ve a hablar con tu mujer.

Él se quedó mirándola. Claro. No podía saberlo.

—Rayanne está muerta.

Ella abrió los ojos de par en par.

—Oh, Dios. Lo siento.

Ethan alzó la mirada hacia la casa, lo único que deseaba era entrar y llevarse lo que era suyo. Tal vez odiara a Liz con todo su ser, pero en una cosa tenía razón: Tyler era lo único que importaba en esa situación. Entrar en la casa y agarrarlo no haría más que asustar al niño y él quería empezar de un modo mejor. Si hubiera sabido que existía, habría estado a su lado desde el principio. Habría sido un padre.

–Mañana vendré después del trabajo –le dijo en voz baja–. Quiero conocerlo –la miró a los ojos–. Y nada de excusas.

Ella asintió.

–Se lo contaré mañana.

–¿Vas a hacer que parezca un cretino delante de él?

–Claro que no.

–¿Qué le has dicho hasta ahora?

–Nada. No le he mentido, le he dicho que había cosas de las que no iba a hablar. No siempre le gusta esa respuesta, pero la acepta.

«Porque no ha tenido elección», pensó Ethan, aún conteniendo la furia. Liz había controlado la situación, había hecho lo que había querido, pero eso estaba a punto de cambiar. Él se aseguraría de ello.

–¿Estarás aquí? –preguntó él. De todos modos, en esa ocasión, la seguiría hasta los confines de la tierra si era necesario. Ya le había robado demasiado.

–Aquí estaré. Lo juro.

Ethan soltó una carcajada.

–¿Acaso tu palabra significa algo?

Ella se metió la mano en el bolsillo de sus vaqueros y sacó las llaves del coche.

–¿Quieres llevártelas? ¿Eso te hará sentir mejor?

Tal vez, pero no era necesario.

–Tengo tu número de matrícula. Si intentas marcharte, te arrestarán por secuestro.

Una amenaza vacía. Si ella decía la verdad, si de verdad él no aparecía en el certificado de nacimiento, entonces sus derechos se verían limitados. Pero si ella lo presionaba y provocaba, haría todo lo que estuviera en su poder para recuperar sus derechos. Tyler era su hijo y él se hacía cargo de todo lo que era suyo.

Una voz dentro de su cabeza le susurró que si hubiera tenido la misma intención para recuperar a Liz, nada de eso habría pasado, porque habría sabido lo de Tyler desde el principio.

—Ethan, por favor. Tenemos que colaborar por el bien de Tyler.

—Estoy de acuerdo, pero no esperes que te comprenda ni que te perdone, Liz. Has jugado con mi vida y con la vida de mi hijo. Espero que en el infierno tengan un sitio reservado para ti.

Ella se estremeció como si la hubiera golpeado, pero él ni se inmutó después de lo que había dicho, sino que se dio la vuelta y, antes de salir por el portón, se detuvo.

—Volveré mañana a las seis. No empeores las cosas.

Y con eso se fue.

Liz agarró su taza de café. Normalmente intentaba limitarse a una o dos tazas al día, pero después de una noche sin dormir, tenía la sensación de que excedería el límite antes de que llegara el mediodía.

Había sido una idiota. Lo aceptaba. Pero lo que no le gustaba era la realidad de que había sido cruel y desconsiderada, unas características que jamás habría pensado que formaran parte de ella.

El comentario de Ethan de que había jugado con la vida de su hijo y con la suya había sido un golpe directo, y era incapaz de olvidarlo. La culpabilidad era poderosa. A pesar del hecho de que había vuelto para contárselo todo cinco años atrás, la realidad era que Ethan se había perdido los seis primeros años de la vida de Tyler.

No se podía recuperar el tiempo, como él ya había dicho, y lo lamentaba. Pero ahora todo era peor. Al parecer, Rayanne no le había dicho a Ethan que ella había ido al pueblo, así que no había habido un segundo rechazo. Sin embargo, eso ya no importaba porque estaba claro que Ethan no la creía. Aun así, llamaría a Peggy y le pediría que le enviara la carta: una solución sencilla a una parte del problema. Ojalá pudiera explicar tan fácilmente cómo habían sido aquellos primeros seis años.

Oyó pisadas en las escaleras y sacó la leche de la nevera. Ya había puesto dos cajas de cereales sobre la mesa junto con cuencos y cucharas.

Melissa fue la primera en entrar en la cocina, con unos vaqueros y una camiseta limpios, después de los montones de coladas que había hecho Liz la noche anterior, y el pelo reluciente y suave. Se acercó a la mesa.

–Buenos días –dijo forzando una sonrisa. Su problema con Ethan no tenía nada que ver con las niñas.

–Hola –Melissa no se sentó–. Sigues aquí.

–¿Por qué no iba a estarlo?

La chica se encogió de hombros mientras retiraba una silla.

–No has dormido arriba, en la habitación de mi padre.

La idea de dormir en la misma cama en la que había dormido su hermano, y su madre antes que él, le había puesto la piel de gallina. Pero esa no era la cuestión; la cuestión era que Melissa se había levantado en mitad de la noche para comprobar si aún estaba allí.

–A veces me gusta trabajar por la noche –y era verdad, aunque no la razón por la que había elegido el sofá del salón antes que la cama del dormitorio principal–. Estar abajo me parecía más sencillo.

–Creía que te habías marchado.

Melissa no la miraba mientras hablaba.

Liz puso las manos sobre sus hombros.

–No pienso abandonaros ni a ti ni a Abby. Sé que te llevará un tiempo creerme, pero puedes confiar en mí.

–De acuerdo.

–Lo digo en serio –declaró firmemente Liz–. Vamos a solucionar esto. No tienes teléfono móvil, ¿verdad?

Melissa negó con la cabeza.

–Te compraremos uno cuando salgas del cole y te grabaré mi número. Así siempre podrás ponerte en contacto conmigo. ¿Te sentirías mejor así?

A la niña se le iluminó la cara.

—¿Podría llamar a mis amigos?
—Claro.
—¿Y enviar mensajes?
Liz sonrió.
—Siempre que prometas parar antes de que se te caigan los dedos.
—Eso puedo hacerlo —la niña agarró una caja de cereales.
—Entonces, trato hecho.

Abby entró en la habitación y corrió hacia Liz para abrazarla.
—¿Tengo que ir al colegio?
—Sí. ¿Cuánto te queda? ¿Tres días? Sobrevivirás.
Abby sonrió.
—Sabía que dirías eso.
—¿Y aun así me lo has preguntado?
—Ajá.

La niña se sentó en frente de su hermana y agarró los cereales.

No tardaron mucho en desayunar. Después de meter los tazones en la pila, Liz sacó su bolso.
—No hemos comprado nada para vuestro almuerzo, así que ¿os importa compraros algo?

Las niñas se miraron y se rieron.
—¡Podemos comprar el almuerzo! —dijo Melissa contenta—. ¡Sería genial!

Liz se preguntó cuánto tiempo llevarían sin almorzar. ¿No podrían haberles dado el almuerzo en el colegio de forma gratuita? Aunque, claro, para eso habría hecho falta que alguien hubiera estado al tanto de la situación.

Les dio diez dólares a cada una y las acompañó a la verja de la casa. Se despidieron y le prometieron que volverían a casa después del colegio.
—¡Podemos hacer galletas antes de cenar! —les gritó ella.

Cuando habían doblado la esquina, entró en la casa, anotó que tenían que comprar un teléfono móvil y se dispuso a elaborar una segunda lista de la compra que incluía ingredientes para hacer galletas de chocolate. Después, llamó a Peggy para que le enviara la carta junto con las notas que se había dejado en casa.

Cuando colgó, oyó pisadas arriba indicándole que Tyler ya estaba levantado y que iba hacia la ducha. Esperó nerviosa a que bajara y se vio forzada a actuar con normalidad antes de charlar con él durante el desayuno.

–He pensado que podríamos hacer galletas –le dijo cuando él se terminó los cereales–. Cuando tus primas vuelvan del cole.

Tyler sonrió.

–Genial.

–¿Es genial que vayamos a hacer galletas o que ellas tengan que ir al cole y tú no?

El niño se rio.

–Las dos cosas.

Tyler se levantó y llevó su tazón a la pila. Después de aclararlo, buscó un lavavajillas y frunció el ceño al ver que no había ninguno.

–¿Qué hago con esto?

–Déjalo en la pila. Vamos a lavar los platos al estilo antiguo. A mano.

Él parecía confundido, como si fuera un concepto imposible de imaginar, y Liz estaba de acuerdo, pero no compraría uno para las pocas semanas que estarían allí. Al menos tenían microondas y eso sí que era una necesidad primordial. Hacían falta palomitas para una noche de pelis.

–¿Qué vamos a hacer hoy? –preguntó él volviendo a la mesa.

–Podríamos dar un paseo por el pueblo –le dijo mientras lo miraba a la cara y se preguntaba si alguien se daría cuenta del parecido que guardaba con Ethan. Para ella, eran iguales–. Después podrás jugar a la Xbox mientras trabajo.

Los oscuros ojos del niño se iluminaron.

–Me encantan las vacaciones de verano.

–Seguro que sí. Pero no vas a pasarte tres meses perfeccionando tu juego favorito –cuando estuvieran en San Francisco, tendría clases y un par de semanas en un campamento.

–¿Y dos meses y veintinueve días? –preguntó Tyler, enarcando las cejas.

–No lo creo –Liz respiró hondo y deseó abrazarlo con fuerza porque, en cuanto le contara lo de Ethan, todo iba a cambiar. Lo sabía. La verdad lo cambiaría todo y no habría vuelta atrás.

–Tengo que hablar contigo de algo… No es malo.

–De acuerdo.

Él esperó pacientemente, confiando en ella, porque su madre nunca le había mentido, nunca le había fallado. Lo ponía furioso porque ella era la madre y había reglas que cumplir, pero eso era diferente, era lógico.

–Me has preguntado mucho por tu padre y yo nunca te he hablado de él.

–Lo sé.

–Ahora estoy preparada para hacerlo.

Tyler estaba recostado contra el respaldo de la silla, pero se puso derecho y estiró los brazos hacia ella, expectante.

–¿Mi padre?

–Sí, es un buen tipo. Un contratista, construye edificios, cosas…

–Sé lo que es un contratista, mamá –dijo resoplando y exasperado.

–Claro que lo sabes. Bueno, es contratista y además construye molinos, de ésos para generar electricidad.

–Turbinas de viento.

–¿Qué?

–Se llaman turbinas de viento.

–Gracias –Liz estaba incómoda y deseando no tener que contarle nada, pero eso era muy egoísta porque Tyler merecía conocer a su padre y Ethan… merecía conocer a su hijo.

–Vive aquí, en Fool's Gold. Esta noche lo conocerás.

Tyler se levantó de la silla a la velocidad de la luz, corrió hacia ella y la abrazó.

—¿Voy a conocer a mi padre? ¿En serio?
—Sí. Anoche lo vi y quiere conocerte.
Tyler la miró a los ojos.
—¿Esta noche?
—A las seis.
—¿Mi padre va a venir?
—Ajá.
—¿Lo has visto de verdad?
Ella lo abrazó deseando poder aferrarse a él para siempre.
—Sí —le acarició el pelo y lo miró a los ojos—. Vine a hablarle de ti cuando tenías unos seis años, pero no estaba aquí, estaba de viaje de negocios, así que le dije a otra persona que se lo contara y prometió hacerlo, pero al final no lo hizo.
—¿Mintió? —Tyler parecía impactado. Era tan pequeño que aún creía que la mayoría de los adultos decían la verdad.
—Se guardó la verdad, que es prácticamente lo mismo que mentir. Pensé que él no quería saber nada de nosotros, pero me equivocaba. Está deseando conocerte.
Tyler abrió los ojos de par en par, unos ojos cargados de esperanza.
—¿Crees que le gustaré?
—Creo que te adorará —le acarició una mejilla—. Te pareces mucho a él. El pelo y los ojos oscuros.
—Pero tengo tu sonrisa.
—Sí, la tienes y quiero recuperarla —se acercó y le hizo cosquillas.
Él se rio.
—Ojalá aún estuviera en el cole para poder contarle a todo el mundo que yo también tengo padre.
—Ya se lo contarás en septiembre.
—¿Crees que papá vendrá a vivir con nosotros a San Francisco?
Si Liz hubiera estado de pie, se habría caído.
—Eh, probablemente no. La vida de tu padre está aquí, en Fool's Gold. Tiene una gran familia, no sé quién sigue vivien-

do aquí, seguramente su madre y supongo que algunas de sus hermanas.

—¿Hay más?

«Hay toda una manada», pensó ella. Pensar que los parientes de Ethan también eran los de Tyler la puso un poco nerviosa. ¿Cómo podría ella competir con toda una familia? Sin embargo, se recordó que no era una competición. Aun así...

—Tienes dos tíos, tres tías, que por cierto son trillizas, y una abuela.

—¡Guai!

—Lo sé —dijo con falso entusiasmo—. Tendrás mucha familia, tanta que no sabrás qué hacer con todo el mundo.

—¿Alguien de mi edad?

—No lo creo, pero no lo sé con seguridad. Puedes preguntarle a tu padre.

Podría haber decenas de niños; cualquiera de sus hermanos podría haberse casado e incluso Ethan podría tener hijos de su matrimonio con Rayanne, aunque serían más pequeños. Sin embargo, decidió no pensar en ello, ya estaba resultando muy difícil todo y lo último que necesitaba era pensar en su difunta mujer.

—Esto es genial, mamá. ¡Tengo un padre! Somos una familia.

Eran muchas cosas, pero Liz no creía que «familia» fuera la palabra adecuada. No, sabiendo lo mucho que Ethan la odiaba.

—Va a ser interesante —admitió.

—¿Puedo utilizar el ordenador para enviarle un e-mail a Jason?

Ella asintió y Tyler salió corriendo de la habitación. Unos segundos después, oyó sus fuertes pisadas y el crujido de las escaleras.

A los once años, la vida era simple y un padre nuevo era algo genial. No había complicaciones, no había ambivalencias, ni preocupaciones sobre el futuro. Ella, sin embargo, no podía dejar de pensar en que todo podía salir mal.

—Probablemente esa sea la razón por la que escribo lo que

escribo –murmuró mientras se levantaba e iba hacia la pila para fregar los platos del desayuno. Algunos días el asesinato y la violencia en general encajaban con su estado de ánimo, y por ello volcaba sus frustraciones en una víctima que se lo mereciera, para que su personaje encontrara la justicia al final.

Pero la situación que estaba viviendo ahora no era ficción, era la vida real, y tenía la sensación de que las cosas se iban a complicar.

4

Ethan hizo lo que pudo por trabajar, pero a las diez de la mañana se había rendido. No podía engañar a nadie, ni siquiera a sí mismo. Su hermana Nevada le había preguntado dos veces si todo iba bien; él le había dicho que estaba bien, pero después de pasar veinte minutos duplicando un pedido de madera, para darse cuenta después de que ese trabajo ya lo habían finalizado dos semanas antes, supo que tenía que salir y despejarse la mente.

—¡Volveré en una hora! —gritó mientras salía de la oficina.

—No tengas prisa en volver —murmuró Nevada, lo suficientemente alto para que la oyera.

En circunstancias normales, él habría entrado y habrían discutido, pero no ese día. No, cuando seguía dándole vueltas a lo que había pasado la noche anterior.

Tenía un hijo, pensó mientras subía a su camioneta y arrancaba el motor. Un hijo. Once años y no había sabido nada. Y todo porque Liz Sutton le había ocultado la verdad. Deliberadamente.

La ira que lo había invadido la noche anterior había vuelto con más fuerza. Se obligó a centrarse en conducir, en prestar atención a pequeñas cosas como, por ejemplo, señales de stop.

En lugar de ir a su casa, volvió a la casa en la que había crecido. Si alguien podía calmarlo, esa era su madre.

Denise Hendrix había criado a seis hijos y había sobrevivido a la pérdida de su marido, Ralph, casi diez años antes. Ella era el corazón de la familia, la persona a la que todos recurrían cuando había un problema. Era una mujer racional y podría darle una buena perspectiva del asunto, una mucho mejor que la suya porque ahora mismo lo único que quería era agarrar a su hijo y llevárselo.

No era un plan muy inteligente, se dijo mientras conducía por el vecindario y antes de recorrer el camino de entrada a su casa.

Miró el reloj del salpicadero. Con sus seis hijos viviendo fuera de casa, su madre tenía mucho tiempo libre, un tiempo que ocupaba con clases y con sus amigas. Si no recordaba mal, ahora estaría entre el gimnasio y algún almuerzo que tuviera planeado.

Llegó a la puerta principal y esta se abrió antes de que pudiera llamar.

—Te he visto llegar con el coche —dijo su madre con una sonrisa. Llevaba una camiseta y unos pantalones cortos que revelaban su esbelto cuerpo. Iba descalza y tenía las uñas de los pies pintadas de rosa. Aunque siempre había llevado el pelo largo, se lo había cortado unos años antes y cada vez que la veía, lo tenía más corto.

—Hola, mamá —dijo él antes de agacharse a besarla en la mejilla—. ¿La próxima vez vas a raparte la cabeza?

—Si me apetece, lo haré —respondió ella echándose atrás para dejarle pasar—. Ahora estoy haciendo más deporte y el pelo corto es más cómodo. Hoy tengo clase de yoga; te juro que hay posturas que me superan y no puedo evitar pensar que algún día me romperé un hueso. Estoy en esa edad, ya sabes... Estoy encogiéndome y cada vez estoy más frágil.

—Lo dudo.

Denise apenas había cumplido los cincuenta y fácilmente podía pasar por una mujer diez años más joven. A pesar de los años que llevaba sola, nunca había salido con nadie. Intelectualmente sabía que a su madre le vendría bien encontrar a alguien, pero ya que era el hijo mayor y el que se sentía responsable de ella, no era algo a lo que quisiera enfrentarse. Vérselas con un hombre por intentar algo con su madre no era la idea que Ethan tenía de pasar un buen rato.

—Eres muy dulce al decir eso —se quedó mirándolo un momento y entonces le dijo—: ¿Qué pasa?

—Puede que haya venido solamente a verte.

—¿A estas horas de la mañana y a mitad de semana? No lo creo. Además, puedo sentirlo. ¿Qué pasa?

Ella fue hacia la cocina mientras hablaba y él la siguió automáticamente. Todo lo importante se discutía en la cocina; era lugar de revelaciones, celebraciones y anuncios.

Denise sirvió dos tazas de café, agarró la suya, se apoyó contra la encimera y esperó pacientemente. Esa paciencia era algo que Ethan había odiado cuando era adolescente; le había hecho retorcerse y sufrir hasta acabar confesando lo que fuera que había hecho mal. Ese día, por el contrario, agradecía que ella no intentara distraerlo con charlas banales.

—Tengo un hijo. Se llama Tyler y tiene once años.

A su madre casi se le cayó la taza de café y, rápidamente, la dejó sobre la encimera. Se quedó pálida y respiró hondo una y otra vez.

—Liz Sutton ha vuelto al pueblo. La vi ayer en la carrera. Después fui a verla a su casa y me lo contó —se metió las manos en los bolsillos—. Aún no lo he visto. Lo conoceré esta noche.

—¿Liz Sutton? ¿Te acostaste con Liz Sutton?

—Fue hace mucho tiempo, mamá.

—Creía que conocía a todas tus novias. ¿Cuándo pasó esto?

Y antes de que él pudiera responder, continuó diciendo:

—Aunque, si tiene once años, tú estabas en la universidad. Pasaría cuando te dejamos vivir en el apartamento de encima del garaje durante el verano cuando volviste a casa. ¿Tuviste sexo encima del garaje?

—Mamá, eso no es relevante.

—Creo que sí lo es. Muy relevante. Prometiste que no lo harías. Dijiste que nada de chicas. Mentiste y dejaste embarazada a una.

—Mamá...

Ella respiró hondo.

—Bien, tienes razón. Liz se quedó embarazada y... —abrió los ojos de par en par—. Tengo un nieto. ¡Oh, Ethan! ¿Cómo ha pasado esto?

—Ya tuvimos aquella conversación sobre cómo se hacen los niños...

—No, quiero decir que cómo es posible que hayas tenido un hijo todo este tiempo y no me lo hayas dicho.

—No lo sabía.

—¿Te lo ocultó? No puedo creerlo. Es horrible. Tenemos que hacer algo. ¿Estás seguro de que es tuyo?

La reacción de su madre fue un poco dispersa, pero era de esperar. Él tampoco podía pensar con mucha claridad.

—No intento ser mezquina, pero ¿estás seguro? Once años es mucho tiempo como para que te lo haya ocultado. ¿Y por qué ahora? ¿Qué quiere?

Eran muchas preguntas y él fue primero a por la fácil.

—El niño es mío. No estaba saliendo con nadie más.

—Todo el mundo sabía lo que era su madre y las cosas que oyó y vio de ella. Se emborrachaba, se quedaba en el aparcamiento del bar y gritaba. Era horrible. Siempre lo sentí mucho por Liz y solía preguntarme si debía hacer o decir algo para ayudarla. Tengo hijas y sé lo que es eso. Pero se quedó embarazada...

—Mamá, tú no sabías que estaba embarazada.

—Tienes razón —volvió a la mesa—. Ni siquiera sé qué pensar.

—Ni tú ni yo.

—¿Crees que quiere dinero?

—No.

—¿Cómo lo sabes?

—Es una autora de novelas de misterio de éxito. La has leído, ¿recuerdas? Ha escrito cinco libros y todos han funcionado muy bien.

—Supongo que tienes razón —Denise se dejó caer en una silla junto a la mesa—. Tienes un hijo.

—Eso ha dicho. No puedo dejar de pensar en ello.

—¿Todo este tiempo y no te había dicho nada? Qué zorra. ¿Cómo se ha atrevido a mantenernos alejados de tu hijo, de mi nieto? ¿Cómo lo ha mantenido alejado de su familia? ¿Quién se cree que es?

Su madre era absolutamente leal, pensó con una sonrisa, pero entonces recordó que tenía razón. Liz le había robado la única cosa que no se podía recuperar: el tiempo.

Denise se puso de pie y caminó de un lado a otro de la cocina.

—¿Alguna vez ha intentado ponerse en contacto contigo? ¿Por qué ahora? ¿Qué ha cambiado?

—Ha vuelto por las hijas de su hermano —le había dicho más cosas, pero solo le había prestado atención a lo guapa que estaba bajo la luz de la luna. ¡Se había alegrado tanto de verla! Y le habría gustado decirle que estaba más preciosa todavía que antes.

—¿No ha venido para hablarte de lo del niño? ¿De Tyler?

Él negó con la cabeza.

—Es complicado. Dice que intentó contármelo cuando lo descubrió, pero cuando volvió, yo estaba con otra chica —no iba a decirle a su madre que estaba en la cama con Pia O'Brian. Habían quedado dos días y, sinceramente, no recordaba haberse acostado con ella.

—¿Y eso es todo?

—No. Dice que volvió hace cinco años y habló con Rayanne. Le contó lo de Tyler y le dijo que quería hablar conmigo.

Su madre lo miraba fijamente.

—¿Y?

—Dice que recibió una carta mía diciéndole que yo no quería saber nada ni de ella ni del niño y que se mantuviera alejada del pueblo.

Denise se cruzó de brazos.

—Eso es típico. Inventarse una historia estúpida y después esperar que todo el mundo lo acepte sin ninguna prueba.

—Dice que aún tiene la carta y que mañana la tendrá aquí.

—¿La crees?
—No lo sé.
Los ojos de su madre se llenaron de lágrimas.
—Todo este tiempo un miembro de nuestra familia ha estado por ahí y no lo hemos sabido. Ha estado perdido. Solo.
Ethan no creía que a Liz le hiciera gracia el comentario de su madre.
—Nos necesita —dijo ella tocándole el brazo—. Tenemos que estar a su lado. Descubrir que tiene un padre ha debido de ser muy duro para él.
—Lo sé —él le apretó la mano.
Denise respiró hondo.
—Necesitamos un plan. Tenemos que mantener la calma. ¿Vas a verlos esta noche?
—A las seis.
—Bien. Deberías ser amable con Liz. No la presiones ahora. Lo último que queremos es que salga huyendo. Sé que estás furioso y Dios sabe que se lo merece, no hay excusa para lo que ha hecho, ninguna. Tú no la rechazaste. Te casaste con Rayanne cuando se quedó embarazada y no es que ella fuera un buen partido.
—Mamá...
Denise alzó las manos.
—Lo sé, lo siento. Estabas haciendo lo que se te ha enseñado, responsabilizándote y dejando en buen lugar tu apellido. Ethan, has dejado embarazadas a dos chicas. Creía que tu padre había tenido contigo la conversación del «sexo seguro». ¿Es que se dejó algo?
Ethan se levantó y dio un paso atrás.
—Mamá, no nos desviemos de la conversación. Liz y Tyler.
—Es verdad. Sé que estás enfadado. Yo estoy más que enfadada. Me gustaría aplastarla como si fuera un bicho, pero no podemos. Hay cosas que solucionar. Además, Tyler no es más que un niño. Probablemente quiera a su madre y no puedes meterte entre los dos. Así que, cuando lo conozcas esta

noche, sé amable con ella también. Una vez sepas lo que está pasando, podrás idear un plan.

Oír sus consejos le ayudaba a poner las cosas en perspectiva. Su relación con Tyler era su primera prioridad. Castigar a Liz podía esperar.

—Gracias, mamá —se agachó y la besó en la mejilla.

—De nada —le acarició la mejilla—. Quiero conocerlo. Es mi nieto.

—Lo conocerás.

—¿Ha vuelto a su casa?

—Sí —doce años antes la casa había estado casi derruida y ahora estaba peor.

—Todo saldrá bien —le dijo ella—. Ya lo verás.

—Lo sé.

Él haría que funcionara, de una forma u otra. Liz no iba a robarle más tiempo.

Liz y Tyler pasaron la mañana paseando por el pueblo; ella había querido familiarizarse con la zona, pero rápidamente descubrió que no había olvidado nada sobre la vida en Fool's Gold. Aunque había nuevos negocios y un impresionante complejo de casas dentro de un campo de golf, el trazado básico del pueblo no había cambiado en absoluto. Si vivías cerca del parque, podías llegar caminando a cualquier parte.

Un poco antes de las doce, llevó a Tyler al Fox and Hound para almorzar. Recordaba que ese establecimiento había sido un restaurante con otro nombre cuando era pequeña. Mientras esperaban a que les llevaran su comida, le echaron un vistazo a los folletos turísticos que habían recogido y hablaron sobre los puntos de interés que podrían visitar durante su estancia.

—¿Crees que mi padre querrá llevarme a hacer senderismo?

—No lo sé —respondió ella.

Sabía que Ethan se había lesionado en la universidad, poco después de que ella se hubiera marchado del pueblo... Algo sobre un accidente de bici. En aquel momento, no había querido conocer los detalles, pero por lo poco que había visto, él podía caminar fácilmente, así que lo más probable era que pudiera soportar un día de senderismo.

–Dijiste que montaba en bici –repitió Tyler–. ¿Competía?

–Sí. En el instituto y en la universidad. Tenía un amigo llamado Josh. Josh tenía un problema en las piernas y montaba en bici para fortalecerlas, a modo de fisioterapia.

Tyler asintió con la mirada clavada en ella.

–¿Mi padre montaba con él?

–Eran amigos. Los dos eran muy buenos y competían juntos, pero entonces tu padre se lesionó.

–¿Qué le pasó a Josh?

Liz señaló al póster colgado en la pared, uno en el que Josh Golden aparecía con un casco bajo el brazo y la mano que tenía libre aferrada a su bici.

–¡Vaya! –exclamó Tyler sonriendo–. ¿Mi padre conoce a Josh Golden?

–Creo que Josh vive aquí.

–¡Guai!

El almuerzo llegó y entre mordisco y mordisco, Tyler la acribilló a preguntas. Unas las pudo responder y otras no, y otras cuantas las esquivó. Para cuando volvieron a casa, ella estaba agotada.

–¿Qué te parece si me das algo de tiempo para trabajar? –le preguntó a Tyler mientras se acercaban a la casa.

–Vale, yo veré una película –agarró la muñeca de su madre y miró su reloj–. Quedan cinco horas.

Ella forzó una sonrisa. No había duda de que su hijo estaba contando los minutos. Mientras que comprendía su emoción, para ella era una situación muy difícil; sobre todo por el hecho de que Ethan estuviera cada vez más furioso y que ella misma se sintiera como si lo hubiera estropeado todo.

Pero cuando la duda amenazó, se recordó que sí que había vuelto con la intención de contárselo. Tal vez el primer esfuerzo no había sido mucho, pero la segunda vez había intentado hacer lo mejor posible. Incluso tenía la prueba que decía que Ethan había rechazado a su hijo… Una prueba que podía no ser real.

¿Qué clase de mujer le ocultaba a su marido información sobre un niño?

En el instituto, Rayanne había estado acompañada por una manada de chicas de lo más mezquinas y Liz había sido una de sus víctimas favoritas. Rayanne, Pia O'Brian y otras tantas se habían deleitado convirtiendo su vida en una pesadilla. Ella había sido una chica guapa e inteligente, pero pobre y con mala reputación por vivir en la peor zona del pueblo.

No importaba que no hubiera salido con ningún chico hasta que conoció a Ethan. No solo él había sido su primera vez, sino que también le había dado su primer beso. Pero para todo el mundo del instituto, Liz Sutton no había sido más que un cacho de carne para todo el que lo hubiera querido. O pagado.

Había habido muchos chicos que habían dicho haberse acostado con ella y Liz había oído las fanfarronadas, las burlas. A nadie le había importado que no fueran verdad; nadie cuestionaba los rumores. Después de todo, su madre era una borracha y una prostituta, así que, ¿por qué no iba a serlo ella?

Decidió no pensar en el pasado, sabiendo que eso no la ayudaría en ese momento. Tenía que centrarse en lo que sucedería ese día porque, ¿no era eso ya suficiente problema?

Cuando llegaron a casa, Tyler entró corriendo en el salón para elegir una película. Después de buscar entre la colección que había en la pequeña librería junto a la ventana, eligió una y se la llevó a Liz.

–Es una peli de chicas –dijo él encogiéndose de brazos–, pero no la he visto.

Liz miró el título de Hannah Montana y le alborotó el pelo.

–Algunas veces las chicas son divertidas.

–Supongo.

Pronto, muy pronto, descubriría lo divertidas que eran las chicas, pensó ella mientras lo veía subir al dormitorio. Se habían llevado el DVD portátil y los auriculares, así que la casa estaría tranquila y por eso no podría utilizar el ruido como una excusa para no trabajar.

Después de abrir su portátil, comprobó rápidamente su e-mail y abrió un documento de Word, pero a pesar de la frase a medio escribir y del parpadeante cursor, no se le ocurrió nada que añadir.

Todo el mundo siempre hablaba de la suerte que tenía, de lo maravilloso que era ser escritor, de lo bueno que era poder trabajar en cualquier parte y en cualquier momento, y eso, en teoría, era verdad. Pero, por otro lado, no tenía a nadie para ayudarla cuando no estaba de humor para escribir, o cuando la vida interfería, como ahora. En este momento con mucho gusto volvería a sus días de camarera antes que intentar idear unas cuantas buenas páginas, pero eso no era una opción. Lo único que podía hacer era teclear y borrar hasta que se le encendiera la bombillita o sucediera un milagro.

Y ese día el milagro llegó en forma de alguien que llamaba a la puerta.

Liz guardó sus tres frases y se levantó de la mesa de la cocina. Cuando abrió la puerta principal, decidió que «milagro» no era la palabra exacta.

Denise Hendrix, la madre de Ethan, estaba en su puerta. La mujer iba bien vestida, era esbelta, atractiva y, a juzgar por el fuego que despedían sus ojos, muy, muy enfadada.

–¿Puedo entrar? –preguntó Denise entrando en el desvencijado salón–. No nos conocemos, pero soy la madre de Ethan.

–Sé quién es.

–Y, ¿sabes por qué estoy aquí?

Esa no era una pregunta muy difícil. Asintió.

Denise miró a su alrededor.

–¿Dónde está?

Liz dio por hecho que se refería a Tyler.

–Arriba, viendo una película.

Denise dirigió la mirada hacia las escaleras y una expresión de anhelo se reflejó en sus ojos para disiparse al instante.

–Mejor así. Tenemos que hablar.

—Ethan ha hablado con usted.

—Sí. Me ha dicho que dices tener un hijo suyo. Un hijo que tiene once años. Un niño al que has mantenido alejado de toda su familia. Le dije que fuera educado y racional, que sería más sencillo si todos nos llevábamos bien.

—¿Un consejo que usted ha elegido no seguir?

Denise sacudió la cabeza.

—Debería, pero no puedo. Nos has hecho daño a todos, pero sobre todo a tu hijo.

Liz se aferró a su autocontrol con ambas manos. No se le había ocurrido pedirle a Ethan que se guardara la información porque ella no iba por ahí hablando de su vida privada con mucha gente y no había imaginado que fuera a contárselo a su madre tan rápido.

Pero la familia Hendrix siempre había estado muy unida, algo que ella había envidiado cuando era pequeña. Ahora la cálida y comprensiva madre había quedado sustituida por una que percibía que a uno de los suyos le habían hecho daño.

—Volví para decirle a Ethan que estaba embarazada —respondió Liza sabiendo que no tenía ningún sentido defenderse, pero incapaz de evitarlo—: Me había ido hacía dos meses y lo encontré en la cama con otra.

Denise frunció el ceño.

—Y seguro que fue muy doloroso, pero no una excusa para guardarte la información. Era el padre. Tenía derecho a saberlo.

Liz respiró hondo.

—Tiene razón, y por eso volví hace cinco años para contárselo. No estaba en casa y hablé con su mujer. Le dije a Rayanne todo y prometió decírselo. En menos de dos semanas recibí una carta de Ethan diciéndome que no quería saber nada ni de Tyler ni de mí y que me mantuviera alejada de Fool's Gold. Mañana tendré aquí esa carta y, con mucho gusto, le daré una copia.

Liz agarró el pomo de la puerta y la abrió.

—Así que, si ha venido únicamente a insultarme o a acusarme de todo, desde ser una zorra hasta engañar a su precioso hijo, hemos terminado esta conversación.

—Tengo mucho más que decir.

—Esta casa puede ser pequeña y estar medio derruida, pero Denise, pertenece a mi familia, no a la suya, y estoy pidiéndole que se marche.

Denise vaciló. Tenía los ojos oscuros como su hijo. Como Tyler. Y estaban llenos de emoción.

—Me contó lo de la carta. Puede que Ethan no quiera creer que Rayanne lo engañó, pero parece muy típico de ella. Si había algún problema al que no quisiera enfrentarse, lo evitaba. Y el hecho de que tú tuvieras un hijo de Ethan era un gran problema.

¿Era eso una oferta de paz? Le gustara o no, esa mujer era la abuela de Tyler.

Liz fue hacia su portátil, pulsó unas teclas y giró el ordenador para que ella viera la pantalla.

La mujer se quedó boquiabierta, palideció y abrió los ojos de par en par. Todas las fotos que aparecían en la pantalla eran de Tyler.

—Es igual que Ethan cuando era pequeño, igual que mis hijos —hablaba entrecortadamente—. La sonrisa es distinta.

—Es la mía.

Denise la miró y después miró al ordenador.

—¿Tiene once años?

—Sí.

—Esto lo cambia todo.

Liz no sabía si se refería al hecho de que ahora supieran que Tyler existía o a la prueba de que era un Hendrix.

—Sé que no me cree, pero nunca he querido mantener a Tyler alejado de su padre. Intenté contárselo. La primera vez no me esforcé mucho, pero la segunda me fui convencida de verdad de que lo sabía.

—Te creo —dijo Denise lentamente—, pero no puedo evitar estar furiosa. No podemos recuperar todo el tiempo perdido.

Liz pensó en apuntar que había sido Ethan el que se había

acostado con ella, el que le había robado la virginidad, el que le había prometido que la amaría para siempre y el que luego la había abandonado. Pero entonces, cuando ella había huido, él no se había molestado en ir a buscarla; era como si nunca le hubiera importado lo más mínimo.

—¿Vas a mantenerlo alejado de nosotros? —preguntó Denise, sonando tanto desafiante como temerosa.

—No. Nunca he querido eso. No pretendo castigar a nadie. A él le encantaría tener una gran familia.

—Podría haberla tenido todo este tiempo.

—Y su hijo podría haber sido más responsable.

—No metas a Ethan en esto.

—Es verdad, porque yo me quedé embarazada sola. Por eso de que soy una zorra, ¿verdad?

Denise apretó los labios.

—No. No quería decir eso. Lo siento.

—Se lo agradezco, pero tengo cosas que hacer —la puerta seguía abierta. Liz miró hacia ella—. Podemos seguir hablando en otro momento, después de que hable con Ethan.

Denise vaciló, pero asintió y se marchó.

Liz cerró la puerta y se apoyó contra ella. ¡Vaya veinticuatro horas, qué duras habían sido! ¡Y eso que aún no habían terminado!

Exactamente a las seis, Ethan llamó a la puerta de Liz. Su todoterreno seguía en el camino de entrada. Él había ido a comprobarlo en un par de ocasiones a lo largo del día; quería estar seguro de que no se había ido.

La puerta se abrió y allí estaba Liz, mirándolo.

—Justo a tiempo, seguro porque estás descansadísimo después de haber enviado a tu madre a ocuparse de las cosas por ti.

Estaba guapa. Era todo fuego y temperamento, sus ojos verdes resplandecían. Su mirada se quedó clavada en las pecas que tanto recordaba. En la oscuridad no había podido verlas, pero ahora podía contarlas con facilidad. Por eso tardó unos segundos en reaccionar a sus palabras.

–¿Mi madre?

–Ha estado aquí antes. Ha sido genial porque no me basta con que tú me grites.

–Yo no le he dicho que viniera.

–No has tenido que hacerlo. Los Hendrix siempre permanecen unidos. Así era años atrás y nada ha cambiado. Le has contado lo de Tyler y ella se ha presentado aquí. ¿De verdad vas a quedarte ahí y decirme que estás sorprendido?

–No. Es totalmente su estilo. Y la verdad es que fue ella la que me dijo que fuera racional y razonable.

–Tengo que admitir que cada vez que he pensado en cómo sería que estuvieras implicado en la vida de Tyler, nunca imaginé que tendría que tratar con tu madre.

–Hará todo lo que tenga que hacer por la gente que quiere.

–¿Y yo entro en esa lista?

–Sabes que estará ahí para Tyler.

–Es un pequeño consuelo. Ahora mismo lo único que agradezco es que no me haya dicho lo que supone para tu apellido haber tenido un hijo conmigo, ni que me haya advertido de que nos comportemos siempre bien para no mancillar el legado familiar. Venga, pasa, está deseando conocerte.

Ethan la siguió al interior de la casa. Quería preguntarle qué le había contado a Tyler, qué estaba esperando su hijo. Llevaba todo el día pensando qué debía decir o hacer, cómo hacer que todo saliera tal y como querría Tyler y, antes de que pudiera preguntar, o incluso tragarse el repentino nudo de rabia que se le formó en la garganta, ella se detuvo y se giró hacia él para decirle:

–Está muy emocionado y un poco asustado. Le he hablado un poco de ti, a qué te dedicas y esas cosas. Por favor, recuerda que independientemente de cómo te sientas por lo que ha pasado, él no tiene la culpa.

–Yo no haría eso.

—Es mi hijo —le dijo ella mirándolo a los ojos—. Haré lo que sea por protegerlo.

Esas eran unas palabras que no había podido pronunciar hasta ahora, pensó Ethan intentando obviar lo injusto de la situación porque lo único que importaba era Tyler. Él era al que había que proteger.

—No voy a hacerle daño —dijo con brusquedad.

Ella suspiró.

—Ten cuidado. La capacidad de herir a alguien suele ir en directa proporción con cuánto le importas a esa persona.

Liz entró en el salón y gritó:

—¡Tyler, tu padre está aquí!

Ethan se preparó para el impacto emocional y oyó unas suaves pisadas por las escaleras antes de tener a su hijo delante.

Cualquier duda que hubiera podido tener sobre la paternidad se disipó en el segundo en que vio a Tyler. Ese niño era todo un Hendrix. Desde el pelo y los ojos oscuros hasta la forma de la cabeza. Se parecía a los hermanos de Ethan cuando eran pequeños.

Una inesperada emoción le impidió hablar; era anhelo mezclado con tristeza, además de asombro. Su hijo. ¿Cómo había podido estar tanto tiempo sin saber que existía?

Liz esperó hasta que el niño entró en el salón y después se situó detrás de él y le puso las manos sobre los hombros.

—Tyler, es tu padre, Ethan Hendrix. Ethan, él es Tyler.

—Hola —dijo Tyler. Miró a Ethan antes de desviar la mirada y volver a mirarlo de nuevo.

—Estaba diciéndole a Tyler que cuando eras más joven montabas en bici.

Ethan agradeció la ayuda, a pesar de lamentar tener que necesitarla.

—Tenía más o menos tu edad. Mi amigo Josh tenía que montar para fortalecer sus piernas y nos divertíamos mucho juntos. En el instituto, empezamos a competir.

Tyler lo miraba con los ojos como platos.

—¿Creciste aquí?

Ethan asintió.

—Toda mi vida he vivido aquí. Vengo de una gran familia, me marché para ir a la universidad, pero cuando me gradué, volví a casa.

—Mamá dice que tienes hermanos.

—Dos hermanos y tres hermanas. Mis hermanas son trillizas idénticas.

—Entonces, ¿no puedes diferenciarlas?

Él sonrió.

—Era difícil cuando eran más pequeñas, pero ahora son bastante distintas.

—¿Saben algo de mí?

—Aún no, pero cuando se lo diga, querrán conocerte.

—¡Guai!

Liz señaló al sofá.

—¿Por qué no os sentáis mientras yo voy a por limonada? También tenemos galletas recién hechas.

—Hemos hecho las galletas cuando mis primas han vuelto del cole —le explicó Tyler—. Tienen clase hasta el viernes. Melissa y Abby —arrugó la nariz—. Son majas, para ser chicas...

—Esas palabras les encantarán —murmuró Liz antes de entrar en la cocina. Las niñas estaban arriba y no habían podido oírlo, gracias a Dios.

Tyler comenzó a dar una detallada descripción de sus últimos días de cole, de sus amigos de San Francisco y de las películas que quería ver ese verano.

—*Chico de acción* puede estar chula. Va a empezar el grado medio en el cole, como yo, y encuentra una roca especial del espacio y recibe súper poderes.

—Si tiene súper poderes, será muy divertida —le dijo Ethan.

—La estrenan dentro de tres semanas. Mamá siempre me lleva el día del estreno; siempre vamos a primera hora, pero una vez fuimos a medianoche —Tyler se rio—. Como era pequeño, me quedé dormido. A mamá no le importó y volvió a llevarme al día siguiente para que pudiera terminar de ver lo que me había perdido.

Tyler siguió hablando y la conversación fue haciéndose cada vez más natural y agradable. Tyler no parecía demasiado tímido y Ethan, mientras lo escuchaba, pudo reconocer algunos rasgos de los Hendrix en su hijo.

Los temas de conversación eran bastantes convencionales: colegio, deportes, amigos, su familia. Pero este último tema le dio problemas ya que la única familia de Tyler era Liz. Por lo que Ethan pudo ver, Liz había sido una buena madre: cariñosa, justa y fuerte cuando tuvo que serlo, y Tyler se había criado a las mil maravillas.

Suponía que alguna parte de él debería sentirse complacida, pero lo único que sentía era resentimiento por lo que había perdido. No, se recordó. No había perdido nada. Se lo habían arrebatado, robado.

Cuando Tyler subió las escaleras para buscar su video juego favorito, Ethan entró en la cocina y vio allí a Liz, hojeando una revista.

—¿No vienes con nosotros? —le preguntó apoyándose en la puerta.

—Pensé que era mejor dejaros un poco de tiempo a solas —dijo ella esbozando una leve sonrisa—. ¿Tienes miedo de perderte las galletas?

«Humor como oferta de paz», pensó Ethan. Mientras que la parte más sexual de él podía apreciar la forma de su cara y el atractivo de su cuerpo, el resto no se dejaba engatusar tan fácilmente.

—Quiero pasar más tiempo con él.

Ella cerró la revista que estaba leyendo y se levantó.

—Nunca he pretendido mantenerlo alejado de ti. Bueno, da igual, ya discutiremos eso cuando tenga las pruebas de mi lado. ¿Qué quieres proponerme?

—Tenemos una pequeña liga de béisbol en el pueblo y mañana van a jugar. Me gustaría llevarlo.

—Claro. ¿A qué hora?

—El partido es al mediodía.

—De acuerdo.

Liz era demasiado agradable, y eso estaba resultándole irritante. Quería discutir, pelearse con ella. Tenía demasiada energía y ninguna forma de canalizarla. Y por si eso fuera poco, al parecer, Liz también podía leerle la mente.

—Yo no soy la mala de la película —dijo ella en voz baja—. Ojalá al menos intentaras verlo.

—Me apartaste de mi hijo y no hay nada que puedas decir para arreglarlo. Lo que Tyler y yo hemos perdido no podremos recuperarlo nunca.

Ella se quedó mirándolo un largo rato.

—Asumo mi responsabilidad por lo que pasó, pero tú también eres responsable. Y hasta que puedas admitir que tienes parte de culpa, te quedarás tan anclado en el pasado que echarás de menos el presente y lo que tienes ahora.

—¿Qué tengo? ¿Un hijo que no me conoce?

—Tienes una segunda oportunidad, Ethan. ¿Con cuánta frecuencia sucede eso?

5

Liz logró dormir durante la noche, a pesar del sofá lleno de bultos. Después, pasó la mañana respondiendo e-mails y pensando en cuándo podría ver a Roy.

Las horas de visita en la prisión eran los fines de semana y no creía que fuera buena idea dejar a las niñas en casa solas más de un par de horas. No porque no fueran capaces de ocuparse de las cosas, sino porque no quería que se sintieran abandonadas. Pero tampoco podía llevarlas con ella la primera visita. Necesitaba respuestas de Roy y era posible que no se lo contara todo si las niñas estaban delante.

En sus últimos libros habían salido un par de cárceles de California como telón de fondo y conocía a algunas personas del sistema. Después de hacer unas llamadas, se puso en contacto con alguien que podría conseguirle una visita a mitad de semana. Satisfecha, abrió el Word y se preparó para trabajar.

Pero en cuanto vio el cursor parpadear sobre la página en blanco, sus pensamientos volaron de nuevo a Ethan. Él estaba más que furioso con ella y Liz seguía pensando lo que le había dicho, que tenía que superarlo si quería tener una relación normal con Tyler. La rabia y la furia acababan con todo y ella lo sabía; había tardado meses en recuperarse después de lo de Ethan. Es más, no creía que lo hubiera superado todo hasta que había escrito aquel primer relato en el que él había sufrido una dolorosa muerte.

Más tarde, cuando había ampliado el relato convirtiéndolo en su primera novela, se había dejado llevar por el deseo y la necesidad de castigar a Ethan. Había esperado tener con él al menos una relación adulta y tranquila, una en la que Tyler fuera lo primero, y esa era la razón por la que había regresado cinco años atrás.

Cerró el ordenador y se levantó. Al parecer, no sería uno de esos días en los que el trabajo fluía con facilidad y rapidez.

Una fugaz mirada al reloj le dijo que Ethan llegaría en cualquier momento para llevar a Tyler al partido. Podría ir a dar un paseo mientras ellos estaban fuera y despejarse así la mente.

Quince minutos después, había vivido otro incómodo encuentro con Ethan, había confirmado cuándo llevaría a Tyler a casa, había hecho lo posible por no fijarse en lo bien que le sentaban los vaqueros y la sudadera y después los había visto marcharse.

Y entonces cayó en la cuenta. Ya no serían Tyler y ella solos nunca más. Habría alguien más entre los dos, alguien más con quien compartir decisiones.

Ya se preocuparía por eso otro día, pensó. Después de meter en su bolso unos cuantos dólares, una tarjeta de crédito y el teléfono móvil, cerró la puerta y echó a andar hacia el centro del pueblo. Tres bloques más tarde, estaba atravesando Fool's Gold, fijándose en los nuevos negocios y en los viejos. Libros Morgan seguía allí. Recordaba al propietario de cuando era pequeña. Había pasado horas viendo nuevos libros y anotando cuáles quería que encargara la biblioteca.

Morgan había sido un hombre agradable al que no le había importado que ella pasara mucho rato allí sin comprar ni un solo libro. Movida por la culpabilidad y tal vez por la curiosidad de ver si vendía sus libros, cruzó la calle. Antes de poder entrar en la tienda, vio en el escaparate un anuncio de su última novela. Había un póster de la portada, una foto de ella a tamaño grande, una lista de halagüeñas reseñas y una pancarta llamándola «autora local».

Liz se quedó sorprendida al verlo. Nunca había ocultado que era de allí, pero tampoco lo había mencionado. Tampoco había hecho firmas de libros en el pueblo ni ningún otro evento especial y aun así, Morgan estaba tratándola como si fuera una estrella.

Abrió la puerta y entró. El espacio estaba tan iluminado como recordaba. Había libros por todas partes e inmediatamente sus dedos se morían por tocar y abrir cada uno de ellos.

Le encantaban los libros, su aroma, la sensación del papel contra su piel.

Morgan tenía una gran mesa anunciando libros nuevos. Los suyos estaban en el medio, tanto el nuevo como el resto de sus obras publicadas. Había varios clientes mirándolos, pero ninguno se fijó en ella.

Si se hubiera tratado de cualquier otra librería, se habría acercado al mostrador de información, se habría presentado y se habría ofrecido a firmarlos. Pero estaba en Fool's Gold y, por alguna razón, las reglas normales no se aplicaban allí.

Antes de poder decidir qué hacer, una señora mayor alzó la mirada y la vio.

–Eres Liz Sutton. ¡Oh, Dios mío! ¡Morgan! No vas a creerte quién ha entrado en tu tienda.

Morgan, un hombre alto, con la piel oscura y unos cálidos ojos marrones, salió de detrás del mostrador y se detuvo al ver a Liz. Un momento después, le guiñó un ojo.

–Tengo tres libros nuevos sobre caballos.

Ella se rio. El verano que había cumplido doce años, se había obsesionado con los caballos, probablemente porque montar uno creaba la ilusión de libertad y de ser capaz de huir. Prácticamente cada día había entrado en su tienda para preguntarle si tenía algún libro nuevo sobre caballos.

–Tendré que echarles un vistazo –dijo y fue hacia él.

Había pretendido estrecharle la mano, pero por alguna razón, de pronto se vio abrazándolo.

–Bienvenida a casa, Liz –murmuró el hombre mientras la

abrazaba y sonreía–. Estamos muy orgullosos de ti. Tus libros son muy buenos.

Se sintió complacida y algo avergonzada a la vez.

–Gracias.

La mujer le dio la mano a Liz.

–Soy Sally Banfield. Fuiste al colegio con mi hija, Michelle. Soy una gran fan tuya. Hace cinco años, cuando Morgan me dijo que habías escrito un libro, no podía creérmelo. Lo leí y me enganchó. Tu detective es uno de mis personajes favoritos de siempre. Es como la gente que conozco, pero un poco más inteligente. Pero es auténtica, con sus problemas y todo. Me dio mucha pena que mataran a su novio en el último libro, pero murió intentando salvarle la vida. Fue muy romántico. Mi marido ni siquiera recoge sus calcetines, así que mucho menos moriría por nadie. Vaya, eso no ha sonado muy bien.

–Sé lo que quiere decir –dijo Liz sabiendo que cualquier fan era un buen fan.

–¿Te has mudado a Fool's Gold?

–Eh, pasaré aquí unas semanas.

–Estoy deseando contarle a todas mis amigas que te he conocido –Sally corrió hacia la puerta–. Me has alegrado el día.

–Gracias.

Cuando se marchó, Morgan volvió a sonreír.

–Tiene buena intención.

–Lo sé. Y agradezco mucho su entusiasmo.

Liz estaba dispuesta a dejar pasar que la hija de Sally, Michelle, hubiera sido una de sus torturadoras.

–Gracias por eso –dijo señalando al escaparate.

–Escribes libros geniales y todo el mundo por aquí quiere oír que a una chica del pueblo le va tan bien. Eres famosa.

Y eso era algo en lo que Liz nunca había pensado. Su única preocupación cuando había descubierto que tenía que volver había sido evitar a Ethan, pero ahora tenía que enfrentarse a la realidad de interactuar con todo un pueblo.

–Eso de famosa es relativo –dijo ella con una carcajada.

–En un par de meses vamos a celebrar nuestro festival anual

del libro. Si sigues por aquí, nos encantaría que fueras a firmar –volvió a guiñarle un ojo–. Nuestros autores locales tienden a autopublicarse y hacen hincapié en temas como artesanía y leyendas.

No tenía ninguna intención de estar cerca de Fool's Gold en dos meses, pero Morgan siempre había sido amable con ella y no quería ser grosera.

–Estás diciendo que así ganarás más dinero con mis libros –dijo ella en broma.

–Ya me conoces. Eso es lo primordial –bromeó él.

–No sé qué haré aún, pero si sigo aquí, iré a firmar.

–No diré nada hasta que estés segura. De lo contrario, Pia O'Brian te pondría a encabezar un desfile.

–¿Por qué iba a hacer eso?

–Es la organizadora de los festivales del pueblo. Coordina los picnis y los eventos especiales. El festival del libro es uno de los eventos con los que más dinero recauda.

«Oh, genial», pensó. Porque Pia era exactamente la persona que quería ver.

–Agradezco tu discreción.

Una madre con dos hijas adolescentes entraron en la tienda y Liz se despidió de Morgan y se marchó. Apenas había bajado tres escalones cuando tuvo que apartarse bruscamente para evitar toparse con dos mujeres que caminaban juntas.

–Perdón –dijo Liz aún con la atención centrada en la librería.

–¿Liz? –le preguntó una voz familiar–. ¿Liz Sutton?

Liz contuvo un gruñido cuando se giró y vio la mirada de sorpresa de Pia O'Brian. Pia, la misma que se había burlado de ella a diario en el instituto. Pia, la misma que se había reído de su ropa, de su adoración por los libros, y de su reputación.

La mujer que había al lado de Pia gritó:

–¿Liz Sutton? ¡Soy una súper fan tuya!

Liz la miró y entonces deseó haberse quedado en casa. El grito provenía de una de las hermanas de Ethan, aunque no tenía ni idea de cuál. De todos modos, tampoco importaba. Por mucho que fuera el ídolo literario de una de sus hermanas, ese aprecio se desvanecería en cuanto se enterara de lo de Tyler.

–Hola –dijo Liz, haciendo lo posible por sonreír cuando lo que de verdad quería hacer era salir corriendo. Miró a la hermana de Ethan–. Lo siento. Sé que eres una de las hermanas de Ethan...

–Montana.

–No puedo creer que estés aquí –comentó Pia, tan estilosa y elegante como siempre. Llevaba el pelo un poco más corto y estaba tan perfecta como doce años atrás–. ¿Cuándo has vuelto? ¿Y no eres famosa? ¿Qué haces aquí?

–Es más que famosa. No puedo creérmelo. Trabajo en la biblioteca a tiempo parcial. Mi jefe va a alucinar cuando le diga que estás aquí.

Montana era guapa, tenía el pelo oscuro, una sensual sonrisa y un curvilíneo cuerpo que hacía que Liz se sintiera inferior. En absoluto se parecía al estereotipo de una tranquila bibliotecaria.

–Es un trabajo temporal –admitió Montana ante la mirada de Liz–. Mientras pienso qué hacer con mi vida. Tengo una licenciatura en Periodismo. Me marché a Los Ángeles para trabajar en las noticias, pero no pude encontrar un trabajo que no fuera servir café. Además, es una ciudad demasiado grande para mí. También trabajo a tiempo parcial en el periódico. Hago algunos reportajes y...

Montana le agarró el brazo a Pia.

–¡Oh, Dios! El festival del libro. Liz puede ser nuestra primera figura –posó sus oscuros ojos en Liz–. Tienes que decir que sí. Te juro que si tengo que hacer otra exposición de simples trabajos artesanales con ramitas, moriré. O, como poco, perderé mi sentido del humor. Serías un gran atractivo. Todo el mundo por aquí te conoce y podríamos atraer a prensa de verdad. ¿No crees que sería genial?

–Claro –respondió Pia mirando a Liz–. Suponiendo que quiera participar.

–Claro que quiere, ¿verdad que sí?

—Liz es una gran autora —reconoció Pia—. Es una autora superventas del *New York Times* y está un poco fuera de nuestro alcance.

Liz no podía distinguir si Pia estaba ayudándola o no.

Montana miró el reloj y gruñó.

—Bueno, puedes quedarte convenciéndola porque yo tengo que estar en la biblioteca en cinco minutos —sonrió a Liz—. Bienvenida a casa. Me encantan tus libros. Deberíamos quedar y charlar un poco.

Y entonces Montana se marchó corriendo dejando a Liz sola con Pia.

Pia sonrió.

—Montana es la persona más entusiasta que conozco y eso es decir mucho. Aunque nos encantaría que firmaras libros en el festival, parece que te has quedado un poco atrapada. ¿Qué te parece si lo organizo para que participes, pero prometo no molestarme si al final te niegas? Aunque eso no significa que no vaya a llamar a tu publicista y a suplicarle.

Liz no lo comprendía. Pia estaba siendo... simpática. Muy simpática.

—No sé si seguiré en el pueblo. No estoy segura de cuánto tiempo me quedaré.

—Podrías volver para el festival y pasar aquí el fin de semana —se rio—. Pero no te presionaré, lo juro. Bueno, ¿cómo estás? Hace siglos que no te veo. ¿Cuánto tiempo ha pasado? ¿Once o doce años desde la última vez que estuviste aquí?

—Más o menos. ¿Sigues viviendo aquí?

—No pueden librarse de mí, aunque no dejan de intentarlo —sonrió—. Lo cierto es que, excepto para ir a la universidad, no he salido nunca de aquí. Igual que Montana, soy una chica de pueblo, pero, a diferencia de ella, yo sí sé lo que quiero hacer.

—He oído que organizas todos los festivales.

—Soy la chica de las fiestas de Fool's Gold y lo digo en el buen sentido.

Liz se la habría imaginado casándose con un buen partido y reuniéndose con las mujeres más ricas del lugar para ir a almorzar.

–Estás fantástica –le dijo Pia–. He visto tus fotografías en los libros, pero son distintas. Más... ¿cómo decirlo? ¿Formales?

–Adustas –admitió Liz–. Lo que escribo me obliga a aparecer seria en las fotos.

–Seguro que no venderías tantos libros si aparecieras vestida con ropa de tafetán y con una boa rosa alrededor del cuello.

–Exacto –Liz comenzó a relajarse un poco. Había pasado mucho tiempo. Tal vez ambas habían cambiado y habían madurado–. ¿Estás casada?

–No. Nunca se me ha dado bien ocuparme de cosas. Aunque estoy cuidando al gato de una amiga y parece que lo estoy haciendo bien. Por lo menos, eso creo. No ha intentado matarme mientras duermo y la semana pasada me dejó achucharlo. Bueno, más bien fue un roce accidental de mi mano contra su lomo, pero estamos progresando. ¿Y tú?

–Yo no tengo gato –sonrió–. Y tampoco me he casado nunca.

–¿En serio? ¡Pero si siempre has sido guapísima! En el instituto los chicos prácticamente se mataban por intentar que te fijaras en ellos. Hacías que el resto de las chicas medio normales nos sintiéramos como ogros. Era muy deprimente.

Liz sintió cómo se desvanecía su sonrisa mientras miraba a la otra mujer.

–¿Eso pensabais? ¿Que los chicos querían mi atención?

–Claro.

Liz pensó en los terribles y groseros comentarios, en las burlas, en cómo alguien había escrito «puta» en su taquilla y que uno de los jugadores del equipo de fútbol decía tener fotos de ella desnuda a la venta; pensó en aquella vez que un grupo de tipos borrachos que iban en coche se habían parado a su lado mientras ella volvía caminando del trabajo un sábado por la noche y le habían dicho que tenían veinte dólares y que con eso tendrían suficiente para que se acostara con todos.

Pia volvió a reírse.

—Seguro que tienes que tener guardias de seguridad en tus firmas de libros para mantenerte protegida de los fans. Creo que me habría gustado ser famosa. Bueno, ya lo seré en mi próxima vida.

Era como si estuvieran manteniendo conversaciones completamente distintas, pensó Liz, confundida ante la simpatía de Pia y su aparente imposibilidad de recordar el pasado con precisión.

—Un grupo nos reunimos de vez en cuando —continuó Pia—, para celebrar una especie de noche de chicas. Quedamos en la casa de una y bebemos mucho. Es divertido. Creo que conocerías a algunas de las que vienen. Nos encantaría que vinieras —sacó de su bolso una tarjeta de visita y un bolígrafo—. Dame tu número de móvil.

Liz se lo dijo, aún sintiéndose como si estuviera viviendo una experiencia extra corporal.

—Es genial tenerte de vuelta. Ya quedaremos para almorzar o tomar algo y así nos pondremos al día y pensaremos en lo de la firma.

Las dos mujeres se separaron y Liz siguió caminando por el parque junto al lago segura de que, aunque por fuera tuviera una apariencia normal, por dentro estaba más que confundida.

¿Pia O'Brian siendo simpática? ¿Cómo era posible? Liz creía en la capacidad de una persona para cambiar, pero no estaba segura de que estuviera preparada para aceptar un absoluto milagro.

—Nunca he oído hablar de los Montañeros de Fool's Gold —le dijo Tyler a Ethan mientras buscaban sus asientos.

Los dos llevaban perritos calientes y refrescos. Ethan tenía la mirada clavada en el chico vigilando que no se tropezara, pero el niño de once años no parecía tener problemas abriéndose paso entre la multitud. Se situaron a tres filas del campo.

—Son un equipo de temporada corta de la liga A —dijo Ethan tirando de la visera de la nueva gorra roja de Tyler—. ¿Sabes lo que significa eso?

—¿Qué no juegan en temporada larga? —preguntó Tyler con una sonrisa.

—Muy bien. Has oído hablar de la liga de béisbol menor Triple A y la Doble A, ¿verdad?

El chico le dio un mordisco al perrito caliente y asintió.

—Esta es otra clase de equipo de liga menor. Sus temporadas van desde principios de junio hasta principios de septiembre. El inicio de temporada fue la semana pasada.

—¿Vas a muchos partidos?

—Voy siempre que puedo.

—Mamá y yo hemos ido a ver jugar a los Giants unas cuantas veces. Es muy divertido. Había mucha más gente que aquí.

—Fool's Gold es mucho más pequeño que San Francisco.

Tyler agarró su bebida.

—Mamá me lleva a hacer muchas cosas. Museos, que suenan muy mal, pero que a veces son divertidos. Vamos al teatro infantil y hemos visto el musical de *El Rey León* dos veces —bebió un poco de refresco—. Soy un poco mayor para Disney, pero aun así estuvo guai.

Ethan miró a su hijo e intentó no pensar en todos los años que había perdido. No le haría ningún bien. Se dijo que tenía que centrarse en el presente.

Por lo menos, Tyler parecía dispuesto a aceptarlo. Liz no había puesto a su hijo en su contra y eso lo agradecía. Claro que, todo habría sido mejor si no se lo hubiera ocultado desde un principio.

—¿Te gusta el colegio?

—Ajá. Me gustan mucho las Matemáticas, se me dan muy bien. Mamá dice que eso lo he sacado de ti. Pero es muy extraño. Nunca sabía a quién se refería cuando me lo decía, aunque ahora sé que se refiere a ti.

Tyler sonrió y le dio otro mordisco al perrito.

—También se me dan muy bien los deportes —añadió después de haber masticado y tragado–. Mamá dice que ella es una patosa, o sea, que no coordina muy bien –sonrió–. No sabía que montaras en bici, pero ahora que lo sé usaré más la mía.

–Tal vez podríamos ir a montar juntos algún día.

Tyler abrió los ojos de par en par.

–¿Podríamos? ¡Qué guai! Pero irás demasiado deprisa y me ganarás. Aunque, bueno, no importa. Iré mejorando cuando crezca. Eso es lo que mamá siempre me dice. Que ahora soy bueno y cuando sea mayor seré mejor.

El mismo patrón se repetía constantemente: hablaran de lo que hablaran, Tyler siempre acababa mencionando a su madre, lo cual era prueba de la gran madre que había sido. Que estuvieran tan unidos era algo bueno, o, por lo menos, intentaba convencerse a sí mismo de ello.

–Mamá dice que construyes molinos de viento, de ésos que se usan para generar electricidad. ¿Podemos ir a verlos?

–Claro. Tenemos una granja de viento a las afueras del pueblo. Podemos ir allí y podrás ver dónde los construimos.

–Son muy grandes, ¿verdad?

–Más de lo que puedes imaginarte.

El partido empezó y, después de levantarse para escuchar el himno nacional, volvieron a tomar asiento. Tyler preguntó sobre la familia de Ethan y el negocio y Ethan le contó varias historias de cuando era pequeño. La tarde pasó deprisa y cuando terminó el partido, Ethan tenía la sensación de que conocía mejor a su hijo y de que a partir de ahora su vida cambiaría para siempre.

Volvieron caminando a la casa de Liz.

–Aunque los Montañeros ganen la temporada, no podrán llegar a las Series Mundiales –dijo Tyler.

–No, pero los buenos jugadores ascenderán en la liga y puede que jueguen en las mayores.

–Yo puedo lanzar la bola muy lejos –le dijo su hijo–, pero no soy bueno atrapándola.

–Practicaremos.

—¿Sí? —Tyler sonrió—. Mamá lo intenta, pero la lanza como una chica —le brillaban los ojos—. Aunque no debería decir eso. Se enfada. Una vez me dijo que todo eso de que las chicas tengan las caderas distintas y caminen de otra forma hace que les resulte más difícil lanzar la bola como un chico. Lo entendí más o menos, pero cuando le pregunté qué tenían que ver sus caderas con eso, se puso como loca.

Ethan se rio.

—Seguro que sí.

—A veces las madres son complicadas.

—No solo las madres, todas las mujeres. Justo cuando crees que las comprendes, te sorprenden.

Tyler seguía mirándolo, pero su sonrisa se desvaneció.

—¿Tienes más hijos?

A Ethan se le encogió el pecho y, sin pensarlo, puso la mano sobre el hombro de Tyler.

—No.

—¿Entonces me tienes solo a mí?

Ethan asintió.

—No me importaría tener un hermano, pero lo que seguro que no quiero es una hermana.

Liz estaba sentada en el porche delantero cuando llegaron a la casa. Tyler corrió hacia ella y se echó a sus brazos.

—Lo hemos pasado genial. Los Montañeros han ganado y el entrenador se ha enfadado con el árbitro y lo han echado del partido.

—Eso no creo que sea bueno —miró a Ethan por encima de la cabeza de Tyler—. Parece que todo ha ido bien.

Él asintió, decidido a no reaccionar por verla con esa camiseta y esos pantalones cortos. El atuendo no tenía nada de especial, pero esa mujer tenía algo por dentro que hacía que lo fuera.

Tenía unas piernas largas y tonificadas, y una piel suave. Sus pies descalzos la hacían parecer vulnerable y tuvo la instintiva reacción de protegerla. Pero entonces tuvo que recordarse que Liz era la mala de la película, y eso le hizo sentirse incómodo.

—Voy a contarles a Abby y a Melissa lo del partido —dijo Tyler mientras corría adentro.

—Me alegra que lo hayáis pasado bien.

Ethan se dejó invadir por la ira.

—No hay nada por lo que alegrarse. No tendría que estar conociendo a mi hijo, tendría que ser parte de su vida. No tenías derecho, Liz. No solo has estropeado mi vida, sino también la de Tyler.

Ella se quedó callada un momento, metió la mano en un bolsillo y sacó una carta. El sobre estaba arrugado y tenía el aspecto de un papel que se había manipulado miles de veces. Se la entregó.

Ethan no quería agarrarla porque en ese momento, mientras la miraba a los ojos, supo que Liz había estado diciéndole la verdad. Que cinco años atrás, había intentado contarle lo de Tyler.

Cerró los dedos alrededor del sobre. La fecha del matasellos confirmaba su historia, al igual que la letra y la dirección, pero la letra no era suya, aunque sí lo suficientemente parecida como para haber engañado a cualquiera.

Sacó la hoja de papel y el mensaje quedó brutalmente claro.

Sé que el niño es mío. Lo que tuvimos terminó hace años. Ahora tengo mi propia familia. Mis propias responsabilidades. No quiero saber nada de ti ni de él. Mantente alejada de mí y de Fool's Gold.

La carta no justificaba que se hubiera marchado sin contarle nada de su embarazo, pero lo explicaba todo. De pronto su rabia ya no era tan intensa y ahora se sentía como un hombre utilizado por una mujer que había dicho amarlo.

Rayanne lo había sabido, pensó sacudiendo la cabeza. Se había puesto de parto sabiendo que él tenía otro hijo y no había dicho una palabra. Se había guardado la verdad, incluso cuando murió en sus brazos.

Aunque no había sido su alma gemela, había creído que la conocía, la había comprendido. Pero se había equivocado. Ella no había estado dispuesta a correr el riesgo de que quisiera al hijo de Liz más que al hijo de ella. Conocía a Rayanne lo suficiente como para creerlo.

La decepción lo cambiaba todo, pensó denodadamente. Su mujer no solo le había ocultado esa información, sino que había mentido deliberadamente a Liz. ¿Y si Tyler lo hubiera necesitado? Liz jamás habría contactado con él, no después de leer esas palabras.

—Lo siento —murmuró Liz.

Él volvió a centrar la atención en ella y vio compasión en sus verdes ojos.

—¿Qué tienes que sentir?

—Estabas casado con ella y ha muerto. No puedes preguntarle por qué lo hizo o si alguna vez lamentó haber hecho lo que hizo.

Él ya conocía la respuesta a esas dos preguntas; la única pregunta real era cómo había podido equivocarse tanto con la mujer con la que se había casado.

Volvió a meter la carta en el sobre y se lo entregó.

—Supongo que te debo una disculpa.

—Te lo recordaré la próxima vez que te enfades conmigo y supongo que eso será dentro de quince segundos —esbozó una leve sonrisa—. Te has vuelto emocionalmente volátil en mi ausencia y eso me sorprende un poco.

—Tal vez estoy explorando mi lado femenino.

—Tal vez necesites medicación.

Él se apoyó contra la barandilla del porche.

—De verdad intentaste contarme lo de Tyler.

Ella asintió.

Unas cuantas palabras en una hoja lo habían cambiado todo.

—¿Podemos empezar de cero?

—Aunque te agradezco la oferta y no quiero parecer desagradecida, será cuestión de tiempo que vuelvas a enfadarte conmigo.

—¿Es que no quieres aprovecharte de mi buen humor?

—No, gracias.

—Pues deberías. Cena conmigo. Podemos hablar de logística.

Ella sacudió la cabeza.

—Gracias, pero no estoy dispuesta a verme expuesta a la inquisidora sociedad de este pueblo. Salir a cenar a un restaurante contigo no es mi idea de pasar un buen rato.

—En mi casa. Mañana por la noche.

—¿Cocinas?

—Tengo cierto talento.

Un suave tono rojizo tiñó las mejillas de Liz.

—Sí, bueno, tengo tres menores de los que ocuparme. Melissa tiene catorce años y es lo suficientemente mayor para quedarse sola, pero dadas las circunstancias, no estoy segura de que quiera dejarla al cuidado de los pequeños. Ya ha tenido demasiadas responsabilidades.

—Mi madre puede venir a cuidarlos.

—Seguro que es una mujer encantadora, pero no me apetece encontrarme otra vez con ella.

—Entonces se lo pediré a una de mis hermanas.

Liz pensó en ello.

—Si Montana se queda con los niños, iré. Me la he encontrado hoy y no me odia, y eso, en tu familia, es prácticamente un milagro. Claro que todavía no sabe lo de Tyler y es posible que cuando se entere cambie todo.

—Montana, de acuerdo. Estará aquí mañana a las seis.

—¿Cómo sabes que no tienes planes?

—No lo sé, pero me debe una.

—Muy típico de los hombres.

Él sonrió.

—¿Es eso un «sí»? —preguntó él aunque ya conocía la respuesta.

Liz suspiró.

–Sí.

Liz tuvo casi veinticuatro horas para arrepentirse de su decisión e hizo lo que pudo por aprovechar ese tiempo.

¿Una cena con Ethan? ¿Pero en qué había estado pensando? ¿Más tiempo a solas para qué él pudiera volver a gritarle? No había sido su actuación más inteligente. Pero ahora, mientras se preparaba para ir a su casa, sabía que no se echaría atrás. Ethan y ella tenían demasiadas cosas que hablar y con un poco de suerte, y con la prueba de que había intentado contactar con él cinco años atrás, podrían mantener una conversación normal. Como adultos.

Tal vez...

Montana llegó justo a tiempo, tan llena de vida y efusiva como el día anterior.

–He traído libros para que me los firmes –dijo la hermana de Ethan al entrar en casa–. No esta noche; te los dejaré aquí para que los firmes cuando puedas. Y Pia me ha dicho que no te agobie con lo del festival del libro, pero ofrecer mis servicios como niñera a cambio de que vengas al festival no puede considerarse un agobio, ¿verdad?

Liz no pudo evitar reírse.

–¿Bebes mucho café?

Montana sonrió.

–Me hacen esa pregunta todo el tiempo –miró a su alrededor, como si estuviera comprobando si estaban solas y bajó la voz–. Me he enterado de lo de Tyler y de que intentaste contárselo a Ethan. Que Rayanne se lo ocultó. Sé que no debemos decir nada sobre alguien que está muerto, pero no me sorprende que lo hiciera.

Liz quería preguntarle por qué, pero los tres niños habían bajado las escaleras justo en ese momento.

Se hicieron las presentaciones, pidieron pizza y se establecieron las normas para la noche. Liz se aseguró de dejar escrito su número de móvil y de que el dinero para la pizza estuviera en la mesa del comedor.

Sin embargo, los veinte dólares habían desaparecido.

–¿Se ha quedado alguien con el dinero de la pizza? –gritó hacia el salón.

Los niños y Montana ya estaban eligiendo una película y le respondieron:

–Yo no lo he visto.

Liz miró debajo de la mesa, pero el dinero no se había caído. Tal vez no lo había dejado ahí, tal vez se lo había imaginado.

Sacó otros veinte dólares del monedero y se los dio a Montana.

–Divertíos. Volveré sobre las diez, pero si no estoy aquí, que todo el mundo se meta en la cama. Adiós.

–Adiós, tía Liz.

–Adiós, mamá.

–Pásalo bien –le gritó Montana–. Deja que Ethan te convenza sobre lo del festival.

–Eres muy insistente –dijo Liz mientras caminaba hacia la puerta.

–Es una de mis mejores cualidades y me distingue como una Hendrix.

6

La casa de Ethan estaba al otro lado del pueblo, a quince minutos caminando. Ya que los días eran más largos, el sol aún no se había escondido, y el cielo estaba azul. Se distrajo nombrando las flores que se iba encontrando, pero como solamente se conocía los tipos más básicos como la rosa, el clavel o la margarita, no fue una diversión tan satisfactoria.

En lugar de eso, comenzó a cuestionarse por la elección de ropa que había hecho esa noche. Había querido ir informal, pero no demasiado, y así había optado por una camiseta verde y una falda vaquera blanca que dejaba ver sus piernas autobronceadas. Al ser pelirroja, no podía obtener un bronceado de verdad, porque si se exponía al sol, lo único que conseguía eran quemaduras y pecas.

Tal vez tendría que haberse puesto unos vaqueros simplemente. ¿Una falda implicaba una cita? No quería que él pensara que ella veía ese encuentro como algo más.

Antes de volverse loca, giró hacia la calle de Ethan y se detuvo para admirar la casa. Era relativamente nueva, con un amplio porche y mucha madera. Unos postigos color crema contrastaban con el verde intenso de la casa.

Había más que admirar, pero tenía la sensación de que si se quedaba demasiado rato ahí, no tendría el valor para entrar y entonces los vecinos la verían ahí paralizada en mitad de la acera, supondrían que estaba loca y llamarían a la policía. Por todo ello, estar dentro sería lo más seguro y el mejor plan.

Fue hasta la puerta principal, que se abrió antes de que pudiera llegar a llamar. Ethan estaba allí, alto, masculino y sexy con sus vaqueros, sus botas y una camisa blanca con las mangas enrolladas. Tenía el pelo ligeramente revuelto y una expresión relajada y agradable. Durante un segundo, ella sintió una clase de tensión distinta, una que comenzaba más debajo de su vientre y que se extendía por todo su cuerpo.

Había amado a Ethan una vez y eso la hacía vulnerable; el hecho de que hubieran solucionado algunas cosas no era suficiente para que se relajara.

–Has venido –dijo él.

–Increíble, pero cierto –ella entró–. Es una casa fantástica. ¿La has construido tú?

–Hace unos años.

–¿Con Rayanne? –preguntó antes de poder evitarlo.

–No. Esa casa la vendí.

¿Por los recuerdos? Probablemente, pensó, mientras se decía que no debía hacer preguntas si no quería oír algunas respuestas.

–Pasa –dijo él indicándole que fuera hacia la izquierda.

El vestíbulo era grande y despejado, con un techo en dos alturas y suelos de madera oscura. Cruzó ese espacio y entró en un enorme salón con una chimenea en un extremo y una vista de las montañas a través de los ventanales.

El mobiliario era masculino, pero cómodo, y las obras de arte conservadoras. Unas alfombras cubrían casi todo el suelo de madera, amortiguando así el sonido de los pasos. En el otro extremo había un arco que daba paso a un comedor.

Él la condujo hasta la cocina, llena de armarios de color cerezo, de encimeras de granito y grandes ventanales. Junto a la encimera había dos taburetes y en ella una botella de vino tinto, dos copas y un plato de aperitivos. Los deliciosos aromas a ajo y especias salían de uno de los dos hornos de acero inoxidable.

–Estoy impresionada.

–No lo estés. Conozco un gran servicio de catering. Los llamo, traen la comida y la caliento.

Esperó hasta que ella tomó asiento antes de agarrar su copa de vino.

—¿La perfecta vida de soltero? —preguntó ella.

—Algunos días —abrió la botella con facilidad, con práctica—. Tú tampoco estás casada. ¿Quieres hablar de ello?

Liz agarró la copa de vino y sacudió la cabeza.

—En realidad, no.

—¿Porque deberíamos hablar de temas menos peligrosos?

—Creo que eso es mejor idea —respondió con cautela.

—Pareces muy precavida.

—Estoy preparada para practicar técnicas de evasión.

—¿Lo dices por si te utilizo como diana de tiro?

—Absolutamente.

Liz se había sentado en un taburete y estaban prácticamente a la misma altura. Podía ver todos los tonos marrones que conformaban su iris y las largas y espesas pestañas que ella solo conseguiría aplicándose tres capas de máscara. Si respiraba hondo, podía captar el aroma a jabón y a hombre. Un aroma que no podía olvidar.

—Esta noche hemos suspendido las hostilidades —declaró él acercando su copa a la suya—. ¿Te acuerdas?

—¿Y puedo confiar en ti?

Esa sexy sonrisa volvió a mostrarse, la misma que la hacía pensar en todo el tiempo que había pasado desde la última vez que había estado en la cama con un hombre. No, no con un hombre. Con ese hombre.

Aunque hubieran sido jóvenes, él había sido más que su primera vez. Él le había dado el mejor momento de su vida, le había hecho el amor con una mezcla de afecto y ternura al que nadie había podido igualarse. Le había hecho creer que todo era posible.

Y después le había roto el corazón.

—Hemos suspendido hostilidades —asintió ella, sabiendo que al haber amado a Ethan una vez, ya siempre sería vulnerable ante él. Tenía que mantenerse fuerte para protegerse a sí misma y proteger a Tyler.

Él se acercó a la encimera y empujó el plato de comida hacia ella.

—¿Cómo te va con las hijas de Roy?

—Hasta ahora bien. Las tengo alimentadas y se sienten protegidas, así que ya tengo la mitad de la batalla ganada —se inclinó hacia él—. Han sobrevivido solas casi tres meses. La mujer de Roy les dejó cien dólares y se marchó. Quiero denunciarla a la policía, pero primero tengo que hablar con Roy y preguntarle qué quiere.

Ethan parecía atónito.

—¿Abandonó a las niñas?

—Se largó sin más. El dinero se les acabó y Melissa ha estado robando lo que necesitaban para sobrevivir.

—¿Y nadie se ha dado cuenta? ¿Nadie ha llamado a los servicios sociales?

Liz pensó en su propia infancia.

—Te sorprendería saber la frecuencia con la que sucede eso y hay un montón de niños indefensos. Mañana iré a ver a Roy, quería ir mientras las niñas estén en el colegio —lo miró—. ¿Te importaría quedarte con Tyler? No creo que esté preparado para ver la prisión de Folsom.

—Claro. Tráemelo a la oficina.

—Gracias.

—¿Qué va a pasar con las niñas?

—No lo sé. Espero que Roy tenga un plan. Si no, mi familia acaba de aumentar.

—¿Te las llevarías?

Ella asintió lentamente, pensando que, si no había nadie más, no tendría elección. No sabía nada sobre criar a niñas adolescentes, excepto porque ella había sido una. Esperaba que con eso fuera suficiente.

—Es mucha responsabilidad.

—Tú harías lo mismo por uno de tus hermanos.

—Probablemente. Si es que mi madre no se los quedaba primero.

—Es una tigresa.

—Te caerá mucho mejor cuando la conozcas más.

—Otra cosa que estoy deseando... —murmuró esperando no estar en el pueblo tanto tiempo como para conocer a la familia de Ethan.

—Tener a las hijas de Roy en tu vida lo cambiará todo.

—Lo sé, aunque es mejor que espere a ver qué pasa antes de empezar a planearlo todo. Si el acuerdo es permanente, entonces todos juntos veremos qué hacer.

Alzó la mirada y lo encontró mirándola.

—¿Qué?

—Estaba esperando que admitieras que me has matado una y otra vez en tus libros.

Ella se encogió de hombros intentando no sonreír... o alegrarse por el hecho de que él leyera sus libros.

—Deberías sentirte halagado. Eres un personaje recurrente en una serie de libros de éxito.

—Soy un tipo muerto. No hay mucho por lo que sentirme halagado.

—Siempre te doy un nombre y una historia.

—Además de una descripción muy gráfica de mi muerte.

En esa ocasión, ella sí que se rio.

—Eres un tipo duro. Puedes con ello.

Él le devolvió la sonrisa.

—Espero inspirarte y convencerte para que te busques otra víctima.

—Lo de las musas es algo complicado.

—Tú no crees en las musas.

—¿Cómo lo sabes?

—No le darías tanto poder a una fuerza que no controlas.

Y tenía razón, pero a Liz le sorprendió que lo hubiera sabido y antes de poder imaginar qué decir, sonó el reloj del horno.

«Salvada por la campana», pensó, y nunca mejor dicho.

Pasaron la cena charlando sobre temas menos peligrosos. La comida era excelente, y el vino tan bueno que no protestó cuando Ethan le rellenó la copa dos veces. El resultado fue una absolutamente agradable sensación combinada con un ligero zumbido. Liz no estaba borracha, pero se alegraba de haber ido caminando y no en coche.

–¿Has visto el pueblo distinto? –le preguntó Ethan cuando habían terminado de comer. Afuera ya estaba oscuro y por las ventanas abiertas entraba una fresca brisa.

–Ha crecido mucho. Cuando me marché, ni siquiera habían empezado a construir el campo de golf. Y también hay nuevos negocios. Ahora el local de Daisy es el Fox and Hound.

–El local de Daisy ha sido cinco restaurantes diferentes en los últimos diez años. Nadie sabe por qué, está bien situado.

–También hay gente nueva –añadió Liz mirándolo–. Y vieja. Ayer me crucé con Pia, que iba con tu hermana.

Él pareció sentir su escrutinio y frunció el ceño.

–¿Qué?

–Creía que tendrías algo que decirme sobre ella.

–¿De Pia? ¿Por qué?

–Porque está aquí. Porque cuando supe que estaba embarazada, volví para contártelo y te encontré en la cama con ella –alzó la mano–. Lo siento. Esto no entra en la tregua. Me dirás que yo me marché y que tenías derecho a ver a quien quisieras. Eso me dolerá, después te gritaré y discutiremos y ya estoy cansada de discutir. Por lo menos, durante esta noche. Pero sí que quiero hacerte una pregunta.

–¿Sobre Pia?

Ella asintió.

–En el instituto era terrible, ¿verdad? Mezquina, mala, no era alguien con quien dejarías a un niño.

–No era la mejor persona que te podías encontrar, no.

–Vale, entonces no es cosa de mi imaginación, porque ayer estaba totalmente cambiada. Estuvo simpática y agradable. No me lo esperaba, era como estar viviendo una experiencia en un universo paralelo. Empecé a preguntarme si es que yo recordaba mal el pasado o qué estaba pasando.

Él vaciló.

–No me acosté con Pia.

Liz lamentó haber sacado el tema.

–No importa.

–Sí que importa. Estábamos en una fiesta, yo te echaba de menos y me sentía solo, estaba furioso. Había salido con ella un par de veces, la llevé a casa, pero estaba demasiado borracho. No pasó nada.

Liz deseaba poder creerlo.

–Ethan, pasó hace mucho tiempo.

–No me acosté con ella –repitió.

Esa información no debería haber supuesto nada, pero aun así, se sintió más relajada por dentro.

–Gracias.

–De nada –Ethan alzó su copa de vino–. Sé por qué te marchaste, pero me gustaría que te hubieras quedado para hablar conmigo.

Ella se encogió de hombros. Era imposible que eso hubiera pasado.

–Volviste a la universidad y te olvidaste de mí.

–Jamás me olvidé de ti.

Había algo en el modo en que pronunció esas palabras, algo en su oscura mirada que la hizo sentirse atraída por él, o tal vez atraída por su pasado. Desde que había recibido el e-mail de su sobrina, su vida había sido una locura, apenas había tenido un momento para respirar.

–Juraste que jamás te quedarías aquí –recordó ella–. Después de la universidad te ibas a marchar a ver mundo.

–Al final no salió así.

–¿Por la lesión?

–¿Lo sabes?

Ethan había entrado en la universidad con una beca de atletismo. Josh y él siempre habían planeado comerse el mundo del ciclismo; competirían juntos y compartirían victorias. Habían planeado ganar el Tour de Francia codo con codo. Pero en la universidad, Ethan se había lesionado y no había vuelto a tener la oportunidad de competir.

–No es que haya estado buscando información sobre ti todo este tiempo, pero oí lo que te pasó y lo siento.

Él se encogió de hombros.

–Pasó hace mucho tiempo. Terminé la universidad y volví a casa. Después, mi padre murió de pronto y mi madre se derrumbó. Todo el mundo se apoyó en mí y tuve que hacer lo correcto.

Eso era muy propio de él. Incluso en el instituto, había sido un chico muy serio y formal... hasta que la había rechazado.

Se dijo que no debía volver a pensar en eso, al menos no por el momento. Esa noche tenían que conocerse de nuevo para hacerse amigos y beneficiar a Tyler.

–¿Te hiciste cargo del negocio?

Él asintió.

–Me llevó un tiempo darme cuenta de que me gustaba construir cosas y después comencé con los molinos.

–¿Y el resto es historia?

–Algo así.

–Podrías haberte ido, pero ni se te pasó por la cabeza, ¿verdad?

–No. Ya me conoces. Lo importante es la familia. Ya sabes el lugar que ocupan los Hendrix en la historia de este pueblo –dijo con un tono cargado de humor y orgullo.

Siempre había sido así, siempre se había sentido orgulloso de sus antepasados. En el instituto había dicho que no se parecía a su padre, pero no era cierto. En el fondo le preocupaba más la reputación de la familia que hacer lo correcto.

Así era él, de nada servía lamentarse por ello; hacerlo sería como lamentarse de que los pájaros tuvieran plumas. Ethan era quien siempre había sido, un buen tipo con algunos defectos.

Sus ojos se encontraron y algo surgió entre ellos. Liz sintió un anhelo y un deseo que hacía años que no sentía. Un deseo que se cimentaba en lo que sabía que una vez había sido posible y en una sensación de pérdida. Durante mucho tiempo había cargado con un vacío, un oscuro agujero en el que había vivido su amor por Ethan. Había habido otros hombres que habían intentado conquistar su corazón, o por lo menos su cuerpo o su atención. Había tenido alguna que otra relación. Con Ryan había hecho lo posible por convencerse de que estaba enamorada, pero se había equivocado. Ethan había sido el único para ella.

Él había sido el que le había hecho creer en sí misma y en sus posibilidades. Con él, había podido imaginar un lugar que no era Fool's Gold. Habían hablado sobre marcharse juntos, sobre un futuro. Él le había dicho que quería casarse con ella.

A pesar de estar sentada, de pronto sintió que estaba perdiendo el equilibrio. Era como si el pasado y el presente se hubieran entrelazado. Sabía que no era posible, que Ethan y ella eran totalmente distintos, que cualquier sentimiento que tuviera era el resultado del vino, del estrés y de lo guapo que lo veía.

–No. No me mires así –le dijo él con la voz entrecortada.

–¿Así cómo?

En lugar de responder, Ethan se levantó y rodeó la barra. Ella se levantó también. Estaban tan cerca que Liz podía sentir su calor.

Se quedaron mirándose el uno al otro, como si fueran incapaces de huir, como si no quisieran hacerlo. Al instante, él le rodeó la cara con las manos, la llevó hacia sí, y Liz no se resistió mientras la besó.

Fue un beso ardiente, insistente, erótico. La boca de Ethan era firme y tierna, mejor de lo que recordaba. La rodeó con los brazos.

Estaban el uno pegado al otro; suavidad contra dureza, mujer contra hombre. Él ahora era más corpulento, todo un hombre. Un hombre que la había llevado contra su cuerpo y la había tentado con un beso que le había roto el alma.

Sus lenguas se enredaron en un deseo erótico redescubierto. Él sabía a vino y a Ethan, unos sabores imposibles de resistir. Liz ladeó la cabeza para intensificar el beso, se apoyó contra él y él posó las manos sobre sus caderas. Sin pensarlo, ella las acercó a su cuerpo y su vientre entró en contacto con algo duro y peligroso.

En ese momento explotó el deseo sexual, sin previo aviso y dejándola sin respiración y hambrienta. Fue un deseo que apareció en forma de un calor líquido que le robó toda su fuerza y su sentido común. Saber que la deseaba, saber cómo sería tenerlo dentro, era demasiado.

Tal vez era por el pasado, del que no podía huir, o por todo lo que había sucedido en los últimos días, los altibajos emocionales que la habían dejado incapaz de pensar. Lo único que sabía era que deseaba a Ethan con una pasión que no había experimentado en mucho tiempo y que si no lo tenía en ese mismo momento, probablemente moriría.

Él debió de leerle la mente, o sentir algo en su cuerpo, porque la agarró con más fuerza por las caderas. Apartó la boca de la suya y la arrastró por la línea de su mandíbula hasta su cuello. Le mordisqueó el lóbulo antes de acariciarlo con su lengua.

Le quitó la camiseta y le desabrochó el sujetador. Cerró la boca alrededor de sus tersos pezones y los lamió hasta hacerla temblar de excitación. Liz estaba ardiendo por todas partes y su deseo fue en aumento hasta volverse más poderoso que los latidos de su corazón y más necesario que el aire.

Le temblaban las piernas y la esencia de su feminidad estaba inflamada y húmeda. Ella le acarició los brazos, el pecho y posó la mano sobre su miembro, acariciándolo a través de la tela de sus vaqueros.

Sin dejar de besar sus pechos, Ethan le levantó la falda y coló los dedos entre sus muslos. Encontró ese lugar prometido al primer intento y deslizó los dedos sobre la hipersensible e inflamada piel. Ella se apartó lo suficiente para quitarse sus braguitas y después volvió a su abrazo.

Ethan hundió dos dedos en ella mientras la acariciaba con el pulgar y, en cuestión de segundos, Liz apenas pudo respirar. La tensión competía con el placer y sus piernas se sacudían.

Sintió la isla de la cocina contra su espalda y cuando él la subió encima, oyó objetos caer al suelo. Sus miradas estaban engarzadas y ni se inmutaron; fue como si el ruido no importara, como si solo importaran ellos dos.

Seguía acariciándola, introduciendo y sacando sus dedos. Los músculos de Liz se tensaron a su alrededor y él la acarició hasta hacerla rendirse. El ritmo constante de sus dedos iba acompasado con los latidos de su corazón; Liz podía ver el fuego ardiendo en sus oscuros ojos y supo que no habría vuelta atrás.

Le desabrochó el cinturón y, cuando le bajó los vaqueros y los calzoncillos, se quedó maravillada al ver lo excitado que estaba y lo bien que eso la haría sentir por dentro. Al instante, él dio un paso adelante y se adentró en ella.

La fuerza de sus movimientos la hizo tener que agarrarse a la encimera y tiró más cosas, pero no le importó. Ahora lo único que importaba era cómo la estaba llenando, cómo estaba satisfaciéndola al adentrarse más y más y con más fuerza cada vez.

Ethan la agarraba de las caderas y ella lo rodeó por la cintura con las piernas. Estaban absolutamente unidos y Liz tuvo la sensación de que jamás podrían volver a separarse.

Gritó al llegar al éxtasis y el gemido de Ethan acompañó sus sonidos de satisfacción. Intentaron alargar ese momento todo lo posible hasta que las contracciones fueron volviéndose más lentas y se detuvieron finalmente.

La cocina se quedó en silencio a excepción de por el zumbido de la nevera y el susurro de sus respiraciones. La realidad volvió cuando Liz bajó las piernas y Ethan dio un paso atrás.

Acababa de hacer el amor con el padre de Tyler sobre la barra de una cocina. Hacía menos de una semana que había regresado al pueblo y ya se había entregado a un hombre que la había rechazado años atrás, que la había acusado de mentir y de alejarlo de su hijo. Un hombre que no le daría más que problemas, con una enorme familia y vínculos con un pueblo del que estaba deseando marcharse.

–Mierda –murmuró–. Mierda, mierda, mierda.

–Liz... –comenzó a decir él.

–No –le ordenó mientras se ponía la falda. Sus braguitas estaban por el suelo, en alguna parte, pero no se molestó en buscarlas–. Esto ha sido una estupidez.

Él se puso los calzoncillos y los vaqueros.

–No es que lo tuviera planeado. Ha sido una de esas cosas que pasan.

Muy típico de los hombres decir eso, pero había sido mucho más y suponía un gran problema.

–¿En qué demonios estabas pensando? –le preguntó–. ¿Es que nunca utilizas preservativo?

Él se quedó paralizado.

–Tomo la píldora, idiota, pero ¿no has aprendido nada del instituto? Esto ha sido un error enorme y haremos como si nunca hubiera pasado, ¿queda claro? Nunca.

–No puedes pretender eso.

–Verás como sí puedo –dijo mientras se dirigía a la puerta.

Su bolso estaba donde lo había dejado, en la mesita de la entrada. Lo agarró y se marchó apresuradamente ignorando la agradable sensación que la invadía y que era prueba de lo que acababan de hacer.

Ethan no fue tras ella y Liz lo agradeció. Cuando llegó al final de la manzana admitió que tal vez había sobreactuado un poco y al llegar a la siguiente supo que en realidad estaba enfadada consigo misma, no con él. Para cuando llegó a casa, no se sentía mejor por lo que había pasado y no tenía ni idea de cómo podría volver a mirarlo a la cara.

Eso fue lo que pensó mientras subía los escalones del porche de la casa en la que había crecido.

7

Pasar por un detector de metales y dejar que te cachearan antes de entrar en prisión tenía algo que ponía tu vida en perspectiva. Eso era lo que pensó Liz la mañana siguiente mientras esperaba a que el guardia de seguridad terminara de registrar su bolso. Una vez le hubieron permitido la entrada, siguió a otro guardia hasta una reducida habitación con una mesa, seis sillas y una pequeña ventana que daba a un patio.

Ya que no era un día habitual de visitas ni una sala de visitas normal, tendrían cierta privacidad. Retiró una silla de metal y se sentó. La habitación era fría y, a pesar de su pequeño tamaño, se sintió de algún modo expuesta. Aunque eso probablemente tenía más que ver con lo sucedido la noche anterior que con el hecho de encontrarse con Roy.

No había dormido nada, había pasado la noche diciéndose que había actuado irresponsable e impulsivamente y recordando, a la vez, la música que Ethan había tocado sobre su piel.

Lo último que necesitaban los dos eran más complicaciones, pero ahí estaban. Y ella era la única culpable.

Respiró hondo y guardó en lo más profundo de su mente esos recuerdos y recriminaciones; ya le daría vueltas al tema y se torturaría más de vuelta a Fool's Gold. Ahora mismo tenía que concentrarse en ver a su hermano por primera vez en dieciocho años.

En ese momento, la puerta contraria a esa por la que había entrado se abrió y un hombre entró. Era unos centímetros más alto que ella, con un fino cabello grisáceo y ojos verdes. Sabía que Roy ya había cumplido los cuarenta, pero perfectamente podría haber pasado por un hombre de sesenta. Él se quedó mirándola un instante, confundido, pero después le sonrio.

—¡Pero mírate! —dijo mientras se acercaba a ella—. Me han dicho que tenía una visita, pero no podría haberme imaginado que fueras tú. No es día de visitas y nadie viene a verme nunca. Creía que era un error. ¿Cómo estás, Liz?

—Hola, Roy. Ha pasado mucho tiempo.

Ella tenía doce años cuando él se había marchado sin avisar y la había dejado en manos de una madre indiferente. Ese verano había madurado mucho.

—Tienes buen aspecto —le dijo mientras se sentaba en una de las sillas—. He leído tus libros. Eres famosa, ¿verdad?

—No exactamente, pero conozco a un tipo que ha conseguido que pueda venir a verte aunque no fuera día de visita.

—Eso ya es algo.

Parecía cansado, como si la carretera de la vida hubiera sido demasiado larga.

—Estoy muy orgulloso de ti, Lizzy. Muy orgulloso.

—Gracias —ella miró a su alrededor—. ¿Qué ha pasado? ¿Cómo has acabado aquí metido?

Él se encogió de hombros.

—Hubo una pelea en un bar. Me defendí, pero el fiscal no lo vio así. No fue culpa mía.

Esas palabras le resultaban familiares. Cuando eran pequeños, él nunca había tenido la culpa de nada. Siempre había sido así.

—¿Cuánto tiempo vas a estar dentro?

—Mi abogado todavía está apelando, pero seguramente esté aquí mucho tiempo —se inclinó hacia ella—. ¿Has visto a mis hijas?

—Sí. Son geniales. Te echan de menos.

—Yo también las echo de menos. Sé que debería escribirles más, pero soy un hombre ocupado.

Estaba en la cárcel... ¿cómo podía estar ocupado? Pero bueno, no tenía sentido hablar de eso.

—Me quedé sorprendida cuando me enteré de que habías vuelto a Fool's Gold. ¿Cuándo pasó?

—Después de que mamá muriera. Creía que lo sabías, siempre estuve en contacto con ella. Volví cuando enfermó y todo fue rápido. Entró en el hospital y murió una semana después. Yo acababa de casarme con Bettina y no teníamos casa, así que cuando me enteré de que mamá me había dejado la casa, nos mudamos.

Ella sacudió la cabeza.

—¿Estuviste en contacto con mamá? ¿Le escribías y la llamabas?

—Claro. Y también te escribí a ti, aunque no respondiste nunca. Pensé que estabas enfadada o algo.

—Nunca recibí las cartas —dijo ella en voz baja, intentando respirar a pesar del dolor que sentía por dentro. ¿Roy le había escrito? Creía que había desaparecido sin más, que la había abandonado sin pensarlo.

—Ya sabes cómo era mamá —le recordó Roy—. Tenía sus reglas.

Liz lo recordaba; su último contacto con su madre había sido cuando la mujer le había pedido que no volviera a molestarla. Alguien del hospital se había puesto en contacto con ella a través de su agente para decirle que su madre estaba enferma y antes de poder terminar de arreglar el viaje, había recibido otra llamada diciéndole que su madre había muerto. En ese momento, volver a Fool's Gold para el funeral no le había parecido que tuviera sentido y ahora sabía que Roy había estado allí.

—Las relaciones son complicadas —murmuró ella con tristeza. Roy era su hermano, deberían haber sido una familia, pero no lo eran. No tenían a nadie más.

—He venido a verte por tus hijas —le informó Liz—. Melissa me escribió un e-mail hace unos días —vaciló—. Lo siento, Roy, pero Bettina se ha ido.

—Me lo imaginaba —murmuró él más resignado que sorprendido—. Hacía tiempo que no sabía nada de ella. ¿Se ha llevado a las niñas?

—Em... no exactamente. Bettina se marchó hace un par de meses y las niñas han estado solas desde entonces.

El arrugado rostro de Roy se quedó lívido.

—La muy zorra. Nunca me dijo nada. ¿Están bien?

—Están bien. Melissa ha estado cuidando de las dos. Cuando le supuso demasiado, me localizó a través de mi Web site y he venido enseguida. Hay que arreglar algunas cosas...

Roy se levantó y fue hacia la ventana. Se quedó allí con los hombros agachados.

—No tengo a nadie, Lizzy. Esas niñas son lo único que tengo. ¿Puedes llevártelas?

Ella quería decir que no, apenas conocía a sus sobrinas y cuidarlas unos días era muy distinto a responsabilizarse de ellas permanentemente. Pero incluso aunque intentó negarse, sabía que no podía. Si las niñas no se quedaban con ella, entrarían en un hogar de adopción y probablemente las separarían. Quien sabía qué les pasaría.

—Firmaré los papeles que quieras —añadió él rápidamente—, para ponértelo más fácil.

—Por supuesto que me quedaré con ellas —respondió ella sonriendo cuando él la miró—. Pero no puedo quedarme en Fool's Gold. Mi vida está en San Francisco, como la de Tyler.

—¿Es tu marido?

—Mi hijo. Tiene once años.

Roy sonrió.

—¿Tienes un hijo? No lo sabía.

Su madre sí lo había sabido, pero no había visto necesario decírselo, claro.

—Es genial —sacó una fotografía de su cartera y se la acercó a Roy.

Su hermano la miró.

—Es muy guapo.

—Sí, a mí también me lo parece.

–Tal vez San Francisco sea mejor para las niñas; tendrán una oportunidad de empezar de nuevo, donde nadie me conozca. Intenté establecerme en el pueblo, pero no funcionó. La gente no podía olvidar nuestro apellido, ya me entiendes. Podrías vender la casa y guardarles el dinero para la universidad, para sus bodas, o para lo que sea.

Ella pensó en la destartalada estructura.

–La casa necesita un poco de trabajo.

–No mucho. Empecé casi todos los proyectos de reforma.

–Ya me he fijado.

Él sonrió tímidamente.

–Pero yo no voy a poder terminarlos –la sonrisa se desvaneció–. Necesito que cuides de mis hijas, Lizzy.

–Conmigo estarán a salvo.

–Sé que lo estarán. Les gustará estar contigo.

–Les gustaría verte.

–No. Aquí no. No quiero que me vean aquí.

–Eres su padre. Tienen que saber que estás bien.

Roy respiró hondo.

–El día de visitas no es nada agradable, Lizzy. Todo el mundo llora, es mejor que no nos veamos.

–Su madrastra las abandonó, a mí no me conocen. Tú eres la única persona que saben que las quiere.

–Bien, pero dame un par de semanas. Les escribiré y les diré que pienso en ellas.

–Claro. Estaré en Fool's Gold un poco más –pensar qué hacer con la casa requeriría algo de tiempo. Tenía la sensación de que a las niñas no les haría mucha gracia la idea de mudarse. Melissa ya se lo había dejado muy claro.

–Gracias, Lizzy –dijo Roy abrazándola.

Y ella lo agarraba con fuerza, intentando reconciliar a ese hombre con el hermano al que había adorado. Pero era imposible. Había pasado demasiado tiempo, pensó con tristeza.

–Estaré en contacto –prometió ella y fue hacia la puerta que la llevaría al mundo exterior, mientras que Roy salía por otra que lo devolvía a la prisión.

***

—Entonces, ¿es un campamento? —preguntó Tyler—. Mamá me lleva a un campamento de día durante el verano. Me he quedado a dormir un par de veces en las montañas.

Ethan miró a su hijo y volvió a centrar la atención en la carretera.

—Son las dos cosas. Hay niños que vienen de todas partes y se quedan un par de semanas. Los niños del pueblo vuelven a casa cada día, si quieren. Hay un autobús que los lleva y los trae.

Liz había dejado a Tyler en la oficina hacía aproximadamente una hora, pero lo había visto entrar desde el coche, como si evitara verlo a él. ¡Claro que estaba evitándolo!

Ethan había planeado que Tyler se quedara en su oficina durante la mañana para después ir a las instalaciones de manufactura de turbinas, pero Raúl había llamado y le había pedido que se reuniera con él en el campamento y Ethan había pensado que sería un buen modo de pasar la mañana. Tal vez sería más entretenido. Necesitaba algo para dejar de pensar en lo que Liz y él habían hecho la noche anterior.

No había pretendido que sucediera y menos con lo furioso que estaba con ella. Sin embargo, tenía que admitir que haber visto la carta lo había cambiado todo, y estar a solas con Liz había sido mejor de lo que recordaba. Ella siempre había sido preciosa, inteligente y divertida, y ahora era todo eso además de tener una madurez que lo atraía. La había deseado años atrás y seguía deseándola, a pesar de que estar con ella no le daría más que problemas.

Salió de la carretera principal para tomar un camino privado marcado por una señal roja que decía: *Zona de Niños.*

—El tipo que ha abierto el campamento jugaba al fútbol americano —dijo Ethan—. Se llama Raúl Moreno. Era quarterback de los Cowboys de Dallas.

Tyler lo miró con los ojos como platos.

—Lo conozco. ¿Alguna vez viene al campamento? ¿Crees que podré conocerlo?

—¿Recuerdas que te he dicho que había quedado con un tipo? Pues es él.

—¡Guai! —Tyler saltó en su asiento—. Es genial. Estoy deseando contárselo a mis amigos.

—Le sacaré una foto con mi móvil —le dijo Ethan—. Puedes mandársela a tus amigos.

—¡Vale! —Tyler miró por la ventanilla—. ¿Hemos llegado ya?

Ethan se rio y entró en el aparcamiento casi vacío. El campamento abriría oficialmente el sábado cuando llegaran los primeros niños de la ciudad y el lunes llegarían los niños del pueblo.

En un principio, Ethan se había preguntado si mezclar a los niños era lo más inteligente, pero su hermana Dakota, que regentaba el campamento para Raúl, había explicado que era una buena experiencia de aprendizaje para ambos grupos. Normalmente, los niños de pequeños pueblos y los de grandes ciudades no tenían apenas contacto, y que ahora se relacionaran expandía su visión del mundo antes de que decidieran cómo era el mundo para ellos.

Ethan aparcó entre un Ferrari y el Jeep de su hermana. Tyler bajó de la camioneta antes de que el motor estuviera apagado y saltó impaciente mientras esperaba a Ethan.

—¿Ése es su coche? Es genial. Me encanta el color.

Entraron en el edificio principal donde había una gran zona de estar y el comedor. Las oficinas estaban en la parte trasera.

Mientras recorrían el pasillo, Ethan se fijó en las paredes y en las ventanas y buscó cualquier cosa que necesitara un retoque antes de que el campamento se inaugurara. Ya lo había revisado todo con el capataz y habían hecho una lista de lo que había que terminar, pero parecía que todo estaba listo.

La puerta del despacho de Raúl estaba abierta, y cuando Ethan entró encontró al hombre sentado en la esquina de su mesa. Josh Golden también estaba allí. Los dos alzaron la mirada cuando Tyler y él entraron.

—Hola, Ethan —le dijo Raúl mientras se levantaba para extenderle la mano—. Gracias por venir.

—De nada.

Ethan se giró hacia Josh y le estrechó la mano también antes de posar las manos sobre los delgados hombros de Tyler.

—Este es Tyler —dijo deteniéndose antes de añadir—: Mi hijo.

Raúl saludó al chico mientras Josh parecía tan aturdido como un dibujo animado cayendo por un acantilado.

—¿Tu hijo? —repitió Josh y gesticuló para decir sin palabras: «¿De quién?».

—Su madre es Liz Sutton.

Tyler les estrechó las manos y miró a los dos hombres.

—Los dos sois muy famosos.

—Yo soy más guapo —dijo Josh—. Y más listo. Raúl es un poco feo.

El hombre sonrió.

—Podría partirte en dos como si fueras una ramita. Lo haría ahora mismo, pero lo pondría todo perdido.

Tyler estaba emocionado.

—¿Qué estás haciendo aquí? —le preguntó Ethan a Josh.

—Hablando con Raúl sobre un torneo de golf entre profesionales y aficionados. Pia no deja de darme el coñazo... —miró a Tyler y rectificó—, de molestarme e insistir en que lo convenza para firmar. Cree que a la gente le gustará que tengamos a un ex quarterback jugando, pero yo creo que les resultará aburrido.

—Se ve amenazado —dijo Raúl.

Ethan sonrió.

—Claro. Seguro que le asusta no ser el hijo favorito de Fool's Gold.

Josh miró a Tyler.

—¿Oyes un zumbido? No una conversación, sino algo más irritante.

Tyler se rio.

—Participaré en el torneo —le dijo Raúl a Josh—. ¿Quieres apostar?

Ethan sacudió la cabeza.

–Puede que no quieras apostar contra Josh. Es muy bueno jugando al golf.

–Yo también –Raúl parecía muy seguro de sí mismo–. ¿Qué os parece cinco mil dólares? El ganador dona el dinero a la caridad que elija.

–Hecho –respondió Josh y se giró hacia Ethan–. ¿Tú juegas?

–No, pero iré a verlo –miró a Tyler–. Tendremos que hablar sobre por quién vamos a apostar.

Tyler miró a los dos competidores. Ambos eran altos y musculosos. Josh era rubio y tenía los ojos color avellana; Raúl era moreno. Ethan había entrenado con ellos lo suficiente para saber que físicamente estaban en la misma condición, podían levantar pesas de muchos kilos... igual que él. Pero él hacía ejercicio porque le gustaba y, en cambio, parecía como si Josh y Raúl fueran al gimnasio porque tenían algo que demostrar.

Josh le guiñó un ojo a Tyler.

–Van a hablar de negocios un buen rato, ¿quieres que te enseñe este sitio?

–Claro. ¿Ya has estado aquí antes? –le preguntó el niño.

–Unas cuantas veces. ¿Crees que un tipo como Raúl podría haber hecho esto solo?

Tyler se rio.

Raúl suspiró.

–Te estás pasando otra vez. ¿Debería sentirlo por tu prometida?

–Pregúntaselo tú mismo. Te dirá lo satisfecha que está –le respondió con una pícara sonrisa.

Josh y Tyler se marcharon y Ethan y Raúl se acomodaron en la mesa de reuniones situada en una esquina con un puñado de carpetas.

–¿Josh siempre es así? –le preguntó Raúl con gesto divertido.

–Desde que era pequeño, pero debajo de esa apariencia de chulito, es un tipo genial.

Raúl asintió.

—Me ha ayudado mucho con el campamento; su trabajo con la escuela de ciclismo me ha dado muchas buenas ideas, pero no hace falta que le digas que te he dicho esto.

—No se lo diré —Ethan abrió la primera carpeta—. Por lo que me ha dicho el capataz, creo que ya hemos terminado con la reforma.

—Me prometiste un campamento del que estaría orgulloso —le dijo Raúl—. Y tenías razón.

Repasaron los distintos proyectos; lo próximo sería construir más barracones y preparar una zona para construir una pista de patinaje sobre hielo. Raúl quería que el campamento estuviera abierto todo el año, y Ethan tomó notas de lo que quería revisar una vez más, incluyendo el alojamiento para el personal que pasaba la noche allí.

—¿Aún estás pensando en levantar una casa para el director del campamento?

Raúl se encogió de hombros.

—Lo haría, pero Dakota me ha dicho que no le interesa vivir aquí. Prefiere estar en su casa.

Ethan estudió el detallado mapa del campamento.

—Hay mucho sitio para un par de casas, si tú decides quedarte aquí todo el año.

—Opino como tu hermana. Preferiría estar en el pueblo.

Ethan se rio.

—¿No quieres que los niños te tengan tan a mano?

—No. No me dejarían tranquilo ningún momento —se recostó en su silla—. Si decido que quiero construir una casa en lugar de comprarla, ¿me conseguirías los permisos?

—Claro. ¿Tienes algún sitio en mente?

—Estoy mirando algunos terrenos. Hay un par de casas viejas que tienen potencial, pero habría que destruirlas por dentro y dejar el esqueleto solamente.

—Puedo hacerlo —Ethan cerró la carpeta—. ¿Estás seguro de que quieres instalarte en un pueblo pequeño? Fool's Gold es muy distinto de Dallas.

—Me gusta estar aquí —admitió Raúl—. He viajado mucho, he visto casi todo el mundo, y ahora busco un hogar donde instalarme. Algo permanente.

Ethan calculaba que Raúl tendría treinta y pocos años; su carrera futbolística había sido todo un éxito, así que el dinero no sería un problema.

—Tengo tres hermanas. Mantente alejado de ellas.

Raúl se rio.

—Hablas como un hermano mayor.

—Me has captado. Además, hay muchas otras mujeres en el pueblo. Muchas más mujeres que hombres, de hecho.

—Ya me he fijado. Y también hay muchas mujeres guapas. ¿Alguien más sobre quien quieras advertirme?

Ethan pensó en Liz, con su cabello rojizo, en el aroma de su piel, en cómo sabía cuando la besó. Recordó su pasión, sus gritos mientras alcanzaba el clímax, el brillo de rabia en sus ojos verdes mientras había dicho que lo que habían hecho había sido de lo más estúpido.

Los recuerdos fueron suficientes para hacer que le ardiera la sangre y se vio deseando verla de nuevo. No, no verla. Hacerle el amor. Lentamente. En una cama, con mucho tiempo para recordar e incluso más para explorar.

Pero era un deseo complicado por su pasado, por Tyler y por la ira.

—No hay nadie más.

—¿Seguro? —le preguntó Raúl.

—Segurísimo.

Liz comprobó la lista de la compra antes de girar el carro hacia las cajas. Pia había llamado un par de horas antes para invitarla a la fiesta de la noche de chicas y cuando Liz había intentado escaquearse diciendo que no quería dejar a los niños solos, Pia se había ofrecido a trasladar la fiesta a su casa. Liz no había estado preparada para esa sugerencia y no había encontrado un modo de negarse. En cuestión de segundos, había pasado a convertirse en la anfitriona de una fiesta a la que no habría querido asistir.

Sin embargo, al menos era una distracción.

Se puso a la cola detrás de una anciana y se preguntó si debería comprar otra bolsa de hielo. Pia había dicho que todo el mundo llevaba mucho alcohol y que ella solo tenía que poner algo para picar. Alguien llamada Jo llevaría la licuadora, pero para hacer cócteles hacía falta mucho hielo.

Se salió de la cola y empezó a correr hacia la zona de congelados, cuando una mujer de unos cincuenta años, a quien Liz no había visto en su vida, la detuvo.

—¿Eres Liz Sutton? —preguntó más enfadada que simpática.

Liz vaciló.

—Sí.

—Me había parecido reconocerte. Soy amiga de Denise Hendrix y quería decirte que lo que has hecho es terrible. ¿Qué clase de madre aparta a su hijo de su padre? No hay excusa para eso. Le has hecho daño a una maravillosa familia con tu egoísmo. Espero que ahora estés contenta.

—No tanto —murmuró Liz mientras la otra mujer se alejaba furiosa.

Aún impactada por el encuentro, agarró una segunda bolsa de hielo y volvió a la cola de la caja. Mientras estaba allí, sintió como si todo el mundo estuviera mirándola, juzgándola.

—Vaca asquerosa —murmuró en voz muy baja deseando que haber pronunciado ese insulto la hiciera sentir mejor. Pero no fue así.

Cuando la cajera le dijo el total, sacó el monedero y le dio los billetes.

Debía de haber unos cien dólares, pero allí solo había tres billetes de veinte y uno de cinco. Se quedó extrañada, estaba segura de que lo había comprobado antes de salir de casa, pero estaba claro que no lo había hecho. Volvió a meter el dinero en el monedero y pasó una tarjeta de crédito por el datáfono.

Las niñas estaban en casa cuando llegó y Tyler ya había vuelto también. Los tres compitieron por su atención mientras le contaban lo que habían hecho durante el día. Ella escuchaba y asentía, haciendo lo posible por sonreír, por olvidar lo de la mujer de la tienda y por no pensar en Ethan, lo cual fue difícil porque todas las frases de su hijo empezaban por: «Y entonces mi padre...».

Guardó toda la comida, metió las pechugas de pollo en el horno y les dijo a los niños que unas mujeres irían de visita esa noche.

–He pensado que los tres podríais ir al videoclub y alquilar películas para la noche.

Abby y Tyler estaban de acuerdo. Melissa ladeó la cabeza.

–Tal vez yo podría quedarme contigo. Ya sabes, no con los niños.

Abby y Tyler voltearon los ojos.

–Nosotros no somos niños –dijo Abby–. Y tú no eres tan mayor. Solo tienes catorce años.

–Soy una adolescente –le recordó Melissa.

Liz no sabía qué pasaba exactamente en la noche de chicas, pero seguro que había mucho alcohol.

–¿Y si te quedas durante la primera media hora? Y después, cuando llegue todo el mundo, puedes subir.

–Genial –dijo Melissa con un suspiro–. pero soy muy madura.

–Lo sé cielo. Hiciste un gran trabajo mientras estuviste sola –vaciló, pero les indicó a las niñas que se sentaran en la mesa de la cocina–. Quiero hablaros sobre vuestro padre.

–¿Subo a la habitación? –le preguntó Tyler a Liz.

Ella asintió.

–Ya te lo explicaré más tarde.

–De acuerdo –dijo su hijo y se marchó.

Ella se situó en frente de las niñas que estaban pegadas la una a la otra y con las mismas expresiones de temor en el rostro.

–Hoy he visto a vuestro padre. Os echa mucho de menos y me ha dicho que os diga que os quiere.

—¿Le has contado lo de Bettina? —preguntó Melissa.

—Sí. Se ha enfadado mucho y se ha sentido muy dolido, pero está muy orgulloso de que hayas cuidado de tu hermana. Le he explicado que te pusiste en contacto conmigo y se ha quedado muy impresionado.

Melissa parecía contenta y asustada a la vez.

—No va a volver a casa, ¿verdad?

Liz alargó la mano sobre la mesa y agarró las suyas.

—No, cielo. Estará en Folsom más tiempo —respiró hondo—. Yo cuidaré de vosotras.

Abby y Melissa se miraron.

—Quiero ver a mi padre —dijo Abby.

—En unas semanas iremos a visitarlo y vuestro padre ha dicho que os escribiría.

Las dos asintieron y los ojos de Abby se llenaron de lágrimas. Antes de que Liz pudiera acercarse, la niña retiró la silla y subió las escaleras corriendo.

—Hablaré con ella —dijo Melissa, que pareció mayor de catorce años.

Liz quería preguntar quién se ocuparía de Melissa, pero no era el momento. Maldita Bettina, fuera quien fuese, y maldito también Roy por haberse metido en líos. Había sido impulsivo de joven y parecía que eso no había cambiado. Por desgracia, ahora sus hijas eran las que tenían que pagar por ello.

Comprobó cómo estaba todo en la cocina y repasó la lista de comida que había comprado. Había quesos de distintas clases, brochetas congeladas que calentaría cuando el pollo estuviera listo, patatas, salsa y aguacates para el guacamole. Había comprado bolsas de galletas saladas, galletas dulces de distinta clase, ingredientes para preparar salsas para mojar y un plato de verduras precortadas. Si Pia y sus amigas querían algo mejor, tendrían que avisarla Liz con más de cuatro horas de antelación.

Subió las escaleras y entró en el dormitorio principal. Tenía allí su ropa y compartía el baño con su hijo. Después de echarle un vistazo a la poca ropa que se había llevado, eligió una camisa verde oscura hecha con una de esas fantásticas telas que nunca se arrugaban. Se quitó la camiseta que llevaba, decidió que los vaqueros que tenía puestos estaban bien y cambió sus deportivas por unas bonitas sandalias planas.

Tyler y Abby entraron en el dormitorio. La niña parecía tener los ojos algo hinchados, pero por lo demás estaba bien.

–Vamos a ir a por una película –dijo Tyler–. ¿Te parece bien, mamá?

–Claro –les dio veinte dólares y sonrió a Abby–. Seguro que esta noche te apetece divertirte un poco.

Su sobrina asintió y corrió hacia Liz para abrazarla.

–Sé que ahora estás asustada –le susurró–, pero voy a cuidar de ti.

Abby asintió y dio un paso atrás.

–Volveremos enseguida –gritó Tyler mientras se dirigían a las escaleras.

–Elegid algo divertido –gritó Liz desde la puerta y, con una sonrisa, volvió al dormitorio.

Se recogió el pelo y se lavó la cara antes de echarse crema hidratante. Melissa entró en la habitación.

–Abby está mejor. Todo esto es muy duro para ella.

–Y también para ti.

Melissa se encogió de hombros.

Liz abrió su bolso de maquillaje, sacó corrector y se lo extendió bajo los ojos antes de difuminarlo con su dedo anular. Después, aplicó la base mineral que utilizaba y cuando había cubierto las pecas, sacó la sombra de ojos de la bolsa.

–¿Cómo sabes qué hacer? –preguntó Melissa–. He comprado maquillaje en la tienda, pero no he sabido echármelo bien y tampoco me ha gustado la sensación de esa cosa líquida en la cara.

Liz miró a su sobrina. Con catorce años, Melissa ya tenía edad para llevar maquillaje. Por lo menos máscara de pestañas y un poco de brillo. La piel de la chica era suave y tenía esa luminosidad que las mujeres intentaban copiar a costa de gastarse dinerales.

–Una base sirve para mejorar el tono de tu piel y ocultar imperfecciones. Tu piel es prácticamente perfecta.

–A menos que me salga un grano.

–Suelen salir. Por lo demás, yo aprendí practicando. Podemos practicar este fin de semana. Lo básico no es difícil.

–¿En serio? –Melissa parecía esperanzada y casi asustada. Como si anticipara que cualquier cosa buena fuera a ser un error.

–Claro.

–De acuerdo, gracias.

Liz volvió a meter la mano en su bolsa y sacó un tubo de brillo.

–Mientras tanto, prueba esto. Es uno de mis favoritos.

Melissa agarró el tubo y lo giró en su mano.

–¿Galletita de azúcar?

–Ah, así. Tiene buen aspecto y sabe aún mejor. A veces es genial ser una chica.

8

Liz le había dado de cenar a los niños, la película había empezado y las brochetas congeladas estaban en el horno. Iba tan justa de tiempo que ni siquiera tuvo tiempo para perder los nervios, y eso era bueno. Justo en cuanto terminó de prepararlo todo, sonó el timbre y no paró de sonar en veinte minutos.

Casi una docena de mujeres se amontonaron en el estrecho salón. Ya conocía a Pia, pero Jo Torelli era nueva. Jo era la dueña del bar y prácticamente acababa de mudarse al pueblo. Las trillizas Hendrix llegaron juntas y Liz se quedó aliviada al ver que eran bastante simpáticas. Antes de poder decir más que «hola», Pia entró con Crystal Danes.

Liz recordaba a la guapa rubia del instituto.

–Qué alegría verte –dijo ella con una sonrisa.

Crystal sonrió y abrazó a Liz.

–Hmm, pensé que me mandarías parte de tus derechos de autor. ¿Con quién tengo que hablar para arreglarlo?

Pia las miró.

–No sabía que fuerais amigas. Crystal iba tres cursos por delante de mí, así que ¿cuántos te llevaba a ti? ¿Dos años, Liz?

Crystal agarró a Liz por el brazo y sonrió.

–La conocí en nuestra clase de último curso de escritura creativa. Aunque ella era una solitaria estudiante de segundo, nuestra profesora pensó que tenía talento y la invitó a participar.

Crystal había sido la única alumna que había hablado a Liz. A todas las demás parecía haberles molestado su presencia y básicamente la habían ignorado. Otras tantas chicas le habían hecho mezquinos comentarios sobre la ropa de Liz mientras que dos de los chicos habían hecho comentarios burlones sobre su reputación.

Pero en la clase de escritura creativa, Liz había hecho todo lo que había podido por ignorarlos. Había descubierto que podía olvidarlo todo escribiendo.

Cada uno de los alumnos tenía que escribir un relato cada tres semanas y después leerlo en voz alta. La primera vez, Liz había estado aterrorizada, pero mientras la profesora la había halagado profusamente, la clase se había quedado en silencio cuando había terminado. Avergonzada y sintiéndose expuesta, se había dejado caer en su silla

Sin embargo, aquel día en el almuerzo, Crystal la había ido a buscar y le había dicho que su relato era increíble y que los demás alumnos se habían quedado en silencio impactados, o tal vez celosos. La había animado a seguir escribiendo.

Cuatro años después, cuando estaba sola con un bebé y aterrorizada en San Francisco, había recordado las palabras de Crystal y se había apuntado a una clase de escritura. Aunque había empezado con otro relato corto, con el tiempo ese relato se había convertido en una novela que acabó siendo su primer libro publicado y el comienzo de su carrera profesional como escritora.

–Crystal me dijo que tenía talento –admitió Liz–. Nadie había creído en mí antes.

Crystal le agarró el brazo con fuerza y se rio.

–Soy un ángel disfrazado. Ojalá pudiera hacer un milagro o dos conmigo misma, ¿verdad?

Liz no sabía de qué hablaba, pero vio dolor en la mirada de Pia y Jo se dio la vuelta, como si se sintiera incómoda con esas palabras.

Crystal no pareció darse cuenta. Soltó a Liz y sonrió a Melissa.

—Hola. ¿Sabes dónde está el picoteo? Me muero de hambre.
—Justo ahí —respondió la niña tímidamente—. Te lo enseño.
—Genial.

Y se apartaron. Antes de que Liz pudiera preguntar qué significaba el comentario de Crystal, Jo enseñó una licuadora que parecía industrial.

—Necesito un enchufe y una encimera —dijo—. He de decir que, aunque no me gustan las bebidas de fruta, esta noche haré una excepción. He descubierto un margarita de mango y frambuesa que va a hacer que me veneréis.

—Me alegra haber comprado hielo de más —le dijo Liz mientras la conducía a la cocina—. Iré a por vasos. ¿Todas vamos a tomar margaritas?

—Yo no —dijo Crystal al entrar en la cocina detrás de Jo.
—Prepararé el tuyo sin tequila —dijo Jo.
—Qué buena eres conmigo.
—Pero que no se corra la voz.

Crystal se rio y agarró una bandeja de verduritas.
—¿La llevó al salón?

Cuando se giró, la luz cayó sobre su rostro al completo y Liz se quedó impactada al ver unas oscuras ojeras bajo sus ojos y un tono grisáceo en su piel. No se había dado cuenta con la luz del salón, pero bajo los brillantes fluorescentes, parecía agotada y enferma.

Liz hizo lo que pudo para que no se notara el impacto que se había llevado.

—Genial —le respondió—. Gracias.
—De nada. Oh, Melissa ha subido arriba. Creo que la hemos asustado y me siento mal.

Cuando Crystal había vuelto al salón, Jo miró a Liz.
—Crystal está enferma. Cáncer. Lleva luchando un buen tiempo, pero no ganará.

Liz sintió como si alguien la hubiera golpeado en el estómago.
—Oh, Dios mío. Es demasiado joven.

—Al cáncer eso no parece importarle. ¿Estás bien?

Liz asintió, aunque se le había levantado el estómago, como si fuera a vomitar.

Jo echó dentro de la licuadora, sobre el hielo, una mezcla de frutas, y le añadió una generosa cantidad de tequila.

—¡Preparaos para ver lucecitas! —gritó y encendió la licuadora.

Menos de un minuto después, Liz estaba sirviendo la mezcla en los vasos. Los llevó al salón, donde las otras mujeres ya se habían sentado en el sofá y en el suelo, e hizo lo que pudo por sonreír y actuar con normalidad. El resto lo estaban haciendo. Al parecer, eso era lo que quería Crystal.

Dakota y Nevada estaban sentadas juntas, pero Montana dio un salto en cuanto Liz entró.

—Les estaba contando a todas lo de la firma de libros.

Pia volteó los ojos.

—Montana, eres más cabezona que un elefante. Habíamos quedado en que no molestarías a Liz con lo de la firma.

Crystal las miró desde su rincón del sillón.

—¿No te gustan las firmas? —le preguntó.

—Lo que pasa es que no estoy segura de cuánto tiempo voy a estar aquí —admitió.

De ahí, la conversación pasó a centrarse en los acontecimientos que se sucedían en el pueblo. Hablaron del nuevo hospital que se construiría y de los rumores sobre que el ex futbolista Raúl Moreno iba a mudarse al pueblo.

—Es muy guapo —dijo Montana con un suspiro.

—¿Estás interesada en él? —le preguntó su hermana Dakota.

—No para mí, pero tal vez podríamos juntarlo con Liz y nos lo agradecería tanto que aceptaría lo de la firma de libros.

Pia gruñó y se apoyó contra la pared.

—No tienes remedio.

Dakota se rio.

—Es la cabezona de las tres. Y antes de que corran los rumores, sí, Raúl está pensando en instalarse aquí, en Fool's Gold. Le gusta la vida en un pueblo pequeño.

Los temas de conversación se centraron también en otras personas, en la falta general de hombres y en lo que se estaba haciendo para llevar más al pueblo. Charity Jones, la nueva urbanista, fue el objetivo de muchas bromas por haber cazado el corazón de Josh Golden, el mejor soltero que habían tenido hasta el momento. Aunque todas parecían conformes con que Raúl Moreno ostentara el título a partir de ahora. Liz pensó en decir que Ethan estaba soltero, pero temía que eso removiera los recuerdos de su ruptura de hacía unos años.

La charla resultó agradable, aunque no del todo familiar. Mientras crecía, nunca se había sentido parte de la comunidad, pero tal vez parte de eso había sido culpa suya. Sentada en el salón donde había vivido, mareándose un poco con los margarita y charlando con mujeres que no había visto en años, la invadió una sensación de pérdida, de que tal vez las amigas que había estado buscando tantos años hubieran estado justo delante de ella. Ojalá se hubiera molestado en mirar.

Aunque no Pia, pensó mientras veía a la mujer que ahora parecía encantadora mientras se reía con algo que Crystal había dicho. Su relación con ella no había sido buena, pero ¿y con Crystal o las hermanas de Ethan?

Sus experiencias en el instituto la habían hecho desconfiada a la hora de establecer amistad con otras mujeres, pero tal vez se había alejado de algo importante con demasiada prisa. Algo que se había dado cuenta que estaba echando de menos.

Su mirada se desvió hasta Crystal que, a pesar de su enfermedad, parecía feliz y contenta. Eso sí que era tener carácter. Liz tenía la sensación de que ella, más bien, era de las que gimoteaban y se escondían ante los problemas.

—¿Puedo preguntarte cómo empezaste a escribir? —le preguntó Montana, interrumpiendo sus pensamientos—. No es lo mismo que hablar de la firma de libros.

Liz se rio.

—Tienes razón. Ni siquiera se acerca.

—Diles que eres famosa gracias a mí —gritó Crystal.

—Es verdad —asintió Liz—. Crystal me dijo que tenía talento y que no lo olvidara nunca.

Pia estaba al lado de su amiga y le agarró la mano.

—Eres muy buena persona. Resulta intimidante. Dímelo otra vez, ¿por qué me caes tan bien?

Todo el mundo se rio.

—En serio —insistió Montana—. ¿Cómo empezaste?

—Escribí un relato sobre un hombre que era asesinado y vi que no podía dejar de pensar en ello —explicó Liz—. La idea fue creciendo y creciendo en mi mente.

Obvió la parte sobre la naturaleza catártica de matar a Ethan una y otra vez. Por lo menos, en la ficción. Era cosa de escritor y dudaba que entendieran que aunque pensara en ello, no era una mujer peligrosa.

—Estaba sola con un bebé y no podía permitirme tener televisión por cable. Escribir era un modo de escapar de toda esa presión.

Crystal se giró hacia ella.

—¿Adónde fuiste cuando te marchaste de aquí?

—A San Francisco.

Liz tenía la sensación de que habría más preguntas, pero justo entonces apareció Jo con otra jarra de margarita y la conversación pasó a centrarse en los festivales de verano.

Montana le sonrió.

—Si accedes a hacer la firma, tendríamos el mejor festival de todos los tiempos.

Era una firma de libros, pensó Liz. Lo hacía todo el tiempo, así que, ¿qué pasaba por hacerla ahí? Podría soportar estar un par de horas en una mesa hablando con sus fans y, además, agradecía que Montana fuera la única Hendrix que seguía hablando con ella.

—Claro.

Montana se puso derecha.

—¿En serio?

—¿Por qué no? Me encantaría.

Aunque no viviera en Fool's Gold, podría ir allí a pasar el

día. Tyler podría quedarse con su padre, sus sobrinas podrían ver a sus amigos y después todos volverían a San Francisco, donde la vida era normal y la gente que había en la tienda de ultramarinos no sabía nada de tu vida.

Una hora después, Liz fue a ver cómo estaban los niños y tuvo que sujetarse para no perder el equilibrio. Al parecer, había bebido más de lo que creía. Antes de empezar a subir las escaleras oyó carcajadas llenando el salón y sonrió. Ella no era la única que estaba sintiendo los efectos del alcohol. Era una suerte que todas pudieran volver a casa andando.

Después de confirmar que los tres niños estaban entretenidos viendo su película, volvió a la cocina, abrió los últimos paquetes de galletas y las echó en dos platos. Normalmente las habría colocado bien, pero ahora mismo esa tarea le resultaba imposible.

Pia entró en la cocina.

—No sé cómo puede soportarnos Crystal. Es la única que no está bebiendo.

Liz alzó la mirada y su alegría se desvaneció.

—Jo me ha dicho que está enferma.

—Se está muriendo —dijo Pia claramente—. Hoy no lo parece, pero es así. Le han dado menos de seis meses. Es la primera vez que sale de su apartamento en una semana. Se mantiene a base de analgésicos.

—Lo siento —susurró Liz con un nudo en la garganta.

—Yo también. Es una buena amiga —respiró hondo—. No quiero hablar de ello. Saber que la voy a perder me resulta imposible y me hace llorar. Y con lo borracha que estoy, seguro que no pararé en horas y a nadie le apetece aguantar eso. Y menos a Crystal.

Liz asintió y tuvo que tragar saliva antes de poder hablar.

—¿Puedes llevar este plato de galletas?

—¿Y qué pasa si las tiro?

—¿Que se caen?

Ella sonrió.

—Haré el esfuerzo —pero en lugar de agarrar el plato, se apoyó contra la encimera–. ¿Por qué no volviste al descubrir que estabas embarazada?

No era una pregunta que Liz quisiera contestar.

–No fue una opción.

–Claro que lo era. Aunque tu madre no te hubiera acogido, estaban Ethan y su familia. No deberías haberle mantenido alejado de su hijo. No fue algo muy bueno por tu parte.

Una cosa era que una mujer mayor que ella y a la que no conocía le gritara y otra tener a Pia O'Brian juzgándola.

–¿Y eso es todo? –preguntó Liz, intentando mantenerse calmada y bajando la voz.

Pia volteó los ojos.

–¡Oh, vamos! Ni siquiera intentaste contárselo.

–Te equivocas –le dijo Liz poniendo las manos en las caderas–. Sí que volví, y en cuanto descubrí que estaba embarazada. Llevaba fuera tres semanas. Cualquiera se hubiera imaginado que, después de lo mucho que decía quererme, habría esperado un poco de tiempo para sustituirme, pero no fue así. Estaba en su apartamento, el que tenía sobre el garaje. Desnudo. En la cama con alguien –estrechó la mirada–. Estaba en la cama contigo, Pia.

Pia se resbaló y tuvo que agarrarse a la encimera para no caer. Se quedó boquiabierta.

–No.

–¿Me equivoco?

–Sí que me lo llevé a la cama, pero no es lo que crees.

–¿No intentabas acostarte con él?

–Bueno, sí, pero yo... –sacudió la cabeza y maldijo–. Lo siento, no pretendía...

Liz esperó.

–¿No pretendías qué? ¿Quedarte con él?

–Te habías ido y además, no estaba segura de que estuvierais saliendo. Josh dijo algo una vez y Ethan lo negó todo.

Aquella fue una tarde que Liz no quería recordar. Ya había sido complicado trabajar como camarera en el único sitio al que iban los chicos populares, pero había sido una absoluta tortura estar allí cuando Ethan volvió de la universidad y empezaron a salir. Ambos habían estado de acuerdo en que era mejor que nadie lo supiera porque él tenía que pensar en la reputación de su familia y es que, después de todo, era un Hendrix.

Liz había sido lo bastante joven e ingenua como para creer que era una buena razón para salir con él a espaldas de todos. Hoy ni se molestaría en hacerlo; o un hombre quería estar con ella o no. Pero, por aquel entonces, se había sentido agradecidísima de que alguien quisiera estar con ella, sobre todo Ethan, y por eso había accedido.

Ethan, que era aceptado allá donde iba. Ethan, que tenía una familia que siempre era amable y respetable. La madre de Ethan no aparecía borracha en la tienda ni hablaba sobre haber estado con los esposos de otras mujeres.

Liz nunca había conocido al padre de Ethan, pero lo oyó hablar una vez en un evento de recaudación de fondos para reformar el parque. Se había mostrado serio, pero elocuente, mientras hablaba sobre el deber y la responsabilidad y sobre cómo los ciudadanos del pueblo tenían que participar y entregar una parte de sí mismos. Ella se había sentido atraída por el hombre e intimidada al mismo tiempo. Después de verlo, supo por qué Ethan no quería que nadie supiera que estaban juntos. Ralph Hendrix no lo habría aprobado.

Entonces, Josh había mencionado que los había visto a los dos juntos y otro amigo la había llamado «puta». Y Ethan, no solo había negado que estuvieran saliendo, sino que además había dicho que no estaba tan desesperado como para necesitar estar con alguien como ella.

Echarle un vaso de batido por la cabeza y salir de allí sin decir más no había cicatrizado la herida de su corazón.

No quería recordar nada de aquello, no quería estar allí hablando del pasado. La gente y los recuerdos eran algunas de las razones por las que no había querido regresar nunca.

—Tu relación con Ethan no importa —dijo girándose hacia Pia—. Lo que quiero decir es que no sabes de qué hablas en lo que concierne a mi hijo y eso no puedes olvidarlo.

–Lo siento.

Liz asintió.

–Lo digo en serio. Lo siento mucho. No debería haber dicho nada.

–No, no deberías –declaró Liz mirándola a los ojos e intentando no ver en los ojos de Pia lo arrepentida que estaba.

Pia abrió la boca y volvió a cerrarla.

–Lo siento mucho –susurró y salió de la cocina dejando a Liz sola.

Si el zumbido que había dentro de su cabeza no bastó para decirle que no se encontraría nada bien cuando despertara al día siguiente, la tensión que sintió en su pecho apuntaba a que una resaca podría ser el menor de sus problemas.

«Maldito pueblo», pensó, al agarrar las galletas y prepararse para volver a la fiesta.

Liz se despertó con un dolor de cabeza más suave del que se merecía y dispuesta a trazar un plan para salir de Fool's Gold lo antes posible. La casa era el mayor problema. ¿Qué haría con ella? Conservarla para las niñas era una posibilidad, ya que si la alquilaba les proporcionaría unos ingresos y el valor de la casa aumentaría con el tiempo. Aunque para eso primero habría que reformar ese lugar. Venderla presentaba el mismo problema, habría que arreglarla. Tal vez lo mejor era hablar con un agente inmobiliario, echar cuentas y ver qué era lo más sensato de hacer.

Por mucho que quisiera hacer las maletas y marcharse, sabía que no podía. Tenía que pensar en las hijas de Roy. Melissa y Abby no querrían mudarse. Ya habían perdido a su padre y a una madrastra. Su casa era todo lo que tenían.

Pero no podía quedarse allí, pensó sintiéndose desesperada. Era como un infierno para ella. ¿Qué tenía que hacer? ¿Soportar estar allí todo lo que pudiera y darles a las niñas más tiempo para acostumbrarse a ella y a la idea de mudarse?

No era una decisión que pudiera tomar sin beberse otra taza de café.

Fue hacia la cocina. Melissa estaba hablando por teléfono con una de sus amigas y Abby había ido a jugar a la casa de al lado. Tyler estaba con su padre. Sacó el listín telefónico y llamó a un par de inmobiliarias desde su móvil.

Una hora después, había confirmado lo que ya se había imaginado: nadie se comprometería a nada sin ver la casa en persona, pero la opinión general era que alquilara la propiedad y que, para eso, primero tenía que arreglarla. Una venta de la casa «tal cual estaba» podría ser otra opción, pero reducía el número de compradores además del precio.

Liz tenía la sensación de que la casa era lo único que las niñas podrían recibir de su padre y su instinto le decía que arreglarla y alquilarla podía ser la mejor opción. Dejaría que el valor de la casa aumentara mientras Melissa y Abby crecían y si querían venderla después, podrían hacerlo. Ella podría pagar la reforma.

Sacó una libreta y comenzó a hacer una lista. Tendría que ponerse en contacto con un abogado para redactar un traspaso de escrituras. Roy había dicho que quería poner la casa a nombre de las niñas. Por suerte, Bettina no aparecía en las escrituras, así que se habían librado de esa complicación.

Volvió a entrar en la cocina para servirse más café y después fue hacia el ordenador. Tal vez podría escribir un par de páginas antes de que Abby y Tyler volvieran.

Pero no había sido nada oportuna. Antes de que pudiera abrir el programa, su hijo entró en casa como una flecha, se sentó en el sofá a su lado y la abrazó.

—¿Cómo estás? —le preguntó ella, abrazándolo y besándole la frente.

—Bien. Papá tenía donuts, pero solo me ha dejado comer dos. Y he visto los nuevos diseños para un molino. Papá dice que va a generar más energía todavía y le ha gustado mucho la tarjeta que le he dado.

Tyler siguió relatando su mañana a tiempo real y casi todas las frases que decía empezaban por «papá dice...». A pesar de sentirse un poco menos importante en la vida de su hijo, Liz pensó que eso era positivo.

–Entonces papá ha dicho que era culpa tuya que no lo conociera porque nos has mantenido alejados. Dice que te equivocaste al no dejarnos estar juntos.

Liz casi se cayó de la silla.

–¿Cómo dices?

Tyler abrió los ojos de par en par, parecía preocupado.

–No estaba enfadado cuando lo ha dicho, mamá. No te enfades.

¿No te enfades? ¿Que no se enfadara cuando estaba haciendo todo lo posible porque padre e hijo estuvieran juntos y Ethan iba hablando a sus espaldas intentando hacerla parecer culpable? ¿Se había molestado él en mencionar lo mal que la había tratado doce años atrás? ¿O el hecho de que ella hubiera vuelto para contarle lo de su hijo y su mujer hubiera sido la que los había separado? ¡Claro que no!

–No pasa nada, es solo que me he quedado sorprendida –dijo, forzando una sonrisa. Miró su reloj–. He pensado que podríamos ir a la piscina y Montana quiere que te lleve a la biblioteca para que veas los libros nuevos que tienen.

Al niño se le iluminó la cara.

–¿Podemos ir ahora?

–Claro. Díselo a Melissa, para que lo sepa, mientras yo hago una llamada.

–¡Vale!

Subió corriendo las escaleras y cuando ella oyó sus pisadas por encima de su cabeza, agarró su móvil y sacó la tarjeta que Ethan le había dado. Lo pasaron con él inmediatamente.

–Tenemos que hablar –dijo ella a modo de saludo–. Ahora.

Él vaciló.

–Tengo una reunión.

–Me importa un comino.

–De acuerdo. ¿En el Starbucks en quince minutos?

–Bien –y colgó.

***

Dejó a Tyler con Montana en la biblioteca y prometió estar de vuelta en media hora. Lo que tenía que decir no le llevaría más de unos pocos minutos.

Ethan ya estaba sentado fuera bajo una sombrilla cuando llegó allí.

—¿Qué pasa? —le preguntó él, tan guapo e irritantemente confundido—. Parecías muy molesta.

Ella ignoró el modo en que su cuerpo reaccionó al verlo y no quiso recordar cómo había sido estar con él la otra noche. Era mejor recordar todas las formas en que lo había asesinado en sus libros y en la forma más dolorosa todavía con que lo mataría en el próximo. Era lo que se merecía.

—¿En qué estabas pensando? Se suponía que estábamos haciendo esto juntos, por lo menos eso es lo que dijiste. Acepto que estés enfadado conmigo, de acuerdo, pero no te atrevas a hablarle de mí a mi hijo. No tenías ningún derecho a decirle que ha sido culpa mía que no os conozcáis y que me equivoqué al mantenerlo alejado de ti. ¿Crees que estás ayudando a la situación? No solo me hace lamentar haber vuelto, sino que con esto veo que no puedo confiar en ti.

Él se tensó.

—Te lo ha contado.

—Claro que me lo ha contado. Soy su madre. Me lo cuenta todo —estaba luchando contra una furia ciega—. ¿Te ha hecho sentir muy machote hablar mal de mí delante de mi hijo?

—No. Lo siento. No debería haberlo dicho. Estábamos hablando sobre lo que suele hacer en verano y el día de su cumpleaños y yo solo podía pensar en lo mucho que me he perdido.

—No es una excusa muy buena —dijo, haciendo lo posible por no alzar la voz—. ¿Crees que puedes interponerte entre Tyler y yo?

—No. No intentaba hacer eso —la miró a los ojos—. Te lo juro, Liz. Lo siento. Ha sido una estupidez.

–Eso me lo estás diciendo a mí, pero ¿te has molestado en decírselo a Tyler? –esperó y él sacudió la cabeza–. Estás jugando con nosotros, Ethan, y eso es un gran error. Nadie saldrá ganando en ese juego.

–No intento meterme entre los dos.

Ella le sostenía la mirada.

–¿Esperas que me lo crea?

–Probablemente no. Estaba furioso.

–Estás furioso todo el tiempo.

–Tengo una buena razón.

Liz se inclinó hacia él.

–Sí, la tienes. Y además sabes que no soy el diablo que creías que era.

–Lo siento, Liz. He sido un idiota –se disculpó y sonó auténtico.

Era más fácil creer eso que pensar que estaba intentando socavarla deliberadamente, pero que fuera más fácil no significaba que fuera lo correcto.

–Quieres verme castigada –dijo ella en voz baja– y eso tienes que superarlo.

Él respiró hondo.

–Lo sé.

Ethan lo sabía, pero a veces era muy difícil controlarse. Había perdido mucho y aunque no fuera culpa de Liz, le costaba no culparla.

Ella lo miró, sus ojos verdes resplandecían de rabia, su boca tenía un gesto de determinación. Se enfrentaría a él, si fuera necesario. Él quería decirle que no ganaría, pero no estaba seguro de que eso fuera a ser verdad. Ella tenía una relación de once años con su hijo y él hacía solo dos semanas que lo conocía.

La amargura amenazó con invadirlo, pero la dejó de lado. Tenía razón, tenía que pensar antes de hablar.

–Lo siento –repitió.

Ella suspiró.

–Supongo que al menos tengo que fingir que te creo.

–Podrías intentar creerme de verdad.

—No sigas presionando.
—Me he equivocado.
—Sí, es verdad. De acuerdo, haré lo que pueda por olvidarlo, pero no vuelvas a hacerlo. Tenemos que estar juntos en esto. Si no lo hacemos, la persona que saldrá más herida es Tyler. Eres todo lo que ha querido. No tienes que destruirme para hacer que te quiera.
—Eso no es lo que estoy haciendo.
—¿No?
Él vaciló.
—Bueno, tal vez. Todo esto es nuevo para mí. Estoy reaccionando a distintas emociones en lugar de pensar.
—Y yo hago todo lo que puedo por entenderlo.
En ese momento, él se dijo que era hora de dejar de estar furioso. Liz tenía razón, tenían que trabajar juntos.
—Será mejor que vuelva a la biblioteca. No quiero que tu hermana piense que he abandonado a Tyler.
Ethan se levantó y le agarró la mano.
Sus dedos eran cálidos y tocarla le recordó a la última vez que habían estado juntos. A cómo, a pesar de todo, la pasión seguía ahí, acechando. Ardiendo. Haciéndole desearla como no lo había hecho en mucho tiempo. Había habido otras mujeres e incluso se había casado, pero no había habido nadie como Liz.
Algo ardía en los ojos de ella; le sonrió.
—Eres un problema, lo sabes, ¿verdad?
Él sonrió ampliamente.
—Es una de mis mejores cualidades.
—Dejaremos esa conversación para otro momento.
Ethan pensó en besarla, en acercarse y saborearla una vez más, pero eso era una complicación que ninguno de los dos necesitaba, se dijo cuando ella le apretó los dedos y echó a andar. Había demasiadas cosas que arreglar, pero no se negaría a pasar más tiempo con ella, decidió mientras la veía irse.
—¿A qué ha venido todo eso?
Ethan se giró y vio a su madre caminando hacia él. Lleva-

ba una bolsa de la compra en cada mano. Le agarró las bolsas y las dejó en una silla.

–Liz y yo estábamos hablando de Tyler.

Su madre lo miró.

–¿Eso es todo? A mí me ha parecido que había algo más. ¿No estarás empezando algo con ella, verdad, Ethan? ¿Después de lo que te ha hecho? ¿De lo que nos ha hecho a todos?

Su reacción fue instintiva.

–No te preocupes. Liz no me importa lo más mínimo. No hay nada entre los dos.

–Me alegra saber que algunas cosas nunca cambian.

Pero esas palabras no las pronunció su madre. Cuando se giró a la derecha y se encontró a Liz de pie, detrás de él, vio dolor en su mirada.

–Por si me lo preguntaba… –añadió recogiendo las llaves que se había dejado en la mesa.

Se dio la vuelta y se marchó.

9

Liz seguía temblando mientras subía los tres escalones de la biblioteca. Se decía que no importaba, que eso era lo que Ethan tenía que decirle a su madre, pero por dentro se sentía tan dolida y humillada como doce años atrás, cuando Ethan había negado su relación ante todos sus amigos.

Por mucho que tuviera un hijo con él, que se hubiera acostado con él y que siguiera luchando contra los sentimientos del pasado, lo importante era que no podía confiar en Ethan. Nunca. Él no podía escapar de su apellido y de la reputación de su familia, al igual que ella.

Abrió la puerta y una mujer con un carrito de bebé le sonrió.

–Gracias por la ayuda –dijo.
–De nada.

La veinteañera pasó el carrito por la puerta y se dio la vuelta.

–¿Eres Liz Sutton? Me ha parecido reconocerte por la fotografía de tus libros.

Liz asintió con timidez y en ese momento la cálida sonrisa de la joven se desvaneció.

–Mi hermana fue al instituto contigo. Cuando me dijo que eras la zorra de la clase, no quise creerla, pero ahora que he oído lo que le has hecho al pobre Ethan Hendrix, sé que todo es verdad. Jamás volveré a leer tus libros.

Liz se quedó allí, bajo el sol, decidida a no entrar hasta estar segura de que no se echaría a llorar.

Se dijo que esa joven madre no la conocía, que las opiniones de los demás no importaban, que la verdad era mucho menos clara de lo que la gente creía, que todo eran sandeces, pensó mientras entraba al frescor de la biblioteca.

En cuanto llegara a casa, sacaría el listín telefónico, obtendría los permisos para hacer los arreglos de la casa y pagaría lo que fuera para que le hicieran el trabajo lo más rápido posible. Cuando la casa estuviera terminada, se llevaría a las niñas y a Tyler a San Francisco y no regresaría jamás a ese infierno de lugar.

La única luz en una terrible mañana había sido el entusiasmo de Montana por la firma de libros. La hermana de Ethan había insistido en mostrarle el diseño de los pósters y los anuncios de Internet. Montana juraba que hasta el pueblo llegaría gente de todas partes solo para conocerla y tener sus libros firmados. Liz no estaba segura de su popularidad, pero oír eso era mejor que oír a la gente del pueblo escupiéndole insultos.

Ayudó a Tyler a llevar a casa el montón de libros. El niño había elegido varios que podrían gustarle a Abby y Liz lo vio como un bonito gesto. Después de decirle que se fuera a su cuarto a jugar con la consola durante una hora, llamó a Melissa y a Abby para que fueran al salón.

Las dos niñas se sentaron en el sofá. «¡Qué pequeñas son!», pensó Liz mientras deseaba que las cosas hubieran sido de otra forma. Por mucho que odiara su vida, lo que Abby y Melissa estarían sintiendo era diez veces peor. Eran unas niñas que no se merecían lo que les había pasado.

Se sentó sobre la mesa de café delante del sillón y se inclinó hacia ellas.

—Voy a arreglar la casa —comenzó a decir—. Vuestro padre empezó muchos proyectos, pero no sé cómo terminarlos, así que a menos que una de vosotras esté ocultando conocimientos de construcción, tendré que contratar a un equipo para que termine el trabajo.

Melissa la miraba con desconfianza, pero Abby sonrió.
–Yo puedo ayudar.
–Estoy segura de que puedes.
–¿Qué pasará cuando esté terminada?

No era la pregunta que Liz quería contestar.

–Vamos a volver a San Francisco.

Melissa y Abby se miraron; los ojos de la pequeña se llenaron de lágrimas mientras que Melissa sacudía la cabeza.

–No –dijo–. Vamos a quedarnos aquí. Vivimos aquí.

–Sé que será duro para vosotras –comenzó a decir Liz.

–No tiene por qué serlo –Melissa se levantó; tenía la cara colorada y los ojos llenos de lágrimas–. Nos escaparemos. No te necesitamos.

Abby también se levantó y se inclinó hacia Liz, que la abrazó con fuerza.

–Lo siento –murmuró Liz–. Lo siento.

–¿Qué... qué dice papá? –preguntó Abby con un susurro.

–Que vais a quedaros conmigo.

Abby alzó la cabeza.

–No nos quiere, ¿verdad? Nadie nos quiere.

–Yo sí os quiero –les aseguró Liz, deseando tener el poder de borrar su dolor y hacer que se sintieran seguras–. Pase lo que pase, estaremos juntas. Que vuestro padre esté en prisión no es culpa vuestra. Si no estuviera allí, seguiría a vuestro lado.

–Con nosotras. En el lugar al que pertenecemos –dijo Melissa con brusquedad–. En nuestra casa. Vas a venderla, ¿verdad? Y te llevarás todo el dinero.

Liz seguía abrazando a Abby, pero centró su atención en la adolescente.

–Voy a arreglarla y después las tres nos sentaremos a hablar con un agente inmobiliario y discutir sobre los beneficios de alquilarla o venderla directamente. De cualquier modo, el dinero se meterá en un fondo para las dos, para cuando seáis mayores. Aquí no se trata de quitaros nada y creo que lo sabéis.

—Te lo estás llevando todo —dijo Melissa perdiendo la batalla contra las lágrimas. Caían sobre sus mejillas, se las secó y miró a Liz—. No puedes hacernos esto.

—Tyler y yo no podemos quedarnos aquí. San Francisco no está tan lejos. Podréis visitar a vuestros amigos.

—¿Cómo? —preguntó Melissa.

—Tyler volverá para ver a su padre y podéis acompañarlo. No intento empeorar las cosas, tenemos que asentarnos y formar una familia. Eso es lo que quiero. Chicas, sois muy importantes para mí.

—No voy a hacerlo —dijo Melissa cruzándose de brazos—. No puedes obligarme.

Abby miró a Liz.

—Yo quiero estar contigo.

Liz la besó en la frente.

—Me alegro, pero quiero que mantengas el contacto con tus amigos, ¿de acuerdo?

Abby asintió.

—Está mintiendo —le dijo Melissa a su hermana—. No le importamos nada.

—Si no le importáramos, se marcharía —dijo Abby, aún agarrada a Liz—, como hizo Bettina. No tenemos elección. No hay nadie más.

Esas simples palabras pronunciadas con la sabiduría de una niña le rompió el corazón. Ninguna niña de once años debería tener que ser tan consciente de la desagradable realidad de la vida. Tyler tenía la misma edad y él no sabía nada sobre cómo funcionaba el lado oscuro del mundo.

—Quiero que funcione —le repitió Liz a Melissa.

—Yo no voy a marcharme —le dijo Melissa antes de salir de la cocina.

—Se le pasará —dijo Abby—. Le costará un poco, pero lo hará. Estaba asustada cuando estábamos solas.

—¿Y tú no?

—Sí, pero yo tenía a alguien que cuidaba de mí y ella no tenía a nadie.

—Lo siento —dijo Liz—. Ojalá lo hubiera sabido antes.
—Yo también.

Después del almuerzo, los cuatro fueron a la piscina comunitaria. Encontraron un buen sitio en la sombra donde Liz se apoyó contra un árbol, abrió su portátil y rezó por recibir un poco de inspiración. Técnicamente tenía bastante tiempo hasta la fecha de entrega, pero una vez que hubieran pasado dos semanas, ya le entraría el pánico.

Mientras el ordenador arrancaba, miró a su alrededor y se fijó en las demás madres y sus hijos. La mayoría parecían conocerse: una de las bendiciones... y maldiciones... de la vida en un pequeño pueblo.

Centró su atención en Tyler, lo localizó fácilmente después de años de práctica y después encontró a Melissa y a Abby. Sus cabellos rojizos las hacían destacar entre la multitud y eso era positivo. Después de la mañana que había tenido, se merecía un descanso o dos.

Cinco segundos después, alguien pronunció su nombre.
—Liz.

No tuvo que alzar la mirada para reconocer a Ethan, que posiblemente era la última persona a la que le apetecía ver.

—Tyler me ha dicho que vendríais después del almuerzo.

Ella, con la mirada clavada en la pantalla, abrió el procesador de textos y cargó su documento.

Él se tumbó en el césped, a su lado.

—¿Te he dicho ya que lo siento?

Agradecida por el gran sombrero que llevaba puesto y por las gafas que le cubrían los ojos, se giró hacia él. Por lo menos no tenía que preocuparse por que él pudiera ver que estaba dolida y furiosa; no captaría el amargo sabor de la traición que notaba en su lengua ni la sensación de que le hubieran dado un puñetazo en las entrañas.

—No pretendía que oyeras eso —le explicó él.
—Vale. Así que estás disculpándote por el hecho de que yo

lo oyera, pero no por el hecho de que lo hayas dicho. Gracias por la aclaración.

–No quería decir eso.

–¿Ah, no? Pues es lo que has dicho.

–Maldita sea, Liz, dame un respiro.

–¿Por qué? Te has pasado parte de la mañana diciéndole a Tyler que es culpa mía que no os conozcáis y la hora previa al mediodía diciéndole a tu madre que no significo nada para ti. No me esperaba que declararas que soy el amor de tu vida, pero por lo menos un poco de respeto habría estado bien.

–Tienes razón.

–Pero era pedir demasiado. En lugar de eso, me has dejado por los suelos, aunque ni siquiera me sorprende porque ya lo has hecho antes.

Él no dejaba de mirarla.

–¿Por qué me dices que deje de recordar el pasado si tú no dejas de hacerlo cuando te place?

Liz abrió la boca y volvió a cerrarla. Estaba furiosa y dolida y no quería admitir que, en eso, él tenía razón.

–Nos hemos acostado, Ethan. No lo teníamos planeado, pero sucedió. Tenemos un hijo juntos, no puedes decirme a la cara que estamos en el mismo equipo y después humillarme y subestimarme a cada oportunidad que se te presenta.

Él respiró hondo.

–Lo sé. Lo siento, y lo digo en serio. Todo es distinto. Complicado. Intento descubrir qué pasará a continuación.

–Lo que pasará a continuación será que trazaremos un plan, un modo de que pases algo de tiempo con Tyler.

–Ya estoy pasando tiempo con él.

A pesar del hecho de que no podía verle los ojos, ella desvió la mirada.

–Me refiero a después –le aclaró–, cuando volvamos a San Francisco.

Ethan apretó la mandíbula y sus ojos se oscurecieron.

–¿Os marcháis? ¿Cuándo?

–No estoy segura. Quiero arreglar la casa, voy a encargarle la obra a un contratista, y después nos iremos –se giró hacia él y se quitó las gafas–. No se trata de mantenerte alejado de Tyler, te lo juro. Alternaremos los fines de semana, y compartiremos las vacaciones.

–No quiero que os marchéis.

–Eso no es una opción. No puedo vivir aquí. Tengo una vida y necesito recuperarla. Un trabajo.

–Puedes escribir en cualquier parte.

–¿Hablas por propia experiencia? –le preguntó ella furiosa–. Odio estar aquí. Todo el mundo se siente muy cómodo echándome en cara mi pasado sin saber ni de lo que hablan, pero no veo que nadie te culpe a ti. Quiero que conozcas a tu hijo y quiero que formes parte de sus cosas, pero cualquier plan que tracemos no me incluirá a mí viviendo aquí. Cuando la casa esté terminada, todos nos marcharemos.

Ethan se quedó mirándola un buen rato. Ella intentó interpretar su expresión, pero no pudo saber en qué estaba pensando. Lo que estaba claro era que no estaba muy contento.

–Gracias por ponerme al día –dijo él levantándose.

–Estás cabreado.

–Me lo estás arrebatando. Otra vez.

–¿Qué tengo que hacer para convencerte de que no estoy haciendo eso? Olvidas que soy yo la que intentó incluirte en su vida hace cinco años. Quiero que esto funcione, pero nosotros viviremos en San Francisco.

Él asintió una vez y se marchó. Liz echó una ojeada para comprobar cómo estaban los niños, se apoyó contra el árbol y respiró hondo.

Habría consecuencias, con Ethan siempre las había. Seguro que intentaría convencerla para que se quedaran, y dejaría que lo intentara, pero no había nada que pudiera decir o hacer para mantenerla allí. Y cuanto antes se diera cuenta de ello, mejor para todos.

***

Liz no estaba durmiendo, así que la mañana llegó pronto. Con los niños sin colegio, no tenía que preocuparse por levantarlos y prepararlos para ir a clase, pero había otras cosas en las que pensar. Sobre todo teniendo en cuenta que ese día llegaría el equipo de obreros para empezar con la remodelación. Jeff, el cincuentón constructor que había contratado, le había prometido que la cuadrilla de trabajadores no llegaría más tarde de las siete, y el hecho de que a las cuatro fuera a terminar cada día la relajaba bastante.

Había programado su despertador de viaje para las seis, se había duchado, se había vestido y había hecho café. Iba por la segunda taza cuando alguien llamó a la puerta.

—Justo a tiempo —comenzó a decir y tuvo que parpadear varias veces cuando vio las camisetas color beige que llevaban todos.

En lugar del logo de la escalera y el camión que había visto en el listín telefónico, lo que leyó en ellas fue: *Construcciones Hendrix*.

—No sois personal de Jeff, ¿verdad? —les preguntó a pesar de conocer ya la respuesta.

La mujer que estaba junto a la puerta le dio un teléfono móvil.

—El jefe ha dicho que querría hablar con él.

Hizo lo posible por no ponerse a gritar como una loca.

—Qué considerado. Si me perdonáis...

Cerró la puerta, miró el número que ya estaba marcado y le dio al botón de llamada. Él respondió al primer tono.

—No la tomes con la cuadrilla —dijo Ethan.

—¿Que no haga qué con la encantadora cuadrilla de obreros que tengo en el porche delantero?

—Ya lo sabes. Y tampoco es culpa de Jeff. Me debía una.

—Pareces dispuesto a asegurarte de que te eche las culpas a ti —le respondió ella en voz baja, pero aún furiosa—. No te preocupes. Tengo intención de asegurarme de que pagas por esto.

—Mira, querías arreglar tu casa y mi equipo hará un gran trabajo.

Ella se apartó de la puerta y agarró el teléfono con más fuerza. La rabia revolvió el café que tenía en el estómago.

–¡Maldita sea, Ethan! ¿Qué pasa contigo?
–He comprado el contrato de Jeff.
–Espero que te haya sacado la sangre.
–Se ha sacado buenos beneficios.
–Por lo menos uno de nosotros está contento. ¿Por qué estás haciendo esto? ¿Es por la emoción de molestarme continuamente?
–Quiero saber lo que haces. Vas a llevarte a mi hijo, Liz, y no quiero sorpresas.
–¿Cómo puede ser una sorpresa algo de esto? Ya te he contado mi plan y te he dicho claramente que quiero que esto funcione. Quiero que tengas una relación con Tyler. ¿Por qué no puedes creerlo?
–Lo creo, pero estoy cubriéndome las espaldas. Ya te fuiste una vez y puedes volver a hacerlo.

Lo injusto de la acusación la hizo contener el aliento.

–Me marché después de que les dijeras a tus amigos que yo era una puta barata con la que jamás te molestarías en estar. La noche antes me habías prometido amarme para siempre –se agarró al respaldo del sofá–. Bueno, da igual, Ethan. Lo capto. No se puede confiar en ti y supongo que el resto del mundo es como tú. Vigílame todo lo que quieras, si eso te emociona. A mí no me importa. No tengo nada que ocultar. Pero la cuestión es que algunos hacemos lo correcto porque es lo que nos han enseñado a hacer, mientras que otros lo hacéis por quien sois. Sé en qué parte estoy yo. Si te preocupa que alguien esté jugando a este juego mientras oculta su verdadero carácter, deberías mirarte al espejo.

Ella colgó, fue hasta la puerta principal, la abrió y, después de devolverles el móvil, le indicó a la cuadrilla que entrara.

–Podéis empezar –les dijo.

No importaba quién hiciera el trabajo, pensó mientras subía las escaleras. Cuando antes estuviera terminado todo, antes podría salir de Fool's Gold.

Pero las sorpresas de la mañana no habían terminado aún. Cuando entró en el dormitorio principal donde estaba durmiendo Tyler, encontró a Melissa de pie junto a la cómoda. La chica tenía su monedero en la mano izquierda y tres billetes de veinte en la derecha.

Se miraron a los ojos. Liz tuvo la sensación de que tendría cara de susto y un poco de estúpida. El misterio del dinero perdido para la pizza y los billetes desaparecidos de su monedero la semana anterior se había solucionado de pronto. Un sentimiento de traición batallaba contra el hecho de que varios meses de abandono habían afectado a Melissa más de lo que parecía.

La chica volvió a meter el monedero en el bolso de Liz y dejó que los billetes de veinte cayeran al suelo mientras pasaba por delante de Liz para salir corriendo de la habitación. Liz la siguió y llegó a su habitación justo antes de que ella cerrara la puerta.

Melissa se sentó en la cama con los brazos cruzados y la mirada en el suelo. Liz agarró la silla del escritorio y se sentó.

—Supongo que tenemos que hablar de esto —dijo lentamente—. Lo siento. Debería habérmelo imaginado. Te quedaste sin nada y te viste obligada a robar para alimentaros. Puedo decirte una y otra vez que ahora estáis a salvo, pero ¿por qué ibas a creerme? No me conoces bien, estoy amenazando con apartaros de vuestra casa y de vuestros amigos. ¿Y si me marcho como hizo Bettina? No tendríais nada, ningún sitio a donde ir. Y está Abby. La quieres, pero es una gran responsabilidad. Solo tienes catorce años. Es demasiado.

Melissa no habló. Su pelo cubría la mayor parte de su cara, pero Liz vio las lágrimas cayendo sobre sus manos.

Liz lo sentía por ella y, aunque sabía que el hecho de haber robado tendría que tener sus consecuencias, las suyas eran unas circunstancias extraordinarias. Quería ser justa, pero apoyarla al mismo tiempo.

—¿Cuánto tienes? —preguntó ella intentando recordar exactamente cuánto le faltaba.

Melissa tragó saliva y alzó la cabeza. Tenía lágrimas en los ojos y una mirada desafiante y avergonzada al mismo tiempo.

–Ciento veinte dólares.

–¿Tenías algún objetivo en mente? ¿Una cantidad que te hiciera sentirte segura?

La chica se encogió de hombros.

–No lo sé. Tal vez doscientos dólares.

A ojos de una niña de catorce años, tal vez eso era suficiente. Pero la realidad era distinta.

–Debería haberos dado una paga a Abby y a ti. Ni siquiera se me había ocurrido. Hablaremos de eso después, cuando tu hermana se levante. Os la daré semanalmente y así tendréis dinero para vuestros gastos –vaciló, no segura de cómo tratar el asunto del robo, pero decidida a hacer lo que estaba bien–. Te daré el resto del dinero que necesites para que tengas doscientos dólares y lo guardaremos en un lugar seguro que solo tú conocerás. Estará ahí para hacer que te sientas segura. A cambio, dejarás de robar, ¿hecho?

La actitud desafiante desapareció.

–¿No estás enfadada?

–Estoy decepcionada, que es distinto. Comprendo por qué me has quitado el dinero, pero eso no quiere decir que esté bien.

–Así que me vas a castigar de todos modos.

Liz ocultó una sonrisa.

–Creo que es importante ser consecuente.

–Siempre hay consecuencias –refunfuñó Melissa con un suspiro. Su mirada se deslizó hasta su mesilla de noche–. Lo peor sería mi teléfono móvil. Durante… –respiró hondo– una semana.

Su voz era apenas un susurro y más lágrimas llenaron sus ojos. Liz sintió alivio ante esas palabras. Por lo que podía ver, Melissa iba a crecer para convertirse en una persona increíble. Intentaría recordar eso la próxima vez que su sobrina se enfadara con ella por lo de la mudanza.

–Creo que dos días es bastante –dijo Liz–. Con una condición.

—¿Cuál es? —Melissa sonó aliviada y un poco recelosa.

—Nos quedaremos en el pueblo unas semanas mientras reforman la casa y os he apuntado a los tres al nuevo campamento de día, Zona para Niños. Quiero que me ayudes a convencer a Abby y a Tyler de que será divertido para ellos.

Pero el alivio dio paso de nuevo a la actitud desafiante.

—Soy demasiado mayor para el campamento. Estoy prácticamente en el instituto.

—Lo sé —dijo Liz—. Cuando llamé para apuntar a Abby y a Tyler, me enteré de que tienen un programa para chicos más mayores patrocinado por la escuela de cine de la universidad. Se supone que hay que estar en el instituto para poder entrar, pero les he convencido de que eres madura y que estás más que preparada para vivir esa experiencia. No sé exactamente en qué consiste, creo que aprenderás a hacer películas, todo desde escribir guiones hasta actuar. A menos que eso te parezca demasiado aburrido.

Melissa se puso de pie con el rostro iluminado de emoción.

—¿En serio? ¿Puedo hacer eso? ¿Puedo aprender todo eso y a lo mejor salir en una película?

—Eso me han dicho.

—¡Me encantaría!

—Entonces, ¿me ayudarás a convencer a Abby y a Tyler?

—Claro —Melissa agarró su móvil—. Tengo que llamar a Tiffany y... Bueno, supongo que se lo contaré en un par de días —se corrigió mientras le entregaba el teléfono a su tía.

Liz se lo metió en el bolsillo.

—Gracias. ¿Quieres despertar a tu hermana mientras yo me ocupo de Tyler?

Melissa asintió.

—¿A qué hora nos vamos?

—A las ocho y media. Abby y Tyler están en una clase de animación por ordenador. Espero que les guste.

—Les encantará.

Melissa se dio la vuelta para marcharse, pero entonces volvió y abrazó a Liz.

—Lo siento —le susurró—. Siento haberte quitado el dinero.

—Yo también, pero comprendo por qué lo has hecho —puso las manos sobre los hombros de la niña—. No voy a abandonaros. Sé que te llevará tiempo, pero me alegraría que empezaras a creerme.

Melissa asintió.

—De acuerdo —dijo y se marchó.

Liz la vio irse agradeciendo la tregua temporal, porque era cuestión de tiempo hasta que volvieran a pelear por la mudanza. Melissa no iba a ceder tan fácilmente, aunque esa no era una batalla que la niña ganaría. No había absolutamente nada que pudiera decir para convencerla de que se quedaran en Fool's Gold. Podría tener que volver para la firma de libros y dejar a Tyler con su padre cada dos fines de semana, pero haría todo lo que estuviera en su poder con tal de no volver a llamar «hogar» a ese lugar.

Liz eligió su almuerzo en cuestión de minutos; la ensalada de pollo a la barbacoa sonaba de maravilla.

—Pareces muy decidida —dijo Pia desde el otro lado de la mesa—. ¿Debería preocuparme?

Liz forzó una sonrisa. Con todo lo que estaba pasando en su vida últimamente, lo último que había querido hacer era almorzar con Pia, pero la otra mujer había insistido y ella no había sido capaz de decir «no».

—Estoy bien —respondió intentando no apretar los dientes—. Solo un poco estresada.

—¿Cómo te va con las hijas de Roy? ¿Les está costando acostumbrarse a ti?

—Entre otras cosas.

—No puedo creer que vayas a ocuparte de ellas. Son unas niñas y ni siquiera las conoces.

—Son mi familia.

Los ojos azules de Pia se oscurecieron con una emoción que Liz no pudo interpretar.

—Sí, eso es importante, ¿verdad? La unión de la familia. Espero que sepan que son afortunadas por tenerte.

—Tengo pensado que se muden a San Francisco y no les hace mucha gracia la idea, sobre todo a Melissa. Ahora mismo las cosas están bien, pero volveremos a discutir por ello.

La camarera apareció para tomarles nota de la bebida.

—Vino blanco —dijo Liz firmemente—. Chardonnay.

—Yo también —dijo Pia y sonrió cuando la camarera se marchó—. No suelo darme esos caprichos a mitad del día.

—Yo tampoco, pero voy a ir caminando a casa desde aquí, los niños tomarán el autobús y me lo he ganado.

—¿Están en el nuevo campamento?

—Sí. Incluso Melissa está emocionada —Liz le contó lo de la clase de cine.

—Suena divertido —dijo Pia mientras les servían el vino—. Así no se aburren.

Liz le dio un sorbo a su vino con gusto.

—Vamos a hacer obra en casa. Mi hermano era genial empezando proyectos, pero no parecía entusiasmado con terminarlos. La casa necesita una reforma para que podamos venderla o alquilarla. Aún no lo he decidido.

—Hace años que no venías aquí y ahora tienes que ocuparte de todo esto. Tiene que ser difícil.

—Lo es —admitió Liz—. Entre la inesperada responsabilidad de mis sobrinas, Tyler conociendo a su padre, y yo tratando con Ethan y volviendo a estar en Fool's Gold, han sido unas semanas muy movidas —dio otro sorbo—. La madre de Ethan me odia.

—¿Denise? Lo dudo. A ella le cae bien todo el mundo.

«Ojalá eso fuera verdad», pensó Liz.

—Pues yo no le gusto. Está enfadada conmigo por apartar a Tyler de Ethan y de la familia.

—Bueno, claro, es normal.

Liz miró a la mujer que tenía en frente.

—Deja que me deleite un poco en tu compasión.

—Lo siento, no pretendía decirlo así, pero desde su punto

de vista, ha perdido tiempo. Y eso no hay manera de recuperarlo –Pia alzó una mano–. Y antes de que te enfades conmigo por haber dormido con Ethan justo después de que te marcharas, primero, no sabía que estabais saliendo, y segundo, no pasó nada. Estaba demasiado borracho aquella noche y no hicimos ni un segundo intento.

–¿Estás diciendo que no cuenta porque no hubo penetración?

–Algo así.

Liz estaba demasiado cansada para discutir, incluso con Pia.

–Aceptaré la culpabilidad por los seis años que han perdido, pero a partir de ahí no. Volví.

Le contó a Pia brevemente lo del encuentro con Rayanne y la carta que recibió después, y la joven abrió los ojos de par en par.

–No puedo creer que hiciera eso. Sé que Rayanne tenía problemas, pero ¿ocultárselo a Tyler? Y después murió sin decírselo.

–¿Por qué te sorprende? Nunca fue muy agradable. Para mí la pregunta es más bien, ¿por qué Ethan tuvo una relación con ella?

–Estaba embarazada cuando se casaron –le informó Pia y entonces se detuvo cuando les sirvieron las ensaladas.

Liz esperó a que la camarera se marchara para inclinarse hacia ella.

–¿Por eso se casaron?

–Ajá. Creo que Rayanne se había encaprichado de Ethan, pero él no estaba interesado. Entonces se quedó embarazada y él no es de ésos que se marchan sin más y se desentienden.

Liz ignoró la puñalada de dolor que sintió al oírlo y se negó a preguntarse si él habría estado dispuesto a casarse con ella si hubiera sabido lo de Tyler. Ya sabía la respuesta. Después de todo, Ethan era un Hendrix.

–Y entonces aparecí yo –dijo Liz–. Amenazando su mundo feliz.

–Debió de quedarse aterrorizada. Sobre todo si sabía que

Ethan y tú habíais tenido una relación. Seguro que pensó que podría perderlo todo —Pia la miró—. Imagino que crees que se lo merecía porque no fue exactamente simpática contigo en el instituto.

«Ni tú», pensó, aunque no lo dijo. Pia era distinta. Ya no era la chica mezquina que había sido por aquel entonces.

—Nadie merece perderlo todo —dijo Liz finalmente.

—Pero sucede. A mí me pasó.

—¿De qué estás hablando?

—¿No lo sabes? Oh, claro, entonces ya te habías marchado —se encogió de hombros—. En mi último año de instituto todo se vino abajo. Mi padre perdió su trabajo.

—Tenía una empresa, ¿verdad?

—Era presidente, que no es exactamente lo mismo. Al parecer, las ventas no iban tan bien como le había hecho creer a la junta de directores. No contárselo a los empleados era una cosa, pero no contárselo a ellos era otra. Lo acusaron de evasión de impuestos, de fraude y de robo. No puedo recordarlo todo... mi madre se marchó a Florida, pero yo quería quedarme aquí para terminar el instituto. Ella estuvo de acuerdo. Cuando me gradué me dijo que, después de todo por lo que ella había pasado, era mejor que aprendiera a cuidarme sola.

Liz no sabía qué decir.

—Lo siento —su propia madre no había sido una bendición, pero al menos había crecido acostumbrada a eso. La madre de Pia había abandonado a su hija en el peor momento de la vida de la chica y eso era peor—. ¿Y tu padre?

—Se suicidó el día antes a que empezaran los juicios.

A Liz se le cayó el tenedor en la mesa.

—Pia. ¡Cuánto lo siento!

—Pasó hace mucho tiempo.

—Pero no creo que eso haga que sea más fácil asumirlo.

La otra mujer la miró y le sonrió.

—Hace que sea más fácil olvidarlo. Además, fui una verdadera zorra en el instituto. Tal vez me lo merecía.

—No, no es verdad. Lo siento mucho.

–¿Tanto como para olvidar que estuviera desnuda en la cama con Ethan?

Liz asintió.

–La verdad es que nunca estuve muy enfadada contigo.

–Soy un objetivo más seguro que Ethan, ¿verdad?

Liz se encogió de hombros.

–Y además eres intuitiva. Eso es irritante.

La sonrisa de Pia era auténtica.

–Probablemente este sea el momento en el que decimos que vamos a empezar de cero y seremos amigas.

Liz pensó en todo lo que estaba pasando en su vida, en que no tenía a nadie con quien hablar y en lo agradable que sería tener a alguien de su parte.

–Me gustaría.

–A mí también.

Pia suspiró.

–Tienes que darle una oportunidad al pueblo. Sé que las cosas han sido complicadas, pero la gente te apoyará, si les das tiempo.

–No, gracias. No me voy a tragar la teoría de la felicidad de los pueblos pequeños.

–Puede que cambies de idea.

–Puede que el infierno se congele.

Pia se rio.

–Nunca se sabe.

10

Al cabo de unos días, Liz se adaptó a una rutina. La cuadrilla de obreros llegaba cada mañana y hacía un impresionante progreso con la casa, lo cual la sorprendió. Se había preguntado si Ethan le habría dicho a su gente que fuera despacio, pero estaba claro que no. Los niños se acostumbraron al ritmo del campamento de día, tomaban el autobús para subir a la montaña cada mañana y volvían en el mismo por las tardes.

A todos les encantaban sus programas, sobre todo a Melissa, que ya se había pasado dos noches conectada a Internet buscando información sobre la Escuela de Cine de California. Tyler había visto a Ethan dos veces, y Liz había propiciado el encuentro. Él, además, había intentado hablar con ella, pero ella se había resistido. La sincera declaración de que no le importaba que había hecho ante su madre no debería haber sido una sorpresa, pero saberlo no evitaba que esas palabras le dolieran.

Él era su debilidad y allí, en el pueblo, en una soleada mañana mientras caminaba junto al lago, podía admitir la verdad: sentía algo por Ethan. Tal vez porque era el primer hombre al que había amado, y con el que había estado. Tal vez porque tenían un hijo juntos. Fuera la razón que fuera, sentía por él lo que no había sentido por nadie. En su presencia era vulnerable y eso lo convertía en peligroso.

Evitarlo podía no ser la respuesta más madura, pero sí era la que le daba más seguridad.

Liz miró su reloj. Había tenido una mañana muy productiva escribiendo y se había recompensado con ese paseo, pero ahora era hora de volver a su ordenador y revisar las páginas que había escrito. Mejorarlas, afinarlas.

Tomó el camino que la llevaba de vuelta al pueblo mientras pensaba que podría parar a tomarse un café. La cafeína la animaría y le daría la energía que necesitaba para avanzar con su historia. Apenas había llegado a la esquina cuando alguien gritó su nombre. Se giró y vio a Montana saludándola.

Mientras que Ethan no era una de sus personas favoritas en ese momento, Liz no pudo evitar sonreír a su hermana, tan alegre y entusiasta. Había días en los que un poco de entusiasmo era lo mejor que te podían dar.

—¿Tomándote un descanso? —preguntó Montana al acercarse—. Estoy desesperada por un café. Llevo toda la noche despierta leyendo. Cuesta mucho dejarlo cuando un libro es genial, ¿verdad? Tan genial que no puedes parar de leer ni siquiera aunque sea tarde y te ardan los ojos.

—Es el mejor cumplido que se le puede hacer a un escritor —le dijo Liz—. Vamos, te invito a un café.

Compraron su café y se sentaron en la sombra en la pequeña terraza del Starbucks.

—Mi madre te odia —dijo Montana con tono alegre—. Bueno, de acuerdo, odiar es demasiado fuerte, pero sigue despotricando sobre ti.

Liz contuvo un gruñido.

—Gracias por la información.

—No te preocupes por ello. Empieza sintiéndose triste por lo mal que te trató todo el mundo en el instituto, tiene tres hijas y sabe que si alguien hubiera hablado así de nosotras, se le habría roto el corazón. Después admite que ha debido de ser duro criar a un hijo sola y que has hecho un trabajo genial con el niño. A continuación, empieza a decir que habrías sido bien recibida en nuestra casa y lo mucho que se ha perdido y de ahí pasa a tirar cosas y todos salimos corriendo para ponernos a cubierto.

—Tenéis un don para hacer que las cosas cobren vida.
Montana se rio.

—Esos arranques tienen cada vez menos energía. Dentro de un mes o así, estará más calmada —su sonrisa se desvaneció—. No está enfadada contigo. Es por las circunstancias. Creo que comprende las cosas más de lo que aparenta.

—Eso espero —dijo Liz pensando que Denise siempre se pondría de lado de Ethan. Después de todo, era su hijo y ella era la mujer que había mantenido a Tyler alejado de la familia Hendrix.

—Dakota y Nevada se mantienen al margen de todo esto y mis otros hermanos apenas saben lo que está pasando. Mamá acabará acercándose a ti. Merece la pena la espera. Y una vez que seas parte de la familia, hará lo que sea por protegerte.

—A lo mejor conmigo hace una excepción —murmuró Liz.

—No —la corrigió Montana tocándole el brazo—. Estará a tu lado, Liz. Te lo prometo.

—Gracias. Bueno, ¿qué tal va el festival del libro?

—Genial.

Montana pasó a darle los detalles del proyecto y Liz fingió escuchar, aunque en el fondo estaba pensando en lo otro que le había dicho la joven. Aunque la idea de que Denise estuviera de su parte era tentadora, sabía que no debía tener muchas esperanzas.

—Si hay alguien a quien quieras invitar —estaba diciendo Montana—, dímelo y los pondré en la lista. Vamos a tener una recepción VIP y todo. Será una oportunidad para que los simples mortales nos relacionemos con gente importante.

Liz se rio.

—¿Simples mortales? No lo creo.

—Así nos vemos. Tenemos un club con reglamentos y todo. Bueno, ¿vendrá alguien de San Francisco?

—No, gracias. Todos mis amigos de allí ya han estado en demasiadas firmas, aunque creo que a mi ayudante le gustaría venir. Siempre que hablo con ella, quiere saber cosas sobre la vida en un pueblo pequeño —estaba claro que Peggy había visto demasiada televisión. Si supiera la realidad sobre Fool's Gold, saldría corriendo en la otra dirección.

A Montana se le iluminaron los ojos de interés.

—¿Y no hay nadie de variedad masculina que esté esperando con ansia tu regreso?

—Lo siento, pero no.

Montana suspiró.

—Maldita sea. Esperaba que alguna de nosotras tuviera una vida amorosa en condiciones. La mía apesta —dio un sorbo de café—. No puedo creer que no estés casada. Eres una mujer de éxito, preciosa, e inteligente.

Si Liz hubiera estado bebiendo en ese momento, se habría atragantado.

—¿Es así como me ves?

—Bueno, sí. Así eres.

—No exactamente —¿preciosa? Ni siquiera con una luz perfecta—. Lo del éxito de los libros es genial, pero es mi trabajo, no es quien soy. Y hay altibajos.

—¿Tienes fans enloquecidos?

—Seguro que unos cuantos. Pero el mayor problema es más lo que la gente piensa de mí.

Montana se inclinó hacia ella.

—Por gente te refieres a hombres.

Liz se rio.

—¿Tenías que elegir este momento para ser intuitiva?

—Es un don. ¿Quién es él?

Liz vaciló y decidió que no le importaba contarle la historia... aunque le hiciera quedar como una estúpida.

—Se llama Ryan. También es escritor y eso debería haber sido de ayuda. Cuando nos conocimos, había publicado dos novelas al estilo de las de Nick Hornby, pero no tan buenas. Sin embargo, había tenido cierto éxito. Nos conocimos en una fiesta de lanzamiento de otro autor. Era encantador y yo... —respiró hondo—. Yo estaba sola.

—¿Cuánto hace de esto?

—Como cuatro años. Había estado criando a Tyler sola,

había logrado publicar mi primer libro y, aunque había funcionado bien, era un primer libro, nada más. No sabía si tenía una carrera por delante o si había sido un golpe de suerte aislado. Seguía trabajando como camarera para mantenernos, escribiendo por la noche y durmiendo cuatro horas al día.

Liz se encogió de hombros.

—Hablamos en la fiesta y nos dimos el número de teléfono. No pensé que fuera a salir nada de ahí y no supe nada de él en tres meses. En aquel momento me dijo que había sido porque había estado fuera, viajando, buscando inspiración para su próximo libro, pero más tarde supe que era porque estaba esperando a ver cómo funcionaba mi segundo libro.

Montana abrió los ojos de par en par.

—¡No puede ser!

—Ajá. Supongo que si no hubiera sido un éxito, jamás habría vuelto a saber de él.

—Qué capullo.

—Un capullo muy amable y guapo —le dijo Liz recordando lo embelesada que había estado en la primera cita. Ryan no podía haber sido más atento e interesante, sin mencionar que era gracioso y encantador. También se había portado genial con Tyler. Había jugado con ella y con su hijo y ella no lo había sabido—. Era todo lo que podía haber deseado. Estaba loca por él y nos comprometimos.

—¿Has estado casada? —preguntó Montana con voz chillona.

—No. Nunca llegamos a planear la boda, y resultó ser lo mejor. Se marchó a Nueva York a reunirse con su agente para hablar de su nuevo libro; no me dijo de qué trataba y me pareció bien. Era su forma de trabajar. Así que, mientras estuvo fuera, regué sus plantas.

Liz apoyó los brazos sobre la mesa.

—De acuerdo, admitiré que me moría de curiosidad por saber de qué trataba el libro. Estaba muy emocionado con él y yo quería que le fuera bien.

—Estuviste fisgoneando.

—No estoy orgullosa, pero sí. Tenía unas notas en su mesa y las leí.

—¿No era muy bueno?

—Peor. No era suyo. Me había robado la idea. A diferencia de él, yo sí que hablo de lo que estoy escribiendo, así que sabía todo lo que iba a hacer. Me había robado la historia al completo, había cambiado los nombres y la había escrito. Sin decirme nada.

Liz seguía recordando estar de pie en el despacho de Ryan preguntándose si le había dado alguna especie de infarto cerebral porque lo que estaba leyendo no tenía sentido. No podía ser. El hombre al que había dicho que amaría para siempre, el hombre con el que había prometido casarse, no podía haberle robado el trabajo. ¡Tenía que haber un error!

—¿Y qué hiciste?

—Intenté convencerme de que estaba loca, y después me puse hecha una furia. Esperé hasta que volvió a casa y me enfrenté a él.

—¿Te lo negó?

—No. Al parecer, tener una buena idea no había sido suficiente. Su editor había odiado el libro y le había dicho a Ryan que no le publicarían más. Ryan estaba furioso y me culpó a mí. Dijo que yo había sabido lo que estaba haciendo y que lo había engañado para escribir una historia que no funcionaría. Dijo que no era justo. Que él sí que tenía talento y que yo no, a pesar de tener éxito.

Aún recordaba la furia en los ojos del hombre, el odio.

—Nunca había estado interesado en mí, más que por lo que podía beneficiarlo en su carrera. Había mentido en todo, sobre todo en lo que sentía por mí —esbozó una leve sonrisa—. La buena noticia es que se marchó después de eso y que me recuperé enseguida. Al parecer, no estaba tan enamorada de él como pensaba.

Pero había sido una ilustración más de la lección de que no se puede confiar en los hombres. No, cuando está en juego algo tan delicado como el corazón de una mujer.

—¿Cómo se lo tomó Tyler?

—Resulta que a mi hijo nunca le había gustado Ryan, pero no me lo había dicho porque quería que yo fuera feliz. Así que hace que me sienta como la madre más afortunada del mundo.

—Ahora mismo me gustaría abrazarlo y no soltarlo nunca —dijo Montana.

—Sé lo que sientes.

—Ah, y mata a ese cretino de Ryan. ¿Quieres que le dé a Ethan su nombre para que pueda darle una paliza?

Liz sacudió la cabeza.

—Lo más probable es que sea mejor que Ethan no oiga esta historia —no necesitaba que supiera lo estúpida que había sido.

—Tienes razón, pero aun así, espero que reciba algún tipo de castigo.

—Sospecho que Ryan será un infeliz toda su vida y para mí, eso ya es castigo suficiente. Me alegro de haberme alejado de él. Le da mal nombre a los escritores.

—Deberías decirle a la facultad que empiecen a darle tu beca a los estudiantes que quieran ser escritores. Estaría genial.

—¿De qué estás hablando?

—De tu beca. Bueno, no es tuya, de acuerdo, pero lleva tu nombre. Aquí. En la Comunidad de la Facultad de Fool's Gold.

Si hubieran estado bebiendo alcohol, Liz habría pensado que Montana estaba borracha, pero no había tomado más que café y era media mañana.

—Yo no tengo ninguna beca en la facultad.

—Claro que sí. La establecieron hace un tiempo. No conozco los detalles, pero empezó con la beca que tú no utilizaste.

—¿La beca? —nada tenía sentido.

—Te dieron una beca al terminar el instituto, ¿te acuerdas?

—Claro, pero me marché.

—Exacto. Alguien tuvo la idea de utilizarla como fondos para crear una beca cada año. Se les da a mujeres que se han tenido que enfrentar a situaciones difíciles, ya sea económica o personalmente. Lo sé porque la consulté para solicitarla. ¿De verdad no sabías nada?

–No.

–Deberías hablar con la facultad. Pueden explicarte todos los detalles.

–Lo haré –le aseguró Liz, pensando que Montana tenía que estar equivocada. ¿Quién le habría puesto su nombre a una beca?

Una hora después, tenía la información en una mano y estaba sonriendo a la emocionada encargada de la oficina de administración.

–Todos somos fans –le dijo la mujer–. No puedo creer que estés aquí. Hemos leído todos tus libros.

–Gracias –dijo Liz–. ¿Puede decirme cómo surgió la beca?

La mujer, que llevaba una etiqueta con el nombre de Betty Higgins, frunció el ceño.

–Pensé que alguien se habría puesto en contacto contigo. Es muy extraño... Bueno, el caso es que cuando te marchaste sin utilizar el dinero de tu beca, alguien sugirió que se lo diéramos a otro estudiante, pero después, varias personas aparecieron con donaciones anónimas aumentando la cantidad y nos dimos cuenta de que podíamos convertirla en una beca anual en lugar de un obsequio aislado.

Betty miró a su alrededor como si quisiera asegurarse de que estaban solas y bajó la voz.

–Me mudé aquí hace unos pocos años, pero he oído tu triste historia. Que tu madre, que Dios la tenga en su gloria, no fue exactamente maternal y que muchos chicos dijeron cosas horribles sobre ti. Al parecer, mucha gente sabía que lo estabas pasando muy mal y se sentían fatal por ti y por eso crearon esto. Tu beca es una de las más populares. No solo por la gente que la fundó, sino por las mujeres que la solicitan. La mayoría de las beneficiarias son mujeres con familia que intentan crearse un futuro mejor. Es muy inspirador.

Era demasiada información en tan poco tiempo, pensó Liz.

Recordó que le habían ofrecido la beca y que había pensado utilizar el dinero para irse a estudiar fuera. Ethan y ella habían pasado el verano hablando de estar juntos en algún campus de universidad. ¡Qué perfecto habría sido todo!

Pero entonces, él había negado que la conociera y ella se había marchado. Jamás había vuelto a pensar en aquel dinero. Se había marchado porque quedarse allí le habría resultado imposible.

Sin embargo, lo que más le sorprendió de todo fue que Betty le hubiera dicho que había gente que sabía por lo que había pasado. Una parte de ella agradecía el gesto de haber donado dinero, pero por otro lado se preguntaba dónde habían estado cuando había sido pequeña y había estado sola. Una palabra de consuelo en aquel momento habría significado mucho para ella.

Era demasiado, pensó.

—Gracias por la información.

—De nada —Betty sonrió—. Es emocionante. Estoy deseando contarle a todo el mundo que te he conocido. Oh, en unas semanas celebraremos una recepción para las beneficiarias, ¿podrías venir?

—Yo... eh...

—Será solo durante una hora o así. Sé que esas mujeres agradecerían tener la oportunidad de darte las gracias en persona.

—Yo no he hecho nada. No es a mí a quien tienen que darle las gracias.

—Eres una inspiración. De hecho, dos de esas mujeres escribieron sobre ti en sus redacciones para la solicitud, sobre cómo empezaste sin nada y te convertiste en un éxito. ¿Por qué no te envío una invitación y te lo piensas?

—Eh, claro —se aclaró la voz—. Gracias.

—Un placer.

Liz salió de la facultad y fue hacia su coche, pero en lugar de conducir de vuelta a casa, fue al pueblo y aparcó fuera de las oficinas de Construcciones Hendrix. Antes de poder cambiar de opinión, apagó el motor y entró en el edificio.

Después de darle su nombre a la recepcionista, caminó de un lado a otro de la pequeña sala de espera y, unos segundos más tarde, Ethan apareció allí, tan alto y fuerte y encantado de verla.

Algo se encendió dentro de Liz, algo ardiente, brillante y peligroso. Ignoró esa sensación.

–¿Es buen momento? ¿Podemos hablar?

–Claro.

Él la condujo hasta su despacho.

–¿Va todo bien? –le preguntó al cerrar la puerta.

–No. Nada va bien. Sigo furiosa contigo, por cierto, así que no pienses que todo está arreglado entre los dos. Odio este lugar. Odio a todo el mundo que se cree que lo sabe todo sobre mí. Tu madre sigue enfadada conmigo y odio que haya una parte de mí que lo comprenda. Y, por si te lo preguntas, te culpo de gran parte de lo que está pasando, pero entonces, cuando creo que sé exactamente dónde encajan todas las piezas, me llevo una sorpresa.

–¿Una sorpresa buena o mala?

–Buena. Hay una beca que lleva mi nombre.

–En la facultad.

–¿Lo sabías? –se giró para mirarlo.

Él se apoyó contra la mesa.

–Claro.

–¿Y no habías pensado en decírmelo?

–¿Por qué iba a hacerlo?

–No sé por qué, pero creo que eso de la beca lo cambia todo. Aunque, ¿dónde estaba toda esa gente que tanto se preocupaba por mí cuando las necesité? ¿Por qué alguien no informó a los servicios sociales de que mi madre me pegaba? ¿Por qué nadie se fijó en que se mantenía prostituyéndose de vez en cuando con su hija pequeña en la casa? Probablemente porque no querían involucrarse, así que ignoraron el problema hasta que el problema se fue y después fundaron la beca en mi nombre. ¿Le ves sentido a eso?

Fue hacia la ventana y se dio la vuelta. Necesitaba moverse, no sabía lo que pasaría si se quedaba quieta. Tal vez gritaría. O se desmayaría.

Al pasar por delante de Ethan, él la agarró y la acercó a sí. Al principio Liz se resistió, pero después se dejó caer en sus brazos, quería sentir su fuerza rodeándola.

—No pasa nada —le murmuró él.

—¿Tú crees?

—Todo saldrá bien.

Ella respiró hondo y apoyó las manos sobre sus hombros.

—Este pueblo está volviéndome loca.

—Si te hace sentir mejor, la anciana señora Egger me acorraló ayer, me pegó con ese bolso tan grande que lleva y me acusó de no respetarte y de «arruinar la reputación de una niña perfectamente respetable»; además, señaló que si pretendía dejar mi esperma correr suelto por toda la sociedad, debía llevar la cuenta de dónde terminaba —fingió un escalofrío—. No quiero volver a oír a una mujer ochentona hablar de mi esperma.

Liz apoyó la frente contra su hombro y sonrió.

—Siempre me cayó bien la señora Egger.

—Imaginaba que dirías eso —le puso la mano en la barbilla para girarle la cara hacia él—. Sé que esto es duro.

—No lo sabes.

—Intento comprenderlo. Quiero que te guste estar aquí.

Lo cual significaba que quería que se quedase. Sin embargo, eso no iba a pasar, aunque no había razón para hablar de ello, pensó mientras deseaba quedarse en sus brazos para siempre.

Bajó la mirada hasta su boca; el deseo ardía, no solo por cómo la hacía sentir besarlo, sino porque cuando estaba con él, nada podía afectarla. Estaban ellos dos, únicamente.

—Creía que solo tendría que ocuparme de las hijas de Roy. Se suponía que tú no entrarías en esto.

—Pues ahora es demasiado tarde para librarte de mí.

—No quiero hacerlo.

—¿Qué quieres?

Una pregunta imposible. Una sin respuesta.

No, eso no era verdad. Liz tenía muchas respuestas, aunque no ninguna que quisiera compartir con él.

–Quiero que seamos amigos. Quiero ser capaz de confiar en ti.

–Puedes hacerlo.

–No lo creo.

Él la besó.

–Vamos, Liz. Me conoces. Soy un buen tipo.

–¿Estás diciéndome que no voy a encontrar más sorpresas?

Antes de que él pudiera responder, sonó el teléfono.

–Siento molestarte, Ethan, pero es una llamada de China.

Liz se apartó de sus brazos.

–¿Cuándo te has vuelto internacional?

–Yo no, los molinos. Tengo que atender esta llamada, pero después quiero hablar contigo.

–No pasa nada, estoy bien. Tú céntrate en tener éxito. Yo tengo que irme a casa.

–Liz, yo...

Ella lo interrumpió sacudiendo la cabeza.

–No deberías hacer esperar una llamada internacional. Nos vemos luego.

Salió del despacho y fue hacia el coche. En la cabeza se le amontonaban las ideas, múltiples versiones del pasado, y mientras que lamentaba el hecho de que nadie se hubiera molestado en cuidarla cuando era pequeña, en el fondo no la habían ignorado tanto como había creído.

¿Y eso qué significaba? ¿Que Fool's Gold no era un infierno? De todos modos, nunca lo había visto así... al menos, no en general.

La información sobre la beca en su nombre no debería haber cambiado nada, y aun así se vio sintiéndose mejor sobre casi todo y no estaba exactamente segura de por qué.

***

Liz se despertó temprano a la mañana siguiente con una sensación cada vez mayor de que sucedería lo inevitable. Después de ducharse y vestirse, bajó y preparó café. Los niños dormirían hasta que llegaran los obreros y eso le daba media hora de absoluta tranquilidad.

Se sacó el café al porche delantero para disfrutar de la tranquilidad de la mañana. El aire era frío, el cielo estaba claro y el sonido de los pájaros la saludó cuando se sentó en el escalón con su taza.

Tal vez necesitaba más tiempo antes de tomar una decisión, pensó con cautela. Sí, había cosas que odiaba de ese lugar, pero había otras que le gustaban. Melissa y Abby estaban desesperadas por quedarse allí y, después de todo por lo que habían pasado, ¿no debería pensar en sus sentimientos? A Tyler le gustaría vivir cerca de su padre y Liz sabía que eso era lo que Ethan quería. La madre de Ethan era un problema, pero mejor una abuela furiosa que una a la que no le importara su nieto. Con el tiempo, tal vez Liz y ella podrían solucionar las cosas.

Claro que, por otro lado, podía estar engañándose. Existía la posibilidad de que la beca la hubiera cegado junto con unas cuantas palabras amables y el calor de los brazos de Ethan. Con el tiempo se aclararía las ideas, se dijo, así que, por el momento, no tenía por qué contarle a nadie que estaba pensándose dos veces lo de marcharse.

Un sedán que no conocía se detuvo delante de su casa y de él bajó un hombre mayor con un traje. Se quedó mirándola un momento, se encogió de hombros, y sacó algo del coche.

–Buenos días –dijo mientras se acercaba con un sobre en la mano–. Se levanta temprano.

Ella sonrió.

–Es el único momento tranquilo del día.

–Y que lo diga –el hombre vaciló–. Mi horario de trabajo comienza en un par de horas e iba de camino al Starbucks, me tiene enganchado. No puedo pasar la mañana sin tomarme uno de sus cafés.

Ella se levantó y fue hacia el portón. Aunque la conversación era bastante agradable, se sentía incómoda en presencia de ese desconocido.

–¿Puedo ayudarle?

El hombre asintió lentamente.

–Habría venido más tarde, pero he visto que estaba levantada y... ¿Es usted Elizabeth Marie Sutton?

¿Cómo sabía su nombre?

Sintió un cosquilleo por la espalda.

El hombre alzó el sobre y esperó a que ella lo agarrara.

–Tiene una citación judicial.

11

—¡Asqueroso cabrón! –gritó Liz en cuanto Ethan entró en su oficina.

Ethan se detuvo y la miró. Parecía furiosa, y eso no era nada bueno, pero se imaginaba por qué.

Ella estaba junto al mostrador de recepción. Aún era muy temprano, tanto que la mayor parte de los empleados no habían llegado aún. La camioneta de Nevada estaba aparcada en el parking, pero su hermana no estaba por allí. Normalmente llegaba sobre las seis y media y ese día no había sido una excepción. La única diferencia parecía ser que había dejado que Liz entrara a esperarlo.

—Debería haberlo sabido –siguió diciendo ella con sus ojos verdes encendidos con una poderosa rabia, suficiente para derretir el acero–. Me dices una cosa a la cara y luego haces otra a mis espaldas. Y aquí estoy yo, sorprendida, lo cual me convierte en una idiota. Bueno, pero ya he dejado de ser una estúpida en lo que se refiere a ti. Que sepas que no volveré a confiar en ti nunca. Jamás. ¿Me oyes? Espero que te pudras en el infierno. Espero que allí tengan un lugar especial para ti.

Agarró un pequeño bloc de notas que había en el mostrador y se lo lanzó, aunque él esquivó el misil con facilidad. Cuando Liz agarró la pantalla plana del ordenador, él la sujetó por el brazo.

—¡Para!

—¡No! —Liz se soltó de un tirón y lo miró a los ojos—. No hay excusa para lo que has hecho.

Tenía el sobre en la mano.

—Se suponía que no te lo comunicarían hasta esta tarde. Iba a ir a decírtelo yo mismo. Esta mañana.

—Oh, por favor. Siempre has sido un cobarde y un mentiroso y veo que eso no ha cambiado.

Él volvió a agarrarle el brazo y en esa ocasión no la soltó.

—Iba a decírtelo. Ayer empecé a explicártelo.

Si la mirada de Liz hubiera tenido rayos láser, Ethan ya no sería más que una pequeña mancha en la moqueta.

—¡Chorradas!

Intentó soltarse, pero él no la dejó.

—Liz, cálmate. Tenemos que hablar.

Ella seguía tirando y Ethan, por temor a hacerle daño, la soltó finalmente.

—Iba a decírtelo —le repitió Ethan mientras podía ver la mirada de traición y dolor en sus ojos.

—Mentiroso —repitió ella señalando al sobre—. Si quieres jugar a esto, bien, porque conozco a unos abogados muy buenos.

—Había esperado que pudiéramos solucionarlo entre los dos.

—Eres tú el que ha recurrido a los tribunales, Ethan.

Y así era. Había ido a ver a una jueza de los juzgados de familia y le había solicitado una orden judicial que le impidiera marcharse de Fool's Gold con Tyler.

—No sabía qué otra cosa hacer para evitar que te llevaras a Tyler.

—Tengo derecho a vivir mi vida —dijo ella frotándose el brazo—. Y esa vida está en San Francisco.

—Eso puedes explicárselo a la jueza la semana que viene.

—Lo haré. Además, tengo pensado decirle que he hecho dos intentos de contarte lo de Tyler y que la única razón por la que no tienes ya una relación con tu hijo es porque tu difunta mujer te ocultó esa información. Así que no pienses que me harás quedar como la mala de la película.

—Ibas a marcharte —le recordó él haciendo todo lo posible por controlarse. No serviría de nada que los dos se pusieran furiosos—. No me has dado elección. Dijiste que podía tenerlo cada dos fines de semana, como si eso fuera suficiente.

Ella lo miró.

—¿De eso trata todo esto? ¿Quieres más tiempo? Entonces, ¿por qué no has venido y me lo has dicho? ¿Por qué has metido a un juez de por medio?

—Porque ya he perdido demasiado tiempo y no quiero perder más. Podrías haberte marchado mañana mismo y yo no habría podido impedirlo. Pero ahora puedo.

—Había muchos modos de asegurarte mi cooperación. Este no es uno de ellos.

—La persona que más me importa aquí es Tyler.

—¿Y crees que a mí no? ¿Crees que no me he pasado los últimos once años despierta por las noches preocupándome por él, haciendo lo que me parecía mejor? ¿Crees que fue fácil volver aquí hace cinco años para hablarte de él? ¿Crees que fue agradable hablar con Rayanne, escuchar cómo me juzgaba por haber tenido a tu hijo? ¿Crees que me gustó que me llamara puta?

A él se le encogió el estómago. Quería decirle que Rayanne no habría podido hacer eso, pero sabía que sí. Habría dicho eso y más. Liz habría representado todo lo que ella había odiado y deseado: belleza, inteligencia y determinación.

Quería que el pasado hubiera sido distinto, pero lo cierto era que su relación con Rayanne había sido un error. Había estado aburrido, ella había ido detrás de él y si no se hubiera quedado embarazada, probablemente a propósito, él habría terminado la relación tarde o temprano.

Pero se había quedado embarazada y Ethan había asumido la responsabilidad, al igual que habría hecho con Liz.

—Me habría casado contigo —le dijo en voz baja.

Eran unas palabras que había esperado que mejoraran las cosas, pero que por el contrario, habían hecho que la furia invadiera de nuevo a Liz.

—Sí, lo sé. A pesar de haber negado que me conocías, y de haber jurado que me amabas, habrías sido un caballero y te habrías casado con la zorra a la que habías dejado preñada. Qué suerte tengo. Podría haber sido tu mujer. Qué emocionante haber pasado la vida preguntándome qué cosas horribles irías diciendo de mí. Podríamos habernos hecho unas camisetas que dijeran: «No quería casarme con ella. Ni siquiera me gusta». Eso habría sido genial.

—Maldita sea, Liz, te he dicho que lo siento. Era joven y estúpido. ¿Acaso la absolución solo funciona por un lado? Se supone que tengo que perdonar tu pésimo intento de contarme lo de Tyler cuando supiste que estabas embarazada. Ahí no te lo discuto, porque al menos lo intentaste, pero ¿lo mío es imperdonable? ¿Quieres probar tu teoría en público? ¿O ante el juez?

Ella alzó una mano, como si fuera a pegarlo, pero él le agarró la muñeca.

Ambos respiraban con dificultad y se miraban con fiereza. En la expresión de Liz no había ni afecto ni pasión; él había pagado un precio muy alto por evitar que se marchara.

—Tyler es mi hijo —le dijo Ethan soltándola—. Ya me he perdido gran parte de su infancia, y no estoy dispuesto a perderme más. Protejo lo que es mío.

—Selectivamente —corrigió ella mientras iba hacia la puerta—. Protegerás lo que es tuyo selectivamente. No lo olvidemos.

Se marchó y la puerta se cerró tras ella.

Ethan se quedó en el vestíbulo con los puños apretados. Se sentía impotente y eso no hizo más que enfurecerlo más.

Liz lo volvía loco, más que cualquier otra mujer que conociera. Tenía la capacidad de sacar lo peor de él... y querer arreglarlo. Sin embargo, tenía que admitir que tal vez tuviera razón.

La puerta de un despacho se abrió y Nevada salió a la sala principal. Su hermana, vestida con unos vaqueros y una camiseta de la empresa como siempre, se quedó mirándolo.

—Has sido un auténtico estúpido. Lo sabes, ¿verdad?
—Tenía que evitar que se marchara.
—Lo comprendo, pero Ethan, había formas mucho mejores de hacerlo. Al menos deberías haberla advertido.
—Iba a hacerlo.
—Son unas palabras muy típicas —fue hacia él—. Yo era más pequeña que Liz y tú, pero incluso yo oí habladurías sobre ella. La gente decía cosas terribles sobre su madre y daban por hecho que ella era igual. Creció con eso, cada día.

Ethan no quería oír todo eso, no quería saber que tal vez hubiera ido demasiado lejos.

—Me habría apartado de Ethan.
—Entonces, ¿preferirías tener razón antes que ganar? Eres más listo que todo eso. Aquí hay demasiado en juego. Has convertido a Liz en tu enemiga. ¿Es eso lo que quieres?
—No sabía qué más hacer.
—¿Qué ha pasado con eso de sentarse a hablar?
—No es algo que Liz y yo podamos hacer —la única noche que lo habían intentado, habían acabado haciendo el amor en la cocina. Y aunque le encantaría repetir la experiencia, con ello no conseguiría nada—. Esto soluciona el problema.
—Si tú lo crees, es que eres más estúpido de lo que me parecías. ¿Sabes por lo que está pasando Liz? Estar aquí de vuelta no debe de ser fácil. Ya sabes cómo es la gente, es el objetivo de muchas críticas. No tiene a nadie de su parte... bueno, sí, a Montana le cae bien, pero ¿es su amiga de verdad? Tú eres el padre de su hijo, debería poder confiar en ti y no puede. No me extraña que quiera marcharse. Tienes suerte de que no te haya dado una patada en tus partes. Yo lo habría hecho.
—Yo también te quiero, hermanita —dijo él sarcásticamente.

Nevada le lanzó esa mirada lastimera que siempre lo incomodaba tanto.

—No lo entiendes y por eso vas a salir perdiendo.
—¿Qué es lo que no entiendo?
—Sé lo que solía decirte papá. Todos oímos las charlas so-

bre lo que suponía ser un Hendrix y cómo debíamos proteger el apellido de la familia. Tú lo oíste aún más porque eres el mayor. Habrías hecho lo que fuera por papá y renunciaste a tu vida para hacerte cargo del negocio cuando murió –le tocó un brazo–, pero papá se equivocaba, Ethan. Hay cosas más importantes que el apellido y la reputación. Hay gente a la que queremos y hay que hacerle caso a nuestro corazón.

–No estoy enamorado de Liz.

–No, pero se suponía que antes sí lo estabas, y hacer lo correcto no significa hacerle daño a alguien que te importa.

Liz pasó la mañana llorando y la alternativa que tenía era romper cada plato de la casa como una forma de descargar su ira. Mientras que la teoría era genial, no estaba segura de que en la práctica eso fuera lo más inteligente, teniendo en cuenta que no solo tendría que reemplazar todos los platos, sino que además sería ella la que tendría que recoger todo ese desastre.

Mientras sollozaba en el jardín, hizo lo que pudo por ver la situación desde el punto de vista de Ethan, pero eso hizo que quisiera golpearlo con más fuerza.

En lo que sí que coincidía con él... aunque no pensaba decírselo aún... era en que si esperaba que Ethan olvidara el pasado, entonces ella tendría que hacer lo mismo. Sí, había sido horrible con ella casi doce años antes, pero ella había sido peor. Había hecho un burdo intento de contarle lo del embarazo y después había desaparecido durante seis años. No era una decisión muy madura, exactamente.

Pero, ¿una citación judicial?

A las once ya estaba asada de calor, cubierta de sudor y preparada para olvidarse de la ira que la invadía y para entrar al frescor de la casa. Esperó hasta que los obreros se marcharon para almorzar y después se duchó rápidamente y trabajó hasta las tres. A continuación, reunió los ingredientes necesarios para hacer galletas, encendió el reproductor de música y bailó al ritmo de los Black Eyed Peas hasta que los niños llegaron a casa.

—¡Maaaamá! —gritó Tyler al entrar en la cocina con Melissa y Abby. Parecía horrorizado y confuso—. ¿Qué estás haciendo?

—Galletas. Ya he hecho unas de avena y ahora estoy con las de mantequilla de cacahuete.

Tyler arrugó la nariz.

—Me refiero a lo otro.

—¿Al baile? —preguntó ella riéndose y subió el volumen—. ¡Es divertido!

Agarró a Abby de la mano y la niña comenzó a mover las caderas. Melissa se sorprendió a sí misma poniéndose a dar vueltas y sacudiendo los brazos al ritmo de la música, y al momento Tyler se unió a ellas.

Liz les enseñó a bailar la conga y así fueron moviéndose por la planta baja hasta llegar al salón, donde se chocaron contra el sillón mientras cantaban la letra de la canción.

Liz se había soltado de la fila y dio una vuelta cuando terminó la canción, mientras que Abby y Tyler se dejaron caer sobre el sillón riéndose. Melissa se quedó en mitad de la sala con expresión de tristeza.

—¿Qué pasa? —le preguntó su tía.

—Mi madre solía bailar conmigo. Mi madre de verdad, no Bettina. No la recuerdo mucho.

—La recuerdas en tu corazón —dijo Liz—. Y eso es lo importante.

—Supongo.

Abby se levantó y suspiró.

—Yo no la recuerdo nada.

Liz le acarició la mejilla.

—No pasa nada. Estoy segura de que ella lo comprende y te quiere mucho.

—¿Desde el cielo?

Su tía asintió. No era el momento de tener una discusión sobre «la vida después de la muerte».

—¿Lo prometes?

—Sí. Te lo prometo. Pase lo que pase, tu mamá os quiere.

Quería mirar a Tyler para ver si él también captaba el mensaje, pero centró su atención en la pequeña.

—Papá nunca nos escribe —señaló Melissa.

Liz no sabía qué decir. Roy había prometido que lo haría; eran sus hijas.

—¿Todavía nos quiere? —preguntó Abby.

—Sí —Liz acercó a la niña hacia sí y alargó la mano hacia Melissa—. Os quiere. Ahora mismo está pasando por mucho —¿qué había dicho? ¿Que era un hombre ocupado? No comprendía cómo había podido ignorar a sus hijas, pero ahora él no importaba tanto. Lo que importaba era hacer que sus hijas se sintieran mejor.

—¿Podemos ir a verlo? —preguntó Melissa aclarándose la voz—. Quiero verlo.

—Os llevaré —respondió ella vacilante—, pero tenéis que estar preparadas. Vuestro padre está en la cárcel, no es como en las películas. Todo está mucho menos limpio e intimida un poco —además estaba el olor, pero decidió que no les contaría todos los detalles. Pronto lo descubrirían por ellas mismas—. No lo digo para que cambiéis de opinión, sino para advertiros de cómo es.

—Quiero verlo —repitió Melissa—. Abby, si estás asustada, no tienes por qué venir.

—Yo también quiero ver a papá —susurró ella.

Liz las abrazó.

—Entonces iremos.

Ella miró a Tyler, que estaba observándolo todo con los ojos como platos. Y era normal que hubiera reaccionado así porque su vida siempre había sido muy tranquila, con rutinas y todo muy predecible. Sí, cierto, en alguna ocasión lo había sacado del colegio para llevarlo a pasar el día a algún sitio de la ciudad, pero eso habían sido sorpresas agradables. Sin embargo, en la vida real no todo suceso inesperado entraba en esa categoría.

La realidad llegaba en todas las formas y tamaños. Al final, el niño tenía dos padres que se preocupaban por él, aunque no se preocuparan el uno del otro. Ethan estaba dispuesto a formar parte de la vida de Tyler, y eso era un excelente comienzo.

En cuanto a sus sobrinas, tendrían que tomarse las cosas con calma; no sabía si ver a su padre en la cárcel haría que quisieran marcharse de allí o quedarse, pero pasara lo que pasara, encontrarían un modo de formar una familia.

En la cocina, el reloj del horno sonó.

—¡Tenemos galletas! —anunció soltando a las chicas—. Voy a necesitar ayuda para probarlas. ¿Algún voluntario?

Los tres gritaron que estaban dispuestos y juntos entraron en la cocina.

Ethan quería ignorar el mensaje de voz de su madre pidiéndole que pasara por su casa esa noche, pero sabía que no sería una buena idea. Denise no les pedía muchas cosas a sus hijos, así que cuando pedía algo, solían prestarle atención.

Tenía la sensación de que sabía qué tema tratarían. Preferiría masticar cristal antes que hablar sobre su relación con Liz, pero no veía un modo de evitarlo. A veces tener relaciones muy estrechas era un verdadero fastidio; si su madre y él estuvieran más distanciados, podría ignorarla sin problema, pero no lo estaban y el afecto que se tenían le exigía hacerle caso.

Aparcó delante de la casa y entró.

—¡Soy yo! —gritó.

—Estoy en la cocina.

Fue a la parte trasera de la casa y entró en la luminosa y despejada cocina. Su madre estaba junto a la encimera, sirviendo té en unos vasos altos llenos de hielo. Llevaba unos pantalones cortos y una camiseta rosa, estaba descalza y tenía música country puesta en la radio.

Él se sentó en su silla habitual junto a la gran mesa que ocupaba el centro de la habitación.

—¿Cómo va todo?

—Bien. Genial —Denise se acercó a su hijo con el vaso y se

lo dejó delante–. He conocido a alguien. Se llama Roger. Tiene una compañía naviera y el viernes nos vamos a Las Vegas.

Ethan se quedó mirándola mientras asimilaba esas palabras.

–¿Qué?

Los oscuros ojos de su madre brillaban de emoción.

–Es maravilloso pensar que puedo enamorarme de nuevo a mi edad. Y el sexo... bueno, no entremos en eso, pero... es increíble.

Ethan apenas podía hablar.

–¿Has conocido a un tipo? ¿Y así, sin más, te marchas?

–¡Claro que no! –dijo bruscamente y dándole una colleja–. Eso sería una estupidez y una irresponsabilidad por mi parte. Tengo la firme creencia de que con un idiota en la familia ya basta y ahora mismo ese idiota eres tú.

Su madre agarró su vaso y se sentó delante de él.

–¿No hay ningún Roger?

–No hay ningún Roger. El único problema aquí es mi hijo, que está metiendo la pata hasta el fondo. Eso debes de haberlo sacado de tu padre.

De pronto, el mundo pareció volver en sí y Ethan respiró hondo.

–¿Te has enterado de lo de la citación judicial?

–Sí, y si estuviera más cerca, volvería a pegarte. ¡Menuda estupidez! ¿Intentas espantar a Liz?

Él se frotó la nuca.

–Creía que no te gustaba.

–Soy ambivalente. Estoy furiosa por el tiempo que nos hemos perdido, pero puedo entenderla. No lo tuvo fácil cuando era pequeña y, como madre de tres hijas, lo lamento por ella. ¿Dónde estaba su madre? Esa chica sí que vivió unas circunstancias difíciles y ahora tú lo has empeorado todo. ¿En qué estabas pensando?

–En que no quería que se fuera. Se va a marchar. Me dijo que iba a arreglar la casa y que después volverían a San Francisco. No podía volver a perderlo.

–No lo entiendo. ¿Por qué iba Liz a dejarte ver a Tyler, por qué iba a cooperar tanto, para luego amenazarte con llevárselo?

–No me dijo exactamente que fuera a llevárselo. Dijo que ya pensaríamos en algo. Custodia. Horario de visitas...

Su madre lo miró con incredulidad.

–¿Estás diciéndome que Liz estaba dispuesta a encontrar una solución y tú le has enviado una citación judicial? ¿Con qué fin?

–¿Y si hubiera desaparecido otra vez? No habría tenido modo de encontrarla. No habría tenido modo de ver a Tyler.

–¿Hay algo en el comportamiento que ha tenido que te dijera que podría desaparecer sin más? Ha sido perfectamente sincera y clara contigo. De acuerdo, no durante los primeros años, y sigo furiosa y dolida por ello, pero eso lo dejaremos de lado por el momento.

Tomó su vaso de té helado y volvió a dejarlo sobre la mesa.

–Desde que ha vuelto, se ha mostrado muy cooperante, ¿verdad? De verdad intentó contarte lo de Tyler hace cinco años y tienes una prueba escrita de ello. ¿Qué más necesitas?

«Control», pensó él, sabiendo que eso no podía explicárselo a su madre. Ella no lo entendería y, si lo entendía, no lo aprobaría.

–Lo solucionaremos –dijo Ethan.

–¿Delante de un juez? Será muy agradable –Denise sacudió la cabeza–. No lo entiendo. ¿Qué esperabas conseguir actuando así? ¿Llamar su atención?

Él alzó la cabeza bruscamente.

–No busco su atención.

–¿Ah, no? Estuviste enamorado de ella una vez, ¿verdad?

–Era un crío. Los dos lo éramos.

–Yo tenía diecinueve años cuando conocí a tu padre. Ser joven no le quita valor al amor.

–Bien. La amé –la había amado, pero había sido demasiado cretino para admitirlo. Para enfrentarse al pueblo y a sus amigos. Para admitir lo que sentía por ella en voz alta.

No era un comportamiento del que estuviera orgulloso y

si echaba la vista atrás, sabía que no había estado preparado para Liz. Que no la había merecido.

Había tenido una infancia normal y feliz; nunca le habían pedido nada y por eso no había tenido que demostrar nada. Por fuera, había parecido un niño bueno, pero por dentro había sido inmaduro y egoísta.

Había hecho falta el accidente que había acabado con su carrera de ciclista para que comenzara el proceso de su madurez, pero ni siquiera eso había sido suficiente porque había vuelto a casa llorando y quejándose. Fue únicamente tras la muerte de su padre cuando se había visto obligado a ocuparse del negocio familiar y cuando había empezado a crecer.

—No estaba preparado —dijo lentamente—. No, para lo que Liz necesitaba. Si hubiera sabido que estaba embarazada, habría hecho lo correcto y me habría casado con ella, pero no creo que hubiera salido bien.

—Podrías haberte sorprendido a ti mismo.

—Eres mi madre. Tienes que pensar lo mejor de mí —aunque no fuera verdad.

Nevada y ella tenían razón, pensó. Enviarle la citación judicial a Liz no había logrado más que alejarla. Tal vez había querido llamar su atención, pero de ser así, había elegido un modo asqueroso de hacerlo.

—Necesita tener a alguien de su lado —le dijo Denise—. Tú tienes a tu familia y al pueblo.

—No a todo el mundo del pueblo —le aseguró recordando a la señora Egger.

—Aun así, sales ganando. Si no tenemos cuidado, Liz se sentirá abrumada y se marchará. Y, en serio, no estoy segura de que fuera a culparla por ello —su madre se detuvo—. Podría haberla apoyado más, haber sido más comprensiva. Debería haberlo sido. Quiero conocer a mi nieto y Liz es la clave para que eso suceda.

—No puedo retirar la citación —dijo él completamente seguro de que lo haría si pudiera. Su madre tenía razón, estaba intentando demostrar algo.

–Tal vez no puedas retirarla, pero yo puedo hacer un esfuerzo y lo haré. Liz ha estado en esto sola demasiado tiempo. Sigo furiosa por haberme perdido los once primeros años de la vida de mi nieto, pero si no olvido eso, mis emociones afectarán todo lo demás. Y no de un buen modo. Además, Rayanne tiene la culpa de los últimos cinco años. Todo es muy complicado –lo miró–. Supongo que seguirás siendo un idiota durante un tiempo.

–Eso parece.

Ella lo sorprendió sonriendo.

–A veces me recuerdas mucho a tu padre. Él también era un idiota.

–Y aun así lo querías.

–Sí, pero puede que Liz no sea tan lista como yo.

12

Liz nunca había participado en el comité de organización de eventos de un lugar, así que cuando Pia la llamó para invitarla, pensó que la tarde podría ser interesante. Su estancia en Fool's Gold era temporal, pero la experiencia le vendría bien, aunque solo fuera para incluirla en uno de sus libros.

Un poco antes de las dos, entró en el ayuntamiento y encontró el camino hasta la sala de juntas. Cuando abrió la puerta, se sorprendió al ver un gran espacio abierto con tres docenas de sillas frente a una larga mesa y un podio. La mayoría de las sillas estaban ocupadas y tres mujeres hablaban en la cabecera de la mesa. Montana y Pia estaban entre ellas y le sonrieron.

Liz les devolvió la sonrisa y fue a buscar un asiento vacío.

Tenía poco donde elegir. Había uno junto a una joven madre y su bebé; Liz no la reconoció, así que no habrían ido juntas al instituto. Lo más seguro era que a esa mujer le dieran igual ella y su pasado. Había otras mujeres mayores sentadas juntas, pero tras los recientes comentarios, no estaba segura de querer correr el riesgo de un levantamiento potencial.

Incapaz de encontrar un lugar seguro, se acomodó en la esquina trasera. Con suerte, la ignorarían.

Una mujer sentada delante de ella se giró.

–Hola. Soy Marti y me encantan tus libros.

–Gracias.

–Tu personaje principal es maravilloso. Parece muy real.

Y gracias a Dios que no incluyes mucha sangre en los libros. Sé que la violencia forma parte de este género, pero algunos autores van demasiado lejos.

—Me gusta escribir historias —dijo Liz sabiendo que una respuesta neutral solía ser lo mejor. Lo cierto era que siempre le gustaba oír las opiniones de sus lectores, incluso cuando no estaba de acuerdo con ellos. Le importaba mucho su opinión y había hecho modificaciones en sus libros basándose en ellas.

—Y a mí me gusta leerlas —repitió Marti antes de sonreír y darse la vuelta.

Pia fue hasta el podio y dio por iniciada la reunión.

—Estamos planeando el festival del libro. Gracias a todos por venir esta tarde. Va a ser el mejor programa que hayamos tenido nunca y eso implica que vamos a necesitar muchos voluntarios. Ya lo veremos más tarde, así que ahora dejad que os presente el programa.

Una pantalla se desenrolló detrás de ella. Pulsó unas teclas de su portátil y apareció un gran póster dando las fechas del festival anual del libro de Fool's Gold. El borde estaba lleno de fotografías de autores y libros. Liz se sintió aliviada al ver que era una más entre tantos otros, no como el otro que le había enseñado Montana hacía unos días.

—Lo haremos en el parque. Dado que este año nos visitarán autores conocidos, esperamos más público del habitual.

—Es verdad —dijo alguien—. Está esa escritora de misterio de la que todo el mundo habla. ¿Cómo se llama?

Se oyeron carcajadas por toda la sala. Incluso Liz se rio.

—No me acuerdo —dijo ella en voz alta—, pero he oído que tiene carácter, así que cuidado con ella.

Una mujer se levantó y saludó a Liz.

—Este año he publicado un nuevo libro de costura y seguro que mis fans abarrotarán el parque, así que estate preparada.

—Estoy deseando conocerlas —respondió Liz.

Pia la miró y dijo:

—Creo que nuestra autora superventas del *New York Times* puede enfrentarse a la competencia.

Pia repasó la lista de autores y, según lo prometido, la mayoría eran locales y sus libros trataban de artesanía y labores, de bricolaje, de cómo cocinar con las cosas que podías encontrarte en el suelo del bosque. También se mencionó a un autor que escribía leyendas indias. El libro parecía interesante, pero cuando Mari preguntó por el nombre del autor, la otra mujer dijo que nadie lo había visto en el pueblo porque vivía en las montañas.

—Hay muchos rumores —admitió Marti—. Verlo es como ver a Bigfoot. He oído todo tipo de cosas, desde que es un inglés de cien años y antiguo explorador a que es joven, guapísimo y muy rico —bajó la voz—. Personalmente, a mí me gusta la segunda opción.

Liz pensó que lo del viejo británico explorador sonaba más intrigante. Tendría que buscar al misterioso autor en la firma.

A pesar de todo, Liz estaba deseando que llegara el festival. Sus firmas solían ser en grandes tiendas, muy organizadas y predecibles, con guardias de seguridad y lectores a los que se mantenía a cierta distancia. Esto parecía más divertido. Le gustaba la idea de formar parte de una comunidad de escritores. Había días en los que pensar en una nueva forma de servirle el pollo a Tyler le parecía imposible, así que cocinarle a alguien con lo que se podía encontrar en el suelo del bosque le parecía impresionante.

Pia repasó el resto del programa, las distintas opciones de voluntariado y abrió la ronda de preguntas.

El único hombre de la reunión señaló que aunque en el pueblo hubiera más mujeres que hombres, no era justo ocupar todos los baños de caballeros cada vez que había un festival. Los hombres también tenían necesidades. Pia prometió ocuparse del problema.

—¿Algo más?

La joven madre con el bebé se levantó.

—Estoy segura de que no estaréis de acuerdo conmigo, pero tengo que decir que estoy harta de tener a esa mujer aquí —señaló a Liz—. Lo que le ha hecho a Ethan es vergonzoso y más teniendo en cuenta que perdió a Rayanne y a su bebé –los ojos de la mujer se llenaron de lágrimas–. Rayanne era una chica muy dulce y ahora la gente está diciendo cosas terribles sobre ella –miró a Liz–. No me creo nada.

La habitación se quedó en silencio cuando todo el mundo se giró para mirar a Liz. Ella estaba sentada en su silla, avergonzada, furiosa y decidida a no sonrojarse. Se le hacía imposible pronunciar palabra, y mucho menos, las palabras adecuadas. ¿Qué tenía que decir?

–Vamos a centrarnos en el tema –les recordó Pia–. Estamos aquí para hablar sobre el festival del libro –miró a la joven madre–. Melody, sé que Rayanne era amiga tuya, pero no es ni el momento ni el lugar de tener esta conversación. ¿Podemos dejarlo aquí, por favor?

Liz agradeció el apoyo, aunque aún sentía el estómago revuelto. Después, la mujer que había al lado de Marti se levantó.

–Melody, a ver si te enteras. Liz no hizo nada malo. Era una niña con muchos problemas –la mujer mayor se aclaró la voz y miró a Liz–. Sabía que tu madre bebía y que había hombres que entraban y salían. Muchos lo sabíamos y ninguno hicimos nada para protegerte. Deberíamos haberlo hecho. No eras más que una niña.

La mujer respiró hondo.

–Lo siento, por lo que me toca. He donado dinero a tu beca y desde entonces he cambiado mi manera de actuar, pero eso no me disculpa por haberte dado la espalda mientras crecías.

Otras mujeres asintieron. Melody parecía furiosa.

–Eso no es excusa para lo que le hizo a Ethan.

–Tal vez si pasaras más tiempo cuidando de tu propia familia, no tendrías tiempo para preocuparte por algo que pasó hace tanto tiempo. Después de todo, tu marido se pasa muchas noches en el bar flirteando con cierta camarera.

Varias personas contuvieron el aliento, Melody se puso roja y Pia agarró el micrófono.

–Por favor, esto se nos está yendo de las manos. Está claro que tenemos que hablar de esto en otro momento...

La puerta se abrió de pronto y una mujer mayor entró. Liz tardó un momento en reconocerla. Era Marsha Tilson; se la veía pálida y estaba claro que había pasado algo malo.

Pia la miró.

–Es Crystal, ¿verdad? –preguntó ella en voz baja.

La alcaldesa asintió y alargó los brazos. Pia fue hacia ella y se echó a llorar.

Liz las miró, incapaz de creer lo que acababa de oír. Crystal no podía estar muerta. La había visto hacía unas semanas, caminando y hablando y...

Los ojos se le llenaron de lágrimas. Liz recordó a la guapa y simpática chica del instituto que la había animado a seguir escribiendo.

–Oh, Crystal –susurró–. Es demasiado pronto.

Casi todo el mundo comenzó a hablar, otros lloraban. Liz se levantó y se marchó sin que los demás se dieran cuenta.

Al llegar a casa, pensó en Crystal, en el pueblo y en cómo había cambiado su vida para siempre. Podía marcharse y jurar que jamás volvería, pero Fool's Gold le había dejado huella. Una que nada podría borrar.

Allí había gente horrible, pero también había buena gente. Gente como Crystal, que podía cambiar la vida de alguien con unas pocas palabras.

El juzgado de familia se encontraba en los tribunales del condado, lejos del centro del pueblo, algo que hizo la experiencia más soportable. Eso fue lo que Liz pensó al entrar en el viejo edificio. En la impresionante entrada había murales, de esos pintados en los años cuarenta y que representaban escenas de granjeros y leñadores. Estaban colgados a varios metros de altura y los trazos del pincel y los colores seguían vivos después de tantos años.

Liz vio a Ethan esperando junto a los ascensores. Llevaba un traje oscuro y una camisa blanca, un atuendo muy diferente a sus habituales vaqueros y botas. Le sentaba bien el aspecto profesional… aunque un hombre de su altura y con sus músculos no podía estar mal con nada.

Se acercaron. Ella se puso recta y agradeció llevar tacones porque eso significaba que no tendría que alzar la mirada para mirarlo a los ojos.

–¿No traes abogado?

–Vamos a ver a la jueza en su despacho –dijo Liz–. Es una reunión informal. El abogado con el que contacté me sugirió que intentáramos llevar esto de un modo amistoso todo lo que pudiéramos.

–Con la jueza –dijo él–. No conmigo.

–Yo no soy la que empezó esto.

Él se metió las manos en los bolsillos.

–No quería que te marcharas.

Era algo que ella podía comprender. A pesar de decir que podía ver a Tyler siempre que quisiera, comprendía el miedo de Ethan a perder lo único que le importaba.

–Deberías haber hablado conmigo antes de hacer todo esto –le dijo.

–Me lo debías, Liz.

–Tal vez, pero no has elegido la mejor forma de que te lo pague.

–Tengo que saber que no voy a perder a mi hijo.

–¿Qué he hecho para que no confíes en mí?

–No me lo dijiste desde el principio.

Así que, una vez más, volvían al mismo tema, los dos tristes y enfadados. Lo mismo, las mismas palabras, los mismos sentimientos. Estaban atrapados y ella no sabía cómo cambiar las cosas.

Fueron hasta la sala de espera y llamaron a la puerta del despacho de la jueza.

La jueza Powers era una mujer pequeña con el pelo oscuro y un cuerpo diminuto. Estaba sentada detrás de una gran mesa y recostada en su silla de piel.

Les indicó que se sentaran delante de ella y respiró hondo.

—Estas negociaciones me aburren —comenzó a decir irritada—. Están haciéndome perder el tiempo. Son dos personas inteligentes que se tomaron la molestia de crear un niño y ahora, cuando el niño tiene once años, ¿de pronto tengo que ocuparme de esto?

Liz tuvo que apretar los labios para evitar que la boca se le abriera de par en par. No se había esperado nada parecido.

—Su Señoría —respondió Ethan—, se dan unas circunstancias extraordinarias.

—Siempre las hay —dijo ella antes de ponerse las gafas y abrir un archivo—. A ver, sorpréndanme.

Ethan le explicó breve, pero detalladamente, cómo Tyler había entrado en su vida. La jueza Powers frunció el ceño.

—¿Su esposa le ocultó información sobre su hijo?

Ethan asintió.

—¿Dónde está ahora?

—Murió hace unos años.

La jueza respiró hondo.

—Lamento la pérdida. Ahora que ha vuelto al pueblo, señorita Sutton, tengo entendido que está cuidando de las dos hijas de su hermano mientras que él está en la cárcel. ¿Es eso correcto?

Liz asintió, impactada por segunda vez en un momento.

—Sí, Su Señoría.

—No esté tan sorprendida. Hago mis deberes. Lo que está haciendo con ellas es admirable. He oído que tiene pensado llevárselas a San Francisco. ¿Qué les parece a las niñas?

—No les hace mucha gracia la decisión.

—Son adolescentes. Nada les hará gracia —agarró la carpeta y miró a Ethan por encima de sus gafas—. Esto no es lo más inteligente que ha podido hacer usted.

—Estoy empezando a darme cuenta.

—Pero ya está hecho. El colegio empieza el martes siguiente al Día del Trabajo. Tienen entre hoy y el viernes previo a esa festividad para dar con un plan razonable. Me lo presentarán a las nueve de la mañana. Si me gusta, entonces todo estará bien. Si no...

La mujer sonrió con tensión.

—Confíen en mí. Querrán que me guste —la sonrisa se desvaneció—. Sin embargo, si no se les ocurre un plan, entonces los meteré a los dos en la cárcel y les pondré una multa de quinientos dólares al día hasta que lo hagan. Cada uno. Eso cubrirá las costas de meter a tres niños más en nuestro abarrotado sistema de adopciones. ¿Me he explicado bien?

Liz asintió y al momento ya estaba de pie en el pasillo sintiéndose como si acabara de escapar de una zona de guerra.

—¡Por Dios! —exclamó Ethan mientras se pasaba la mano por el pelo—. Eso no me lo esperaba.

—Vamos a tener que pensar en algo —insistió Liz mirando a la puerta—. Aunque estoy segura de que no te alegra pagar quinientos dólares al día, yo al menos puedo trabajar desde la cárcel. Tú lo has provocado, Ethan, y ahora los dos estamos metidos en esto.

—Hice lo que tenía que hacer.

¿Qué había pasado con el hombre divertido y amable del que se había enamorado? ¿Se había ido para siempre? ¿O tal vez esa persona no había sido más que una ilusión?

—No puedo volver a perder a Tyler.

—No lo harás —dijo ella, su frustración bullía en su interior—. ¿Cuántas veces voy a tener que decírtelo hasta que te lo creas? —y entonces cayó en la cuenta—. Claro —susurró—. No puedes creerme porque si soy razonable, si de verdad quiero que conozcas a tu hijo, entonces yo no quedo como la mala. Y puede que parte de la razón por la que no lo conozcas ahora sea por las elecciones que has hecho.

Estaba pensando en cómo la había traicionado, pero la tirantez en la expresión de Ethan la advirtió de que él estaba pensando en otra cosa.

—No metas a Rayanne en esto.

—No estaba hablando de ella.

—La culpas a ella.

—No tanto como tú.

—Yo no la culpo. Era mi mujer.

Pero hubo algo en el modo en que Ethan pronunció esas palabras que le hizo pensar que se le escapaba algo, que había algún secreto.

Antes de poder decidir si debía pegarlo o salir corriendo, él la sorprendió acariciándole la mejilla con el dorso de la mano.

—Lo siento. Es un tema muy delicado.

—Eso veo.

Se quedaron mirándose; mirarlo a los ojos era un poco parecido a mirar al sol. Si lo hacías mucho rato, había consecuencias permanentes.

—No quiero discutir contigo —le dijo él—. Tienes razón. Tenemos que pensar en un plan.

Esa cálida caricia hizo que Liz quisiera apoyarse contra él.

—Como si ahora fuera a confiar en ti.

—No quiero hacerte daño, Liz.

Ella desvió la mirada.

—¿Qué quieres?

Él bajó la mano.

—Quiero volver atrás. Quiero estar ahí cuando Tyler nazca y verlo crecer.

Hubo sinceridad en su expresión y angustia en su tono de voz. A Liz se le encogió el pecho.

—Yo también lo siento. Lo siento más de lo que puedo expresar.

—Lo sé.

Demasiadas pocas palabras que no significaban mucho, pero que en esa ocasión, pronunciadas por él, eran un mundo.

—Podemos hacer que esto funcione —repitió ella—. Quiero que Tyler y tú paséis todo el tiempo posible juntos.

—Será difícil si vivís en San Francisco.

Liz quiso decirle que, si tan importante le parecía todo, él podría mudarse y dirigir su negocio desde allí, pero solo ella sabía que eso no era posible. Que la mayoría de la gente pensaría que era ella la que tenía que ceder y cambiar su vida para volver a Fool's Gold porque era lo mejor para todos.

Para todos, menos para ella.

—Tengo que volver. Tengo que trabajar antes de que los niños vuelvan del campamento.

Fueron juntos hasta el aparcamiento. Liz intentó pensar en algo que decir, pero no se le ocurrió nada y, cuando sacó las llaves de su pequeño todoterreno, Ethan le agarró el brazo y allí mismo, en mitad de la tarde de un jueves, en un aparcamiento descubierto, la besó.

Su boca reclamó la suya con una mezcla de deseo, rabia y determinación y ella, en lugar de apartarse, se apoyó contra él para devolverle el beso con la misma pasión y dejando que las emociones fluyeran a través de su cuerpo.

Él la rodeó por la cintura y posó la mano que tenía libre sobre su hombro.

Durante un momento, no hubo nada más que el calor del sol y del hombre que la abrazaba. Hubo deseo y promesas y en ese espacio de tiempo, todo fue posible. Pero entonces la cordura volvió en forma de una bocina, del sonido del tráfico y de la realidad que les decía que el problema que tenían era más grande que un beso.

Ethan la soltó y ella dio un paso atrás.

Sin decir una palabra, cada uno se subió en su coche y se marcharon.

Liz llegó a casa sabiendo que si no fuera porque estaba esperando a que tres niños entraran por la puerta durante la siguiente hora, se serviría un gran vaso de vino. Se puso unos vaqueros y una camiseta y se medicó con Coca Cola light y dos galletas de mantequilla de cacahuete. Apenas había dado el primer mordisco cuando alguien llamó a la puerta.

Dudó antes de responder. En ese pueblo las visitas inesperadas no solían ser de las buenas y su teoría quedó demostrada cuando en la puerta se encontró a la madre de Ethan ofreciéndole una bandeja cubierta.

—Macarrones con queso. Era el plato favorito de Ethan cuando era pequeño. Bueno, en realidad era el plato favorito de todos mis hijos. ¿Qué les pasa a los niños con la pasta y el queso?

Denise parecía agradable y esperanzada y, una vez más, Liz deseó tener cerca una copa de vino o un margarita. Dio un pasó atrás para dejar pasar a la mujer.

—Querrás poner esto en la nevera. Solo hay que calentarlo.

—Gracias —dijo Liz entrando en la cocina con la bandeja—. ¿Le apetece tomar algo?

—No, estoy bien. ¿Estabas trabajando? ¿Te interrumpo?

—Hoy he estado ocupándome de otras cosas —dijo Liz preguntándose si debía mencionar o no la visita a la jueza o dejar que se lo contara Ethan. No estaba segura del motivo por el que Denise había pasado por casa, pero de algún modo, el reparto de comida parecía más una excusa que un plan.

—¿Tienes fecha límite de entrega?

—Sí, normalmente voy bien de tiempo, pero este verano ha sido todo un reto.

—Has tenido que ocuparte de mucho.

¿Era eso comprensión? ¿Podía fiarse?

—Hay circunstancias que son únicas.

Denise se apoyó contra la encimera.

—Sé lo de la citación y lamento que mi hijo haya sido un idiota. Espero que todo haya ido bien con la jueza.

Así que su madre ya lo sabía. ¿Por eso se había pasado por casa? Pero, ¿por qué no esperar a que su hijo se lo contara?

—La hemos visto esta tarde. Ha sido interesante —le explicó que tenían hasta final del verano para pensar en un plan.

—¿Sabes qué vais a decidir?

—Aún no. Sé lo que quiere Ethan —dijo Liz con tono desafiante porque eso sería lo que Denise también querría.

—Siento lo que ha pasado —le dijo la mujer—. Siento que

hayas tenido que criar a un hijo tú sola. Recuerdo cuando estaba embarazada de Ethan; estaba aterrorizada. Y tú eras más joven que yo y estabas sola. No pudo ser fácil.

Liz se obligó a relajarse. Fue hacia la mesa de la cocina, retiró una silla y esperó a que Denise hiciera lo mismo antes de sentarse.

–Pasé momentos difíciles –dijo–, pero por suerte encontré un albergue para chicas embarazadas. Fue agradable no estar completamente sola. Veía a un médico que me recetaba la comida y las vitaminas que debía tomar.

–Ojalá lo hubiéramos sabido. Ojalá hubieras acudido a mí.

Liz la miró.

–Agradezco lo que está diciendo, pero eso jamás habría pasado –a ella no se le habría ocurrido hacerlo y, menos, después de que Ethan la hubiera rechazado en público.

–Lo entiendo. Ojalá hubiera sabido que estabais juntos. Tal vez entonces yo me habría asegurado de cómo estabas.

En lugar de decir algo que pudiera lamentar, Liz apretó los labios y asintió.

–Sabía lo que decían de ti y siempre me sentí muy mal por ello. Ojalá tu madre te hubiera protegido más.

–Ella era el verdadero problema. Yo no hacía esas cosas. Yo no era esa clase de chica, pero a nadie le importó mirar más allá de los rumores. Bueno, excepto Ethan, aunque tampoco lo hizo demasiado.

Denise frunció el ceño.

–¿Qué quieres decir?

–No importa. Pasó hace mucho tiempo.

–A mí sí me importa –se inclinó hacia ella–. ¿Por qué te marchaste la primera vez?

Liz no quería ser muy precisa, después de todo se trataba del hijo de esa mujer.

–Discutimos.

–No creo que esa fuera la única razón.

–Debería preguntárselo a él.

–Te lo estoy preguntando a ti –Denise le sonrió–. No me

hagas usar mi voz de «madre mala». Tengo seis hijos y mucha práctica.

Bien. Si la mujer quería saberlo, ella se lo contaría.

–Ethan y yo llevábamos saliendo dos meses y él no quería que lo supiera nadie. A pesar de lo mucho que me decía que me quería, creo que estaba un poco avergonzado de mi reputación. Iba a reunirme con él en la facultad, donde nadie me conocería. Íbamos a estar juntos. Yo lo amaba. Fue mi primer novio, mi primer beso, mi primera… –se aclaró la voz–. Ya sabe…

–Me lo imagino. ¿Qué pasó después?

–Yo estaba trabajando en la cafetería y Ethan estaba allí con sus amigos, como siempre. A mí me parecía muy romántico que nadie lo supiera, era nuestro secreto –saber que Ethan la amaba la hacía sentirse especial–. Josh mencionó que nos habían visto juntos y todos los amigos de Ethan empezaron a burlarse y le preguntaron si estaba «acostándose» conmigo –entrelazó los dedos, decidida a no recordar demasiado–. Él dijo que apenas sabía quién era yo y que jamás estaría interesado en alguien como yo.

–Oh, Liz, ¡cuánto lo siento!

Ella se encogió de hombros.

–Me sentí humillada y dolida. Pude sentir cómo se me partió el corazón. Le tiré un batido por la cabeza y me fui. Esa fue la última vez que hablamos. Cuando descubrí que estaba embarazada, volví para contárselo y lo encontré en la cama con otra chica.

–Oh, Dios mío –Denise le acarició el brazo–. Eso es terrible. No sé qué decir.

–No pasa nada.

–No, claro que pasa –Denise sacudió la cabeza–. Todo es por culpa de Ralph y esa maldita idea de que somos los Hendrix, la familia que fundó Fool's Gold –parecía frustrada–. La reputación lo es todo. «Actuad bien, comportaos bien». Pero las emociones no importaban.

Denise suspiró.

–Quise a mi marido desde el momento en que lo vi por

primera vez, pero no era una persona fácil y le inculcó todas sus ideas a Ethan.

a Liz no le sorprendió.

—Era el mayor.

—Exacto.

—Estar con alguien como yo iba en contra de todo lo que su padre le había dicho. Lo entiendo —habló como si no le doliera y esperó que la otra mujer no pudiera ver la verdad.

—Para Ralph, el mundo era blanco y negro, pero la realidad es mucho más gris. No creo que Ethan fuera lo suficientemente maduro para verlo.

Denise sonó sincera y Liz lo agradeció, pero también la hizo sentirse incómoda.

—Estoy bien. El pasado es el pasado. Tyler y yo hemos estado bien. Lo he cuidado bien.

—Eso no lo dudo —le aseguró Denise—, pero mientras has estado ocupada cuidando de tu hijo, ¿quién ha cuidado de ti?

—No necesito que nadie cuide de mí.

Denise sonrió con delicadeza.

—Liz, todos necesitamos a alguien y ahora nos tienes a nosotros. Espero que nos aceptes a mis hijos y a mí en tu familia. Ahora eres parte de nosotros.

Denise era la abuela de Tyler; él tenía tíos y tías, así que por mucho que quisiera correr, estaba vinculada a esa gente para siempre y ahora mismo no podía saber si eso era bueno o malo.

13

Liz había hecho todo lo posible por preparar a las hijas de Roy para la realidad de ver a su padre en la cárcel, pero las palabras no podían describir cómo fue aquella experiencia. Melissa y Liz no solo tuvieron que dejar sus móviles en el coche, sino que a Abby no la dejaron entrar masticando chicle. Había tenido que decirles a las niñas que no llevaran camisetas ni pantalones de color azul vaquero porque a los visitantes se les prohibía vestir ese color. Era el que llevaban los presos. Tuvieron que asegurarse de que sus camisetas tenían manga y que pasarían por un detector de metales antes de poder ver a su padre.

La alegría que habían llevado durante el camino se había desvanecido según se acercaban a la cárcel y había desaparecido por completo cuando se detuvieron frente al edificio. Liz lo comprendía.

Siguieron a los demás visitantes hasta un patio abierto y allí encontraron a Roy emocionado y nervioso.

–Habéis venido –dijo al verlas.

Abby corrió hacia su padre y él la abrazó, pero Melissa se quedó atrás.

–No pasa nada –le dijo Liz.

Melissa sacudió la cabeza.

–Sí que pasa –susurró–. No va a salir de aquí, ¿verdad?

A Liz se le hizo un nudo en la garganta.

–Pasará un tiempo.

–¿Cómo ha podido hacer esto? ¿Cómo ha podido abandonarnos?

Liz no sabía qué decir.

–Sigue siendo vuestro padre –logró murmurar–. Aún os quiere.

Melissa tragó saliva.

–Quererrnos no será suficiente.

Se acercó a su padre lentamente y lo abrazó. Los tres se sentaron en una mesa de picnic y Liz se quedó a un lado al querer dejarles intimidad. Se sentó sola y leyó un libro que se había llevado mientras intentaba ignorar la gente que la rodeaba; había grupos a los que se veía felices, pero otros estaban callados, marcados por el llanto y el obvio dolor.

Alrededor de una hora después, Roy se sentó a su lado.

–Me han dicho que estás arreglando la casa –dijo él evitando su mirada–. Gracias. Ya tengo los papeles del abogado. Los he firmado y se los he devuelto.

Ella asintió. La casa se pondría a nombre de las niñas.

–Cuando esté terminada, hablaré con un agente inmobiliario otra vez y veremos qué es mejor, si venderla e invertir el dinero o conservarla y alquilarla.

Roy asintió.

–Haz lo que creas que es mejor. Tú siempre has sido la inteligente de la familia.

–De un modo u otro tendrán dinero para su futuro.

No lo necesitarían para la universidad, ya que si alguna de sus sobrinas quería estudiar, ella misma correría con los gastos. Pensó en decírselo a Roy, pero tampoco quería que pareciera que estaba presumiendo. La situación ya era bastante incómoda.

–También he firmado ese otro papel –le dijo a su hermana mirándola por primera vez–, ése para hacerte su tutora legal. Les he dicho que tienen que hacer lo que les digas. Mel está enfadada porque quieres que se muden a San Francisco y le he dicho que era lo mejor.

–Dudo que te haya creído.

—Se le pasará. No es más que una niña. Estaba pensando que tal vez no deberías traerlas a verme otra vez. Es demasiado duro para ellas.

—¿Vas a escribirles?

—Claro, claro.

—Querrán saber de ti. Eres su padre.

—Lo sé. He dicho que escribiré.

—De acuerdo —murmuró ella—. Me aseguraré de que ellas también te escriben y te contaré cómo están.

—Gracias, Liz.

—No hay de qué.

Roy volvió con sus hijas y, unos minutos después, las chicas se acercaron a ella.

Tenían lágrimas en los ojos. Abby intentó sonreír, pero no lo logró. Melissa, igual que su padre, no la miraron.

—¿Listas para irnos? —preguntó Liz.

Abby asintió y volvieron al coche.

La tarde era cálida y el cielo de un azul despejado. Encendió el aire acondicionado y se pusieron en marcha.

—Papá dice que ahora eres nuestra tutora legal —comentó Melissa mientras miraba por la ventanilla.

—Lo soy —Liz se aferró al volante—. No es que él no os quiera, pero esto facilita las cosas. Así, si por ejemplo tenéis que ir al médico, yo puedo firmar los documentos.

—O hacer que nos mudemos —dijo Melissa con amargura—. No eres nuestra madre.

—No intento serlo —les explicó, negándose a tomarse el ataque de modo personal.

—¿No podemos quedarnos? —preguntó Abby desde el asiento trasero.

—No —le dijo Melissa—. No podemos. La tía Liz va a obligarnos a mudarnos y no podemos detenerla. Si nos escapamos, la policía nos encontrará y nos traerá de vuelta. Puede hacer lo que quiera, incluso meternos en un hogar de adopción.

—Melissa, ¡ya es suficiente! —dijo bruscamente—. Puedes enfadarte conmigo, si quieres, pero no la tomes con Abby. Nadie va a entrar en un hogar de adopción y lo sabes. Puede que no te guste la idea de mudarte, pero en las pocas semanas que hace que me conoces, he hecho lo que he podido por cuidar de vosotras.

—Tal vez puedas obligarnos a mudarnos, pero jamás te perdonaré. Te odiaré para siempre.

—Pues es algo con lo que las dos tendremos que vivir —le dijo Liz.

Miró por el retrovisor y vio a Abby llorando. Melissa tenía la cabeza girada, así que Liz no podía saber cómo de enfadada estaba. No había nada en esa situación que fuera fácil, pensó con tristeza. Nada era como tenía que ser.

Nadie dijo nada. Al cabo de unos minutos, encendió la radio y un rato después, las lágrimas de Abby se detuvieron. Melissa no se movía. Cuando por fin llegaron a Fool's Gold, Liz se sintió aliviada de estar allí.

Condujo directamente hasta casa y apenas había aparcado cuando Melissa bajó del coche y Abby siguió a su hermana.

Liz salió más despacio y se detuvo en seco al ver a Ethan en el porche.

Había pasado la mañana con Tyler y seguro que quería quejarse por algo o humillarla. Estaba cansada para otra pelea, pero decirle eso era como aceptar una derrota, una debilidad.

—Veo que las cosas no han ido muy bien —dijo mientras se acercaba a ella.

—Saber que su padre está en la cárcel y verlo allí son dos cosas distintas. Están abatidas.

Él era alto y guapo y el hecho de que ella se fijara en ello hacía que quisiera dar patadas al suelo en señal de frustración. ¿Por qué tenía que ser el único hombre del mundo capaz de ganarla con una simple mirada?

—La han tomado contigo —le aseguró él.

—Soy un objetivo fácil.

Cuando Ethan alargó la mano para tocarla, ella pensó en dar un paso atrás, pero aguantó. Él le colocó un mechón de pelo detrás de la oreja.

El suave roce de sus dedos contra su piel hizo que sintiera una calidez por dentro y que se viera más fuerte. Era una locura. Tal vez Ethan no era su enemigo, pero tampoco era su amigo.

–Vamos a montar.

–¿Qué?

–Vamos a alquilar unas bicis. Para todos. Salir de casa hará que Melissa y Abby se sientan mejor y así no tendrás que estar con ellas a solas.

–Me pone nerviosa que seas tan simpático.

–Supongo que debería ser simpático con más frecuencia para que te acostumbraras.

–No creo que sea probable. No creo que puedas ser simpático.

Esbozó una lenta y sexy sonrisa.

–Pruébame.

Eso le gustaría a ella, aunque la convirtiera en la tonta del pueblo.

–Creo que un paseo en bici será más seguro.

Media hora después, tenían las bicis y estaban rodeando el lago donde la luz del sol resplandecía sobre el agua llena de barquitas. Había familias sentadas en el césped y bajo los árboles, y al otro lado del carril bici, unos adolescentes jugaban al Frisbee.

Ethan se quedó atrás, asegurándose de que Melissa y Abby estaban bien y cómodas. Abby avanzaba cerca de Liz charlando tranquilamente. Melissa iba delante, muy tensa. Estaba claro que estaba furiosa.

Tyler estaba al otro lado de su madre y Ethan vio a su hijo serpenteando por el camino. De vez en cuando levantaba las manos del manillar para que su madre lo mirara, después sonreía y volvía a posar las manos.

Cuando una familia que también iba en bici se cruzó con ellos, todos se echaron a un lado. Melissa se tambaleó un poco y tuvo que apoyar los pies en el suelo. Ethan fue hasta ella y le dijo:

—Ha pasado mucho tiempo, ¿eh? Pronto volverás a montar con facilidad.

—Montar en bici es para niños.

—¿Has oído hablar del Tour de Francia?

—Eso es una carrera grande.

—Así es. ¿Sabes quién monta?

Ella volteó los ojos.

—¡Pues claro! Chavales y gente rara.

Ethan contuvo una carcajada.

Estaban detrás de Liz y los niños y bajó la voz.

—¿Con quién estás enfadada de verdad? ¿Con tu padre por estar en la cárcel o con tu tía por querer volver a San Francisco?

—Estoy enfadada con Liz.

—No me lo creo.

Ella lo miró con lágrimas en los ojos.

—Tú no sabes nada.

—Sé un poco. Sé que esto es duro. Sé que eres la persona más valiente que conozco por haberte ocupado de tu hermana así, y sé que Liz lo ha dejado todo por venir aquí en cuanto recibió tu e-mail.

—Puede —dijo ella con la voz entrecortada—. Pero no quiero irme de aquí y ella va a obligarme.

Él no podía ser neutral en ese tema porque tampoco quería que Liz se fuera, pero sabía que esa era una buena oportunidad para apoyar a Liz y demostrarle que no era tan malo.

—Así que os va a alejar de vuestros amigos y no os va a dejar volver nunca más, ¿eh? Vaya, menudo rollo.

Melissa lo miró.

—Dijo que podría seguir viendo a mis amigos los fines de semana que Tyler esté contigo. Y que tendré mi teléfono móvil.

Él no dijo nada.

La niña suspiró.

—No será lo mismo.
—Pero eso forma parte del crecimiento. Las cosas cambian.
—Pero yo no quiero esto.
—Eso también pasa.

Había muchas cosas que él no quería. No quería haberse perdido los once primeros años de su hijo, pero por mucho que gritara o se quejara por ello, nada cambiaría esa situación.

—A veces hay que aceptar las cosas como son —dijo tanto para Melissa como para él—. Puedes hacer que sea un proceso fácil o difícil. La decisión depende de ti.

—Tal vez no quiero crecer.

—¿Después de todo por lo que has pasado? —sonrió—. Lo siento, Melissa, pero ya está pasando y vas a convertirte en una muchacha genial.

—¿Podemos comer un helado? —preguntó Tyler mirando a Ethan.

—Creo que es una buena idea —dijo Liz—. Algo bañado en chocolate estaría muy bien.

A su lado, Abby se rio.

—Te gusta mucho el chocolate.

—Sí. Es muy de chicas.

—El helado es para todo el mundo —dijo Ethan y girándose hacia Melissa, añadió—: ¿Estás bien?

Ella asintió.

Quince minutos después, todos estaban tirados en la hierba, a la sombra y comiendo helado. Abby estaba cerca de Liz, como Tyler. Melissa estaba sola a unos metros y Ethan estaba deseando que Liz estuviera apoyada contra él... Porque estar enfadado no significaba que hubiera dejado de desearla.

Siempre había sido así, se recordó. Fue el primer día de su último año de instituto. Iba caminando por el pasillo cuando se había topado con Liz. Ella tenía esa mirada de timidez y miedo que le dijo que no estaba preparada para el paso de curso.

Incluso entonces la vio preciosa. Alta, esbelta y con curvas en los lugares adecuados. Había algo en el modo que caminaba, en su pose, una especie de precaución, como si pudieras mirarla pero no tocarla. No establecía contacto visual con nadie.

Uno de los amigos de Ethan le había dado un codazo.

—¿Ves a esa chica de ahí? Es Liz Sutton. He oído que es tan ligera como su madre. Espero que sea verdad.

Ethan no sabía qué era lo que había generado los rumores sobre Liz, tal vez las chicas de clase tenían envidia por lo preciosa que era o tal vez los chicos odiaban que no les hubiera prestado atención. Pero en cuestión de semanas, todo el mundo supo que Liz Sutton tenía la reputación de ser una chica fácil y barata.

Aun así, se había sentido atraído por ella. No solo por el sexo potencial, sino porque había visto algo en sus ojos.

Aquel año había hablado con ella un par de veces o, por lo menos, lo había intentado, y Liz siempre se había dado la vuelta y había desaparecido con una facilidad que dejaba claro que estaba bien entrenada. Después, se había graduado y se había marchado a la universidad donde casi se olvidó de ella.

Hasta el verano anterior a su último año de carrera, cuando había vuelto en mayo y se había chocado con ella en la calle. La había mirado y había sabido que tenía que ser suya.

Su interés inicial se había sustentado en su físico, pero rápidamente había descubierto que detrás de esos ojos verdes había un cerebro inteligente, que Liz tenía un gran sentido del humor y unos valores que lo atraían. Había aprendido que era amable, tímida y que nadie la había besado nunca. Él había sido el primero para ella... en todo.

—Ethan, ¿en qué estás pensando? —le preguntó Liz—. Tienes una mirada muy extraña.

Él sonrió.

—Estaba recordando que eras la chica más lista del instituto.

Liz arrugó la nariz.

—Lo dudo.

Abby y Tyler lo miraron.

—¿En serio? ¿Mamá era muy lista?

—Ey, chaval, que ahora también soy lista —dijo ella.

Su hijo le sonrió y se giró hacia Ethan.

—Lo era. Sacaba todo sobresalientes y le dieron una beca para la universidad —que no había utilizado por culpa de él, se recordó.

—Eso pasó hace mucho tiempo —recordó Liz evitando su mirada—. La escuela me resultaba fácil. Me gustaba mucho leer y los libros eran mis amigos.

—¿Por eso escribes ahora? —le preguntó Melissa—. ¿Porque solías leer mucho?

—Seguro que en parte es por eso. Una de las mejores formas de aprender a escribir es leer.

—¿Cómo se puede tener un libro como amigo? —preguntó Abby—. No se puede hablar con ellos.

—No, pero pueden llevarte a otro lugar. Con los libros, el mundo parece más seguro.

Abby y Melissa se miraron y volvieron a mirar a su tía.

—¿Podrías darme el nombre de algún libro para que me lo lea? —le preguntó Abby en voz baja.

—Claro. Luego podemos ir a la biblioteca.

—A mí también me gusta leer —dijo Tyler.

—¿Vas a ser escritor? —le preguntó Melissa.

Tyler negó con la cabeza.

—Quiero construir cosas, como mi padre.

Ethan estaba mirando a Liz mientras su hijo hablaba. Ella no reaccionó ante esas palabras, era como si ya las hubiera oído antes, pero para él la información era nueva y lo lleno de alegría y orgullo. Esperó a sentir el resentimiento de siempre por el tiempo perdido y ahí estaba, aunque mucho menos intenso que antes. La sensación de pérdida y la rabia se habían aplacado de algún modo. Era menos importante. Liz había tenido razón, no podía tener una relación en el presente si seguía viviendo en el pasado. Lo que importaba era Tyler, ahora.

Observaba a Liz. Ella formaba parte de la vida de su hijo, la había amado una vez, con una experiencia vital limitada y muy poca edad. Había sido un niño en el cuerpo de un hombre, pero ahora era mayor y, aun así, toda esa experiencia vital no lo había hecho más inteligente en lo que concernía a Liz.

La tarde de las bicis se prolongó hasta una cena fuera seguida de una película, de modo que, para cuando Ethan los acompañó a casa, ya eran más de las diez y todos estaban cansados.

Liz sintió el agotamiento emocional a punto de engullirla e imaginó que las niñas debían de estar al borde del colapso. Por una vez, nadie protestó al irse a la cama. Mientras iba a darles las buenas noches a las niñas, Ethan se despidió de Tyler y ambos se reunieron abajo. Liz estaba preparada para darle las gracias por el día y acompañarlo a la puerta, pero algo que vio en sus ojos la detuvo. Estaban brillantes de emoción, una emoción que ella no reconocía.

–Nunca había podido hacerlo antes. Meterlo en la cama.

En su tono no hubo nada acusatorio y, aun así, ella se sintió como si la hubiera golpeado en el estómago. Su cuerpo se tensó mientras se vio invadida por la culpabilidad y después, como en una película, vio la vida de su hijo por escenas.

Por alguna razón, sumida en el desafío de criar a un niño sola, había olvidado los momentos mágicos que Ethan se había perdido. La primera sonrisa, el primer paso, la primera palabra, el primer día de colegio, el primer amigo. Pero lo más doloroso era que había olvidado los detalles cotidianos, los momentos que conformaban una relación.

–Lo siento –le susurró y se sentó en el sofá–. Lo siento mucho.

Él se sentó a su lado y la abrazó. Por una vez, Liz se derrumbó y se apoyó en alguien. Todo se le vino encima: el estrés de haber vuelto allí, de cuidar a sus sobrinas, de volver a tratar con Ethan. Tal vez era la causa de su malestar, pero también era el único refugio que había encontrado.

–Nunca quise ser así –murmuró conteniendo las lágrimas.

Él le giró la cabeza hasta que estuvieron mirándose.

–Lo sé.
–Es culpa tuya.
–Asumo la culpa.
–No puedo creer que te casaras con Rayanne.

No había querido decir eso, y al instante se cubrió la boca.

–Lo retiro. Seguro que era maravillosa –después de todo, Pia había cambiado y se había convertido en una persona normal, así que Rayanne podía haber tenido el mismo tipo de transformación.

–Quieres decir que ¿por qué me casé con ella?

–Yo no te he preguntado eso. Doy por hecho que fue lo habitual: salir, enamorarse, casarse.

–¿Sabes lo de mi accidente de bici el último año de universidad?

Ella asintió.

–Fue un momento de mal juicio o de mala suerte. Choqué contra la bici de Josh, pero fui yo el único que cayó. Me lesioné tanto que no pude volver a competir.

–Eso debió de cambiarlo todo –ella recordaba cuánto había amado ese deporte y cómo ganar había importado más que nada. Sin quererlo, recordó la noche que Ethan le había jurado que ella era más importante que cualquier otra cosa, recordó cómo la amaba. Pero, claro, por aquel entonces, ella era una tonta muchachita que había querido creerlo.

–No me lo tomé bien. Estaba furioso y culpaba a Josh. Él se sentía culpable, por su parte, y hemos estado sin hablar unos diez años.

Eso la sorprendió.

–Era tu mejor amigo.

–Sí, bueno, los dos podemos ser muy testarudos. Ahora las cosas están bien.

–Eso espero.

–Tú eres demasiado bondadosa.

–Invento asesinatos para ganarme la vida, ¿hasta qué punto eso es bondadoso?

–Lo recordaré –le agarró la mano–. Terminé la universidad

y volví a casa. No sabía lo que quería hacer con mi vida, pero no iba a hacerlo aquí. Unas semanas después, mi padre cayó muerto de un infarto. Soy el mayor y de pronto todo recayó sobre mí.

—El negocio familiar —murmuró ella—. Nunca quisiste entrar en el mundo de la construcción.

—No tuve elección. Seis personas dependían de mí. Mi madre se derrumbó, las chicas seguían en el instituto y mis hermanos necesitaban terminar la universidad. Así que hice lo que tenía que hacer, pero no me gustó.

A ella no le había gustado responsabilizarse de un recién nacido, aunque tal vez de eso trataba la vida, de hacer lo que había que hacer sin esperar nada a cambio.

—Crecí esos años —admitió él— a base de mucho dolor. Entonces un día me di cuenta de que me gustaba construir cosas. Me gustaba empezar un proyecto y ver su desarrollo. Para entonces ya casi habían pasado cuatro años y no había salido con nadie. Un día Rayanne entró en mi despacho y me pidió una cita. Me dejó impactado.

Porque Ethan no se veía ni sexy, ni inteligente, unas cualidades irresistibles a la hora de elegir marido.

—Empezamos a salir —dijo desviando la mirada— y una cosa llevó a la otra. Me gustaba, pero sabía que no era la mujer de mi vida. El día que tenía pensado decirle que rompía con ella, me dijo que estaba embarazada.

Liz hizo lo que pudo por mantener una expresión neutral, por no mostrar lo que sentía por dentro.

Pia ya le había contado que se había casado con Rayanne porque estaba embarazada, pero no podía evitar sentirse furiosa. No, más que furiosa.

Una voz en su interior quería saber por qué Rayanne y no ella, pero recordarle a esa voz que Ethan no había sabido lo de su embarazo la hizo sentir mejor.

—Parece que tienes toda una lista de embarazos no deseados. ¿No sabes lo que son los métodos anticonceptivos?

Él esbozó una media sonrisa.

—Eso es lo que me dijo mi madre, aunque con un poco más de intensidad.

—Me lo imagino. Si no estuviéramos compartiendo esta charla tan agradable, te daría una buena colleja y te diría que tuvieras más cuidado.

—Sí, señora.

Ella suspiró.

—Así que te casaste con ella y después aparecí yo y como le habías contado lo de nuestra relación, se sintió amenazada.

—Probablemente.

—Menudo lío.

—Supongo que sí.

Se sonrieron y ella se vio perdiéndose en su mirada. Cuando Ethan se giró hacia ella, Liz se acercó para besarlo.

Fue un beso más tierno que el último y la firme boca de Ethan hizo que la suya se fundiera mientras se abrazaban.

Él la acercó a sí y sus piernas se entrelazaron en el sofá. Liz separó los labios y él acarició su lengua con la suya. El deseo salió a la luz, pero ella lo ignoró. No solo había tres niños arriba, sino que no estaba preparada para hacer el amor con Ethan. La última vez no había estado planeado, se habían dejado llevar por la pasión, y había podido alejarse de esa experiencia solo ligeramente dolida. En esa ocasión sería distinto. En esa ocasión habría implicaciones emocionales y eso era lo último que necesitaban.

Al parecer, él pensaba lo mismo. Se besaron una y otra vez, pero Ethan no llevó las cosas más allá. Liz saboreó la sensación de tener su cuerpo junto al suyo y disfrutó del calor que tomó forma en su interior. Había pasado mucho tiempo desde que había deseado a un hombre de verdad. Desde que había deseado a ese hombre. Porque Ethan podía hacerle cosas que nadie más podía.

Él se apartó y se quedaron mirándose.

—Debería irme.

Ella asintió y se movió para que pudieran levantarse, pero una vez arriba, Ethan volvió a llevarla contra su cuerpo y la besó una vez más. Después de mirar al techo, exhaló lentamente.

—Tienes una casa llena de niños.
—Lo sé.

Apoyó la frente contra la suya.

—¡Vaya!

Ella le acarició la cara y por un segundo se permitió pensar cómo sería todo si estuvieran solos en ese momento. Si no tuvieran nada en lo que pensar. Si no tuviera que preocuparse por perder su corazón de manos de un hombre en el que no podía confiar.

Ethan la besó suavemente y fue hacia la puerta.

—Nos vemos pronto.

Liz asintió y lo acompañó hasta el porche. Ethan bajó los escalones, recorrió el camino hasta el portón y salió a la acera. Cuando se fue, ella se quedó allí de pie, mirando al cielo de la noche, admirando las estrellas. Dos meses atrás, su vida había sido una auténtica rutina, totalmente predecible, pero las cosas habían cambiado rápidamente y no podía estar segura de dónde estaría al cabo de dos meses.

Había algo divertido en el hecho de no saberlo, se dijo. Después, se apoyó contra la columna del porche e inhaló el aroma de la noche.

14

Liz nunca había asistido a un funeral y no estaba segura de qué ponerse. Además, hacía un calor abrasador y eso limitaba sus opciones. Se decidió por un vestido verde sin mangas y unas sandalias color crema. Había sido Montana la que le había comunicado dos días antes que iban a reunirse en honor a la demasiada corta vida de Crystal y le había pedido que llevara una ensalada.

Ya que no le había especificado qué clase de ensalada, Liz se había decantado por su favorita, una de pasta y mezcla de lechugas que era sana y deliciosa a la vez. Normalmente le gustaba hacer ensalada, pero esa mañana su corazón no había estado demasiado animado. La muerte de Crystal era demasiado triste, su vida había terminado demasiado pronto y, aunque no se habían visto en años, sentía la pérdida de alguien a quien había considerado su amiga.

Había hecho lo posible por evitar pensar en cuándo le llegaría a ella su hora y se había imaginado a un montón de gente sentada en una silenciosa sala, hablando en voz baja e intentando no llorar. Pero cuando llegó al bar de Jo, se sorprendió al ver que allí había una fiesta. El salón principal estaba lleno de gente riéndose y charlando. De fondo sonaba música y en una gran pantalla de televisión podían verse fotografías de Crystal y de un guapo hombre joven con uniforme de marine.

–Hola. Gracias por venir. Estamos llevando la comida a la

parte trasera –le dijo Montana cuando entró–. Sobre las mesas de billar.

El tono fue agradable, aunque no especialmente cálido. Como si estuviera hablando con una extraña.

Liz se quedó helada. Después de todo ese tiempo, ¿estaba Montana culpándola por lo que había pasado con Ethan y Tyler? No tenía muchos amigos en el pueblo y no quería perder a una.

–¿Estás...? –comenzó a decir, pero se detuvo.

Mientras que la mujer que tenía delante se parecía mucho a Montana, había diferencias. El pelo más corto, una pequeña cicatriz en la mejilla, una pose distinta...

Trillizas, pensó aliviada. Montana era una de las trillizas idénticas.

–No eres quien yo creía.

–¿A quién esperabas?

–A Montana. Soy Liz Sutton. Nos conocimos en la fiesta de chicas que celebré en mi casa.

La hermana de Ethan sonrió.

–Ya me acuerdo. Soy Dakota.

–Hola.

–¿Cómo te va? Tiene que ser difícil mudarte aquí, enfrentarte a lo de Ethan y cuidar de las niñas de Roy.

–Lo sobrellevo, unos días son mejores que otros.

–Si alguna vez necesitas algo, llámame. Siempre estoy dispuesta a hacer de canguro o lo que sea.

–Gracias, eres muy amable.

–Bueno, ahora eres de la familia.

–Te lo agradezco –levantó el cuenco–. Iré a dejar esto con la otra comida.

–Genial. Jo está sirviendo martinis de uva roja en el bar. Crystal y ella los inventaron una noche hace como un año y son sorprendentemente buenos.

Teniendo en cuenta que apenas eran las dos de la tarde y que tenía tres niños que volverían a casa sobre las cuatro, Liz se dijo que solo tomaría uno.

Fue hasta el bar, se detuvo para saludar a la gente que conocía y sintió cómo iba relajándose. No era muy probable que alguien la atacara verbalmente en el funeral de Crystal, ya que era un momento para centrarse en la joven mujer que había muerto. Además, la oferta de Dakota de ayudar había sido inesperada y muy amable.

Después de dejar la ensalada junto a los otros muchos platos, volvió al salón principal, donde vio a Pia hablando con un grupo de mujeres.

Liz empezó a acercarse y se detuvo, dudando si unirse o no al grupo, pero Pia tomó la decisión por ella al disculparse ante sus amigas e ir a su lado.

–Hola –le dijo con los ojos rojos de llorar. Se le había corrido la máscara de pestañas y estaba pálida–. Estoy hecha un desastre.

–Estás echando de menos a tu amiga –dijo Liz dándole un impulsivo abrazo–. No pasa nada por estar hecha un desastre.

Pia la abrazó y dio un paso atrás.

–Supongo. No puedo creer que se haya ido. No es una sorpresa y aun así no puedo dejar de pensar en ello.

–Nunca esperamos que la gente muera, ni siquiera cuando sabemos que se van a ir.

Pia asintió lentamente.

–Tienes razón, pero saberlo no hace que sea más fácil.

–Lo siento. Te llevará tiempo.

Los ojos de Pia volvieron a llenarse de lágrimas.

–Es tan injusto, ¿verdad? Crystal era una dulzura, un encanto. Ya había perdido mucho y ahora ha tenido que morir así.

Liz no sabía de qué hablaba su amiga.

–Creía que estaba enferma.

–Sí. Me refiero a lo otro. Estaba casada, él era soldado en Irak.

Liz miró a su alrededor, pero no vio a ningún hombre que encajara con esa descripción.

–¿Sigue allí?

–Murió. Como sabían que existía esa posibilidad, decidieron asegurarse de tener hijos. Utilizaron la fecundación in vitro para crear varios embriones antes de que él se marchara, por si acaso.

–¿Crystal tiene hijos? –eso lo empeoraría todo.

–No exactamente. Después de que su marido muriera, fue a que le implantaran los embriones, y durante un examen rutinario le descubrieron el cáncer. ¿Te lo imaginas? Ni siquiera podía tener los hijos de su marido. No sé cómo podía seguir levantándose cada día. Era tan simpática y buena. Yo nunca seré así.

Liz volvió a abrazar a su amiga.

–Tú eres perfectamente buena.

–En realidad no. Lo intento. En el instituto fui una persona horrible, pero eso tú ya lo sabes. Quiero ser mejor. Tengo su gato y juro que haré todo lo posible por hacer que ese animal sea feliz –volvió a sollozar–. Supongo que debería comprarme un libro, algo como *Felicidad gatuna para principiantes*.

Liz no pretendía ser insensible, pero no pudo evitar reírse.

–No estoy segura de que ese título lo hayan publicado ya.

–Tengo que hacer algo. Supongo que he de estar agradecida de que solo me haya dejado al gato. Tenía esos embriones... No sé qué hacer con ellos.

Liz no había pensado en eso, pero tenía sentido. Crystal se habría quedado preocupada al no saber qué sería de sus hijos no nacidos.

–Sería mucha responsabilidad.

–¿Pensar qué hacer con ellos?

–Claro. En ello va implicado tener a los bebés y criarlos.

–Me alegra de que no sea yo. Un gato es todo lo que puedo atender. No soy muy maternal.

–No se sabe hasta que no lo intentas.

–Me cuesta mantener vivas a las plantas, así que no sé cómo me iría criando a un niño.

Liz sacudió la cabeza.

–¿Crees que yo estaba preparada para tener a Tyler? Haces lo que hace falta. Al principio es duro y después todo es más sencillo.

—Necesito un trago —dijo Pia—. Vamos a ver qué hay por ahí.

Fueron hasta la barra y antes de llegar a ella, una mujer mayor se detuvo para mirar a Liz.

Sintió un vuelco en el estómago y se preguntó si podría escapar por la parte de atrás, pero antes de que pudiera trazar un plan, la mujer le dijo:

—Deberías haberte casado con él —dijo mirándola con unos ojos azules, tanto como su pelo. Llevaba un vestido sin forma de estampado floral que le llegaba a las rodillas—. Es una vergüenza. En mi época, si una chica se quedaba embarazada, se casaba con el padre del niño. Ahora los jóvenes tenéis sexo y no os preocupáis por las consecuencias.

Liz abrió la boca y la cerró. ¿Qué podía decir a eso? Tenía la mente en blanco.

Pia se puso delante de ella y sacudió el dedo índice hacia la mujer.

—Largo, Esmeralda. No sabes de qué estás hablando. Liz era una niña. Si estás tan preocupada por lo que es correcto, ¿por qué no hiciste algo entonces? ¿Por qué no le hablaste así a la madre de Liz? Todo el mundo sabía lo que estaba pasando en su casa. ¿Dónde estaba tu código moral entonces?

Esmeralda apretó los labios.

—Bueno, yo nunca...

—Ahora ya lo sabes —dijo Pia firmemente—. Es el funeral de mi amiga. ¿De verdad crees que Crystal querría que hablaras de esa forma aquí?

Liz, sintiéndose apoyada, esperaba que la mujer le respondiera bruscamente a Pia.

—Tienes razón —dijo Esmeralda y se giró hacia Liz—. Me disculpo. Por Crystal.

—Gracias —dijo Liz, sorprendida.

Pia se agarró del brazo de Liz y fueron hasta el bar.

—¿Lo ves? No es tan malo estar aquí.

—Pero no siempre puedo contar con que me rescates.

—Lo haré, si estoy delante. Y que conste que eso dice mucho de la maravillosa persona que soy.

Liz aceptó la copa que Jo le entregó.

—¿Lo dices porque no me merezco que me defiendan?

Pia tomó su bebida, dio las gracias con una sonrisa, y se giró hacia Liz.

—Andas increíblemente derecha para ser alguien con una gran esquirla en el hombro. Es impresionante.

—Yo no tengo ninguna esquirla.

—Oh, por favor. Es enorme, del tamaño de un coche pequeño. Debe de costarte mucho dormir.

—¿Estás borracha?

—No, pero tengo pensado emborracharme —dio un gran trago al martini—. Lo que quiero decir es que eres tan condenadamente perfecta, que debería odiarte, pero aquí estoy poniéndome de tu lado. Deberías estar agradecida y tal vez podrías comprarme un diamante o algo así.

Liz apenas se había terminado su copa y la cabeza ya le daba vueltas.

—No soy perfecta.

Pia volteó los ojos.

—Como si eso fuera verdad. Mírate. En el instituto eras preciosa y ahora lo eres más todavía incluso. Y lo peor de todo es que no parece que lo sepas. No vas por ahí intentando ser atractiva, lo eres sin más, naturalmente. ¿Alguna vez me has visto por la mañana? No. Bueno, pues deja que te diga que sin arreglarme seriamente no puedo salir de casa. Asustaría a los niños de por vida.

Liz no sabía si debía reírse o salir corriendo.

—Estás loca.

—Puede, pero es verdad. Y lo más horrible de todo es que eres inteligente. Todo el mundo lo sabe. En el colegio, los profesores siempre hablaban de ti. «¿Por qué no puedes ser inteligente y responsable como Liz?» —repitió ella en tono burlón. Pia dio otro sorbo—. Nos lo pusiste muy difícil a todos.

Ahora Liz no podía dejar de reírse.

–No es verdad.

–Claro que sí. Lo hiciste y ahora, mírate. Eres una escritora famosa, tienes una beca en tu nombre, un hijo fantástico, ¿y qué tengo yo? Un gato al que no le caigo bien y tres plantas muertas.

Pia parecía abatida y algo achispada. Liz le agarró la mano con fuerza.

–No soy todo eso, y tú eres mucho más de lo que has dicho. Tienes un gran trabajo y mucha gente que te quiere. Crystal te adoraba.

Pia se secó las lágrimas de los ojos.

–Es verdad, y era genial. Pero tú tienes carácter y yo nunca lo he tenido.

–Tienes mucho carácter, confía en mí.

–¿Lo prometes?

–Lo juro.

Ethan pulsó el botón para aumentar la intensidad de la elíptica. Era media tarde y el gimnasio estaba tranquilo. Unos cuantos chicos del instituto estaban trabajando con pesas y había una clase de yoga en la zona cerrada en el extremo del edificio.

–Así es como entrenan las chicas –farfulló Ethan mientras se secaba el sudor.

Josh le sonrió.

–Podríamos haber ido a montar en bici.

–No he tenido tiempo. A diferencia de ti, trabajo para ganarme el pan.

–Yo sí trabajo –protestó Josh–. No muy duro, pero trabajo.

Su amigo lo había llamado para proponerle que fueran juntos al gimnasio; habían hablado sobre un paseo en bici, pero Ethan tenía reuniones esa tarde. Por mucho que le habría gustado hacer una ruta por las montañas, tendría que esperar a otro día.

–Puede que este fin de semana, si no estás ocupado con Tyler.

–¿Por qué estás libre el fin de semana? –Ethan sabía que su amigo, un recién casado, pasaba cada segundo con su esposa.

–Charity y la alcaldesa Marsha se van a San Francisco a comprar la habitación del bebé.

Ethan sonrió.

–¿Y no quieres ir a elegir colores y accesorios?

Josh se estremeció visiblemente.

–No, gracias. Solo quiero que el bebé esté sano.

–Y que sea un chico.

Josh se rio.

–No le diría que no a un niño, pero vamos a esperar para saberlo, Charity quiere que sea una sorpresa.

Ethan sintió cómo le ardían las piernas y aumentó el ritmo de la máquina.

–¿Estás asustado?

Josh se encogió de hombros y asintió.

–A veces. Cuando pienso en ello. ¿Qué sé yo sobre ser padre?

Ethan podía entenderlo, aunque la diferencia era que Josh podía empezar desde cero, con un recién nacido. Claro que, un bebé suponía muchas más preocupaciones.

–Te entiendo.

–¿Qué tal con Tyler?

–Bien, genial. Es inteligente y divertido. Y muy atlético.

–¿Te ves reflejado en él?

–Sí, pero también tiene mucho de Liz.

–¿Es eso malo?

–A veces –admitió Ethan secándose el sudor–. Intento sobrellevarlo porque no tengo elección, pero cuando me paro a pensar en lo que hizo... –agarró la botella de agua y dio unos tragos.

Meterse otra vez en ese terreno no solucionaría nada, se recordó Ethan. Era una pérdida de tiempo y de energía.

–¿Te habla?

–Claro. ¿Por qué?

—Por lo de la citación. Pensé que te perseguiría con algo afilado después de eso.

—No le hizo ninguna gracia y yo no fui muy inteligente, pero ya está hecho.

—¿No puedes retirarla?

Ethan pensó en la jueza. No parecía la clase de persona que apoyaría que cambiara de opinión y tampoco quería comprobarlo y arriesgarse a acabar en la cárcel.

—Pensaremos en un plan.

—Charity me dijo que Pia le dijo que Liz volvió en cuanto se enteró de que estaba embarazada, pero que estabas con otra.

—Estaba dormido —protestó Ethan.

—Con Pia en tu cama.

—De todos modos...

Josh agarró una toalla y se secó la cara.

—Lamento decirte esto, pero Liz tiene mucha razón. Se marchó porque la humillaste y después te encontró en la cama con otra cuando volvió para contártelo. Es imposible que tú quedes como el bueno.

—Me ocultó lo del niño. Nada excusa eso —Ethan había perdido algo irrecuperable.

—No estoy diciendo que eso sea una excusa. Estoy diciendo que no estás libre de culpa.

—Puede que no —no quería pensar en eso—, pero todo habría sido distinto si se hubiera quedado. Si me hubiera despertado. Si me hubiera golpeado con algo.

—Ella no es así.

—¿Y cómo lo sabes?

—Se marchó. Estaba dolida y se fue sin hacer ruido. Puede que no quieras admitirlo, pero por lo que yo puedo ver, ha hecho un gran trabajo con su hijo.

—Lo sé —no tenía ninguna queja sobre Liz como madre.

—Tal vez no es ella con quién estés enfadado.

A Ethan le dolían las piernas, pero siguió moviéndose, no quería oír las palabras de su amigo y mucho menos pensar en ellas. Pero entonces la máquina pitó indicando que su programa de treinta minutos había finalizado.

—Es verdad que Liz no te lo contó al descubrirlo, pero lo importante es que volvió.

Ethan bajó de la máquina y agarró su toalla.

—Gracias por ponerme al día.

Josh ignoró el comentario.

—Rayanne te ocultó la verdad. Era tu esposa. Deberías haber podido confiar más en ella que en nadie. Confiabas en ella.

Ethan estaba furioso, pero recordó que a su amigo también lo había traicionado una mujer y que tal vez sabía de lo que estaba hablando.

—Se sentía amenazada —admitió Ethan—. Estaba embarazada cuando nos casamos.

—Me lo imaginaba.

Ethan enarcó las cejas.

—Vamos —dijo Josh mientras limpiaba con desinfectante el manillar de la máquina que había utilizado para después pasárselo a Ethan—, nunca fue tu tipo. No podía creerme que estuvierais juntos.

—Yo necesitaba despejarme un poco y ahí estaba ella en el momento justo. Había estado trabajando mucho, aprendiendo el negocio, empezando con los molinos y no había tenido tiempo para salir. Un día Rayanne entró en mi despacho y me vi interesado por ella.

No se molestó en decir que lo suyo no habría durado, ya había sido bastante admitirlo ante Liz. Por razones que no podía explicar, había querido que ella supiera la verdad, pero no hacía falta que nadie más conociera esa información. A pesar de todo, Rayanne había sido su mujer y se merecía su lealtad.

—Estaba embarazada de pocos meses cuando Liz apareció y yo estaba fuera de la ciudad. Seguro que la noticia la dejó asustada. Yo le había hablado un poco sobre Liz, así que tenía idea de lo seria que había sido nuestra relación para mí. Si a eso le sumaba que ya tenía un hijo con ella, se habría asustado de pensar que no me preocuparía tanto por nuestro bebé.

Por lo menos eso era lo que él creía, ya que no había modo de preguntárselo a Rayanne.

Quería concederle el beneficio de la duda, quería creer lo mejor de ella, pero lo importante era que ella se había guardado el secreto hasta el final. Incluso cuando ambos sabían que se moría, no le había contado lo de Tyler. Y eso era muy difícil de perdonar.

—Aún estás cabreado —señaló Tyler.

—A veces.

—¿Y no crees que estás pagándolo todo con Liz porque no puedes arreglar las cosas con Rayanne?

Ethan miró a su amigo.

—¿De qué estás hablando?

—Solo digo que claro que Liz tiene parte de culpa en esto, pero tú también y también Rayanne. Pero Rayanne no está aquí. Estar enfadado con los muertos nunca es bueno. Así que, ¿qué te queda? Liz.

Ethan se terminó su botella de agua, tiró el envase en el cubo de reciclaje, se echó la toalla al hombro y fue hacia el vestuario. Josh fue tras él.

Al cabo de un rato, salieron por la puerta giratoria mientras Ethan pensaba que las palabras de su amigo tenían sentido.

—¿Cuándo te has vuelto tan agudo?

—Ni idea.

—No me gusta.

—A mí tampoco. Me hace sentir como una chica, así que no se lo digas a nadie.

El sábado amaneció tan caluroso como el resto de la semana. A las diez, casi llegaban a los treinta grados. El aire acondicionado de la vieja casa era cuestionable por decir poco, y eso significaba que estaba en la lista de reparaciones. Pero hasta el momento, el subcontratista no había aparecido por allí y eso era algo que Liz hablaría con Ethan la próxima vez que lo viera. Mientras tanto, tenía tres niños a los que cuidar.

Melissa y Abby estaban discutiendo por quién utilizaba el teléfono y la pequeña decía que su hermana podía llamar desde su móvil, mientras que Tyler se quejaba por tener que dejar de jugar ya a sus videojuegos.

–Papá me dejaría jugar más rato –gimoteó cuando ella le quitó el mando.

–Eso no lo sabes.

–Claro que sí. Me deja hacer un montón de cosas que tú no.

No dudaba que Ethan no estuviera limitando al niño ahora mismo porque estaba conociéndolo, así que se dijo que fuera paciente y comprensiva porque todo se iría arreglando con el tiempo.

–Me alegra que estés llevándote bien con tu padre, pero ahora mismo ha terminado tu rato de jugar. Nos vamos a la calle, así que por favor, ponte el bañador.

–Quiero ir a ver a papá.

Ella lo ignoró y fue hasta las escaleras.

–¡Quince minutos! –gritó–. El que no esté preparado, se queda aquí.

Abby corrió hasta las escaleras.

–¿Adónde vamos?

–A la piscina. Pasaremos todo el día allí.

–¿Podemos comer perritos?

–Sí.

Melissa se unió a su hermana.

–Yo soy demasiado mayor para ir a la piscina.

Liz no estaba muy segura de si dejar a la adolescente sola en casa, y no porque tuviera miedo de que se metiera en problemas, sino porque era mejor que estuviera acompañada y divirtiéndose.

–Llama a una de tus amigas e invítala a venir. Y tienes que estar lista en quince minutos. Lo digo en serio.

Las dos se giraron y corrieron por el pasillo de arriba. Liz subió las escaleras para ponerse el traje de baño. No tenía pensado meterse en el agua, pero había muchas probabilidades de que la salpicaran, así que mejor ir preparada.

Tyler subió las escaleras lentamente murmurando algo sobre preferir estar con su padre.

Les llevó casi media hora salir por la puerta, pero mereció la pena. Aunque había varias familias en la piscina, aún quedaban sitios en la sombra.

—¿Qué tal si vamos allí? —preguntó Liz señalando.

—Veo a Jason —dijo Tyler—. Voy a preguntarle si quiere ir al tobogán.

—Brittany está con su madre —dijo Abby—. ¿Puedo sentarme con ellas?

—Madison está esperándome en el chiringuito —dijo Melissa mientras se alejaba.

Liz le dio permiso a Abby para que fuera a ver a su amiga y se vio cargando con todo hasta el punto que había elegido y colocando las toallas. Se echó loción protectora, se colocó un sombrero y abrió la novela de amor que se había llevado. Menos de un minuto después, sonó su móvil.

—¿Diga?

—Soy Pia, estoy en tu casa. ¿Dónde estás?

—En la piscina. ¿Qué pasa?

—Tengo los pósters impresos y quería asegurarme de que te parecían bien. Después de todo, eres nuestra estrella.

Liz frunció el ceño. Aunque agradecía que se hubiera tomado esa molestia, los pósters no eran asunto suyo. El trabajo de Pia era promocionar la firma de libros y el pueblo. Además, ya había visto los pósters en la reunión..., pero entonces cayó en la cuenta de que tal vez no se trataba tanto de enseñarle los pósters como de sentirse sola por echar de menos a Crystal.

—Me encantaría verlos, pero tengo a los tres niños aquí. ¿Por qué no te pones un atrevido bikini y te vienes?

Pia suspiró.

—No, gracias. Me iré a casa. No me encuentro muy bien.

—Razón de más para echarte crema y ponerte morena. Vamos. Necesito desesperadamente hablar con un adulto.

Pia vaciló.

—Tal vez... De acuerdo. Ahí estaré. ¿Quieres que lleve algo?
—¿Vino?
Pia se rio.
—No creo que me dejen abrir una botella en la piscina.
—Probablemente no, así que tráete a ti misma. Hasta ahora.

A Liz le preocupaba que Pia cambiara de opinión, pero en menos de media hora, la otra mujer apareció con su toalla y una nevera portátil llena de agua fresca.

Mientras Pia se quitaba los pantalones cortos y la camiseta, Liz intentaba no envidiar las largas y esbeltas piernas de la mujer. Había que ser alta para tener ese genial aspecto.

—Qué bien —dijo Pia, ya sentada sobre su toalla—. Hacía años que no venía a la piscina.

—Yo he venido bastante desde que terminó el colegio. Los perritos calientes están buenos —miró a Pia—. ¿Cómo estás?

—Bien. Echo de menos a Crystal, pero el trabajo me mantiene ocupada, así que eso es bueno. Le he comprado un collar a Jake, como un modo de decirle que ahora que Crystal no está, el uno tiene que cuidar del otro.

Liz no sabía qué decir.

—Sé que es un gato —añadió Pia con una sonrisa—. No es que hablemos ni nada.

—Bien, porque me habría preocupado por ti.

—Estaba preparada para ponerle el collar cuando Dakota me ha asustado —se detuvo—. Es una de las hermanas de Ethan.

—La he visto un par de veces.

—Me ha dicho que una amiga le puso un collar a un gato que nunca había llevado uno y que se arañó tanto para quitárselo, que se cortó una vena o algo así y había sangre por todas partes. Lo último que necesito es volver a casa del trabajo un día y ver la escena de una película de terror en mi casa.

—¿Estás segura de que Dakota no intentaba ser graciosa?

—No lo creo, pero de todos modos, no creo que Jake vaya a quitarse su collar.

—Puede que sea un buen plan —Liz pensó en la hermana de Ethan—. ¿No trabaja Dakota en el campamento?

—Es la consejera jefe. Tiene un doctorado en Desarrollo Infantil. Raúl Moreno es el dueño del campamento y aunque ahora está abierto para el verano, quiere convertirlo en unas instalaciones para todo el año. Dakota está ayudándolo con eso.

Liz frunció el ceño.

—¿Raúl Moreno? ¿Por qué me suena ese nombre?

Pia sonrió.

—Oh, cielo, ¿es que no lo has visto? Está buenísimo. Es alto, moreno y muy guapo. Un macho latino. Jugaba con los Cowboys de Dallas como quarterback. Es inteligente y atlético. ¿Se puede mejorar?

—Me parece que alguien está encaprichada...

—Solo en la distancia. Ahora mismo no me interesa tener una relación.

—¿Por qué no?

Pia vaciló.

—No se me dan bien. Me gustaría tener una relación seria e incluso tener hijos, ser más maternal y conocer quince modos distintos de cortar un sándwich con estilo, pero no es lo mío. No sé si estoy hecha para eso.

Había algo más en las palabras que dijo, como si estuviera ocultando algo y no se sintiera cómoda contando esa historia. Liz no quería presionarla. Su amistad con Pia seguía siendo nueva, pero no podía evitar preguntarse qué secretos se estaba guardando su amiga.

—Pues yo solo conozco dos modos de cortar sándwiches y con eso tengo suficiente.

—Mira, ya conoces uno más que yo. Además, tú eres una madraza por naturaleza. Te he visto con Tyler. Tenéis una relación fantástica.

—Soy madre porque me quedé embarazada. Tenía dieciocho años. Era una cría y sabía que había cometido muchos errores. Pasé el primer año aterrorizada por si se me caía al suelo. Creo que lo más importante de todo es querer y amar. Los niños tienen que saber que son queridos.

—Eso es verdad. Que no te quieran es terrible.

—Lo sé.

—Bueno, yo por ahora tengo al gato Jake y con eso me basta.

—Por lo menos, él no dejará la tapa del retrete levantada.

—Exacto. ¿Sabes? La abogada de Crystal se ha puesto en contacto conmigo, quiere que vaya a hablar con ella. Me ha dicho que no había prisa, así que supongo que será algo sobre el testamento, sobre alguna transferencia formal de propiedad.

—Asegúrate de comunicárselo a la ciudad —bromeó Liz—. Hay que rellenar papeleo para la transferencia de mascotas.

Pia se bajó las gafas de sol y la miró.

—Eres muy graciosa, ¿lo sabías?

Liz se rio y Pia le sonrió.

—Me alegro de que hayas vuelto.

—No digas eso —dijo Liz gruñendo.

—¿Aún siguen acosándote las ancianas?

—No son tan mayores. Hay cosas que me gustan mucho de estar aquí y otras que me vuelven loca.

—¿En qué lista entra Ethan?

—En las dos.

—¿Lo ves? Los hombres son una complicación.

—Y que lo digas. Sé que quiere tener una relación con Tyler y yo lo animo a eso, pero entonces va y comete una estupidez como lo de la citación judicial y quiero abofetearlo.

—¿Puedo mirar cuando lo hagas? Me alegraría la semana.

Liz esbozó una leve sonrisa.

—Seguro que a él no —suspiró—. No sé qué hacer.

—¿Lo dices porque no sabes lo que sientes por él? ¿Cómo ibas a saberlo? Han pasado años, pero estuviste enamorada una vez y ahora tenéis a Tyler. Tiene que ser complicado intentar decidir si aún lo quieres.

Liz sintió como si el mundo se ladeara a la derecha y tuvo que aferrarse a la toalla.

—No quiero a Ethan.

—Hablando como profesional, puedo decirte que la negación es peligrosa. Lo estropea todo. No estoy diciendo que lo ames, estoy diciendo que tienes que decidir si podrías amarlo.

—No. No pienso aceptar eso. Me negó en público ¡dos veces! Y nunca intentó ir a buscarme. Seguro que no había pensado en mí en todos estos años.

—Interesante. ¿Así que tus sentimientos dependen de los suyos? No habría imaginado que fueras tan simple.

—¿Cómo dices? Yo no estoy diciendo eso.

—Es lo que has dicho.

—La cuestión es que no me interesa Ethan de ese modo y yo no le intereso a él. Tenemos un hijo juntos, hay detalles que tenemos que solucionar y nada más.

¿Amar a Ethan? Imposible. Apenas le gustaba. De acuerdo, lo deseaba, pero eso era distinto. Tener una conexión sexual no era significativo.

—Te equivocas —añadió Liz—. No podrías estar más equivocada.

Pia agarró una botella de agua y la abrió.

—¿No hay un verso de Shakespeare que habla sobre protestar tanto? No puedo recordarlo, pero bueno, no soy la literata aquí.

—No, aquí eres la loca.

En lugar de ofenderse, Pia sonrió.

Liz la miró, se cruzó de brazos y miró hacia la piscina. ¿Amor? Qué estupidez. Ella no amaba a Ethan. Como mucho, le caía bien y eso era por el bien de su hijo. Cualquiera que dijera lo contrario necesitaba terapia psicológica.

15

Eso sí que era una mala idea, pensó Liz mientras esperaba delante de la casa en la que Ethan había crecido. Denise la había llamado para invitarlos a ella y a los niños a cenar, como una especie de reunión familiar. Liz había querido negarse, pero no se le había ocurrido ninguna excusa. Los hermanos de Ethan no estaban en la ciudad, pero las trillizas estarían allí, con lo que tendría que enfrentarse a cinco miembros del clan Hendrix.

No dejaba de decirse que Denise había sido perfectamente educada y simpática la última vez que habían hablado y que todo saldría bien, pero el problema era que no podía creerlo.

Con un ramo de flores en la mano, fue hacia la puerta y llamó al timbre. Los niños se apiñaron detrás de ella mientras hablaban de la nueva ducha que habían instalado en casa en el baño de arriba. Por razones que Liz desconocía, estaban entusiasmados con ella.

La puerta se abrió.

–Habéis venido –dijo Ethan.

–¿Teníais alguna duda? –preguntó ella intentando no dejar ver su nerviosismo.

–Estábamos haciendo apuestas.

–Genial.

–Estoy de broma –dijo él dando un paso atrás–. Pasad.

Ella entró y Tyler pasó después y abrazó a su padre mientras Abby y Melissa permanecían una pegada a la otra. Denise apareció relajada y muy guapa con un conjunto verde de pantalón pirata y unas chanclas rosas brillantes.

–Pasad, pasad –dijo mientras abrazaba a los niños. Agarró las flores que Liz le había llevado–. ¿Qué detalle? Son preciosas y tengo el jarrón perfecto para ellas –se detuvo–. Pero está alto y no puedo alcanzarlo. Melissa, cielo, ¿puedes ayudarme?

–Eh, claro –la adolescente la siguió hasta la cocina.

–Siempre he querido ser alta –le dijo Denise–. Eres preciosa. No quiero ni pensar en todos los chicos que deben de estar colados por ti.

–Yo tampoco –dijo Liz cuando los demás entraron en la cocina.

La cocina era luminosa y estaba claro que era el centro de esa casa. Las baldosas azules del suelo le daban calidez a los muebles blancos y a la encimera de granito negra. Había electrodomésticos de acero y mucho espacio de almacenaje. Era la cocina perfecta para una familia grande.

Al otro lado de la puerta que había al final, Liz vio la mesa del comedor, que estaba preparada para nueve y aún le sobraba espacio. La familia de Ethan siempre había sido grande.

–Esta noche haremos una cena sencilla –dijo Denise mientras metía las flores en un jarrón–. Pollo a la barbacoa y ensaladas. He preparado tartas, así que con eso ya tenemos el postre. Ahora, vamos al salón. Estaremos más cómodos allí.

Los condujo hasta una sala diáfana llena de sofás y sillas de aspecto cómodo y muchas mesas pequeñas dispuestas alrededor de una chimenea. Contra la pared del fondo había una larga barra de bar y en frente, una gran pantalla de televisión.

Las hermanas de Ethan ya estaban en el salón. Se levantaron cuando entraron.

–¡Que guai! –exclamó Tyler al verlas–. ¿De verdad sois hermanas de papá?

–Ajá –respondió Montana–, lo que significa que somos tus tías. Es guai. Sé que a mí me gustaría tenerme como tía. Soy Montana. Me has visto en la biblioteca y fui a tu casa a cuidaros una vez –se señaló el pelo–. Pelo largo. Soy la guapa de las tres, por si no te habías dado cuenta.

–Eres muchas cosas –murmuró Dakota–. Hola, Tyler, yo soy Dakota. Esto parece demasiado, ¿eh?, pero no te preocupes. Te acostumbrarás a que seamos tres. Ella es Nevada.

–Pelo largo, media melena y pelo corto –dijo Tyler–. Funciona.

Liz puso las manos sobre sus hombros.

–No te acostumbres demasiado. Las mujeres suelen cambiarse el pelo a menudo.

–Podríamos hacerlo –dijo Montana–. Nevada se lo corta ella misma. Dice que su corte es más sutil.

Nevada, la más callada de las trillizas, se limitó a sonreír.

–No me gusta ir por ahí buscando atención.

–Ni buscando a un hombre –añadió Montana–. No te mataría salir con alguien.

–¡Como si tú salieras todos los fines de semana! –respondió Nevada.

–Estoy esperando al tipo adecuado –explicó Montana.

–Querrás decir al tipo perfecto –dijo Nevada–. No existe.

–Estáis haciendo que me sienta muy orgullosa –dijo Denise con ironía y sacudiendo la cabeza. Se giró hacia Abby y Melissa–. Vosotras sois hermanas, ¿discutís tanto?

Abby sonrió.

–Mucho, pero no pasa nada. Nos queremos de todos modos.

–Puede ser un verdadero fastidio, pero estoy acostumbrada –añadió Melissa.

–Eso es alentador –dijo Denise señalando hacia los sofás–. Tomad asiento todos. Esta noche, Ethan está a cargo del bar. Hay limonada para los que no tengan edad de beber y, para los adultos, he preparado una sangría de frutas muy rica, o podemos tomar la bebida típica.

–La sangría suena bien –dijo Liz sentándose en uno de los sofás. Las niñas se sentaron a su lado y Tyler fue hacia la barra de bar y se sentó en uno de los taburetes. Todos los demás encontraron su sitio en el salón.

Las chicas no dejaban de mirar a las hermanas de Ethan hasta que Melissa preguntó finalmente:

–¿Cómo es ser una trilliza?

–Ahora es más sencillo –dijo Dakota–. Tenemos nuestras propias vidas, estamos unidas, pero como nos interesan cosas distintas, no tenemos los mismos amigos ni salimos por los mismos sitios.

–En el colegio, casi nadie podía distinguirnos –dijo Montana con una carcajada–. Lo utilizábamos para aprovecharnos.

–Tenéis unos nombres muy bonitos –dijo Abby en voz baja, tímidamente.

Denise les llevó a las niñas una limonada.

–Y no es mi culpa. Eso no lo olvidéis.

–¿Qué quieres decir? –preguntó Liz.

Denise suspiró.

–Dar a luz a trillizas no es fácil y tardé tiempo en recuperarme. Los niños estaban asustados y a sus abuelos les costaba mucho ocuparse de ellos. Para que se sintieran mejor y distraerlos un poco, su padre les prometió que podrían ponerle el nombre a las niñas y llamarlas como quisieran.

Liz se rio.

–Eso es entregar mucho poder.

–Lo sé. Cuando me enteré, casi me da un ataque. Pero para entonces, ya estaba todo hecho.

–A mí me gustan sus nombres –dijo Abby.

–Pues a mí me gusta el tuyo –le dijo Dakota.

–¿Os gustaría ver sus fotografías de bebés?

Melissa y Abby asintieron.

Montaña gruñó.

–¡Mamá, por favor! Las fotos de bebés, no.

–Estuve en reposo casi cuatro meses por vosotras, así que puedo hacer lo que quiera.

Abrió varios armarios del mueble del salón y sacó unos álbumes. Melissa, Abby y Tyler la ayudaron. Las trillizas se miraron y se acercaron hasta donde Denise se había sentado con los álbumes abiertos. Liz se levantó y fue hacia la barra.

—¿Lo hace mucho?

Ethan sonrió.

—Más de lo que debería. Era peor cuando mis hermanas estaban en el instituto y empezaban a salir con chicos. Tenían que traerlos a casa para conocer a mis padres, pero corrían el riesgo de que se sacaran las fotos. Mis hermanos pequeños se ganaban dinero distrayendo a mi madre para que no lo hiciera.

—Eso casi hace que agradezca haber tenido una madre tan despreocupada.

—No te pongas demasiado cómoda —la advirtió—. De un momento a otro empezará a lamentarse de que no tiene nietos. Yo me estoy librando un poco gracias a Tyler, pero mis hermanas están sintiendo la presión.

Aunque estaba allí mismo, viendo cómo sucedía todo, una parte de ella se preguntó si era real. ¿De verdad había familias que interactuaban entre sí? ¿Que se reían y discutían y se querían a pesar de todo? Aunque Tyler y ella estaban muy unidos, solo eran dos.

O lo habían sido, pensó corrigiéndose. Su pequeña familia acababa de duplicarse en tamaño con la suma de Melissa y Abby.

Liz sintió cómo se le encogió el pecho y tuvo que respirar hondo.

—¿Estás bien?

—Supongo que sí —lo miró—. Soy responsable de ellas, de Melissa y Abby. Van a vivir conmigo permanentemente.

Él parecía confundido.

—Eso no es nuevo.

—Lo sé; Roy me lo pidió y accedí. Jamás se me ocurrió decirle que no, es solo que... Antes no había terminado de asumir que son mi responsabilidad, que voy a tener que cuidar de ellas, llevarlas a médicos y dentistas, ayudarlas con los deberes y hablar de chicos. No estoy preparada para unas niñas adolescentes. Técnicamente, Abby aún no lo es, pero le falta poco.

Él rodeó la barra y se sentó a su lado.

—Lo estás haciendo genial, así que sigue adelante con tu plan.

—No tengo ningún plan. No tengo nada. ¿Y si lo estropeo todo?

—Dirás que lo sientes y empezarás de nuevo.

Eso parecía demasiado simple. La responsabilidad de pronto le pareció abrumadora. Había pasado de ser la madre soltera de un niño a responsabilizarse de tres.

¿Y ahora qué? ¿Qué sería lo mejor para ellos?

Se giró y vio a Denise agachada sobre la mesa de café, pasando páginas del álbum. Tyler, Melissa y Abby estaban apiñados a su alrededor. Las trillizas estaban al lado, corrigiendo o añadiendo historias.

Eso era bueno para ellos, pensó. Ver a una gran familia en acción, sentirse formar parte de algo, ya habían sufrido bastante... Y ahora ella iba a sentirse peor porque en cuestión de semanas su plan iba a apartar a sus sobrinas de todo lo que habían conocido y se mudarían a San Francisco.

Conocía el argumento: su vida estaba allí, los colegios eran fantásticos y la casa lo suficientemente grande. Las chicas ya se acostumbrarían; los niños siempre lo hacían. Pero no podía escapar de la voz que le susurraba que quedarse en el pueblo haría que las cosas fueran más sencillas para todos. Bueno, para todos menos para ella.

A Tyler no le importaría el traslado; tal vez protestaría por dejar atrás a sus amigos, pero adoraba Fool's Gold y ella tenía la sensación de que con mucho gusto cambiaría tiempo de estar con sus amigos por tiempo al lado de su padre.

—Tierra llamando a Liz. ¿Estás bien?

—No me distraigas.

Él alzó las manos, como mostrando que no iba armado.

—Yo no soy el enemigo aquí, y tú estás muy rara.

—Lo siento, lo siento. Estoy confusa por todo esto —y por él.

—¿Puedo hacer algo para evitarlo?

—¿Servirme una copa bien cargada?

Él sonrió.

—Hecho.

***

La cena en la casa de los Hendrix fue divertida y deliciosa. Para cuando la cocina ya estuvo limpia, un trabajo complicado porque demasiada gente estaba intentando ayudar, el postre comido y más fotografías vistas; en esa ocasión de Ethan de pequeño, ya eran casi las diez.

Ethan insistió en acompañarlos a todos a casa y, después de abrazos para Denise y las trillizas, y de promesas de repetir la cena pronto, salieron al aire fresco de la noche.

Una vez llegaron a la casa, Liz les dijo a los niños que subieran para prepararse para irse a dormir y después se giró hacia Ethan.

–Todos lo hemos pasado genial. Por favor, dale las gracias a tu madre por…

Lo que fuera que tenía pensado decir quedó interrumpido por un beso. Ethan rodeó su cara con sus manos y la besó con fuerza. Ella reaccionó instintivamente, acercándose y separando los labios porque besar a Ethan siempre era maravilloso.

Él no la decepcionó y, después de posar las manos en su cintura, la atrajo hacia sí. Su lengua invadió su boca, la saboreó, la exploró, la excitó. Liz podía sentir cómo el calor y el deseo invadían su cuerpo; estar cerca de él ya resultaba demasiado tentador, pero acariciarlo hacía que le fallaran las rodillas. Estaba hambrienta, pero no solo de sexo. Lo que ardía en su interior era un deseo por un hombre en concreto.

Se apoyó contra él e intensificó el beso. Él respondió y sus lenguas se acariciaron frenéticamente mientras le acariciaba los pechos y sus pulgares rozaban sus tersos y sensibles pezones haciéndola gemir.

Oyeron un ruido arriba, como si algo se hubiera caído. No estaban solos.

Muy a su pesar, Liz se apartó y él la soltó. Se quedaron mirándose a los ojos con la respiración entrecortada.

—Maldita sea —murmuró él.

—Y que lo digas.

Liz pensó que él tal vez le preguntaría si podía pasarse por allí más tarde, pero Ethan no lo hizo y eso, en el fondo, la alivió. Dado que aún dormía en el sillón, que en la casa no tenía nada de intimidad y que lo suyo aún no estaba resuelto, sabía que hacer el amor sería un error.

—Debería irme.

Ella asintió.

—Esta noche lo he pasado muy bien.

—Yo también, y eso que no me lo esperaba —respondió ella.

Ethan sonrió.

—No se lo diré a mi madre.

—Gracias —se puso de puntillas y lo besó suavemente—. Hasta pronto.

—Estoy deseándolo.

La soltó y se marchó. Liz esperó hasta que estuvo segura de que se había ido y después salió a la oscuridad del porche.

El aire de la noche refrescó su encendida piel y Liz rozó los dedos contra sus labios, como si con ello pudiera recrear las sensaciones del beso. Pero nada sería lo mismo que besar a Ethan. A regañadientes, volvió a entrar en la casa y subió las escaleras para darle las buenas noches a la familia.

El domingo por la mañana, Liz sacó una vieja máquina de hacer gofres y una batidora. Tyler se levantó temprano, como siempre, mientras las niñas seguían durmiendo.

—Lo de anoche fue divertido —comentó mientras se servía zumo en la mesa—. ¿Viste esas viejas fotografías de papá? Me parezco mucho a él.

—Lo sé. Cuando eras bebé, eras igualito a tu padre.

—Después vamos a ir a montar —continuó diciendo su hijo con una sonrisa—. Me va a enseñar algunos trucos, dice que tengo talento. No sé si quiero tomármelo en serio y correr profesionalmente, pero es muy divertido.

Tyler bajó la mirada y volvió a mirarla a ella.

—Dentro de unos años, seré lo suficiente mayor para ir a la escuela de ciclismo. Papá conoce a Josh Golden. Es ese ciclista tan famoso que dirige la escuela.

«Todo un héroe», pensó ella con ironía.

—Conozco a Josh. Fui al instituto con él.

Tyler se quedó boquiabierto.

—Entonces sí que es viejo, ¿eh?

Liz se estremeció.

—¡Ey, no tanto! Es un par de años mayor que yo.

—Pero podría enseñarme cosas. Aunque, si no vivimos aquí, supongo que no podría ir.

¡Genial! Así que ahora Melissa y Abby no eran las únicas que no se querían mudar.

—Hasta dentro de unos años no podrías ir a esa escuela, así que no nos preocupemos por ello de momento.

Tyler vaciló.

—Pero si nos mudáramos aquí, sí que podría.

—Sí, lo capto.

Su hijo suspiró y asintió.

—Papá dice que como soy tan bueno en Ciencias y Matemáticas podría estudiar muchas cosas en la universidad, como ingeniería o investigación.

¿Habían estado hablando de sus planes para la universidad?

—Tal vez primero deberías pensar en terminar el instituto.

—Oh, mamá. Los planes son importantes. Y marcarse un objetivo. Es una cosa de chicos.

—¿Es que las chicas no tienen objetivos? —preguntó mientras vertía la mezcla en la rejilla caliente.

—Supongo que algunas sí, pero otras solo quieren estar guapas.

—Y algunos tipos solo quieren jugar a los videojuegos e ir a fiestas.

—Claro, pero eso es diferente.

Su hijo, el sexista, se enojó levemente. Al parecer iban a tener que mantener una charla sobre la tolerancia y la igualdad. Tal vez Ethan sería el que se lo explicara todo y así podría ser algo más que el padre divertido.

Mientras que agradecía que Ethan y Tyler se llevaran tan bien, sabía que estaban a mucho camino de ser padre e hijo. Ahora mismo, Ethan era el entretenimiento, la novedad, pero aún tenía que llegarle el momento de tomar decisiones difíciles, de enfrentarse a Tyler, de castigarlo.

–¿En qué sentido es diferente?

–A los chicos no nos importa nuestro aspecto y a las chicas no os importan los videojuegos. Melissa se pasa una eternidad en el baño.

–Abby juega contigo.

–Pero hay más chicas que son como Melissa que como Abby.

–¿Y cómo sabes eso? ¿Es que has hecho alguna encuesta?

–Estás enfadada... ¿por qué?

–Porque estás dando por hecho cosas que pueden ser o no verdad. Estás dando mucho por contado. Es fácil decir que un grupo de gente siempre actúa de la misma manera, pero no es acertado.

–¿Y por qué importa eso?

–Porque la gente se diferencia más de lo que se parece. Los mayores problemas que tenemos en este mundo vienen porque asumimos que sabemos cosas de la gente. La gente toma decisiones basándose en el aspecto, en el género o en la raza, sin llegar a conocer a la persona en sí. Después dicen cosas y el resto del mundo lo oye y empieza a creerlo. Como consecuencia, tenemos un prejuicio cultural que afecta a toda clase de decisiones.

Tyler la miraba como si no entendiera nada.

Liz sacudió la cabeza.

–Deja que te lo explique de otro modo. Cuando Melissa y Abby se muden a San Francisco con nosotros, Abby estará en tu colegio, ¿verdad?

Él asintió.

–Viene de un pueblo pequeño y digamos que hay algunos

alumnos y profesores que creen que la gente que es de pueblos pequeños es estúpida. Así que descubren que Abby viene de uno y le dicen a todo el mundo que es estúpida. ¿Te parece eso justo?

—Abby no es estúpida. Es muy inteligente y divertida y simpática. Es mi amiga.

—Lo comprendo, pero ¿y qué? Acabas de decir que no pasa nada por decir algo de alguien que no es verdad.

Tyler se quedó en silencio unos segundos antes de decir:

—Le harán daño a Abby y yo me enfadaré mucho y podría meterme en problemas. Y todos mis amigos me ayudarán y ellos también se meterán en problemas.

—Eso es un gran problema —dijo Liz mientras colocaba un gofre sobre un plato—. Y todo porque alguien ha creído algo que no era verdad.

—Supongo que sí que importa lo que digamos de la gente.

—Sí. Y una pequeña palabra puede tener un gran impacto. Decir «a ninguna chica le gustan los videojuegos» es muy distinto de decir «a algunas chicas no les gustan los videojuegos».

—De acuerdo. Así que cuando he dicho que las chicas no tienen objetivos, estaba equivocado. Algunos chicas no tienen objetivos.

—Exacto —le dio su gofre.

Él le sonrió.

—Eres muy inteligente.

—Gracias.

—Puede que seas la madre más inteligente del mundo entero.

Ella se rio.

—Eso sí que puede ser verdad.

Liz había vivido entre armarios arrancados, moquetas levantadas, revestimientos de paredes y el insistente golpeteo de la instalación de los suelos de madera, pero el ruido que definitivamente la hizo salir de la casa fue el agudo sonido de una sierra para baldosas.

Se llevó el portátil y una manta al extremo más alejado del jardín y se estiró bajo la sombra de un árbol. El sonido seguía siendo intenso, pero no la distraía.

Miró hacia la casa. Incluso desde ahí, podía ver los cambios: se le había añadido una habitación y el dormitorio principal ya estaba casi terminado. Cuando lo estuviera del todo, pensaría en irse del sofá.

Dentro, la cocina resplandecía, la pintura reciente le añadía luminosidad y la moqueta estaba afelpada. La casa había cambiado mucho desde que había vuelto al pueblo y ahora era prácticamente nueva.

Por muchos cambios que le hicieran, Liz no podía evitar la sensación de derrota y malestar cada vez que entraba en ella. Tal vez los recuerdos eran demasiado potentes. Fuera la causa que fuera, esa casa jamás sería su hogar. Tanto si se quedaba allí como si se marchaba, se mudaría de ella lo antes posible.

Volvió a centrar su atención en el portátil. Después de cargar el procesador de textos, comenzó a leer las páginas que había terminado el día anterior y solo le llevó unos minutos volver a meterse en la historia. Miró sus notas y comenzó a teclear. El asesino en serie de ese libro iba a por chicos adolescentes. La escena tenía lugar en el partido de baloncesto del instituto y cerró los ojos para imaginar qué se oiría y cómo sería estar en el gimnasio durante un partido importante.

Dos horas después, se apoyó contra el árbol. La escena casi estaba terminada, le dolía la espalda por la incómoda posición y la sierra ya no hacía tanto ruido. En total, una mañana de trabajo bastante decente.

La puerta trasera de la casa se abrió y Ethan salió al jardín. Llevaba una botella de agua en cada mano.

«¡Madre mía, qué guapo está!», pensó mientras se fijaba en sus vaqueros desteñidos, en esas largas piernas y en sus estrechas y esbeltas caderas. Se movía con una elegancia masculina, como un hombre que se sentía bien en su propia piel.

–¿No podías soportar el ruido?

–Han podido conmigo con la sierra de baldosas.

–Y yo que pensaba que eras indestructible –le ofreció una botella y se sentó en frente de ella sobre la manta.

–No todo el tiempo –miró a la casa–. Están haciendo un gran trabajo. Gracias.

–De nada. Tengo un buen equipo –señaló el ordenador–. ¿Cómo va el libro?

–Bien. Ya me he metido suficiente en la historia como para escribir con fluidez. El principio siempre es una pesadilla. Pensar en quién es quién, por qué hacen lo que hacen… esas cosas.

–Haces que parezca un trabajo –bromeó él.

–No me obligues a hacerte daño. Los dos sabemos que podría.

–Estoy temblando de miedo.

Se sonrieron y ella sintió un cosquilleo en su vientre.

–¿Vas a seguir matándome?

–No lo estaba haciendo, pero he cambiado de opinión.

–¿Qué he hecho? –preguntó él con gesto inocente.

–¿Qué no has hecho? Estás convirtiendo a mi hijo en un sexista.

Ethan la miró.

–¿De qué estás hablando?

–¿Las chicas no se fijan objetivos? ¿Desde cuándo? Sé que eso lo ha oído de ti.

–No pretendía decir eso. Estábamos hablando de lo importante que es marcarse un objetivo, saber lo que uno quiere e ir a por ello.

–¿Y?

Él se encogió de hombros.

–Tal vez dije algo sobre que a las chicas no les interesaba nada más que la moda y hablar por teléfono.

–Si no necesitara mi ordenador, te lo tiraría.

–Lo siento. Es una de esas cosas que los chicos se dicen.

–Tyler no es un chico sin más, es un niño y te adora, y para él, todo lo que digas es una verdad absoluta.

Ethan parecía tanto complacido como avergonzado.

—De acuerdo, tienes razón. Tengo que pensar antes de hablar.

Ella abrió la boca para decir más, pero volvió a cerrarla.

—¿Cómo dices?

—Que tienes razón. No debería haber dicho eso. Y es más, hay muchas otras cosas que lamento. Como la citación judicial. Debería haber hablado contigo primero. Estaba furioso y ese estado no es el mejor para tomar una decisión importante.

—Bueno, si vas a responsabilizarte y a mostrar arrepentimiento, ¿cómo voy a poder seguir gritándote?

Ethan esbozó una media sonrisa.

—Encontrarás una razón y después podrás matarme en tu libro otra vez.

Ella enarcó las cejas.

—Puede que ya lo haya hecho.

Ethan se rio y dio un trago de agua.

—Eres buena; esos libros son extraordinarios.

Su cumplido la hizo sentir bien.

—Gracias.

—¿Hablas con algún detective?

Liz asintió.

—La conocí en la guardería de Tyler. Estaba recogiendo a su hija y empezamos a hablar. Lee mis manuscritos y me dice lo que está mal.

—¿Es madre?

Liz apartó su portátil, estiró un brazo y le dio una palmadita en el hombro.

—¿Qué pasa contigo? Nevada es una chica y es ingeniera. ¿Por qué eso está bien y, sin embargo, eres un cerdo con otras mujeres?

Ethan le agarró la mano, la llevó a su lado y la tendió boca arriba.

—No tengo ningún problema con las mujeres —dijo inclinándose hacia ella—. He dicho «madre», no «mujer». Nunca pensé que un detective pudiera tener familia.

—Claro, en la tele no suelen mostrar su vida familiar.

—¿Estás diciendo que soy un simple y un superficial? —le preguntó él con una sonrisa—. Eres terriblemente arrogante para ser alguien que está completamente bajo mi poder.

—Tú eres el único que cree que estoy bajo tu poder.

—Sigue diciéndote eso.

Se miraron y él bajó la boca mientras que ella hizo lo que pudo por no reaccionar al sentir su cuerpo contra el de ella.

—¿Qué probabilidades hay de que uno de mis obreros esté mirando por la ventana?

—Más del cincuenta por ciento.

—Eso creía, maldita sea —se levantó—. Cambiemos de tema. ¿El hecho de estar aquí te ha hecho retrasarte con tu libro?

—No voy demasiado mal.

—Lo de este verano no puede haberte ayudado mucho con la fecha de entrega.

—Es verdad, pero tiendo a tenerlo todo planificado por adelantado. Normalmente tengo menos tiempo para escribir en verano porque Tyler está en casa, así que por ahora voy bien.

Él le apartó el pelo de la cara.

—¿Qué hacías antes de convertirte en escritora?

—Servía mesas. Igual que aquí. Eso es lo que hice al llegar a San Francisco. Después, cuando engordé tanto que no podía caminar deprisa, me hice cajera de supermercado porque ahí podía estar sentada durante mi turno. Una vez que nació Tyler, empecé a trabajar en un bonito restaurante donde las propinas eran mejores.

—No te lo tomes a mal, pero yo te habría ayudado.

—Si lo hubieras sabido.

Él asintió.

Tenía razón, la habría ayudado.

Liz pensó en las largas y solitarias noches que había pasado después de llegar con Tyler del hospital y el terror que la había invadido por verse sola con un recién nacido. Había consultado algunos libros de la biblioteca, pero no tenía conocimiento real de qué hacer. Nunca había estado cerca de bebés y no tenía a nadie a quién preguntar. Tener ayuda le habría venido muy bien.

Todo podría haber sido diferente. Al mirar atrás, no estaba segura de si habría sido mejor si hubieran durado como pareja. Después de todo, sus primeros relatos habían tratado sobre matar a Ethan de maneras distintas y creativas.

Por otro lado, había estado segura de que si él hubiera tenido la oportunidad, habría querido conocer a su hijo desde que nació.

–Lo siento –susurró.

–Yo también.

Liz se acercó y Ethan la besó suavemente en la boca; después se quedaron mirándose un largo rato.

Ella pudo leer todo un mundo en sus ojos y en ese momento supo que nunca había dejado de amarlo, que nunca había dejado de echarlo de menos, que nunca había seguido adelante con su vida. Y si se quedaba allí mucho más tiempo, corría el peligro de que él descubriera esa particular verdad.

16

La sala de banquetes del hotel tenía unas vistas de la montaña que llenaban la ventana. Concentrarse en los exuberantes colores de la vegetación parecía mucho más sencillo que charlar con gente a la que no conocía en un almuerzo al que no había querido asistir. Pero ahí estaba.

El propósito, entregar las becas, tenía sentido, pero saber que esas mujeres estaban recibiendo becas en su nombre la hacía sentir como si estuviera viviendo una experiencia extracorporal.

Betty Higgings, la administrativa de la facultad, la saludó desde otra mesa y Liz le devolvió el saludo.

Había quince mesas en total y cerca de cien personas en el evento. El almuerzo había sido agradable y había estado compuesto por una deliciosa ensalada y pan agrio. Pero después de que se hubieran servido los brownies de chocolate fundido, Dana Marton, la presidente de la universidad, se había levantado para dirigirse a todo el mundo.

—Muchas gracias por venir —dijo la atractiva y esbelta mujer con una sonrisa. Había presentado a varios miembros de la facultad y del profesorado, a unos cuantos donantes importantes y después se había centrado en Liz—. Todos los que estamos aquí nos hemos reunido gracias a una persona de extraordinario talento. Liz Sutton dejó Fool's Gold pocos meses después de graduarse en el instituto. Se marchó, tuvo un bebé, los mantuvo a los dos y empezó a escribir una novela de detectives. Ese primer libro, publicado hace casi seis años, llegó al número uno de las listas de ventas. No solo son sus personajes reales e inteligentes, sino que nos recuerdan a gente que conocemos. Y en mi opinión, esa es la mejor literatura.

Dana consultó sus notas y volvió a dirigirse a la gente.

–Pero la importancia de las historias de Liz reside en otra parte. Sí, ella logró superar tremendas adversidades, pero la parte más increíble de su viaje es que tuvo que sucederle en otra parte, no aquí, en el pueblo que tanto amamos.

Dana respiró hondo.

–En un pueblo que se enorgullece de cuidar de su gente, Liz fue ignorada. Mientras todos nos dábamos cuenta de que estaba mal atendida en su casa, ninguno hicimos nada. Tal vez fue porque era demasiado madura para su edad y sus notas nunca se vieron resentidas y siempre llegaba al colegio puntualmente. Tal vez fue porque no estábamos sensibilizados con los niños tanto como ahora. Pero cuando nosotros, como una comunidad, pudimos haber ayudado, nos quedamos en silencio.

Liz sintió calor en sus mejillas e hizo todo lo que pudo por no salir corriendo por la puerta más cercana. Estaban hablando de su vida como si todos la conocieran; se había convertido en una triste y trágica leyenda.

–Aunque el final de la historia de Liz es un final feliz, no todos los niños que son ignorados corren tanta suerte. No todos los niños tienen la habilidad y la determinación necesarias para sobrevivir. Aunque estamos orgullosos de Liz y de su vida, no debemos obviar esta oportunidad que se nos ha presentado de aprender de nuestros errores, de hacerlo mejor la próxima vez para que nadie vuelva a ser ignorado.

Hubo un fuerte aplauso y, cuando Liz sintió que todo el mundo miraba en su dirección, hizo lo que pudo por parecer calmada porque el pánico no resultaba nada atractivo.

–Cuando Liz desapareció, nos quedamos con una pequeña beca –siguió diciendo Dana–. Debería haber sido suya. La primera sugerencia fue volver a meter el dinero en el fondo de becas, pero antes de poder hacerlo, alguien envió unos cuantos dólares en nombre de Liz y empezaron a llegar más cheques. Como alguien me dijo una vez, cincuenta dólares no pueden cambiar una vida, pero cuando mucha gente da un poco, sí que podemos cambiar el mundo.

Dana sonrió a Liz.

—Así fue cómo nació la Beca Elizabeth Marie Sutton. Hasta la fecha ha habido cerca de treinta beneficiarias y la mayoría de ellas están aquí hoy.

Para asombro de Liz, varias personas se pusieron en pie. Había exactamente veintiocho mujeres sonriéndole y aplaudiéndola. Sonriendo como si verdaderamente hubiera hecho algo por ellas.

Cuando las mujeres se sentaron, Dana invitó a hablar a las cuatro mujeres que recibirían la beca ese año. Cada una de ellas habló sobre lo mucho que deseaban ir a la universidad y cómo ese dinero lo haría posible. Le dieron las gracias a Liz y ella sintió ganas de decir que su gran acto no había sido más que salir huyendo. Sin embargo, tal vez ése no fuera el momento.

Hubo unos cuantos discursos más y ahí terminó el almuerzo. Liz se vio estrechando la mano a mucha gente y aceptando la gratitud de mujeres que no conocía. Por mucho que quería decir que no lo merecía, se alegraba de que su historia hubiera sido símbolo de algo grande e importante.

«Esto solo podría haber pasado en Fool's Gold», pensó mientras una adolescente estuvo explicando cómo su madre estaba enferma y la niña tenía que ocuparse de sus tres hermanos pequeños. Y cómo gracias a la beca, podría ir a la universidad. Gracias a Liz.

Le llevó un rato saludar a toda la multitud y finalmente se acercó a la presidenta de la facultad.

—Me alegro mucho de conocerte —le dijo Dana—. Me mudé aquí hace unos pocos años, así que me perdí los primeros años de la beca. Sin embargo, me alegra decirte que esta es la beca más solicitada entre las mujeres.

—Yo también me alegro de oírlo —dijo Liz sacando un sobre de su bolso y entregándoselo—. Quiero hacer una donación, pero, por favor, no digas nada.

—No lo haré —prometió Dana mientras abría el sobre y veía el cheque de diez mil dólares—. ¡Dios mío!

—Ni una palabra.

—Pero estás siendo demasiado generosa.

—Quiero devolverle algo a este lugar.

Unas semanas atrás, Liz se habría reído ante la idea de devolverle algo al pueblo que la había ignorado, pero las cosas habían cambiado. Fool's Gold no era perfecto, ningún lugar lo era. Tenía cosas buenas y cosas malas, igual que sucedía con la gente. Era cierto que la habían ignorado, pero eso había sido más bien un síntoma de la época en la que vivió allí. Por aquel entonces, el modo en que criabas a tus hijos era un asunto más privado que ahora. La gente miraba a otro lado en lugar de implicarse. Se dio cuenta de que era más importante ver que la gente del pueblo había intentado cambiar y que, al hacerlo, habían ayudado a otros.

—Tal vez te gustaría venir a hablar con nuestros alumnos en otoño —sugirió Dana—. Tenemos una serie de conferencias que son muy populares. Sé que atraerías una multitud.

Liz vaciló.

—No estoy segura de los planes de viajes que tengo para este otoño —explicó ella, y en parte era verdad—. Normalmente hago una gira con cada libro.

—Podríamos hablarlo.

—Tal vez —respondió Liz—. Lo pensaré.

¿Volver allí a dar una conferencia? No quería hacer un viaje especialmente solo para eso... Aunque si todavía seguía viviendo allí...

«No», se dijo. Ahí no. No podía dejarse engatusar por unos pocos buenos días. ¿De verdad quería pasar el resto de su vida en un lugar donde la gente se sentía libre de juzgarla sin saber de lo que hablaban?

«Jamás», pensó.

***

—Puedo conseguirte un descuento –le dijo Ethan.

Liz miraba la cómoda hecha enteramente de ramitas. Muchas ramitas.

—¿Cómo lo hace? ¿Cómo se sujeta?

—No querrías saberlo.

El festival del libro tuvo lugar en el parque principal del pueblo, pero mientras Liz y Ethan paseaban por allí con Abby y Tyler, pudo ver que a la venta había muchas más cosas que libros.

Los puestos estaban colocados por temática: toda la artesanía junta, toda la gastronomía frente a la sección de viajes, las novelas en un extremo, pero Liz no tenía que estar allí hasta dentro de media hora.

—Tiene un buen público –dijo Liz señalando a un grupo de gente que se dirigía a un puesto.

—Galletas –dijo él agarrándola de la mano–. Escribe libros de cocina y regala muestras.

—Es una idea genial. Yo debería hacer eso, aunque no sé qué muestras iba a ofrecer.

—Sangre –dijo Tyler en broma desde el otro lado de Ethan.

—O cadáveres –añadió Abby con una risita, caminando al lado de ella. Melissa se había ido con un par de amigas.

—Muy bonito. ¿De dónde os sacáis esas ideas?

Los niños se rieron.

«Qué divertido», pensó ella cuando se detuvieron a comprar limonada y siguieron caminando ante la exposición de muestras de tejido de telas acolchadas. Hasta el momento todo el mundo había sido amable con ella y nadie había dicho nada malo.

—¿Es eso una llama? –preguntó Ethan.

Liz vio una llama bajo una sombra.

—¿No escupen?

—Eso he oído.

—No es una llama —dijo Tyler dándose importancia—. Es una alpaca.

—Son como ovejas —añadió Abby—. Sus fibras son como la lana y se pueden convertir en muchas cosas. Algunas de las fibras son muy suaves.

—Las llamas tienen orejas con forma de plátano —informó Tyler—. Las orejas de las alpacas son rectas.

—¿Cómo decís?

Los niños se rieron.

—La semana pasada una señora llevo alpacas al campamento y pasamos toda la mañana aprendiendo cosas sobre ellas.

—Impresionante —dijo Liz.

Ethan despeinó a Tyler.

—Bien hecho.

El chico se encogió de hombros, pero parecía orgulloso.

Siguieron avanzando hasta el otro extremo del parque donde se reunía más gente y Liz pudo ver grandes pósters anunciando sus libros. Era extraño ver esas enormes fotos publicitarias colgando de árboles.

—¿Eres tú? —preguntó una mujer mayor—. ¿Eres Liz Sutton?

Liz sonrió.

—Sí.

—Oh, soy una gran fan tuya. Estoy deseando que me firmes los libros. He conducido desde Tahoe esta mañana. Le he dicho a mi Edgar que pasaríamos el día en Fool's Gold y que iba a conocerte.

La mujer sonrió a Ethan.

—Hola.

—Hola.

Liz se separó de Ethan y de los niños y fue hacia la mujer.

—Voy a firmar de una a tres y de cuatro a seis —dijo; era un horario imposible, pero Montana había insistido. Ahora que Liz veía a tanta gente, se hacía una idea de que tal vez estaría vendiendo libros todo ese tiempo.

—Creo que las colas serán largas —siguió diciendo Liz—. ¿Ha traído un libro? Si es así, puedo firmárselo ahora.

La mujer sonrió.

–¿Lo harías? Sería fantástico. Edgar quiere estar de vuelta en casa antes de que anochezca –suspiró–. Ya sabes cómo son los hombres.

Liz asintió y sacó un bolígrafo de su bolso.

–¿Cómo se llama?

–Patricia.

Liz le escribió una nota en el libro, se lo firmó y se lo devolvió y Patricia le dio una palmadita en el brazo.

–Eres encantadora. Sabía que lo serías –le guiñó un ojo a Ethan–. Y tienes un marido muy guapo. No me extraña que tengas unos hijos tan guapos.

–Gracias –dijo Liz.

Patricia se excusó y se marchó.

–¿Por qué ha dicho eso? –preguntó Tyler–. Papá no es tu marido. Deberías habérselo dicho.

Liz se agachó delante de él.

–Estaba intentando ser simpática. A veces es más fácil aceptar el cumplido que dar explicaciones. Además, tanto Abby como tú sois muy guapos.

–Los padres de Jason están casados –dijo Tyler.

Ella permaneció donde estaba, a la altura de los ojos de su hijo.

–Sí, lo están.

–Papá y tú no.

–No, no lo estamos.

–No os habéis divorciado.

–Eso es verdad.

Podía sentir a Ethan cerca, sentir que quería ayudar. Pero, ¿qué podía decir? Con el tiempo, Tyler se daría cuenta de que sus padres no habían seguido el camino más tradicional.

–No os habéis casado –dijo a modo de acusación.

–Es complicado –describió Ethan poniendo las manos sobre los hombros de Tyler–. Había circunstancias difíciles.

–No me importa –contestó el niño tercamente.

Abby parecía incómoda. Liz le agarró la mano y le sonrió.

—Deberíais estar casados —dijo su hijo.

Liz contuvo un gruñido.

—Es una idea interesante, pero no una que vayamos a discutir ahora mismo y menos aún aquí.

—Pero yo...

—Ya has oído a tu madre —le repitió Ethan con firmeza—. Tiene una firma de libros. No es momento de hablar del tema. Ya lo hablaremos después.

—¡Quiero hablar de ello ahora!

—Vamos, Tyler —dijo Ethan firmemente y miró a Liz—. ¿Te parece bien?

Ella asintió y Ethan se llevó a Tyler.

—¿Voy yo también? —preguntó Abby.

—Creía que querías estar conmigo la primera parte de la firma. ¿Por qué no te quedas conmigo hasta que te reúnas con tus amigas a la una y media?

—De acuerdo.

Fueron hacia los puestos situados en el extremo del parque.

—Tyler está muy enfadado —observó Abby.

—Lo sé.

—Siempre decía que quería un padre, pero que tú no le hablabas del suyo y a veces se ponía muy triste.

Liz no sabía si quería seguir oyéndolo.

—Recuerdo que preguntaba mucho. Es complicado.

—Los mayores siempre dicen eso, pero si no nos contáis las cosas, ¿cómo vamos a aprender?

Liz sonrió.

—Eres muy inteligente.

—Lo sé —Abby sonrió.

La niña tenía razón. Tal vez había llegado el momento de explicarle la verdad a Tyler. Lo consultaría con Ethan más tarde.

Liz vio los carteles señalando hacia la zona de firmas y se quedó sorprendida al ver a tanta gente haciendo cola. En lugar de pasar por delante de la multitud, Abby y ella la rodearon por el lago y pasaron entre los árboles.

–¿Tengo hojas en el pelo? –le preguntó a la niña cuando salieron de entre varios arbustos para dar a parar detrás del puesto en el que firmaría–. No quiero parecer...

Se detuvo al ver las cajas que había llevado su agente. Había por lo menos una docena, o tal vez más. Eran libros de pasta dura y de pasta blanda.

Liz contuvo un gruñido. Montana parecía haberse adelantado; su entusiasmo estaba muy bien, pero si un porcentaje significativo de libros no se vendía, a su agente no le haría ninguna gracia.

Vio a su ayudante esperando junto a la mesa y la abrazó.

–Has venido.

–¿Cómo iba a perdérmelo?

Liz le presentó a Abby.

–Me sentía culpable por querer ir a ver las colchas –dijo Peggy con una carcajada–, pero vas a estar ocupada un buen rato.

–Sí, tienes tiempo de sobra para venir luego.

–Aquí estás –dijo Montana mientras corría hacia ella–. Creo que deberíamos empezar un poco antes. Las colas son demasiado largas. Ey, Abby –abrazó a Liz, después a la niña y se presentó a Peggy–. Tengo agua y bolígrafos. Vamos a hacer turnos para ir abriéndote los libros y que así tardes menos.

–¿No crees que has pedido demasiados?

Montana se rio.

–Confía en mí, Liz. Sé lo que hago.

–Nunca antes he vendido tantas copias en una sesión de firmas. Ni siquiera me he acercado.

–Entonces batiremos un récord, ¿verdad? –le dio una palmadita en el brazo y se giró hacia Abby–. ¿Quieres ser la primera abriendo y sujetándole los libros? Te enseñaré cómo hacerlo.

–De acuerdo –asintió la niña alegremente.

Fueron hacia el puesto y la gente que guardaba cola comenzó a aplaudir y a gritar su nombre. Liz miró a la multitud y se sintió algo mejor. Había al menos sesenta personas esperando. Si cada uno compraba un libro, tal vez no se avergonzaría por pocas ventas, pero alguien tendría que hablar seriamente con Montana. El optimismo era genial, pero también había que ser realista.

–Os pido disculpas –dijo Liz casi cinco horas después mientras se acercaba al final de la firma. Le dolía la mano derecha, sus dedos habían firmado doscientos libros y estaba agotada.

Montana se rio.

–Jamás dudes del poder del pensamiento positivo.

–O de una gran labor publicitaria.

Habían ido abriendo caja tras caja y la multitud no había parecido disminuir. Liz no se había tomado el descanso que estaba programado y había estado firmando constantemente mientras hablaba con sus fans, posaba para fotografías y respondía preguntas sobre algunas de sus historias.

–¿No has pensado que a la gente les encantan tus libros? –le preguntó Montana.

–No tanto. Tengo que pedir más dinero.

Montana se rio y se giró hacia la siguiente persona que hacía cola.

Liz bebió un poco de agua y se centró por completo en el siguiente lector. Cada uno de ellos importaba. Quería saber qué pensaban de sus historias porque ellos eran la razón por la que escribía.

Media hora después, la fila había disminuido y ya podía ver el final, lo cual era genial porque estaban quedándose sin libros. Se había esperado que Ethan llevara a Tyler, pero no los había visto. Al alzar la mirada para ver cuánta gente quedaba, vio a un hombre alto y delgado esperando al final de la cola.

Lo que más le llamó la atención fue su intensa mirada; la miraba con una expresión fija que la hizo sentirse incómoda. Al cabo de unos segundos, ella desvió la mirada y sonrió a la mujer que venía a continuación. Siguió firmando y cuando ya pasaban de las seis, Montana murmuró:

–Aquí viene el último.

–Hola, Liz.

Alzó la mirada y vio al hombre delgado que anteriormente le había producido un escalofrío. El color de su pelo era castaño claro y tenía los ojos azules y una piel pálida.

–Hola –dijo ella forzándose a sonar alegre–. Espero que no hayas tenido que esperar demasiado.

–En absoluto. Quería verte para hablar contigo. Habría esperado una eternidad.

Agradeció no estar a solas con ese tipo.

–Gracias. Bueno, ¿quieres que te firme el libro?

–Ya tengo todos tus libros y pensaba que podríamos terminar el día juntos. ¿Te apetecería?

Liz miró a su alrededor buscando a Montana, pero su amiga estaba hablando con uno de los voluntarios. Nadie más parecía estar prestando atención a lo que pasaba en el puesto.

–Te agradezco la oferta, pero tengo planes –respondió con voz suave–. ¿Seguro que no quieres que te firme un libro?

Algo se encendió en los ojos del hombre... rabia... No, no era eso, era más que rabia.

–¿Y si nos sacamos una foto?

–Claro.

Liz se levantó y vaciló al instante. Por lo general, salía del puesto para ponerse al lado del fan, pero en esa ocasión no le pareció lo mejor.

–Sácame una a mí sola –dijo, más como una orden.

–Claro.

Pero en lugar de sacar una cámara, el hombre le agarró el brazo. Fue tan inesperado que ella no tuvo tiempo de reaccionar.

–Vamos a estar juntos para siempre.

Y en una milésima de segundo, ella reaccionó por fin.

–¡Apártate de mí! –gritó tan alto como pudo y se liberó de su mano.

Él volvió a agarrarla y se abalanzó sobre ella, que lo golpeó con uno de los últimos libros de tapa dura que le quedaban.

—¡Largo! —volvió a gritar golpeándolo en el hombro, con la mano, con la cabeza—. Para.

El hombre la agarró con más fuerza y la tiró al suelo.

—Calla —le susurró golpeándole la cabeza contra la hierba—. Calla, calla, calla.

De pronto había gente por todas partes, formas oscuras que corrían hacia ella, y sintió que no podía respirar. El hombre la soltó y ella se incorporó tosiendo. Le ardían los ojos y la garganta.

Una voz familiar intentaba relajarla. Ethan.

Se volvió hacia él y entre lágrimas le preguntó:

—¿Qué...?

—Spray de pimienta —dijo él acariciándole la espalda—. Espera un segundo.

—¿Spray de pimienta?

—Has sido víctima de tu propio rescate.

Liz se volvió para mirar la escena que tenía detrás: alrededor de una docena de ancianas estaban golpeando al hombre con sus bolsos y rociándolo con spray de pimienta. Cerca había varios oficiales de policía intentando liberar al hombre, aunque no parecía que estuvieran poniéndole mucho empeño.

—¿Qué clase de psicópata pervertido eres? —le preguntó una mujer—. Liz Sutton es una de nosotros. Has intentado hacerle daño, y ahora tienes que responder ante todos nosotros. ¿Entendido?

—Los mayores al rescate —le dijo Ethan.

Liz se puso recta y comenzó a reírse. Reírse la hizo toser y entonces ya no pudo parar. No hasta que Ethan la acercó a sí y la abrazó.

—¿Estás bien?

—Lo estaré.

17

Eran cerca de las diez cuando todo empezó a calmarse. A Liz la habían llevado al hospital para hacerle un chequeo, no tanto por el spray de pimienta como por la hinchazón que tenía alrededor de la mandíbula y el golpe de la cabeza. Cuando le habían dicho que estaba bien y que podía irse a casa, Ethan la había llevado a la suya.

—Mi madre se ha quedado con los niños. Están preocupados, pero bien. ¿Por qué no llamas a casa y hablas con ellos?

Así lo hizo, y los reconfortó diciéndoles que se encontraba bien. Después, Ethan la había mandado a darse una ducha y un baño. Lo primero para quitar los posibles residuos del spray, y lo segundo para relajarse.

Mientras se estiraba en la bañera, con las burbujas cubriéndola hasta la barbilla, no pudo evitar sentir la sensación de que la estaban observando y supo que le llevaría tiempo deshacerse de esa sensación. Unos minutos después, Ethan llamó a la puerta.

—Pasa.

Él abrió la puerta unos centímetros.

—Si te traigo vino y prometo comportarme como un auténtico caballero, ¿me dejarás entrar?

Aunque no lo prometiera, lo haría, pero eso no se lo dijo.

—Claro.

Ethan entró en la habitación llena de vapor con una botella de vino abierta y dos copas. Las sirvió y se sentó en el suelo.

—¿Cómo te encuentras? —le preguntó como si no quisiera mirarla directamente a la cara.

—Bien, aunque un poco extraña.

—¿Aún te arden los ojos?

—No, están bien. Los efectos desaparecen como en una hora —esbozó una sonrisa—. Menudo rescate, ¿eh?

—No hay que meterse con nuestros ancianos.

—Eso parece —lo miró—. ¿Te ha dicho algo el sheriff?

Ethan asintió.

—El tipo se llama Bradley Flowers y tiene treinta y seis años. Ha sido detenido varias veces y el hecho de estar aquí hoy era una violación de su condicional. El intento de rapto no le ayudará mucho. Está en la cárcel esperando que lo extraditen a Colorado. El fiscal del distrito está pensando en el mejor modo de imputarle cargos. Lo más seguro es que lo sometan a juicio aquí, que cumpla condena allí y luego vuelva a terminar su condena por rapto.

—¿Cuánto tiempo le queda en Colorado?

—Veinticinco años.

—Oh.

La idea de un acosador de sesenta años la asustaba un poco menos.

Él le acarició la mejilla y la miró a los ojos por fin.

—Intenta no pensar en ello. Ya tendrás tiempo para hacerlo.

Ella asintió.

—Nunca me habían atacado así. Algunos de mis fans son muy efusivos, pero no me asustan. Muchos son policías.

—Entonces he de asegurarme de no pasarme de la raya.

Ella sonrió.

—Probablemente —levantó una mano—. Por lo menos ya he dejado de temblar.

—No pasa nada si tiemblas. Es normal.

Liz dio un sorbo de vino. Si no tenía cuidado, podría acabar rememorando el terrible momento que había vivido y no era el mejor modo de pasar la noche. En el hospital le habían puesto un tratamiento a corto plazo de calmantes para ayudarla a dormir y, aunque no solía medicarse, en este caso haría una excepción.

—Todo ha sucedido muy deprisa —murmuró—. No estaba preparada para su ataque.

—¿Por qué ibas a estarlo?

—Ha sido extraño y muy rápido. Supongo que tengo que aprender a estar pendiente de esas cosas —pensó en los bolsos que habían volado y en los sprays de pimienta—. Ha debido de ser muy surrealista ver a todas esas señoras mayores atacándolo.

—No es algo que vaya a olvidar nunca.

Liz vio algo intenso en su mirada.

—¿Qué?

—Quería matarlo.

Pronunció esas palabras con calma y suavemente, pero con una firmeza que indicó que Ethan no estaba bromeando.

Antes de que ella pudiera reaccionar, continuó.

—Tyler casi se ha vuelto loco intentando llegar hasta ti —dijo con orgullo—. Quería ir a por ese tipo.

Liz sintió cierta calidez en su interior al ver que los hombres de su vida habían querido protegerla. Que eran...

Un momento... ¿los hombres de su vida?

—Tal vez no se está tan mal aquí —dijo Ethan.

—Tal vez no —admitió ella pensando en su acosador.

No estaba segura de lo que habría pasado si ese loco la hubiera atacado en una gran ciudad porque, aunque la policía se lo habría llevado igualmente, no estaba segura de que la gente que la rodeaba la hubiera defendido tan bien.

—Deberíamos dejar de hablar de esto —sugirió él—. Tienes que relajarte, no revivir ese momento —se levantó—. Te dejaré sola mientras te das el baño.

No estaba segura de si quería o no que se quedase y lo vio marcharse. Después de dejar la copa de vino en el suelo, se recostó en el agua y cerró los ojos.

Al hacerlo, recordó la sensación de la mano del hombre

sobre su brazo y del momento en que la había tirado al suelo. Alargó la mano y se tocó el lado izquierdo de la cara. Le dolía y lo tenía hinchado, pero no era grave. Podría haber sido mucho peor.

Respiró hondo e intentó relajarse y en esa ocasión, cuando cerró los ojos, vio a Ethan, lo cual fue mucho mejor. Sonrió mientras lo imaginaba a él sonriendo y pensó en cómo se portaba con Tyler y con sus sobrinas, en cómo cuidaba de su madre y de sus hermanas. Tenía un fuerte sentido de la familia y era el padre de su hijo.

Había dejado embarazada a Rayanne y después había hecho lo correcto. Así era él. Lo conocía y estaba dispuesta a admitir que doce años atrás aún había sido un crío, no lo suficientemente maduro como para enfrentarse a los demás por la mujer a la que decía amar. O tal vez en realidad no la había amado tanto... Pero eso formaba parte del pasado y si querían solucionar algo, tenía que estar dispuesta a olvidarlo. El hecho de que no se hubiera preocupado lo suficiente por ella no cambiaba el hecho de que tenían un hijo juntos y había decisiones que tomar.

Tampoco cambiaba el hecho de que lo amaba más que nunca. El tiempo le había permitido fingir que todo había terminado, pero había estado engañándose. Así que, ¿qué iba a pasar? ¿Le daría una segunda oportunidad al único hombre al que había amado? ¿Dejaría que el orgullo y los errores los separaran para siempre? No tenía garantías de que Ethan sintiera lo mismo por ella, pero tal vez había llegado el momento de descubrirlo.

Tiró del tapón de la bañera y se levantó. Después de secarse, se envolvió en el albornoz que él le había dejado y salió al dormitorio principal.

Ethan estaba junto a la chimenea contemplando las llamas.

No se giró porque no la había oído y ella tuvo oportunidad de observar los hermosos rasgos de su cara y la tensión de su cuerpo, como si estuviera forzándose a hacer algo que no quería hacer... o conteniéndose de hacer algo que quería hacer.

—¿Ethan?

—Te llevaré a casa —le respondió él sin darse la vuelta.

—¿Tu madre no da por hecho que pasaré aquí la noche?

—No es una buena idea. Hoy te han atacado. ¡Te han atacado! Ese tipo te ha golpeado y no puedo pensar en otra cosa que en matarlo a golpes. Y cuando no pienso en eso, no dejo de verte en el baño. No dejo de desearte... Lo siento.

—¿Lo sientes por desearme?

Él la miró.

—¿No me convierte eso en el tipo más cretino de todos los tiempos? ¿En un hombre de lo más insensible interesado solo en tomarte?

—¿Sería eso lo único que harías?

—Ya sabes a qué me refiero.

Ese sentimiento de culpa resultaba encantador en él y Liz no pudo sino desearlo más todavía.

Susurró su nombre y, cuando él se giró hacia ella, se quitó el albornoz muy lentamente y lo dejó caer al suelo quedando desnuda ante él.

Él tomó aire y se movió hacia ella; le acarició el lado de su cara que estaba golpeado mientras posaba otra mano sobre su cintura. No tuvo que llevarla hacia sí porque Liz lo hizo voluntariamente, rindiéndose ante el primer beso.

La boca de Ethan era ardiente y estaba hambrienta, sus labios ejercían presión contra los de ella haciéndola abrirse para él. Se coló en ella y sus besos se volvieron de lo más excitantes.

Liz sintió el suave roce de sus vaqueros desgastados contra sus muslos y sus pechos se aplastaron contra su camisa. El deseo calentó su sangre e hizo que deseara que Ethan la tocara por todo el cuerpo. Ladeó la cabeza y lo rodeó por el cuello.

Ethan acariciaba su lengua con la suya y ella cerró los labios a su alrededor haciéndolo gemir. Cuando él le hizo lo mismo, Liz sintió un cosquilleo que bajó hasta su vientre. Sus pechos parecieron inflamarse, igual que ese sensible punto entre sus piernas.

Ethan puso las manos sobre su cintura y las fue bajando. Exploró la curva de sus caderas antes de recorrer la curva de sus nalgas y la hizo estremecerse de placer.

La besó por el cuello con unos labios cálidos y húmedos y le mordisqueó el lóbulo de la oreja hasta que comenzó a descender y tomó su pezón en su boca, generándole una sensación que se extendió por todo su cuerpo. Ella tuvo que agarrarse a él para mantener el equilibrio mientras Ethan la acariciaba con la lengua. Cuando pasó al otro pecho, coló una mano entre sus piernas y encontró ese punto húmedo que ya estaba preparado para recibirlo.

Ella inmediatamente separó las piernas y él deslizó los dedos alrededor de ese inflamado y sensible punto. Después, se puso de rodillas y la besó de un modo absolutamente íntimo.

Su lengua la acariciaba ejerciendo una mínima presión y el ritmo constante de su movimiento hacía que le resultara imposible respirar. Le temblaban las piernas y apenas podía mantenerse en pie. Cuando él coló un dedo en su interior, Liz tuvo que aferrarse a sus hombros.

Tenía que parar. Podían ir a la cama, donde se tumbarían y entonces...

Pero no quería que parara. No, cuando todo le parecía perfecto en ese momento. No, cuando sus músculos se habían tensado y el deseo iba en aumento. Ahí solo importaban ese hombre y cómo estaba haciéndola sentir; las sensaciones y el deseo. Ethan cerró la boca alrededor de su clítoris a la vez que deslizó un dedo en su interior y la hizo estallar de placer y decir su nombre entre gemidos. La acarició hasta que dejó de estremecerse y después la tomó en sus brazos.

—Ya está, no pasa nada —le susurró.

—Para ti es fácil decirlo. No eres tú el que está desnudo.

—Eso puedo cambiarlo.

Liz lo miró a los ojos y sonrió.

—¿Lo harías?

En lo que ella tardó en ir a la cama, él se había quitado la ropa. Juntos apartaron las sábanas y Liz le dio una palmadita al colchón.

—Vamos —le dijo.

—¿Qué me vas a hacer? —le preguntó Ethan con un especial brillo en los ojos.

—Todo.

Liz y Ethan volvieron a su casa alrededor de las ocho de la mañana siguiente. Si Denise sospechaba cómo habían pasado la noche, no dijo nada.

—Todos han dormido bien —dijo mientras recogía su bolso.

—¿Y tú? —le preguntó Ethan.

—Bien, aunque he estado levantándome para ir a verlos toda la noche y asegurarme de que ninguno tenía pesadillas —bostezó—. Bueno, tal vez no haya dormido mis ocho horas... Me voy a casa y después de ir a misa me echaré una siesta en mi sillón. Me vendrá bien practicar para cuando sea vieja.

Ethan la besó en la mejilla.

—Tú nunca serás vieja.

—Ojalá.

—Gracias por quedarte —le dijo Liz mientras la abrazaba.

—Después de todo por lo que has pasado, necesitabas un descanso. Me alegro de haber podido ayudar.

El domingo fue un día de paseos por el pueblo seguidos por un almuerzo y una película. Ethan los acompañó. Liz hizo lo que pudo por actuar con normalidad para que ninguno de los niños sospechara que la noche anterior ambos se habían comportado como si fueran algo más que amigos. Por lo menos pensar en sexo implicaba que no tenía que pensar en el acosador.

Ya que no sabía qué había significado hacer el amor con Ethan, no había razón de pensar en ello, pero era difícil no hacerlo y le resultaba un poco estresante estar dándole vueltas al tema, así que cuando llegó el lunes se decidió a olvidarlo todo y recuperar su vida.

Por desgracia, el pueblo no cooperó. Pasó la mañana recibiendo a visitas que se pasaban para ver cómo se encontraba y alrededor de las diez y media, después de abrir la puerta por quinta vez, aceptó el hecho de que ese día no trabajaría nada.

Ya tenía una colección de bandejas con comida en el congelador, ensaladas en la nevera y bastantes galletas como para hacer felices a los niños durante semanas. Cuando el timbre volvió a sonar, se preparó para otra visita y para hablar del asaltante, del rescate y de cómo todo había salido bien gracias a que había estado en Fool's Gold. No se esperaba encontrarse a Dakota y a Tyler en el porche.

–¿Qué pasa?

–No te pongas nerviosa. Todo va bien. Iba a venir hacia el pueblo y Tyler me ha dicho que quería volver a casa para hablar contigo.

Liz miró a su hijo, que tenía la cabeza agachada.

–De acuerdo.

–Puedes llevarlo al campamento si quieres, o que se quede contigo en casa. Llámanos para que sepamos qué decides.

–Claro –prometió Liz.

Dakota se despidió y se marchó.

Liz siguió a su hijo hasta el salón y él se giró para mirarla a la cara; sus ojos oscuros, tan parecidos a los de Ethan, estaban llenos de emoción. Tenía los labios apretados, como si estuviera pensando qué decir, y entonces comenzó a hablar.

–Deberías haberte casado con papá.

Ella contuvo un gruñido; no era exactamente el tema de conversación que se esperaba ni quería mantener.

–¿Es por lo que esa señora dijo el sábado? –preguntó haciendo lo posible por parecer calmada.

–Más o menos. Los padres se casan.

–Algunos sí, otros no.

Tyler la miró.

–Quería conocer a mi padre, te preguntaba y te preguntaba y tú no me decías nada. No es justo –su voz iba alzándose por momentos.

—De acuerdo, si vamos a tener esta conversación, nos sentaremos y hablaremos con calma. Si piensas enfadarte y gritar, no hablaré contigo.

—Vale —refunfuñó y se dejó caer en el sofá con los brazos cruzados.

Ella se sentó sobre la mesita de café delante de él para poder mirarlo a los ojos.

—Cuando me enteré de que estaba embarazada, me aterroricé. Solo tenía cuatro años más que Melissa. ¿Crees que está preparada para ser madre?

Él negó con la cabeza, pero no habló.

—Volví a decírselo a tu padre, pero estaba con otra persona, con una chica, y me sentí tan dolida y confundida que me marché.

—Deberías haberte quedado. Deberías haberlo intentado más.

—Lo sé.

—Deberías haberlo hecho —repitió Tyler con la voz cada vez más alta—. Se habría casado contigo. Se lo pregunté y me dijo que se habría casado contigo. Habríamos sido una familia.

Liz respiró hondo.

—Tyler, por favor, sé que estás enfadado y molesto, pero lo que te he dicho iba en serio. No pienso hablarte si alzas la voz.

Alargó la mano para acariciarlo, pero su hijo se apartó bruscamente y eso le dolió más que las preguntas, más que las acusaciones.

—Habría sido mi padre.

¿Qué se suponía que tenía que responder a eso? ¿Cómo podía explicarlo?

—Yo era muy joven.

—No dejas de decir eso, pero no me importa. Te equivocaste —sus ojos se llenaron de lágrimas—. Me apartaste de mi padre.

¿Cómo podía explicarle a un niño lo que eran un orgullo dañado y un corazón roto? Tal vez no se podía.

—Tienes razón —dijo suavemente—. Te aparté de él, pero no

fue mi intención. No pretendía haceros daño a ninguno de los dos, pero eso es lo que pasó y lo siento.

—No me basta —una lágrima se deslizó por su mejilla y desvió la mirada—. Necesitaba a mi padre y no lo tuve a mi lado.

Liz pensó en señalar que lo había vuelto a intentar cinco años atrás, pero que el destino, en la persona de Rayanne, había intervenido. Era una información que Tyler necesitaría algún día, pero no en ese momento.

—No puedo cambiar el pasado —dijo sintiendo náuseas.

—Habría venido a por mí —le dijo Tyler con la voz cargada de emoción—. Habría querido que estuviera con él —se giró parar mirarla—. Quiero vivir con él. Quiero vivir con mi padre y no contigo.

18

El infierno llegó en la forma de un dolor que no se disiparía jamás. El rechazo de Ethan no había sido nada comparado con tener que oír a su único hijo diciéndole que no quería vivir con ella. Era como si Tyler hubiera metido la mano en su pecho y le hubiera arrancado el corazón aún palpitando para arrojarlo a la basura. No podía pensar, no podía respirar. Lo único que sabía era que no podía llorar delante de él porque eso lo haría sentirse mal.

Se levantó, asombrada de que le respondieran las piernas, y entró en la cocina.

–¿Me has oído? –gritó él siguiéndola–. No quiero vivir contigo. Quiero vivir con mi padre.

Cada vez que respiraba era como si un cuchillo se le clavara, tanto que casi se esperaba ver cómo la sangre brotaba de su cuerpo y se acumulaba alrededor de sus pies. Era como si estuviera muriendo. Sin duda, no podría haber una muerte peor.

Después de encontrar el número de teléfono de Denise, se giró hacia Tyler.

–Ya te he oído. Tengo que hacer una llamada y después nos iremos.

–No quiero volver al campamento.

–Bien, porque no lo harás –Liz no se veía capaz de conducir hasta allí.

Marcó el número de teléfono y esperó a que la madre de Ethan respondiera.

—¿Diga?
—Hola, Denise, soy Liz.
—Ah, hola. ¿Cómo estás?

Esa era una pregunta que no podía responder.

—Sé que no te aviso con tiempo, pero ¿podrías quedarte con Tyler un par de horas? No está enfermo ni pasa nada.

—Claro. ¿No está en el campamento?

—Ahora mismo no. ¿Puedo llevártelo ya?

—Claro. ¿Va todo bien?

No, nada iba bien. Nada volvería a estar bien.

—¿Puedo llevártelo ya? —repitió.

Hubo un silencio al otro lado.

—Aquí estaré.

—Bien.

Liz agarró el móvil y las llaves de la casa.

—Vamos —le dijo a Tyler y salieron de la casa.

Tardaron menos de quince minutos en llegar a casa de Denise. Tyler no dijo nada y Liz lo agradeció.

—Esperaré hasta que hayas entrado y después vendré a recogerte.

Su hijo, el niño al que había dado a luz, ése por el que tanto se había preocupado y al que había amado con toda su alma, la miró furioso.

—Quiero vivir con mi padre.

—Ya lo he oído.

—Me escaparé si no me dejas.

«Más daño», pensó ella. Más dolor. Unas semanas atrás, Tyler y ella habían estado unidos y jamás podría haberse imaginado que su hijo pudiera hablarle así, que quisiera sacarla de su vida. Solo tenía once años. ¿Cómo podía no quererla?

La puerta se abrió y Denise salió. Seguro que la mujer quería preguntar qué estaba pasando, pero se limitó a lanzarle a Liz una sonrisa de ánimo y se giró hacia Tyler.

—Hola. ¿Has almorzado?

—No tengo hambre.

—Tenemos un problema porque acabo de pedir una pizza.

Tyler sonrió lentamente.

–¿Con pepperoni?

–No puede ser una pizza si no tiene pepperoni.

–¡Guai! –entró corriendo en la casa.

Liz lo vio alejarse esperando que se volviera y le dijera algo, que saliera corriendo hacia ella, que la abrazara y le dijera que lo sentía, pero no lo hizo. No miró atrás.

–¿Estás bien? –le preguntó Denise.

Liz sacudió la cabeza.

–Tengo que irme –dijo intentando no llorar–. Volveré después.

Y se marchó corriendo.

Con los brazos cruzados y los hombros hundidos llegó a las oficinas de Ethan. Ahora que Tyler estaba con Denise, podía permitirse pensar en el hombre que lo había causado todo. El hombre que había apartado a su hijo de su lado.

Había sido su plan desde el principio y ahora estaba dándose cuenta. Había estado furioso y dolido y desesperado por conseguir lo que quería. Ella estaba en medio y él se había decidido a hacer que acabara siendo insignificante para su hijo.

¿Por qué no lo había visto? La verdad estaba ahí, claramente visible en todo lo que había hecho. ¿Qué más pruebas necesitaba aparte de la citación judicial? Había jugado con ella desde el principio y ella se lo había permitido. Había pensado que estaba enamorada de él. ¡Qué estúpida! Seguir el dictado de su corazón, confiar y amar otra vez, le había costado la única cosa que le importaba en el mundo.

Su hijo.

Entró en la empresa de construcción y la recepcionista la recibió con una sonrisa.

–¿Puedo ayudarla?

–No –respondió Liz y se dirigió al despacho de Ethan.

La joven se levantó y la siguió. Llegaron a la puerta de Ethan al mismo tiempo.

–No te metas en esto –le dijo Liz.

Ethan colgó el teléfono y se levantó.

–No pasa nada, Cindy.

Liz entró en el despacho y cerró la puerta. Ahora que estaba ahí, no se le ocurría nada que decir. Había pensado que querría tirarle cosas, gritar y amenazarlo y, sin embargo, era como si se hubiera quedado sin energía.

–No sabes lo que significa amar a un hijo –dijo en voz baja–. Estar dispuesta a morir para protegerlo. Amar a un hijo no se trata de ganar. No lo mereces. Pero eso no puedes verlo. Querías castigarme, así que felicidades, porque lo has conseguido. Tal vez pienses que has ganado, pero no es así, porque por ahora eres el nuevo juguete, brillante y reluciente, pero con el tiempo, Tyler se dará cuenta de eso y entonces volverá a casa.

Eso era lo que no dejaba de decirse a sí misma, que su hijo volvería con ella. Que volvería a quererla. Que ahora la quería, pero estaba demasiado enfadado como para verlo.

Ethan se acercó a ella.

–¿De qué estás hablando?

La pregunta sonó auténtica y él parecía más confundido que molesto.

Pero no, era otro de sus trucos. Todo lo había sido. No podía confiar en él. Era su enemigo y había sido una tonta al olvidarlo.

–Tyler me ha dicho que quiere vivir contigo. No finjas que esto no formaba parte de tu plan.

–¿Qué? –Ethan dio un paso atrás–. Por Dios, Liz. ¿Qué estás diciendo? Tyler no va a vivir conmigo.

Sonó muy sincero, claro que también le había hecho el amor como si ella fuera importante para él.

–Has jugado conmigo desde el principio y yo te he dejado, así que supongo que la culpa también es mía. Fingiste que querías lo mejor para todos, me besaste y me acariciaste mientras sabías lo que ibas a hacer. No puedes tener conciencia ni moral. Por lo menos el tipo que intentó secuestrarme fue honesto en sus intenciones.

—Espera un minuto. Para —la agarró por los brazos—. Mírame. No intento hacerte daño. Nunca he hablado con Tyler sobre venir a vivir conmigo.

Tal vez era cierto, tal vez Tyler lo había pensado por su cuenta, pero él le había ayudado a formarse esa idea.

—¿No le has dicho que si hubieras sabido que estaba embarazada, te habrías casado conmigo?

—Sí, pero...

—¿No le has hablado sobre todo el tiempo que te has perdido con él? ¿No me has culpado?

—Al principio, sí, estaba furioso, pero últimamente no. Liz, quiero lo mejor para vosotros dos. Eres fantástica con él.

—¿Qué fue eso que dijiste la primera semana? ¿Que yo lo había tenido once años y ahora tú tenías que tenerlo el resto de su infancia?

Ethan la agarró con más fuerza.

—No, yo no he hecho esto.

Lo peor de todo era que quería creerlo.

—Confié en ti, incluso cuando sabía lo que me habías hecho antes, te creí.

Él la miró a los ojos.

—No dejes de creer en mí. Por favor, Liz. Podemos hacer que esto funcione —respiró hondo—. Cásate conmigo.

Si no hubiera estado sujetándola, seguro que se habría caído.

—¿Qué?

—Cásate conmigo. Eso lo soluciona todo. Así los dos tendremos a Tyler y también será mejor para las niñas. Podrían quedarse aquí con sus amigos. Cásate conmigo.

Ella se soltó y fue hasta el sofá. Después de dejarse caer, apoyó los codos sobre sus rodillas y hundió la cara en sus manos.

Era demasiado, pensó. Estaba física y emocionalmente agotada y esa era la única razón por la que no había salido corriendo ni lo había pegado.

¿Casarse como solución?

—Tenemos un hijo juntos —siguió diciendo él—. Tiene sentido.

Claro que lo tenía porque, ¿qué pintaba ahí el amor? Se había casado con Rayanne porque estaba embarazada, ¿por qué no iba a casarse con ella si ya tenían un hijo juntos?
—No.
Él se sentó en el sofá.
—Vamos, Liz. ¿Por qué no?
—No nos queremos.
Era una verdad a medias porque ella sí que lo amaba, aunque ése no era el momento de hablar de ello.
—Nos gustamos. Nos llevamos bien y es mejor para los niños. Has dicho que ser un buen padre consiste en hacer sacrificios.
—Pero no de esa clase.
—Espera. Tenemos que solucionar esto.
—No, no tenemos. Yo tengo que hacerlo.
—Tyler también es mi hijo.
—Eso ya lo has dejado claro... nos lo has dejado claro a todos.
Y con eso se marchó.
Ethan la miró, no seguro de si debía seguirla o darle tiempo para pensar. Aún no podía creer lo que había hecho Tyler. No le había dicho que fuera a decirle a su madre que quería vivir con él.
Su hijo quería vivir con él y no podía evitar sentirse emocionado ante la idea; podrían divertirse mucho, podrían establecer un profundo vínculo, pero no quería hacerle daño a Liz.
La puerta de su despacho se abrió y allí estaba Nevada.
Era la más callada de las trillizas, la más realista. Había estudiado ingeniería y era una excelente trabajadora. A los clientes les gustaba tratar con ella y los empleados la respetaban. Cuando él no estaba allí, era ella la que se encargaba de todo.
Ahora estaba mirándolo con una mezcla de compasión y diversión.
—Eres el hombre más tonto del planeta.
—¿Qué quieres decir?
Nevada se apoyó contra el marco de la puerta.

–Acabo de cruzarme con Liz y le he preguntado cómo estaba. Me ha dicho que le has pedido que se case contigo por razones prácticas. Dime que está mintiendo.

–No es así.

Su hermana enarcó las cejas.

–Entonces, ¿cómo es?

Él le explicó lo de Tyler y lo dolida que estaba Liz y cómo casarse resolvería todos sus problemas.

–Muy romántico –dijo con sarcasmo.

–No se trata de romanticismo, se trata de hacer lo correcto.

Nevada se quedó mirándolo un buen rato antes de decir:

–Creo que se trata de que te salgas con la tuya. No estás pensando en Liz. ¿Por qué necesita casarse contigo?

–Tyler necesita un padre.

–Claro, pero ¿qué tiene eso que ver con Liz?

–Es su madre.

–Sí, eso ya lo sabía. No estás respondiendo a mi pregunta. ¿Qué saca Liz casándose contigo? No es que necesite más ingresos o una casa. La mayoría de la gente se casa porque está enamorada y quieren estar juntos, pero tú ya has descartado eso. Así que, ¿por qué exactamente debería casarse contigo?

–Yo, eh... –maldijo en voz baja.

Era algo en lo que nunca había pensado. ¿Por qué querría Liz estar con él? Había soltado la propuesta de matrimonio sin pensarlo, simplemente porque era lo correcto.

Igual que había hecho con Rayanne. ¿Por qué estaba eso tan mal?

Aunque sabía que no era nada malo, no podía evitar sentir que lo había estropeado todo.

–Te daré una pista porque eres mi hermano. Lo único que Liz necesita y desea de ti es que la ames.

–No puedes saber eso.

–Claro que puedo. Es lo que toda mujer quiere. ¿Por qué, si no, está aguantándote tanto? No tendría por que haber sido tan amable contigo. No tendría por qué haberte contado lo de Tyler. Podría haberse llevado a sus sobrinas a San Francisco aquella primera noche y tú nunca lo habrías sabido. Liz ha estado dándote oportunidades desde que ha venido y tú las has desaprovechado todas.

—No —respondió él mientras se preguntaba si Nevada tendría razón.

—Esta es la cuestión, Ethan: tienes un tiempo muy limitado para solucionar esto, suponiendo que quieras hacerlo, claro. Porque si estás intentando convencer a Liz de que se quede contigo, lo estás haciendo muy mal.

Y con eso Nevada se marchó.

No, un momento. No podía irse y dejarlo así. Tenía más preguntas. ¡Maldita sea!

Solo en su despacho cayó en la cuenta de que tal vez su hermana tuviera razón, aunque no podía dejar de decirse:

—No soy el malo. Estoy haciendo lo correcto.

Sin embargo, por primera vez en su vida, se preguntó si hacer lo correcto sería suficiente.

Liz paseó por el pueblo. Había muchos turistas por las calles y tuvo que esquivarlos. Durante el verano, los visitantes abarrotaban la zona para visitar las bodegas, hacer montañismo y pasar tiempo en el lago. Para cualquiera que no tuviera un hueco en el pecho, Fool's Gold sería un gran lugar, pero para ella era como una pesadilla viviente. Era el lugar donde había perdido su corazón y a su hijo.

Entró en una calle residencial y se recordó que no había perdido a Tyler del todo. Acabaría volviendo a su lado, aunque lo que no sabía era cuánto tardaría y tampoco estaba completamente segura de que Ethan fuera a ser imparcial. Por un lado estaría emocionado por el hecho de que su hijo quisiera vivir con él, pero dudaba que Ethan supiera que a los hijos no siempre se les podía decir que sí a todo. Había que darles lecciones, no todo era diversión. ¿Sería capaz de actuar así con su hijo y mirar por su bien?

La respuesta a sus preguntas era que Ethan sería un padre

genial, siempre había sido responsable y había hecho lo que tenía que hacer, lo correcto.

Se detuvo en la calle y volvió a repetir esas palabras en su cabeza. Porque era lo correcto. Eso siempre había definido a Ethan. No había amado a Rayanne, se había casado con ella porque estaba embarazada y había dicho que habría hecho lo mismo con ella.

¿Alguna vez se le habría declarado a alguien? ¿Habría estado verdaderamente enamorado?

Cuando tenía dieciocho años, Liz habría jurado que la había amado, pero ¿habría estado engañándose a sí misma? Él había admitido que también era muy joven por entonces y que ninguno podía haber sabido si lo suyo habría salido bien, pero Ethan lo habría intentado de todos modos.

En una relación había algo más que entregar tu corazón. Había un compromiso, había que hacer lo correcto. Había que ser una buena persona. Y Ethan tenía todas esas cualidades.

Pero no la amaba.

Por ello su proposición de matrimonio le había hecho tanto daño. Por eso no podía aceptarlo. Lo amaba demasiado como para aceptar una media vida a su lado, por muy correcto que fuera hacerlo.

Y todo ello le planteaba un dilema: ¿qué pasaba ahora?

Ya que no había una respuesta fácil, siguió caminando y cuando llegó a la casa de Denise, vio a la madre de Ethan sentada en el porche esperándola.

—Tyler me ha contado lo que ha pasado —le dijo la mujer mientras se acercaba—. Lo siento mucho.

Liz contenía las ganas de llorar.

—Yo también. No es que me importe que Tyler pase más tiempo con su padre —tuvo que parar para aclararse la voz.

—Lo que pasa es que te está rechazando a ti —resumió Denise—. Ven, siéntate a mi lado.

Liz se sentó. Se sentía mareada, confundida y perdida.

Denise se acercó y la rodeó con un brazo y ese gesto le resultó extrañamente reconfortante.

—No se trata de ti, sé cómo te sientes, pero no es eso. Eres una madre genial. Todos podemos verlo. Es un niño brillante, seguro de sí mismo, curioso, abierto y simpático y con mucho sentido común. Se preocupa por los demás y todo eso lo has hecho tú. Has criado a un gran hijo.

Liz apretó los labios y asintió. No podía hablar.

—Además, sigue siendo un niño y no tiene ni idea del daño que está haciéndote.

—Lo sé —susurró ella y se secó unas cuantas lágrimas—. No dejo de decirme que no es por mí. Está enfadado por lo de su padre y para él Ethan es una novedad.

—Exacto. Saber eso debería bastar para sentirte mejor.

Liz la miró y asintió.

—Oh, cielo. Ojalá pudiera hacer algo.

—Gracias —Liz intentó mantener las lágrimas bajo control—. ¿Te imaginas cuál ha sido la respuesta de Ethan?

Denise suspiró.

—Quiero a mi hijo, pero es un hombre, así que daré por hecho que ha sido un idiota.

—Cree que debemos casarnos y que con eso se solucionarán todos los problemas. ¿No es muy práctico? Me quedaré aquí y así él podrá ver a Ethan todo el tiempo y me ayudará con las niñas.

Denise suspiró.

—¿Es ahora cuando yo voy y te digo que Ethan se parece a su padre?

Liz la miró.

—¿No te parece buena idea?

—Las palabras «práctico» y «matrimonio» no deberían entrar en la misma frase. El matrimonio no tiene nada de práctico. Es maravilloso y difícil e increíble. Además, nadie quiere que le hagan una proposición así. Queremos oír que el hombre en cuestión está locamente enamorado de nosotras. Queremos flotar, sentirnos halagadas, y no que nos comparen con un paño quitapolvo de microfibras.

Liz apoyó la cabeza en el hombro de la mujer.

—Gracias —le susurró deseando haberla conocido años atrás. Tal vez si hubieran tenido oportunidad de tener una relación, las cosas habrían sido distintas. Habría podido ir a hablar con ella

Liz se levantó.

—No te ha extrañado que me haya propuesto matrimonio. Sabes que hemos estado —«acostándonos» no le parecía la palabra más adecuada—. Viéndonos.

Denise se rio.

—Sí, está muy claro. Ethan puede ser muchas cosas, pero sutil no es una de ellas. Al principio estaba furioso, pero ahora os lleváis bien. Daba por hecho que las cosas estaban progresando. Al principio no estaba segura, siempre me sentí muy mal por lo que te pasó de pequeña, pero no encontraba el modo de acercarme a ti. Nunca supe qué hacer ni qué decir.

—Eso ahora no importa.

—Importa mucho. Durante todo tu vida has visto cómo la gente que te ha importado te ha hecho daño, incluido Tyler. Y ahora mi hijo se declara de ese modo con el que más bien te está diciendo que no eres especial para él, aunque yo creo que sí que se preocupa mucho por ti.

Liz agradeció el apoyo, pero esas palabras no cambiaban nada.

—Preocuparse no es suficiente.

—Lo sé —suspiró—. Por favor, no te lo tomes a mal, pero creo que deberías dejar que Tyler se quedara con Ethan lo que queda de semana.

Liz se quedó helada. Miró la puerta y se preguntó si podría entrar y llevarse a su hijo antes de que pudieran detenerla.

—Ethan y Tyler tienen una visión nada realista de su relación. Tengo seis hijos y sé lo que es. Ni Ethan ni Tyler saben cómo es una relación padre-hijo en realidad y tal vez deberías dejar que lo descubrieran.

—No puedo.

Denise se levantó y fue hacia ella. Se miraron.

—Te doy mi palabra de que Tyler estará bien. Ethan no va a

desaparecer con él. Lo sabes. Deja que descubran lo aburrido que puede ser el día a día. Tu hijo te quiere. Dale una oportunidad de echarte de menos.

Era difícil de escuchar, pero Liz sabía que eran unas palabras muy astutas y eso era exactamente lo que tenía que pasar, por mucho que la situación la aterrorizara.

Lentamente asintió.

–De acuerdo. Hasta el fin de semana.

Denise se acercó.

–Todo irá bien, me aseguraré de ello.

–Eso espero.

Se abrazaron y durante un segundo, Liz cerró los ojos y absorbió todo ese cariño.

–No debería ser tan difícil.

Denise le dio una palmadita en la espalda.

–Pero aun así lo superaremos. Superarás esto.

–Lo sé. Me voy a casa a hacerle la maleta. ¿Te importaría llamar a Ethan para contarle el plan?

–En absoluto. ¿No quieres que Tyler se haga la maleta él mismo?

–No. Si tan dispuesto está a mudarse, empezaremos ya mismo.

Denise le acarició un brazo.

–Siento tu dolor, cielo. Sé fuerte.

–Lo seré –prometió porque, después de todo, no tenía elección.

19

—¿Qué vamos a hacer esta noche? —preguntó Tyler mientras cortaba su bistec—. Podríamos ver una peli.

Ethan pensó en su colección de películas de acción, no recomendadas para todos los públicos, y supo que no eran una buena idea.

—Vamos a ver qué ponen en la televisión de pago.

—¡Guai! Mamá solo me deja ver películas los fines de semana.

Eso era algo que Ethan desconocía.

—¿Por qué?

—No sé. Quiere que lea y esas cosas, y que juegue al aire libre. Ojalá me hubiera traído la Xbox.

Ethan tenía la sensación de que había una razón concreta para eso. Liz había querido que su hijo se olvidara la consola y que pasara con él todo el tiempo posible.

—¿Qué tal tu bistec?

—Bien —Tyler lo miró—. ¿Mañana vas a cocinar otra cosa para cenar?

Porque era la segunda vez en cuatro noches que había hecho bistecs a la barbacoa. Las otras dos noches habían salido a cenar.

Normalmente, Ethan compraba algo al volver del trabajo o su madre se pasaba por casa y le llevaba algo de comida para que calentara en el microondas. Desde que se había llevado a Tyler, no la había visto y a sus hermanas tampoco. Les había dejado mensajes y, aunque le habían devuelto las llamadas, no lo habían visitado ni en la oficina ni en casa. Tenía la sensación de que estaban haciéndolo a propósito.

Por otro lado, el servicio de catering que utilizaba cuando tenía compañía estaba ocupado esa semana por algo de un gran evento de empresa.

Sus habilidades culinarias eran limitadas, por decir mucho, pero tenía que haber algo que supiera hacer.

–¿Qué te apetecería?

–Lasaña.

Pasta, carne y salsa. No podía ser tan difícil.

–Claro. Me pasaré por la tienda mañana y cenaremos eso.

–También nos hemos quedado sin leche y, ¿podrías comprar otra clase de cereales?

–Haremos una lista después de cenar.

–Vale –Tyler masticó otro bocado–. No me queda ropa limpia.

–¿Qué?

–Tengo calcetines y pantalones cortos, pero ni camisetas ni ropa interior. Y se supone que tengo que hacer un póster para el campamento.

–¿Qué clase de póster?

–Como para una película. Tienes cartulina, ¿verdad?

–No exactamente –¿cómo iba a imaginarse que en el campamento mandaban deberes para casa?–. Si tienes que hacer un póster, no podemos ver una película.

–Pero has dicho que podíamos.

–Pero eso ha sido antes de que me hayas dicho lo del póster. El colegio es lo primero.

–Pero esto no es el colegio, es un campamento.

Ethan empezó a sentir el comienzo de una jaqueca. Estaba cansado y no porque no estuviera durmiendo bien, sino porque las mañanas estaban empezando muy temprano. Y ahora, además, en lugar de ver una película, iban a tener que ir a la papelería a comprar cartulinas grandes y rotuladores y después ponerse a hacer el póster.

—¿Cuándo te han mandado el trabajo?
—El lunes.
—¿Y no lo mencionas hasta hoy?
—Mamá siempre me lo pregunta.
¡Por supuesto, cómo no!
—¿Hay algo de postre? —Tyler parecía expectante.
—Pararemos en algún sitio después de ir a la papelería.
—Podríamos hacer galletas.
—Tal vez mañana.
—¿Vamos a ir a montar en bici con Josh el fin de semana?
Ethan asintió.
—¿Qué más vamos a hacer?
Y fue entonces cuando Ethan se dio cuenta de que solo había tenido a su hijo cuatro o cinco horas al día, en bloques de tiempo que eran fáciles de ocupar. De pronto, el fin de semana le pareció un desfile infinito de horas vacías por rellenar.
—Tendremos que pensar en algo —dijo recostándose en su silla.
—Podríamos ir a hacer senderismo, o ir al lago. O a nadar. Tal vez Abby podría venir con nosotros. Es muy guai, para ser una chica. O al parque...
Tyler seguía hablando y, mientras, Ethan observaba a su hijo y se preguntaba cómo había podido hacerlo Liz y encima hacer un gran trabajo con él. Amar a Tyler no era suficiente para hacerlo bien y tener a alguien como Liz que le ayudara lo cambiaría todo.
Por el contrario, ella no había tenido a nadie porque él nunca se molestó en ir a buscarla. El orgullo herido se lo había impedido y le había hecho perder más de lo que nunca podría recuperar.

—Por la estupidez de los hombres —dijo Dakota alzando su copa—. Y por mi hermano, que es el rey.
—Por Ethan —dijo Montana.

Liz, Nevada y Denise también alzaron sus margaritas y brindaron.

Después de una cena de deliciosa comida mejicana, Melissa se había ido a dormir a casa de una amiga y Abby estaba viendo la última película de Hannah Montana en DVD. Liz y las mujeres Hendrix estaban en el patio trasero, recostadas en tumbonas de jardín y bebiendo tranquilamente.

Se había corrido la voz rápidamente entre la familia y, para sorpresa de Liz, las hermanas de Ethan y su madre habían corrido a estar a su lado. Se habían quedado atónitas ante la propuesta de matrimonio, insultadas por la negativa de su hermano a declararle su amor y decepcionadas con ella por haberse contenido tanto y no haberle tirado nada a la cabeza.

–Lo está pasando mal con Tyler –dijo Denise recostada en la tumbona y mirando las estrellas–. Sus mensajes de teléfono son cada vez más desesperados. Al parecer, ha intentado hacer lasaña –se rio–. Y no le ha ido muy bien.

–¿Lasaña? Eso es mucho trabajo.

–En su primer mensaje me hablaba de la carne y de la salsa y de que no parecía muy difícil. En el segundo me preguntaba cómo era un fuente para lasaña y si tenía que cocinar los fideos de pasta primero. En el último me decía que se iban a cenar fuera.

Liz intentó reírse con las demás, pero sobre todo se sintió triste. No estar con Tyler se le estaba haciendo cada vez más difícil.

Dakota se giró hacia ella.

–Está preguntado por ti. Hoy ha venido a mi despacho porque quería llamarte. Sé que te echa de menos.

–Eso espero –deseaba hablar con él desesperadamente, pero sabía que era mejor que el plan siguiera su curso. Ethan le llevaría a Tyler el domingo por la noche y después hablarían. Los tres.

Mientras tanto, tenía mujeres en las que podía apoyarse. Tenía amigas.

Todas se marcharon cerca de las diez. Aclaró los vasos y los dejó sobre la encimera, ya los fregaría al día siguiente. Apagó las luces de la cocina y, cuando se dirigía al salón, vio a Abby sentada en el primer escalón de las escaleras.

–Creía que te habías ido a la cama. ¿Va todo bien?

Abby sacudió la cabeza.

Liz señaló al sofá.

–¿Quieres sentarte?

–Vale.

Se sentaron juntas y Liz la rodeó con un brazo y la besó en la frente.

–Dime qué te pasa. ¿Te encuentras bien?

–Estoy bien –la niña se acurrucó más contra ella–. No te enfades conmigo, pero no quiero irme.

–¿No quieres ir a San Francisco?

Abby asintió.

–¿No podemos quedarnos aquí? Me gustar estar aquí. Me siento segura. Aquí están nuestros amigos y a Tyler también le gusta. Todo el mundo quiere quedarse menos tú.

Eso sí que era una buena patada en el estómago y lo peor de todo era que Abby tenía razón. Todo el mundo quería quedarse y sería mucho más fácil para Ethan y Tyler. Técnicamente, ella podía trabajar en cualquier parte, el pueblo la aceptaba y, aunque su pasado seguía ahí, tal vez había llegado el momento de asumirlo y dejar de luchar contra él.

Pero quedarse significaba enfrentarse a Ethan y ahora que estaba dispuesta a aceptar lo que parecía ser su destino, también podía ser sincera. En un principio había querido irse de allí porque no consideraba que ese sitio pudiera ser su hogar, pero después había querido irse para alejarse de él. Estar cerca cuando lo amaba tanto era como vivir con una herida abierta.

–Seremos muy, muy, buenos –le prometió la niña.

Liz la abrazó.

–Ya lo sois. Sé que significaría mucho para vosotros que nos quedáramos, supongo que… –respiró hondo–. Supongo que podemos hacerlo.

Abby se levantó de un salto y le sonrió.

—¿En serio?

Liz asintió.

—No puedo creerlo. ¿Vamos a vivir en esta casa? Entonces, necesitarás una cama de verdad y nosotras necesitaremos otra habitación. ¿O quieres que Melissa y yo compartamos una? Podemos. No le gustará, pero a mí no me importa.

Liz había ido demasiado lejos, así que si podía elegir, preferiría una casa sin tantos recuerdos.

—Mudarnos será lo más sencillo.

—Podemos mudarnos. Ayudaremos a hacer las maletas —Abby la abrazó con fuerza—. Muchas gracias, tía Liz. Te quiero.

—Yo también te quiero.

Abby comenzó a dar vueltas.

—¡Qué feliz soy! ¡Nos quedamos! ¡Nos quedamos!

Liz le dio su teléfono móvil a la niña.

—¿Por qué no mandas un mensaje a tu hermana para decírselo?

—¿Puedo? Gracias.

Liz se preguntó si la emoción dejaría dormir a la niña esa noche.

De modo que se quedaba en Fool's Gold, ¿quién lo habría imaginado? Cuando Ethan le llevara a Tyler, se lo diría a los dos y así él podría retirar su estúpida y práctica propuesta. El pueblo era tan pequeño que podrían criar a Tyler entre los dos sin ningún problema. Podría pasar el mismo tiempo con cada uno y eso satisfaría tanto a Ethan como a la jueza. Era lo correcto.

Ethan estaba en la habitación de su hijo Tyler observándolo mientras dormía. Después de una mañana montando en bici, de una tarde intentando hacer galletas de mantequilla de cacahuete y fracasando, y de una noche viendo las dos primeras películas de Harry Potter, Tyler se había quedado dormido en el sofá.

Ahora, mientras lo miraba, sintió una calidez en su pecho. El amor estaba ahí. El amor verdadero, nacido de la frustración y de la sensación de ser un desastre como padre, pero con el deseo de mejorar. Tyler era todo lo que podía desear de su hijo... aunque no era un niño muy fácil. Eso parecía haberlo sacado de su madre.

Salió de la habitación y bajó hasta el salón, donde se recostó en el sillón e intentó pensar qué haría a continuación.

Echaba de menos a Liz y ahora estaba dándose cuenta de lo mucho que se había acostumbrado a tenerla en su vida. Echaba de menos hablar con ella, verla, sentir su sonrisa. La echaba de menos en su cama, pero eso era lo menos importante. Aunque la desearía hasta el día que muriera, el dolor que sentía por dentro no era solo por un deseo físico, sino por el deseo de tener una conversación, de oír su risa, de verla con Tyler, Melissa y Abby.

La quería en su vida, quería que fuera su familia.

Y no era el único. Tyler había pasado de estar enfadado con su madre a hablar de ella todo el tiempo, tanto que ese día había estado contando las horas que faltaban para volver a verla. Ambos habían aprendido una lección en los últimos días.

Tyler había aprendido a mostrarle un poco más de respeto a su madre y Ethan había aprendido que Liz lo era todo para él. Cerró los ojos y supo que la amaba.

La amaba. Y en lugar de hacerla sentirse como una princesa, en lugar de prometerle amor y adorarla eternamente, le había pedido matrimonio como una solución práctica a su problema.

–Oh, mierda.

¡Menudo estúpido!

Bueno, lo había estropeado todo, pero lo solucionaría. Tenía que haber un modo. Liz era una madre genial y lucharía por ella. Pensaría en cómo hacerlo bien, en cómo ser el hombre que ella merecía. Lo había amado una vez y tal vez podría volver a hacerlo. No todo estaba perdido.

Comprendía lo que no le gustaba de Fool's Gold y, aunque no le hacía gracia la idea de dejarlo todo atrás, podría dirigir el negocio desde San Francisco y hacer unos cuantos viajes a la semana. Tal vez incluso podrían tener una segunda residencia allí y pasar los veranos en el pueblo. Eso sería una buena solución.

Ojalá le diera una segunda oportunidad.

Tenía que hacerlo, se dijo. La convencería para que lo hiciera. De algún modo le demostraría que tenían que estar juntos.

Una vez tomada la decisión, se levantó y fue hacia la puerta, pero a medio camino del porche se detuvo. Presentarse en su casa en mitad de la noche no era lo más inteligente, como tampoco lo era dejar a Tyler solo en casa. Así que esperaría. Trazaría un plan y esa vez sí que lo haría bien.

Liz miraba el reloj ansiosamente. Se suponía que Ethan le llevaría a Tyler ese domingo, pero todavía eran las once de la mañana. A ese ritmo, le daría un ataque al corazón antes de que pasara una hora más. Tenía que mantenerse ocupada con algo.

Las niñas se habían marchado a pasar la mañana con sus amigas para celebrar que se quedaban en el pueblo. Estaban contentísimas y ver su alegría confirmó que había tomado la decisión correcta. Tyler también se lo agradecería porque así tendría la oportunidad de estar más tiempo con su padre y con su familia.

Había querido llamar a Denise, pero había decidido que Tyler y Ethan lo supieran antes. Por eso había pasado una noche de lo más inquieta y una mañana muy mala. En ese estado, escribir le resultaba imposible porque no se centraba.

La idea de limpiar le produjo escalofríos, así que agarró un gran sombrero de paja y unas cuantas herramientas de jardín del porche trasero y salió a ver qué podía hacer. Apenas había empezado a quitar las malas hierbas cuando oyó a alguien llamándola.

—¿Mamá? ¿Mamá? ¿Dónde estás?

Aún de rodillas, se puso derecha y se le aceleró el pulso al ver a su hijo salir por la puerta trasera y correr hacia ella.

—¡Mamá!

Se echó a sus brazos y la abrazó con fuerza, tanto que no podía respirar. Ella hizo lo que pudo por no llorar mientras sentía cómo se disipaba su miedo a haberlo perdido para siempre.

—Hola —le susurró ella.

El niño la soltó, la miró a los ojos y volvió a abrazarla.

—Te he echado mucho de menos.

—Yo también a ti.

Tyler miró a su padre y después se dirigió de nuevo a ella.

—Tal vez podría seguir viviendo aquí... la mayor parte del tiempo.

—Creo que eso podríamos arreglarlo. Tu padre y yo lo solucionaremos.

—¿Sí?

Los ojos de Ethan se iluminaron.

Ella se levantó y despeinó al niño con un cariñoso gesto.

—Melissa y Abby volverán pronto y vamos a ir a la piscina. ¿Te apetece venir con nosotras?

—Claro.

Tyler entró en la casa como una flecha, pero se detuvo para mirar a su padre. Volvió, lo abrazó y echó a correr de nuevo.

Liz lo miraba mientras sentía que el mundo había vuelto a su ser. Denise había acertado en todo, al menos en lo que concernía a Tyler.

—¿Qué tal te ha ido?

Ethan se metió las manos en los bolsillos.

—¡Cuánto te he echado de menos, Liz!

Ella pensó en su última conversación, en cómo la había herido con palabras que no había pensado. No había sido culpa suya. ¿Por qué tenía que haberle ofrecido más si ella nunca le había dicho lo que sentía por él? Y ahora, por supuesto, nunca lo haría. No, cuando iba a quedarse allí.

—¿Os habéis llevado bien?
—Genial. Es un buen chico, pero da mucho más trabajo del que me imaginaba.
—Lo sé.
—La vida diaria nos ha enseñado cosas a los dos.
—De eso se trataba.
Él se acercó.
—Liz, nunca he querido quitártelo. De acuerdo, tal vez al principio sí, pero ya no. Los dos me importáis. Tenemos que solucionar esto.

Ella alzó una mano para detenerlo; era muy difícil estar cerca de él y oírlo hablar, probablemente porque por mucho que odiara el modo en que le había propuesto matrimonio, no podía evitar pensar cómo habría podido ser todo si la hubiera amado.

—Tenemos que hablar de esto –siguió diciendo él, ignorándola–. La semana que viene tenemos que reunirnos con la jueza.
—No será ningún problema. Me quedo en Fool's Gold.
Ethan la miró.
—¿Y qué pasa con tu vida en San Francisco?
—Venderé la casa y me mudaré aquí. No será tan complicado. Tyler y las niñas quieren que nos quedemos y si estoy aquí, podemos criar al niño entre los dos. No viviré en esta casa, así que me aseguraré de comprar algo cerca de la tuya. Tyler podrá estar con los dos, cada semana con uno, y así la jueza se quedará conforme y todos estaremos contentos.

Ya había hablado con Peggy, que estaba interesada en mudarse a algún pueblecito.

—No tardaré más de una semana o dos en organizarlo todo por allí. Si te quedas con Tyler, le pediré a tu madre y a Montana que cuiden de las niñas mientras lo arreglo todo. Me aseguraré de volver antes de que empiece el colegio.
—¿Y qué sacas tú con esto?
—Hacer feliz a mi familia. Hay cosas que no me gustan de este lugar, pero lo bueno supera a lo malo. Con el tiempo, la

gente dejará de decirme si apoya o no lo que os hice a ti y a Tyler. Y además, soy escritora y puedo trabajar en cualquier parte.

—Pero entonces, ¿por qué estás tan triste?

Porque estar cerca de él, saber que nunca había sido capaz de perdonarlo, no era su idea de estar bien. Porque el amor que sentía por él parecía crecer cada día y con el tiempo él encontraría a alguien. ¿Quién no amaría a Ethan? Y después tendría que sonreír y fingir estar feliz mientras él salía con otra.

—Estoy cansada y he echado de menos a Tyler —miró hacia la casa—. Tengo que entrar. Nos vamos a la piscina.

Pasó por delante de él y Ethan la agarró por la muñeca.

—Espera —la miró a los ojos—. Liz, tenemos que estar juntos.

—No.

—Escúchame. Siento lo que te dije, no quiero casarme contigo porque sea lo más práctico. Quiero casarme contigo porque te amo.

La soltó, como si estuviera seguro de que esas palabras bastaban para que no se fuera.

—Podemos ser una familia, los cinco. Iba a decirte que me mudaría a San Francisco para estar con vosotros, pero esto es mejor. Este es nuestro hogar, Liz.

Fueron unas palabras agradables y ella tuvo que admitirlo. Decirle que se mudaría le añadía un poco de sacrificio, pero eso era muy fácil decirlo ahora que sabía que se quedarían allí.

—No —dijo y echó a andar hacia la casa.

—¿Qué? ¿Por qué no?

Ella se detuvo junto al porche trasero y lo miró.

—No te creo. Bueno, sí, creo que quieres casarte conmigo, pero creo que lo haces porque soy la madre de tu hijo y porque es lo correcto. Pero, ¿amor? Tú nunca me has amado, ni entonces ni ahora. No has amado a nadie, excepto a tu familia y no estoy segura de por qué. Siempre has tenido todo lo que has querido e incluso ahora tendrás a tu hijo sin hacer ningún esfuerzo por tu parte.

—¿De eso trata todo esto? ¿De que no he sufrido lo suficiente?

—No, se trata de arriesgarlo todo. De entregar tu corazón incluso cuando no sabes qué va a pasar. Se trata de arriesgarse a tener a la persona que amas y decirlo en público.

—Nunca vas a perdonarme eso, ¿verdad?

—Te quería, Ethan. Te di todo lo que tenía, no solo mi corazón y mi alma, sino mi cuerpo también. Me habían llamado «puta» durante años y tenía que protegerme, no me importaba nadie hasta que llegaste tú. Era virgen y me llamaste «zorra» delante de todos tus amigos. Dijiste que no valía la pena.

—Lo sé y era yo el que no merecía la pena. Siempre lo he sido.

Oír eso no la hizo sentirse mejor.

—Ahora ya no importa. Voy a olvidar el pasado. Es la última vez que hablaremos de esto. Te quise entonces y te sigo queriendo, pero no me casaré contigo. Criaremos a Tyler juntos en este pueblo y con eso será suficiente.

Subió las escaleras y entró en la casa.

Por un segundo quiso creer que él iría tras ella, que le diría que estaba equivocada, que le suplicaría y ella acabaría cediendo al ver que había puesto algo de su parte, pero nada de eso pasó.

Cuando se dio la vuelta, Ethan ya se había ido.

20

–¿Cuánto te quieres emborrachar? –le preguntó Raúl mientras servía otro whisky y se lo daba a Ethan.

–Te lo diré cuando haya tenido bastante.

–No es un gran plan –le dijo Josh desde el otro sofá–. Ya sentirás bastante dolor por la mañana.

Los tres hombres estaban tirados en el salón de Ethan; aún no había oscurecido y ya estaban achispados... al menos Ethan. No podía hablar por sus amigos, seguro que ellos estaban teniendo más cuidado.

En cuanto a la reseca, ¡adelante! Tal vez un fuerte dolor de cabeza le ayudaría a olvidar lo que Liz le había dicho esa mañana.

–No cree que la amo –farfulló.

–Liz Sutton –le dijo Josh a Raúl–. Es una larga historia.

–No tan larga –contestó Ethan–. La dejé embarazada, le di la espalda y no la amé lo suficiente. No sabía que estaba embarazada. Si lo hubiera sabido, me habría casado con ella. Y eso ahora me convierte en el malo de la historia. Hacer lo correcto no está bien, ¿lo sabéis?

–No está enfadada por haberle dicho que te habrías casado con ella –explicó Josh.

–¿Entonces por qué?

–Las mujeres son complicadas.

–Ha dicho que no la quiero, pero sí que la quiero. Siempre la he querido, pero nunca lo había sabido –dio otro trago.

—¿Qué le has dicho tú? —le preguntó Raúl.

—Que la quiero. Que quiero casarme con ella y no porque eso sea lo más prác... lo más práctico.

—¿Cuándo le has dicho que iba a ser práctico? —le preguntó Josh.

—Ya sabes... antes.

—¿Antes de qué?

—La última vez que le propuse matrimonio. Antes de saber que la amaba. Le dije que teníamos que casarnos porque era lo correcto. Quería hacer que se quedara aquí, con los niños, para poder ver a Tyler.

—No deberías haber dicho eso —le dijo Josh.

—Tal vez no, pero la amo y a ella no le importa. ¿Cómo puede no importarle?

—Tal vez le importe demasiado —le dijo Raúl—. Has estado actuando como un cretino mucho tiempo, ¿y si ella ha estado amándote desde entonces? Ha estado esperando a que te dieras cuenta y tú le has ofrecido una especie de acuerdo de negocios.

—Y le has quitado a su hijo —añadió Josh.

—No se lo he quitado. Han sido solo unos días. Los niños son complicados, aunque las mujeres hacen que parezca fácil, pero es duro —cerró los ojos y se recostó en el sofá de piel.

Sus dedos se relajaron sobre el vaso y oyó a alguien levantarse rápidamente y quitárselo.

—Estás a punto de perder el conocimiento.

—Tengo que hablar con Liz.

—Tienes que darle algo de tiempo y necesitas un plan. Lo has estropeado todo desde el principio y ahora tienes que hacer algo para impresionarla.

—A Liz no le gustan esas cosas —murmuró Ethan—. Creo que quiere que la deje tranquila y debería darle lo que pide.

—Lo que quiere es que la sorprendas —dijo Raúl—. Sé de estas cosas.

—No Liz.

Sintió el dolor que sus amigos le habían prometido, pero

no fue por el alcohol. Fue un dolor que salió de su corazón, del hecho de saber que jamás podría tener a Liz. Tal vez había tenido una oportunidad, pero la había desaprovechado.

Ella le había dicho que lo amaba y se aferraría a esas palabras para siempre, sabiendo que si hubiera sido más listo... si lo hubiera entendido antes, podría haberla tenido.

—Amo a Liz —farfulló.

—Eso ya lo sabemos —dijo Josh—. Deberías decírselo a ella.

—Demasiado tarde. Demasiado...

Y todo se volvió negro.

Liz vendió su casa en San Francisco mucho antes de lo que se habría imaginado.

Había terminado dejando a los tres niños con Denise porque, por alguna razón, no había sido capaz de ponerse en contacto con Ethan el domingo. Denise le había dicho que todo iba bien, pero no había entrado en detalles.

Después de conducir hasta la bella ciudad junto a la bahía, había pasado dos días con Peggy eligiendo todo lo que Tyler y ella necesitarían en los próximos meses y todo de lo que podrían prescindir de momento.

Vender la casa había resultado muy sencillo. Liz había llamado a una amiga que era agente inmobiliaria y Heidi había admitido que a su marido y a ella siempre les había encantado su casa y que estaban desesperados por mudarse de su piso ahora que querían formar una familia. Las negociaciones habían llevado menos de una hora y en dos días el contrato había estado cerrado y firmado. Peggy, por su parte, tenía pensado ir a Fool's Gold la semana posterior al Día del Trabajo para ver si quería o no mudarse allí.

Con todo listo, Liz partió hacia Fool's Gold el jueves por la mañana. Ethan y ella tenían una cita con la jueza al día siguiente y ahora que se instalaría definitivamente allí y que criarían a Tyler entre los dos, podrían satisfacer los requerimientos de la jueza y evitar la cárcel.

Después de recoger a los niños, fueron al Fox and Hound a almorzar.

—El cole empieza el martes —dijo Melissa en cuanto se sentaron—. Necesitamos ropa y material. Vamos un poco atrasados con las compras.

Liz se rio.

—¿Vamos?

—Ahora somos tres, mamá, y vamos a tardar más.

—Tienes razón. Cuando lleguemos a casa, podéis hacer listas de todo lo que necesitáis y después iremos a comprar. Hoy la ropa y mañana el material escolar. Tengo que estar en el juzgado a las nueve, pero no debería tardar mucho.

Tyler sonrió.

—¿Vas a decirle a la jueza que te quedas aquí?

—Sí. Seguro que se alegra.

El teléfono de Melissa sonó indicando la entrada de un mensaje. La niña miró la pantalla y se lo guardó en el bolsillo antes de que Liz pudiera recordarle que los móviles no estaban permitidos en la mesa.

—¿Te quedas en Fool's Gold por nosotras? —preguntó Abby.

—Un poco, sí. Y para que Tyler pueda estar al lado de su padre.

—Has sido muy buena con nosotras —la miró tímidamente y añadió—: ¿Puedo llamarte «mamá»?

La inesperada pregunta sacudió a Liz con fuerza y se le llenaron los ojos de lágrimas.

—Le he preguntado a Tyler si le importa y me ha dicho que no pasa nada.

Liz abrazó a la niña.

—Me gustaría, pero recuerda que por decirlo no nos estamos olvidando de tu verdadera mamá. Sé que la quieres.

Abby se acurrucó y Liz se giró hacia Melissa, que estaba mirando por la ventana.

—No pasa nada, tú no tienes por qué hacerlo.

La adolescente se sonrojó.

—A veces quiero, pero... No sé.

—«Liz» está bien.
—Puede que más adelante...
—Lo que te haga sentir más cómoda.

La camarera llegó y les tomó nota. Los niños empezaron a hablar sobre el festival de Fin del Verano de ese fin de semana y cómo tenían que tener terminadas las compras de la vuelta al cole para poder ir.

Liz escuchó y sonrió, contenta y feliz. Siempre echaría de menos a Ethan, siempre lo amaría, pero en lo que concernía al resto de la familia, todo era... perfecto. Tal vez, después de todo, hacer lo correcto no era tan mala idea.

Liz se encontró con Ethan en la puerta de los juzgados y, aunque intentó no mirar demasiado, lo encontró bien... demasiado bien. Tal vez con el tiempo se acostumbraría a verlo y su cuerpo dejaría de reaccionar ante su presencia. Tal vez las cosas serían más fáciles entre los dos. Al fin y al cabo, una chica podía tener esperanzas.

—Hola —le dijo él—. ¿Qué tal tu viaje a San Francisco?
—Bien. Todo está en marcha y he vendido la casa.

Él le sostuvo la puerta y entraron.

—Qué rápido. ¿Vas a buscar algo aquí?

Liz asintió esperando no parecer tan decepcionada como se sentía.

Había pensado que él sacaría el tema de su última conversación, que le diría que la amaba y que quería que estuvieran juntos. Pero, por el contrario, caminaron en silencio hacia el despacho de la jueza.

Quince minutos después, la jueza Powers anunció que estaba complacida con su decisión de criar a Tyler entre los dos y les advirtió que no le hicieran perder más el tiempo.

—Tyler ha dicho que mañana iréis al festival del verano —le dijo Ethan al salir del despacho.

—Los niños quieren ir y habrá una banda tocando al mediodía. Al parecer son famosos; yo no sé quiénes son y eso me hace sentir vieja.

—No eres vieja.

—Gracias.

Juntos salieron al sol de la mañana y se dirigieron al aparcamiento. Ethan se detuvo junto al todoterreno de Liz.

—Quiero que seas feliz, Liz. Has renunciado a mucho para estar aquí.

—No a tanto. Es importante cuidar de los niños y hacer que sean felices. Eso es lo que estoy haciendo.

—¿Y quién cuida de ti?

Los oscuros ojos de Ethan parecieron mirar dentro de ella y Liz quiso mirar a otro lado para que no pudiera ver cuánto lo amaba.

—Yo soy muy dura.

—Porque has tenido que serlo. Pero quiero ayudarte en todo lo que pueda.

«Ámame», pensó ella desesperadamente. «Jura que soy lo mejor de tu vida».

Pero Ethan no pronunció esas palabras y Liz no tuvo el valor de pedirle que lo hiciera.

Se quedaron mirándose hasta que él se dio la vuelta y se marchó.

El festival del Final del Verano era en parte una fiesta para el condado, en parte una fiesta de granjeros y en parte una fiesta para los padres, que celebraban que el colegio empezaría en pocos días.

Liz llegó con los tres niños a las diez de la mañana del sábado y a las diez y cuarto ya se había quedado sola. Melissa había quedado con sus amigas y Abby y Tyler con compañeros del campamento. Liz les compró entradas para las atracciones a los dos más pequeños y les hizo prometer que se reunirían con ella, más tarde, a las once y media para almorzar.

Después, se quedó en medio de la multitud, preguntándose qué hacer.

Exploró los puestos de artesanía y compró unas camisetas para los niños antes de que Denise Hendrix la encontrara mientras miraba las velas.

—Las de olor a jazmín son geniales —le dijo la madre de Ethan con una sonrisa—. Las tengo por todo el cuarto de baño. ¿Qué tal va todo?

—Bien —alzó la bolsa con las camisetas—. Haciendo gastos.

Denise señaló un puesto de granizados.

—Vamos, te invito.

Se pusieron a la cola.

—¿Te va bien?

—Estoy bien. La semana que viene empezaré a buscar casa.

Denise suspiró.

—Mi hijo es un idiota.

—¿Por qué?

—Porque está claro que los dos estáis locos el uno por el otro y que deberíais estar juntos.

—Ethan no está enamorado de mí. Le interesa más el deber que el amor y a mí no me interesa conformarme con eso.

—¿Ni siquiera si alejarte de él te parte el corazón?

Liz suspiró

—¿Quisiste al padre de Ethan?

—Constantemente, y lo sigo amando.

—¿Te habrías conformado con menos de lo que te ofreció?

—No —Denise sonrió con tristeza—. Estás tomando la decisión correcta. Mi cabeza me lo dice, pero mi corazón quiere que tengáis un final feliz.

—Soy feliz... o lo seré. Tengo tres niños geniales, un trabajo que adoro y, ¡ey!, voy a quedarme en Fool's Gold. ¿No es perfecto?

Denise se rio.

—¿Aún te preocupa estar aquí?

—No. No me gusta que la gente dé sus opiniones tan libremente, pero lo bueno supera a lo malo. Sé que si me ataca un fan loco, todo el mundo vendrá a rescatarme. Los niños están a salvo aquí y podemos ser felices. Eso es lo que importa.

Al instante se oyó un chirrido, como si alguien hubiera conectado un sistema de sonido. Liz y Denise se giraron hacia el escenario situado en un extremo del parque y Liz vio a alguien sujetando un micrófono, aunque no podía reconocerlo.

–Hola a todos –dijo una voz familiar.

Parecía Ethan...

–Me gustaría pediros vuestra atención un minuto.

Denise se llevó una mano al pecho.

–¿Es Ethan?

–Eso creo.

–¿Qué está haciendo?

–No tengo ni idea.

–No tardaré mucho –siguió diciendo él–. Si podéis, acercaos un poco más al escenario. Me gustaría hacer un anuncio.

Liz y Denise se apartaron de la fila de los helados y fueron hacia el escenario.

–Para los que no me conozcáis, soy Ethan Hendrix.

–¡Sabemos quién eres! –gritó un hombre.

Ethan se rio nervioso.

–Bien. Necesito vuestra ayuda con una cosa y tendréis que mantenerlo en secreto.

Varias personas se rieron.

–¿De verdad crees que eso va a pasar? –preguntó una mujer.

–Eso espero. Ahí va. Alguien muy importante para mí regresa a Fool's Gold. Se llama Liz Sutton. Algunos la conocéis.

–Es esa escritora.

–Es ella –confirmó Ethan.

Liz miró a Denise.

–A mí no me preguntes, no sé qué pretende.

¿Ethan iba a hablar de ella delante de todo el pueblo? ¿Por qué? ¿Qué demonios iba a decir?

Se acercó un poco más al escenario.

–Liz creció aquí, igual que yo. Su madre o no le hacía caso

o la maltrataba. Algunos puede que la recordéis. Tenía mala reputación por estar siempre borracha y por... –vaciló.

La gente estaba callada.

–En el instituto, Liz era una chica dulce, preciosa e inteligente, pero casi nadie se molestó en fijarse. Por el contrario, los chicos decían cosas terribles sobre ella. Cosas que no eran verdad.

Liz se sentía humillada; no sabía si andar más deprisa o desaparecer entre la multitud.

–Pero todo era mentira y yo lo sé porque fui su primer novio, su primer beso y su primera vez.

–¡Sabemos lo del niño! –gritó alguien.

–Bien, pero lo que no sabéis es que le hice una promesa a Liz. Le dije que la amaba, que iríamos juntos a la universidad, y después, cuando un amigo me preguntó si estaba saliendo con ella, mentí y dije que yo jamás pasaría tiempo con alguien así. Negué que la conocía y lo hice delante de todos mis amigos y delante de ella.

Se oyeron sonidos de asombro.

–La traicioné y le rompí el corazón. La negué y me negué a mí mismo porque sí que la amaba. Pero era joven y estúpido y me preocupaban más mis amigos que ella. No la merecía.

–¡Y que lo digas! –gritó alguien.

Liz llegó a un lateral del escenario, donde estaban los escalones, pero ahora que estaba allí no sabía qué debía hacer. ¿Detenerlo? ¿Escuchar? Era el momento más surrealista de su vida.

–Liz se marchó y, ¿quién puede culparla? Unas tres semanas después, descubrió que estaba embarazada y volvió para decírmelo, pero yo estaba... ocupado.

–¿Qué significa eso? –preguntó alguien.

–Que estaba en la cama con otra –dijo un tipo.

Varias personas se rieron.

–Qué idiota –comentó una mujer.

–Y que lo digas –contestó Ethan–. Hace casi seis años, Liz

volvió para contarme lo de mi hijo, pero alguien se interpuso y me ocultó la información.

Respiró hondo.

–La razón por la que os cuento esto es porque Liz va a quedarse aquí para que yo pueda estar con mi hijo y para que sus sobrinas puedan vivir en un lugar que les es familiar. Es una mujer cojonuda.

–¡Eh! ¡Que hay niños delante!

–Lo siento. Es una mujer increíble. Así que para ésos que queráis decir algo malo sobre ella, tendréis que véroslas conmigo. Ya basta de pararla por la calle o en una tienda y decirle que hizo mal al ocultarme lo de mi hijo. Ya basta de hacerla sentir mal. Liz se merece algo mejor y todos vamos a dárselo. ¿Entendido?

Se oyó un murmullo afirmativo.

Y Liz se sintió como si formara parte de una obra de teatro o estuviera viendo una película. No podía estar pasando.

–Si es todo eso que dices y estás enamorada de ella, ¿por qué no os casáis?

Liz se quedó tensa, no estaba segura de si quería oír o no la respuesta.

Ethan suspiró.

–Hola, mamá.

La multitud se rio.

–Responde a mi pregunta –insistió Denise.

Liz contuvo el aliento.

–Yo quiero. Liz es mi mundo, pero he sido un idiota demasiadas veces. Le he pedido que se case conmigo porque es lo correcto.

–Sí que eres estúpido –comentó una mujer.

Todo el mundo se rio.

–¿Le has dicho que lo sientes? –preguntó un chico.

Liz se giró hacia esa voz y vio a Tyler junto a Denise. Abby y Melissa estaban cerca, mirando a Ethan, esperanzadas.

–Le gusta que te disculpes cuando has hecho algo malo y siempre te da una segunda oportunidad –terminó Tyler.

—Esta vez no, colega —apuntó Ethan.

—Pero si la quieres —dijo Melissa—, deberías volver a decírselo. Díselo de verdad.

—Besala como hacen en las películas —añadió Abby.

—Eso no será suficiente. Liz se merece alguien mejor que yo.

—Cariño, si solo nos casáramos con quien nos mereciéramos, el mundo estaría lleno de mujeres solteras —dijo una anciana.

Y hubo más risas.

—La amo —le dijo Ethan a la gente—. Pero a veces el amor no es suficiente.

Liz miraba al hombre que siempre había estado en su corazón y supo que le habían dado el mejor regalo de todos. Una segunda oportunidad. Todas las dudas que había podido tener, se habían disipado al ver a Ethan hablando delante de toda esa gente para protegerla y hacerla sentirse segura.

Sintió su amor, su cariño, su apoyo.

—El amor siempre es suficiente —dijo Liz.

Él se giró, impactado.

—Creía que no vendrías hasta el mediodía. Creía que los niños habían venido solos.

—Llevamos aquí un rato.

Él bajó el micrófono.

—¿Cuánto has oído?

—Todo.

—Te quiero, Liz. De verdad.

—Te creo.

—¿Qué está diciendo? —preguntó alguien entre el público.

Una mujer situada cerca del escenario respondió:

—Luego os lo contamos.

Ethan dejó el micrófono y se movió hacia ella.

—Quiero que nos casemos y que seamos una familia, pero solo porque quiero pasar mi vida contigo y hacerte feliz. Quiero ser el hombre que te mereces, pero necesitaré tu ayuda para lograrlo.

—Ya lo has logrado —dijo ella con una sonrisa.
—¿Es eso un «sí»?
Liz se dejó rodear por sus brazos.
—Sí —le susurró justo antes de que él la besara.
—¡Están besándose como en las películas! —dijo Abby—. Me encanta cuando eso pasa.

www.ingramcontent.com/pod-product-compliance
Lightning Source LLC
LaVergne TN
LVHW091610070526
838199LV00044B/750